KB088948

쇄미록

교감 · 표점본 2

쇄미록 8

오희문吳希文

일러두기

1. 교감·표점본의 원문 표기는 저본을 따르되, 약자(略字)에 한해 정자(正字)로 변환했다(단 인명에 사용된 '獜' 자의 경우에는 '麟' 자로 변환했다).

2. 교감·표점본의 원문에 오자(誤字)가 분명한 경우에 교감기(校勘記)를 작성했고, 탈자(脫字)는 분명한 증거가 있는 경우에 보충하고 교감기를 작성했다.

3. 교감·표점본에 교감기를 작성한 경우에 번역본에는 별도로 표기하지 않았다.

4. 이 책의 번역에 사용된 부호는 다음과 같다.

   " " 각종 인용   ( ) 한자 병기, 간주
   ' ' 재인용, 강조   [ ] 원문 병기 시 음이 다른 경우
   〈 〉 편명, 작품명   《 》 서명, 출전

5. 이 책의 교감·표점에 사용된 부호는 다음과 같다.

   。 서술문, 명령문, 청유문 등의 끝에 쓴다.

   ，한 문장 안에서 구나 절의 구분이 필요한 곳에 쓴다.

   ？의문문의 끝에 쓴다.

   ！감탄문, 강한 어조의 명령문 및 청유문 등의 끝에 쓴다.

   、대등한 명사의 병렬이나 밀접한 관계에 있는 구의 병렬 사이에 쓴다.

   · 명사의 병렬이 중층적일 때, 하층의 병렬 사이에 쓰거나 서명 부호 안에서 서명과 편명을 구분할 때 쓴다.

   ；두 구 이상으로 구성된 병렬문의 사이에 쓴다.

   ：제기하는 말의 뒤 또는 총괄하는 말의 앞에 쓴다.

   " " ' '「 」 대화, 인용, 강조 등을 나타낸다. 1차 인용에는 " ", 2차 인용에는 ' ', 3차 인용에는 「 」를 쓴다.

   【 】 원문의 주를 나타내는 데 쓴다.

   《 》 서명, 편명, 악곡명, 그림명 등에 쓴다.

   ＿ 인명, 지명, 국명, 민족명 등의 고유명사에 쓴다.

   ■ 훼손되거나 빠진 글자의 자리에 쓴다.

丙申日録

正月大

正月初一日

早朝與弟, 親薦茶禮于神主前。左右隣人來謁, 饋以酒肴而送。飄寓此地, 四閱星霜, 一未奠掃先墓。四男皆不在膝下, 雖與舍弟陪母過歲, 而家無饌需。只以奠餘, 上下共之。然比於去年正朝, 則稍勝矣。廣州掃墓, 猶令允諧往奠。平康備物而送, 未知何以爲耶? 遠慮不已。

正月初二日

李先春上京, 修書使傳允諧處。殿試已過, 想今明消息來報, 而兒輩亦何爲耶? 家無吉夢, 必皆見屈。可歎可歎。且趙應立、崔挺海、白光焰、朴鳳成來見。夕, 咸悅女息問安使至。所捧餅一笥、魚肉炙一裹覓送。

正月初三日

食後，就趙伯循家。適伯循痛瘇不出，故空還。伯循今都目拜高山云。因進伯恭家，亦不在。又過君聘家，又不在。因與君聘胤子趙璞及伯益女婿崔挺海叙話，兩公出酒肴饋余。

　　還時路逢君聘，馬上暫話而返。則平康官人又到，見謙、誠兩息書，殿試廿六日見後，卽向平康云。允諧則持祭物往墓山，正朝拜掃後，還歸水原寓家云。殿試之書題，《擬宋知諫院范鎭，請使中書樞密三司，通知民兵財利，以制國用表》。試官尹斗壽、金命元、李忠元、吳億齡、沈友勝、韓俊謙、趙挺云云。平康所送物，木米一斗五升、赤豆二斗、生雉十首、大口七尾、文魚一尾、乾雉三首來。初五日其母生辰，故爲此專人覓送矣。

正月初四日

修書，送平康官人及林景欽家奴。朝與彦明炙雉，飲酒兩盃。且尙判官蓍孫、趙別監光佐來見，飲以三盃酒，又饋炙雉一脚。夕，崔仁福來見，饋以酒雉。昏陰而雨作。

正月初五日

終日終夜下雨，或灑雪。且今日乃家人初度也。蘇隲妻造餅一笥、泡湯一器，使童婢戴送，卽與共破。夕，咸悅女息，亦造切餅一笥、實果笥、切肉一笥、生雉一首、乾民魚二尾、淸酒一壺，卽分與隣里人十餘家，又分給奴婢等。端兒又得兩日瘧，痛之。

正月初六日

送人馬於蘇隴家, 請其隴妻, 隴妻已借馬騎來, 中路相逢。隴則騎吾馬, 與其妻偕至。饋以酒食, 臨夕還歸。且聞殿試榜已出, 兒輩皆見屈云, 命也如何？但聞堂上敎政院曰："操筆弄權者, 文也, 此輩不須多取, 依前略取。"故今榜只取十五人云云。然遠未詳知。

正月初七日

終夕陰以風。日氣甚寒, 與弟擁爐, 環坐侍傍。

正月初八日

自歲前念後, 日暖如春。加以連雨, 溝壑之氷盡釋, 列邑方以藏氷爲憂, 自昨日下雨灑雪, 寒凜倍於隆冬, 今夜尤極。房內之物, 亦皆堅凍, 必因此伐氷而藏之矣。

正月初九日

聞巡使明日入郡, 使人致書, 問于太守。則答曰"明日當來, 而探侯人時未來報, 未知的奇"云云。成敏復來見, 報恩寺僧敬淳亦來謁, 今住此郡香林寺者也。且丹城守歷訪, 邂逅相見, 欣慰十分。丹城乃余妻六寸親, 而因居一洞, 今歸湖南, 聞余寓此, 入來。饋酒三盃而送。

正月初十日

去夜雨雪, 幾至三四寸。而風寒倍甚, 家無柴木, 可悶可悶。夢見子美, 宛如平日。覺來, 不勝悲憐之意。年未六十, 如何先去, 每入我夢, 使我追憶前事, 感念之懷不能已耶? 身埋他鄉原魂無托, 欲歸先塋而未得耶? 妻子漂寓, 飢饉難保, 幽明之間, 致念不忘而至此耶? 哀哉哀哉! 朝後, 借馬送于香林寺, 載燒木一馱而來, 昨與住僧敬淳有約故也。

夕, 益山太守李尙吉, 拜箋上京, 歷去于此, 致書問候。又送燒酒三鐥、白米一斗、太一斗、碧魚一冬乙音、雞兒一首, 深謝厚意。允謙友也, 必以此致贐而問之也。

淳師又送乾蕨、桔梗及常紙一束、繩鞋一部、適及於方乏, 深喜深喜。蕨則家人欲用於望日藥飯時也。益山所送燒酒, 卽與彥明, 各呑一盃。歲酒已絕, 方恨之際, 又得此酒, 庶可用於數日矣。景欽今日當來, 先聲始到。佐食無物, 方以爲慮, 雞魚適及, 尤可喜也。

正月十一日

德奴還來。載例來米十斗、租二石, 與任參奉家奴馬, 竝與載來。任參奉家以大祥祭物覓來事, 送奴馬, 得租一石、粘米一斗、眞末一斗、白蝦醢五升、麴五圓載來。

夕, 林景欽入來。與彥明三人鼎坐, 前日景欽奴持來酒飮之。余與景欽極醉, 余則盡吐臥宿。今見殿試榜, 則成以敏居首。申慄亦登, 可喜。尹暾、尹昫兄弟俱參, 而吾家三兒, 具見屈, 可歎奈何? 且得見高城妹簡, 時免恙云, 可慰可慰。

正月十二日

朝食後, 景欽發歸。此別後, 更見難期, 戚戚之懷, 不能已已。今欲
歷宿咸悅, 德奴亦持馬, 騎景欽奴而送。欽奴胸痛, 不得運身故也。
崔挺海持酒肴來, 飲景欽而歸。

　　夕, 麟兒自咸悅入來。來時路逢景欽於津頭云。得生雉二首、獐
一脚、卵醢一缸而來。近無助食之物, 方以爲慮, 可以此, 用於十五
日茶禮, 可喜。

正月十三日

寒氣極列, 家無柴炭, 埃冷如鐵, 可悶可悶。借馬送漢卜於香林寺持
任敬淳處, 卽載燒木一 駄而返, 可喜。且聞太守辭狀, 當棄歸, 而
先送衙眷來念後云。因病久不出衙, 不得已辭歸。但治民最善, 民
方安業, 而疾病乘之, 不得不歸, 一邑上下皆惜其去。勢也如何? 可
歎可歎!

正月十四日

權生員先覺爲送粘米一斗, 以供明日之用, 深謝深謝。且今蒸藥飯
一斗二升, 又炊常米一斗。以爲明日奴婢等之食, 爲其元望故也。蘇
隲來見, 饋夕飯而送之。

正月十五日

蒸藥飯及湯炙, 奠祭後, 上下共之, 又招前後隣人, 以飲一盃酒, 又
饋藥飯少許而送。且入見太守, 太守在房內, 邀余叙話, 帖給正租一

石、春牟種十斗, 耳牟種一石。來時入官廳, 見韓山倅, 因敘舊懷, 請出徐太守所給之物。韓山以封庫兼任, 來此矣。

正月十六日

趙訓導毅來見, 飲以濁醪三大盃而送。且彥明得貢木一疋, 令許鑽往場市貿米, 則可食米十六斗捧來, 改斗則十五斗矣。市價到春尤高, 若得五六疋木而換米, 則三春可無慮矣。家無尺布, 奈何奈何?

正月十七日

去夜, 夢見子美與其妻子, 宛如平日。去十日入我夢, 今夜又夢, 有何事耶? 若不其家屬移來, 則必有奴子上去時, 致書于此也。且送婢玉春于咸悅, 咸悅女息, 今當產月。而初意家人欲往見, 因家故不果, 使女奴往見矣。昏, 成敏復家出火。隣里來救, 已得撲滅。

正月十八日

食後, 與彥明步進成家, 慰其昨日出火而救滅。成也, 出酒飲之。還時, 見路傍軟艾始生, 與弟手採滿袖而來。夕, 作湯而共食。夕, 錦城正自京下來, 歷宿于此。饋朝夕飯, 接宿于隣家。

夜二更, 李時曾入來。自鎭安, 去望日, 來抵咸悅, 因留四日, 今午來到南塘津無船不得渡, 乘夜僅渡, 夜深始至。余與妻子方熟寢, 而聞其叩門聲, 卽令開門, 則乃時曾也。無馬只率兩奴步來, 深可憐也。卽迎入, 炊飯而饋之, 夜過半矣。因與同宿一房中。

昨日, 子美入我夢中, 方以爲怪, 其子忽至, 乃是先報。尤可悲歎悲歎。時曾因此上歸水原其叔敬輿妻氏家矣。其母氏與弟兄,時皆無事,而但其庶祖母,去初三日,因瘴疾永逝云,不勝哀悼哀悼。卽埋于鎭安地云。

正月十九日

錦城正,早食後,歸韓山,韓山乃其家屬留寓處也。

正月卄日

聞太守明日發程。臨夕入郡,見其女婿韓自翔及其姪閔守慶,致意於太守。太守因氣不平,不出見。還時,路逢權生員鶴,馬上暫與叙話。適灑雨,衣盡添濕。

正月卄一日

朝,李時曾留二日,發歸向水原。因修書,付傳生員處。李光春,昨夕自京下來。來時,入見生員,捧簡來傳。見書,則時皆免恙云,可喜。但聞廣州墓山盡赭云。必墓直等所爲,不勝痛憤痛憤。

且早朝,邀隣居尹奉事傑,問其四寸尹健女息婚事。傑乃武人也,來贅朴鳳成家。其四寸尹健,則居于定山,亦武人也。而去壬辰年,爲仁川府使,陷沒於京畿巡察使沈岱被害時,其妻子獨居定山。唯一女子,而尹健父母,時皆生存云云,更使傑通言,來報矣。

且食後發來,舟渡南塘,晚抵咸悅,則太守會以感傷風寒,時未快差,方臥新房。卽入見之,李奉事亦到,與縣人簡仁德圍碁,或作楸子之戲。余卽入衙,見女息,因食夕飯後還出,與太守夜深做話,出宿于上東軒。

正月廿二日

早朝見太守，方出汗，時未起坐。因入衙，見女息，對食朝飯而出。適申大興入來，相與叙話。又聞海南新太守柳珩，自京下來入縣，使人邀于客舍招見，暫話而送。

　　且李奉事欽仲邀余及大興于其家，卽與大興竝轡而進，飲酒醉還。入見女息，還出新房而宿。且體察使從事金時獻，致書于子方曰"邊地景象，近來尤不好，未知結末如何，日夜憂煎不已"云，不勝驚歎驚歎。若然則余之一家，無奴無馬，又無所適，必塡溝壑，恨歎奈何？

正月廿三日

申大興、李奉事到衙，相與叙話，而各歸其寓。終日觀鄭繼蕃與彦守圍碁。太守氣候如前，可悶可悶。

正月廿四日

邀金生員鎡，叙話而歸。鎡也居定山，而欲見太守而來，因太守氣不平，未得見而歸。欲問尹家婚事，前日雖未相議，爲此而邀見。但太守氣候稍似向蘇，而猶未快差矣。去夜，大風大雪，日氣極寒。林川一家無柴，冷堗何以過夜，深慮不已。夕，與鄭繼蕃同宿。

正月十五日

太守時未差復, 悶慮悶慮。朝前, 與大興就上東軒, 食軟泡。昨日,
主倅使作泡, 而供余等故也。參席者李奉事、別監崔世沃及鄭繼
蕃、朴長元等爾。食後, 南宮靈光來見。因還新房, 與李欽仲圍碁數
局而散。

正月十六日

送德奴於林川寓家, 使之刈柴後還來爾。且此縣座首林德宣、別監
崔世沃, 爲設軟泡, 邀余等供之。與昨日所會諸人, 咸聚上東軒, 喫
罷。又持壺果飲之, 各醉飽而散。且女息, 自昨夜氣不平, 有産徵,
卽與其姑母換房入處。終日彌留, 今夜二更亥時免身, 得男子, 一家
上下咸皆喜極。

　　余與鄭繼蕃、李麒壽方宿新房, 聞解産。卽起出房, 仰瞻天象,
量時, 則夜二更, 而時則亥時矣。子方迫患寒疾, 久臥不起, 聞其得
男, 傾喜不已, 尤可慰矣。卽前甘草水飲兒, 女息亦別無他瘝, 而淫
湯不甘云。

正月十七日

修書, 使大順送于林川, 通報無事解産之由。太守亦專人送京, 將得
男之事, 傳達其大人處。故余亦修書兩道, 一則送平康, 一則使歷傳
廣州生員寓家矣。

　　且早朝, 太守邀余內房, 卽入見。則喜色滿顏, 笑不容口, 病中
尤可慰矣。但證勢彌留至此, 可慮可慮。食後, 進申大興寓家, 叙話

而返。屢承來見，不得不答矣。夕，太守還出新房。余與李麒壽出，宿于上東軒，麒壽太守孽親也。

正月廿八日

早就新房，太守猶未向蘇，可慮可慮。小頃，大興入來，適向化納生紅蛤，太守卽令炙進，因飮酒二盃。又人見女息，氣候平安。因見新兒，形貌濶大，眞千里駒也，喜不自勝。還出新房，大興與李奉事方飮酒，因飮兩盃，微醉而就宿上東軒，李麒壽亦偕焉。

　　昏，德奴還來，林川一家，皆無事。但子方參林川末擬，而不得，可恨。當午，邀南宮生員泳，太守受針。又邀醫官金俊於韓山地，問其醫病之藥，以補中益氣湯命之。泳則乃故同知南宮沈之胤子，而寓居縣地，頗解針術者也。太守右臂及脚下，微浮而紅，故請而針破十餘處。

　　林川新太守，乃禮山縣監朴振國，而以善政首擬而得之。忠淸巡察趙仁得。而前巡察使朴弘老，以病辭遞。若巡到林郡，則必有周急，而不意見遞，可恨。

正月廿九日

子方氣候稍似向蘇，而臂脚浮處如前，又使金俊針破。且女息，自昨夜痛頭，右邊耳目倍痛，入見，則目微赤而浮，痛之甚，飮食亦減，必感風所致，使之厚覆衣衾發汗矣。

　　新兒近因其母乳不出，每使有乳官婢，挾出乳汁，盛器溫之，用匙飮之，輒卽還吐。故因言太守此意，則卽使有乳官婢，入衙內，親自乳之，自此後不吐矣。大興及李奉事亦到新房，終日敘話，又飲酒，各三大盃而罷。夕，與李奉事及金俊，李麒壽，出宿于上東軒。

正月晦日

近來，連日雨雪，或有灑雨，行路泥濘。初欲今日還歸，而因此，不得發。且太守帖給白蝦醢五升、白魚醢五升、眞魚五尾、靑魚二冬音，別定官人，送于林川寓家，聞近日無饌故也。余亦修書付送。

且女息，今則痛頭之勢向蘇。太守亦漸差歇，飲食稍加，因而庶可永蘇矣。可喜。太守午後入見新兒而還出，與申大興、李奉事終日敘話。昏，又與金俊、李麒壽，出宿上東軒。

二月大【初九日驚蟄, 廿四日春分】

二月初一日

昨送官人, 自林川始還, 得見家書, 母氏時平安, 深喜深喜。今日乃俗節, 官供藥飯糆餅酒肴。王生員煒適到, 與申大興尊丈, 終日叙話於新房。

　　昏, 入見女息, 痛頭之勢稍減。但紅粟滿體, 飲食不甘云。必犯寒所致, 可慮可慮。且與申大興、王生員、李麒壽、金俊, 出宿于上東軒, 大興持酒肴來飲。又招唱歌官婢, 或飲或歌, 夜深而罷宿。

二月初二日

太守手足浮處, 屢度受針, 如前不減, 可慮可慮。女息今則向歇云。初欲今日還歸, 而太守設泡挽留。故使德奴先持粮物, 送于林川寓所, 租一石、米十斗。昏, 入見女婿, 別無痛處, 而但飲食不甘, 兩脚

上, 因蒸鬱生瘡, 左右臥時, 刺痛云。又與申大興、王生員及金、李,
同宿東軒

二月初三日

太守證候如前, 可慮可慮。與申、王、金、李諸公, 叙話於新房太守
臥處。李麒壽發歸完山。昏, 太守入內, 爲見其子而還出。又申、王
及金俊, 同宿于上東軒。適別監崔世沃、都將鄭信立及朴長元, 爲備
酒肴來飲, 申與王, 余亦參焉, 夜深罷散。德奴還來, 見家書, 時無
事云。

二月初四日

初欲今日還寓, 而太守挽留曰"今日, 發一縣人夫, 獵雉獐, 食肉而
歸"云, 故姑留矣。但太守如前不蘇, 可慮可慮。食後, 入見女息, 氣
候別無疾病, 而瘡處時未合口, 飲食如前不甘云。

　　且唐將入縣, 懲求甚苛。至於正木十疋、苧布一疋、厚油紙七
幅、狀紙二卷、白帖扇二柄, 受贈後出去, 到處如此, 列邑不勝其苦
云, 可歎可歎。終日與申與王就話於新房太守臥處。夕, 獵得獐六
口、狐一口、雉三十四首, 太守卽令膾獐肝而供, 因飲酒三盃而罷。
昏, 與王及金俊, 出宿于上東軒。申大興因氣不平, 不來。

二月初五日

早朝, 申與王及余, 共就新房太守臥處, 叙話。因使炙雉而供之, 各
飲酒兩大盃而罷。王則辭別, 還歸舒川寓家。王公乃余妻四寸平陽

守女婿，而太守同里閈居者也。余亦入見女息後，出別太守，發向龍安之路。意欲歷見龍安倅，而閽禁極嚴。雖咸悅官人率來，使之通名，而亦不得焉。因此來到無愁津邊，舟渡，馳還抵家，則日已久矣。

來時，子方贈余雉二首、獐一脚、內腸具。夕食卽供母主前，餘及妻子。雉及獐脚，則近日欲行時祀之需，藏之不用矣。

二月初六日

權生員鶴來訪。因與權共轡，往冬松洞趙佐郎伯益家，問之，則與趙座首君聘，往在趙伯恭家云。卽馳進伯恭家，與其隣族咸會一堂，共議避亂之事。伯恭因供水飯。日傾，又與權偕還。

伯益自京下來不久，故就問京奇及賊之去留，聞賊王秀吉有面議事，先使沈遊擊過海入來。故沈也去月望間，先入日本，回還後，天使入歸云。然其間，詐謀叵測，而天使到賊營，今過半年，遷延推託，不卽渡海，必有以也。以此京外搔動，皆治避亂之計，或有先入關東、關北之地者，或備牛馬船隻。如我一家，無奴無馬，又無所適。中夜思之，痛悶奈何奈何？惟望蒼蒼。

二月初七日

令德奴、漢卜，刈柴兩駄，明日欲烹末醬太耳。且咸悅官人，自平康買鷹臂來，乃官鷹先送也。鷹大九寸，而曾已馴放，甚良才云云。得見謙、誠兩兒書，時皆無事。但誠之眼疾還作云，可慮可慮。

謙息聞吾移居結城，書送洪陽，結城所出，而使吾就食矣。又贈送生雉三、乾雉四，而生一則中路鷹食云。此人還時，歷宿廣州生員家，生員致書。亦皆無事，可喜。

二月初八日

趙伯恭、伯益兄弟過去，先送奴，邀余偕伴，歸赴艾湯處。乃前日與李別坐德厚爲約，放鷹艾湯於西村川邊，故余亦共轡而隨歸。李別坐兄弟先到，相與環坐。適風雨日寒，先呈酒肴，各極醉飽，臨夕各散。參會者十餘人，而李公贈余雉一首。

　　還時，入訪李進士重榮家，適不在，故空返。余雖無宿約，而諸公皆平日相知有厚，故不辭而同赴。諸公亦喜其來也。

二月初九日

母主，久患痰喘，造木瓜煎，進服。且早朝，家主崔仁福來見。送德奴於咸悅，爲覓祭用脯醢及末醬太爾。

二月初十日

咸悅官人，自京還來，歷宿栗田生員處，得見生員書。時無事云，可喜。但春已曾已下送，而至今不來，未知其故也。且今日乃釋采日也，校生等爲致膰肉雞一首、酒一壺。卽與舍弟共傾一碗，深謝深謝。小頃，校生三人來見而歸。午後，盖屋。

　　夕，咸悅衙奴載末醬太一石、粘米一斗、眞末五升、菉豆四升、葦魚食醢十介、石首魚一束來納。德奴則女息以不得已事，送于泰仁，故使衙奴載送。但子方以田稅親納事，往還群山，不在。氣猶前不差，而手足浮處，尙未永瘳云，可慮可慮。

二月十一日

曉頭, 與舍弟及麟兒, 行時祀。家無儲物, 只備糆餅、三色肉湯、三色肉炙及脯醢而已。哲弟適來, 又得雉兩首、獐一脚, 故爲設爾。食後, 家主崔仁福來見, 饋酒七大盃, 昨日爲邀爾。余則因率大順, 往蘇隲家, 隲也歸盆山, 時未還。又進柳先覺家, 柳也飲余好酒三盃, 從容叙話。又歷入趙僉知應麟家, 暫叙寒暄, 還越大鳥嶺而來。

來時入見大鳥寺, 則居僧苦於判事僧能仁之侵, 盡散之他, 寺空久矣。窓戶盡撤, 可歎可歎。臨夕, 還家則咸悅專人致書。又送石首魚一束、乾民魚一尾、靑魚一冬乙音。乃昨日所送祭物, 初意一位, 而今聞三位, 必知不足, 故今又送之。得見政目, 南高城拜翊衛, 可得以繼食, 深喜深喜。

二月十二日

南生員一元來訪而歸。毀土屋, 使其木烹造末醬太。且李寧海壽*俊氏, 來求田稅米。家無春米, 正租三十一斗, 役價竝計而給送。年前李畓三斗落只耕食, 而不分, 故來徵其役矣。

二月十三日

隣居趙磁來見而歸。德奴今日可來而不來, 未知其故也。生員奴春已過期不來, 亦可慮也。

二月十四日

夢見聘君與子美。比來春夢甚煩，而聘君前未一入夢中，今夜入夢，必是春夢耶？抑或宗子流寓窮峽，列祖神位，亦寄他鄉，佳時節日，祀事多闕，旅魂感傷，致入夢中耶？悲歎不已。

且近隣無猫，衆鼠作亂，不勝其苦。設穽房中，自去月逐日所陷二十餘，今則稍稀，快哉快哉！且無聊，與彥明步進鄕校，則趙廣文不在，故空還。韓內禁百福來見。

二月十五日

食後與彥明，步往李福齡家，適柳先覺亦來，相與叙話。又與福齡賭奕，臨夕乃還。少頃，趙毅、成敏復來訪而歸。

且生員奴安孫，自栗田入來。曾聞春已下送，而所持馬，中道爲唐兵所奪，追至振縣，僅得還推。然逢打重傷，不得下來，故又送安孫。今見生員書，一家時好在云，深喜深喜。但書中避亂一事，不知所適，又不與吾家同避云。勢也如何？悲歎而已。

二月十六日

早朝，咸悅使人邀余。今日及大興生辰，故爲設小酌而伻邀。卽馳來，舟渡南塘，晚抵咸衙。子方已與諸公會坐新房，已入盤果餬餅矣。參席者，申大興、李別坐德厚、李奉事辰誠、蘇進士永福及尹應祥、申應榘曁余、主倅，而各相酬酌。李龍守彈伽倻琴，曺德唱歌。夜已深矣，大醉而罷。余與李別坐及尹應祥，出宿于上東軒。

二月十七日

官供早飯白粥，與李、尹對食後，入衙，見女息與乳兒。但子方近得
一日瘧，痛之，今日乃三次矣。可慮可慮。又與李別坐爲約，今日歸
時，同舟共濟，而李、尹先辭太守，至熊浦邊崔克儉家。余與申大興，
隨後發來，亦到崔家，崔家設酌。又供饅頭雉炙，醉酒罷散。

　　來抵津邊，李別坐奴子，具舟泊岸，潮水已半至矣。李奉事亦到，
共登發船，隨潮而上，抵李別坐家前，下陸，日已傾矣。恐其日暮，
不入李家，卽馳來到家，則已昏矣。午酒時未醒，不食夕飯而宿。

二月十八日

聞洪注書遵，明日擧家上歸，與彥明步往訪之，適出去不在。因進權
生員鶴家，權也饋余水飯。又聞李別坐德厚來在洪生員思古妾家，
與權偕就，相與環坐房中，從容叙話。又值大風灑雪，寒候如嚴冬，
權也使兩馬具鞍，騎余兄弟而送。且送德奴於咸悅，爲覓春牟種及
前日未輸租一石載來故也。

二月十九日

尙判官蓍孫來見而歸。且白仁化馬價未收米九斗，赤豆一斗四升來
納，已畢矣。且夕德奴入來，租二石及咸悅所贈春牟種七斗、寒食祭
用石首魚二束、白蝦醢五升、白魚醢五升、甘醬二斗載來。玉春亦還。

二月卄日

今欲發歸結城，而德奴昨日暮來，馬疲奴倦，不得啓行矣。午後，往

見洪注書遵，飲余好酒三大杯。昨日觸風，左耳偏聾，風水聲滿聽，方以爲悶。夜來，裹頭而宿，朝來稍歇，而猶未快也。且新太守朴振國出官。

二月廿一日
畫夜平均。自曉下雨，朝尙不霽。因致不得發行，事多遲緩，可悶可悶。終日灑雨，且新太守謁聖。

二月廿二日
朝尙陰曀，恐其雨也。然結城不可趁期往來，早食後，率德奴、漢卜發來。午後，抵定山馤知家，秣馬點心。因率甘同，馳到定山縣，先使甘同通名太守，則使人邀余于衙軒，敘話良久。帖余上下朝夕之食，又贈白米一斗、中米一斗、太二斗、末醬二斗、春牟種三斗、甘醬五升，深謝厚意。來宿私主家。太守姓名金長生也。

二月廿三日
使人邀金鏛於縣地五里外，金也卽至，從容敘話。因問尹家婚事，則曰“其母被汚於變初”云，不可爲也，太守亦言其不可。與金辭別，進來衙軒，暫見太守，因向靑陽之路。又使甘同末醬及馬太，負去其家接置。來至五里外，甘同先送，令兩奴牟與米分負，而寢褥則載馬而騎。

　馳至靑陽縣內舊主人豆應吐里家，秣馬點心。主人則適耕牟事，出野不在。卽馳來，抵李生員翼賓家，李也亦不在。還到廣石李三

嘉宅，適朴正字垣兄弟來在。又邀朴生員孝悌，相與叙話，三嘉宅
饋余上下夕飯，因宿焉。

自李翼賓家來時，歷見前日所寓溪堂，則窓戶廊板，盡撤無餘，
四柱巋然獨立，後洞人家，亦盡毀去，無一留在。四年之間，人事至
此，感歎不已。但寓此堂時，余患大病，幾死還生，一家上下，因染
得痛者多，皆得免死，是亦多幸多幸。

二月廿四日
早食後，裹上下書飯，辭三嘉宅，則邀余入內見之，朴扶餘宅亦來
在。暫時叙拜，出與兩朴叙別。馳到結城地川邊，秣馬點心，來至
二西面平康農墅，日已夕矣。

觀此墅庄，則自結城縣到此，長谷幾半息程餘，左右路傍田畓，
開墾處甚少，人家亦稀，甚是寂寞。平康寓家，槿庇風雨而容膝，如
我衆多家屬，不可一日居止。就宿今孫家。

二月廿五日
送人，邀李大秀、李彭祖，皆來見云云。海人來市石花，卽使二斗租，
換之五大鉢，幾一斗餘。食後，李彭祖、李大秀來見，前未相見，聞
名久矣。如舊相識，從容叙話，今孫獻酒肴，各飲三盃。彭祖邀余于
其家，先辭而歸。隨後與大秀偕進，亦備呈酒肴，各叙久不相見之
意。其家雖新移，甚敞豁，海口不遠，海錯興産，山蔬野薇亦多，可
居之地也。兩李又邀余，步出海口，望見安民島，甚邇。若具舟楫，
亦可避亂于此島矣。臨夕，各散還家。

二月廿六日

早朝，書所志及裁簡。送德奴於洪州通判前，呈所志與簡，欲得結城縣內屬公家，來寓也。適結城太守下海，而洪州兼官故也。此皆兩李指教爾。自曉下雨，雖不大作，而簷溜有聲，終夕不晴，不得發來，因留宿焉。無聊之中，適李彭祖袖持奕局而來，終日爭賭，消遺寂寞，深可慰也。德奴不來，可怪。

二月廿七日

濛濛細雨，終夜不霽，朝尙不掇，可悶可悶。然歸意甚速，不可更滯，率今孫冒雨發來，投入縣內平康婢夫今先家，切欲審見可來寓接與否。又請李彭祖偕來，先觀作罪避走人張允公屬公家，則內外有備，有房三處，宜可寓接。但太守下海，不得請借。昨，送德奴於洪州，呈所志，則亦不得意，可恨。然招縣別監金宗立，面諭來寓之意，使勿他人來入，金也許之，然恐不偕也。

今先作點心，饋上下。李彭祖先辭而歸，余亦隨後發來，歷訪縣地居徐澍景霖家。邀余而入，相見欣慰十分。各叙阻濶之意，饋余上下夕飯，因宿其家。昏，金聘命來見，金也彥明之妻娚，而景霖則徐之字也。晚後日暖，故行路無碍。

二月廿八日

早朝，入見景霖。景霖强挽，饋上下朝食，又裹點心以送。田生員洽來見，又持一壺酒飲之，各飲三大盃而罷。金聘命亦來，贈余粮、太各一斗。又裁其親家平書，付傳彥明，而送泰仁云。

晚後發來, 初欲歷見順城令, 而日晚故過去, 步踰鷹峴, 路傍松下, 秣馬點心, 馳過廣石。又步越大嶺, 投入靑陽奮主人豆應吐里家, 日已傾矣。

二月卄九日

早食發來, 過金井驛, 抵扶餘地道泉寺下溪邊, 秣馬點心, 馳到林川寓家, 日未落矣。上下皆安保, 家人與端兒瘧疾, 皆得離却矣。今日乃外祖母忌日也, 暫設飯祭云。來此聞之, 則新太守因金子定請, 問安稱念, 體察從事金時獻, 亦巡到此郡, 問安稱念。又致書生員處, 意其生員在此故也。永男昨日歸任實地其孼妹家, 欲得過春之報云云。

二月晦日

崔仁福來見, 飲以濁酒三大盃。昏, 平康問安人始至, 披見謙、誠兩子書, 時好在云, 深可慰喜。來時, 歷宿栗田生員家, 生員書亦來, 但忠兒方患頭痛云, 悶慮悶慮。

平康送物, 生雉十首、乾雉十首、大口十尾、葡萄二升、桔梗正果一缸、白紙一束、常二束。但來人中路逢唐兵打傷, 艱艱支來, 雉一首又見奪去云。平康將其縣巨弊三事上章, 而其疏草付送, 見之則深合時宜。若得採施, 則一縣之民, 庶可蒙惠, 而謙亦不徒食也, 深可喜也。

三月小【初八日寒食, 九日淸明】

三月初一日

彥明率德奴, 發向泰仁。朝後灑雨, 必沾衣服, 可恨。大口一尾、乾雉一首, 贈彥明之行, 乃是平康意也。乾雉一首, 亦送咸悅女息處。且令彥明到家, 卽時率妻子, 來居此家, 而必借得人馬後, 庶可發來矣。平康人托稱傷病, 不歸咸悅, 而因留在。

三月初二日

書平康、栗田兩書, 一家兒女等, 各裁一書, 用盡一卷紙, 可笑。夕, 咸悅使至, 生白魚及平康答簡付送, 但聞人馬不得借之奇, 悶極悶極。

三月初三日

平康人, 曉頭還歸。又付生員家書及祭用大口二尾、乾雉一首, 使歷傳于栗田。且朝前, 權生員鶴來見而歸。今日乃三三佳節也, 備奠茶禮於神主。

崔仁福來見, 饋以雉一支及酒一器。成敏復亦來見, 因借崔仁福馬, 率漢卜發來, 成公與其妹夫柳銖, 隨余而來, 乃與其儕伴約會於南塘設酌矣。偕到南塘津邊, 津邊斗岸, 高張遮日, 大設酒肴, 强邀余而入坐。來會者, 趙光哲、光佐兄弟, 張繼先及成、柳矣。時未盡會, 余欲先去, 而諸公備呈一看盤, 先酌大盃, 强勸至於三。大醉先辭而下岸。登舟渡津, 馳到咸峴, 日尙早矣。

先見子方於新房, 從容叙話, 又入峴中, 見女息、乳兒。乳兒生纔月餘, 過目成笑, 可憐可憐。小頃, 子方亦入來, 因與對食夕飯, 且懇說結城不可不歸之意, 子方則强要止之, 不欲借人馬, 極悶極悶。當初人馬船隻, 皆已許借, 而今則推託, 不欲許之。今若不歸, 則彼此皆失, 事多瓦解, 可悶也。然明日當更力陳爲意。

三月初四日

留咸峴。金伯蘊來見, 與子方對食新房。伯蘊與大興, 圍繞于南宮家, 先出。

三月初五日

早朝入峴, 見乳兒, 抱置膝上, 遇目相適, 作聲開笑, 眞可憐。今日當欲發還, 而雨勢不掇, 不得已因留。一家歸結借馬事, 來十五日許之，其前有故云。

晚後，<u>申大興</u>入來，<u>鄭生員晦</u>亦至，終日叙話，因呈白魚湯飲酒。
<u>金伯蘊</u>後至，醉後乃罷。昏，出宿東軒，且<u>子方</u>新兒作名曰"重振"，
自其高祖<u>文景公</u>後，中微不振，振起一門，能繼先業者，其在此兒，
亦取子孫振振之義也。

三月初六日

初欲今早還歸，而明日將獵白魚於<u>熊浦</u>，故<u>子方</u>使之觀漁，後乘舟趁
汐上而歸云，故姑留。然借馬久駐，可慮可慮。食後，與<u>鄭晦</u>，終日
圍碁。夕，<u>金伯蘊</u>入來，與<u>大興</u>明燈，叙話於<u>子方</u>宿處，各飲燒酒一
盃。<u>鵬兒</u>自<u>泰仁</u>入來，而<u>彦明</u>之書見之，率妻子，來十日間，當到<u>林
川</u>云。

且<u>結城</u>之歸，人馬之借，只許二三，而近日則有故，當於十五日
間云。若然則非但人馬不足，歸<u>結</u>後，作農之事時已晚，而勢將不
偕，彼此不及，故不得已姑留於此，過夏後趁秋未晚，定欲歸之。然
人間事，不如意思者常多，豈可必乎？此處作農，則無農奴農器，事
多不及，可慮可慮。

三月初七日

令<u>德奴</u>，持例送米十斗，又騎<u>鵬兒</u>，先送<u>林川</u>。余卽與<u>申大興</u>、<u>閔主
簿</u>、<u>鄭生員</u>先往<u>熊浦</u>獵魚處。<u>子方</u>隨後，與<u>金郎</u>、<u>金奉事</u>發來，到
津邊，又登舟，中流下碇，<u>洪堯輔</u>叔姪亦來。官備酒肴先呈，作秀魚
膾、白魚湯，共相酬酢，至半醉，又進點心，余以醉故，不食一匙，日

已傾矣。歸心已促，先使具舟，遂辭別。順風擧帆，乘汐而上，抵南塘津邊，日已落矣。

來時，子方贈余白魚二盆、大秀魚一尾、葦魚七尾。又使官人，負魚馳到林寓，夜已深矣。卽分給白魚諸奴婢等，今日白魚所捉，幾二百餘盆云云。來路白魚三鉢別裹，而歷崔仁福家時，入送。又德奴持馬來迎中路，卽改騎吾馬，崔馬則還送其家。

三月初八日

寒食節也，生員未知往祭廣州墓所耶？抑未知平康祭物備送耶？此處作艾餅、白魚、秀魚湯及葦魚、秀魚、生雉炙，行茶禮于神位前，餘及曾死無子息有功奴婢等處。且權生員、成生員兩家，各送白魚一鉢，蘇隲家亦送一鉢，餘則沈醢，亦作食醢。

三月初九日

子美奴漢孫，自水原將向長水，而歷入于此。見宗胤書及敬輿妻氏簡，時皆好在云，卽修書付送時尹一家，又送沈白魚三鉢。且德奴病臥，不得已使漢卜載破鼎，修書送于定山太守前，因使岾知家所置之物載來。前日，定山倅，改鑄破鼎事面許，故送之。

朝食後無聊，率鵬兒，步進成生員家，叙話。因與成公，步往其家早畓種處，觀之。適鄕校校生四五人過去，相與環坐田畔，成話，小頃各散。余與趙應凱，往李福齡家，終日着弈。來時，李也具鞍馬騎送，歷見申景裕，借耕牛乃返。

昏，漢卜還來，破鼎則使岾知，送于定山，渠則持所置馬太二斗五升、木米一斗、末醬二斗及耒一部柄具載來。末醬則只一斗二升,必甘同偸食也,可憎。來則前日給價,使岺知父買之爾。岺知父有良,又送六月太五升及菜種。且聞新太守政令,不及於人遠矣,然下車未久,徐觀厥終後可知。

三月初十日

自曉頭下雨,終夕不晴,然不至大作,濛濛浥塵而已。南畝之望方切,而不得,可歎可歎。因此欲耕菜田,而未果。但昨日漢卜持來耒柄,有腐杮,不可用於起耕云,徒費米五升,可恨。明日場市更買後可用矣。俗名假作云。且近日雨澤適中,兩麥茂盛,可喜。但不足於畓爾。

三月十一日

令德奴、漢卜,耕菜田,種各色菜種。又落麻子三升半。午後,尙判官適到震男家,卽就見,趙訓導亦至,相與叙話。李光春呈酒,各飮兩盃而散。

三月十二日

高祖忌也,宗孫盡亡,而只有末叱男,遠在海西,必不知諱日而祭之。故只設餅糆,曉頭與麟兒行祀。不忍虛度,薦誠而已。且今日借牛欲耕屯畓,趙允恭昨已許牛,今則托故不借,傭人已食朝飯,而不得使,深恨不已。因使兩奴,持牛馬,刈枯柴二馱而來。

且食後步往權平池起耕處,適趙座首應立,以監官來督,相與坐話於池邊。李光春邀余等其家，終日與趙、李叙話。李也飲余酒三盃，適林別監柏亦到。

三月十三日

借趙允恭、申康裕兩牛，令漢卜、德奴、品人，耕屯畓，而晚後雨作，至午不止，申家牛還奪去，不得終日耕，只耕五斗畓。昨日，得品三人朝饌，而不得牛，不果耕。今日得牛，而雨作，又不克耕。徒費粮，而事多乖張，天亦不助，可歎奈何？

　且今日金妹大祥也。初擬親往几筵，而奴馬不一未果。妹之亡，至於兩周，而流寓二日程，因奴馬之不具一，未哭於靈前，已繼三霜。雖曰勢也，哀痛尤極。又欲使德奴，而德奴痛店之餘，又患痢疾，累日臥不起，亦未得遂，尤可恨也。

　晚後，就辰男家，與趙座首應立叙話，適曹判官大臨父子亦至，終日對話。且彦明率妻子，午後冒雨而至，相見喜慰。但上下無雨具，衣服盡沾，可惜可惜。

　聞趙應立獨坐空廊，送酒肴飲之，余先還故也。且因曹大臨，聞都元帥權慄，受命當歸嶺南，而昨日宿鴻山，今過韓山，渡羅時浦，指錦城，巡向左道，而越八郎峙，駐札晋山云云。元帥乃曹之敵妹夫，而昨日往拜鴻山而還云。

　但聞寧邊節度使身亡云，深可歎惜。强寇未退，而壯士先亡，是亦國運耶？節使乃邊應奎，而稍有可將之才，故超授專閫之任矣。

三月十四日

朝前, 崔仁福來訪, 飲酒兩大器而送。且午後, 馳進冬松洞, 適趙伯益兄弟及趙君聘兄弟暨與三少年, 環坐路傍松陰下, 相與叙話, 趙希悅出酒飲余, 日夕乃還。歷見趙座首允恭, 借耕牛。又入李福齡家, 先送吾奴馬後, 着突賭耕牛。昏, 借主人奴馬騎還。彥明妻子, 今始出寓隣家而宿。

三月十五日

太守以權平池監督耕種事親來, 坐池邊, 余就見。少頃韓謙、洪思古、尹大復、曹大臨、柳誌、李福齡及郡訓導趙毅、座首趙應立來會, 終日叙話。官供水飯, 而人多故兩人兼之, 臨夕各散。

三月十六日

自曉頭雨作, 晚後始晴。連日灑雨, 雖適於兩麥, 不足於水畓, 玆致愆期, 可慮可慮。午後, 李福齡來李光春家, 邀余, 卽就叙話, 因着博奕, 臨夕乃歸。

且長水李子美家婢環伊、九月上歸, 歷宿于此。李慶百子亦與偕歸, 甚可憐也, 因饋朝夕飯。慶百乃子美妻娚, 而去壬辰變初, 在長水時, 共嘗患難, 情意最厚。其子被擄於賊, 逃還來在長水, 今始上去矣。且聞崔木川景善, 去月, 因病永逝云, 不勝哀慟哀慟, 亂後來寓南原農村矣。

三月十七日

趙座首君聘, 送奴馬邀余, 卽馳赴, 則乃設酌, 而曾與李別坐德厚兄弟爲約也。參席者, 趙伯益兄弟、洪思古、尹大復、曹大臨、主人兄弟曁余矣。彈琴唱歌, 起舞而罷。余又借奴馬馳還, 夜已深矣。適午後雨大作終夕, 主人强挽留宿, 而明日當借牛耕畓, 故冒雨大醉而返。呈單字, 還上正二石受出。

三月十八日

借牛不得, 不得耕畓, 可恨。食後, 聞趙應立來監權平池落種, 步進池邊, 邀趙共話。因就李光春斜廊, 坐未頃, 趙訓導毅亦至。又送人招李福齡, 終日敍話, 囚與福齡着奕賭酒。福齡終不勝一局, 可笑可笑。適花煎饋之, 又飮白酒, 各三盃而罷散。

三月十九日

令漢卜借品人三竝四人, 用未耕畓, 只耕六斗落, 而未盡耕, 可恨。傭人二名, 各給傭價租一斗。晚後, 與彦明、許鑽往見耕畓處而還。

　且昨日德奴, 自咸悅還, 得例送租二石、本粗米十二斗載來。子方前送粘米一斗、雜醢二斗、眞油半升, 因此煎花而薦神。且送德奴於李別坐文仲、趙金浦伯恭家, 致書求得種租, 則文仲七斗, 伯恭五斗給送, 皆中早稻, 而前爲面諾故也。且得品六人及兩婢, 芸牟田, 早畢。

三月十日

得品人, 給傭價, 令漢卜、德奴畲治畓俾畝。而晚後雨作, 不克終, 可恨。然雨水不足, 若得一犁之雨, 則付種可畢, 終夕雨不止, 必無不足之歎矣。可喜。

三月十一日

自昨朝雨作, 終日徹夜, 而朝亦不晴, 農望洽然, 可因此畢付種矣。但余家無農奴, 僅借傭人, 猶不得焉。玆致稽緩, 尙未落早稻種, 一力之有關於農月, 亦可想矣。

晚後, 與漢卜、德奴, 率訥叱婢, 畲治李寧海竝畓。雨勢雖不大作, 而濛濛細雨, 終夕不晴。李寧海乃前通津秀俊, 而今爲寧海府使矣。

三月十二日

成敏復來見。今日還上分給, 故又呈單字, 正一石受出。分給漢卜十斗, 德奴五斗。斗餘二斗五升, 而加給漢卜一斗, 德奴五升。一斗則在家用矣。

三月十三日

得品人及家奴婢等竝六名, 令治畓落種。李寧海畓則中租四斗, 屯畓則早稻正三斗付種其餘日暮未及焉。

且食後, 與弟觀農於路傍。適李福齡、權鶴、崔仁福、趙應凱咸會, 相與話於柳陰下。因與權景明、李福齡, 偕來, 李光春斜廊, 終日博戲。曺大臨隨至，家有白酒，各飮四盃，而福齡不飮，故饋以菉豆粥。適李別坐德厚過去，邀人，良久做話，因聞李奉事愼*誠，前數日不意化逝云，不勝驚悼。

李公亂後來寓咸悅縣內，有相知之分，而相見未久，今聞其訃，人事不亘，豈止於此乎？不祥不祥。景明乃權鶴之字也。

三月卄四日

前者，與趙座首應立及趙訓導毅有約，會話山城東樓。而今日適會，故又與尙判官蓍孫竝轡上山，兩趙兄弟登樓待之，彦明亦隨後上來。各佩酒肴，迭相酬飮，各極醺醉，或歌或舞。

適有金鋼者亦至，乃京客也。帶奴能吹篴，亦可助歡。日傾，扶醉相與步下，或先或後，至城門外，有石，平廣可坐，因與諸公環坐，又飮餘酒，極醉各散。余到家，不省人事，嘔吐乃宿，此亦客中暢叙無聊，多幸。又與諸公約定後會于此，煮蕨而食矣。然人事多魔，未可必也。

三月卄五日

下雨終夕，李福齡持博具來見，終日賭戰，李也一不得勝，可笑，饋飯而送。且黃僉知愼，自京下來，將向嶺南，歷入此郡，送人問安。因請太守，粘米一斗、大口兩尾、生雉一首覓送，又且親自來訪，亂離後不得相見，今始得逢，欣慰十分。

....

* 愼: 底本에는 "辰". 앞의 일기에 근거하여 수정.

然今欲投宿咸悅, 而日已向暮, 行色怱遽, 只見面目而已, 不得展懷, 是可恨歎。黃也自去年初夏, 以沈游擊接伴官, 往在賊營, 沈爺渡海入日本後, 承命上來, 覲母後, 今始還歸, 將駐慶州, 以待沈之還來云。以其功超陞堂上。且柳生員先覺, 胡稻種二斗, 專人致書送之, 深謝厚意。

三月卄六日
都元師從事舍人申欽到郡, 使人間安稱念, 申乃平康友也, 定山倅因平康奴厸知致書, 送麴二員。

三月卄七日
家奴婢及品人竝八名, 落種兩畓, 而未畢。先付上畓四斗落只, 加落一斗七升, 竝五斗七升, 下畓爲半未及, 種子亦不足, 明日求得兩斗後, 庶可畢種矣。食後, 與彦明往見付種處。咸悅使至, 見子方書, 以麟兒婚事議定云, 徐議處之意修答而送。

　　且近來母主患鼻角證, 咳唾不已, 至今不差。家人與兩女息, 亦患累日, 飮食全廢, 而家人則又得瘇而兼痛, 尤可慮也。令李光春出回文, 收酒米, 合釀於趙應立家。

三月卄八日
下雨終夕, 近來雨澤頻數, 雖洽於稻田, 田穀必不茂, 而兩麥亦爲損傷處云。春雨若洽, 則恐有致旱於盛夏也。李別坐挺時來見, 良久叙話而歸。且隣媼獻新蕨一束, 始見之物, 卽煮而薦神, 因供母主。

且朝送訥隱婢於趙伯益、趙君聘家，致書求昨日落種不足之租，伯益則二斗，君聘一斗送之。

三月卄九日

送德奴於咸悅，持米四斗四升，爲貿甘藿於熊浦濟州商船也。許鑽亦與偕歸，覓粮咸悅，因向靈巖林妹家，修書付傳。

　且晚後李福齡送奴馬邀余兄弟，卽馳進，終日博奕賭物。而李也不勝一局，余去其包而着之，有時不勝，可笑可笑。彼家作飯而饋余兄弟，饌有獐肉炙，捧送老親前。弟先還，而余則日沒乃返。午後，驟雨大作，移時而止。

　夕，安生員士訥長胤過去，因而投宿。招見做話而送，宿處此家無宿房，借隣家接宿。且雌雞畜雛四介，而二則乳狗所吞，一則惡鳶所搏，而只有一雛，大如鶉子，而昨日又爲鳶搏而去，終無一畜，可笑可笑。

四月大【十一日立夏，廿六日小滿】

四月初一日

自曉，下雨終夕。近日雨水過中，連雨不止，農人掇役，時未畢付種，可恨可恨。且母主近來所患鼻角證向蘇，而兩女息亦歇。但家人至今不差，夜則達曉輾轉呻吟，朝似暫歇，而午後昏倦長臥。又無滋味，飲食亦減，元氣憊敗，恐致重傷，深慮不已。

四月初二日

晚後，李福齡送奴馬邀余，卽馳去，歷訪趙訓導，使之隨來。余先往，相與着突，趙座首允恭及具巒入來，暫話而去。具則乃李別坐德厚外姪，而趙僉知應麟女婿也。福齡饋余白粥，終日爭賭，臨夕，借奴馬騎還。

且德奴還來，例送米十斗、租一石載來。又得種租七斗、米四斗及例來租一石受來, 接置良山家, 爲負重故也。許鑽得粮米一斗, 因雨留一日, 今朝始向南路云云。甘藿則已盡賣無餘, 故空還矣。

且聞倭賊輟兵, 舉陣渡海云, 一國之慶, 莫大於此 而但未知實的與否。又聞咸悅母氏, 今日發歸益山農墅, 乃子方近欲解官歸田, 故先送其母氏, 來旬後又送其妻子於藍浦矣。長城倅李玉汝罷歸, 路歷咸悅, 因雨留二日, 致書於余, 問候爾。

四月初三日

無聊中, 食後, 與彥明、鵬兒, 扶杖巡見付種畓處而還。且因李光春, 聞初二日煮蕨會話事, 趙座首退行於來初六日, 不約者亦多邀會, 而大設酒饌云云。

夕, 生員家書, 自振縣來傳。披見則一家時好在, 而忠兒之病, 亦卽永差云, 深喜可言。因聞陽山農村, 他官人避役來居者甚多, 生員來秋亦欲入居云, 可喜。

四月初四日

家奴婢及品人竝五名, 令治前日未及落種之畓, 早畢, 而竝前日所落中租七斗矣。夕, 郡守送問安單字, 乃前監司朴弘老稱念也。然朴之稱念, 不知從何處而來也。今日付種畓, 使彥明除草而用之。

四月初五日

與彥明往李福齡家, 着奕, 日傾乃還, 主家饋余水飯。且今日始掃生蓍一紙。

四月初六日

李別坐德厚來訪, 就辰男斜廊, 做話良久。因邀別坐, 竝轡上城樓,
曾與趙應立諸公約會, 而諸公先來待之。參席者, 尙判官著孫、趙
訓導毅、李別坐德厚、趙座首希尹、趙佐郎希輔、洪生員思古、尹生
員大復、李部將時豪、曹判官大臨、朱別監德勳、趙座首應立暨余
兄弟亦聚, 唱歌官婢與私婢五六, 而又有吹篴者, 或歌或篴, 終日戲
遊, 臨夕各散。但所釀酒薄酸, 不堪飮, 是可恨也。然無聊客中, 一
日醉話開笑, 良幸良幸。

四月初七日

尙判官來在辰男斜廊, 使人邀之, 卽往叙。因聞今日還上分給, 卽書
單字, 親進見太守於司倉, 請之, 得受正租二石, 與彥明各分一石而
用。但一石荒雜不好, 必以荒租爲正而受來。改斗則一石十六斗, 荒
則十八斗矣。太守飮余酒三大盃, 還時, 歷入權景明及南生員謹身
家, 皆不在, 故空還。南則太守妹夫, 而在京時相知者也。

四月初八日

俗節, 蒸槐葉餅薦神。適任參奉婢福今送生道味魚一尾, 作湯而竝
薦。終日陰而灑雨。送德奴於咸悅, 以前所置米與租載來事也。

四月初九日

漢卜以生魚貿易事, 往庇仁, 吾家亦給米六升, 使貿來。且家人自昨
日氣似向蘇, 飮食稍加, 但無滋味, 不得如意而食之, 然自此永可快

差。但往來無常, 是可慮也。

夕, 聞尙判官來在李光春家, 往見叙話。而但聞公牧傳令於此郡, 令太守領諸色軍, 卽刻馳來守公山城云, 未知是何故耶? 預爲措備而然耶? 別有邊報耶? 以此人心搔動驚駭, 甚可憂慮。應翼來見而歸。

四月初十日

聞昨夕邊報三至, 卽馳入郡, 見太守於西軒, 適都事入郡。又且李別坐德厚、韓進士謙來到, 相與叙話。因見傳通, 則去初四日東萊、深山兩邑馳報內, 唐兵不意多數出屯於石橋, 隨後賊將淸正兵無數出來云云。此處人心驚動, 各備輕裝, 皆欲避走之計, 而吾家一奴單馬, 去無所適, 極悶奈何奈何?

夕, 趙毅、成敏復來見。德奴還來, 太守太三斗、醢、藿, 帖給, 前日接置租一石七斗、米四斗載來。

四月十一日

未明, 馳往趙座首希尹家, 邀趙佐郞希輔, 相議避亂之事。渠等已措牛馬, 明明當發程, 向歸江原陽*口縣地。然邊聲其後更不來報, 今日必是來到, 更聞然後發去云云。

因聞上天使乘夜率唐人二名, 潛逃出來, 直路上去, 而副使則被留云云。此言高山倅趙希轍致書云。余亦卽還秣馬, 朝食後發來,

....

*　陽:底本에는 "楊". 일반적인 지명 용례에 근거하여 수정.

舟渡南塘，馳入咸衙。子方則以還上分給事，坐司倉，時未還衙。入見女息，始聞賊奇虛事。

臨夕，子方入來，因問其曲折，則曰"今朝，巡使營吏告目內，天使去初三日與淸正夜飲，爲胡僧所欺，潛夜逃去，不知去處。玆以所率唐人及淸正麾下，四散尋覓，或於山谷間奔走尋蹤，差備通事南同知好正，亦向慶州之路推尋。故因此東萊、梁山兩邑馳報，使人心騷動，此言的實"云，深可慰喜。

巡使關亦到，令列邑鎭定民心云。以此遠近稍定，然稍實士人等，傾其所儲，換其輕物，不計價之高下，甚者，或傾散醬油瓮於隣里，或盡刈麥穗，喂其牛馬云，可笑。昏，申大興及金奉事入來，與子方做話於新房，夜深各散。余則出宿上東軒。

四月十二日

借騎人馬，馳到益山，見申相禮寓家，李長城玉汝亦在，相與做話。玉汝謂余曰："邊報雖稍緩，不久還作，乘此之時，不可不上去。"勸我趨速入歸平康，而渠則明日率其妻子及同腹等，或步或騎，直到安峽，使我亦與一時偕歸云。言語張皇，此處之人，因玉汝之言，皆欲上去。申相禮亦於來十六日間，上歸云云。

玉汝則因此郡太守之邀先出，相禮饋余晝飯，相禮亦赴太守之邀。余亦出來，歷入玉汝寓家，謁其玉汝母氏後發來，還到咸悅，則日未夕矣。今日所聞，亦與昨日無異，而更無馳報矣。

昏，又與申大興、金奉事叙話於子方所宿新房。且平康問安官人，昨日到林川，今日來此，見其平康書，一衙皆無事云，深喜深喜。

送淸三升、大口五尾、乾雉十首。允誠歸西時, 修書置之而去, 允誠書亦來。此官人來時, 歷入廣州生員家, 亦持生員書而來, 亦皆好在, 而其日發歸平康, 念前還來云云。但生員去後, 聞賊奇之急, 彼此狼狽, 甚可慮也。

　且來此聞之, 宗胤自水原歷宿于此, 聞賊奇, 卽向鎮安, 兹敢巧違, 不得相見, 可恨。且子方新兒, 前以重振爲名, 今改振業矣。

四月十三日

子方以全州守城相議事馳往。乃昨日巡使關始到, 令近處十官疊入完山守城。故完山府伯使人致書, 邀子方共議守城之事云云。

　晝飯後, 余亦率平康人發還, 路逢申大興、金奉事以李欽仲卜兆事往山外。因與偕來, 馬上叙話, 幾至半息程, 申、金上山。余獨來, 舟渡南塘, 抵家則日未夕矣。

　子方來時, 贈余生秀魚一尾、仇乙非四束, 持來。去夜, 適安鐟來見, 因與同宿, 鐟乃安敏仲胤子也。

四月十四日

自曉下雨大作, 午後始晴。終日修平康及生員書, 明當平康人還歸故也。

四月十五日

送平康人, 付書兩子及南高城妹處。在咸悅時, 請給粮米一斗, 此處又加給二升及醬一鉢, 留日朝夕饋飯而送。且平康所送物, 適子美子宗胤歷此，乾雉一首、清七合贈送。又任參奉奴還歸，乾雉一首、大口一尾，南高城妹處，乾雉一首付送矣。

且晚後，借騎趙應凱馬，與成敏復偕往趙君聘家，適伯恭、伯益兄弟曁其三寸趙磧氏，與諸少年五六咸會，徵酒作話，終日戲遊。令伯益婢今丹彈伽倻琴，臨夕大醉，與成公先出還家，以其醉故不食夕飯而宿。

且聞上天使自出賊陣後，來宿南原，歷全州、礪山而上去。不入京城，潛夜過去，直向中原，一路列邑，皆不知天使，只以唐將而待送云。時未知何故而如此妄動也。然天子之命，置之賊中，潛出逃走，上辱君命，下梗講和，他日釁端，未必非此而起也。若得人馬，則可乘此時，避入平康，而不可得，可歎奈何？

然平康人歸時，致書允謙，來月內，人馬二匹送來，則雖不舉家偕歸，先奉母主入處其地，吾一家則當竢初秋，入歸切計。

四月十六日

送德奴於結城，以其處穀舂米貿鹽而來事敎之，且晚後，與彥明巡見付種處，則獄松前畓水乾。故衆鳥拔苗摘實，盡食苗芽，棄在盈畝，必將稀種，痛甚奈何？且家人自昨昨氣還不平，可慮可慮。

四月十七日

與彥明巡見諸畓，注水而還。歷入李光春家，見弓匠修造破弓，適曹判官大臨下來，相與休話而返。夕，安敏仲胤子錞過去，因日暮借宿，饋夕飯而送。且靈巖林景欽所送僧■■自洪陽還來，饋夕飯而宿。

修書付傳彥明妻。家奴自泰仁來報，彥明妻父病勢危苦，不久生事云。因向結城金聘命家。令漢卜改修磉之誤處，以正其臼，前日磉穴不正，不能舂故也。

四月十八日

靈巖來僧，曉頭還下歸。成敏復來見。午後，無聊，與彥明步往李福齡家，聞家人近日氣甚不平，吉凶如何？擲錢推占，曰"吉而無凶，勿疑勿疑"云云。

因與着奕，適趙訓導毅入來。又且金鏛來訪吾家，聞吾在此尋來，相與做話良久，金、趙先歸，終日賭戰。臨還，尹大復亦來，暫與叙話，而先起還家，日已傾矣。

四月十九日

李福齡持博局，爲來訪之，終日賭戰，連負八局而歸，可笑。饋水飯而送。夕，咸悅女息，送人問候其母，因覓送生道味一尾、鹽石首魚五尾、蕈一鉢。隨後又送藥飯一笥，聞其母欲嘗，爲造而送。

四月卄日

晚後，與彥明步往成毅叔林亭，路逢趙訓導弘遠，偕進。邀毅叔，列坐林下，相與叙話，因觀李光春、曺仁男、趙應凱等射帿。適校生持酒肴來呈弘遠，因與共破。李時尹妻父李彥祐，亦尋來訪，終日話舊。臨夕，邀李彥祐先還，饋水飯而送。

又與彥明招隣人古同，巡見付種畓立苗如何。古同審見曰"雖有雀食稀種處, 又有密處, 可以移密種稀則好矣"云云。古同老農也。
近日家人氣甚不平, 而自昨稍歇。然招巫祈禱, 午後, 氣還不平, 可
慮可慮。巫之虛僞, 亦可知矣。

四月十一日

令四人除草, 先芸早稻畓, 後移芸李通津畓而未畢。昨日通津奴子
來, 捧今年徭役價米一斗升而去。食後, 與彥明往見芸草處, 適尙
判官來李光春斜廊, 送人邀余, 卽就見, 叙話良久而還家。

　且漢卜來納錢魚一尾、刀魚一尾, 乃前日給米六升, 令買於庇仁
魚肆, 而今日還來。但聞場市錢魚大一尾價米三升, 而漢卜者, 只以
一尾貿納, 必欺我哉, 痛甚痛甚。

　然業已屠割, 卽令作湯, 一家共食。但家人自朝終日, 氣鬱不寧,
而因食炙魚半片、粟米飯數匙, 因此胸膈煩悶, 所食之物不下, 頭痛
亦極, 三四度嘔吐, 然後稍歇。而然痛頭之候, 煩悶之證, 終夜不
止, 轉輾吟呻, 元氣漸憊, 悶慮悶慮。

　飄泊窮鄕, 問醫無所, 三兒亦皆遠在, 數三日內, 不可招致, 而病
勢如此, 罔知所措, 極悶極悶。夕, 咸悅女息, 專人覓送錢魚三尾、
大亡魚一尾、葦魚十二尾、芥子一掬。乃前日其母欲嘗葦魚膾, 故爲
送, 而因病苦不食, 恨歎奈何奈何?

四月十二日

朝則家人證候, 比昨夕稍蘇, 而頭痛尙未快差, 頓無思食之念云, 悶
慮悶慮。食後, 送彥明於李福齡處, 使之推卜吉凶, 則書送曰"當生月

令戊寅, 而行運又到壬申, 故寅與申相衝破命令, 被傷遇小疾, 理勢然也。又且今年丙申, 故命令遇害重重, 此乃呻吟之時也。然元命必到庚午, 運中終無重患, 勿憂幸甚"云云。庚午運則七十六也。

又使擲錢占之, 則曰"鬼與螣蛇共動, 大吉無凶之兆。況子孫爲福德神而又動, 專是虛驚之象, 終吉無凶, 千萬勿憂。來辛酉日, 平復必矣"云云。辛酉日, 來廿五日也, 當竢後日驗之。

四月十三日

家人證勢, 朝則似歇, 而頭痛如前, 飲食全廢, 極悶極悶。朝, 保寧居李成獻來見, 乃允誠妻族。而意爲允誠來此, 故適到郡內奴家, 因來訪云云。聞家人不寧, 謂曰: "昨日來路, 偶射獐一口而來, 若送人則當送一塊肉, 幸進病中何如?" 卽偕送婢子, 則獐別胎割送, 深謝深謝。

病人聞獐肉得來, 欲嘗之。卽作湯而食之, 幾十餘點, 膈上積而不下, 欲吐不得, 因此氣甚困憊, 頭痛尤劇云, 悶慮不已。午後, 頭痛向歇, 故開目言笑。然胸膈煩悶, 雖小小飲食之物, 皆積不下云云。德奴至今不來, 可怪可怪。令兩婢芸前日未盡芸處。

四月十四日

家人痛頭之證頓減, 但去夜膈上積物三四度嘔吐, 然猶未快, 長有欲吐之心云。此必痞胃極敗, 所食之物不安於胃, 而輒逆欲吐。若得養胃之劑, 則庶可好矣。而兒輩皆在遠地, 近處無醫可問, 悶慮悶慮。

且昨日，趙座首應立及柳洙來見而歸。因聞趙伯益喪女，又遭其三寸趙磏氏之服云，驚悼驚悼。趙前日趙君聘家設酌時首坐，飲食如常，別無不安之候，纔經數三日，遽聞其訃，人事安可恒？尤可嗟悼嗟悼。

晚後，韓進士謙、洪生員思古來見。適李福齡先至，方與着奕，韓、洪邀余兄弟及福齡，往成敏復林亭射帿，參會者權生員鶴、曺大臨、太守子朴天機、池別監■■李光春、曺仁男、趙應凱及常人。三分邊，負者復會日，呈酒果，期於端午日。成敏復家先供酒肴，而洪、韓亦辦酒一盆、肴一笥而來，終日射帿。臨夕，乃罷各散。余與李福齡，亦終日着奕林下，因飲酒大醉，還家盡吐後就宿。

且今日令兩婢芸獄松前畓而未畢。咸悅女息，送人問其母病候，又送生眞魚兩尾、錢魚一尾。

四月十五日

家人證勢，漸加向蘇，始食白粥。然困憊之侯，尚未永瘥，可慮可慮。前日欲借咸悅人，上送生員處，而今日來到，家人日漸蘇歇，故不送矣。且令四人芸昨日未盡畓，而畢芸後，移芸下畓而未盡。

夕，德奴貿鹽始還曰"近地無鹽，故入安眠島換來，而米六斗，鹽二十五斗捧之"云云。結城所儲荒一石，春米貿鹽，而其餘往來路粮。竝米八斗五升、馬太一斗六升，又赤豆一斗五升、菉豆一斗持來。鹽二十四斗還授德奴，使之貿布矣。

且邊仲珍次子彥璜歷訪，可憐可憐。仲珍乃余同庚，而少年友也。又居隔墻，朝夕相從，亂前以病先逝，常懷慟悼。今見其子，追思昔日之事, 益感于中。彦璜兒名, 中伸也, 而麟兒友也。今居稷山農村, 而與其兄及奉母而住云云。饋畫飯而送。

因彦璜聞親家奴愁豆只生存, 今在稷山茅串里其父奴從海所居家, 良妻所産婢丹春, 年幾十一二云云。愁豆只雖曰盲人, 棄易三妻, 今娶巫女而居, 長以作巫爲資。其女丹春, 則初妻所生云云。彦璜家隔隣故詳知。

前者, 宋奴來告曰"愁豆只與其母一時病死, 而亦無子息"云, 今聞其母亦生, 尤極痛骨於宋奴也。

四月卄六日

朝, 送德奴於咸悅, 爲覓祭需事也。咸悅衙奴福環, 昨夕來到, 欲送生員處, 通其母之病, 而適自昨向蘇, 今日則尤加差歇, 故不送還歸。且送訥隱婢, 致書于李別坐德厚家, 得種租三斗而來, 欲長苗補種稀苗處爲意。別坐又送生雉半隻, 爲欲饋病妻爾。

夕, 咸悅官人, 持子方簡來, 問家人病侯。又送補中益氣湯五帖, 使之服之。生亡魚一尾亦送, 卽作湯夕食, 與弟共破。

且金奉事致書曰"婚事已定, 不可違也", 來月初六日、十二月十六日, 擇日而送。然家人證勢, 其前必不永差, 凡事亦必不及, 恐不偕也。以此答送, 過忌後, 余欲親進面議決定亦計。

四月卄七日

德奴還來, 咸悅覓送祭需白米一斗、粘米三升、木米三升、黃角一斗、甘藿五同、海衣二帖、甘苔三注之、眞油五合、生葦魚一冬乙音,許鑽自靈巖亦來, 林妹痁疾, 今則向蘇云, 可喜, 粮米一斗、乾秀魚一尾, 寄母主前矣, 平康之人, 近日可來而不來, 可怪可怪,

四月十八日

崔深源胤子挺海, 明日, 率妻還歸靈巖, 而早朝使人告歸。故卽修書付傳林妹處。且明日祭需, 令兩女率婢等, 親執辦備。適家人病臥, 彦明妻亦遭父喪, 時未成服故爾。前月初平康致書, 今此忌祭, 素物諸具當備送, 而待之不來, 未知何故也。

夕, 長水李子美妻氏, 率四男, 今當上去, 歷入于此。家人病中, 邂逅相見, 悲喜可言。欲歸寓水原敬與妻氏所住農村, 待秋移葬子美云云。時尹妻子先歸其父所寓西村, 而明日上歸時來見云。

四月十九日

曉頭, 與弟及麟兒行祭。子美妻子因留, 仲子善胤歸咸悅, 爲覓粮饌矣。且德奴以貿布事, 發歸山縣。晚後, 招崔仁福, 饋酒五大盃而送。

平康人, 今始入來曰"行到京城, 馬病趁未下來, 不得已棄馬, 兩人負來"云。祭物則木米五斗、赤豆五斗、柏子一斗、榛子一斗、石衣二斗、眞茸一斗、乾雉十首、獐脯十條、乾餘杭魚十尾、菉豆末二升、淸三升、生雉食醢四首、餘杭魚食醢五尾、燒酒二瓶、生梨二十介。但赤豆則負重, 不能輸來, 換米入納, 乃粗米二斗八升, 深恨不持來也。眞茸亦四五升矣。麤布二疋亦送, 欲令作夏衣, 給婢等爲計。若早來則德奴不送於山縣矣。卽修答書, 還送平康人。且此道巡使,

巡到此郡云。長水家屬因留。

四月晦日

長水家屬亦留。且令四人芸前日未盡畓, 而亦未畢。晚後, 與彥明往見芸草處, 因巡見諸畓, 則皆苗稀水乾, 將欲補種, 時方長苗而未長, 恐其節晚也。

　且早朝彥明入見巡使, 巡使帖給鴻山營所儲米五斗, 瑞山漁箭科給一水, 鹽一石上下事, 成關而給。又且宋奴推治事, 稷山官移文亦成給, 許鑽議送事亦面囑, 則依法治罪事, 令鴻山官閱密捉囚牒報矣。所願皆得, 可喜。巡使名李廷馣, 而在京時, 彥明師事, 故前日湖南方伯時, 亦多周給矣。

　午後, 時尹率妻子, 自其妻父寓所移來。夕, 其妻父亦來見其女, 而因日暮未還而宿。且善胤自咸悅還來, 子方贈粮二斗、太一斗、白魚醢五升, 恨其小也。

五月大【十一日芒種, 廿七日夏至】

五月初一日

長水家屬因留。且令二婢芸草。彥明率許鑽往鴻山, 中路聞太守以
延命新使事, 已歸韓山而未還, 卽還來。午後, 咸悅送人馬邀余, 卽
馳渡南塘, 抵咸悅, 先見子方於新房, 因入見女息。

　昏, 金伯蘊下來, 相與面議婚事, 期日若促, 則退行於二十九日
無妨云云。詳聞處女賢哲, 定欲結親為計。然婚裝雖不極備, 小小
之事, 窮不能措, 可悶可悶。

五月初二日

朝後, 大興來見, 與子方會坐新房做話。畫飯後, 金伯蘊亦來, 因作
膾蘆魚, 設小酌。李生員謹誠, 隨後入來, 相與巡酌, 終夕各醉乃散。
余則醉臥, 不知夜深, 為人扶起, 乃還東軒, 但嘔吐後就寢。

五月初三日

食前, 往見金伯蘊, 適李謹誠亦到, 相與議婚, 伯蘊出酒, 各飲三大盃乃還。歷入申大興寓所, 做話良久返衙。氣困, 就上東軒, 終日偃臥, 或睡或起。適朴長元來見, 叙話而歸。

且昨日送人林川, 取布而來, 今日場市, 令彥守賣之, 捧米十五斗, 接置梁山家, 後日欲買靑苧, 用於婚時爾, 極麤而短, 猶捧十五斗, 市價之高, 於此亦可想。昨日, 白魚醢一斗, 覓送林川, 蕁一瓶, 女息亦覓送。且長水家屬, 昨朝發歸京路云。

五月初四日

朝食後, 借騎戰馬, 來到熊浦, 歷見洪堯輔於其寓家, 叙話良久, 洪也饋余水飯。後來抵津邊, 時方潮落, 未卽登船。少憩岸上, 待其汐水, 發船泝上, 來下李別坐德厚家前。入見文仲, 適蘇隲亦到。坐上有文仲弟德秀及其姪尹應商, 相與叙阻。文仲先飲梨花酒, 次飲淸醪, 又饋夕食。

望見海口, 漁船擧帆, 趁汐而來, 乃文仲捉魚船也。眞魚備載而還, 贈余生三尾、鹽二尾。使人來乞者多, 各贈生三尾而送。蘇隲亦得如我之數。余來時, 子方蕁一瓶、尾扇一柄, 送于文仲處。臨夕, 與隲偕返, 而隲則中路辭歸, 余獨到家, 日已昏矣。

子方亦贈余尾扇兩柄、白鞋一部。且麟兒婚時玄纁, 得備極難, 子方靑三升一疋先贈, 紅染木亦當隨後備給云, 深喜深喜。納采則來十六日定矣。且到家聞彥明, 與其妻嬭, 昨昨往泰仁云。

五月初五日

端陽節也, 行茶禮于神主前。且朝後李福齡來見, 因與着奕, 饋以松餅。午後, 成敏復使人邀余, 卽與福齡, 步往松亭下, 前日與諸公約會故。諸公皆有故不來, 只曹判官大臨父子及成敏復、李光春、趙應凱、成敏復四寸弟暨余六七人。權生員鶴隨後入來, 各呈酒肴, 大醉先返。諸人夜深乃罷, 因射帿。

　　且家人近日氣還不寧, 雖無適痛處, 而困憊已極, 飲食甚厭, 思臥不起。仲女亦自去晦日, 亦如其母之證, 全不飲食, 長臥困眠不已, 尤可悶慮悶慮。且兩婢今日爲始入里中聚衆除草之類。

五月初六日

定山倅使平康奴夽知致書, 改鑄鼎負送。但無盖過厚而容小, 僅炊四五升, 如我家衆多之口, 不合於用, 可恨。又聞定山瓜滿, 遞還連山農村云。

　　且午後東南風大吹, 因以灑雨終夕, 至於終宵不止, 簷溜有聲。久旱之餘, 得此一雨, 兩麥庶有還蘇之望, 可喜。但未洽於水畓, 可恨。

五月初七日

曹判官大臨, 來見而歸。夕, 趙毅、趙應立來書堂, 送僧邀余共話。卽與來僧步進, 叙阻, 適趙應凱, 持酒來飲, 因與同宿。

五月初八日

朝前, 借騎趙應立馬, 還家。且訥隱婢除草未畢, 痛頭晚朝還來。他日償品，必減一人，可恨。

五月初九日

訥隱婢尙臥不起，使他人代送芸草處。許鑽自咸悅還來曰"昨日來到
津邊，無船不卽渡，因致日暮，投宿津夫家，今始回渡無愁浦而來"
云。但朝夕不得食，可恨。八升苧布四十尺、米二十二斗交易，而前
日接在米不足，故太守加給五斗而買之矣。

　　且咸悅女息，造白餠一笥、淸酒一壺，鹽眞魚二尾，專人負送，
乃子方意也。夕食未及，卽與上下共之。夕，南生員謹身來見，饋餠
酒而送。南公乃太守妹夫也。在京時，有相知之分，故來訪矣。又
招李光春，亦饋酒餠。

五月初十日

趙座首應立，以官屯畓監芸次，來坐李光春斜廊，使人邀余，卽就
叙話。趙訓導毅、申別監夢謙亦來。

　　午後，金奉事璥、李生員謹誠，自咸悅上去歷訪。家適有酒，卽
與共飮，已過半醉辭去。又饋水飯而送之。且金、李去便，借騎趙
座首馬，往訪李進士重榮，適出不在。還時，入見李生員柔立，坐家
後槐陰下，招李進士胤子共話，隣居田文亦到，李也飮余梨花酒，臨
夕乃還。

五月十一日

官屯畓昨日未畢芸，故趙座首亦來李光春斜廊，卽就見而還。

五月十二日

得品人二十五人，芸畓四處，未夕而畢，乃十五斗落只也。越五次，故濁酒一盆、烹太一盤，備饋諸人。但兩畓水乾而苗稀，可恨。

午後，巡見芸草處而還，所佩刀見失，不知落於何處也。此刀極好，故愛佩已久，今乃見失，物之得失，雖曰數也，家無可用之刀，深可惜也。

五月十三日

今日，乃許鑽母大祥。而鑽也久在於此，難於發言，含默不語，故一家不知，昏始聞其然，只備飯湯，而使之奠哭，不勝哀慘哀慘。

且蠶自朝始熟上薪，但桑葉極難，一日不過四五度得食。香婢逐日摘桑，所摘至少，可恨。且彥明初往吊泰仁其妻父喪，今日始還。

五月十四日

蠶畢上薪。且定山居平康妻家婢夫有良來謁，乃定山倅鄭天卿欲後娶於吾家，故使之傳語，卽饋酒食而送。婚事當竢後日議處云。

午後，生員自廣村聞其母不寧，又且其弟婚事及期馳來。不見至於半年，而今忽見之，一家欣喜，不可言不可言。因聞忠兒誦《詩》三章，又歌《思美人辭》，能記六甲，凡文字聞一則不忘，聰明過人云。其外祖崔景綏，亦致書於余，深賀此兒之穎悟，尤欲見之，不可得，徒自喜慰而已。又因生員得見南妹書，時皆無恙云，尤可喜也。

且德奴今始還來，布則山谷中亦價高，不得貿來。只米九斗五升、乾柿十貼、布衫一件買來。布衫及柿二貼，還給德奴，使備着夏服。又且咸悅例來粮租十八斗及前日覓置鹽亡魚二尾載來。

五月十五日

今日乃曾祖忌也，只備糆、餅、飯、湯奠之。余適生小瘡數處，白汁猶出，故使彥明與麟兒祭之。方生員秀幹來見，良久敘話，臨夕而歸。

五月十六日

使德奴持乾柿五貼，往咸悅熊浦，貿甘藿而來。聞濟州商船來泊熊浦，柿一貼、藿三十同相換云云。昨日，李別坐德厚，專人送生眞魚四尾，夕與妻子作湯共之，深謝厚意。

五月十七日

許鑽造矢於李光春斜廊，與彥明往觀而還。終日灑雨，不至大作，久乾之畓，猶長草而已。且李進春自定山適到郡，因來訪爲言定山婚事，以年歲不敵爲辭，因饋燒酒三盃而送。進春乃李廻春弟，而在京雖不相識，聞吾名久矣。因定山倅之請，來言婚事爾。

夕，谷城倅鄭純復罷遞上去，歷宿鄰家，前雖不知，居在於義洞，聞其名久矣。使人借馬槽而去，故吾亦使人問候，因進見叙話而返。權生員鶴，亦來見谷城倅，而因來訪余，從容叙阻，夜深而歸。

五月十八日

食後，與彥明及兩子，就李光春斜廊，見許鑽造失而還。午後，細雨濛濛終夕。摘繭十五斗。

五月十九日

終日與彥明及兩子，會話一堂。德奴不來，可怪。

五月廿日

今日乃竹前叔母忌也。只備糆、餅、飯、湯，啓明，與麟兒行祀事。晚後，德奴入來，貿甘藿大二十五同入納，前言可貿三十同，而今又減五同，必爲所欺，可憎可憎。例米八斗、祭用粘米三升、木米三升、藿五同、黃角一斗、租十二斗，與女息所送眞魚五尾、蕁一瓶及良山所獻乾錢色二尾持來。眞魚一尾、藿一同、錢魚一隻、卽贈彥明家。

且晚後入見太守於官廳，適李別坐德厚亦來，相與斜阻，因請還上，呈單字，題給正四石，卽座首出給。余亦來司倉，親見受出，先令德奴載送，余亦隨還，卽斗量則皆十七斗而只一石十六斗矣。二石卽給彥明用之。

夕，與彥明及兩兒，步進成敏復家致慰。成也昨日以此郡存沒監官，受刑於巡按御使故也。居鄉兩班，每被意外之辱，可歎可歎。

五月廿一日

早朝，余之前日所失佩刀，李光春偶得於路傍來獻。意爲永失，而今幸得之，深喜可言。若使他人得之，則必不還給矣。卽送甘藿二同，以謝其意。且令德奴、安孫持兩馬，伐枯木於成敏復墓山，使之再度載來。又令兩婢，刈路傍秋牟。

晚後，與彥明及兩子，步往見之。且咸悅送人馬，邀生員，生員卽發歸。又聞洪生員思古，來權平池邊獵漁，亦就見，適李福齡、曺大臨亦來, 相與敘阻。因邀福齡偕返, 着奕而送。

五月十二日

朝前, 致書李進士重榮處, 借婚函金帶而來。食後, 親往李別坐德厚家, 別坐適監收秋牟于其家後路傍槐陰下。就見敘阻, 先飲梨花酒, 次饋水飯, 觀其打牟者。十五餘, 左右列立, 一時竝打, 呼聲振地, 牟實滿場。昨日所收四十五石, 今又如此云, 可謂雄哉。

借麟兒婚時衣服, 日傾乃還。但衣服皆短狹, 不可着, 悶極悶極。來時, 別坐贈太三斗, 深謝厚意。但今日乃妻父忌也, 忘却誤食肉饌, 可笑可笑。

且夕生員奴安孫, 自咸悅入來。生員賊奇傳書付送內, 今月初七日, 倭船一隻, 自日本出來, 直到釜山。問其來由, 則平行長處, 關白通書曰"大明疑我太甚, 清正爲先撤兵"云。故初十日, 清正撤兵發船, 副將三名終當城機, 家舍破毀, 衝火後入歸, 行長則副天使一行入去云云。

又金海附賊人來報曰"竹島下去聞見, 則倭等十五日無遺撤兵, 卜物爲半載船, 其所騎馬匹, 欲爲放賣, 釜山市場, 多數出來"云, 此必非虛傳, 一國之喜慶, 如何可喜? 但賊謀難測, 安保其必無後患乎? 又聞倭陣市中, 我國被擄男女, 行長出令, 時方推刷, 姓名開錄, 受種租者竝徵木布云云。且路傍田牟打收, 則只十六斗, 可笑可笑。

五月十三日

曉頭, 安孫上歸廣州家。乃生員因麟兒婚事, 不得上去, 故先送奴子, 爲收兩麥故也。且兩婢先使刈牟, 欲爲明日打收之計, 而爲半未刈。晚後, 送許鑽于咸悅, 使子方爲借麟兒黑團領事也。

夕, 靈巖林妹家奴入來, 聞妹氏得患逐日瘧, 全廢食飲云, 深慮不已。景欽送尾扇一柄, 妹則乾民魚一尾、秀魚卵一隻, 母主前亦如右, 而加送白米三斗, 明日乃母主生辰, 故使之造餅獻之。

五月卄四日

令兩婢刈牟, 又使三人打牟收正, 則所出家前田三十八斗, 崔淵田十七斗。崔淵來監。且朝後往見趙君聘及伯益, 適柳洙亦來, 相與做話, 君聘饋余水飯, 日傾乃返。亦歷訪趙伯恭, 叙阻良久, 伯恭飲余梨花酒。夕, 生員與許鑽, 自咸悅入來。

五月卄五日

自曉下雨大作, 終夕終夜不止。久旱之餘, 得此好雨, 三農之望, 洽然可喜。且今日乃母主初度, 而造白餅、茶糆、魚湯、脯醢, 先奠神主, 因告麟兒婚由, 後獻母主, 又與上下共之。

但端兒左項耳下有浮氣, 如小兒拳, 因此不飲食臥吟, 悶慮悶慮。午後, 咸悅女息, 白餅一笥、清酒一壺、軟蕷一缸、江魚一尾, 專人負送, 爲備母主生辰爾。且家人明日欲往咸悅, 雨勢如此, 恐不偕也。

五月卄六日

雨始晴, 然載陰載陽, 有時灑雨。晚後, 家人借李福齡及成敏復馬,

率兩子發向咸悅。咸悅昨日預送兩船, 待侯南塘津邊, 故當乘船, 直
下熊浦, 乘轎入縣爲計。但端兒頂上有浮氣, 不得率去, 因此用心泣
涕不已, 可憐可憐。朝前, 移東瓜苗及茄子苗。

五月卄七日

德奴還來, 聞家人無事入縣云。且令兩婢刈福男田牟, 打正則各分
十一斗。夕雨。

五月卄八日

去夜, 大雨滂沱, 至於朝而不止, 明日婚事克可慮也。權景明亦於明
日迎婿日云。端兒浮處, 尙未差歇。朝, 致簡於太守招醫女觀之, 因
雨濕不能針破。官婢福之, 學針治瘇爾。

　朝食後, 冒雨發來, 雨下如注, 行路水滿, 艱到南塘, 無船不得
渡。來抵李別坐德厚家, 文仲兄弟具在, 邀余亭上, 從容叙話, 先飮
碧香酒, 次饋攤飯。風雨大作, 少無休息。文仲謂余曰: "如此風雨,
不可渡江, 因宿于此, 明曉發去何如?" 然明日婚事, 不可不往, 婚書
又不着署, 故不得已借船渡江。渡江時, 風浪少息, 雨勢如前, 衣服
盡濕。舟尙搖蕩, 心神悸惶, 艱得越江, 馳來咸縣。

　子方與金伯蘊, 會坐新房, 待余之來。叙話良久, 伯蘊先起, 余
亦入茍見女息。因食夕飯後, 還出新房。使生員裁婚書紙而書之。
昏, 與麟兒出宿于上東軒。且縣吏以事往全州, 告目曰 "中朝使副天
使爲上使, 沈游擊爲副使, 牌文過去嶺南" 云云。

五月十九日

曉頭送綵, 令良山負函而送。朝, 尚風而灑雨, 今日亦必不晴, 可悶可悶。玄纁則子方備給, 紅色因雨不得染, 僅辨色而已。彼此凡事, 皆子方措備矣。

去夜, 生員與子方, 同寢新房, 右手爲蜈蚣所噬, 不至重傷, 微浮而止, 卽令撲殺。且晚後大雨大作, 午後始晴, 然濛濛不止。點心後, 與子方圍繞, 率麟兒, 入聘金奉事家, 皆着雨具, 至於新郎亦着雨備, 可恨。新奴彼此皆不爲, 彼家圍繞則申大興、閔主簿。而官供中行果, 各行酒而罷, 生員亦隨後人來參。

且家人先令玉春母女, 往見新婦, 以爲奉事所拒, 不得入, 以窓隙望見, 遠不得詳辨云云。余初以爲今日乃竹田叔父忌也, 不復圍繞, 而因伯蘊强邀, 不得不參也。昏, 與生員出宿上東軒。

五月卅日

晚後, 金奉事家備饌, 先送燒酒一缸、水丹一盆、切餅一笥、藥果一笥、乾魚一盤、櫻桃一盤、鷄兒三首。官備酒、糆、饌送。戴來人, 又給米三斗, 使之分用。

午後, 新婦入來, 余與子方及生員入見, 而還出後設宴。而參席者, 家人只與室內及金書房宅、子方兩妾而已。金伯蘊妻氏則强要不來矣。子方邀伯蘊, 又設小酌於新房, 各巡盃而罷。

夕, 新婦還歸, 凡事皆備, 非如亂離之人, 此是金奉事之力。觀其新婦動止, 必非愚劣, 可喜可喜。適雨小晴, 故新婦往來, 不備雨具。率來婢子等, 家人又給米三斗, 使之分用。

六月小【十二日小暑, 廿四日初伏, 廿七日大暑】

六月初一日

午後, 往申大興寓所, 問子安之候。大興出見敘話, 飲以時酒一大盃。因就見金伯蘊, 而新婦亦出拜。伯蘊家適無酒, 作木䊚而饋之。臨夕乃返, 入衙與子方對食。昏, 與生員出宿東軒。欲還林川, 而雨勢不止, 江水漲滿, 渡涉甚難, 故姑停。

六月初二日

朝後, 申大興與金奉事來訪, 因與就上東軒, 與子方、申、金暨兩子會話。點心後發來, 到熊浦, 登舟張帆, 直抵南塘邊, 下陸至家, 日未暮矣。來時, 子方刀魚三十尾、甘藿二十同、鹽二缸覓贈, 女息又給鹽丙魚十尾、鹽靑魚十尾載來。林景欽奴, 自鴻山還來。

六月初三日

早朝, 往訪權生員鶴, 因出新郎而見之。新郎乃金司圃養孫, 而於余七寸姪也, 去二十九日來贅權家矣。權也飲余時酒一大盃。來時入見南生員謹身, 洪思古、權鶴隨至南家, 飲以秋露三盃而罷。且午後平康問安人入來。見其書, 則此人先送, 隨後送人馬, 吾一家陪去云。如此暑雨, 奉老母率病妻, 不可遠行, 人馬必徒往來, 可恨。

　然倭賊若有再起之兆, 則不計暑雨之苦, 今聞不久撤兵, 盡還其國, 清正亦先發歸云。姑欲留在此處, 待秋更決去留爲計。平康所送餘項魚五尾、文魚六條、獐脯五條、快脯二片。且令德奴作厠, 前日爲風雨所毀, 故伐木更新作之。

六月初四日

咸悅衙奴等, 欲貿新繭事, 朝前載米兩駄入來。因見家人書, 近日還爲不寧云, 可慮可慮。子方所贈雜鹽兩斗付送, 而觀其數卽僅一斗餘, 必偸食, 可憎可憎。咸悅衙奴等還歸時, 平康人偕送, 靈巖林景欽奴子還下去, 修書付傳。且耕崔淵田, 落根豆五升五合。

　夕, 李通津奴子來, 推田所出牟, 計除種子四斗, 而其餘在六斗給送。今日場市, 令德奴持藿換牟, 二十同只捧十斗, 而以其二斗, 買訥隱婢簑衣。

六月初五日

送德奴於咸悅, 爲陪來家人。而晚後平康人還來, 因聞家人明日不來, 初八日間發來云, 深悔德奴之送也。

午後, 趙座首應立來在李光春斜廊, 使人激余, 余卽赴, 趙別監光佐亦來。兩趙得烈酒一壺、牛肉烹一笥, 相與飲之, 牛肉不見久矣, 爲捧一貼, 送母主前。彦明、許鑽隨後入來, 亦參之。

六月初六日

平康人曉頭還歸, 修書付送, 尾扇一柄亦送平康處。又且修簡, 付傳南高城妹處, 令知此處之奇也。今日欲耕根田, 而不得人與馬, 未果。

六月初七日

連三日芸草, 通津畓今始畢。因使移苗種稀處, 日尙早, 故令芸早稻畓而未畢。且夜夢見牛溪, 又得兩鯉魚, 牛溪前未相見, 而夢中見之, 是何兆耶? 想平康人馬人來耶?

近日家人不在, 家無主幹者, 凡事多乖, 可恨。午後, 咸悅官人, 負種太五斗入來, 子方所送也。夕, 德奴亦至, 此月例送租二石及燒酒四鐥, 與生員上京, 糧饌馬太載來。因聞家人近日還爲不寧, 明日不克來, 故先送。

又聞生員得間日瘧方痛云, 可慮可慮。家人則子方勸留云。子方亦於今月十二日間, 先送妻子於藍浦, 隨後解官而歸定計。而其大人言如此暑雨, 率乳子不可登程云, 故姑留云云。然豈可久哉? 厭心之發已極。

六月初八日

崔仁福家, 送德奴, 種太三斗、根豆六升持來, 明當欲畊根田故也。
仁福午後來見, 飲以秋露三大盃。終日陰, 而有時灑雨。

六月初九日

借趙允恭、成敏復兩牛, 又得傭人秉犂者, 給價牟二斗, 令畊根豆田
三處。而崔仁福田太三斗、李通津田太一斗豆三升, 福男田菉豆四
升, 竝落種, 而皆是竝作也。

　午前, 或雨或晴, 午後始晴, 故僅得畢畊。今日五人之食, 米二
斗, 而一人秉耒, 二人驅牛, 一人落種, 一人治畝。且午後咸悅人來,
報明日家人來奇, 因負來此月例送米四斗, 卽修書還送。

六月初十日

自嶺頭, 下雨不止, 家人必不冒雨而來也。觀其雨勢, 終日終夜不
掇。昨日若不畊田, 則不可說也。且後簷衆雀噪鳴, 開窓仰視, 有
蛇掛簷端, 令德奴撲而殺之。長纔數尺, 而赤黑班文, 必有毒之蛇。
探雀巢而食雛, 故上屋。若不得殺, 必致傷人之患, 多幸多幸。

六月十一日

晚後雨晴。令德奴持兩馬, 待侯於南塘津邊, 而家人不來, 故空。必
朝有灑雨, 故不發也。

六月十二日

早朝, 權景明女婿金埴來見, 令畫團扇山水。埴乃金司圃養孫, 而奉先之次子也。於余七寸姪, 而年纔十八, 形容端正, 又能書畫。其父母盡亡於亂前, 多養祖家, 亂後亦皆先逝, 獨與其兄塤生存, 孑孑無依, 可憐可憐。

且晚後今德奴借馬, 送于南塘, 待家人之來。家人率兩子, 自熊浦乘舟, 趁潮而上, 到南塘下陸, 乘馬入來。氣侯平安, 但自昨昨, 右臂有時不仁云, 可慮可慮。

麟兒回馬, 卽還送矣。子方妻子, 來十五日, 亦先送藍浦, 隨後解官, 而歸定訃云云。來時, 三升、麴一同贈送。且吾馬, 自近日來, 腹下有浮, 大如手掌, 屢度針破, 尙未消歇, 可悶可悶。生員馬亦蹇足, 不能使, 尤可悶也。

六月十三日

聞趙伯益, 拜夏官郎, 近日上京。借騎曺大臨馬往見, 適與諸少年輩, 擲從政圖, 終日爲戲。趙君聘饋余水飯, 臨夕乃還。來時, 入訪李福齡, 因與着奕三局而返。君聘家有烏竹, 令德奴採 二箇, 欲以爲杖爾。且柳先覺專人致簡, 又送牟六斗、靑苽三十介, 深謝厚意。

六月十四日

除草輪次, 今日始畢。人則二十四名來芸, 而先芸早稻畓, 次芸獄松前畓, 次芸彥明畓, 而爲半未芸, 可恨。且李福齡來見, 邀坐李光春斜廊, 終日着奕, 因饋水飯而送。

午後, 招馬醫, 治馬腹下浮處。咸悅人今日可來而不來, 未知明日發行耶? 欲追見女息於韓山, 而時不知定行與否, 未果。

六月十五日

乃俗節也。艱得氷塊, 作水丹, 行茶禮于神主。且平康奴世萬入來, 見來書, 時無事云, 可喜。人馬因雨水不得出送, 待秋凉, 更議出送云。清兩升、乾雉八支、松花兩升覓送矣。

夕, 咸悅人入來, 因聞女息患暑證, 不得發程云。且水丹及桑花餅一笥, 女息備送。燒酒三鐥亦送, 而適瓶漏, 爲半見失, 可恨可恨。

六月十六日

終日陰雨。令訥隱婢、介今、品人二竝四人, 芸前日未畢處, 而亦未盡。昏臥窓前, 而簷端宿鳥驚起, 怪而仰視, 則有蛇探巢而掛簷。令德奴鉤下撲殺, 斑文正如前者所殺之蛇, 毒物盛行, 甚可畏哉。家人, 自昨右手別無如前不仁之患, 然不如舊。

六月十七日

又令兩婢, 芸昨日未盡處, 而亦未盡。午前, 陰而灑雨, 午後始晴。余欲觀芸草, 着木屐, 扶杖而步往。細路泥滑, 跌顚畓水中, 足泥裙濕, 艱得還家, 可笑可笑。

六月十八日

兩婢及德奴與品人竝四名, 盡芸昨日未畢處, 而移芸德奴畓。蘇隲來見, 先飮燒酒一盃, 次饋水飯, 臨夕而歸。且李蕡書自咸悅傳來, 未知從何處來也。

六月十九日

蘇隲來贈造梳次陳竹及防角, 因捧去還上牟六斗五升而入郡, 年前以隲名授用, 而時未還納官差方督云, 故使之捧納爾。夕, 宋仁叟專人致書問候, 又送黃瓜二十五介, 因推前來《三國史》, 以方觀未畢爲辭, 修答而送。

六月卄日

宋仁叟奴世良, 臨行謂曰"若不得冊而歸, 必受重杖, 勢不可還現, 當自此逃去"云。仁叟心疾之人, 必移怒於其奴, 恐被重罰, 不得已《三國史》二十卷, 計數付送矣。

　　且送德奴於咸悅, 咸悅人夕至, 亡魚卵大二片、良醬二瓶, 女息覓送。燒酒則亦覓送云而不來, 必來人不知其故, 不受來也, 可恨可恨。麟兒妻, 亦致書於一家, 麟兒亦不得人馬, 不得來覲云耳。因聞子方母親患痁, 玆不得徇屬發歸云。

六月卄一日

蘇隲送奴馬, 邀余等, 卽與彦明及允諧馳往。趙座首君聘、趙金浦伯恭及慶譚與諸少年三四輩咸會。今日乃隲之亡兄隱之禫日, 故邀賓設酌, 日傾罷散。隲也以余父子不飮酒, 故又饋水飯。

　　來時歷訪柳生員先覺而還。夕, 麟兒率德奴入來。咸悅送末醬

三斗、白蝦醢五升、黃角二斗, 德奴負來。且夕, 韓山前太守辛景行,
以巡使從事, 巡到此郡, 使人問候。

六月卄二日
里中諸少, 射帿於成敏復松亭, 邀余, 卽就相與叙話。趙郁倫、趙光
哲、成敏復等咸會。

六月卄三日
早朝入郡, 見辛侯於水樂軒。權生員鶴亦到, 從容叙舊, 飮燒酒四
盃。還時入見太守於西軒, 到家醉睡多時。聞辛君已歸韓山, 卽馳
往隨之, 直抵韓山。辛君與韓山太守姜公德瑞會坐上東軒, 聞余來,
卽邀入, 相與叙舊。郡人五六輩, 亦來謁辛君, 辛君曾倅此郡, 故爲
此鄉所等備酒饌獻之, 余亦參焉。
　姜公招官婢四五及吹簫人, 或歌或簫, 夜深而罷散。余與辛君,
同宿軒房, 醫員金俊亦與焉。因問家人右邊不仁之事於金醫, 卽曰
"不可不受針, 因擇定針破處", 又擇針破好日, 來月初二日、四日、七
日定之, 臨時自來, 教林郡醫女福之點穴針破云。初意金醫欲與偕
來, 而日期遠故未果。

六月卄四日
初伏。太守姜君來, 相與對朝食於軒房, 晚後欲還來, 而辛、姜兩
君, 强挽留之。適李別坐德厚亦到, 爲見辛侯故也, 相與坐於翠挹*
亭, 姜倅爲辛君, 設家獐水丹。郡品官數輩, 持壺果亦來, 獻盃於

辛侯。

終日叙話, 日傾, 李仲先起歸家。余亦欲來, 而日暮故因留宿。
又與辛君及郡人進士朴大鳳共寢。李福齡因辛君之招, 亦來同宿。

六月卄五日

啓明, 辭別辛君發來, 歷入李文仲家, 食朝飯。文仲贈余木麥種二
斗, 前日有約故也。卽馳還家, 日未午矣。麟兒妻家奴馬, 昨昨來此,
因余不在, 故尚留在, 卽令送歸咸悅。

夕, 咸悅人入來, 子方致書曰"近日辭官, 故已呈辭狀, 送人馬粮
物取去"云。故明日生員定欲上歸而未果, 余欲明日往見女息爲計。
子方送白魚醢二斗、生麻二丹矣。來此聞之, 則昨日有蛇, 探雀巢含
雛, 掛簷端, 麟兒與許鑽撲殺, 倍大於前日所殺也云云。

六月卄六日

生員朝起視之, 又有中蛇, 含雀雛落地。又令許鑽撲以殺之, 與前
者所殺竝四, 皆是斑文毒蛇也。後簷厚盖, 衆雀養雛, 因此群蛇萃
至, 殺之不止, 必畜産於盖草下, 深可畏哉。

且食後發來, 抵南塘津邊, 適風浪大起, 乘少舟渡涉, 浪翻入舟
者屢矣。衣服盡濺, 深恐伏舵下。僅得泊岸, 馳到咸衙, 日已傾矣。
適申大興、金奉事、閔主簿咸會, 良久做話, 抵暮各散。余則入見女
息後, 與麟兒出, 宿上東軒。

....

* 　翠挹: 底本에는 "挹翠".《輿地圖書·韓山》에 근거하여 수정.

六月卄七日

早朝, 入見女息, 因對食朝飯。晚後, 就金奉事寓家, 適李孝誠亦來, 終日叙話。金家饋以新糆, 又飮燒酒三盃。因見麟兒妻, 乘暮乃返。歷入申大興寓舍, 叙話良久, 而還入衙, 與子方對夕食後, 又與麟兒出, 宿上東軒。申大興隨來共寢, 曾有約也。李孝誠乃麟兒妻三寸也。子方行期, 定於初二日, 衙屬先送, 呈辭狀, 時未還矣。

六月卄八日

早朝, 入衙見女息, 因對朝食, 麟兒亦在。晚後, 別女息而出見子方, 因辭別發來。歷入金伯蘊家, 又見麟兒妻。來時, 又入申大興寓舍相見, 暫時叙話而發, 到南塘津邊, 適舟在北岸。久不得越, 曝坐岸上, 暑日極熾, 其苦可言。日傾乃渡, 到家則氣頗不平。

且在咸悅時, 得見慶尙左兵使書狀, 副天使, 去十五日, 熟正犧牲, 祭海神, 十六日, 率唐官十五及平行長等乘船, 過海入歸云。然賊陣猶未盡撤而歸, 平調信尙在, 方督通信使云, 深可慮也。

六月卄九日

令德奴持兩馬, 率彦世, 送咸悅, 爲覓救資也。子方解官之意堅定, 而昨日爲言, 送奴馬取去故也。

夕, 生員奴安孫, 自廣州下來, 聞一家雖無事, 忠母患胸痛, 久未見差云, 可慮可慮。生員因無奴, 久不得歸, 方以爲悶, 而安奴適至, 卽當率去, 可喜。但家人自昨昨, 還有不安之侯, 深慮深慮。

且聞咸悅人作詩, 嘲子方, 其詩曰: "蕭條十室傍潮邊, 聞道咸羅

太守賢。半世幽懷尋水閣，一生淸德在藍田。鞭笞盡贖村間米，剝
割還收市上錢。前日六條今掃地，潛思乃父折碑年。"或曰"進士李
命男所作"云，命男乃羅牧李福男之四寸，而福男曾與子方，多有未便
之意，故使之作詩嘲之矣。

然命男不在此地，又無來此之時，福男則自南原府罷來，久寓
縣內，又能文，必此人所爲也。人皆疑之，此人性且驕傲，蔑視士
夫，未必不然也。此詩自去春，人皆言之，無因得聞，今因李別坐始
聞之。

七月大【初五日中伏, 十三日立秋, 十五日末伏, 二十日處署】

七月初一日

德奴不來, 必昨日咸悅不給救資也。不然, 來抵津邊, 無舡不得渡
也。且近日訥隱婢痛脛, 不得芸草, 只令介今獨芸, 勢不及周。非但
根豆茂草, 兩畓獨未四除, 人力必倍, 可悶可悶。

七月初二日

生員今日定欲上歸, 而德奴持馬不還, 故未果。且子方專人致書曰
"新監司朴弘老, 今明到界, 切有通情事, 無緣得達, 使我進見傳意"
云。今日則奴馬時未還, 日且垂暮, 勢不得去。明日行祭後, 當就咸
悅, 因以馳見爲計。

夕, 德奴入來, 子方爲送來米一斛、牟二石、麥一石、刀魚十七
尾、蝦醢五升、末醬五斗、粘米五升載來。而米一斗、牟七斗、刀魚兩

尾、卽給彦明。此後子方歸, 則更無濟活處, 僅可及於今月, 深可慮
也。因聞衙屬, 今日不得發行, 乃子方大人曰"如次苦熱, 不可發歸",
力止故姑停云云。

七月初三日

啓明, 與舍弟行祭。家無饌物, 只備飯羹糆餅三色湯炙而已。生員
未明發歸, 近因奴子無暇, 久未上去, 今始發去, 心懷頗惡。

　朝食後, 余亦發來, 抵南塘, 無舡不易渡。坐北岸松亭下, 招閔
參奉澈, 叙話移時, 適咸悅人具舟越來, 卽渡江馳來。但炎燠極熾,
艱到咸衙, 先見女息, 因食水飯後, 出見太守於上東軒。夕, 還入衙,
暑氣蒸鬱, 不堪其苦。太守邀余, 共登官廳樓上, 因對夕飯, 許坤亦
與焉。夜深各散, 坤乃子方之妹婿也。閔澈則監司閔起文之孽子,
而流寓南塘邊者也。

　來此聞之, 則子方大人, 專人致書曰"如此極熱, 率乳子發行, 必
有重傷, 更待秋涼, 解歸未晚", 力止之, 故臨發姑停云。新使到界之
日, 將當送人礪山探問後, 使余進見矣。

七月初四日

朝食後, 與子方共就上東軒, 邀申大興、金奉事終日叙話, 閔主簿亦
來。大興與金伯蘊着奕爲戲。官供土醬, 因次飲燒酒各四盃而罷。
適體察使別將金敬老來到, 卽各散。子方則因以對接, 夜深乃還。
余與麟兒出, 宿郞廳房。

　且今見褒貶, 平康居土, 未知何事? 甚可怪也。前聞其道方伯,

每以公事搪塞爲責, 必因此而被辱耶? 尤可歎也。且聞湖南新使到界時, 未知的奇, 礪山探候人, 時未來報云, 舊使則今到礪山云云。

且聞黃思叔今陞工曹參判, 爲通信上使, 而其副則權悅, 從事則朴弘長云。權悅門蔭, 而朴弘長武臣云云。思叔*竟未免日本之行, 此行好還, 亦未可必, 深可惜哉惜哉。況聞平日水疾云, 萬里風濤, 跋涉往還, 必生大病。

又且兇賊詐謀叵測, 其安保可必待之以好意耶? 兩載, 賊中勤苦莫甚, 而今又如此, 一忤權臣。多年▣▣置, 一朝變起, 必置死地, 死而後已, 尤可浩歎, 奈何奈何? 皇天有知, 必不此人虛死異域也。

七月初五日

朝前入衙, 見女息, 因食朝飯。晚後, 還出上東軒, 子方則先出坐, 終日對話 子方先入。余則往金伯蘊家, 見麟見妻, 臨夕乃返。歷入申大興寓舍, 陪話而還。適趙監役守倫來到, 與子方對話, 余亦參叙。昏, 與麟兒出, 宿上東軒。且聞新使明日定入礪山云。

七月初六日

食後, 奉趙監役守倫簡, 乃此道亞使趙之弟, 而來在礪山, 恐巡使門禁, 故爲此奉之。馳到礪山, 巡使已入坐起, 方決公事。故未得納名, 呈趙監役簡于都事, 則卽使人問候曰"待巡相罷仕通名"云。

終日坐主人家, 官供上下夕飯。臨昏, 巡使聞吾來, 卽使人邀之。

....

*   叔: 底本에는 "與". 문맥을 살펴 수정.

入見則與都事對話, 余亦參焉, 各叙久濶。適李長城玉汝、邊正以中入來, 相與叙阻, 因與玉汝, 同宿使相房。

七月初七日

朝食後, 與王汝, 馳往恩津地李判決事寓舍, 拜叙。判決聞吾等來, 深喜出迎, 叙話良久, 玉女因宿。余則辭別判決, 判決執余手垂涕曰:"他日相見其可期乎?"久不勝惻惻。

因馳還礪山, 日已暮矣。入見巡使, 適李瀷亦來, 相與對話。瀷乃舊洞人, 相知厚者, 亦與使相少年友也。又有使相族人兩生, 持壺果入來, 明燭設酌, 各飲燒酒兩大盃。肴有牛肉烹切一笥, 久阻物, 與諸公喫之盡, 夜深罷散。又與巡使及子淸同寢, 子淸, 瀷之字也。

巡使贈余東堂名紙六丈、扇一柄、紙一束、筆墨各一, 監試名紙, 則他日當備送于咸悅, 使之傳余云云。軍官薛偘, 乃巡使七寸姪, 而於余亦同親。帶率行次■慮忘却, 故使薛諗告, 覓送事有約矣。

七月初八日

早食後, 巡使先發, 向歸完山, 適尹祐亦來, 相與共轡, 馳還到咸悅, 始聞逆賊起林川、鴻山, 不勝驚恐。又聞母主患痁, 點心後馳來, 渡南塘還家, 則日已暮矣。來聞則賊帥李夢鶴, 避亂來居鴻山, 去六日夜, 嘯聚無賴, 猝入鴻山衙圍立, 捉出太守, 因發縣中兵, 奪印自佩, 結縛太守。

翌晚, 擧兵建龍旗, 馳來林川, 亦捉太守又奪印信, 傳令聚軍, 郡民應募者甚多, 唯恐不及。奪里中有馬者, 李德厚、韓謙、洪思古、權鶴、成敏復、李德義皆見奪之。吾家亦佩刀者來尋馬匹，而適餘騎去，故不得空歸云云。

賊帥大門設椅高坐，太守跪坐庭下，塗灰面上，欲斬者再。又出官廳米，分給軍糧，更封倉庫，令鴻山人定假來守，因發軍向歸定山，兩邑太守則使騎馬前導而去云。

如此駭愕之事，出於此郡，未知厥終如何？極悶極悶。此里募去者，李光春、趙應凱、田上佐、鄭福男、萬億、淡伊等，而家主崔仁福兄弟，亦皆隨去云。痛甚奈何奈何？

七月初九日

朝前，馳往李進士重榮家，韓謙、洪思古、權鶴，咸會議之，未得其的。洪馳赴完山元帥府，權卽往公山巡使在處，皆欲速圖矣。食後各散，到家則成敏復來見，從容敘話，飲燒酒一盃而送。且見畓則五斗落只，時未四除草，根田則全未芸之，訥隱婢痛脛，久不能芸，只介今獨當，勢不能及，將為陳廢，可悶可悶。

且申時後，母主痛瘴，痛之甚，全不進食，極悶極悶。日沒稍歇，而夜深向蘇，熱勢極重，尤悶罔極。且咸悅具舡二隻，專人送泊于南塘上流，使余率家屬越來。而因母主患瘴，不能陪去，姑停其行。近日，雖無急事，身在賊窟，晏然久處，極為悶慮。事勢如此，奈何奈何？更觀數日，母主若離瘴，則卽當舉家南徙切計。

七月初十日

朝前，公州判官洪經邦及選鋒將趙光益、監司軍官李時豪等，率兵馳入此郡, 乃巡使定送, 欲捕賊之假守白元吉云。而元吉乃鴻山前座首也, 賊之所厚, 故賊使之守此郡, 而鄉所等皆厚事, 不以爲憤, 可謂痛甚。元吉見禦使回關討賊之奇, 卽逃還其家, 故不得捕之。

食後, 余入郡見之, 趙伯恭、權景明、趙君聘諸公皆會, 相與話於水樂軒。曹大臨亦自元帥府來到, 因聞元帥率軍, 明間當直向公州之路, 全州判官亦率軍來鎮龍安, 兵使亦直進溫陽, 水使率韓、舒、庇、藍、保、結之兵, 向洪州之路云云。

且此郡官奴彦弘, 自賊中昨夕出來曰"賊到定山, 斬哨官不付己者。又到靑陽, 軍士等爭入軍器房, 搜出之時, 火出火藥, 燒盡軍器, 燒死者甚多, 亦有爛傷者, 因此移陣南院野宿, 翌日, 發向大興之路"云云。

七月十一日

朝前, 與彦明往成敏復家, 路逢蘇隉, 自巡使處, 持傳令馳來, 曉諭入賊人, 使之逃來自新, 令各里里長, 通喩其父兄妻子, 偸隉奪還。人皆爭送人入賊中, 修書報之。食後, 與彦明及成敏復步入郡中, 一鄉咸會。巡使又以前縣令趙希軾爲義兵將, 方聚鄉兵。又聞元帥令古阜郡守、全州判官, 領令兵來, 鎮此郡, 今方渡無愁浦云。又聞巡使以趙光益爲此郡太守, 李英男爲鴻山太守云。

且今日乃母主痛瘧之日故與弟先還。小頃, 全羅兩邑太守, 率兵馳入此郡。又因賊中逃還人, 聞賊昨昨入大興, 則官家閭里一空無所得, 只宿空官。而翌朝發向洪陽之路, 兵纔千餘, 而更不見投入者云。若然則聞大軍之來, 則必瓦解氷泮矣。

且午後母主痛瘝, 而倍甚於前日, 極悶罔措。今日乃三直, 而施法非一二, 而不見效, 元氣日敗, 進食亦罕, 罔極罔極。但前日日沒後, 尙未快蘇, 而今則早歇, 自此亦可離却矣。

七月十二日

早朝入郡, 則一鄕咸會, 方結義旅。且聞昨日賊魁被斬, 因賊中還來者問, 則曰: "去十日, 賊到洪州城外結陣, 欲入城, 而洪牧閉門守城, 故不得入。退兵靑陽地, 結陣夜宿。"

昨曉, 林川軍等, 知其無成, 合謀自中作亂, 扶餘今先入斬賊, 持首級而出, 諸軍一時潰散。兩邑倅亦因而出來, 林川倅則斬鴻山人數三, 而直赴巡察所在處云云。此郡投入者, 或被亂兵所殺者甚多, 或潛來中, 路伏兵被捉而囚者, 或還家而自現, 則皆赦而不問。其中與賊同心用事者, 則時方設捕矣。

且咸悅人來, 因聞湖南方伯巡到龍安云。故午後馳來, 渡無愁浦, 直抵龍安, 通名巡使, 則卽邀入, 相與做話上東軒, 因對夕飯。昏, 出見龍安倅還入, 與巡使同宿。

但送軍官薛僴, 欲捕李光春, 若多率軍入, 則恐有貽患里中。又且驚動吾家, 强請只送一軍官及牙兵二名。又使德奴先通吾家, 使之預知而無恐也, 僴亦切親, 故請送矣。

七月十三日

薛僴終夜馳來, 吾家近處駐馬, 德奴先入通諭一家後, 僴入來, 知李光春被囚於洪州, 空還之際, 聞光春奴大難, 自賊中昨夕逃還,執捉而來。大難卽本是愚劣, 不知東西, 爲光春誘怯而去, 終入死地, 不祥不祥。巡使卽問根因, 以其言語倒錯, 打足掌十五餘度後, 送于元帥處。巡使聞光春自募而入, 多誘林民, 使之從賊, 爲賊軍官, 而又多用事云, 故實欲捕之耳。

又與巡使對食朝飯, 巡使贈余名紙六幅、白紙二卷、白筆三柄、小墨二丁、白帖扇二柄、別扇二柄、常扇二柄、大油紙一丈。又減給咸悅春等所納, 草注紙二卷、黃毛二條、羔毛筆二十柄, 使之捧價而用之。又沃溝官營上食鹽二石, 上下成關而給之。巡使出坐公事, 故余下來見都事, 從容叙話後, 因出見主倅於下西軒, 參禮察訪李廷華及審藥, 皆在坐。

終日成話, 又對食午飯。因見政目, 林川太守申忠一, 鴻山太守李應益矣。臨夕馳來, 還渡無愁浦, 抵家則日已昏矣。母主今日則最晚而微痛, 又復速歇, 必因此可免矣, 深喜深喜。來此聞之, 則人心搔動, 里中愚劣女輩, 皆避來吾家, 可憐可憐。

七月十四日

選鋒將等率兵來, 捕人賊者, 擧旗麾兵, 搜探里中, 兒童女人, 走匿林藪。若逢男丁, 則勿問眞僞, 結縛而去, 閭里空虛, 家産盡失。此里亦來探, 而余適在家, 故僅以防遮得免。

晚後入郡, 則一鄕咸會, 結義聚兵, 欲捕餘黨矣。以趙希軾爲義將, 而李重榮、韓謙、洪思古爲從事。臨夕還家, 則里中男女, 皆避匿吾家惝惝焉, 猶恐被捉。鄭福男母與妻, 走入寢房, 雖欲還黜, 憐其窮迫, 心不忍焉。

七月十五日

早朝入郡，則鄉中大小人員，各率里中兵聚會，方分軍發行，欲捕賊魁參謀者李業。而晚後聞扶餘縣已得捕捉云，故臨發而止。

午後，巡使軍官李時豪，持關入來，見之則將朝廷有旨通。關曰：「座首趙應立等，若罪之，則殊失脅從罔治之意，皆放赦。自今後賊中還來者，不問而釋之，以開自新之路。」以此捉囚囚人亦皆放送，因罷義兵，一鄉各散。余亦來時，入見假官杜春茂，問家人受針與否而後還家。

今日亦俗節，暫設茶禮，家無饌物，只備醴酒、松餅、苽菜而已。自聞巡使關後，一邑之人歡喜，各還其家。但出身吳先覺、金準等，賊中最是用事者，昨日斬梟云。此里入賊者趙應凱、萬億、田上佐、李光春等，皆與郡守被囚於洪州官，其餘一郡人三十二名，亦皆同囚，而只不聞鄭福男生死云。必死矣夫，迷劣兒童，不知是非，終陷死地，一則可憐可憐。母主今日則微痛而速歇。

七月十六日

韓山倅以兼官來郡，過去時，使人邀余，即入郡敘話，晝飯分食。韓謙、李柔立亦來，相與着突，因索酒韓山倅，則所持燒酒飲之，各三盃而止。韓山贈圓鰒一串，作之供母。又借燒酒三盃，送于家人，家人自曉腹痛，故欲以此治之。夕飯自官備供，要余同宿，余與巡使軍官李時豪及趙希尹共寢韓山倅宿處。

夜，助防將軍官，持秘密關來傳。問之則曰「助防將來到扶餘，搜捕賊黨參謀六七，先斬梟首，來路搜討」云。故此郡人心，因朝廷有旨粗定, 而今聞此奇, 人皆驚恐, 亦爲避匿之計, 可歎奈何?

七月十七日

曉頭, 因巡使秘密關, 捉囚別監趙光佐。光佐乃賊之假守, 在郡時, 與座首趙應立, 一不傳通監司道, 惟賊守號令是聽, 調發未赴軍, 送于賊陣事也。

應立則因有旨放送, 而巡使還囚, 故又及於趙光佐。平日所知之人, 枷枅堅囚, 不忍見不忍見。朝, 官供白粥, 韓山又與余分喫, 飲以燒酒一盃。晚後出來, 則家人痛腹, 猶未向差, 可悶可悶。

午後, 與彥明, 扶杖步行, 巡見除草處。因就院隅松亭下, 招白光焰慰問。光焰前日以賊假守同姓親, 選鋒將等捉去, 尋問假守家欲捕, 故捉去而還放矣。

夕, 韓山倅姜得吉, 送人邀余, 卽馳入, 則新太守申忠一將到出官云, 官中搔搖, 故卽還來。昏, 韓山又送人邀余共宿, 卽入則新太守已爲出官而入衙。余與韓山及李時豪, 同寢上房。且母主今日則氣候如常, 必永却矣, 深喜可言。

七月十八日

曉頭, 韓山辭別出來, 韓山謂曰: "近日送人馬救資覓去, 敎下人, 吾家奴子到門, 勿禁許入矣。"因聞韓絢與賊參謀之狀判然。韓絢通謀之簡, 結於李夢鶴之帶紐, 見捉云, 痛甚痛甚。絢已爲拿去京城云。

韓山早朝亦還其郡。送德奴於龍安, 昏還來。見龍安倅書, 皮牟一石、白蝦醢二升、石首魚二束給送, 前日有送人覓去之約故也。

且家人自昨痛腹，終夜苦吟，今雖似歇，尚未永差，可慮可慮。今日乃彥明初度也，造餅薦神。適蘇隰來見，與之共分而喫，各飲時酒一盃。

七月十九日

家人腹痛，尚未快蘇，必霍亂證。而誤食熱物及餅，以致彌留也。全廢食飲，悶慮悶慮。且尚判官來見，因求婚書紙，適無末副，可恨。近日送綵云。且今日芸畓始畢，乃四除草也。然根田若芸數日則亦可畢矣。

七月廿日

家人今則向蘇。然而猶未快復，飲食不舊，可慮可慮。且都元帥自韓山入郡時，過去家前，余與彥明觀光，威勢赫赫，可謂丈夫行也。嘗初元帥在完山聞變，馳到石城，而賊魁就誅，餘黨潰散，卽還完山，而朝廷令元帥巡行，賊黨捕囚列邑，推問後分輕重，重者殺之，輕者放之故也。元帥姓名權慄，而從事官舍人申欽矣。

夕，咸悅官人入來，女息承子方令，爲送床花餅一笥、乾魚四尾、茄子十五介、西果二介。西果則大如一拳，而未熟，不可食，可笑。然久阻之餘，兒輩盡食矣。

七月廿一日

早朝，申舍人使人問候，卽借馬入郡，則申也已入元帥前，方推鞫罪人，勢不得相見。適洪生員思古及南謹身入來，相與坐於廊廳房，暫

叙寒暄, 各散。來時, 與洪擇正歷訪趙臨陂守憲寓家, 叙話。余則先
還, 路逢趙君聘, 馬上叙話而返。

午後, 與彥明, 步上萬守家前槐亭。適趙允恭、申景裕兄弟及成
敏復來會, 相與做話良久。因聞都元帥罪人推鞫後, 出向扶餘, 只斬
僧人入賊者一名梟首, 郡別監趙光佐則押膝而問, 其餘則只捧招而
還囚云。有雨徵, 故各散而還。

夕, 雨作。朝, 送德奴於韓山, 爲覓救資, 前有成約故也。昏, 冒
雨而還。韓山贈送租十斗、民魚一尾、眞魚五尾、蝦醢五升、細魚醢
三升、藿一同、鹽一斗, 深謝厚貺。

七月十二日

送德奴於咸悅。且聞承旨持有旨到郡, 特赦脅從之徒, 使之還集,
各安其業。布喩後, 卽還向扶餘。承旨姓名柳熙緒云云。

夕, 趙應凱奴子, 持粮往洪州, 今始還來曰"李光春則自京已爲拿
去, 崔仁福、趙應凱等, 前日散囚, 而今則枷杻, 堅囚重獄"云, 必有
相連之事深, 可哀憐哉哀憐哉。

七月十三日

有軍官二人, 率軍十餘入來。余與彥明出迎問由, 則曰"乃元帥軍官,
而欲捕賊黨, 當向鴻山, 以朝飯事入來"云。令古同接福男家, 使之
炊飯而供之。余家亦送沈菜兩醢, 備饌而供, 卽還謝, 各出粮而食
云。晚後, 與彥明,就訪成敏復, 適出不在空還。

午後雨作終夕。且夕, 平康問安人入來, 聞賊變馳送, 而去十八

日發來，六日始到。來時，歷入廣州生員家，亦捧簡而來。允誠書亦
自海西，來傳光奴家，此人亦持來，三子書一時得見，皆好在云，深
喜可言。但謙、諧聞賊陷此郡擄太守之奇，不知余一家安在，恐賊侵
暴閭閻，禍及一家，驚惶憂悶，諧則卽送安奴，而來至半路，路梗還
歸云。

平康所送之物，赤豆三斗、眞末三斗、木米三斗、淸蜜三升、生淸
三升、乾獐半隻、乾雉三首、餘項魚五尾、燒酒十二鐥。光奴亦送加
佐味三束矣，明明乃余初度，故兼此送之。平康來人，一則婢鳳花
夫小漢矣。

七月卄四日

修答書，還送平康人，兼付廣州生員處，而又及海州誠子，使平康傳
送誠處。名紙六丈、草紙十丈、扇二柄、黃白兩筆各一付之。夕，德
奴還來，空手而還。留連數日可憎可憎。咸悅只送蝦醢五升、眞魚
四尾。

七月卄五日

乃余初度也。造床花餠，殺鷄三首，作湯炙，設奠神主前。晚後，李
進士重榮來訪，因饋酒餠，從容叙話，臨夕乃歸。

咸悅女息，備送床花餠一笥、燒酒一壺、西瓜三、眞瓜六、生民
魚一尾。麟兒妻亦白餠一笥、燒酒一壺、鷄一首，一則不安。昏，韓
山倅以反庫事到郡，使人問候，因邀余，卽入郡叙話，因與同宿。適
宣傳官持標信，當往湖南，歷入于此，因擾未穩。

七月卄六日

自曉雨作, 至於朝大雨如注。晚後始晴, 川渠漲溢。路傍畓幾爲淪沒而僅免, 多幸多幸。余亦伺晴卽返。午後, 麟兒率德奴, 往咸悅。

七月卄七日

食後無聊, 與彦明, 步進成敏復家, 成也不在。因造李福齡家, 與福齡着奕, 趙座首允恭亦至, 相與成話。適此郡太守使人招福齡, 福齡卽赴, 余等亦罷還。且李忠義彦祐來訪, 饋燒酒兩盃而送。

七月卄八日

權生員鶴氏來訪, 饋燒酒兩盃, 從容叙話而歸。因聞前太守朴振國拿去, 辭連者甚多, 至於金德齡亦及其禍, 今將拿致云。虛實雖未可詳, 若然則蔓及處必廣, 可歎奈何? 彼雖不知賊徒必以有名人藉口, 威惑軍中, 使之樂從而無疑也。

且德奴還來, 得湖南方伯減給紙筆價米十三斗載來, 而二斗則隨後備送事, 色吏云云。前日未取來眞麥七斗, 亦載來。米二斗、麥一斗卽送彦明家。午後, 與彦明, 率德奴、漢卜, 獵漁前川, 得小魚一貼, 作湯供母, 餘及妻孥共之。

七月卄九日

食後無聊, 與彦明, 步往李福齡家, 又與福齡, 着奕賭戰, 消遣秋日因賭得所佩刀, 以爲戲資。適柳先覺入來, 從容叙話, 日傾乃還。李家作糆饋余等。朝, 送德奴於趙伯恭致書救窮, 則送牟十斗、生鮒魚二十尾, 前有約也。深謝厚意。卽送二斗於彦明家。

七月晦日

隣居田上佐, 被囚於洪州, 今始放還來謁。問其所以, 曰"昨日元帥入州, 渠等四十五人推問後, 卽皆放送。其餘趙應凱、崔仁福兄弟則以其辭連, 故曾已堅囚, 今亦嚴刑鞫之, 故時方刑具嚴設庭下"云。若然則嚴刑之下, 豈復有生理乎? 其幸免死, 必不爲完形, 可憐可憐。

上佐等亦曰"當初爲李光春誘脅而歸, 皆歸咎於光春"云。光春雖死無惜, 兩邑大守朴振國、尹英賢, 亦皆拿去京師。竊聞自上震怒朴振國所爲, 至於傳敎曰"甘心付賊"云云, 雖未的知, 若然則必施嚴鞫, 可惜可惜。夕, 蘇隰來見。

八月小【十四日白露，廿九日秋分】

八月初一日

食後發來，渡無愁浦，歷入龍安縣，見太守丁敬止。適萬頃倅李邦俊，以赦差員到縣，亦曾所相識，叙舊從容，因對晝飯，萬頃先出。又與敬止，作話良久，日傾辭別，馳到咸悅，聞子方以釋奠入齋于鄉校云。入見女息，麟兒亦聞吾來，即入來。因聞申大興與王生員煒在上東軒，即出見，相與叙話，因同宿。

夜未半，禁府都事及宣傳官行次，不意入來。初睡方酣，聞聲驚起，顛倒衣裳，都事等已入窓外，使之捉出申、王兩公，被捉而出。余則從後出去，不見其辱，申、王則立之中階，問其姓名後出送。以罪人拿來事，下去沿海云云。

余等出坐新房，待其都事出去後，還入宿。且見赦文，則以賊魁就捕，故因頒赦，宥雜犯、死罪、徒流、付處、安置、充軍，咸宥除之。

八月初二日

終夕大雨。子方罷齋後亦來, 上東軒, 與申、王終日作話。因言去夜
驚動之事, 相與捧腹。

八月初三日

子方大人, 自藍浦歷來于閔主簿家, 子方即馳去, 大興與王公隨後
出去。余則來時入金伯薀家, 見麟兒妻, 因與伯薀, 又來閔家, 見申
相禮諸公咸會, 從容作話, 官供晝飯。適成進士輅氏亦入來。午後,
相禮先出, 向歸益山。諸公各散, 還會于東軒, 官供水丹, 因設小酌,
各飲燒酒三四盃而罷。又與申、王, 同宿上房, 終日或雨或晴。

八月初四日

欲發還, 而有未及事因留。又與子方及諸公, 會話上東軒, 邊正以中
亦來先歸。又與王公同宿, 大興則歸家。

　　適監司帖給鹽, 自沃溝載來, 使德奴量捧, 則一石十五斗, 一石
則十四斗云。今朔例粮白米十斗、皮牟二石得受。又給上京粮白米
二斗、太二斗、白魚醢一斗、蝦醢四升、民魚二尾、石首魚二束、蘇魚
二冬音、草席一葉、芒鞋二部、馬鐵二部。

八月初五日

早朝, 令德奴乘來麟兒馬, 先載雜物等, 先歸熊浦待之。適蘇隮自
益山入來, 因食午飯後, 與隮發來, 越後嶺, 聞時未上潮云。入見崔
別監克儉, 克儉即出見, 從容叙話, 因飲燒酒四盃而罷。

辭別到津邊, 潮水始上, 因乘舟役櫓, 泝上南塘津邊下陸。隴則因不下舡, 隨潮而上, 欲使近泊其家不遠地爾。余顛倒馳來, 日已昏矣。久雨之餘, 道路險惡, 水溢滿路, 艱難到家, 夜已深矣。僅免顛躓之事, 多幸多幸, 氣不平, 時有腹痛。恐是霍亂, 調飲菉豆末。

八月初六日

與弟巡見太田, 兎絲施蔓滿田, 不可勝掇, 太必不實, 可惜可惜。且聞太守申忠一罷遞, 新守則李惟誠, 而家在嶺南丹城人云, 專不相識, 可恨。又聞家主崔仁福及趙應凱受刑云, 可歎可歎。然皆是自取, 更誰咎焉? 可憎可憎。

八月初七日

聞忠勇將金德齡, 亦出賊口, 今已拿去。兵判李德馨, 亦爲賊魁所出, 至於內應而欲推待云。故李也時方待命司寇, 而自上痛知其詐, 優詔敎之云云。然人臣之心, 豈自安乎? 稍有名字者, 皆指以爲應云。若不在上者, 痛絕其奸, 則無咎之禍, 有甚於前日, 可歎奈何奈何? 且聞李光春得生云, 有罪幸免, 可笑可笑。

且得鹽品五人及家奴婢竝九名, 令收官屯畓早稻, 則各分全二石八斗。且趙君聘、趙伯恭自郡出來, 適相逢於南路傍, 相與坐於豊草上, 暫叙阻意。因聞趙伯益爲此道事, 而柳根新除巡察云云。

夕, 咸悅女息, 送官人致書, 又送牛肉一片、牛心一部。久阻之餘, 得此意外之物, 卽供老親, 深喜深喜。明明上京, 治行具。

八月初八日

咸悅女息, 送衙奴, 爲付作日忘却未送之物。又致烹肉一塊, 卽獻老親, 餘與彦明分喫, 飮秋露一盃。且明日定欲上京, 而適麟兒馬, 左足似蹇, 勢不持去, 可悶可悶。

八月初九日

曉起, 見麟兒馬則蹇足未差, 不得已棄置, 令咸悅衙奴還牽去云。而吾馬載卜而騎, 啓明而發, 德奴負粮, 許鑽驅馬, 馳到扶餘地, 有一川邊, 水深不能騎渡, 余亦脫衣裙, 赤身而涉。水深胸上, 卜物德奴皆肩掛而渡, 因坐川邊, 秣馬點心發來。過定山縣前, 踰松峙秣馬。

馳抵半至院, 日將幕矣。投宿人家, 適咸悅居喪人簡居敬, 率妻子自京下來入宿, 因與叙話。今日之行, 而自林川抵此, 幾三息程, 凡物盡棄輕裝而來。

八月初十日

未明而發, 抵角桀峙, 嶺下川邊, 秣馬朝飯後, 踰嶺過溫陽郡西, 入溫井。適巡察從事辛景行, 以沐浴事入來, 邂逅相見, 不勝欣慰。辛公浴沐時, 勸余亦沐, 而亦辭而無病, 只濯髮洗足已。辛也命官人, 饋余夕飯, 因與同宿。

八月十一日

啓明而發, 馳到牙山地李時說家。適時說往溫陽不在, 而其母氏及妹迎接, 饋上下朝夕。但雨下不止, 只着破簑, 衣服盡濕。

食後又發, 馳到振威崔參奉景綏家, 景綏適上京, 義兒亦歸栗田, 皆不在。景綏四子出迎, 飲以酒果, 又饋上下夕飯。因與景綏長男崔振雲同宿。

八月十二日

去夜終宵[*]下雨, 朝尙不止 長好院前川漲溢, 勢不得渡, 不得已因留。午後始晴, 景緩適自京下來, 相見欣慰十分, 各叙阻懷, 因設小酌, 余之所持燒酒一壺, 亦出而傾飲。因與景綏同宿。

八月十三日

早食後發來, 艱渡兩大川, 來抵水原地禿城下, 川流漲溢, 水深胸上。盡脫衣裙, 左右扶持而渡。欲秣馬點心於川邊, 適雨下以風, 不得已馳至水原府立碑前私家, 點心後發來。馳到生員家, 則一家待余數日, 而望見余來, 上下歡迎。

見忠兒則壯大, 而能誦文字, 又歌《思美人曲》, 極可憐哉。但羞見余, 而匿身不出, 可笑。義兒亦壯而妍精, 尤可憐可憐。與生員妻子及其養母叙話, 夜深而就宿。

八月十四日

自曉灑雨, 早食後發來。吾馬則背上生瘡, 故棄之。使生員善秣, 騎生員馬而馳來。路泥艱渡仁德院川邊。秣馬點心, 馳至土塘山所,

....

日未傾矣。因草深而濕，不得卽進墓下，遠望展拜而已。

平康奴世萬，持祭物入來。平康時好在，而因監司巡到臨迫，不得來云，但不見其書可恨。又得見海州允誠書，去月二十四日所裁書也。其一家皆無事，而惟以林川賊變爲憂云。但聞其妻祖父卽世云，可悼可悼。

且平康來祭物，餅、飯、米竝三斗、木米一斗、乾雉四首、文魚一尾、大口二尾、獐脯十條、柏子四升、實楸子三升、淸五合、甘醬五升、艮醬二升、祭酒四饍，此乃有餘用之，而但湯、炙之次不足。又送布一疋，吾若上京，則可以此貿魚肉，而因雨不得上京，世萬迷劣，亦不貿來。只以大口一尾，漬水作片爲炙，又二尾爲湯，而奠之爲料。

因宿奴光進家，夕飯則墓直奴億龍備進。但亂離後，今始還來舊居，閭里盡蕩，而還居故址，其僅十分之一，而上下洞良畓盡荒，起畊處無幾。墓山當初爲山火焚爇，松則盡枯，眞木則亦爲人斫伐，埋炭拱木，無一條立前，可歎奈何？松楸之感，實激于中。

今來見墓直婢馬今，則年七十八，而白髮婆娑，氣力強健，依舊面目。先世舊奴婢，盡死無餘，唯此一婢生存，乃老母年甲也。今得相見，彼亦泣涕不已，余心尤爲悲感之至。

八月十五日

自曉下雨。欲待晴行祭，而晚後猶不止。又無晴徵，不得已上山，以草席盖床石上，設奠物。先奠祖父母，次奠先君，次奠竹前叔父，上下三位，排設展拜。獨當其任。着笠帽而行事，衣服盡濕，氣力亦憊。

亡弟墓則令石鱗行奠, 又令墓奴設奠曾祖前母權、李兩位, 又令世萬設奠亡孫莫兒, 又令德奴設奠亡妹及景欽子遲生處望奠。又以退物望祭亡婢馬今及德奴之父德守處。畢後, 辭拜墓下, 還來墓直奴億龍家, 飯餘之物, 分給墓奴婢及隣里人等。因與石鱗及許鑽等飲福。

初欲今日入京, 而雨勢午後大作, 終夕不止, 不得已因留, 又宿光進家。當其行祀時, 雖雨猶不大作, 只灑而已。故雖衣服盡濕, 可得克行, 而若如午後大作, 則勢不可行矣。良幸良幸。

八月十六日

自鷄鳴, 大雨大作, 至於晚朝, 猶不止。然久留於此, 上下之食甚難。生員奴希奉, 則持卜馬先送栗田。午後, 雨勢稍歇, 着雨具發來。到漢江, 江水時未漲流, 只沒白沙而已。卽渡江, 馳入京域, 則滿目悽凉, 禾黍離離, 悲涕難勝。抵南高城妹家, 妹也聞余來, 卽與高城出迎。悲喜交極, 妹則涕泣不已。不見于今七年, 今始相見, 喜幸可言。

因食夕飯後, 乘夜來光奴家宿。來時, 沙砰院前, 逢林川書員田洽還下去, 使傳余無事來京之意於吾家, 因聞前太守見放, 而李光春亦生存云。

八月十七日

朝食後, 進見任參奉宅, 傳家人書, 從容叙話。因進南高城家見妹。適閔主簿宇慶來見高城, 相與做話, 閔也先歸。余亦出來, 往見箕城君, 箕城君卽出迎, 相見欣慰, 從容叙舊, 因飲酒三盃。箕城方成造, 而但去春中風, 今纏向蘇云云。然觀其氣色, 憔毀已甚, 可惜可惜。

又因以上舘洞, 先訪功城守, 又邀義城都正相見, 欣慰十分。又上子美舊家, 焚毀已甚, 奮基唐黍徧生。因入登香木岸, 則蓬蒿滿目, 不勝悲凉。香木本是三條, 而中立一條伐去。其餘兩條, 長枝盡斫, 其根獨立, 腰下又削去太半, 以爲祭香之用。數百年家庭寶樹, 一朝如此, 可惜可惜。

大概西泮水上下無一家立柱處, 東邊則五六家因存。洪通禮仁憲氏、永城都正兄弟入處。因就洪通禮家訪之, 則出迎相見, 不勝欣喜。又邀永城, 叙舊從容, 因飲余燒酒兩盃。垂暮辭別而返。入南妹家夕飯後, 還光奴家宿。但德奴得兩日瘧而痛之, 可悶可悶。

八月十八日

德奴昨日痛瘧之餘, 尚未快差, 猶臥不起。至晚, 強令起之, 率往鑄字洞, 先訪李掌令鐵則不在。因入平陵守家, 見嫂及妹, 良久叙話。亂離後, 今始見之, 嫂、妹見余, 泣之不已。

又辭出, 就墨寺洞, 訪陽城正, 其三子坡陵、坡興、坡溪皆在, 相與叙舊, 饋余夕飯, 垂暮乃返。歷入申直長純甫家, 申則不在, 其子申慄及李賚適來在, 相見欣慰。

但純甫妻氏, 痛胸臥房, 邀余入見, 飲余時酒兩盃, 日暮乃返光奴家宿。但往來時, 歷見宗家及竹前洞本家, 則垣墻盡頹, 蔓草徧生, 不知基址東西, 良久立馬, 悲歎而還。

大概南山邊, 則人家多在, 而尚有完全處, 人多入居。且朝前聞文守妻生存居隣，招之卽來見。見余歷言前事，又言其夫守及兩婿，亂初乘舟奔避時，舡敗溺死之由，痛泣不已，不勝悲慘。

平康人下歸，修書付送。使平康觀勢來覘事言送。余亦切欲見之，爲留待之。吾行當於二十四五日間矣。

八月十九日

朝前，義城都正歷訪，暫與叙話而歸。光奴昨日亦痛瘇，可慮可慮。且加伊只來謁，明日下歸云。故林川家書，使之卽傳，兩女兒鏡子，亦磨而付送。

且食後進義禁府，投名洪三陟仁傑、金評事興國後，又入朴林川依幕，見其子朴天祺。通刺于林川及尹鴻山，則皆以委問，感泣謝之。因與天祺從容叙話後，又來于乾川洞柳直長永謹家訪之，適出不在。故還來歷入南翊衛家，翊衛則入番，與妹氏終日對話。

夕食後，乃返光奴家。適許鑽自土塘入來，因與同宿。且聞林川新郡守朴春茂，昨日政除授云。春茂前日變初以假任來莅者也。

八月卄日

食後，就訪閔同知澮令公，卽歡迎。兩子友顏、友仲亦在，皆出見。相與叙舊，令公出酒飲之，良久辭出。歷入權知事徵令公家，卽邀入見之，以中風廢棄已久，形貌不舊，可惜可惜。各言舊事，難堪悲憾之意。從容叙話，日傾辭別。

又入南妹家，因與翊衛着奕賭笠，翊衛連背兩局，可笑可笑。夕飯後，乃還光奴家，又與許鑽同宿。鑽也朝往許同知晉家，得聞其弟永弼生, 今居固城地, 不勝喜躍。但永弼聞其母已逝, 至今不來, 可謂無知而得罪人倫, 可憎可憎。

且李時曾, 昨夕, 自龍仁山所祭後入來, 今朝來見。適文守妻爲余備酒饌來飲, 與時曾共喫。又與朝食對之, 時曾明向平壤, 當收奴婢身貢云云。

八月卄一日

曉頭, 時曾來見, 因歸關西。朝前, 往訪李掌令剛仲, 卽出歡迎, 良久叙舊, 饋余朝食。晚後, 乃還光奴家, 德奴以刈草事, 持馬出郊。故終日在家, 無聊莫甚。箕城子磬令公, 送人問候。任參奉宅, 亦使人問之。

夕, 栗田生員奴子入來, 見書則時未離瘧, 昨日亦甚痛之, 欲得牛肉而食, 送米一斗於光奴處, 使之貿送矣。

八月卄二日

生員奴還下歸, 修書付之。適金堤叔母婢子女香, 與其夫來謁。因呈燒酒少許及落蹄十餘介, 落蹄則亦送生員處。

食後, 往南妹家, 與翊衛着奕。且送吾馬於崔生員起南處, 邀之。崔也連遭其母及祖母喪, 時未發引, 相見不勝悲憐悲憐。終日, 與翊衛叙話, 夕食後出來, 歷見箕城令公。適朴正字垣來此, 良久相叙, 朴也先出, 余亦隨還光奴家, 日已昏矣。

且聞忠勇將金德齡, 前日以逆賊辭連, 拿去而囚, 連受嚴刑六次, 昨日不服而斃云。別無疑端, 而只因出於賊口, 竟殞杖下, 人皆寃之。大概德齡, 從前雖無立功, 而以勇力名聞夷狄, 倭奴甚憚, 至於西戎老乃赤, 亦問其年歲幾何云。若稍有逆謀形迹, 則萬死無惜, 加其曖昧, 則時方讐敵在境, 西戎跳梁, 殺一壯士, 豈無敵國之喜乎?

然德齡如此亂世, 自募出應, 名過其實, 前無施勇之效, 只資逆徒之口, 是自取之, 又誰咎怨?

八月十三日

德奴自昨, 右足爲馬所踐。因入馬毒重浮, 不能運步, 針破尙未向差, 極悶極悶。朝食後, 借人往南妹家, 與翊衛着棊。適李僉正孟衍入來, 良久叙話。余則因任參奉宅適來金谷城家, 使人邀之, 卽赴見之。適其家主生日, 故饋余酒食。任別坐慶遠亦來, 相與做話, 日傾還來南妹家。

夕食後, 還光奴家。平康人入來, 見平康書, 則以巡使都習陣事, 今到金化, 得赤痢, 不能運動, 玆不得來覲云, 不勝驚慮驚慮。

平康所送太三斗、白米二斗、耳牟米一斗、燒酒四鐥。且崔輔德瑾之不奉大口二十五尾、多士麻五同, 使余取用, 故下歸時持出爲計。前日, 平康奴岹知, 以收貢事入明川, 明川倅與崔相知, 爲送大口一同、多士麻十同。崔也遠路輸來極難, 各分半捧之, 其半則使送吾家故耳。

八月十四日

明欲下歸, 而德奴足不差, 極可悶也。朝前, 送人李掌令鐵家致書。

又送大口一尾, 今日迎婿, 故爲助之, 又送多士麻二古里於南妹處。
且修書付送平康人之歸。

昨日, 越江奴光進、婢者斤介等, 備粮米各一斗來納, 以吾家田畓耕食, 故使之備來, 欲爲行資。明年則所耕田畓使之竝作矣。許鑽入來, 與之同宿。且雲山令來見, 其母備酒果來飮。小頃, 柳直長謹之亦來訪, 良久敍舊, 因飮燒酒五六盃而送。

夕, 生員奴春已, 自栗田入來。見生員書, 痛瘡倍甚, 全廢食飮云, 悶慮可言。今日欲買牛, 而布價入秋後極微, 不得買之, 可恨。又與許鑽同宿。以破笠修漆, 故不得出頭, 終日在家。

八月卄五日

早朝, 往見南妹, 饋余朝食。因辭別, 妹也不勝惻惻, 余懷尤惡, 還到光奴家治行。但德奴足疾未瘳, 不得已明日春已來時, 使不載馬而來耳。

晚後, 只率奄知及墓下居奴環伊發來。南大門內偶逢金子定率子, 問其子定來否, 則前數日來京, 今寓西小門外云。行忙不得見而來, 深歎奈何? 行至銅雀津舟渡, 踰狐峴, 抵果川縣前石橋下, 秣馬點心, 馳到栗田, 則日已夕矣。子定今爲待敎耳。

八月卄六日

因留生員家。晚後, 往見天瑛母氏, 贈余米一斗、瓢子一介。夕, 隣家有朝官來接止宿, 問之則乃司僕正鄭賜潮也。前雖不相識面, 聞名久矣。與生員往見, 歡如舊識, 持酒飮之而還。且德奴自京騎春已馬入來。足疾猶未差，不得已明日吾行不與偕歸，使留調後下來矣。

八月廿七日

朝前，鄭正臨行來見而歸。且德奴足疾不差，使之留此調理，隨後
下來矣。食後，率生員奴安孫發來。抵水原社倉東面敬輿妻氏寓家，
與長水一家，咸會一處。即見兩嫂主及時尹三兄弟，不勝欣喜，終夕
敘話，至於夜深罷宿。但見其兩嫂寓處，卑陋僅容一身，計濶草草。

　　長水嫂則率多子女，窮困益甚，僅僅商鹽度日云，深可憐惻。因
贈兩嫂大口兩尾、多士麻二束，各分其半而用之。

八月廿八日

早食後發來。借其奴命允指路，歷社倉，渡項串橋。又涉平澤揷橋
津，路傍人家，秣馬點心，命允則還送。來到牙山地李時說母氏家，
因宿李家，饋余上下朝夕殺雞爲饌。時說在漢陽，而其母氏及妹迎
接，又贈新藿三束。

八月廿九日

早食而發行，至難頂峴，見有一人，蓬頭垢面，破衣跣足，間關步來。
問之則乃鴻山居校生孫承祖，以橫罹逆黨，拿囚王獄，今得放赦下
去云。不勝憐惻，所負粮米，分載吾馬率來。聞其時未朝食，即下馬
川邊，分饋點心。

　　飯後，來過溫陽郡前，抵時興驛前川邊松亭下，秣馬點心，又分
饋孫生。因令脫棄破衣，而又敎丘知，其一衣脫着，又得皮郎笠着

之，率來，越角桀峙，到公州地楸谷投宿。

　適故縣監金公伊孼子金正凱妾家，正凱偶以秋收事，自德山本家來此，卽出迎。前日雖未相識，其大人與吾先君子年甲，而相厚最密，故如舊相知，卽摘桃實供之。但不接溫房，而寢余冷廊，可恨。夜半後，冷氣侵骨，不能寐，起坐待明。

閏八月小【初一日日食, 食之過半, 晝昏已久, 前無如此時也】

閏八月初一日

未明而發, 曉霧四塞。抵半至院前槐樹下, 朝飯後, 踰松峙, 歷定山縣前, 入見金鎛。金鎛乃京居士人, 流寓此地, 而趙應立女婿也, 曾所相知, 饋余餅及實果, 飲以醴酒。

　　卽前馳到砠知家, 日已暮矣。砠知, 去年臘月, 以收貢事入歸明川, 今始還來。其一家之人, 皆以爲必死, 而今忽入來, 其父相携痛泣, 深可悲憐悲憐。與孫承祖同宿。

閏八月初二日

食後, 率甘同發來, 到扶餘白馬津邊。孫承祖伏地, 拜謝辭別, 向歸鴻山其家, 期於後日來謁云云。卽馳來, 抵林川十里外川邊, 秣馬後到家, 謁母主, 上下如舊。但端兒自昨夕不安, 疑是痁疾也。李進士重榮胤子稽及成敏復來見而歸。

且卽傳李光春書于其妻, 光春之書, 孫承祖同囚一獄時, 寫付孫而使之傳送, 而孫也亦付余而傳致也。聞光春今當定配三水郡云。

閏八月初三日

朝後無聊, 與彦明, 扶杖步往權平池邊斗岸觀之。前月望時, 大水衝破, 岸崩塡塞池中, 而池下畓亦多埋沙, 可惜可惜。

適監牧官李挺時歷訪, 相與坐於岸上, 從容叙話而歸。少頃卽座首李元吉亦來, 暫與做話而散還。隣居萬億母持酒來謁, 與弟共飮。且昨日來時, 路逢家主崔仁福弟, 問之則其兄仁福被囚洪陽, 受刑一次, 因病而死。今以載來屍身事, 率奴馬向歸洪州云。聞來不勝驚悼驚悼。

仁福平日待余家甚厚, 而爲人誘脅入賊中, 同類皆見赦, 而渠獨殞身, 雖曰自取, 一則可憐可憐。又於扶餘地, 得逢南宮靈光況*上京, 馬上叙話, 因聞子方初一日辭官, 卽歸益山云。

閏八月初四日

昏, 子方自益山入來, 謂曰"來時無愁浦邊, 咸悅品官等備酒果來饋, 故因致日暮"云。只捧實果、燒肉、切肉等各四筍, 入內曰"品官等盛饌來呈, 故爲欲獻之而持來"云, 卽與一家共之。但吾一家, 專賴子方爲食, 而今已解歸, 無所依賴, 悶歎奈何奈何?

....

* 況: 底本에는 "倪". 앞의 일기에 근거하여 수정.

閏八月初五日

子方爲邀李福齡, 推卜吉凶。朝食後, 子方辭歸向藍浦, 因挽留李福齡, 饋酒食, 終日着奕爲戲, 臨夕而歸。

閏八月初六日

申景裕、蘇隲來見, 隲則親持生蟹六甲贈之。昨昨爲送十餘介, 今又來贈, 可謂厚矣。飮以一盃酒而送。

　午後, 趙君聘、趙伯恭來訪而歸。夕德奴入來, 見生員書, 痁疾時未離却云, 可慮可慮。昏, 新巡使柳根, 自韓山入郡, 來時歷入李別坐德厚家, 設筵迎接, 故以致日暮。過去于此, 路暗不分, 使不設炬, 不知其故也。

　元帥昨日亦過去, 向歸湖南, 恩恩而去。竊聞湖南亦有逆變云, 時未知其詳也。且聞自上禪位東宮, 大臣時方率百官伏闕陳疏云云。此乃自余下來後事也, 亦未可詳也。

閏八月初七日

韓山倅以兼官, 倍巡使到此, 送人邀余。食後, 借馬入郡, 叙話郡中, 來寓諸人咸會。午後, 巡使出去後, 韓山以上下事到官廳, 余亦來時入見。適李文仲、趙伯恭、郡品官亦會, 韓山先出歸。座首李元吉, 供余等酒果各兩盃後, 罷散。

　夕, 麟兒率漢卜、環伊等, 兩馬載穀入來。前日咸悅在時, 爲給牟米一石、租二石、皮牟二石, 舍弟處亦贈租一石, 接置麟兒處, 故送奴馬取來, 麟兒與之偕來。咸悅之物, 此外更不得見矣。皮牟一石,則負重不捧, 而一石則使麟兒用之, 租五斗亦使用之。

閏八月初八日

食後無聊, 與彥明, 步陟院隅岸上松亭下, 招白光焰叙話。適趙仁民過去, 來謁, 因言賊中奇別, 聞來有痛憤事甚多, 日傾乃返。仁民則郡居庶孽, 而脅入賊黨者也。座首李元吉來見而歸。

閏八月初九日

環奴還上送, 修書付之, 使傳栗田及光奴家。且趙伯恭, 專人爲送生蟹十五甲, 深謝。蘇隰亦送五甲, 卽沈醢。又令德奴收菉豆三同, 積置于此。但秋雨所損, 過半不實, 可歎可歎。

閏八月初十日

靈巖林進士婢夫, 來傳書信, 披見妹書, 則痁疾時未永却。然不至甚痛云, 可喜可喜。鹽古刀魚十尾付送, 而母主前, 租一石、食醢、蝦醢各一缸覓送。近日無飯饌, 方悶之際, 得此意外, 深喜可言。租則今在礪山地, 明日當送奴馬載來爲計。鳩林之人, 缸載魚物, 販于此地, 故景欽覓付使傳。

閏八月十一日

食後, 與彥明, 步進成毅叔家, 不在。因就李福齡家, 亦不在。又因以進趙允恭家, 邀出叙話良久。還來時, 歷入申景祿家, 適趙郁倫氏亦來, 相與做話。申家饋余等點心, 日傾乃返。聞李福齡還家歷入, 又與着奕三局, 福齡供烹栗, 又贈生栗數升, 因袖來獻兒只前。

閏八月十二日

朝聞元帥軍官曺大臨, 昨夕自完山元帥幕還家, 卽就見問之, 則曰
"完山人以芝草反同事, 入歸寧海地, 爲伏兵所捕, 得一文書, 乃逆
謀也。推問則曰'得之於路中'云, 辭連者十餘人, 拿送京帥, 而時未
得端緒"云云。但自去月二十七日, 主上當禪位東宮之敎後, 凡四方
公事閉門不納, 至於太臣率百官伏闕, 尙未得達。故此郡新太守, 時
未拜辭, 尙留京中, 上下憂悶云云。還時, 歷訪權生員鶴, 從容叙話
而返。

閏八月十三日

邊應翼來見, 而飮一盃酒而送。午後無聊, 往訪李進士重榮, 良久
叙話。來時, 歷見申夢謙而還。且德奴痛腹未差, 玆不得歸。木花反
同於黃、永之地, 初欲秋事前入送, 而病勢如此, 事多乖張, 皆不入
計, 奈何奈何? 只自歎恨而已。

閏八月十四日

食後, 往訪蘇隲, 適出不在。因歷訪趙伯恭, 隲與成德麟[*]來在, 伯
恭婿李時豪亦在, 相與叙話。饋余水飯, 日傾乃返。來時, 入訪趙君
聘, 君聘以痢疾辭不出。來路, 逢韓進士謙, 馬上敍話而還。

....

閏八月十五日

無聊, 與彦明, 步進成敏復松亭, 與成做話, 日傾乃返。成也摘大棗一筍呈之, 共破。

閏八月十六日

令德奴持鹽七斗、大口二十二尾、多士麻十注之、古刀魚四尾, 入送黃澗、永同四寸等處, 爲貿木花事也。沈蟹四十五介則分送四寸等家矣。且藍浦子方奴子入來, 見女息書, 時好在云, 可喜。鹽銀屑*十尾覓送, 爲供老親, 深喜深喜。又見金伯蘊書。

今日與大興會話于李別坐德厚家, 而邀余甚懇, 子方奴今日來呈, 勢無及, 而況無奴馬, 好事不偕, 可歎奈何奈何? 且昏鴻山居校生孫承祖, 壺果及粘餠一筍來訪。餠則納內, 酒果卽與彦明, 月下共破。孫也前日被囚王獄, 放釋下來時, 中路相逢, 哀憐率來, 故爲來訪之。

閏八月十七日

子方奴夢崇, 率德介, 還歸藍浦, 修書付之。且晚後無聊, 與彦明携杖, 步陟水山島上, 縱眸四野, 禾穀盈疇, 已盡萎黃, 時有收穫者, 觀望良久。適其下申別監夢謙來監收禾, 與弟隨下, 相與環坐斗岸, 從容叙話, 日傾乃返。

....

* 屑: 底本에는 "唇". 문맥을 살펴 수정.

閏八月十八日

令漢卜及兩婢, 刈李通津畓布曬, 稍勝於前年。但泥隆處, 多有不實, 可恨。與彥明, 再度往觀, 且近日粮儲垂乏, 顧無得活處, 所畊畓皆是竝作, 不可獨收, 可悶可悶。

閏八月十九日

令兩婢, 收崔淵田豆作同, 則乃四同, 家無男奴, 未卽打正, 載入礑家積立, 待德奴之還爾。且今日場市, 賣鷄二首, 而一首則捧米一斗三升, 卽買箕而來。一首則捧米一斗二升來納, 初使買篩, 而價不足云。

閏八月卄日

新太守朴春茂出官, 而一邑品官, 皆會見謁云。自曉陰霧四塞, 晚後始收, 然終日陰曀, 頗有雨徵。若雨則前日所布之禾, 久不收束, 可慮可慮。且家前田收根粟, 則各分二斗六升, 崔仁福末子來監。

閏八月卄一日

恐其雨而終夜深慮, 曉頭月出, 陰雲四散, 朝則日光明朗, 可喜可喜。得品人二竝兩婢, 先收路邊田根豆後, 收束布禾, 負入家庭, 計數則百十八束。且竹林守自恩津歷訪, 良久叙舊, 點心後向歸韓山。竹林進賜乃清城君末子, 而家人五寸姪也。歸時, 米一駄接置曰"入藍浦後, 送奴馬載去"云云。

閏八月卄二日

陰曀終夕。竹林守送奴馬, 昨日接置米載去。且令訥隱婢, 刈淸凉粟
則四束, 而收正則二斗六升。

閏八月卄三日

午後, 鎭岑倅李昌復, 以差員到郡, 致書問候, 卽借奴馬, 入見叙舊。
臨夕, 本郡新太守朴春茂來見, 鎭岑又邀余, 共對奴話。渠等夕飯對
食, 飮余酒五盃, 主倅先入衙。余與鎭岑入房, 更與作話。

　　夜深借騎鎭岑馬而還家。鎭岑倅乃申牛峰兄之女婿, 而平康少
年友也。因聞牛峰兄之末子環成, 去月病死云, 不勝痛悼痛悼。企
齋親孫, 只有申鴻漸, 而亦無後, 可歎可歎。

閏八月卄四日

食後, 鎭岑來訪母主。與家人亦出見, 良久叙話, 家無待賓之物, 乞
摘隣家紅棗, 與之共喫, 日午, 乃還入郡。以其事未畢, 故明日當向
韓山云云。所差之事, 乃逆賊田民推刷也。

閏八月卄五日

早朝, 此郡太守, 送人問候, 邀余與鎭岑共話。卽借馬入郡, 與太守
及鎭岑, 會坐上東軒叙話。因對朝食後, 鎭岑先辭, 出歸韓山, 更與
太守良久坐話。還來時, 歷入權景明家, 適不在。又入曹大臨家, 曹
也以監耕牟田事, 來坐田畔, 因與坐路傍敍話。適成敏復過去入來,
因借成馬先還。

午後, 曹大臨又來訪之, 與弟聚坐面陽, 做話終夕。昏, 家主崔仁福弟及子來謁, 因聞被囚洪州人趙應凱等, 全家定配三水, 今日巡關到郡云。其父崔仁福身雖已死, 名在其中, 子孫恐亦連累也, 來問其故矣。仁福之弟仁裕亦在其中云。自取誰咎?

閏八月廿六日

子方奴德守, 自藍浦入來, 將向盆山。子方書及女息簡亦付來, 時無事云, 可喜。鹽秀魚一尾覓送, 可供老親, 可喜可喜。

閏八月廿七日

婢玉春隨子方奴, 歸咸悅, 修書付傳麟兒處。且食後無聊, 與弟步往李福齡家, 適不在。因訪申景裕, 良久敍話, 申家饋以水飯, 日傾乃返。

閏八月廿八日

食後, 借曹大臨馬, 騎往犬巖李別坐德厚家。適別坐來監牟田耕種處, 就叙從容, 饋余晝飯。又贈養親生雛一首, 日傾馳還。

閏八月廿九日

得品人三竝家婢三, 令刈兩處官屯田布灑, 而一處未及畢刈。與弟步往松亭, 亭下, 與監官申景裕及權鶴、曹大臨、成敏復、尹昕等會坐, 終日叙話。屯田竝作人, 獻點心酒饌, 與諸公共喫, 權景明, 又持酒壺、蒸蟹來饋。

且家人自早朝右手無名指生丁腫, 方悶之際, 聞體察從事姜籖,
昨日到郡, 而醫員金俊, 亦率來云。故卽借馬入郡, 見金俊問之, 因
招郡官婢學針醫者福之, 卽針破十五處。然浮處猶未消毒, 有時刺
痛, 深恐重傷, 而久不見差也。

九月大【初一日霜降, 十七日立冬】

九月初一日

自鷄鳴時, 下雨大作, 移時而止。昨日布禾盡濕, 必久不收束, 可歎可歎。然朝則雨止, 更令婢等, 刈昨日未及刈禾布之。且家人丁腫, 終夜微痛, 至於朝則小歇。

朝前, 借馬入見太守問之, 卽令福之, 給由三日, 不離看病。因敎針破處三穴, 而福之卽來針破。太守朴公, 以針術有名, 而適莅此邑, 是則多幸多幸。且此太守, 自京下來時, 親舊稱念, 權知事徵令公、南翊衛尙文、趙正郎應祿、李主簿綏義、任別坐慶遠矣。

夕, 福之亦來, 針破三處。平康不意入來, 一家歡喜, 其可勝言。會坐一堂叙話, 夜過半矣。來獻乾雉九首、獐脯三帖、赤豆五斗、粟米二斗五升、木米六斗、淸蜜一斗、燒酒二瓶、柏子六斗、柏子餠及藥果、大桂等物。

九月初二日

成敏復、申景裕、韓謙、權鶴,來訪平康而歸,各飲燒酒而送。平康
人馬之上去時,舍弟陪母主先歸,吾一家隨後往結成,過冬後,處置
去留事議定。

且夕德奴還來,木花其地至貴,僅得十二斤而來。持去之物,大
口二尾、多士麻二注之還納,可歎可歎。四寸等所送,竝水荏二斗、
赤豆三斗、大棗二斗、胡桃四百介、紅柿百介。

且見朝報,自上時未復政,大臣率百官,伏闕月餘,尙未蒙允,四
方公事,委積政院,而至於逆黨猶未推鞫,東宮因此不寧,久廢進膳,
將生大病,舉朝遑遑,罔知攸措云。未知國事其終如何? 悶歎悶歎。

但聞日本國,去八月有和泉縣地震,房屋一時傾頹,關白勇兵數
萬壓死。而兩天使及隨行天朝官員,未傷一人,皆得保全云。平秀
吉罪惡貫盈,酷禍斯降,是實天意,其喜可言,然虛實不可知也。

九月初三日

平康朝入郡,見太守而還。午後,海運判官趙存性到郡,聞平康來
此,卽使人問之,隨而來見,相與做話。適李重榮亦來。官供酒果,
至於夜深對飲而罷,判官因與平康同宿。判官覓贈米太各二斗、蝦
醢五升、蟹醢十介,深謝深謝。

九月初四日

此郡太守,以其判官來此,亦來門外人家監膳。余亦就見太守,因
饋燒酒一盃及柏子餅。判官與平康射帿,曹大臨亦來對射。官供酒

果, 從容談話。射帿, 八五巡, 平康四十五分, 判官三十二分, 曺大臨十八分, 判官不勝怏怏, 而先發, 向韓山。

且昨日柏子三升、生淸一升、五味子一升、松花一升, 送于太守衙。柏子二升、淸一升、文魚一條、多士麻一注之, 送于柳先覺處, 聞明日行禪故也。蘇隰亦來見, 饋以燒酒粘餠, 又贈淸一升、柏子一升、多士麻五葉。

且今日令平康人馬輸入兩畓布禾, 上畓九十三束, 而每束可出兩斗, 或有過者。下畓百六十七束, 而每束可出一斗, 或有未及者。且家人, 今日則因日陰, 不得受針, 別無加痛, 而浮氣猶未永消也。

夕, 子方奴春守, 自藍浦入來, 見子方書, 時一家皆好在云, 深喜深喜。爲送生蟹卄甲矣。

九月初五日

自曉下雨, 晩後始晴。初欲收打屯禾, 而夜濕未及, 可悶。春億向歸盆山, 淸一升爲呈申相禮前, 修書付傳。又送平康人馬於咸悅麟兒處, 使之騎去, 因送淸一升於金伯蘊處, 又半升則傳給李孝誠, 而孝誠麟妻三寸也。

且朝後平康往犬巖李別坐家, 修書付傳。又送柏子三升、多士麻一束矣。昏, 還來, 別坐修書致謝。且家人手腫, 尙未永差, 令福之又鍼十餘處。

九月初六日

令平康下人等, 打彦明屯禾, 各分平四石二斗, 而草則未打。且柳先民, 今日禫祭後, 致書邀余父子, 晚後馳進, 極備酒饌, 醉飽而返。
夕, 平康入見太守, 從容叙話, 夜深而還。麟兒來覲。

九月初七日

申景裕, 平康處致書, 送太一斗、鷄一首。慶譚亦致書, 木瓜十介、土
蓮一斗送之, 卽修答。而適韓謙來見平康而歸。家人受鍼後, 達夜
痛之。

九月初八日

行妻母忌祭, 平康與麟兒奠之, 余則困不得行。朝, 許寔來見平康
而歸。令平康官人五名, 打屯禾, 合平五石十斗, 而草則未打。且麟
兒率奴馬, 往咸悅, 使率其妻而明日來也。平康往成敏復松亭, 與權
鶴、曺大臨射帿。

　余則以監打事不偕。且聞太守今日所收屯禾, 使吾家全用云, 不
勝深謝深謝。前長城倅李玉汝, 陪老母妻子, 自益山上歸平康, 昏入
見, 夜深而還。余則明日當行時祀, 故不卽入見。

　昏, 平康官人, 臂鷹入來, 見其形貌, 極是良隼, 而八寸半矣。又
藥果一櫃、石茸三斗、眞油二升、乾雉五首、大口二尾持來。鹽松魚
二尾, 則三陟倅金權送于平康處, 故亦持來矣。

九月初九日

曉頭, 與彦明及平康行時祀。食後, 太守使人邀余父子, 故平康先入
歸, 余隨後入郡, 則太守張帿, 平康與李長城、曺大臨及太守對射。

參席者, 權鶴、李重榮、李資七八矣。

但曾與申大興、金奉事, 約會於南塘津邊, ■爲太守强挽, 不得赴納, 送人馬邀申、金, 則托故不來, 責以失信, 還送人馬。

吾父子即欲馳往, 而太守曰"吾當請來", 即令首吏持簡, 馳馬强請, 則申、金與李別坐德厚入來, 相與歡迎。官供酒饌, 極備水陸, 又設糆餅, 各盡酬酌, 極其醉飽。余則先辭還家。

平康則更與諸公, 會話上東軒, 夜已過半而還矣。彦明又與申景裕三兄弟及成敏復, 會話成之松亭下, 極醉而還。前日又與此輩約會已久, 而今亦負焉。雖曰勢也, 深用未安未安。

九月初十日

早朝, 蘇隲、柳先民, 持壺果來餞。申景裕、成敏復亦來, 各巡而罷。申、金兩公, 亦自郡中來見, 辭別而歸。家人朝前乘轎入郡, 謁長城大夫人, 乃家人三寸也。其腫雖未差, 切欲拜別强入矣。

晚後, 李別坐致書, 送牛肉。欲見鷹子, 使之臂送, 故即令來奴臂送。平康處, 亦送馬太五斗矣。且龍安倅, 使人致書問候, 因欲買平康來鷹。然已送李別坐處, 故以此意修答而送。家人今日亦受鍼。蘇隲來, 與平康同宿。

九月十一日

早朝, 成敏復、蘇隲, 持壺果來, 餞平康。曹大臨亦來。差晚, 此郡太守, 又聞平康發歸, 來見, 余與彦明出見, 官供酒果。趙金浦伯恭, 亦持壺果來餞。各巡盃後, 太守與伯恭, 各出席別盃, 良久叙話, 平康先辭。入內辭別。而發向藍浦，見其子方後，歷入保寧，又見其妻母，因向結城，觀其農事後上歸。然則當於念後，到京矣。

年前臘月，一來見之，因科舉僅留三日而歸。至於十餘朔後，今又來見，纔留八日而還去。八日之內，多事擾擾，未嘗一日穩話而別，心事茫然，如未見之。出門之時，不覺淚下添襟，終日忽忽。只因事勢，有子四人，不與一人同居，各處遠地，一年之內，僅得一見而別去，又且遽忽，良可恨歎奈何？

且此郡太守，以監督屯禾事，來坐隄堰上。午後，步爰相叙，曺大臨亦來，余則先辭而返。太守爲贈澤租二石、太其三同，實出望外，深謝深謝。

九月十二日

令德奴，官屯租平三石十三斗，載送屯田使令都叱孫家，使之納官矣。又令平康人，打家主竝作太豆，而驟雨忽作，未畢而掇去。

且蘇隲率妻，來謁母主，備呈酒餅，聞母氏來十五日上京故也。浪城正適至，相與飲蘇之酒，各極醉飽。家人亦出見浪城，而又饋上下晝飯。待其雨晴，辭別而去，向連山之路。

余與彥明，不食朝飯，而空腸飲之，因此醉倒。浪城則平壤守之子，而於余妻五寸也，以其試藝陞正矣。來見其妹於林川犬巖地，而因此歷訪耳。

但余言其祖父母，平日厚族之意，則浪城醉中聞之，不覺泣涕漣漣，長鬖盡濕，乃平日使酒輒泣也。兒女輩見之，皆笑之。然其父母妻，亂初一時縊死。故追思先世之事，因酒而泣，一則可矜可矜。

九月十三日

宋仁叟, 專人致簡問候, 兼送烹牛足兩隻、菁根七十本, 深謝厚意。平康處亦致書, 而未及故來奴追去, 保寧、平康所在處指送矣。

　且得品人三竝平康人三, 使德奴耕牟田兩處, 而牛則李進士、曺判官處借來。畢畊而未及落種, 種子亦不足。曺大臨來見, 相與坐田畔而話。

九月十四日

牟田畢落種而治畝。因令前日雨, 未及打崔淵田豆, 各分六斗。淵來見分去。尙判官來見, 飮燒酒一盃, 又贈石茸兩升。

　李進士午後來見, 亦贈石茸兩升, 而無酒不得饋送, 可恨。且家人手腫猶未向差, 至於手掌蔓及, 有黑色, 證勢必久, 可悶。又令福之鍼破。且卜馬足蹇, 夕時知覺, 母主上京之時, 不可騎去, 日期已迫, 勢未及差, 極悶極悶。

九月十五日

母主初定今日發行, 而事多未及, 退行於二十日矣。且朝前牽蹇馬, 親自往趙伯恭家, 招伯恭奴治馬者問之, 則別無觸傷處, 必因多竭之, 故不須鍼治云。因與伯恭招蘇隲, 良久敘話。適余不食朝飯, 故雖强挽, 而還來抵家。

　食後, 卽馳進灰池, 郡守監收屯禾處, 問家人腫證, 而太守又勉留, 對食晝飯後還家。又招馬醫, 鍼治蹇馬一穴, 更察之, 則固無傷處云云。且福之來鍼家人腫處。且德奴收捧獐池自耕作屯禾, 各分卄一斗，終年勤苦，所得至此略略，可歎可歎。昏，<u>成敏</u>復持酒來，飲<u>彥明</u>。

九月十六日

自曉風而下雨。明日母主行次，極可悶也。晚後始晴，<u>成敏</u>復送米、太各二斗於<u>彥明</u>處，爲贐行資也。<u>李福齡</u>亦送濁酒一盆，使饋母主帶行下人矣，深謝厚意。

<u>彥明</u>終日，與<u>德奴</u>治行具，余別獻水荏一斗、米七斗等母主前，爲來日粮資也。行粮一斗、行饌佐飯、醢物亦備呈，<u>平康</u>持來藥果及此處所造粘餅亦獻，路中饒飢之資也。<u>彥明</u>處菉豆一斗、赤豆一斗，亦贐之。<u>平康</u>人等處，馬太三斗分給，使之養馬，亦饋朝夕飯。

且卜馬足蹇處向差，可喜。但家人手腫加浮，而臂上成瀼處自裂，白汁三度壓出，而別無向歇，漸漸浮上，氣甚昏困，微頭亦痛，飲食全廢。母主行次臨發，病勢如此，極可悶也。午後，<u>福之</u>來見，鍼破前穴，又加別穴數處。

夕，<u>宋仁叟</u>奴<u>世良</u>，已到保寧，見<u>平康</u>捧簡還來。見<u>平康</u>書，則到<u>子方</u>家留一日。又抵<u>藍浦縣</u>，爲<u>鶴林</u>、<u>竹林</u>兄弟挽留，今始到保寧其妻母家，亦留一日，明向<u>結城</u>，而一行上下時無事云。然若到<u>結村</u>，亦必留數三日，計其行程，當於二十三四間到京也。母主行次必先矣。

九月十七日

早朝，神主前行茶禮，裹入箱子，使<u>德奴</u>負持，余則陪行，當到<u>定山</u>

侃知家還來。麟兒借成敏復馬, 至半程而還矣。

朝前, 成也來見, 因與彥明辭別而歸。食後, 陪母主發行, 母主去甲牛九月自泰仁陪來, 留此三年, 弟之一家, 今年三月來此, 今九月上京。

初意欲與一家陪歸結村, 而衆多之口, 得食極難, 又且母主切欲還舊土, 平康逐月粮饌備送云, 故因人馬之得, 不得已使弟擧其妻子先奉而歸。余之一家, 此郡公債畢償後, 來月間先歸結村, 留食平康儲穀, 明春若可以上京, 則咸與歸京。

如不可, 則姑留一年, 作農儲粮, 待秋, 先造草屋於土塘墓下, 預爲歸止之所後, 擧家上計去爲計。然人事乖張, 朝家多亂, 兇寇尙據邊境, 未知明年, 又有何事也? 但與弟一家, 當欲久奉老親, 去彼留此, 偕以周旋飢寒共之, 而事勢如此, 先奉而歸。

家人腫病, 亦甚苦重, 不能起動, 臨行。母主親至臥處, 與一家兒輩會坐, 不勝戚戚, 咸涕不已, 人情豈不然乎? 遠離膝下, 消息亦如罕聞, 尤可悲悶也。

行到中路, 侃知來迎, 指路而歸。抵定山侃知家止宿, 侃知父有良夕飯, 上下供之, 馬太一斗亦獻, 可謂信厚人矣。但有良痛瘇危苦, 全不食飮, 臥房不起, 年老之人, 恐不得保存也, 可憐可憐。

九月十八日

朝有雨徵, 深慮深慮。早食後, 彥明陪母先發向北。余隨行, 步出洞門外, 瞻望行塵, 不覺淚下添襟。侃知與德奴陪行。

但余馬蹇足, 猶未差, 遠路恐不得達也。余亦率甘同發來, 而但所騎麟兒馬, 性極駑劣, 以大杖隨後驅打, 專不動身。遲遲其行, 僅到半路, 雨下沾衣, 不得已尋入尚判官家, 則判官不在。

又問權景明, 則景明亦以秋收事, 出去。適判官姜女子, 聞余來, 卽出見, 坐余斜廊, 得酒飲之。然無主之家, 獨坐無聊, 雨勢不止, 雨具卒難得之, 極悶極悶。

判官女子, 又出見曰"進賜不久還來, 日且垂暮, 當備夕飯而進, 姑留宿此"云云。然不可久坐無主空堂, 觀雨稍歇, 卽發來。出洞口, 適逢判官之還, 馬上敘阻。因言尋來未逢之意, 則強使還家, 然已出路中, 不可還入。借得判官所着雨具, 馳來到家, 日未昏矣。

家人昨日受鍼再度後, 今日則因雨不鍼, 手掌加浮。臂上成穴處, 白汁兩度壓出, 腫勢不可速瘳, 悶慮可言。且判官姜女, 乃趙應立之妾, 而雖非親屬, 久居余寓隔隣, 尋常見之不避, 故今因其父之不在, 出待之厚。

且今日雨勢, 終夕不止, 母主行次必留於中路。計其行程, 則當到定山松峙越邊農幕, 而止宿矣。

九月十九日

朝有灑雨, 而晚後始晴。母主行次, 雖晚發, 必到溫陽矣。且家人朝後受鍼, 夕時亦受鍼。今則腫勢稍歇, 而飲食亦加, 可喜。

且趙應凱、崔仁祐, 自洪州獄, 昨日移囚于此。故來宿于家, 今當入郡時來見。應凱見我, 發聲悲痛, 甚可哀憐。因聞明春當入歸, 而欲呈上言而免之云。其可必乎? 應凱、仁祐, 皆是逆賊脅從之類, 而獨蒙全家流配三水之罰故耳。飲以燒酒兩盃而送。

夜, 子方自藍浦入來, 夜已深矣。余則臥宿, 而聞其來, 卽起出迎, 久阻之餘, 不意相見, 欣慰可言。因言曰"雨晴後發來, 而牽來牛隻行遲, 故十里外日暮"云矣。

女息爲送粘餠一笥、淸酒一壺、鹽錢魚五尾、秀魚一尾、靑角一苴。錢魚味極佳, 思進母主前, 不勝悲感。相與敍話, 夜已過半而就寢。又聞重兒倚物而立, 拍手相戲云。思欲見之, 可憐可憐。

九月卄日

自曉, 下雨大作, 强留子方, 則曰: "明明乃文景公忌日, 欲趁其期, 不可避雨。"溫飯而食, 案無可口, 殺鷄爲饌。冒雨發去, 中路必有窘步之患, 可慮。棄牛于此, 使我留養, 明當送人牽去云云。

且今日雨勢如此, 母主行次, 必留所止處, 但行程必遲於數日。路資雖不乏, 而路泥馬蹇, 必有維谷之患, 極可悶慮。

臨夕, 始晴而陰。且麟兒妻, 自朝微痛頭額, 寒熱往來, 終日不歇。初疑瘧證, 而至於夜深, 轉加痛之, 必因▣▣風寒。

昏, 端兒卒得頭痛, 痛之極苦, 嘔吐不已。家人慮其犯鬼, 使老婢鈠飯而驅退, 終無見效, 達夜苦吟, 極悶極悶。且家人今亦受鍼, 而腫處向歇, 可喜。

九月卄一日

雖不雨, 終日陰而風。母主行次, 今日想到平澤, 而如此泥路, 必多艱楚之患, 未嘗食息忘也。且麟兒妻及端女, 時未見歇, 悶慮悶慮。

夕, 子方奴春卜入來。因聞子方, 昨日冒雨而行, 至無愁浦, 無船不得渡，自上流恩津越邊艱渡，至礪山地接宿。今日向歸盆山，而春卜則以牽牛事還送矣。終日雨中，行裝盡濕矣。昨日請留懇懇，強辭而歸，終未免艱楚之患，一則可笑。福之來，鍼家人腫處。以其趙伯益酒湯，往在趙家，致書招來。

九月廿二日

終日風，而有時灑雪，初寒甚冽。如此之時，母主行次，想到振威，未知發程耶？戒弟，若日寒風雨，不可強行故云耳。子方奴春卜，牽牛而去。午後，福之來，鍼家人腫處。但兩女兒痛頭未差，極悶極悶。然麟兒妻向歇，而有時食飯。

九月廿三日

陰而寒，有時灑雨。母主行次，今日當到栗田生員家，而日氣不好，未知已達否，極悶極悶。朝，聞韓山倅，以差員到郡，借馬入見，良久敘阻。權景明適到，相與話於房中。主倅隨至，對食朝飯，面請福之於主倅前，逐日來鍼家人腫處。晚後，韓山出去，余與景明，各散還家。

但家人腫處，尚未差歇。麟兒妻及端女，終夜苦痛，而麟妻左耳孔刺痛，其頰爲浮氣，項乳墮落，呻吟不已，極悶極悶。福之來鍼家人腫後，使見麟兒妻病，傳告太守前，切欲受鍼經絡矣。日寒而無柴煖冷，盤無病口之味，兩房呻吟之聲不絕，未知厥終如何。悶歎奈何奈何？

九月卄四日

自曉, 灑雨而風。母主行次, 今日當到土塘墓下, 而日氣不好, 未知發程耶?, 悶慮罔已。晚後始晴。權景明來見, 曺大臨隨後入來, 相與做話。因與余竝轡, 往訪李進士重榮, 則適往咸悅不還。適李惟立隨到, 邀余等入坐, 良久作話而返。

且家人今亦受鍼, 而麟兒妻痛耳處亦鍼之。然病勢雖不如昨日之甚, 而猶未向歇。端兒則亦痛頭極重, 至於午後, 不省人事, 言語倒錯, 手足盡冷, 顏色亦變, 蒼黃扶抱。適久陳淸心一丸在囊, 探出磨, 而童便和服。至於再服, 久乃向蘇。髮際與一身出汗, 手足暫溫, 然言語猶未分明也。罔知攸措, 極悶極悶。

趙臨陂守憲來訪, 坐話未久。金參奉聃齡, 自泰仁上京歷入, 相與叙話。金也乃彦明妻娚, 而不知其妹之上歸, 而入來也, 日已暮矣, 因宿, 饋夕飯。趙臨陂聞余病患, 贈以淸心一丸、蘇合元三丸而歸。

九月卄五日

端兒證勢, 雖曰少蘇, 而言語欲爲而不得, 終夜轉輾。吾夫妻相携達夜, 至於朝來, 亦如昨日, 不省人事。又以淸蘇童便調服, 良久向歇, 罔極罔極。卽送香婢求淸、蘇於衙內, 則太守卽送新淸一丸, 趙臨陂亦送淸、蘇各一、菉豆二升, 深謝深謝。

又令麟兒馳往李福齡家, 推占吉凶, 則書送曰"卦爻純吉, 少無凶變, 來七八日間向差, 勿慮"云云。然病勢如此, 悶慮悶慮。病女欲嘗石榴, 此處得之無由, 朝送訥隱婢於李別坐家, 致書求之。麟兒妻比前稍蘇, 而耳痛時未差歇, 悶悶。

曉頭, 金參奉發歸。適有病患, 未造早飯而送, 勢也如何? 修書使傳于舍弟處。且母主行次計程, 則雖中路滯雨, 今日當到京城, 未知已達否也。日氣甚寒, 極慮不已。

夕, 訥隱婢還來曰"中路逢別坐出去", 見吾書, 卽令訥隱婢送于其家, 傳言, 取送石榴四介、牛肉一片、退米一裹, 深謝深謝。端女見石榴甚喜, 卽食半隻。咸悅麟兒妻婢, 聞其上典患疾來見, 而金伯蘊致書問之。且家人受鍼, 而麟兒妻亦受鍼。且柳先民、趙光佐來見, 而聞吾病患, 暫坐而歸。端兒昏亦不省人事, 又以淸心調服, 移時而向歇。

且聞體相以上命還京, 今明當到恩津, 監都事咸會。而此郡太守新到任, 當爲迎命, 今向恩津巡使所在處云。

九月卄六日

鷄初鳴, 端兒如廁, 寒氣砭肌, 因致不省人事。又調淸心, 而良久向蘇。朝亦如此, 極悶極悶。氣蘇後謂曰:"當其昏迷之時, 眼有電光燁燁, 言語艱澁, 欲言而不得。"兩鬢刺痛, 心神暗昧, 見人不辨, 或一炊頃而止。雖蘇醒之時, 言長則不能言, 尤可悶也。

麟兒妻證如前, 再度受鍼, 竟無效, 今日不受。家人則今亦受鍼, 臂上舊穴又濃, 出白汁。故成塊處四邊鍼破, 血出少許。且尙判官, 昨日致書邀余, 乃成婚後設酌故也。余則因病患不赴, 今午, 親來問候, 欲挽歸趙座首希尹家作話, 又以病患辭焉。

且母主行次, 未知已達京城否。時未聞知, 極悶極悶。且柳先民，致書問候。又送生梨三枚，因求平康書，卽裁送，以其買鷹事，持價入歸云。

臨夕，端兒其氣又作，至於三炊頃，而入夜始蘇。鷄鳴時又作，暫時而止。飲食則不至全廢，以木末作糆，間間食之。口苦之時，常欲食石榴而不得，可恨。朝，成敏復一介覓送，今幾食之，此後更無得路矣。

九月卅七日

麟兒妻，昨夜耳痛處，始出白汁，必是耳乳也。至曉，紅白汁自耳孔多出，始有向歇，而然頭痛如前，不差云，可悶可悶。

端兒晚後其氣暫作而止，然氣困甚於昨日，而深頭微痛云。食後，入見太守，問一家之疾，太守飲余酒四盃而罷。因贈余蝦醢三升、沈蟹五介，乃麟兒妻欲嘗沈蟹，故請得而來。且細洞居趙座首郁倫氏爲石榴一顆、小梨二十介、紅柿兩枚，深謝深謝。

且家人今不受鍼。臨夕，曺大臨，自李別坐家，還歸時入見，傳別坐書及生雉一首、生梨十介，乃前日爲病兒求之，而因大臨之來付送矣。兩兒卽炙雉脚，食攤水飯，又造饅頭而食，深謝深謝。

但麟兒妻耳痛處，已爲濃裂出汁，則可以向差，而還痛如前，必再濃也，可悶。端女則其氣又作，良久而止，然不如前日之甚也。

九月卅八日

去夜，麟兒妻耳乳，又濃裂出汁矣。端兒則終日好寢，天明後，其氣又作，暫時而止。午後，再度暫發而止，可以自此永差矣。深喜。

且昨日李別坐致書邀余，會話于其弟德秀家，乃德秀生辰也。設酌會賓，余初以女息病患爲辭，而適病勢向蘇，故借馬成敏復處，馳往。則權鶴、李重榮、曺大臨、尹應祥暨其族姪等十五餘員咸集。

尙判官亦隨至，相與酬酢。其子弟等，各呈大行果，水陸之味、梨栗柿棗之果，滿盤而供之，不可勝食。別坐爲余捧之實果、魚肉炙等物，滿笥而贈之。諸少年，或舞或歌，各盡其歡。臨昏，余與權、李、曺，先辭而馳還，抵家則夜已深矣。

問其女息等病，則大勢稍歇云，深可喜可喜。捧來之物，諸兒分。其中端兒欲食石榴，故行果所呈盡取而來，端兒見之，喜而多食，今日之往亦爲此也。

歸時，路逢李座首元吉，亦請石榴，則當覓送云云。乃聞其兄弟家多植故爾。李別坐兄弟謂余曰"還上租二石，當備給"云云。

九月卄九日

去夜，端兒達曙好寢，頭痛亦歇，其氣至朝而不作。麟兒妻痛勢，亦蘇云，極喜極喜。昨日家人受鍼，而今亦受鍼。

食後，李進士重榮來訪，贈余木瓜五顆、生眞茸一帶，良久叙話，飮以酒四大盃，而日傾乃歸。

夕，李時尹兄弟，自水原往長水，歷宿于此，其一家皆無事好在云。但聞生員痁疾，時未永却，而形貌極其瘦黃云，深慮不已。來時，歷牙山李時說母氏家，時好在。付送乾棗二升，時說亦送四升矣。時尹之往長水，爲其父遷葬事也。且端兒終夕達夜，其氣不發，可喜。

九月晦日

病兒等，今日則大差，而端女則起居如常，可喜。且時尹兄弟因留，而時尹則往見其妻父於郡地所寓處，因宿不返。家無一束柴，令時尹奴馬刈取而來。

夕，平康奴貞伊，自結城持簡入來，見平康書，則去二十二日發歸，而其處農事，今年則爲秋雨所害，多不實，所收不滿數十石。前所儲穀亦多見失，凡事疎脫，不成貌樣，痛甚云。然已令構成儲穀之屋，排設已辦，使之舉家來寓云。雖草屋極陋，而林川非久居之地，來十月念後，定欲舉歸切計。且時尹之歸，裁書付傳全羅巡使處。

十月小【初二日小雪, 十七日大雪】

十月初一日

時尹曉頭還來, 與其弟發向完山, 欲見監司, 面囑移葬等事矣。然
發去未久, 下雨滂沱, 上下皆無雨具, 必多沾濕, 可慮可慮。

午後, 子方自盆山冒雨入來曰"昨日來宿龍安, 晚後發來"云, 咸
悅新太守李鎰, 前數日赴任云云。使人邀李進士重榮, 與子方叙話,
夜深而歸。

夕, 雨始霽, 此郡太守致書問候。又送蟹醢五介、蝦醢一缸, 因
謂以覓鷹事, 送官人于平康, 付書付送云云。時, 別監林進祉, 袖持
石榴二介, 來贈。

十月初二日

子方早食後, 發歸藍浦, 但雨後風且寒, 可慮可慮。成敏復子, 自數

日前, 逐日來學《史略》。家人今日亦受鍼。母主上京後, 計程則德奴
庶可還來, 而不來, 不知其故也。

十月初三日

此郡官奴尙福, 承太守命, 以覓鷹事, 入歸平康, 裁書付傳。午後,
趙金浦希軾來訪, 因謂曰"買鷹事, 持價送奴平康, 切欲捧簡而送"
云, 卽修書付之。近日求鷹之簡, 三次裁付, 未知平康何以應之, 可
慮可慮。

　且致書太守, 因送蠟曰: "兩半造燭而來, 乃明明忌祭欲用之爾。"
又求沈瓜及茄子、沈菜, 則太守答書, 而覓送矣。端兒病中欲嘗, 故
近隣覓之以偏, 更無求處, 不得已敢煩於太守爾。昨日子方歸時, 知
吾家無饌, 蟹醢二十甲入納而歸, 來時龍安倅贈之云。

　且端兒, 自曉還得頭痛, 飮食不如前, 而終日臥吟, 可悶。纔經
大病, 不以爲慮, 遽卽出入, 重感風寒, 終致還痛。是自取之, 然元
氣甚弱, 深慮不已。

十月初四日

端兒終夜痛之, 朝尙不起, 悶慮悶慮。朝與家人, 因不關事, 良久舌
戰, 可歎可歎。柳先民專人, 送沈瓜一缸, 深謝深謝。聞其病兒欲嘗
故也。明日行祭事沒饌, 而家無柴炭, 收拾籬底而爨用, 可歎。

　夕, 子方率去奴, 自藍浦歷宿, 明向益山, 見女息書, 時好在。但
婢德介痛胸, 幾不能救, 深慮深慮。

十月初五日

啓明，與麟兒行祭，只設三色實果、四色素湯、素炙而已。祭餘餅分贈近隣。且端兒朝則似歇，可喜可喜。但家人昨日不鍼，故終夜痛之，而朝來見之，腫處加浮，悶悶。午後，福之來鍼。

且保寧倅黃應星，以事到郡，因歷訪而歸，多致慇懃之意。乃允謙同年，而又平康交代官故也。曺大臨來見，因與大臨出，坐權平池邊。適權生員鶴下來，又南謹身，以監刈堤禾事，坐西邊池上，使人邀之。咸與入坐辰男斜廊。家有薄酒出飲，權生員亦持酒果而來，終日叙話，臨夕乃散矣。

且咸悅李奉事胤子，定欲遷葬其父於先壟，明明當發引，故送奴，借麟兒之馬而歸。李之子年少無勢，極力周旋，終使其父遺骸，還葬舊壟，無爲他鄉之孤魂，深可憐惻憐惻。夕，灑雨。

十月初六日

自昨夕下雨，達夜不止，有時大作，簷溜有聲。朝尙不晴，有如二三月之時。收入太豆，積之已久，非徒無人，去月念後，或陰或雨，無連日出陽之時，未得打正。雨濕其內，必多腐杇，可惜可惜。

且趙都事伯益到郡，使人問之。借馬入郡，則方與主倅及趙臨陂守憲對酌，余亦參焉，從容叙話。主倅則以體察副使，巡到鴻山，故持公事先出而去。

又與伯益及臨陂對話，因面囑宋奴稱念。適尙判官、權生員、曺判官來見，都事又與諸公作話，都事先出，而余亦散還。且與權、曺，明日約會于尙判官家。李文仲持鷹亦來云。

十月初七日

早食後, 借騎曺大臨馬, 與曺偕就權生員家, 權也出酒飲之。適申景裕亦到, 相與叙話, 因與權、曺竝轡, 馳來尙判官家。而中路曺也在後, 馬上自抱玄琴, 而馬見琴驚逸, 不能制馬, 幾爲墜地者再三, 僅得不落。然琴卦則十六盡爲墮落, 下馬收拾, 只得十五, 而一則永失。余與權先來, 坐路傍, 待其來, 而先抵權生員女壻家, 其家出新餠饋之, 又飲以白酒。

因聞李別坐始到尙判官家, 余等咸就尙家, 尙家設酌。適隣有彈琴者, 請來。其墮落琴卦, 使曺大臨, 卽時膠合, 令能琴者彈之。又招吹篴官奴從福, 使之吹篴, 各盡酬酌。

臨夕, 主人又出其妾喝歌, 相與極歡, 夜深而罷散。主人妾在京, 本是善喝, 故使之出歌。彈琴者, 亦是京城私婢, 善彈琴, 又善歌舞, 曾爲洪參議渾氏妾, 而亂離後, 流落此地, 今爲權生員女壻奴妻, 親執鋤芸之役云。有才而爲常人婦, 咸歎惜之。余等罷來, 到權生員女壻家, 又使之彈琴吹篴, 諸公各自酬唱, 鄭士賢亦出酒饋之。士賢乃鄭博士士愼之弟也, 亦寓此處。夜過半而就寢。家人受鍼。

十月初八日

早朝, 主家作湯飯饋之。尙家亦造李別坐朝飯來呈, 別坐不食, 亦使余等食之, 余與曺分食, 乃余與曺先還故也。卽與曺馳來抵家, 則德奴昨夕自京始到。見弟書, 中路逢雨, 留滯累日, 故去二十七日, 始至土塘南高城家。母主之意, 不欲入京, 因與弟留居其處, 亦安心云云。

平康之行, 亦到葛院, 適逢母主行次, 偕抵振威縣接宿, 其太守帖食上下。而但路中逢大雨, 上下衣服盡濕, 而母主新造長衣亦盡濕, 不可着云, 可惜可惜。翌日, 到水原府, 則府使亦上下帖食, 因到栗田生員家, 留一日, 而平康則先入京, 亦留一日, 去二十八日, 始向其縣云云。但見生員書, 痁疾尙未離却云, 悶慮悶慮。

德奴入京, 留二日而下來。時, 平康買得染靑長衣次一件下送, 爲其母無衣故也。光奴去核木花一斤亦買送矣, 沈鮒魚一尾、糖錫二升, 平康亦買送。且家人自昨夕氣不平, 至今不起, 必犯寒也, 可慮可慮。今亦受鍼, 且聞韓典簿, 昨日永逝云。韓監察母喪未久, 又遭父喪, 可歎可歎。

午後, 聞南謹身來在堤岸監穫, 卽步往訪之, 相與坐岸上, 良久作話。適慶譚、李重榮, 亦過去入來, 亦與之叙話, 臨夕乃返。

十月初九日

早朝, 金察訪德章, 以問病事到郡, 致書問之。又送人馬邀之, 卽騎入, 則太守出坐上東軒房, 邀金。而余與之偕入叙話, 因對朝飯。太守先出, 余亦與金, 還金之私主家, 叙舊從容。適南謹身亦來見。

而金也飮余燒酒, 贈余菁根六本、蝦、醬少許, 日沒乃還。且今日得品人竝家婢等, 收正李寧海畓禾, 一邊全四石分之。夕, 韓鏞歷來, 因宿隣家, 就見叙話, 夜深而還。自橫城向歸泰仁云云。家人今亦受鍼。

十月初十日

朝前, 金察訪子勝龍, 來見麟兒而歸。在京時同居一洞, 而亂離後, 一不相見, 故來見, 可憐可憐。饋炙餠而送。

　且昨夕生員奴春已, 自栗田入來, 生員聞其母患手腫, 送奴問之。見其書, 則痁疾尙未離却, 或連日, 或間日, 痛之不已, 全廢食飲, 危頓床褥云, 尤極悶慮。以此不卽來覲云。許鑽亦昨夕入來, 來在海美, 留十餘日, 而今始來矣。因問龍宮叔母主平安。

　且家主崔仁福身死後, 其妻子全家定配, 其子以曖昧事呈儀送, 則巡使命差使員韓山倅, 檢屍牒報, 故今日韓山當親來埋處檢屍云。

　其子淵來言曰"若更發塚檢屍, 則人子之心罔極。吾父之死, 衆所共知, 親往面囑, 使不發墓, 以檢屍樣報使"云云, 不勝情懇。卽馳往葬處, 拒此一息程外深谷中, 則韓山時不來。問其所以, 曰"時在鴻山"云。卽向鴻山, 中路逢自鴻山來者, 問其韓山倅在官與否, 則答曰"韓山進賜, 以事今往扶餘"云。

　日已垂暮, 進退維谷, 卽還馳來, 半道日暮, 到家則夜已深矣, 飢餒太甚。一則可笑。家人今亦受鍼。

十月十一日

生員奴春已, 受簡還歸, 生鷄三首捉送。而雌雄則使給忠兒畜養, 一則烹食事言送。且家人今亦受鍼。

　且亡奴莫丁*, 已上文記, 保寧太守本居平壤, 故前日來見時, 謂

....

*　　丁: 底本에는 "貞". 앞의 일기에 근거하여 수정.

曰"當經官送之，則後日推尋欲買"云。故昨昨已得立案，今付福之，傳保寧子，使獻其父矣。保寧子以受鍼事，來此郡，止宿福之家故爾。且前日收入積置李寧海太豆，今始打之，太則六斗二升，豆則一斗八升式分之。

十月十二日

家人今亦受鍼。但端兒自昨還痛，今雖似歇，猶未快差。少有犯寒，輒還痛之，麟妻亦不永差，有時臥痛，飲食不舊，極悶可言。

十月十三日

端兒還痛，終夜苦吟，悶慮悶慮。且聞韓山倅，時在扶餘，扶餘官又有可爲事，因崔淵之懇請，食後，借馬馳來，行到白馬津邊，聞韓山倅昨夕還鴻山。然業已到此，入縣通名，則扶餘太守，方與林川對話，卽邀入相見叙舊。少頃，此道亞使趙伯益巡到，亦通名，則使人邀之，曾是不意，相見欣慰。都事又邀林川、扶餘兩太守，入房相對茶啖，良久叙話。

臨夕，海運判官亦到，直入都事房。又與從容對話，判官出就上房，因與都事對食夕飯。昏，又與都事進判官房，主倅亦邀入相話，夜深而罷，與都事共寢。

十月十四日

朝，與都事對食。朝飯後，又就判官房，因請林川三公兄、監官等赦罪，因得免杖皆來，喜謝萬萬。又與都事對食朝飯，主倅又邀判官、都事, 設酌於自溫臺。余與金進士復興亦參焉。自白馬津乘舟, 順流而下, 泊臺下, 相與酬酢。令漁人橫江張網, 終不得一鱗, 可笑。

日傾, 余先發來, 為其馬極瘦, 行遲故也。行到鴻山, 則韓山方與成進士仲任, 對夕飯, 聞余來, 卽邀入敘話。臨夕, 運判隨到醉臥, 暫就相敘, 仲任與運判, 因言語間事, 乘醉良久舌戰, 可笑。

余與韓山先出, 就術房共宿。仲任隨至, 三人同寢。聞仲任來念間以事下歸靈巖, 修書付傳林妹處。且自扶餘來時, 太守贈余鯉魚一尾, 因來人先送。

十月十五日

韓山與仲任, 獐肉內腸作炙共食, 因飲酒數盃。余則以忌日不參。晚後, 來客舍, 與韓山對食朝飯後, 見運判。而還就韓山坐處, 請得正租一石、粘米二斗、沈蟹二十甲、生栗五升、木瓜六介、紅柿十五介、柳器一部, 深謝深謝。

又請獐肉, 欲饋病妻, 則以其天使時乾獐, 故全體則不可得, 頭與脊骨贈之。見其脊則肉皆削去, 只餘白骨, 可笑。令德奴租石接置麟兒妻家婢子處, 其餘物使之負持, 卽辭別韓山, 馳來抵家, 則日未夕矣。

來聞則家人昨與今日受鍼。麟妻及端女, 雖似稍歇, 尙未快蘇, 有時痛之, 飲食不甘云, 可悶可悶。又聞昨昨申相禮, 自益山向歸藍浦, 歷宿于此, 適余不在, 不得相見, 深恨深恨。

且家主崔仁福改檢事, 極力面請韓山倅, 使不拔棺, 只令色吏捧招三色掌切隣而已, 可喜可喜。且聞昨日尙判官致書, 為送租五斗云, 深謝厚意。

　且朝招鴻山工房金漢語, 問去夏前倅在時破鼎改造事送之, 而置之何處, 答曰"已受匠人, 卽令還推事, 發牌字而送之, 經亂後, 意謂永失, 而今聞捧受人生存, 卽可推之", 可喜可喜。

十月十六日

曉頭, 令麟兒及許鑽行祭。余則連日無衾而宿, 氣不平, 不得參焉。終夜下雨, 朝尙陰曀。令德奴持馬送于鴻山, 昨日所得租載來事也。夕, 德奴還來。

十月十七日

家人今亦受鍼。端兒時未快蘇, 然大勢似歇。麟兒妻, 則逐日曉頭痛之, 必是瘧疾, 可慮可慮。

　食後, 與許鑽, 步往見金益炯, 適申景裕又來, 相與叙話, 日傾乃返。金也自陽智, 昨夕始來, 因聞陽智吾家舊址, 人多入居, 秋事甚吉, 積穀最優, 逐日釀酒爲歡云。思欲明春移入, 而但無幹奴, 又無農粮, 勢不可及, 可歎可歎。

　昏, 李光春來見, 饋酒二大器。光春今以定配三水, 而賂請率去驛子事, 見其妻而後發去云。可憐可憐。

十月十八日

家人今亦受鍼。得品五人, 收正前日分半禾, 則全三石。前日所收十六斗, 竝三石十六斗。彼邊則全四石, 而此邊所出五六斗不足, 可歎可歎。乃李寧海畓禾也。

　夕, 李別坐、李進士及成敏復、蘇隲來見而歸。隲則近日買鷹事, 入歸平康, 故使之預爲裁簡云云。且李別坐專人載送還上租十五斗、赤豆三斗, 其弟德秀亦送十斗, 深謝深謝。

十月十九日

令欲伐柴作籬, 而德奴稱病不起, 未果, 可憎可憎。尙判官與金益炯來見。且令許鑽生鷄三首持賣於場市, 換米五斗而來。食後無聊, 往見李福齡, 因與着突, 賭作軟泡, 而李也連背三局, 可笑。日傾乃返。

十月廿日

尙判官來訪。晚後, 往見趙伯恭, 伯恭出好酒飮之, 連呑五盃, 極醉。錦溪正亦在坐, 相與叙話, 臨暮乃還。還時, 入訪趙君聘, 則托以傷寒不出見, 以其子待之, 門外暫立而返, 日已昏矣。來路馬鞍傾解, 因墮泥中, 右袖盡濕。童奴不能具鞍, 手自正之, 艱得還家。

　且近日家無饌物, 聞濟州商舡載藿, 來泊近浦, 令許鑽持昨日賣鷄米, 使之往貿藿同, 而已盡賣而無餘, 故空還。可歎可歎。今日福之有故不來, 家人因此不鍼。

十月廿一日

權生員、曺判官來見。金埴亦來, 從容叙話而歸。終日陰曀, 家人受鍼。端兒自數日來, 痛勢永蘇, 飮食如常, 但無滋味, 可悶可悶。今日始梳頭髮。

十月卄二日

去夜, 風而雨雪, 屋瓦微白而已。今欲伐柴作籬, 而因此未果, 遷延至此, 可歎奈何奈何? 成敏復送租平一石, 乃彥明還上次也, 曾與彥明有約故爾。且還上爲半不足, 送奴馬於柳先民氏家, 致書求助, 則荒租全二石載送, 所望只在一石, 而今得兩石之助, 深謝厚意。卽吹正, 以還上之斗改量, 則二十六斗矣。趙金浦則他日此地近處所收之租覓送云云。只得土連、沈菜三鉢及乾葉一份而來。

十月卄三日

近日, 家無助食之物, 適有石花負來賣者, 米三升換之, 夕飯作湯而共喫。但商女之升過大, 容兩升, 而雖知如此, 不得已買食, 可歎可歎。午後, 令德奴持太一斗五升, 往香林寺, 造泡而來。

十月卄四日

去夜, 設鼠穽, 捉兩鼠。自秋後所捕二十首, 而去春夏間, 亦捉三十一首, 竝五十餘首, 鼠之無窮可知。且李蓮自靑陽, 不意入來, 問其所以來意, 則乃婚事也。

　海運判官趙存性妻娚, 年前喪室, 欲求再娶於吾家, 趙也爲送李蓮, 因致書問其可否。趙之妻娚, 乃故正郎李藎忠之子, 而名則李榮仁。年三十一, 流寓靑陽地云。宜可爲也, 而但兒輩皆在遠地, 當與議定後, 通報事, 卽修答而送。但彼家歲前欲爲, 而事勢多有未及, 必不偕也。然觀勢更議定之爲意, 家人則聞其前室有二子, 深有不當之意。

　且趙伯恭, 專人送好租全一石, 改量則十九斗矣, 深謝厚意。平康歸後, 必送人, 而苦待不來, 可怪。

十月廿五日

送奴致書於申景裕處, 則荒十斗付送。荒雜不用, 更斗則八斗五升, 而吹正則僅六斗矣。彦明在時, 申也面約曰"還上一石當救助"云, 而彦明上歸時, 專以此爲恃, 今反如此, 申之不信, 可知可知。

　且還上正七石, 先備載入, 親往納倉, 太守適不在。座首趙光哲監捧, 只一石抽牲斗之, 而其餘皆令入庫矣。時未納者二石, 耗十三斗五升矣。

　來時, 歷訪權生員家, 適曹大臨亦來, 良久叙話。具燮亦來, 未久先歸。太守兩子隨來, 主家出酒飮之。隣居京商人, 亦持酒肴來呈, 亦共飮。乃明日權也將爲南行, 故此人爲備來錢云云, 臨夕乃返。

　且端兒自昨, 還得頭痛, 終夜終日, 痛不已, 全廢食飮, 極悶極悶。家人今日受鍼。福之有故, 連三日不來, 今則送人招之。手腫雖未加浮, 而浮處尙未永殄矣。

十月廿六日

端兒連夜苦痛, 未知厥終如何? 悶慮罔已。且令德奴、漢卜牽牛馬, 作籬次松枝斫伐, 再度載來。夕, 金益炯來見, 飮以濁酒兩盃而送。

明日還歸，故來辭耳。切欲炊飯而饋之，非但無助饌，女息之痛證方苦，而女僕亦多患痁而臥之，兹未得遂。可歎奈何奈何？金也不徒同鄉，有八寸親之分。

十月廿七日

風以日寒，故今亦欲伐籬柴而未果。只令德奴作籬。但端兒痛頭如昨，而有加無減，達夜苦吟，極悶極悶。晚後，親往李福齡家，問其吉凶，卽擲錢推占曰"觀其卦爻，必犯寒而然矣。別無凶咎。然過冬至後向差"云云。因與着奕，臨夕乃返。李家饋余夕飯。

　且德奴作後籬，而家前則松枝不足，明日更伐後，欲作爲計，家人受鍼。近因女病，寢食不安，多用心慮，以致加浮。

十月廿八日

端兒如前苦痛，小無向蘇，極悶極悶。家人今亦受鍼。令德奴、漢卜，作籬松枝兩駄伐來。此郡都將李挺孝來見。

　且彥明調軍人福男，還上租五石來納。家無饌物，適有蝦醢呼賣者，卽招來，租好一斗換之，則乃四從子，而僅半沙鉢。以不用之醢，其價如此，他可推知。窮困之中，朝夕尙難繼用，況蝦及於助食之物乎？病兒等因此尤不顧食，可悶奈何奈何？錦溪正來見。

十月廿九日

自曉，下雨且風，有時大作，終日不止。家無爨木，可悶。端兒如前，終夜苦痛，極悶極悶。項之左右頰，有一條浮氣，正如手指。而拘攣酸痛，不能屈伸回顧，有甚於頭痛。頭痛之重作，亦必由此，尤極悶慮悶慮。

十一月大【初三日冬至, 十八日小寒】

十一月初一日

去夜雨雪。朝起視之, 屋瓦盡白。風色甚冽, 無柴堗冷, 家有病兒, 顧無作簾之路, 窮困亦迫, 可歎奈何? 端兒如前若痛, 小無向歇之勢, 達夜呻吟, 極悶極悶。

　食後, 就見太守於官廳, 因擾不得穩叙, 只問女息病證, 則答曰"受鍼宜當", 因使我入見許教授於衙軒, 問之云。卽進衙, 見太守子弟, 而許教授亦在坐。問其病證, 亦曰"鍼破"云。卽招醫女福之, 敎其點穴處。余卽先還, 福之隨來, 鍼破其左右手足及頭上竝十五餘穴, 饋夕飯而送。

　且所謂許教授者, 其名任, 學鍼術, 爲治腫敎授云。其父乃典樂許億鳳, 而任也處身如兩班。太守子弟等, 亦待以兩班, 比肩而坐。余初不知其然, 相揖而入, 對坐而尊稱, 少無讓色。退而問福之後,始知億鳳之子, 可謂過甚而痛憤。

億鳳以善吹篴鳴, 皆余平日亦聽其篴聲於南高城家。南也每招而聽篴。今行賓主之禮, 揖讓登堂, 正如敵已之人, 受辱非輕, 尤極痛甚。但亦不知太守之待之過也。

又於曩日, 爲母主獻壽時, 億鳳以典樂, 率妓工, 來高城家舞鶴, 時手執檀板, 率先諸工, 翱翔萬舞於公庭, 其子之爲人可知矣。意必亂離後, 以軍功授東班職耶?

十一月初二日

終夕陰曀。端兒如前, 達夜痛之, 極悶極悶。午後, 兩鬢微有發汗, 因此痛勢, 似有一分之減, 呼痛之聲, 稍歇矣。

且德奴以刈柴事, 持馬而歸山。夕飯待來而炊之, 至於昏而不來。甚怪之際, 夜已更始還, 曰: "來路馬誤落水中, 所載木盡沒, 僅以拯出, 盡棄濕木, 擇其不濕者六束載來。"

明日冬至, 待此欲煮豆粥, 而事至於此, 可歎可歎。且彥明調軍人萬守、古同等, 租各六斗備來。

十一月初三日

端兒證勢如昨夕, 而夜來有時安寢, 因此可以得差矣。深慰深慰。然項之酸痛如前矣。

且今日冬至也, 煮豆粥一斗, 上下分喫。但無木, 僅以收拾而煮之。家人受鍼。端兒則以日陰而灑雪, 故不鍼。德奴持馬, 昨日棄柴載來, 因令作籬家前。且修書送訥隱婢於李別坐家, 求病兒所食之物, 則生雉兩支、泡醬、生梨、菁根及新白蝦醢一鉢覓送。端兒則湯飯炙雉而食之。頭痛雖減, 而項之左右煩刺痛不已, 可悶可悶。

十一月初四日

去夜雨雪, 幾至半尺。端兒之證如昨, 而時未快蘇矣。頭痛有時復作, 可悶可悶。蘇隲來見。且致書太守前, 求得藥炭, 則卽送三斗矣

十一月初五日

端兒證勢如昨, 飲食則有加矣。但無滋味可適病口, 可歎奈何? 雪寒倍冽, 埃冷無柴, 環坐房中, 無聊莫甚。李光春來見, 以牛隻推尋事。韓山太守前, 受簡而去。崔仁祐來見。仁福之弟, 而三水全家矣。

十一月初六日

端兒如昨, 猶未快蘇, 可慮可慮。且彥明調軍人田上佐、熟石還上租各六斗備來。申景裕之子尙騫來見, 因傳其父之言, 欲免別監之任, 使我傳告太守爾。令德奴持斫刀及斧鎌等物, 往冶匠處, 更鑄而來, 價租二斗付送矣。福之來鍼家人手腫。

十一月初七日

還上未收二石, 親進司倉入納。前日所納七石, 並九石已盡畢, 而但耗租時未備納矣。適座首趙光哲監捧, 故卽不斗而入庫。來時欲入見太守, 而坐起處公事方忽擾, 想必不穩, 故空返。

而聞洪生員思古, 昨夕自湖南入來歷訪。適權鶴亦來, 相與做話, 洪也飲余酒凡三大盃。擇精來時, 入見靈巖林景欽, 因留數日, 而妹氏致書。披見則時好在, 而但眼前使喚童婢爱玉, 不意病死云, 可惜可惜。擇精處覓求端兒所食之物, 則鹿脯二條、全鰒三介贈之, 別扇一柄、白紙十幅, 亦求而來。

十一月初八日

海運判官入郡, 使人問之, 卽入見。適韓進士謙、權生員鶴亦來, 相與叙話於上房, 判官點心後出去。還時, 入見太守, 與權景明偕還。

十一月初九日

自昨夕下雨, 終夜不止, 陰霧四塞。午後, 天麟自韓山來訪, 前數日自水原下來云。因見生員書, 痁疾時未離却云, 極可慮也。彦明書亦來, 披見則母主氣候平安, 今以妹之强請入京云云。夕, 平康問安人入來。來路至京, 又捧母主書及彦明與妹書。披見則時皆無事, 母主則時在高城妹家, 心甚平適云, 深喜可言。平康粮饌連續覓送云云。

又見生員書, 瘧證至今無加減, 元氣極敗云, 悶慮悶慮。因此不得往見廷試云, 尤可恨也。允誠亦可及來, 今聞不來云, 深可怪也。廷試取人卄人, 而直長安宗祿居魁, 安士訥亦參云, 可喜可喜。安公乃余少年時友也。自少落魄, 屢屈蓮榜, 到老志不怠, 有科舉則不遠千里, 輒入觀光, 竟得其名, 可謂有志者, 事竟成也。平康則遠行未久, 不可更動官人, 玆不來京云。其怠惰無成, 亦可知矣。

且平康所送之物，則生雉二十首、生獐一口、生魴魚一尾、生銀魚二十五冬乙音、乾雉十首、柏子二十斗、白木米三斗、淸八升、生大口二尾、卵古之少一缸、鹽鰒九十六介、五味子四升、衙內所送乾雉十二支、小文魚一尾、余之所着衣次、甫羅染帛藍紬內外具。其母所着，獐皮足襪，其兩妹處足襪次獐皮二令矣。此郡太守前致書，生銀魚兩冬乙音，醫女福之處，亦送銀魚二冬乙音、生雉一首，爲其治母手腫故也。

李別坐稱念其地居奴處囚次知督買良鷹一連，一時臂來。因致書，又送生銀魚兩冬音、五味子二升云云。今見平康書，求鷹之簡，日不下四五度。有時親征者多，不但難應鷹食，行粮亦不可支云云，不可說也。

但所送衣次，想必其妻爲渠身備儲，而前日來覲時，見余無衣，故奪而送之，一則悲憐悲憐。但渠亦所着至薄，如此風雪，脫有差員遠行，則深可慮也。

來雉卽炙兩首，生大口牛隻作湯，與兒輩共喫。久阻之餘，得此佳味，良可幸矣。但無酒，是一欠也。然不自知足，又望好酒，人欲之無窮，亦可知也。吳忠一適到，亦與共之，多幸多幸。

十一月初十日

去夜達曙下雨，朝尙不止。午後，雨雪交作，行路泥濘，忠一因此留滯。朝前，持平康書及來物，送德奴于林衙。余亦修書，又送生大口半隻、卵古之一貼，爲此地不産之物故也。又使訥婢持生銀魚二十尾、生雉兩支，送于蘇隲處。家奴婢等處，銀魚各五尾分給。且太守前, 求得氷庫退木一駄。

十一月十一日

雨雪幾半尺。柳先民處, 雉一首、銀魚二十尾, 因蘇隴婢付送。成敏
復處, 亦送銀魚十五尾。且使平康來人, 持書送于李別坐前, 爲求
蝦醢, 又送盛器, 乃前日有約故也。

　　吳忠一還歸韓山, 因雨雪留一日。端兒自昨微有不恙, 今夕則還
得痛頭, 達夜苦吟, 極悶極悶。隣居人等, 願買生雉而分食, 家人二
首卽與, 一首米一斗八升、一首馬太四斗收納矣。終日書三處簡, 至
於夜深而畢。

十一月十二日

自昨日, 氣極寒, 埃冷覆薄。端兒痛苦, 終日不掇, 水醬不入口, 極悶
極悶。昏, 似有向歇之勢。

十一月十三日

銀魚十二尾、雉一支, 送于李福齡處。端兒證勢, 雖不如昨朝, 而頭
痛時未快蘇, 極悶極悶。平康官人, 歸李別坐家, 時未還來。竊聞李
別坐, 前日避亂時接主人, 持鷹來賣于其家, 因此不來云, 未知其故
也。夕, 鴻山孫承祖, 持壺果來飮而歸。

十一月十四日

端兒證勢, 別無加減矣。朝, 因不得已面請事, 入郡, 見太守於衙

軒, 良久敍話, 飮余酒三盃。來時, 歷訪權生員鶴而返。權也贈余蝦醢一貼是, 報之以生銀魚十六尾。李別坐新蝦醢一大缸、太三斗送。

十一月十五日

去夜大雨, 朝尚不止。平康人因滯不發, 德奴亦以貿鹽事, 欲歸藍浦而未果。端兒如前無加減。平康人歸時, 母主所服木瓜煎次, 木瓜二十顆、竹瀝及生薑一升半, 覓送于平康處, 使之作煎而送之, 此處無淸故也。母主前蝦醢一小缸覓上。

平康人, 以其同來人賣鷹事, 因留尹應祥家, 故亦與之留三日, 昨夕始還。尹也亦別坐之姻姪, 而賣鷹人, 乃尹之奴, 而居平康者也。前日稱念, 故持鷹來現, 而亦以別持一鷹來賣云。初以雨勢不止, 故不欲發去, 而晚後始晴, 故因晴發歸。

且任參奉婢福今避亂, 與其母及娒德守來居郡內, 因爲記官林茂之花妻。而林茂得罪於太守, 舉家亡去, 故福今無所於歸也。來于此, 今已四五日矣。

昨日爲此入郡, 見太守懇請, 故林茂之罪, 則太守曰"茂也得罪甚重, 不可容貸。遠近一族, 盡數捉囚, 期於必現"云云。

十一月十六日

端兒證勢稍歇, 而猶未快蘇。飮食雖小加, 而亦時未甘焉。然其所欲食之物, 則其母百計圖得而備饋, 惟望一物之願食, 晝夜不解衣。坐臥扶抱, 少無怠容, 唯恐其意之不適, 可謂慈母罔極之恩也。爲人子者, 以父母之心爲心, 則鮮不孝矣, 謂此也。

且德奴未明發向藍浦，爲貿鹽事也。因使歷宿咸悅中農村，而生雉一首、乾雉二首、生銀魚三十尾、魴魚少許付送。此女若在一家，可與共此，而不可得。每每臨饌，忽焉念到，輒自哽咽，久不下筯，可歎奈何奈何？

十一月十七日

端兒如前，別無加減矣。且聞李別坐病重，絶而復蘇者累矣。前日求得匍匐正果，欲嘗云，而適平康不送，故早朝送訥隱婢，以其不來通報。又送大口卵古之一貼是，而訥隱婢至家，則亦氣絶，而久乃還蘇，因此未傳納。以致日暮，來路，入其族家接宿云云。

晚後，李進士送人致書曰"李別坐病勢極重，清心未得，幸有餘在覓送"云，故卽以所儲半丸應之。

且蘇隲使人致書曰"昨昨趙都事伯益來家，卽歸公山謂曰'天使不成講和而空還，兇賊不久動兵'云，故其洞之人，皆治避亂之計"云。虛實雖未的知，若然則吾一家只以一馬單奴，避將焉往？不可說也。

十一月十八日

訥隱婢入來曰"來路，聞李別坐曉頭別世"云云，聞來不勝悲慟悲慟。平日待我甚厚，如有所求，則應之無難。非獨我也，施惠於人甚優，故人皆感荷，今聞其訃，悲痛罔已。前月來訪陋止，其後因事故更未相見而永別，人事安可亘乎？尤慟尤慟。

自數日來，天寒極嚴，今日乃小寒故也。晚後，扶杖就訪曺大臨，則適入郡不在。來路入見成敏復, 良久敍話, 成也飲余好酒二大盃。

十一月十九日

朝前, 藍浦女息, 因過去人致書。披見則時好在, 振兒今始成立, 又
且呼食呼乳云, 喜慰可言。但相去一日程, 家無奴馬, 久不得就見。
他日遠去, 則聲聞亦難接矣, 可歎奈何? 其母見書泣涕不已。成敏
復行時祀, 使人邀余及許鑽, 卽赴飲酒, 大醉而還。

夕, 閔主簿宇慶, 自京下來曰:"與子方同來, 子方則到大興, 向
歸藍浦。渠則歷宿于此, 因向咸悅矣。"因聞賊聲甚急, 主上亦已治
行, 近日先移內殿于海州, 又使士大夫妻子願爲避亂計, 京中洶洶
云。極可悶也。且聞安士訥不書居住, 唱榜日, 以諫院所啓削去云,
不祥不祥。

十一月廿日

早朝, 韓進士戲自京下來時, 歷宿栗田生員家, 生員致書曰"痁疾似
歇, 而但邊聲如此, 不可留住林川。近日平康想必送人馬, 須速上
來"云云。端兒尙未永差, 雖人馬下來, 勢不可棄去, 尤可悶也。

且聞彥明婢介今亡去云, 想必侵暴於福婢而走也。只有一婢, 今
又逃走, 朝夕之炊, 何以爲度? 致念不已。

晚後, 借馬獨騎, 馳往蘇隲家見之, 暫與成話, 飲余酒三盃。因
與蘇, 偕訪趙金浦伯恭, 良久敍話。問其避亂之計, 渠等或乘船避
入大山、梨山兩串云云。招冶匠, 方造馬鐵箭鏃, 飲余酒兩大盃, 肴
以炙童牛罛飛矣。日傾乃返。

十一月十一日

端兒證, 今則稍歇, 飮食亦加矣。然小有犯寒, 則輒還痛之, 不可說也。近日, 日氣極寒, 南江半氷, 人不通行。前日麟兒妻, 送婢於咸悅, 而至今不還, 必因此也。

朝後, 柳先民來訪, 因歸李別坐成服處云云, 今日乃文仲成服也。初欲往哭, 而德奴不來, 奴馬得之無路, 有意未果, 平日相厚之意安在? 恨歎奈何?

又聞其家染疾大熾, 其孫方臥苦痛, 一家臥者亦多, 文仲之逝, 亦由此云。故柳也亦欲不入其家, 在外吊之而還云云。

且昨昨夜, 後隣辰男母家, 有鷄八首, 而有盜潛入, 盡數偷捉而去, 不遺一雞, 男母痛泣不已, 可惜可惜。一鷄之價外食米二斗, 八雞之價米十六斗矣, 其泣宜矣。

十一月廿二日

端兒朝食饅豆, 纔罷, 卒得前日所痛頭疾, 極痛苦吟, 所食盡吐。言語不明, 極悶極悶。許鑽以事往韓山地。晚後, 舒川太守韓公述, 使人致書問之。因送華虫一首, 深謝厚意。又求李別坐家所送鷹, 乃不知余受價而贈之。今聞別坐捐舘, 必吾還推故也。然此郡太守, 已爲借來云, 勢不可及也。卽以此意, 修答而送。

昨夕, 德奴貿鹽而還, 見女息書, 時好在云云。又送沈蟹五甲、生鰒十介矣。抽子正果少許, 爲端兒病中食也。且朝李福齡租一石貿送, 爲其救周也。

十一月廿三日

令德奴打崔仁福田太, 各分十三斗五升矣。此前年則爲半不及, 可歎可歎。晚後無聊, 獨騎馬, 往訪曺大臨、權景明則皆不在。又入洪擇精家, 則適李進士重榮來到, 相與敍話。女醫福之, 持酒二壺而來, 各飲四五大盃, 日夕乃返。因李進士, 聞李文仲病證, 則非染疾也, 乃傷寒犯色。壯熱重發, 因致不救, 而正室犯房云云。

麟兒妻婢莫非, 自咸悅始還。因江水半氷, 人不通行, 故來宿渡頭, 僅乃得濟云云。金伯蘊致書問之, 上京無事往還云矣。

十一月廿四日

自曉頭雨雪, 晚後始霽。日暑自今日始長。端兒證勢, 痛歇無常, 終無快蘇之期, 極悶極悶。送婢乞得沈瓜及沈菁於李進士處, 爲病女欲嘗之故也。

十一月廿五日

端兒之證如前矣。頭髮累月不梳, 結而不解, 因致飢風滿髮, 自以手探搔而擲器, 則不知其數者屢矣。因此髮際成瘡, 不勝其苦, 可憐可憐。朝, 送婢於洪生員處, 乞得沈菁一鉢, 病女因此食水飯少許。近日家人不鍼十餘日, 故手腫還有浮氣。招福之鍼破後, 飲酒兩大盃而送。

且還上耗租不納, 故差吏日日來督。昨日致書太守前, 則答書曰"徐當令穀色減下"云云。故朝送德奴於穀色處, 使知此意而勿催也。

十一月廿六日

令德奴率莫非, 送至南塘津邊, 渡江而還。乃明日麟兒妻欲歸咸悅,
而先使通喩于金奉事前, 明早送奴馬于津邊待候, 而此處亦借人馬,
送至津邊矣。食後, 入郡, 見太守, 請明日新婦之歸, 無事過涉事,
發差于南塘津夫處矣。

且李進士致書邀余, 因此赴之, 申別監夢謙先在。洪生員、曺
判官隨到, 因設酌。洪生員亦辦酒、餅、肴、饌而來, 極其豐腆。今
日乃李進士初度, 而洪生員女爲其家子婦, 故爲備來呈。相與酬酢,
極其醉飽, 臨昏, 余則先辭而還。牛肉炙三串捧來, 爲饋病女也。

十一月廿七日

借人馬, 早朝, 麟兒其妻發向咸悅。而德奴則因以販鹽事, 入歸山郡
矣。香婢則送至南塘津邊, 觀其渡江後, 還來矣。端兒自昨還痛如
前, 悶慮悶慮。

昏, 子方自藍浦入來, 欲向益山覲親爾。因聞京寄甚詳, 夜深而
就寢。鹽四馱載來, 接置于此, 因此欲輸于益山, 貿避亂時所用之
物云矣。

十一月廿八日

早朝, 子方發向南塘路而去。無愁浦則半氷無舡, 不能渡故也。夕,
天鱗自韓山來宿, 明向水原矣。夜, 修書付傳平康及生員處, 又上母
主前矣。日氣極寒, 未知子方無事渡江, 已抵益山否也。

十一月廿九日

早朝, 天鱗發去。且漢卜前日因脚上生腫, 不能步 故許鑽昨昨獨來不可棄置。艱得借馬於李福齡處, 又令許持馬而歸, 使之率來爾。

十一月晦日

福之來鍼家人手腫, 飲以酒三大盃而送。夕, 有人持乾柿一貼, 來求鷄兒, 卽換而贈病女, 欲食之故也。

十二月小【初四日大寒, 初八日臘, 十九日立春】

十二月初一日

有人以冤悶事來請, 使余入見太守而達意。夕, 入見太守於官廳, 備陳其事, 則答以依願云。因飲余酒三盃而還。

十二月初二日

尙判官來見, 家有濁醪, 飲以三大盃。因雨雪, 借余笠帽、雨衣而歸。崔仁祐亦來見。

十二月初三日

雨雪。今年, 寒凜極酷, 近年所無, 無日不雪。家無柴炭, 埃冷被薄, 當夜寢時, 苦不堪言。端兒證勢, 雖似稍歇, 滿頭成瘡, 濃裂出汁,

飢虱編髮, 痛苦不忍。剪削瘡處, 毛髮幾盡而僅存, 沐以泡水, 洗濯
垢污而已。元氣甚弱, 而今遭大病, 羸瘁尤極。雖自今永差, 數月內
不能成形, 不勝悲憐悲憐。

十二月初四日

早朝, 靈巖居林景欽姪晛, 自京下來。昨宿洪思*古家, 朝歷訪焉。
曾是不意, 相見欣慰。然行忙, 暫與叙話, 飲以三盃酒而送。令家人
修書, 付傳妹處, 余則對客未暇故也。

　曺百男偕來, 乃景欽四寸妹夫曺都事麒瑞子也。因晛聞京奇,
天使時未渡海。頃日, 聞變之初, 士大夫妻子預爲奔避之計, 出向關
東者, 中路爲土賊被害者多, 皆是朝廷所養炮、殺手爲賊云。若變
起則必爲土賊所掠矣, 不可說也。

　又聞在京炮、殺手皆是無賴, 而以得食爲屬者, 幾至三千餘, 而
此類非是禦敵, 而反爲殺越之患。若有主上棄城而幸西, 則京城爲
賊窟。而避亂士子, 若不預爲深入, 則必遭此輩之禍, 可歎奈何?
夕, 子方自益山還來, 昨宿恩津, 今到于此, 因宿。

十二月初五日

子方早朝, 發向藍浦農墅, 日氣極寒, 可慮可慮。因子方聞平康, 去
月旬望間來謁, 見牛溪而歸, 因聞於恩津太守子弟云云。趙君聘胤
子璞來見, 而韓山倅前要有請事, 受余簡而歸。

....

*　思: 底本에는 "與", 앞의 일기에 근거하여 수정.

夕, 允誠自海西入來望絶之餘, 忽得相見, 渾家傾喜。子言其妻子時無事。來時到京, 拜母主, 栗田生員, 亦皆好在云。環坐房中, 相對做話, 夜已深矣。

十二月初六日

昨, 送泡太二斗於普光寺, 取泡而來。但其數極小, 可憎可憎。終日無聊, 與兒輩環坐房中而話。

十二月初七日

平康人馬, 亐知率來。披見謙書, 時好在。聞不成講和, 風塵不久再起。若變生之後, 則道梗不通, 爲此起送人馬矣。但天寒如此, 端兒病, 尙未永差, 是可悶也。

然今不上歸, 則人馬更難得送, 徐徐觀五六日, 當於望間發程計料。白米三斗、稷米二斗、生雉十三首、藥果、中朴桂、柏子餅各小許, 盛一笥, 燒酒四鐥、木末等物覓送。

十二月初八日

入郡見太守, 適韓謙、洪思古、曺大臨亦來。相與做話於衙軒, 太守飮余等酒。因請允誠買得婢科出而還。且朝送平康人於咸悅麟兒處, 使之明日來見其兄, 且議上京等事。

十二月初九日

李福齡、成敏復、申夢謙來見, 饋以炙雉, 又飮燒酒。官婢福之, 亦持酒來, 飲余等。福齡則又饋水飯, 爲其不飲故也。因與督奕, 臨夕乃散。

夕, 麟兒入來。德奴亦自山郡販鹽而還。來時, 歷入鎭岑, 呈簡, 則覓送租一石、白米三斗、粘米一斗、木末二斗、末醬二斗、乾柿一貼、石首魚二束、乾棗三升、白紙一束、法油一升矣。子方所贈鹽十三斗販之, 則米十二斗六升矣。

十二月初十日

早朝, 與兩兒發行。兩兒則直歸藍浦, 余則要見韓山倅, 向韓山之路。中道, 聞韓山倅, 朝往鴻山, 因入李別坐家, 欲吊爲意。而又聞其家染疾方熾, 其弟德秀時方痛苦云。故只見尹應祥, 暫與叙話, 飲余酒。使其婦出見, 乃妻四寸平壤守之女也。

出向鴻山之路, 崎嶇歷險, 僅到鴻山, 則韓山時未來矣。深可悶也。適前日韓山倅處, 往來藍浦時, 上下供饋帖, 捧入囊中, 以其帖視掌務, 則饋上下食矣。夕, 韓山隨至, 相與同宿衙房。適金戒亦到, 亦與之同寢。金則乃彥明妻族, 而趙瑩然同婿也。

十二月十一日

先送許鑽於韓山, 以其婢子收貢事, 捧牌字而歸。韓山帖給長藿二同、白蝦醢五升、白魚醢五升、眞魚三尾、石首魚二束, 使許鑽受之, 又以鴻山之物, 帖給白米三斗、太二斗、眞油一升。甘醬二斗、艮醬二升、乾皮栗五升、紅柿十介、炭一石, 使奴受, 接置于麟兒妻家婢處。

晚後, 發向藍浦, 踰大嶺, 涉大川四五處, 日昏僅到咸悅家。入見女息, 與子方及兩兒, 環坐房中, 夜深叙話而就寢。見重振則端正妍好, 始學語而成立, 深可憐也。申以振業爲名, 今改初名。

十二月十二日

晚食後, 與兩兒, 別女息而發來。不見女息, 今至五六朔, 昨昏入來, 今朝還別。吾一家上歸後, 彼家亦於歲後上京, 欲入海西云。然則後日相見未可必也, 寧不悲惻? 今之來也, 亦因行忙, 不得留一日而歸, 心事悠忽, 如未得見, 揮淚而來還。

由昨日之路, 臨夕, 到鴻山, 則韓山倅已還其郡。而夕食只余一人, 官備而供之, 兩兒則不得已以前日受置米, 持炊於麟兒妻家婢處, 夜二更矣。溫宿衙房, 是則幸矣。

十二月十三日

又以自持米, 炊朝食而食之。前日冶匠處, 捧收馬鐵七十三介, 僅以還推, 但爲牛偸用不給, 可憎可憎。又且破鼎改造, 則前工房金漢語次知戶主金白隱伊捧受, 而時未改鑄云。棄置, 未推而還。

日午, 抵林川家, 聞端兒自昨日, 還得頭痛, 終夜苦吟, 今雖暫歇, 而尙未永蘇, 飲食亦廢。行期已迫, 病勢又如此, 極悶極悶。自數日來, 日氣稍和, 可喜。

十二月十四日

韓山倅到郡, 使人邀余。卽與允誠入郡, 則韓山與主倅坐東軒, 相

與叙話, 因對茶啖。又對點心後, 韓山先出去, 余與誠乃還。蘇隣
適至, 飲酒四大盃而送。且令德奴販鹽, 捧米十二斗五升, 欲爲行
粮矣。

十二月十五日

未明, 馳往趙都事伯益家訪之, 蘇隣先至, 昨與爲約故也。因請奉
上歸時, 列邑許宿私通, 而大興、新昌兩縣倅前, 伯益致書矣。還時,
入見柳先民, 良久叙話, 飲余酒三盃。伯益亦飲以酒, 因饋朝食。

夕, 許鑽自韓山, 捉其婢入來, 令余打其婢, 卽結縛倒置, 足掌
打五六十餘度, 因脫其所着長衣襦裙矣。前日鑽親進, 則全不許接,
亦不修貢, 因避不現, 極爲痛甚, 請於韓山倅前, 囚其接主人後, 來
現矣。

且黃思淑自日本已到釜山。今見共狀啓, 則天使來期遲速難知,
姑留以待天使之還云云。又曰"在日本時, 聞淸正趁今冬出來"云。
而前者平行長謂朴大根曰: "淸正雖欲急往, 須繕兵聚粮而行, 收拾
起程之際, 日子必多, 當於正二月間出去。" 諸賊再來與否, 今雖未可
的知, 而其勢亦不能趁來春齊擧, 姑待行長到來探知後, 更啓云云。

十二月十六日

端兒病勢, 少無差歇, 終日苦痛。行期已迫, 無以爲計, 極悶極悶。
且載米十五斗, 令德奴、金加知, 送于韓山場市, 貿皮郎笠三十五介。
又以黃臘八兩, 換米七斗, 竝以買皮郎笠矣。

十二月十七日

麟兒先歸咸悅。若一家上歸則無奴馬必不歸, 故先送矣。吾一家上歸後, 卽下送人馬, 率去爲計。且招蘇隲, 造端兒所着兎皮揮項、耳掩。端兒今日則稍歇, 可喜。但痛歇無常, 且不能飲食, 悶慮悶慮。

午後, 入見太守, 辭以上歸之意。又請一日程人馬之借, 則當以屬公馬許借云, 可喜。因設小酌, 辭以餞別云云。還時, 入見洪生員思古, 叙話而返。且聞李別坐弟德秀, 去十二日, 以其染疾永逝, 甚可哀悼。數月之內, 兄弟俱亡, 慘矣慘矣。

且聞李進士重榮氏所畜妾, 乃平康妓生也, 去秋與進士相妬詰, 憤怒棄歸公州其同生所居處。李也思欲見之, 恐其不來, 送奴于畜妾, 以其病死誣之, 則其妾發哀素服, 披髮痛哭而來。適來日此郡場市也, 哭穿市中, 人皆怪之, 路逢所知, 始聞其虛, 深可笑也。申景裕來見。

十二月十八日

朝食後, 往趙君聘辭別, 趙也飲余燒酒。來時, 歷入趙伯恭家, 則適不在空還。蘇隲妻造餠, 來見家人, 爲其明明上歸也。隲送皮郎笠十四介, 贐行也。

夕, 又往李重榮家, 則李也醉臥不起, 其子檣出待矣。成敏復、趙應凱來見, 家人招經師, 誦經嚇鬼, 爲其女息病也。雖知虛事, 悶迫之中, 勢不能禁, 可歎奈何?

十二月十九日

明當發行, 令兩奴與許鑽治行具。成敏復送馬太二斗, 深謝深謝。蘇隰來見。柳先民妻氏, 造餅送饌。

午後, 入見太守, 因請萬億, 率歸事得願矣, 飲余酒餅, 乃今日立春也, 官備酒饌供之。太守帖贐米四斗、石首魚一束、白蝦醢五升、甘醬二斗、艮醬二升, 深謝厚意。趙希尹送馬太二斗、甘醬半瓶。夕, 成毅叔持酒果來飲, 適洪思古來見, 共破。

昏, 子方送奴問之, 因見女息書, 時無事云, 可喜。造餅付送, 家人分與上下隣里人矣。且聞任小說, 作宰金堤郡, 到任未十日見罷, 舉家還到藍浦縣。而任林川一家及免夫妻子, 亦隨去, 而此極寒, 不久還北, 可歎何奈何?

十二月廿日

早朝, 李重榮氏及福之持壺果來饌, 蘇隰亦來。上下隣人, 皆來見之。端兒則小轎園張毛浮而乘之。晚後, 舉家發來, 余則借太守屬公馬騎之。行到中程, 家人所騎負擔傾側, 人未及扶, 因墜落, 不至傷。來抵扶餘地道泉寺, 日未傾矣。溫房入宿, 端兒漸向差歇。到寺下轎入房時, 步入不扶, 喜幸可言。

且流寓林川, 已閱四載, 今始還北, 臨發咸有惻惻之心, 人情豈不然乎? 古人所謂"柔下豈無三宿念", 況我年久住此乎?

且所畜狗三口, 而大雌犬名黑脣, 次雄犬名尾白, 小犬名足白。黑脣犬還入不來。行到十里程, 即令德奴送舊寓家牽來。而德奴還來曰"其犬不肯來, 結項曳來, 終不隨之, 不得已還付蘇隰處"云云。

其犬性勇, 能捕穴鼠, 有時捕雀, 可使獵雉, 朝夕除飯養畜, 今乃棄之, 深可惜也。

凡家內所用瓦器等物, 盡付蘇隲。炊鼎二介, 一則大而破裂, 一則小而不破, 又付蘇隲, 他日還推事也。其餘不關之器, 皆給隣里人。

十二月廿一日

太二斗付僧作泡, 上下共之。然僧輩爲半偷食, 皆不厭足。而臨發, 入僧房, 偶見則泡塊滿盤積置, 深可憎也, 然見猶不見而還出。晚後發來, 氷路崎嶇, 歷險渡水, 僅得無事, 到靑陽縣舊主人豆應吐里家。聞海運判官趙存性, 今日發歸南下云。此來之宿, 專恃趙也, 而今聞出去, 不勝決然。

柴草極艱, 以甘藿三同買用。且香婢夫萬億, 自林川今日追至, 聞李奉事福齡昨日永逝云。痛悼無已。福齡去初十日, 聞余北歸來訪, 終日穩叙, 着奕爲戲, 還家翌日, 得感風疾, 因遂不起, 尤可哀慟。

又聞李文仲孼息, 亦病死云。未滿數月, 一家兄弟及子俱亡, 人事可歎奈何? 主人處, 給甘藿二同。

十二月十二日

端兒日向加歇, 渾喜可言。去夜, 奴輩皆露宿, 而日寒倍甚, 可憐可憐。允誠朝食後, 先歸大興, 使之預得接宿之家, 呈都事私通于縣倅矣。晚後發來, 到大興, 日未傾矣。但風緖甚緊, 上下皆凍。而端兒氣還不平, 可慮可慮。此縣太守, 使人問候, 因帖給白米一斗、中

未一斗、太一斗、甘醬一斗、艮醬一升, 柴馬草, 亦多給之。接宿私
家, 溫且大而容衆, 深謝深謝。太守名李質粹, 而前雖不知, 家在新
館上洞, 而聞名亦久, 又因都事簡故也。

允誠先入見之, 又捧禮山倅前簡而來, 明日欲投宿禮山故也。
允誠妻家奴■雲, 豆粥一盆煮送。前南平倅姜宗胤, 白酒一盆亦送,
即饋凍奴輩。臨夕, 亦來見之, 深謝厚意。適太守送酒肴, 與之共
飮, 夜深還歸。允誠亦隨南平而去, 有處置事故也。姜南平乃咸兒
妻三寸也。且聞通信使黃愼已爲上京, 天使亦去十七日渡海云云。

十二月十三日

借騎姜南平奴馬, 余先發來。行到中程, 偶逢安佐郎昶景容, 立馬
斯須, 叙話而南北。馳抵禮山地柳堤村金內翰子定家, 子定則去初,
已爲上去不在。其長兄業男, 則方痛染疾, 不出見。其餘命男、季
男、終男三昆季, 亦以事入縣, 皆不得見。但見子定女息聖媛及其乳
母辰已母, 不勝悲痛, 相對泣涕不已。因以所持壺果, 入奠妹氏神
主, 哀哭良久而出。

又招李參奉殷臣叙話, 殷臣即令其子行, 取來飯米、佐飯等物,
使辰已母炊晝飯而饋之。聖兒無所贈物, 只以乾棗二升、大桂十餘,
立給之。其兒聰慧, 頓異於襁褓時, 顏色絶類。其娚無赤, 携手悲
哀不能已。

姜南平馬即還送, 又借李殷臣奴馬馳來, 中路逢金命男三昆季,
馬上良久做話。而來抵禮山縣, 則一家已到接止私家。呈大興太守
簡, 則主倅給柴馬草。又帖上廳四分食余, 命男三昆季來縣時, 聞

吾一家到此, 卽來訪允誠, 覓給馬太二斗云云。仲女中道馬跌, 再度落馬。

十二月十四日

早朝, 太守使人問候, 因給馬太二斗, 又饋奴子等十三人朝食。前未相識, 而望外厚待, 深謝深謝。又送其弟盧士謐慰問。

晚後發來, 到中程, 先送允誠于新昌縣, 呈都事簡, 則新昌守金■■, 卽令下人, 擇其接宿。又饋上下食, 多給馬草柴木, 上廳六分各七合, 下人八名各五合帖給馬太四升。但止宿房堗雖溫, 上冷, 端兒氣甚寒襲, 可悶可悶。余則與誠兒, 出宿他家, 因房窄故也。

十二月廿五日

早朝, 太守來見, 飲以三盃酒。請得燈油五合, 食後發來。行到半道, 端兒氣還不平, 馳抵難項峴下, 頭痛極苦, 呼痛之聲聞外。艱到李時說家, 下轎入房, 幾至不省人事。以淸心少許調伏, 痛苦又倍於前日, 極悶極悶。適時說來此, 柴馬草覓給。

但日氣極寒, 下輩無所容接之處, 僅得空家接宿。若病勢久未差, 則歲前必不得發歸, 尤可悶也。時說母氏, 饋余等夕食及婢四名食, 而其餘奴子, 以所持粮炊食。家人行至時說家前, 落馬不至傷, 留牙山。

十二月廿六日

初欲先歸, 而端兒病勢危苦, 臨發還停。只送允誠奴玉只, 更待明日少歇, 則欲歸栗田爲計。但粮饌俱乏, 深可悶也。今則主家饋之, 然若久留, 則勢不可爲也。使行粮炊食, 自明爲始亦計。

端兒證候, 夕則稍減, 而全廢粥飮, 項痛如前矣。且吳轍、尹宇來見, 乃時說四寸, 而於余八寸親也。因留牙山。

十二月廿七日

余又欲先歸, 早食纔畢, 而端兒證勢危重, 臨行又停。許鑽亦以停行。凡事乖張, 行橐垂絶, 不得已令岦知, 送平康婢業成介所居天安地, 收貢來事, 書牌字付之。香婢夫萬億, 還歸林川, 修謝書, 付傳于林倅前。

晚後, 率端兒移寓時說家。乃歲前, 勢不得發行, 而下家主嫂, 方備歲饌及祭物, 甚爲煩擾, 不宜於病人, 不得已移來。且聞平澤金自欽妻家, 昨日出火盡燒, 而衣服僅得出外, 其餘穀物爲半燒燼, 或出外而見偸云, 可憐可憐。因留牙山。

十二月廿八日

時說家新造, 未修裝, 房堗雖溫, 而四壁多孔, 冷氣襲骨, 寢不能寐, 可歎可歎。但病女臥處上項, 故不至甚寒。

早朝, 允誠往此地蛇洞其妻族家, 爲覓救資也。且入朝夕, 主嫂饋余一家上廳及婢子, 翌日朝夕, 鄭宗慶妻饋之。昨夕及今朝, 則時說饋之。又且鄭妻白米一斗、時說妻白米五升、赤太一斗、黑五升贈之。

夕, 允誠還來, 得白米一斗、馬太三斗、菁根二斗。且端兒證勢, 無加減, 而非但頭痛甚緊, 一身無處不痛, 眼睛尤痛如拔。而至於昏時, 悲泣不已, 良久乃止, 尤極哀憐哀憐。呼吸亦有時短促, 胸膈煩悶, 如不堪忍云云。

行到半路, 病勢如此, 彼此不及, 而粮饌垂絶。若久不見差, 則不惟余家悶迫, 平康人馬久滯中道, 其悶尤極。昨昨米二斗, 太三斗分給, 使之近日分食。因留牙山。

十二月卄九日

吳習讀宅, 送沈菁一器、艮醬一鉢, 深謝。尹宇亦送烹馬太五六升、馬草十餘束。柳璲來見, 乃時說四寸也。且尹宗持酒肴來訪, 與其四寸尹宇、尹宙兄弟, 咸會時說房叙話。宗也乃余總角時同門友也, 來居鄕村, 故不見于今四十年。昨日, 因誠兒聞余來此, 爲來見之。各話少年時事, 情親如舊, 喜慰可言。

宇與宙, 亦宗之同姓四寸也。宗亦率其子而來, 年纔十五, 妍秀可愛也。所居地距*此十餘里, 而地名項洞云云。且帶率下人等, 因余作客過歲, 皆有恨歎之心。故令家人釀酒五升, 又送豆餠二斗, 分給奴婢及平康人等慰之。

且端兒證勢, 雖似稍歇, 而頭痛如前, 呻吟不絶。每思冷物, 長以元米豆粥, 冷水和而服之小許, 頓無思食之念, 悶慮不已。初意行到栗田生員家過歲, 而因病患, 到此換歲, 可歎奈何? 夕, 岻知還來, 得米六斗、馬太五斗而來, 可以此, 能繼四五日之食。業成介亦送歲饌。

....

* 距: 底本에는 "拒". 문맥을 살펴 수정.

丙申十月卄六日廷試【安士訥則不書居住缺】

安宗祿, 金塗, 李晟慶, 李德泂, 宋應洵, 崔■■, 李惟弘, 鄭弘佐, 沈諿, 沈詻, 朴楎, 李惺, 金■■, 成夢吉, 尹絢, 具義剛, 安士訥, 李信元, 李■■, 任鶴齡。《擬唐李泌請令韓皐歸省其父■■■■■》。儒生入庭試者, 二千餘人云。

封日本國王平秀吉誥

奉天承運皇帝, 制曰:"聖神廣運, 凡天覆地■■■尊親, 帝命溥將, 暨海隅■■■率俾。昔我皇祖, 誕育多方, 龜紐龍章, 遠錫■■, 貞珉大篆, 榮施■■。嗣以海波之揚, 偶値風占之隔, 當玆盛際, 宜纘彝章。咨爾豊臣秀吉, 堀起海邦, 知尊中國, 西馳一介之使, 欣慕來同, 北叩萬里之關, 懇求內附, 情旣■■恭順, 恩可■■柔懷。玆特封爾爲日本國王, 錫之誥命。於戲! 寵貴■■■, 襲冠裳於海表, 風行卉■■, 固藩衛於天朝。爾其念臣職之當修, 恪■■祗服綸言, 感皇恩之已渥, 無替■■■, 永遵聲敎。"

愍忠壇祭文【華製】

狂夷替■■■張我六師, 屬邦■■■用申九伐。爾諸官■■■軍黃沙白草難■■■, 苦雨凄風定有猩鼯■…■, 所司狀聞, 朕甚悲憐。用揭愍忠之名, 特頒諭祭之典。嗚呼! 長魚■■■築京觀以彰威, 稿骨■■■封骸尸而振旅。凡諸靈爽, 寵佩休嘉。

乙未臘月廿八日殿試榜

一等 成以敏。二等 柳慶宗, (姜■[籋*])。三等 尹民逸, (朴■
■[孝生*]), 尹暘, 李卿雲, (尹■[暾*]), 李顯英, 宋馹, 申憏, 金繼
熹, 尹昫, 鄭浹。

種瓜黃臺下, 瓜熟子離離。一摘使瓜好, 再摘使瓜稀。三摘猶爲
可, 四摘抱蔓歸。【右《黃臺瓜■■■》】

昨日化粮觀佛村, 纔■■■■黃昏。朝來欲向西南■, ■■漫天
路不分。【鄭■■■入狼■■■】
城郭周阻夕日斜, 荒墟■■是誰家。東風立馬新橋畔, 滿目傷心
無主花。

....
* 籋: 底本에는 磨滅됨.《國朝文科榜目》에 근거하여 보충.
* 孝生: 底本에는 磨滅됨. 上同.
* 暾: 底本에는 磨滅됨. 上同.

丁酉日錄*

* 원래《쇄미록(瑣尾錄)》필사본에는 권4 마지막 부분에 정유년 정월이 포함되어 있으나 교감·
표점본과 국역본에서는 독자들의 이해를 돕기 위해 정유년 정월부터 권5에 포함시켰다.

正月大

正月初一日

時說母氏，作湯餅早飯，饋余上下。余家亦作溫飯，饋奴婢及平康人
等各一鉢，又饋酒一盆，乃大名日故也。且昨日，尹宗持贈木瓜七介，
聞病女欲嘗故也。又使余明日送人，則當覓付救資云云。生員奴春
已入來。留牙山。

正月初二日

鄭書房宅作湯餅，早朝饋之。送人馬於尹宗處，則宗也白米二斗、
馬太四斗、甘醬及沈菜等物，覓送。馬草二同、木瓜三介亦送，深謝
深謝。

　午後，尹宇、尹宙兄弟，持酒肴來飲。端兒證勢，比前稍減，而
但頭痛不止，一身困憊，呻吟之聲不絶於口，思食之念頓無云。深

慮不已。吳習讀宅送酒一壺，深謝深謝。

正月初三日

時說母氏，作湯餅早飯而送，妻子共食。且觀端兒病勢，旬日前不可發行，而粮饌具絕，悶極悶極。不得已送亝知於結城，取粮及醬而來矣。春已還送栗田，因修書付傳平康及京家母氏前。又付乾棗、皮郎笠等，使傳於光奴處，貿米爲粮事也。

　　朝，吳部將轍邀余父子，饋早飯及朝食。且連日作早飯，饋下人輩，而今日則粮乏不饋，可恨。自數日來，寒氣倍冽而且風，苦冷不堪忍，可悶可悶。留牙山。

正月初四日

時說母氏，又作湯餅、朝飯送之。雖作客他鄉，而來此之故，連四日得食早飯矣。端兒證勢如昨，別無快蘇之徵。但粥飲，雖少許，連續飲之。平康人等，各馬太一斗分給。亝知率去人馬，則使其處，太各一斗分給事敎送。粮則載來後，欲給爲計。留牙山。

正月初五日

德奴今欲還送麟兒處，而適馬病未果。欲待差，明當發送爲意。端兒證勢無加減，呼痛如前矣。可悶可悶。晚後，前證復作，痛頭尤極。而終日閉目不開，至於昏時，適過食糆餅，胸膈積塞，呼吸不通，幾至不救。罔知所措，蒼黃罔極，淸、蘇調童便，三四度服之，又以鷄子黃調服。猶未回蘇，自以手指入口，吐之四五度幾於數鉢，然後稍歇, 不然則危矣。自後終夜困睡矣。但淸、蘇盡用無餘, 更無得處, 極悶極悶。

且今日乃家人初度也。鄭書房宅造餅, 時說則備行果, 邀余夫妻及允誠于下家饋之。餘及下奴婢等, 深謝深謝。適金自欽妻氏, 自平澤入來。夕, 生員奴義守, 自振村入來。見生員書, 昨昨始到其妻家。送奴問之, 因聞痁疾離却, 今至數日云, 可喜。留牙山。

正月初六日

端兒證勢, 比昨稍似向歇。而頭痛昏倦如前, 悶極悶極。且德奴下送麟兒處, 因使歷歸藍浦申咸悅家, 付傳消息及毛浮矣。

允誠奴玉只, 自安山, 行正朝祭後還來。昨宿振村生員處, 受生員書來傳。見書則邊聲近日甚不好, 斯速上來云。病患如此, 留滯至此, 極可悶也。天使今日過振村, 入宿水原府, 玉只來時, 到葛院親自觀光云云。留牙山。

正月初七日

端兒證勢, 日漸加重。又有腹漲之氣, 呼吸短促, 至於昏倦, 胸次煩悶。又以童便、鷄子黃調服, 罔極罔極。吳部將家, 爲備饅豆、酒果送之。病兒饅豆五介食之, 因此胸膈隔塞, 嘔吐後稍定。終日大風洒雪。

正月初八日

陰而且風。端兒證勢如昨, 而雖有欲食之物, 而腹漲氣急不食云。

初欲明明間更待少歇，發歸而今觀病勢，頓無向歇之漸，不可以此強行，罔知所爲，徒自悲泣而已。

吳轍弟輪，牛肉炙兩串、酒一鉢送之。因心懷愁悶，不食朝食，卽飮一器，胸次稍和，可謂攻愁無過於酒也。深謝輪惠。令許鑽取竹瀝，欲用於病女不時之用矣。

夕，生員自振村來覲，不見于今七朔，而今日相逢，一家皆有喜慰之心矣。且吳部將妹氏元書房宅，爲備饅豆一盤而送，與兒輩共之。且聞副天使，近日亦上京云云。留牙山。

正月初九日

尹宇來見。岾知自結村還來。粮米十六斗、赤豆三斗、太四斗、菉豆五升、甘醬一苫、石花三鉢持來。正租二石出春，而租二斗，則往來粮米，二斗則石花買價云。

且端兒證勢，大概如昨而少歇。但往來無常，胸次煩悶，飮粥亦罕，極悶極悶。明明欲發歸，借得時說家有屋轎機，作屋而圍 以毛浮。使端母，竝入一轎抱護，駕兩馬而行爲計。平康人等處，粮米一斗五升、豆六升分給。

正月初十日

生員先歸振村，香婢以病亦先隨而去。且金自欽妻氏，送馬太二斗。端兒痛勢倍加，而眼睛刺痛尤極，頭痛亦劇，自不堪忍，悲涕不已。慘不忍見，罔極罔極。明日欲行，而病勢如此，不可發。此間情懷，無以爲言，徒自悲泣而已。又且四婢子，皆痛瘧，而朝夕之炊，尚不及時, 尤極悶悶。

正月十一日

令論金伊, 先輸兩馱於振村生員所在處, 而生員亦送兩奴馬於中路, 相傅而還。但聞灘氷不堅, 他日歸時, 當自回路而去, 則去路加遠一息云。可悶可悶。端兒證勢, 漸加危重, 自昨終日終夜, 痛頭極苦, 呼痛不絕。慘不忍見, 悶泣奈何? 罔極罔極。留牙山。

正月十二日

自曉大風終夕。端兒證勢加昨, 而飮粥亦罕。精神昏迷, 言語有時倒錯。今觀其病, 則望前勢不可發歸。粮饌垂絕, 不得已允誠送其奴玉只於大興, 使之取粮太而來也。人馬衆多, 而久留馬草亦難, 尤悶尤悶。且夕端兒不意不省人事, 言語不通。僅以淸、蘇, 調竹瀝薑湯, 再服後稍定。夜半亦如是, 證勢日加危重, 極悶。

正月十三日

朝前, 端兒證勢, 亦如昨夕, 而又以淸心調服乃定。然精神昏迷, 言語亦艱澀。危苦至此, 罔知所措, 徒自痛泣而已。淸、蘇亦絕, 更無可得處, 尤極悶。晚後至夕, 不省人事者, 四五度, 或久或速而止矣。自曉下雨, 至晚作雪, 終日不止。若不消, 則幾一尺。

正月十四日

端兒去夜達曙, 痛頭極苦, 呼痛之聲, 慘不忍聞。晚後, 又如昨日,

不省人事者累次矣。粥飲亦以小匙, 或數三匙, 或六七匙, 多不過十
餘匙。而終日所飲, 亦不數三度, 如此而其能久保乎? 罔極罔極。

　　且馬草已絕, 他無可求處。朝後, 親往大洞居尹生員宗家訪之,
則宗也卽出見, 饋以酒食。奴子等亦饋夕飯, 又贈租十二斗、馬草二
同、燈油五合、木瓜三介, 深謝深謝。適吳部將轍亦到, 來時與之共
還。今日乃端兒生辰, 而病苦不知其日, 不勝悲憐悲憐。留牙山。

正月十五日

乃俗節也。時說母氏, 爲備藥飯送之, 與妻孥共之。吳習讀宅, 亦
送一鉢。且端兒去夜不至甚痛, 而亦不如昨日不省人事之時。粥糜
三四度飲之, 深喜深喜。但進退無常, 是可慮也。

　　久留於此, 上下具困, 粮饌亦乏, 平康邈在遠地, 必不知此間之
事。晚後, 令平康官人, 修書付送, 備報曲折, ■行資覓送矣。且玉
只, 自大興入來, 得粮米六斗、馬太六斗、甘醬二鉢、末醬五升而來,
近日可以此經過矣。

　　夕, 生員自振村, 聞端兒病重入來。因聞平康以天使時差員到
京, 送問安人於振村, 生員修書還送云。因持平康書及母主簡來傳,
見之則時皆好在云, 深喜可言。

　　平康所送之物, 則布一端、生雉六首、乾雉二首、淸二升、燒酒一
瓶、柏子一斗、乾銀魚五冬乙音、魴魚一條矣。生員妻母, 又送藥飯
一笥, 卽與妻子共之。且隣居柳璔, 馬太七升, 時說馬太一斗, 亦送
矣。且雉一首、柏子五升, 則送于時說處

正月十六日

端兒證勢如昨, 而晚後, 又發不省人事之證, 暫時而止。且有人指教曰"擇病人生氣福德日, 招解文僧, 使精米三升炊飯, 盛三器、井花水一器、白紙一丈, 作幡五介列置, 擊錚誦經攘之, 則頗有其效"云。

雖是虛誕, 悶迫之中, 不能得已, 送人招僧問之, 則■■■氣日云。故卽備如數, 送于其菴, 明曉使之到■■攘。金知持物而歸, 燈油半從子亦送。僧名印天, 而湖南僧, 流寓此庵, 頗以此爲事爾。留牙山。

正月十七日

生員還歸振村。且平康婢廣德夫, 本居■■地, 使備廣德身貢來納事, 廣德處捧簡而來。朝, 令金知持書與馬, 送于其家, 則白米七斗、赤豆三斗、馬太五斗、馬草三十餘束捧來。近日可無慮矣。廣德夫則武人, 而其姓名吳天雲云。

端兒證勢, 稍歇如昨日, 而時飲粥糜, 但一身困痒, 如不能持, 轉輾不安。言語又且艱澁, 雖尋常食物, 不能言之, 是可悶也。留牙山。

正月十八日

金知欲往定山, 見其病父後, 卽卽還來云, 故送之, 使留一日卽還事教送。平康來人等馬太乏絕云, 故各給一斗, 使之留養。

且端兒自曉頭, 復得前證, 眼中又見前日所見電光, 因痛頭極苦, 呼痛之聲, 暫不停掇。慘不忍見, 罔極罔極。初以爲因此日向差歇,而今又得發前證, 五六日內, 必不向歇, 尤極悶悶。

午後, 言語不通, 不省人事, 以淸心調竹瀝服之, 良久還蘇。▣
▣日漸柴敗, 而非但頭痛, 一身咸痛, 如不能堪。呻吟之聲, 不絶於
口, 不忍聞不忍聞。安有如此事乎? 罔知所爲, 悲泣而已。

正月十九日

端兒證勢, 不如昨日之痛, 稍有向蘇。然一身之痛, 呻吟之聲, 如前
不止。少無思食之念, 强勸後, 只飮和水粥少許而已。悶極悶極。

夕, 送許鑽於印天所居庵, 使之再行祈攘之事。平康所送官人,
持藥入來。見書, 則時留在京城, 而前日生員書送病證, 問之於楊同
知, 則曰"此乃痰熱, 鬱發于肝, 則如是耳, 先用瀉靑丸三丸服之, 瀉
其肝熱, 後以安神丸半丸式常服"云云, 故平康求得瀉靑丸六丸、安
神丸六覓送。又得淸二、蘇三付送矣。又送布一疋, 使之賣用爲粮。

且聞㐲知父病死之奇, 平康來人聞之於在京時, 來傳必不虛矣。
可憐可憐。㐲知明明還來, 而若其父死, 則必留累日矣。

正月卄日

修答書, 曉頭, 還送平康人。兩日而來, 兩日而歸。▣▣▣遠, 只隔
兩日程, 以病患久滯于此, 佇望▣如同千里, 悶歎奈何?

端兒去夜, 達朝安寢, 無痛苦之聲。然晚後徵痛邊頭, 氣還不寧
云。朝食後, 瀉靑丸二丸服之。但不思食物, 强勸而不飮, ▣▣▣午
後, 氣漸向歇, 始食粟飯一從子, 深喜深喜。

且許鑽持蠟往場市賣之, 換荏子, 而蠟五兩, 粮米三斗五升捧

來，無荏子，不得換矣。金書房宅，借人馬還歸。

正月十一日

端兒去夜亦安寢。朝來氣雖不如常時，未至深痛。晚後思欲食飯，
卽炊雜飯，再度食之，皆一從子而止。雖欲加食，而恐其傷也禁之。
有時起坐，深喜可言。更觀明日，氣若漸差，則明明發歸作計。

且昨日瀉靑丸兩丸服後，別無下瀉，今朝亦服兩丸，又無瀉下，
只口燥思飲而已。不知此藥之效，至此而無瀉下乎？吾意瀉下後，
欲服安神丸，而至於再服而無瀉下。夕，安神丸半丸，磨以調水服
之。留牙山。

正月十二日

端兒夜寢如昨，而證勢漸向差歇。然尙未快蘇，不安之候，長在一
身，邊頭有時微痛云。朝前，安神半丸作爲六丸，元米粥調服，磨以
服之，則極少許吞下矣。然未知其孰是，姑試之耳。

朝後，吳部將轍來見。吳轍謂余曰：“今日與友生等，作泡於開
現寺，共往敘話何如？”余以爲明日發歸，有治行事，又不知諸公之
面目，勢不可赴也。吳、尹兩公，强請不已，故晚後，與尹隨後進去，
則寺在前山，後面山腰矣。距此十里餘，而此地品官十餘輩，各持壺
果來集，團樂酬酢，各臻醉飽。臨夕，又供軟泡。夕飯後，余則先還
到家，則日昏矣。

明日欲行，而仚知不來，人馬不足，又有雨徵停行。端兒朝則白
粥一貼食之，晚後雜飯再度食之。但腹有脹氣，雖少食之物，輒飽

腹氣促, 故起坐移時, 而後還臥矣。朝食, 時說母氏炊供, 夕則時說
炊進矣。

正月十三日

曉來雨雪, 朝尙陰曀。雪則盡消, 而道路泥濘, 明日之行, 必有顚擠
之患, 深慮深慮。端兒證勢如昨, 而■■之候, 尙未殄絕。邊頭亦
有時痛之, 脹氣■■■, 然大勢過半差歇, 深喜可言。然趁此時發
歸, ■■■持馬而去, 時未還, 故未果。深悶深悶。朝前, 安神丸■
■■下後, 雜飯一貼烹水而食之, 夕又食之。留牙山。

正月十四日

端兒氣還不安, 頭痛尤作, 然不至於甚。■■■而食, 日出而發, 行
到中程, 聞天使昨宿■■, 今日入振威, 點心後, 當歷宿水原府云。
又聞■■灘氷解, 水淺又無泥濘處, 可以步涉云。故因直到灘邊,
卽涉水, 則水纔及馬腹而已。越岸因秣馬點心。

　端兒病勢, 別無加痛, 時有微痛, 而胸膈煩悶不已。小食水飯
後, 又發到振村, 崔參奉家投宿。崔景綏入縣, 垂暮還來, 從容叙
話, 饋余上下夕食。

　因景綏, 聞賊將淸正, 去十三日已渡海, 而梁山地習陣耀兵云。
前日聞淸正渡海時, 統制使李舜臣, 領師掩擊, 使不得下陸, 而不意
渡海, 未及水戰, 已失期■, 因此李舜臣拿推, 而其代元均爲之云。

　又聞天朝, 令天使楊邦衡, 留鎭京城, 副使沈惟敬, 則還下釜山
留鎭, 而其奇昨日到稷山, 副使曰"幾到王京■, 入京見國王面議後,

還下來"云。兩天使之行, 列邑■■已竭, 今又還下去, 則又受■■■泥, 路民之失牛馬者甚多, 又有斃於道路■■■。

正月卄五日

景綏又饋上下朝食, 上下點心亦裹送。又造豆餅一筥, 濁酒■■■之, 使饋下人等, 受弊不貲, 一則未安未安。

　端兒證■■■加減而如昨, 故朝食後發來。歷振威縣前, 到水原地川邊, 秣馬點心。卽發來, 行至水原府前, 日已垂暮。奴輩皆欲入宿, 而强令過去, 到後野, 日已落矣。去生員家半息程, 昏暮路不辨而入斜路, 則人馬具困, 艱到入家, 夜二更矣。今日因馬疲路泥, 又加遠, 故如此矣。然端兒不至加痛, 可喜可喜。四婢子則落後不及來, 故使之入宿水原府前家, 明日來矣。

正月卄六日

因留栗田生員家。端兒晚後, 又見眼中紅光如前■■。因此氣還不平, 飲食頓減, 有時腹痛, 胸膈沓沓, ■■又作, 深悶。然不至於前日之甚也。生員家, 饋上下朝夕飯。

正月卄七日

因留栗田。端兒證勢, 雖不至痛, 終日終夜■■不安。又有腹脹之候, 呼吸短促, 時有腹痛■■■亦痛, 深悶深悶。且昨日送安孫於舍倉東面長■■寓處, 家人致書邀見切切, 而兩嫂有故不來。時尹■■兄弟來見, 因與同宿, 因聞時曾來月初四日■■■■■。

正月卄八日

因留栗田。允誠先歸入京，欲問端兒病證於楊同知處故也。又借生員人馬，先送一駄。且端兒自曉痛勢■■■朝尚如前，極悶極悶。以此明日欲行，而勢不可發，尤悶尤悶。時尹兄弟還歸。

自昨朝下人等，則所齎粮出食。生員貧窮，不能備故也。且生員奴論同，造餅入納，馬太二斗、正租二斗亦呈矣。天麟母氏亦造餅途之，又送馬太二斗、豆五升。隣居忠義衛朴容昨日來見，又送馬太二斗。生員奴山守、希奉、婢莫德、春月，各呈太一斗，竝十餘斗。太則有■，而但粮米若留累日則不足矣。隣居盧香熟太■■亦納矣。夕，論同又納粮米一斗，朝食亦自備供之。厚意深謝。

岙知昨昨率妻還來，因聞其父洪有良，去月病死，哀哉。今日率其妻先送京城，使之明日卽還。終日雨雪且霾，有時灑雨。夕，春已還來，聞誠也昨昨歸土塘奴家，今朝入京云。

正月晦日

因留栗田。去夜大風振地，捲茅拔籬，■■■雨。且端兒終夜痛頭極苦，朝尚未歇，極悶極悶。午後稍歇，食調水飯，幾至一大貼是。有時言語，深似■■■，至於初更後，更得痛頭，終夜不轍。呼痛之聲，■■■，極悶極悶。

且在牙山李時說家，留二十八日，僅得小歇，發行到此，又留五日。病勢如此，行資垂竭，更無求得之路矣。平康人馬具困，多有怨言，尤極悶慮悶慮。馬太一斗又給平康人，使之秣馬。

二月小【初六日春分, 十九日寒食, 廿一日清明】

二月初一日

端兒去夜初更後, 更得頭痛, 達朝呼痛。前日亦如此, 故意爲尋常, 早食後, 欲往見水原府使, 而曉後病勢極苦。卽入見病勢, 則不省人事, 危苦極甚。生員抱坐, 余執兩手, 小頃氣證上衝, 痰證兼發, 言語不通。竹瀝、淸蘇、鷄子黃、童子便, 無數用之, 藥力不下喉間, 與痰相煎而作聲, 終不得下, 鼻孔還出, 亦不得發一言, 至於巳時, 奄然而逝。扶携痛哭, 罔極奈何?

前年九月廿日, 卒得此病, 累月辛苦, 至於此而永隔, 哀慟之心尤極, 胸腸欲裂。其在平日, 形貌端正, 性度溫雅, 穎悟特異, 雖在年幼, 頗識事理輕重是非, 亦能文字, 孝愛父母, 友于兄弟, 亦出於天。尋常衣服飲食, 必在人後, 其所服之物, 稍勝於其兄, 則輒自換之。

天性如此, 故余夫妻極愛極重, 長宿余之衾下, 自去年始免。余出而還，則輒先出迎，卽解帶脫衣，更不可得。哀慟奈何？雖病勢極重，唯有庶幾之望，遲留中路，至於此而竟不得救，壽夭在天，雖不可容人力於其間。最所痛恨者，行在客中，醫藥全廢，只恃天命，而不致人事，尤極哀慟。適來在栗田生員家，此則不幸中一幸也。

夕，沐浴而襲，但流離中衣服不備，只以平日所着一襲而用之。哀哉悲哉！吾女平時在貧家，衣服飲食不如人，死不得一好衣而襲，終天遺恨，此其極矣。內棺適在生員奴山石家，借用，隨後給價爲料。令論同招木手治棺。又送論金伊於京，致訃允誠處，因使殮襲中用物持來，乃前日先送故也。又使隣居朴忠義容氏，入送水原，因致書府使柳侯永健前，求喪用之物，則只送油紙二丈、白紙一束、松煙少許而已。

因聞李時尹妻，今日產後亦逝，借木手於府使處云。哀悼哀悼！膝下多稚女而至此，尤可哀哉！時曾入丈在初四日云，而勢不可諧。其家之事，日漸渙散，無以收拾，不祥不祥！夕，夽知自京還來。中路不逢論金伊云，必巧違也。

襲用，其兄白苧赤衫一、草綠襦赤古里一、其鴉靑襦長衣一、單裙一、襦裙一、半靑裌赤麻一。小殮，其母襦長衣一、其襦赤古里二、其三娚單衾一。

二月初二日

因留栗田。木手拙工，治棺齟齬，勢未及入棺。可悶可悶！終日哀慟奈何？罔極奈何？面目森然，如在眼前，胸腸如割，只自慟哭而已。

且隣居金允世米一斗、太一斗送賻。山石亦呈白米一斗。行粮垂絶，今得二斗之米，深謝深謝。夕，允誠劑藥馳來，已無及矣，尤極痛哭痛哭! 終夕洒雪。

二月初三日

因留栗田。朝前，入見屍身，撫屍哀慟。雖日三如此，已矣奈何? 慟哭慟哭! 但自昨忠母氣甚不平，必懷胎未久，今遭大變，驚慟之餘，奔走冷處，因觸寒而然也。悶慮悶慮!

且早朝，水原府使專人命送木手、草席四葉。至於山城付役木工抽出而送，又致書問，深謝厚意。此木工則善手，治棺甚熟，必無齷隙，可喜。去夜大雪，幾至半尺，行路泥濘，極悶極悶! 賣布半疋，捧米九斗，欲補行資耳。臨夕，入棺成殯，夜已深。

大殮，襦衾一、其襦染察長衣一、單裙一，余之■中赤莫一，其娚允誠半紫染襦天益一用之。又其平日所用小紙箱子，入絲貼、粉貼、銀指環三枚，納于棺中下邊。

二月初四日

率家人、仲女先發，留使允誠，來初六日發引而來。行到果川縣前，秣馬點心後，又發來，抵土塘山所奴子家，日未落矣。行路泥滑，艱免顛擠之患，多幸多幸! 但棄屍先還，哀慟罔極。

夕飯，婢者斤介炊供，又呈粘餅一笥，即分給下人等。且昨日在栗田時，論同馬太一斗納之，天麟母氏亦送二斗。隣居盧香，黑太一斗來呈。生員亦以二斗太分給平康人，聞其馬太乏絶故也。留栗田，八日始來。

二月初五日

自曉雨雪，朝尙不晴，兼之以大風。今日欲穿壙起茅，而日氣如此。極悶極悶！晚後始霽，率奴子等上山，擇兆祖父母墓上山脊西脥正向南之地。修治墓基，始穿壙中幾半，而然終日大風，有時洒雪，人皆寒戰，勢未卒事，早罷而還，留土塘山所，且卜兆於此，他日吾夫妻欲入於此矣。

二月初六日

借鄭孫牛及者斤卜牛，令奴光進率四人，往迎發引于果川縣前矣。今日雖晴，而風勢不息，日氣甚寒。極悶極悶！曉來，家人夢見亡女，宛如平日云。吾與家人相對哀慟。今日發引，遊魂必先來入夢。慟哭慟哭！仲女亦再度夢見云。

早食後，率奴子等上山，或起茅，或穿壙，幾畢。先告事由祭于祖父母及先君、竹前季叔墓，只以餠采、兩色實果、濁酒，奠後分給役人。午後，發引入來，先行臨壙奠，卽下棺，撫棺哀慟奈何？實土及牛，其平日所持小鏡一、鑞粉合二、小剪刀一、乭一、大梳子一、眞梳一、小同古里封署，納于右邊。不忍見所用之物，使之殉葬。

適彥明聞訃馳來，亦看事。平土後，卽成墳，不大不小，稱體而已。諸人用力，故日未落前畢役。階砌四面，盡被莎草，又奠封墓祭，慟哭乃返。平日不離膝下，而今埋山谷中，孤魂想必悲泣於冥冥之中，尤極哀慟！然來葬先壟下，是則不幸中一幸也。且者斤福豆一斗、粮米五升。福龍亦白米三升入納。

二月初七日

朝食億龍備供。到此留二日，早發，舟渡漢江，先入高城妹家，謁母主及妹氏。適高城入番不在，終日在此，妹家夕食炊供。昏，與妻子來宿光奴家。但亡女平日每欲更見京城，今不可得。哀痛罔極罔極！

二月初八日

留京，食後，進高城家，謁母主。因就箕城君家訪問。箕城以重病不出，邀余入內房見之。適許直長鐔、李豊德重光來到，因設小酌而罷，還光奴家，則申直長妻氏來見家人，申懍亦來見矣。直長宅因宿。南僉知嫂氏亦來見家人。

　且平康人來至，見平康書，時好在。但以差員來十一日出去云，恐未及見也。平康所送，白米四斗、造米三斗、艮醬二升、清二升、清酒五鐥、大口二尾、生獐一口、銀魚十冬音、乾雉二首、生梨三介、生雉六首、方魚二條、甘醬五升、菉豆五升、藥果、氷砂果并一笥、榛子五升矣。粮饌具絕，方悶之際，此物適至，可以此及用於一行矣。

　生雉一首，申直長宅贈之，又一首，高城妹處送之。銀魚二冬音、乾雉一首，送于生員處，銀魚二冬音，又贈舍弟。且申直長宅來宿，故余與誠兒借宿于光奴兄家。自今朝上廳及婢子等，光奴家朝夕食備供。生獐與清，使光奴賣之。

二月初九日

早食後，上下點心炊裹發來。歷入高城妹家，奉母主，又率弟女善兒發來。但南妹與母氏臨別，悲痛不忍相離，人情豈不然乎？若風塵再起, 則妹則欲入歸關西云。八十老親, 更得相見, 其可必乎? 其爲罔極之心, 爲如何哉?

舍弟一家, 隨後送奴馬率去爲計。弟則陪行郊外而還去。行到樓院前川, 秣馬點心後, 又發過楊州官, 到州境泉川里止宿。適洪參奉邁亦自京下去漣川農舍, 聞吾來此, 入見, 良久敍話, 饋酒一盃, 與誠兒同宿。且來時, 路逢金評事興國及洪命男, 下馬暫與敍話而別。金則率一家入歸平山地云。

二月初十日

煎白粥, 供母主及妻子。早發行, 到楊州地柯亭子里, 朝飯。洪參奉亦偕來, 先爲朝食來見, 饋酒兩大盃。先發歸, 適有空馬持去, 故借騎玉春而送, 隨後發來。舟渡大灘津, 到于音代里止宿, 亦楊州境矣。家主母好沈菜一鉢呈上, 以銀魚一冬音償之。

二月十一日

白粥早飯後發來。但頗有雨徵可慮。行到漣川縣前川邊, 秣馬朝飯。自今日改素, 悲痛之心尤極。雖朝夕以所食飯, 供祭亡女, 而草草行路, 多有未洽, 勢也如何? 哀哉! 吾女何以先亡, 使我有無窮之悲痛耶?

又發來, 未及五里, 灑雨, 不得已馳入漣川郡內官奴傑伊家, 上下無雨具, 恐其中路逢大雨添濕也。入家未久, 雨勢還晴日出, 深恨未歸也, 然日已傾矣。因宿, 家主炊供點心, 又呈三色好沈菜。深謝深謝! 只以方魚半條償之, 因減夕食之米。

此縣太守送人問之, 帖食上廳兩分, 馬太五升、馬草給之, 因此夕食不炊。太守又送中米一斗, 聞其粮乏故也。洪邁適以事到縣, 卽來見而歸。

二月十二日

白粥早飯後發來, 行到中程, 秣馬朝食。又發至鐵原府止宿。府使聞之, 朝夕上下帖給, 生雉一首亦送。上廳飯米七升、豆三升, 下廳粟米一斗二升、豆四升、馬太一斗帖送, 使之自炊而食。

但自泉川後, 道路泥淖, 極其艱險, 僅免顚陷, 而今適馬跌, 家人再度落馬, 不至傷污矣。夕, 府戶長生雉一首來呈, 爲其兼官家屬來此故也。

二月十三日

去夜洒雪, 朝有雨徵, 因宿處朝飯發來, 行未五里, 母主所騎馬, 誤陷石隙而仆。岙知卽負母主而出, 故不至傷污, 馬則幾爲折足, 而盡力救出, 僅免無傷。多幸多幸! 卽換他馬, 行過弓王舊闕, 基址宛然, 御井亦在路傍矣。

先送人衙中, 通報來意, 入縣則日未夕矣。但平康以領軍差員, 昨日已出向原州方伯所在處, 中程支應所送之人, 意爲以永平大路回來, 故來待於其處, 平康亦終日留待, 而臨夕, 向歸金化縣云, 因先送人誤傳, 不得相逢, 雖嘆奈何奈何?

且到縣卽時, 神主前設茶禮後。因各呈茶唻, 又呈夕食, 豊美可食, 雖蕩敗殘縣, 頓異於富人私家營辦之物矣。

二月十四日

官備早飯行果, 各呈柏子粥滿鉢矣。當午, 又呈茶啖, 糆餅備矣。食已, 卽分與率來婢僕等。亡女每言欲見此縣, 而今不可得, 到此後, 哀慟之心尤劇。老親在堂, 雖忍慟不哭, 而中夜潛寂之中, 形貌宛在眼前, 悲淚自不能禁, 胸腸如割時多矣。哀哉! 吾女何以棄我先亡, 使我至於此極耶? 哀慟哀慟!

二月十五日

修書付傳平康行次問安人矣。今又備呈白粥早飯, 令自今只供母主前, 而其餘勿爲朝夕之供。又使自今朝飯米饌物, 入衙自炊而食, 勿令外供。若留待平康還官, 則時日必久, 貽弊不貲故爾。但令母主前自外備供矣。

且衙奴世萬持寒食祭物, 早朝上京。修書付傳彥明及栗田生員處, 五位祭物, 飯白米一斗、餅米一斗五升、粘米三升、糆米一斗、祭酒五饍、柏子五升、榛子五升、乾雉三首、獐脯五條、生雉三首、大口三尾、鹽方魚二條、牛心一部、淸一升、甘醬三升、艮醬一升。牛心則適村人牛入山刈柴而來, 折足而死, 故臕半部、牛心入衙, 故送于祭用。五位, 祖父母墓、父墓、竹前叔父母墓、豊德弟墓、亡女墓。祭物雖不備, 亂離後只薦而已, 何必豊備?

且崔判官應震避寓此地, 乃在京時一洞居相知者也。聞余率一家入來, 送人問之, 因致祭餅一笥, 卽修答謝之。今日乃望也, 設饌奠亡女, 哀慟罔已。

二月十六日

留在平衙, 今已三日, 而謙也遠出, 欲移寓村舍, 未知所適, 姑留于此。上下支供甚煩, 心甚未安, 無聊亦甚。夕, 漢卜入來, 來時因胸痛落後, 今始入來。

二月十七日

留在平衙。終日大雪, 若不消隆, 則幾尺餘, 由來泥淖之路, 又逢此雪, 其隆泥倍甚, 人馬陷溺難行, 未知世萬持祭物, 今日入京否也。深慮不已。當午, 官備松餅, 各呈一器, 上下共之。

二月十八日

誠之奴玉只, 發向栗田。前日來到牙山時, 從馬人賣*馬, 誠子所持兒馬相換, 加給衣服布端, 而今來聞之, 則非其馬, 而乃盜馬也。卽招下吏捉囚。相換兒馬適足蹇, 假養于栗田生員奴家, 故今送玉只, 還牽來故也。從馬人乃慶時恭之奴, 而逃主而來, 不定其居, 以商爲業, 而此馬則乃庥田人馬, 當初借來不還云云。問之其人, 則亦服不隱。痛甚痛甚!

亦留平衙。且臨夕, 母主氣不平, 有微寒而還熱, 深頭微痛, 至於曉頭, 發汗而稍愈。昨昨亦有微痛, 有如此云, 必是瘧證也。進食不甘, 頓減於前。極悶極悶!

·········
* 賣: 底本에는 "買". 문맥을 살펴 수정.

二月十九日

乃寒食節也。官備餅糗, 先奠茶禮於神主後, 呈盤果餅糗, 上下共之。但母主自昨日痛後, 雖向歇而氣困, 尚臥不起, 粥飯少進。極悶極悶!

家人亦且自昨昨微有不平之候, 而今日則胸膈煩悶, 一身困憊, 有加於昨日, 飲食全廢, 亦可悶也。此必數月路中, 又失愛女, 晝夜呼泣不已, 因致用心而發也, 尤可慮也。

二月廿日

昨聞有僧能譴瘧鬼, 卽招使用譴術, 而終不得免。午後, 母主痛之如前, 極悶極悶! 夕, 僧來問曰"非一二而能却, 後日當更用法"云, 故使之用心爲之, 若得離却, 則當重賞其功事言送矣。

且家人則自今平安, 飲食雖不如舊, 頻頻食之, 從此永差, 可喜。近日久留平衙, 爲其謙子不在, 時未定去適之所故也, 心甚未安。

且此縣京主人昨夕入來。今見弟書, 時好在云, 可喜。但聞麟兒時未來京云, 未知何故, 至於經月不來耶? 深慮不已。

二月廿一日

縣居品官沈士仁納名, 邀見, 良久做話而歸。

二月廿二日

平康行到橫城, 適問安人追至, 卽修答還送。見書, 則明日當入原州, 所領軍交付後, 因此入京赴擧, 後還官, 期在來月旬後云。非但卽未相見, 久留于此, 未安未安。

午後, 世萬還來。見弟書, 時好在, 祭物依數受之, 卽依備奠墓
所云云。可慰可慰! 邊聲時無警急, 而科擧因不退行云云。以此誠
兒明明上京計料, 生員亦於念後, 率一家, 自栗田發程, 卜物兩馱,
先載送于光奴家云。但時未聞子方一家及麟兒消息, 深慮不已。

且龍宅叔母主使喚婢杰介, 來嫁此縣人, 因居焉, 聞余家屬來
此, 備餠一笥來謁矣。縣衙前等, 淸酒一盆、濁酒一盆、兩色餠二
盆、糆一盆備呈, 必是太守親家到此, 故爲獻矣。却之不可受, 亦未
安然, 不勝人情, 姑受不却, 卽分與內外下輩。且母主今日痛瘇之次,
令前僧更施譴術。又且此處多方逐譴, 而幸得離却, 深可喜幸。

二月十三日

誠子以別試觀光事上京, 治行裝, 又裁名紙。夕時, 縣掌務設軟泡
供之, 母主亦進七串矣。

二月十四日

誠子發向京城, 觀試後, 因以歸西爾。亡女已矣, 眼前無一兒, 而
誠亦遠去, 音問必不得相聞, 臨別不勝戚戚, 而淚不能禁, 深恨此
生也。

土塘奴成金伊亦隨去。家人得銀魚, 付給其處奴婢等, 因使亡女
墓前植花草, 裹送實果、乾雉兩支, 使奠墓前。英魂有知, 若聞奴子
自此而歸, 則必有欣迎而悲感, 故以其薄物付奠, 以寓無窮之哀慟
矣。言念至此, 尤極痛哭痛哭!

二月廿五日

誠兒率去下人, 中道還來曰"昨宿漣川洪參奉邁家, 早發陪到袈沙野還來"云云。夕, 此縣吏陪其倅往原州還來。因見謙書, 去廿日所率軍交付, 廿二日發向京城, 但聞嶺南邊報甚急, 狀啓陪持上京者無數云。

余之一家, 雖來于此, 麟兒及子方家屬, 時未上京, 未知其故, 深慮不置。允諧則家在不遠, 近必入來, 苦待苦待。且仲女自昨痛間日瘧, 可慮可慮! 卽招譴瘧僧饋食, 使明日施法事言送。

二月廿六日

去夜半, 此縣官婢爲虎攬去, 呼救之聲甚切, 鄉里人畏恐不出。含去之時, 過衙後, 人皆聞之, 終不得救, 以塡饑虎之腹。不祥不祥! 近日惡虎盛行, 有或毀門破籬而入云, 深可慮也。

且鸞兒今日當入京, 未知已到何地耶? 戀戀之懷, 不能暫弛也。縣京主人明日上京, 來辭修書付傳。

二月廿七日

今見此道方伯回關, 賊將行長請兵日本, 與淸賊分左右上來云, 深可慮也。麟兒消息, 時未聞知, 子方一家去留, 亦未得聞。極悶極悶! 掌務造切餠晝供。

二月廿八日

別試入場日也, 三兒未知已會入場也。如此亂世, 科擧甚不關, 而平日所望事也, 强勸入見。中不中亦在天也, 付之度外而已。但邊聲近日甚急云, 畢試與否, 遠未可詳也。

夕, 縣下人陪平康入京後, 廿六日發來。見平康書, 邊報時無緊急, 而麟兒亦已到栗田生員家留在, 與生員一家, 來月初入來云。生員以科擧事, 廿六日上來云。咸悅一家, 去望間發程, 今明當到京, 而因此入歸寧邊云, 寧邊判官乃朴東說故也。兩家消息, 久未聞知, 方極悶慮悶慮之際, 今得聞之, 悲喜交極。但咸悅西歸, 則彼此消息隔絕難聞, 而風塵再起, 則死生亦難期也, 後日更得相見, 其可必乎? 死者已矣, 生者亦如此, 悲痛之懷, 自不能已也。允誠則廿六日已到樓院。朝飯而縣人等出來時路逢, 當早入京城云云。

且縣地長鼓山居僧義玄來謁。從容問其避亂入處之地, 則曰“雖深山窮谷, 兇賊無不入探, 而尋常平夷之地, 亦且安過, 不可夷險爲去留, 當臨時觀變處之”云云, 此言亦有理矣 饋夕飯, 因與同宿。

二月廿九日

明日乃鐵原場市云, 故令夽知持皮郞笠十五介賣來。終日無聊, 在衙房, 觀許鑽造箭。又修上京書, 縣人明當上去爾。

三月大【初七日穀雨，廿二日立夏】

三月初一日

朝，官人自京下來。見允諧書，三兄弟以科舉事會于光奴家矣。因聞麟兒去月十九日，到栗田，因留，前數日，到衿川其聘家山所，留宿，今明來京，因此發來于此云，然則不久入來矣。

昨日，縣校生姜百齡來見，持酒與肴入納，因與做話，又飲來酒各兩盃而罷。百齡受學于謙，而又多蒙恩云云。

三月初二日

縣人今始上京，一位祭物備去，乃受謙教，來時欲奠其亡妹處矣。且昨日掌務，獐一口屠割，入衙，後一脚付上京人傳送舍弟處，與南妹共分嘗之。

且洪正仁憲氏，因崔判官奴來，致書請得鷹連。此處官鷹前日逸去，只有陳鷹一坐，而時已晚矣，也無得路，雖求之切，奈何奈何？且仲女自去念後，微有不寧，至今不差，可慮。

三月初三日

踏青佳節。官備餅糯、三色實果及切肉、獐肉炙等物，先奠神主，次及亡女，哀慟之心尤極。茶禮後，又供盤果糯餅，上下共之。

三月初四日

縣吏上京，修書付傳。僧義玄來謁，饋朝夕飯，與之同宿。夕 麟兒率妻入來，苦待之餘，今忽見之，喜慰可言？

見生員書，時好在，與其兄及弟留待出榜，而二所則初二日出，一所則初三日出云。麟兒初二日發來，故未知云云。又見子方一家書，亦於去月念後發來云，而時未到京云，未知何故而至於此耶？深慮不置。李蕆亦率妻子，與麟兒一時入來，而此地其氷家奴婢所居，故避亂欲寓，而今聞盡死云。若無一生存，則明當入歸伊川云云。

但麟兒來時，所率婢明月、一非，到靑陽地，還逃去云。可憎可憎！只率莫非而來爾。許鑽往見西面所寓家而還，其家房只二處，而又無奴婢所接及馬廏，往來時路極險惡，又涉大川七處，若雨則人不通行云。可慮可慮！然平康還官後，量處爲計。或曰楡津地可居云，未知甚處爲好也。

三月初五日

許鑽與僧義玄，上長鼓山寺，爲其有事故也。朝，邀李蕆欽阻，因對朝食。但近因陳鷹不肯捉雉, 朝夕無饌。可嘆可嘆! <u>李葳</u>妻氏邀入衙內, 與家人敍話, 臨昏, 乃歸主人家。

三月初六日

縣戶長<u>全雲龍</u>上京還來。得見兩兒書, 皆好留, 初三日出榜, <u>謙</u>、<u>諧</u>兄弟各以論次上二等得參, 而獨<u>誠</u>兒製賦見屈。可嘆奈何? 昨日已歸<u>海西</u>云云。自此音問必難得聞, 不勝惻惻之懷。但聞來月初謁聖云, 其時定欲上來云, 庶可得見矣。

初十日講經, 而十五日殿試云, 若入講經, 則觀殿試後還官, 當於卄日間, 非但久留於此未安, 農節必晚, 尤可悶也。

<u>允諧</u>論則初以三中, 而後改次上云云。一所論題《<u>子房能用高祖</u>》, 賦則《研案》; 二所論題《<u>孔明短於將才</u>》, 賦則《錦袍送行》。而一所居魁, <u>鄭弘翼</u>; 二所居魁, <u>申橈</u>, 生員妻娚<u>崔振雲</u>、<u>挺雲</u>兄弟亦參, 可喜。

且早朝, 邀<u>李葳</u>, 對食朝飯後, 歸其奴家, 其奴二名生存云云。<u>葳</u>也初欲寓居奴家, 而其家非徒穿陋, 四隣寂寞, 不合可居, 因欲歸<u>伊川</u>, 故留在此處。

三月初七日

朝, 官人自京下來。見兩兒書, 時好在, <u>誠</u>則初五日發歸西路云。夕, 縣吏亦自京下來, 言曰"講經進定初八日, 殿試進定初十日"云云。若入講經, 則庶有折桂之望, 其可必乎?

且邀<u>李葳</u>, 終日對話, 因對朝夕飯。又聞惡虎昨夜山後人家入

庭, 攬去宿人, 亦不卽奪, 朝往尋之, 則爲半食之云。痛憤痛憤! 惡
獸盛行, 傷害人物至此, 不能除去, 人皆恐懼, 日落則牢閉門戶而不
出矣。去夜下雨, 朝則晴, 而終日大風。

三月初八日

麟兒率來奴芐從, 曉頭逃去。痛憎痛憎! 來時脫衣衣之, 作單裙着
之。欲使久留, 而纔入縣數日, 卽走, 尤可痛甚。行到中路, 二婢逃
去, 一奴今又還逃, 只有一婢而已。且李葳率妻子留三日, 今朝發歸
伊川。

　　且今日辰時, 婢香春產女兒, 自昨痛腹, 終夜苦極, 猶未卽產, 慮
其房冷人煩, 使卽出送門外土屋, 暖堗而處之, 則卽生矣。今亦大風
終夕。

三月初九日

朝, 縣人上京, 修書付傳, 又送豆三斗於舍弟處, 近日想必絶粮, 使
之補用。且食後, 與麟兒、許鑽親往北面木田崔允元家, 見之, 則
雖草盖, 家甚濶大, 可容吾一家之衆, 前後有隣家十餘, 拒縣僅二
息程, 甚宜可寓, 但家主無可居處, 深可慮也。然平康還官後, 更
定爲計。

　　崔允元供點心。座首權有年亦來相敍。因投靑龍寺, 入洞口, 山
形奇峻, 亦可愛玩。蔡座首及近處校生五六亦來見。權座首與其兩
子好德、好義, 皆會同宿。權也持酒而來, 昏, 各飮兩盃而罷。

三月初十日

權座首及崔允元, 持泡太, 作軟泡, 飽食而散還。初欲往見瀑布, 而有雨徵故乃還。來時, 使許鑽入見崔壽永家。此家盖瓦, 過好於允元之家, 但家主上京不在, 四隣無家, 甚爲孤寂, 不如允元之家。

其面勸農, 雉一首納之, 昨日所捉二首幷持來。昨日中路放鷹, 陳則三首, 秋則一首捉之。但秋連見雄雉不逐, 可憎可憎! 雉一首, 軟泡時, 作汁用之。到縣則日未夕矣。縣掌務供茶麵, 與一衙中共之。

三月十一日

明日乃高祖忌也。敎掌務使備祭物。適平康不在, 故只供盤床糆餅而已。且中興寺居僧德惠來謁, 平康少時, 讀書中興, 與之同房, 相知有厚, 而今歸咸鏡道, 路歷此縣, 故入謁而未逢云云。觀其意, 欲得粮饌, 而適值空官, 奈何奈何?

三月十二日

啓明, 與麟兒行祭, 糆餅、三色實果、飯羹、三色湯而已。自朝下雨, 晚後始晴。

三月十三日

去夜, 夢見平康入來, 宛然平日, 但脫笠拜于窓前, 未知何兆也, 必登第而去笠着帽之徵也, 不然則今明還官矣。且近日鼻角證大熾, 上下皆痛, 而麟兒夫妻, 終夜苦吟, 朝尚未起。可慮可慮!

且陪童折得杜鵑花來納, 滿枝盛開, 追憶年前在林郡時, 亡女得此花枝, 盛水揷瓶爲戲, 今忽見之, 不覺淚下, 無以爲懷, 終日悲咽。汝何早亡, 使我見物輒思, 以遺無窮之痛耶? 哀哉哀哉!

且縣吏自京還來。見兩兒書, 時好在, 去十日講經兩書, 具略入格云, 深喜可言。前頭有大項得越甚難, 兩子皆登, 不可望也, 一得亦是一家之慶幸慶幸。

但聞李天安嫂主, 去初五日損世云。不勝慟悼慟悼! 李葳來此, 因歸伊川, 而卽使人通報爾。此嫂主乃妻三寸妻氏, 而與家人平日特甚厚愛, 今聞其訃, 家人尤極哀慟哀慟。

兩兒經書所逢, 允謙, 《詩傳·齊風·東方未明》、《論語》《子謂韶盡美又盡善》, 允諧, 《詩傳·鄭風·野有蔓草》、《大學》十章云云。且聞謁聖, 來月初八日擇定云, 若然則誠兒, 其時必上來矣。但無奴馬, 而正是農節, 恐不克來也。

三月十四日

麟兒妻終夜痛, 終夕如前。極悶極悶! 非但此也。衙內鼻角證大熾, 上下皆臥痛, 而麟兒妻尤極苦痛, 未知其終如何。上有老親, 尤可悶慮悶慮。

前太守黃應聖[*], 今爲保寧倅, 其子得蘊歷宿于此, 納名, 邀見衙房, 饋酒而送。前日在林郡時, 一得相見故爾。座首權有年來見。

....

* 聖: 底本에는 "星".《宣祖修正實錄》29年 7月 1日 기사에 근거하여 수정.

三月十五日

官人上京，迎平康之還。漢卜亦受價偕歸，修書付傳，又得雉一首，送于南妹處。且麟兒妻終夜苦痛，有加無減。極悶極悶！非但此也。衙婢莫從亦痛，今至五日，尚無向歇，必有以也。罔知所措，陪母主，出寓外房，姑待數日，若如前，則當避私家切計。

但今日殿試也。平康過此後卽來，則當於十八日還官，待此處置亦計。憂愁中，逢此病患，未知厥終如何。悶慮罔已。

三月十六日

麟妻病證如前，極悶極悶！因此送德奴，持馬往衿川，率來婢銀介，乃無侍病人故也。令麟兒修書送于金副率昌一處，使之問藥而送矣。金公其外三寸叔也。

夕，生員奴春已入來，以收貢事往安邊也。見兩兒書，時好留京家，十五日過殿試後，則平康因往坡山，拜牛溪後還官，生員則亦歸栗田，因作農事云。

聞近日邊庭消息，別無緊急之患，又有楊布政率大軍，近當越江，來鎮王京。賊勢必不速動之期，楊布政接伴官張雲翼已出歸，而沿路迎慰使，亦皆差出矣。

三月十七日

麟兒妻證勢如前，然不如前日之大痛也。但痰喘甚重，咳唾不止，口逆不已，以此爲悶。平康末女德任，去臘月晦日生，而形貌端雅，今纔數月，而解識人面，作聲開笑，深可愛憐。自昨日始得此證，全不飲乳, 證勢非輕, 喘急氣促, 將不可救。悶憐悶憐!

一衙中皆患鼻角證, 上下皆痛。善兒得之, 今已三日。母主自昨亦患此證, 喘痰亦重, 咳嗽不已, 悶慮不已。

三月十八日

母主朝則差歇, 善兒亦向歇, 但咳唾猶如前。麟兒妻則無加減。極悶極悶! 平康乳兒, 昨日以爲氣絶, 而至於今而猶且續息, 是亦待時耶。氣息奄奄, 不可望也。見之, 不勝悲慘, 當午永逝, 哀慟奈何奈何? 卽令許鑽裏殮。其父今日可來而不來, 未知何故也。

三月十九日

麟兒妻雖不如前日之痛, 而尙無快蘇, 粥飲亦罕。悶慮悶慮! 亡兒入棺, 姑殯空房, 以待其父之還爾。且縣前野生獐走來閭閣中, 爲里犬所噬而斃, 犬主因納衙, 卽屠割炙食。

且午後, 成均人五名, 自京馳來, 持及第榜, 吹噓作聲而報曰"昨夕出榜, 平康登第"云。取見榜目, 趙守寅居魁, 謙子則第七參焉, 渾家之喜可言? 但允諧見屈, 是可恨也。然一家一得足矣, 豈望兩得乎? 傳傳來報, 未知實的也。講經之人二百餘人, 而所擢只十九人云云。

吳門玄高以下無登第之人, 今者余子始捷, 從此庶有繼起之望, 一門之慶, 如何可言? 尤極喜幸喜幸。先君在天之靈, 想必喜慶於冥冥之中, 悲感之心亦極。武科則依初試例, 只定坐次云云。

夕, 平康還官。此縣京主人亦來報, 始信其實也。一家環坐房中做話, 夜深就寢。亂世登第, 深爲不關, 而然至於雞明不寐, 是必喜之極耶。但出身後, 則非如蔭官, 而旣登仕路, 必有遠離之憂, 豫慮不已。然一身旣已許國, 夷險一節, 乃臣子分內事, 以今以後非吾子也。雖嘆奈何奈何?

三月廿日

母主數日來, 重患鼻角證, 今則倍苦, 不能進食, 方極憂悶, 而至夕發汗, 稍向蘇歇矣。麟兒妻, 自午後發汗添洽, 亦有向歇之勢, 深喜可言? 且官供花煎, 先奠神主後, 與一家共之。

三月廿一日

送世晩上京, 爲賣唱榜時所着黑衫次, 送于南妹家, 使之縫造爾。修書付送, 又得生雉一首, 送于南妹處。且母主氣侯漸向差復, 然深頭微痛, 尚未快蘇, 悶慮不已。麟兒妻則起坐, 稍思食飮, 早朝, 白粥一帖食之。深喜深喜!

晩後, 崔判官應震來訪, 與謙邀坐茅亭, 從容做話, 對饋晝飯而送, 期於明日放鷹獵獐於川邊會話。崔也在京時, 一洞居住, 而有相知之分, 避亂來寓縣地故爾。

且成均館人留二日, 强脫平康裌天益及白苧行衣。又給淸三升、柏子一斗、布五疋、粮米等物, 使之明日還歸。余則欲脫衣給之, 而平康兩衣脫去, 故以苧衣稱以我衣而不給, 當於慶筵時, 脫贈才人爲計。

三月十二日

母主氣侯尙未快差。憂悶憂悶! 麟兒妻雖未永蘇, 自今有向食之心, 連食粥飮。深喜深喜! 但余亦自數日來患時令, 今則頗重, 深頭微痛, 食無甘味, 鼻液不絶, 平康亦如此。悶慮悶慮!

三月十三日

母主氣侯如前, 進食頓減, 喘痰甚重, 咳唾不已。極悶極悶! 余亦終夕痛頭, 倍甚於昨日。可慮可慮。且豆毛浦居漁父漢卜來謁, 乃平康同庚, 而在幼時, 讀書江亭時, 相厚之人, 今聞登第, 持乾魚六尾來納。但無贈送之物, 平康深以爲慮。

三月十四日

母主氣侯稍向蘇歇, 尙無快蘇, 進食甚厭。憂悶憂悶! 余亦如前, 深頭倍痛。可悶可悶! 夕, 德奴率銀介入來。見弟書, 時好在, 但時令大發, 愼兒與童婢方痛云, 可慮。南仲素氏亦致書賀之。

三月十五日

母主氣侯如前, 余亦痛之加苦, 飮食不甘, 微汗不絶。可悶可悶! 且安峽倅柳潭入來, 呼新來, 立馬門前, 強使平康執鞚, 而終不肯從, 笑而入坐, 因納名吾處。吾欲出見, 而氣不平, 方出汗, 故未果因宿。

三月十六日

母主今則日加向蘇, 飮食稍進, 可喜。余亦向歇矣。世晚自京還來。

平康所着黑團領次欲貿, 而價高未得換, 空來耳。見弟妹書, 時好在。

三月卄七日

母主氣候向平, 但雖進食飲, 味苦不甘, 有時鬓頭微痛云。且平康午後上京, 乃初二日唱榜, 故趁歸爾。許鑽亦率漢卜偕歸, 乃其爲外祖母去正月棄世, 而今始得聞, 故上去。此乃余三寸叔父後室龍宮宅也。亂離後, 隨其娚李僉知饉, 寓居海美地, 早年喪夫, 寡居失盲, 又無子女, 人間苦楚無以加矣。但門中只有此叔母, 而今又捐館, 哀慟不已。

龍宮叔主嫡室無子女, 而婢妾只有一子一女, 而子則亂初擧家盡死, 其女所生四男二女, 亦皆病死, 只許鑽獨存。可嘆可嘆! 其男名閏男, 其女夫許坦, 乃鑽之父也, 癸巳夏, 陷沒於晉州城中。且鑽之歸, 修書付之, 使還時歷訪藍浦申咸悅家, 傳報吾一家上下消息, 俾知此間曲折矣。

三月卄八日

母主氣候, 今則如常, 余亦永差。深喜深喜! 且明日欲往西面所寓家, 使小漢持鷹先往, 待于中路矣。一家上下皆姑留, 慶筵後咸歸, 而余獨先去, 得田耕種計料。且德奴與仚知發歸安邊, 爲貿反同次。

三月卄九日

自曉下雨。久旱之餘, 其雨之望方切, 而今逢好雨。若終日不霽, 洽得一犁之雨, 則三農之喜, 可言可言? 雖不大作, 而終夕霏霏, 田則洽矣，畓則不足，更得一日之雨，則庶有慰滿南畝之望矣。

三月晦日

舍弟眼前，無使喚奴婢，母主長以此爲憂慮，奉承母主之意，別贈<u>廣州</u>墓下居奴<u>成金</u>、<u>稷山</u>居婢<u>丹春</u>、京居婢<u>福</u>只所生<u>福一</u>等三口，使<u>平康</u>書文記，余着署，又告<u>南高城</u>着署贈弟。前日<u>平康</u>上京時付送。

　朝食後發來，到西面<u>定山</u>灘。七涉大川，若雨水，則不可行矣。寓家大而房多，可容吾一家之衆，而但奴婢所接處無矣。家主名<u>金彦甫</u>、<u>閔時中</u>兩人，分隔東西而居之，今皆出寓他處。里中人皆來見之，西隣居<u>全業</u>者，川魚一鉢來呈。

四月大【初七日小滿，廿三日芒種】

四月初一日

早朝，家主彦甫作糲供之。隣居全豊，川魚五十餘尾來呈，全業子也。結箭前灘，去夜所得云云。新鮮潑動，故擇其大者十尾，送于衙內，其餘作片取乾，欲爲佐飯，而氷魚居多。饋酒而送。

當午，此縣朽田里居前別監金麟、校生許忠、金愛日等來見，因與三生步陟東邊斗岸，良久敍話，家主時中作糲供之。

此岸上可坐七八人，大川透迤，淵泓作潭于岸下，深可數丈，高可十餘丈。其北巖壁橫帶而下，至此斗起爲岸，如蚕頭半入波心，前臨大野，眞絶勝之地。登岸俯臨，則神魂悸慄，不可近邊。然風恬浪靜，澄澈無碍，日光所照，水底可見，游魚可數。適水邊羣魚作隊，翻躍波心，卽令陪童張網驅之，觸罹翻覆，正如銀刀踴躍，深可樂也。得六十餘尾，陪童又持竿釣之，又得四十餘尾。但絶絲失鉤，更不得釣, 可恨。擇其大者, 令作片乾之, 餘小者, 作湯助食。但無酒, 不得與此輩作臉而共飲, 可嘆可嘆!

　日傾各散。且作片魚布乾而不守, 西隣兒狗幾半含去, 痛憎奈何奈何? 夕, <u>小漢</u>等放鷹而還, 只得兩雉, 可恨。

四月初二日

自曉頭, 下雨大作, 水畓因此必能付種, 可慰。但今日乃唱榜, 而雨勢如此, 若不退行, 則新來等想必衣服盡濕, 不成貌樣。可惜可惜!

　朝, <u>全豊</u>錦鱗四尾、氷魚六尾來納, 得於前灘結箭處云。無物爲酬, 可嘆可嘆! 適有還縣人, 擇大六尾, 付送衙內, 昨日作片乾魚四十餘尾亦付送。晚後始晴。<u>小漢</u>臂鷹獵雉於前山, 得兩首而還。昨日終日之役, 只得兩雉, 而今日斯湏之頃, 又得二首, 得失多寡, 是亦數耶。

四月初三日

食後, 扶杖步抵川邊濯足, 還陟東岸, 俯觀魚戲, 令<u>時中</u>張網得三十餘尾。隣居<u>金億守</u>供晝飯。<u>浮石寺</u>僧<u>法熙</u>來謁, 持菌席二葉納, 因官令也。但長廣皆短狹, 可恨。

　<u>金彦臣</u>自縣還來。見書, 家人數日來, 有不平之侯云。可慮可慮。其餘一衙中, 皆無事云。今日放鷹, 終夕不得一雉而還。可嘆可嘆! 因驅雉時無善臭犬子, 又且草樹茂密, 累失不得云。

四月初四日

令彥臣始耕粟田, 但牛甚疲倦, 不能善驅, 爲半未及耕, 可恨。午後,
余亦往觀而還。無聊步出東岸, 令陪童張網獵魚。所得至少, 然夕
時烹炙而食。

　此家主金彥甫作畫飯而供之, 未安未安。小漢、土見等, 持鷹往
北面。此處草樹先茂, 而想北面猶未盛長, 故近日欲放於其處耳。

四月初五日

隣居朴彥邦入縣還來。見女息書, 其母猶未快蘇, 飲食不甘云, 可
慮。平康書亦自京來傳, 唱榜退定於初九日云。非但久滯京城爲難,
還官後慶筵凡事措置, 則事多未及, 深可慮也。

　生員書亦來, 見之則時好在, 但聞初四日, 北道精兵到京者, 別
爲設科取人, 而文科對擧, 故其日儒生庭試, 而平康送人馬率來云,
想必亦來京中矣。

　且令房子春金伊, 持馬入送衙中, 載灰而來, 因書京簡付送, 聞
明有上京人故爾。又聞彥明近日來覲云, 企待企待。此處雖得空田,
無灰不可多耕, 可恨。

　全豊大川魚七尾來呈, 一則錦鱗魚而稍大矣。浮石寺僧來謁,
因使塗壁而送。且晚後, 金麟、許忠持壺酒來見, 因與共酌。近里居
朴文子*亦來謁而歸。全業、金彥甫、閔時中等, 逐日朝夕來謁, 皆在
切隣故也。彥甫則朝前酒餠來呈, 乃行祭餘物云。

....

且今見朝報, 統制使元均捕獲倭船二隻, 斬級六十五云, 深可喜也。今日耕田, 猶未畢焉, 皆因牛疲不能故也, 可恨。

四月初六日

朝, 北隣居朴莫同者, 川魚三十餘尾來呈, 結箭所獲云。卽饋酒而送。朝時, 大者炙食, 其餘作片乾之。午後, 崔判官應辰來訪, 良久敍話, 適全業設酒饌來供, 與崔共破, 又饋水飯。因與步陟東岸, 從容觀望而歸, 期以後會。

且全貴實來謁, 因獻菁根百餘本, 欲種取實。深喜深喜! 乃全業兄也。高漢弼亦來謁, 又獻木米一斗, 皆老除百姓, 而居在五里外, 聞余來此, 皆來謁矣。無物無酒, 不得償之。可恨可恨! 且彦臣昨日所耕田畢耕, 移耕彦甫田少許。

四月初七日

無灰不得落種, 以覓灰事, 彦臣出去, 故掇耕。圓寂寺僧, 茵席一葉、常芒鞋一部來納, 太果一筍亦獻, 乃水陸齋餘物云。東隣居朴彦邦作晝飯供之。

近日惡虎盛行, 昨, 朝日出後, 過山後人家前而入谷, 日未落時, 又過前川而去。非但此也。鹿茸山行人來言曰"逐日見虎, 昨昨一谷中, 四虎竝起而走"云, 深可畏也。

夕, 春金伊還來。見女息書, 裔中時好在, 而其母亦向蘇云, 可喜。遞代官婢梅花亦來, 燒酒一壺、加佐味一束持納。

四月初八日

前來官婢平介遞還。且令春金伊種菁根九十餘本，又種苽六十餘坎，又合種茄子，他日移苗次也。午後，往見彥臣耕田處，因就朴文子家後斗岸。下馬坐地，良久觀望，岸下長川，映帶流下，可謂勝地。亦可作亭之處，而居民愚迷，至於岸上拱把蒼松，伐而爲板，甚可惜哉！文子作點心供之。

還時又進家前川邊見之，則絕壁削立，高可百餘丈，長川流注其下，渟瀦成潭，深不可測。訥魚錦鱗咸萃其中，游泳波心，白沙汀畔，綠柳成行，眞絕勝之地也。適因大風，有雨徵，故只立馬斯湏而還。他日更欲携酒而觀之爲計。

夕，高漢弼來謁，又呈生黃茸四朶，一朶之大如大貼，欲用於忌祭，貫而乾之。問於漢弼曰：“春夏之交，猶可産茸，而亦可食乎？”答曰“春茸生於楡木，可食無疑，其味尤佳”云云。贈燒酒一盃而送。一葉作湯而食，果然味甚佳。

四月初九日

今日乃唱榜也，適天不雨，可喜可喜！朝前，全業前灘所得鮒魚一尾來呈，其大半尺而猶生，活潑動躍。適春金伊以養蠶婢率來事，持馬入縣，付送衙內，使供母主前矣。

晚後，所斤田居前主簿金明世、前別監金麟等，持酒肴來訪，良久敍話，共飲其酒。因與兩金步陟東臺，又作一場話，日傾罷歸。

四月初十日

彥臣來言，昨日所耕田，欲種眞荏子云，卽給半升，又給粮米六升，使饋種田人。且正兵朴春來謁，因獻木米五升、當歸草一束。無酒不得饋送，可恨。朴貴弼、金彥希亦來謁，當歸草三束來納，皆家在西面十里外，與朴春同里居，而貴弼則紙匠戶主云云。

令官婢梅花，種東苽種，又種六月豆。乃崔判官所贈，六月初摘食云云。金彥甫花妻，乃辛別坐宗遠婢子也，持赤豆四五升來納。聞余與辛有洞厚之分，每日來謁，今又獻物。夕，春金伊率養蠶婢江春、香春等入來。蠶時未一眠，而大小五器。

四月十一日

朝洒雨。全豐川魚大小竝三十餘尾來納，乃前灘結箭所獲也。饋燒酒一盃而送。擇錦鱗一尾，卽令炙食，其味甚佳，因飲燒酒一盃。全業爲送馬太一斗。朴文子亦來謁，饋燒酒一盃而送。彥臣前日所耕田，今日始畢。兩田不過三日耕，而牛疲不力，六日僅畢，猶未落種。

四月十二日

借得朴彥邦家前田，令彥臣耕之，種眞荏，而半半日耕矣。縣人牽馬入來，明日欲歸故也。見允謙書，初九日唱榜，定爲十二三日間還縣云云。初四日庭試取九人，李好義居魁，武科壯元，朴天生云云。但別試雖先取，而放榜在後，故以別試爲後榜云云。洪命元亦登第，可喜可喜！

且見權判書徵令公賀書，書中以同裔之慶爲言，遠致賀書，可謂厚矣。乃余七寸族長，而自少相厚矣。隣居金億守，菉豆四升來獻，欲爲種子，可喜。彥臣昨日所耕田，今始畢種。

四月十三日

全業川魚大者六尾來呈。早食後發來，來經所斤田，招金麟，偕到浮石寺，乃昨日金彥甫先送泡太，爲軟泡之計。閔時中亦隨來，居僧先供糆，而少頃供軟泡。余食廿串，罷後 踰寺後嶺，直登嶺上，望見則東南極目無際。下馬良久，觀望而還。抵縣衙，日未夕矣。

夕，安峽太守柳潭，以差員今往嶺東，歷宿于此，送人問余，余亦就訪。適李主簿培達、安進士克仁亦到，乃與安峽偕往通川，皆與平康同年友也。安克仁則余亦曾在咸悅時，數度相見，皆避寓安峽地爾。相與從容敍話，昏乃返。

四月十四日

安峽與安、李兩公皆出歸。權座首有年來見，饋燒酒一器而送。且衙奴世萬臥病，今已六日，而痛勢極重，悶慮不已。

當午，彥明自京入來。苦待之餘，今忽見之，欣慰十分。因聞今次謁聖取人八，而允諧幾爲得參，以其連次取人數多，故所製表臨時次上云。深可恨嘆，然是亦天也，爲之奈何？一家連得龍選，柳湲兄弟外，豈可再得乎？且聞沈說來京，還歸時，歷覲老親云，庶可得見。可慰可慰！

四月十五日

世萬之痛, 如前極苦云。可慮可慮! 鄉所來見, 西面居校生金愛日來謁。家主金彥甫、閔時中亦來謁。夕, 德奴自西面家入來。前日貿鹽於通川, 販於伊川場市, 而餘鹽入於西面家近處人等處而還。但鹽一斗, 粟三斗可捧, 而德奴則以二斗五升納入。可憎可憎!

四月十六日

晚後, 平康入來。五里程外, 設幕改服, 建花鼓吹而來。衰門之慶, 爲如何哉? 吾門始見賜花, 從此猶可繼起者, 多幸多幸! 母主悲喜交至, 不覺淚下漣漣。先薦茶禮于神主前。

又聞吳克一, 今謁聖武科亦選云, 尤可喜幸。克一乃奉祀宗孫, 而雖曰武科, 墓下連次榮奠, 豈不幸哉? 呈才人名徐順鶴, 居臨陂, 廣大名劉福, 居恩津。卽令庭戲觀光, 因贈正布二疋、白苧中赤莫一件、繞竹白木半疋、布半疋, 乃是初至迎紅牌例給事故也。適因下雨, 未克卒事而罷。

四月十七日

早朝, 平康進鄉校, 謁聖而還。午後, 令才人呈戲, 觀光者如堵。且生員奴春已, 自安邊收貢而還來。卄一日, 欲設慶筵, 故送人邀客。客乃柳判校拱辰、淮陽府使閔忠男、金城倅金柅、鐵原府使尹先正、銀溪察訪金台佐, 而柳判校來寓安峽地, 故請之。但所請客盡來與否, 時未可知矣。

且聞平康孽娚李栢, 亦參謁聖之選云。彥實獨子, 而又無嫡子,只有孼産，雖是武科，今幸登第，亦可慰矣。

四月十八日

前陽德沈說入來。不見今已七年，邂逅相見，欣慰十分。因與同宿
母主房。終日下雨。

四月十九日

立小竹，令才人呈戲，午後乃罷。且沈說來呈甘藿五同、乾鮒魚九
尾、松魚一尾，母主前亦如右，而加呈鹽魴魚一尾。

四月廿日

崔判官應辰來見，會話于茅亭，饋水飯而送，將以慶筵餘物，期於廿
三日做話。明當設筵，故帳幕諸具已令陳設，但妓工時未得焉。可
悶可悶！平康妻母，率女子今午入來。平康以冠帶出迎五里外。夕，
鐵原府使先到。

四月廿一日

設慶筵，淮陽府使閔公忠男入來，余亦出見。銀溪察訪金台佐亦來。
金城縣令車雲輅，則以其暗行御史入境不來，柳判校亦以家忌不來，
只與淮陽、鐵原、銀溪三公會參，而鐵原官婢五名、吹篴人一名招
來。雖不善歌鼓，或歌或鼓，衆吹之中，猶可成歡。黃唐津琇，避寓
鐵原地，聞其家有歌婢，使人借之。晚後，亦送兩婢，若非此，則幾
不成貌樣矣。

才人等各呈百戲, 先生等亦侵戲新來, 或滿面塗墨, 或使負佳人, 或去地一寸, 或歌或舞, 觀者如堵。酬酢終日, 余先大醉。

淮陽則乃七寸親也, 入內奉觴母主前, 察訪亦於簾外奉壽。余則醉不及獻酌, 而先掇內廳行果, 可恨。內廳盤果, 則母主前及平康妻母與余家人前, 藥果高排, 其餘只供平盤, 十五餘貼, 味數則八味而止。觀光人處, 濁酒四盆, 分給而飮之。適李長城貴來見, 與彥明、沈說簾內隱身而觀之, 亦供行果味數。

未夕, 鐵原先起走去。余更與閔、金兩公, 酬飮各三盃, 臨夕罷散。吾門及第慶筵, 今始見之, 喜幸之心, 爲如何哉? 但亡女不在, 有時追念, 則喜極之餘, 反*生悲痛之心, 潛揮哀淚, 不能堪忍。且此縣百姓金丸者, 亦登武科, 與平康同年, 奉其父來參, 亦可謂榮幸矣。

且亂離後, 數少臧獲, 散亡殆盡, 只以長興居奴千壽、康津居奴士今二口別給, 母主亦給婢福只及其前年所生女兒等二口。但平康妻母, 奴婢竝十七口、延安畓四石落只、廣州亭字垈*及其前田畓竝數石落只別給矣。【婢福只女名生守介】

四月十二日

早進淮陽下處。金察訪亦到, 又邀李長城相與做話, 因對早飯。余與長城先退, 謙兒獨與兩公對食朝飯, 送別而入衙。又與玉汝及彥明、沈說會坐茅亭, 玉汝切欲還歸, 而强挽留之, 因設小酌, 又使才

....
* 反: 底本에는 "返". 문맥을 살펴 수정.
* 垈: 底本에는 "代". 문맥을 살펴 수정.

人呈戲觀之。彥明與沈說各飲好酒五大貼，而說則加飲一貼，醺醉乃罷。

四月十三日

初意欲邀崔判官、黃唐津敍舊，而適聞暗行之奇，未果。朝後，玉汝先歸，余亦發來西面寓家。修治後，來廿六日，率來妻子故也。來時持酒肴，歷訪崔判官仲雲，良久敍話。主家饋余水飯。午後始到，日未夕矣。四隣皆來謁，而全豊則又呈川魚及訥魚一片，作湯而食。

四月十四日

令彥臣作厠。又招圓寂寺僧，塗房埃。朴文子、高漢弼來謁，漢弼則雉卵七枚來納，烹送母主前。兩婢以摘桑事，往漢弼家近處，弼也請入，饋酒飯云云。金麟來見，饋燒酒兩盃而送。因問銀溪察訪所贈玉洞驛婢仲今記上田所在處，則時起耕十三日云，來秋可穫十餘石穀，深可喜矣。田在金麟家近處爾。

夕，全業女婿朴彥守，來呈川魚六十餘尾，乃前灘釣得也。擇大者，作片鹽乾，其餘作湯而食。又業馬太五升納之。水鐵匠趙彥希，炊鼎二事、農器二部來納，乃官令也。且隣居朴彥方來獻淸二升，金億守馬太五升亦呈。

四月十五日

德奴持馬還縣，明日家人欲來故也。朝，蔡億福兒蜂一桶來獻。深喜深喜！卽饋燒酒，又無所酬，贈以皮郎笠一介，則辭而不受，强之，終不受去。夕, 鄭世當川魚七十五尾來獻, 前川釣得, 乃全業女婿也。饋燒酒一盃, 又給鹽一升而送。

終日下雨, 有時大作, 其雨之望方切, 而今乃得之, 三農洽然。太豆之耕苗必易生, 人皆喜悅。且曾因金麟, 聞玉洞驛婢仲今記上田陳荒, 而適察訪慶筵日來參, 平康爲說, 欲受耕食之意, 察訪卽成牌字付我, 使之避寓間耕食云。故昨日, 記官金應瓊率來, 使持牌字傳諭于三長處, 推尋安徐事。

四月十六日

去夜雨勢, 達曙不止, 朝尙陰曀, 家人必不來矣。北隣居朴莫同, 錦鱗魚三尾來獻, 乃落箭所得云。一則極大, 幾爲尺餘, 深可喜也。弟與沈說今日來, 則可以共之, 而雨勢尙不止, 必不得來。又欲作膾而食, 無芥子, 又無酒, 亦不可得。可恨可恨! 小者朝食炙而喫之, 來嫗贈鹽七合而送。

鄭世當錦鱗魚中小二尾來呈。高漢斤雄雉一首來獻, 漢弼之弟也。無酒不得饋送, 可恨。全豊錦鯉中一尾, 今又獻之, 明當素日。中小三尾, 則作片鹽乾, 大則午後作膾食之。適香婢乞得芥子, 故卽令膾之。但無酒以安之, 臨渴*飲水。可笑可笑!

夕, 彥臣濁酒一壺來呈。金麟爲送枡器一事。深喜深喜! 欲拯馬太而未得, 金也必聞其奇, 故覓送矣。岳知、小漢持三馬, 載粮入來。見家書, 以其日陰不來矣。白米十斗、中米廿斗、田米五斗、鹽

---

* 渴:底本에는 "竭". 문맥을 살펴 수정.

十五斗載來，鹽則使之沈醬。

四月廿七日

陰而洒細雨，雖然明明乃大忌也，冒雨而發，來到縣。近因天雨，川水漲溢，必厲而涉，強登危險山腰，遷路而來。夕，鄭進士夢說，自安邊還京時歷來，會敍茅亭而罷。縣居武人崔壽永，今登謁聖及第，而自京始來謁。見才人，則乃前日謙兒所帶者，慶筵後，因留此，待壽永之來，又隨而去，壽永以其家貧辭焉，故還來。

四月廿八日

此道亞使林頲巡到，平康年友也。適以家忌不得出迎，親來茅亭，不得已出見。因自射帿，臨夕歸舘。且明當行祭，故終日與弟齋居，令陳設茅亭。衙中則卑狹無設祭處故也。

四月廿九日

啓明，與弟及兩兒、沈說等行祭，備肉饌而奠之。光奴及才人等，今始還歸。明日，弟與沈姪亦欲還京，故治行具，而端午祭物，亦備付弟行。又給田米三斗、豆二斗，使弟用之。

　且才人等來此，所得布十二疋、太三石、豆二石、黍三石，皆換布云。單衣六、襦衣二內，崔壽永單衣三，金丸一脫給，余亦襦天益一脫贈。

四月晦日

弟與沈說發向京路，侖知陪去。慶宴之後，官儲蕩竭，救資不得而去。只將末醬四斗、鹽一斗，平康覓贈矣。然一馬載卜騎去，雖得物，負重，勢不可載去。適以沈說卜馬兼卜而歸，不然則所持之物，亦不得持去矣。但留此半月，遽然還歸。弟則不久還來，沈姪則家在遠地，後會難期，不勝黯然。昨日，中鹿一口，捕獲載來。

五月小【初八日夏至，廿三日小暑】

五月初一日

自曉下雨，終日不霽。彥明之行，必滯於中路。端午不遠，若雨勢不止，則恐未及也。明日，舉家定欲西歸，而亦未可必也。官備青切餅、水丹，奠亡女之魂，又供一家上廳，因炙鹿肉而食。但余自昨昨口中生瘡，飲食之時，觸之制痛。悶慮悶慮！

五月初二日

朝尙陰曀，有時洒雨。一家因此，未得發行，晚後，余獨先還。午後始晴，馳到西面家，則日掛西峯矣。來時，種太一石載來。

五月初三日

德奴持馬還縣，明日，一家欲來故也。全豊川魚十餘尾來獻，一則錦鱗魚而稍大。鄭世當四十餘尾亦獻, 作片鹽乾。午後, 金主簿明世來訪, 饋酒兩盃而送。浮石寺僧法熙亦來謁, 因呈白鞋一部。適無酒, 不饋而送, 可恨。

且昨日朝食時咬石, 右邊牙齒觸傷痛苦, 今日朝食時, 又觸動搖, 半片碎破, 卽拔出則稍安, 然堅硬之物, 不能嚼食。口瘡猶未差, 飲食時, 觸處皆痛, 雖飢腸太甚, 不能多食。可悶可悶!

五月初四日

家人今日定來而不來, 必因明日端陽節也, 率來下人等, 恐廢祀事, 故姑停矣。此里迎候人, 往中程而空還。令春金伊芸內外庭草, 又盖厠間。口瘡痛甚, 飲食不如意, 終日氣甚不平。金億守醬瓮一介來納, 全貴實白酒一將本、家菜二丹來獻。

五月初五日

端陽佳節也。年前此日, 余自咸悅, 乘舟熊浦, 溯流而上, 直到南塘津, 左右觀望, 南北兩岸人家, 處處高結秋千, 少長咸會爲戲。今來峽中, 無一處結秋千戲, 山中人俗, 可謂淳朴, 而無繁華氣象。且隣居全業、金彥甫、金億守等, 持酒餅、盤果來供, 分與婢輩。

且前年今日在林郡時, 亡女結秋千於籬內桃枝, 與彥明兩兒爲戲, 忽然念到, 不覺悲淚添襟也。哀哉! 汝何先亡, 使余觸物思念, 傷痛之心, 愈久而愈極耶?

且當午, 酣眠纔悟, 縣吏全義陽持簡奄至。卽見謙書, 爲節日備酒餅饌物付送, 一一依領。但口瘡融爛, 觸處皆痛, 只見而已, 不能食，無異畫餅，可嘆奈何？卽分與婢輩，又饋來吏，飲以濁酒兩盃。夕，朴文子來謁，因獻酒一將本、乾川魚十餘尾。里人五六亦偕來謁，竝饋酒一器、餅少許而送。

五月初六日

北隣居朴莫同，大訥魚一尾來獻，前灘落箭所得云。今日，一家奉親當來，而可供夕饌。深喜深喜！卽饋酒餅而送。夕，一家奉母主，無事入來。平康陪來。但日氣甚熱，自晝點以後，累涉大川，山路崎嶇，母主氣甚煩熱，到此移時穩臥後稍安矣。母主則乘轎，其餘皆騎卜而來。金彦甫酒一盆、餅一笥來獻，出酒二盆，分與轎軍及陪來官人等。

五月初七日

隣居閔時中、金億守，各獻黃太二斗、赤豆二斗，皆種子次也，深喜。全業淸酒一盆、餅一笥、安酒等物來呈。朝後，出坐朴彦方松亭，前主簿金明世、前別監金麟及校生許忠、金愛日等來謁。前日，金麟、閔時中隨余浮石寺，與寺僧元敏、太玄等賭奕，期與後會，而僧等皆負，故淸酒一盆來呈。金麟亦備盤果，閔時中亦獻濁酒一盆。余適口瘡未差，不能飲，兩金以大器飲之，餘及下輩。

又令里中人等，覓漁網於安峽人處，驅訥魚於前潭，徒勞而已，不得一鱗。可嘆奈何？只饋酒沒徒而罷。平康因與射帿，又送人馬於崔判官處，邀來，終日敍話，饋點心而送。崔也適來在北村十里外妾家故耳。

五月初八日

謙也早食後還縣。且玉洞驛子晋貴先來謁, 問其驛婢仲今田所在處及起耕陳荒與否, 因饋酒餅而送。且德奴及房子、 隣人鄭世當等, 持兩馬, 摘桑滿載而還。

五月初九日

彦臣來言曰"豆田則已畢耕, 今日則休力, 明日始耕太田"云。豆落種十五斗, 而四日耕云, 然豈至於十五斗乎? 必誣告也。且聞昨日, 大鹿一口捕捉, 而鹿茸可用云, 可喜。獵之半月而不得, 前者平康來此, 嚴教曰"今十日內不獲, 則當罰防鴒原城"云, 則數日內捕得, 號令之不可不嚴可知矣。

　圓寂寺僧, 芒鞋二部來呈, 饋酒而送。且沈醬兩瓮一缸, 而一瓮則烹太二斗先納後, 末醬十二斗、鹽四斗, 和水沈之; 一瓮則比之一盆半先納後, 末醬十三斗、鹽四斗, 和水沈之。缸則末醬六斗、鹽二斗, 和水沈之。又有餘在末醬十餘斗, 而無瓮而鹽亦不足, 未及沈之, 待得鹽瓮後畢沈矣。

五月初十日

無聊與麟兒及二童奴, 徐步川邊, 良久乃返。夕, 鵬兒自京, 昨到縣衙, 今日入來。因見弟書, 皆好在, 端午祭亦無事行之, 生員亦來行祭云云。

　許鑽自藍浦還京, 因捧子方一家書。見之則時好在, 而重兒日加壯盛云, 深慰可言? 女息書中, 辭多哀楚, 見之未竟, 不覺墮淚。但子方長女, 去四月初九日永逝云, 彼我情懷何異? 不勝哀慟哀慟! 李栢亦與鵬兒偕來矣。平康鹿肉付送, 卽與妻孥共之。久阻之餘, 或燒或烹而食之。

五月十一日

亡女百日也。家人招巫, 設神事於隣家, 擊錚鼓而行之。明知其虛事, 而哀慟之餘, 迫於慈愛之情, 姑許不禁。家人亦親往聽巫之言, 痛哭而返。

　且此縣品官及校生等十五餘人, 聚會設酌, 邀余父子慰之。此面品官金明世、蔡世蕃、金麟, 校生任忠誠、金愛日、許忠、權好古等, 先獻燒酒一壺、鷄兒一首、粔一笥、粘米一斗、生鱉一介。北面品官蔡仁彦、權有年、崔秀英、金忠恕, 校生蔡崇環、權好德、李楫等, 清酒二壺、白餅一笥、粔一笥、鷄一首、乾餘項魚一尾、鷄卵十介, 皆早朝入納, 後設筵於東隣朴彦方松亭。鵬姪亦參之。但余之口瘡, 尙未永差, 又且看品不佳, 酒味薄酸, 不可飮也, 皆是粟米所釀矣。然峽中人心淳朴, 饌品亦如此可謂厚而近古矣。彼輩皆先醉, 吰吰之聲滿堂, 或發歌起舞而侑酒。日傾, 余父子微醺而先返, 彼等因留盡飮餘酒而散。且蠶自今日始上薪, 令春金伊刈薪。

五月十二日

無聊中, 披見重振母書, 追念亡女, 不覺淚下添襟。日月如飛, 又經百日, 悲痛之心, 到此尤極。死者已矣, 生者又在千里外, 音問亦難得聞, 況望其相見乎? 自誠之西歸, 今至累月, 一不聞消息, 人生幾何, 父子兄弟不得合幷? 雖曰勢也, 思念之情, 自不能禁。抑每慮他日不得相見而死也。

五月十三日

縣人持祭物入來。見謙書, 時好在, 白米二斗、稷米二斗、菉豆一斗、柏子一斗、榛子五升、石茸二斗、雜茸三升、艮醬三升、甘醬二斗、眞末一斗、鹿脯二十條、蕈四沙鉢送之。但持來者, 中路涉水時, 馬跌覆載, 盡濕而來, 可恨。金伯蘊奴子到縣, 因與偕來, 傳伯蘊書於麟兒妻, 妻之弟書亦來。

五月十四日

伯蘊奴子與官人還縣。明日, 曾祖忌也。令備饌設祭, 而但乏油, 不能造果。恨嘆奈何?

五月十五日

曉頭, 與麟兒行祭。朝後, 招上下里中人, 饋以酒餅。全豊川魚大中小幷十餘尾來呈, 錦麟、氷魚亦在其中, 卽炙供親。深喜深喜! 別饋酒餅。

北里居百姓朴英豪, 醬瓮一生、眞茸四塊來納, 饋以酒餅。金麟來見, 飮以燒酒兩盃。閔時中釣魚前灘, 得卅餘尾, 麟兒亦隨而釣之。夕, 西隣居百姓趙仁孫, 櫻桃一器來獻。新物也, 卽薦神, 饋燒酒一盃。令三婢及房子, 除草粟田而未畢, 今始芸之。

五月十六日

令四人先入，品於金億守家，明，當盡令除草故耳。朝，金彥甫、閔時中唱導，聚合里中人，作茅亭于家後山上，因修治射帿處。登亭四望，則東南曠野，西北列峀，長川橫帶而下注，雖炎蒸暑月，爽豁無碍，近處勝地，無愈於此。而平康來此，則欲射帿，而無可宜處，故里人合力作亭，又修帿埒矣。

且縣日守金淡持簡入來曰"昨日來路，逢兩虎蹲路傍，不得已迂迴他路而來，適日暮故投宿人家，今始入來"云。見平康書，時好在，但金淡無依止，新日守自願，換春金服役於此云，故送之。春金則亦願留此而不欲去，然觀金淡，則壯健勝於春金，而猶可耕田，故欲換送爲計。然近日除草間，春金姑欲留之。斧一、鋤五柄亦付送。

但聞昨日，縣內雨雹，自北而來，大者如鴨卵。大風又作，拔樹顚木，麻麥太半損傷，萬菜正如沈鹽，更無可食，而縣北積山尤甚云。前年此處，有雨雹之災，今又如此，民生實可嘆也。

且高漢弼來謁，饋以燒酒一盃而送。前日，漢弼好田兩日耕納之，因耕黃太六斗，無以爲酬。然必有所求，他日若以難應之事請之，則何以爲之？深可慮也。然已受耕太，今難更却。

且家人自十四日，小便煩數，不知其數，小便之時，痛之甚苦，只放數三匙而止，色亦赤。寢不能臥，坐而待朝。飲食不甘，今至四日，尙無少歇。深慮深慮！此證少時得之，服藥見效，自後有時發作，不過數三日而止退。計十年前，平康問諸名醫，劑服八物元，後絶不復作，近日寢處冷房，必因此而更發，然久而不瘳，不可說也。夕，縣吏以事歸安峽，而平康書又至。生鮒魚五尾覓送，夕食蒸而共之。

五月十七日

令家中人五、品三幷八人，除草粟田前日未畢處，而又未畢。昨日，麟兒與閔時中，釣魚得八十餘尾，沈食醢，欲用於廿五日茶禮時。今日，金彥甫、閔時中、金億守等，釣魚百餘尾來納，又沈食醢。

　　早朝，縣吏還歸，修書付送。且玉洞驛子李尙來謁，因呈乾川魚六十尾，飮以燒酒而送。但有所求之事，難以應之，可恨。昏，上下皆未就寢之時，門外尾白犬，爲虎所逐，意爲攬去，而一炊頃還來，未知緣何而得免，多幸多幸！必避入麻田也。

五月十八日

令彥臣，得牛三耦耕所斤田里仲今田，種太豆以落種事。一家五人，裹點心偕歸，乃三日耕也。

　　午前，縣吏以問安事馳來，卽修答而送。平康聞其母不安，故致使問之。家人證候，比前稍歇，而然夜則痛之甚苦。小便時，輒卽出血少許，而出血時，則極痛而如拔，坐而待朝，不能暫臥。以此悶慮悶慮！

　　且蔡億卜、李仁方來謁。億卜則豆二斗，仁方則菉豆五升、兒鷄一來獻，飮以燒酒一盃而送。億卜前日兒蜂一桶來納，今又如是，未安未安。閔時中釣魚卅餘尾來呈。夕食時，作湯而共之。今日，彥臣等三耦所耕田，不及一日耕，而太三斗落種，乃是節晚，故草根蔓堅，不能易耕云云。無馬，不得往見，可恨。

五月十九日

彥臣以一耦更耕昨日未畢處，猶未盡墾，只種太二斗爾，可嘆。所
斤田居金光守來謁，因納萵菜及新牟米四升。乃新物也，卽薦神後，
饋以燒酒一盃而送。

夕，夻知入來，見平康書。造米一石載送，明日祭用芹三丹、桔梗
少許亦送。雄鷄，今始送來。金希黑太三斗來納，乃金麟之蘖弟也。
居安峽地，而役屬平康，故爾。饋燒酒而送。

五月卄日

啓明，與麟兒行祭。祭後，招隣里人等，饋酒餅。北里居朴春叔姪，
破瓮各一負納，聞余無盛瓮，爲來呈之。春則赤太二斗亦獻，饋酒
餅而送。

且今日，彥臣耕金光守田，種太一斗五升。光守昨日來見，聞余
所耕田，久陳不能耕，其田數日耕許上，使之耕食故爾。

午後，縣人持麟兒馬來到，乃昨日，德奴自通川入縣，渠則以鐵
原場市見後來云。所持皮郞笠不能貿魚，還持來云。平康所得魚物
載送，陳藿五同、新藿九同、鹽古道魚十五尾、又半乾五尾、乾魴魚
四尾、生鰒百介、海參五十介、乾古道魚五十隻、加佐味五束，乃通
川倅處，簡得之物矣。半乾古道魚與陳藿少許，分給隣里人等。且閔
時中、金億守釣魚來納。麟兒亦網得卅餘尾，夕食，作湯而共之。

鵬姪隨麟兒坐東臺上。無聊中，脫裙獵虱，適其裙誤墮臺下深
潭，因沈水底，恐其不能拯出，則重被母主呵責，發聲哭之，可笑可
笑！令朴彥方，持長竿釣出矣。

五月十一日

彦臣又耕金光守田, 未畢, 種太一斗五升云。

五月十二日

彦臣又得一耦, 竝耕昨日未畢田, 種太二斗五升、豆二斗云。閔時中、全豊釣魚六十餘尾來呈, 夕食時, 作湯供母主前, 餘則明日欲用之。朴彦守又獻八十餘尾, 饋燒酒, 贈藿而送。此則鹽乾, 爲後日佐飯之計。

五月十三日

彦臣來謁, 其母付獻赤豆四斗三升。無端來獻, 必以其子因余不役於官家, 而長在此處故爾然。未安未安。贈古道魚一尾、藿二注之, 使其母子分食。

令兩婢、一官人, 芸前日未畢粟田而畢。午後, 平康與其妻來寧, 明明乃母主生辰, 而因欲行時祀, 故爲此來矣。白米七斗、粟米五斗持來, 粘豆餅一笥、蒸兒獐二口照氷、燒酒一壺亦持來, 卽與一家共之。德奴亦載鹽廿斗入來, 乃平康所贈也, 欲爲換牟之資爾。夕, 安峽居人三名, 持錦鱗魚四尾來獻, 一等極大幾尺餘。粘粟米各五升亦獻, 卽饋以時酒各兩大盃而送。

五月十四日

令官人等備饌, 明日, 母主壽辰, 先欲奠時祀於神主爾。全豊、朴彦方、朴文子等, 川魚獵得各獻, 饋以酒, 文子則又贈藿一同。彦臣川魚又納, 皆作片而乾之。金主簿明世來見, 飮以兩盃酒。

五月十五日

曉頭, 先祭先君, 次祭竹前叔父母兩位, 後亡女處, 亦設紙牋而行
之。年纔十五, 汝何先亡, 使我抱無窮哀痛之心至此極耶? 不覺淚
下添襟。

　晚後, 出酒餅, 先饋率來人吏等, 次及上下里中人十餘。適北面
居崔仁元亦來, 幷饋, 又食朝飯, 乃客來故也。且金別監麟來見, 饋
酒餅。圓寂寺僧亦來謁, 兼獻芒鞋兩部, 亦饋酒餅。午後, 爲母主設
酌, 吾夫妻、三父子、兩婦、一女列坐。吾與兩子及長婦, 各進壽盃而
罷。獨無亡女, 潛懷悲痛之心, 不能抑也。

　臨夕, 家人及女子等切欲見東臺, 家人則乘轎, 女子等皆步往陟
臺。良久觀望, 適東風不順, 還入朴彥方家。少頃, 風勢稍歇, 家人
則還寓。女子等欲觀川邊, 與麟兒及率婢僕等, 下就水渚, 樂其淸
淨。良久游玩, 任母則誤濕袂裙, 麟兒妻又濕紅裳, 仲女則誤陷足
襪水中, 三兒一時致濕, 可笑可笑。因此乃返。縣人還時, 致書于崔
判官, 兼送餅果。

五月十六日

平康往安峽, 聞峽倅患恙云, 故爲訪。因歷楮田柳執義拱辰所寓處,
而入見事也。全貴實來謁, 因呈萵菜, 饋以酒餅。縣問安人持兒獐
三口而來。閔時中川魚釣納, 作片而乾之。夕, 率兩婦及一女, 上後
山茅亭, 觀望良久而還。乃聞其曠濶, 咸欲見之, 故闞其里人之出

野, 與其登陟而下。彥臣得兩耦, 耕億守田, 種菉豆一斗二升。

五月十七日

朴文子、高漢弼來謁。文子則新牟米一斗, 漢弼則兒鷄一首、新茸一
貫來獻, 饋以燒酒, 又贈藿一注之。且家人聞前川水邊奇好, 願欲
觀之, 女子等咸力贊之, 先令閔時中等設遮日帳。家人則乘轎先往,
余率女子等步進。終日游玩, 時中等, 持竿釣魚來呈。炊牟飯, 作點
心, 湯川魚, 環坐而食。又饋釣魚人等, 臨夕亦步還。

　且李仁方、蔡億福等來謁。仁方則生黃茸一貫納, 億福則作切
餅一笥來呈, 分饋下人等。無酒, 作點心饋送。生茸焆食, 其味極
佳。夕, 平康自安峽還來。且家人證勢, 近日則向蘇, 猶未快差爾。
但母主自昨日感暑風, 得水痢, 昨日則四度, 去夜二度, 午前四度注
下, 午後則向歇, 可喜。

五月十八日

去夜, 家人夢見亡女, 朝來痛泣不已。昨日, 往川邊時, 諸兒弄水戲
玩, 忽然思憶, 吾夫妻相對泣涕, 必冥冥之中, 悽感而入夢也。哀哉
哀哉!

　晚後, 率彥臣, 巡見耕田諸穀落種處而還。黍粟已除草, 太豆已
立苗, 晚耕處始生苗。而朴文子田, 則近山邊四五畝稀種, 必鳩雉摘
食, 可恨, 菉豆則耕之未久, 故時未生苗矣。

　夕, 德奴、小漢等, 自北面載粟米而還, 改量則平四石二斗, 可支
數月而無憂矣。所持鹽十二斗, 則牟米納入而來, 乃時未收穫故也。

鹽一斗, 牟米三斗式爲納云。霍十一注之、生麻三丹, 亦相約而入之云。鹽古道魚十尾、繭子三斗捧來, 改量則只二斗矣。權座首有年答書, 而木米一斗、訥魚一尾覓送爾。

且母主痢證, 今日則已差, 終日不見厠, 深喜可言? 家人近日亦向蘇, 然猶未永差矣。日氣極熱, 必下雨, 近因久旱, 其雨之望方急, 若得一犁雨, 則三農之喜可言?

五月卄九日

自曉頭下雨, 猶未大作。余自昨氣不平, 深頭終夜微痛, 玆未行祭, 令麟兒奠拜矣。晚後始蘇。且平康率妻還縣。雖有雨徵, 時未作, 故力止而強歸。朝前, 令德奴移種東苽苗及茄子苗。德奴亦受由, 隨室內行次而歸。欲與小漢爲伴, 往通川貿鹽而來, 換生麻, 爲禦冬之具爾。因給粟米二斗, 使買古刀魚, 欲爲飯饌矣。

朝出酒餅, 分饋縣下人等, 又及里中人某某。安峽居私奴連守來謁, 因獻錦鱗魚一尾, 幾半尺餘, 欲謁平康而未及焉。連守者, 年至八十, 而家計殷富, 甲于近邑, 而去此五里外矣。饋以燒酒, 以其不飮辭, 只飮一小盃而歸。午後洒雨, 室內之行, 必未及縣而逢雨也。

六月大【初九日大暑，廿四日立秋】

六月初一日

乃初伏也，炎熱極熾，坐臥不堪其苦，可悶。且家人設餅，奠亡女之魂，乃朔日故也。悲痛奈何奈何？終日陰曀，有時驟雨大作。昨日移苗東苽茄子，皆有生意，令春金伐長枝構架，作蔓路，若實則來秋東苽可以饒用矣

六月初二日

或晴或雨，田穀洽足矣。朝，朴莫同錦鱗魚大者一尾、氷魚六尾來呈，饋以酒餅，又贈藿一束。朝食作湯，其味極佳。平康還縣後，時未使人，必因雨也。

六月初三日

自曉下雨，至朝大作，晚後始止。終日或雨或晴，連四日不霽，必爲霖而久不晴矣。金彥甫自京始還。所持簡卽傳光奴，而答書則昨日縣吏封裹一袋，與之偕來，先入縣云云，必明間來報矣。且招彥臣，霍二十注之捧受，使之換麻。

六月初四日

晚後晴。夕，縣吏問安事，持簡入來，京書亦至。見彥明書及南妹書，皆好在云。生員書亦來，見之則唐兵奪入栗田家後，擧家移寓振村，而唐兵還出後，卽欲還入，而聞大軍出來云，路邊之家，必不安迫，故姑停云云。

許鑽亦昨昨到縣，而因雨不得卽來云云。兒獐二口覓送，又一口則閔時中捉送云云。夕食，作湯而共之。斫刀、斧子亦造送，卽修答還送。午後，南風大吹，黑雲流入東北，必大雨徵也。可慮可慮！

六月初五日

去夜達曉，風不止，有時雨作，至於曉大雨大作，朝則正如注下，晚後始止。余步出東臺觀漲，則川流滿溢，沙渚盡沒，旬日之內，勢不得通涉，衙內消息，彼此難傳，而許鑽亦不得來見矣。全豊軟鷄一首來呈，乃家畜而爲猫噬傷云云，夕時蒸食。

六月初六日

去夜，夢見子方，是何故耶？許鑽還後，消息斷絕，彼此安否，杳難得聞。深慮深慮! 又夢子美, 宛如平昔, 想必孤魂戚戚於他鄉, 悲嘆不已。日晴, 故令兩婢芸家前荏田, 而過半未畢。

六月初七日

許鑽自縣始來。見平康書, 時好在, 而兒獐二口、燒酒六鐥、苽子十八介付送。見許鑽, 細問藍浦女息之奇, 因聞女息形容頗有瘦黃而不如昔云, 想必治家多有勞心所致, 不勝憐惻。

六月初八日

崔判官仲雲來訪, 饋點心, 良久敍話, 因雨徵卽還歸。夕, 縣吏入來, 見平康書, 兒猪一口、兒鷄四首、廣魚一尾半、櫻桃一笥付送。猪則正如兒狗矣。

六月初九日

修答, 付縣吏還歸。午後雨作, 終日不晴。

六月初十日

去夜達曉下雨, 暫不休息, 朝來尙如此, 而終日不掇。川水倍漲於前日, 高岸皆沒, 衙內消息, 四五日內, 勢不可通。木麥田亦不得反耕, 可恨奈何奈何? 昨夕, 兒猪肉盛柮器, 沈川流照冷, 而夜雨大作, 沙渚盡沒, 不知所在處, 若不漂去, 則因在沈處, 然待其水落後拯出, 則必腐破不食矣。只用四脚, 而全體具在爾。

六月十一日

去夜大雨, 達朝不掇, 晚後始晴。因陟家後茅亭, 觀漲而還。家人亦乘轎, 率兩女息, 登亭觀之。

六月十二日

昨日中伏, 故近日極熱, 不能堪忍。且昨昨所沈猪肉, 今始拯出, 水冷故不至腐破, 晝飯烹食, 但味少變矣。

六月十三日

令彦臣、金淡, 具兩耦, 木麥田反耕, 乃遠在十里外, 往來必致日晚, 不得多耕, 可恨。金麟來見。因呈丹杏及荏子, 饋以水飯, 又贈海雪兩升。夕, 縣吏入來。見書, 平康明當來觀云, 兒獐二口、兒雉二首付送, 荏子卅八介亦來。近日供親無饌, 可用數日矣。

六月十四日

自曉頭, 驟雨大作, 朝來始止。修答, 付縣吏還送。且昨夕, 雄鷄上架, 引領長鳴, 至於四度, 是何祥耶? 去春在衙時, 雄鷄逐日鳴夕, 深以爲怪, 而畢竟平康登第。但病患不息, 至於平康乳兒不意夭折, 是可恨也。臨夕, 平康冒雨入來, 白米六斗、燒酒等物持來。高漢弼眞麥一斗五升來獻。

六月十五日

俗節也。官備床花餅一笥蒸來。此處亦備吐醬、水丹、脯、醢、湯、炙、實果等物，行茶禮于神主前後，上下共之，又及官人及里中來謁者。適金明世、金麟、許忠來見，饋以酒餅。因使兩金着突，去冠爲戲。且金明世苴子四十餘介，金麟三十餘介，金光憲三十餘介來呈，金麟丹杏亦持納，因用茶禮時。

六月十六日

早食後，平康還官，許鑽亦偕歸。聞光奴家人，近日上京云，故舍弟及生員處，修書付傳。所種苴子，今日始摘三十餘介。

六月十七日

家人前證，雖似向歇，猶未快差，中夜起坐時多。右臂酸痛，尙不向蘇，或痛或歇，痛歇無常。因此元氣懣困，飮食不甘，思臥多時。彌留累日，漸至羸瘁，而峽中無醫藥調治之術。悶慮悶慮！

食後無聊，率童奴，騎駑馬，巡見諸田而還。但近日東風連吹，今日則尤甚，諸穀多有萎黃處，近若不雨，則必多損傷，農人等憂悶不已云。

六月十八日

春金伊持馬歸，以木種及灰載來事也。又使彥臣，持兩牛偕入，亦載灰而來。午後雨作，終日不止。夕，閔時中自縣還來。見平康書，無事還官云，兒獐二口、乾銀魚卅冬乙音、鹽古刀魚十尾覓送。獐皮二令、紬五尺亦送，乃其母痛臂處，作佮裂次也。

六月十九日

終夜下雨，朝尙不晴，晚後，或晴或雨，終日不止。川水亦漲，人不得通，春今伊入縣，數日內必不得還。可慮可慮！午後，步出東臺，觀漲而還。且家人痛臂，雖不如前，而猶未快蘇。可悶可悶！

六月廿日

或洒雨或晴，終日陰曀。日氣亦極熱，雖不勞身，汗出如流，自不能堪。午後竢晴，率鵬姪步出川邊，沐浴濯熱，盡洗塵垢，心神清快，可謂"身輕可試雲間鳳"也。春金伊不來，必因阻水也。

六月廿一日

去夜下雨，通曉不止，至於朝來，雨勢如注，南風亦大吹，晚後始息。禾麻盡偃，瓢與苽蔓，亦皆捲而飄落，風之暴烈，近年所無之變也。滛雨連旬，至今不霽。民皆抱鋤，不能除草，猶未初芸者亦多。黍粟亦爲霖雨所浸，太半傷損，太豆亦如此，秋成之望已虛。可嘆奈何？木麥因久雨，時未耕種。節序已晚，來廿四日立秋也。其前若未及耕，則早霜之地，勢未及熟，尤可嘆也。春金伊數日內，必不得還也。

六月廿二日

自曉下雨，又以大風，朝則大作，晚後始歇。午後向晴，然黑雲走入東北，而南風連吹不息，必久雨之徵也。可慮可慮！

六月卄三日

朝金彦甫*、閔時中以事入縣, 修書付傳。雨晴日出, 故使婢子等芸
荏田而畢。且晚後春金伊入來曰"念日發來, 中路阻雨, 留在浮石寺,
今朝艱渡而來"。與縣人偕來, 卽修答還送。送來物則乾古刀魚三十
尾、沈古刀魚十尾、加佐味十五束、乾雜魚卄五束、廣魚五尾、大口
五尾、道味三尾、雙魚五尾、沈黃魚五尾、腹皮醢十介、古刀魚卵醢
一小釭、乾綿魚一斗、兒雉四首, 此乃安邊覓來之物云云。但雜魚、
古刀魚, 則久陳蠹破, 不能食, 然可用於農饌, 可喜。德奴亦來在彦
臣家, 阻水不能渡來云云。木麥種二石、灰一馱亦載來, 彦臣接置
云云。

六月卄四日

早朝, 縣吏入來, 乃海西誠兒書, 自京付來, 故卽送云云。見之則誠
兒妻子皆好在, 而去四月初五日, 得産男子云。不勝喜倒喜倒! 兒獐
一口、乾雉三首、燒酒五鐥、文魚四條、海參、紅蛤少許覓送, 卽修
答還送。但來吏中路得病, 艱得渡水而來, 不飮水醬而歸, 可慮可
慮! 淸二升亦來。

　　且德奴午後始渡水入來。去初受由入歸通川, 貿古刀魚, 而阻雨
水, 今始還到。去時, 米二斗授送, 古刀魚卅尾換來而納。且彦臣木
麥二石載來, 來秋, 以還上還償次也。彦臣亦六斗授去, 欲爲種子
故也。

....

*　　甫: 底本에는 "寶". 앞의 일기에 근거하여 수정.

且今見朝報, 此道方伯褒獎狀啓, 謙兒與三陟倅金權竝稱曰"其爲政, 不用俗吏煦濡媚悅, 於役民之時, 無驕亢違拒之習; 於行令之際, 不爲苟且取譽之態。而以至誠奉公, 以實惠施民, 吏民愛慕, 百事修擧"云云。春川府使徐仁元、襄陽府使李弘老, 皆極稱美, 而平海郡守尹說, 亦其次也。

六月廿五日

得兩耦及落種人八, 竝十名, 令耕木麥田, 吹正木麥十一斗持去。日氣極熱, 人與牛不力, 故未畢耕種。

六月廿六日

昨午, 漢卜不意來到, 取其鑰爐口, 卽時還去曰"開城府軍粮、牛從, 布二疋納捧, 明明載去"云云, 意爲其然。今曉, 鷄三架鳴後, 江婢率逃。卽其時知覺, 使德奴及春金伊、金淡與隣人金億守、金豊等, 尋馬蹄而追之, 則半息程外, 林茂間潛隱, 執捉還來。痛憤莫甚! 非但吾家婢子率走, 許鑽馬亦盜去, 尤爲痛甚。足掌以大杖七八十餘度打下, 江婢亦打五十餘度。漢卜則結縛, 令德奴、春金伊等, 捉送于官, 使之報使, 依法刑治事, 了簡而付送。

且鑽也此馬, 賣奴買得, 欲與漢卜興販, 而吾曾知漢卜之不順, 屢言不可信, 使必有盜馬而走去云云, 而不余聽信, 今果然矣。此人被捉來時, 小無悔心, 捉來奴輩等處, 多發惡言曰"若不放我, 則他日當重報此讐"云云, 若不除去, 則恐有後患也。因漢卜追尋事, 木麥田, 今亦未畢耕種, 可恨。

六月十七日

朝, 金彥甫自縣還來。見書, 衙內平安云。生雉二首覓送, 一則兒雉也, 苽子廿六介亦來。且全業生麻四束來獻, 其子與兩婿, 亦各獻兩束, 又趙仁孫五束納之, 各給乾魚而報之。金彥甫二束亦使其妻來呈矣。且金主簿明世來見, 因呈酸梨及苽子, 饋以燒酒水飯, 贈以乾魚一束。又圓寂寺僧學仁、靈胤來謁, 因獻芒鞋三部及苽子各廿餘介, 饋以水飯。

夕, 德奴、春金伊, 自縣還來。見平康書云"漢卜者前數日, 忽發惡疾甚重, 官人大小皆厭惡之, 故命使遠去, 更勿留此"。其後欺許鑽曰"往南面, 欲以此馬換好牛而來", 鑽也恐其見欺不許, 則乘曉牽馬出去。鑽則猶不覺其逃去, 望其或還, 至於翌日而不還, 後始覺之, 雖欲追之, 經宿之後, 必無可及之理, 方與相對悔恨之際, 聞其捉來之報, 喜快可言, 恐其或逸, 更杖足掌而囚之。

大概此人性甚不順, 來此後, 與大小下人無不鬪罵, 多發辱言, 人皆切齒。故去夜堅囚, 重着枷梏, 遽至於死云。其死不足惜, 而但來吾家, 今至四年, 元非死罪, 死之遽忽, 心懷頗有不平, 如吞穢物, 終夜不寐也。

且今日木麥畢耕種, 僅二日耕田, 而落種十五斗云, 若不偸用, 則必過種矣。人皆曰"過種而苗窄, 則終不茂長, 而實亦不多"云。家無知農奴婢, 而只恃彥臣, 彥臣亦不深解, 可嘆奈何奈何?

六月十八日

以生麻貿換事, 令金淡, 持鹽三斗、古刀魚十七尾, 送于伊、峽之地爾。近日日氣極熱，不堪其苦。母主因此進食頓減，悶慮悶慮！午後，率鵬兒，就川邊，洗濯腰下腰上，心神爽豁，快哉快哉！然不久炎蒸還觸，可嘆可嘆！

六月廿九日
官奴蘭守，持簡入來，乃送麻田人也。茄子廿餘介持來。

六月晦日
彥臣耕官屯田，種木麥，而午後雨大作，不克終。夕，縣吏持簡入來，見書，床花餅一笥、生雉一首付送。雨中無聊，與妻孥環坐一堂，思欲得食，而適及於其時，卽供母主前，餘與上下共喫。母主亦思食此餅久矣，卽進五介，深喜深喜！彥臣黑豆四斗來納，來人卽修答書還歸。

七月小【初十日處暑, 廿五日白露, 初一日末伏】

七月初一日

朴彦方入縣, 修書付傳。蔡億卜, 軟鷄一首來獻。聞其腰下生丹毒,
文魚一條給送, 使之漬水而飲之, 俗方以此治毒云故爾。圓寂寺僧,
小瓮一負來, 前日欲沈醬而借之爾。朴文子, 新稷三斗, 令其子來獻,
贈以乾魚一束。金億守弟, 豆一斗亦來呈, 又以乾魚五介報之。官屯
田畢耕, 種木麥五斗三升, 其餘未種處, 則欲種菁根爾。但落種時,
訥婢跌足重傷, 不能行步, 足項大浮, 近日不可芸草, 可悶可悶。

　且生雉半體盛器, 沈川水照冷, 欲以今日供親, 而爲人所偸竊,
痛憎。前此屢爲沈水, 而不見竊, 今乃如此, 如非近處人所爲也, 不
然則里中兒童等偸去而食之矣, 可憎可憎。近日暑熱極熾, 非但不
堪其苦, 欲雨昏陰之時, 晨昏乘暗, 蚊蚋叢萃, 手足纏露, 輒嘬唆之,
不勝爬癢, 仍成瘢瘡, 上下皆遭此患, 余之兩足亦如此, 可悶可悶。

七月初二日

此面委官來謁, 因獻淸二升, 贈以倭扇一柄, 但無酒不能饋, 可恨。夕, 許鑽與小漢入來, 見平康書, 當於初五六間來覲云。白米五斗、造米一石、粘米三升、甘醬一斗、石茸一斗、眞末二斗、淸二升、眞油六合、醋一升、燒酒五鐥*、苽子六十介、葱五丹、實栢子一升五合、實楸子一升五合載送。乃明日, 祖母忌也, 行祭於此, 而爲此祭需覓送。但官無眞油, 送人疏田, 未及來, 故初欲造果, 而因此未果, 可歎奈何? 朴莫同, 瓜子卅餘介、茄子六介來納, 卽薦神。

七月初三日

啓明, 與麟兒行奠, 但余足生瘡, 僅能跛踦行事, 未安未安。德奴與小漢及彦臣家人, 持三馬 入送木田, 乃前日入鹽人處牟米載來事也。

　且余自午後, 重感暑風, 深頭微痛, 氣甚不平, 左足爲蚊蚋所嗜, 爬癢成瘡, 因致重浮, 行步酸痛, 悶慮悶慮。平康送布一疋, 鍊造鵬兒單裙與中赤莫, 暑月長着袷衣, 故艱得而送, 但麤惡, 非兒則不可着也。朝, 令四婢子, 除草粟田, 移芸太田而未畢。

七月初四日

又令四人芸朴文子太田而畢, 移芸漢弼田, 未畢。近日夜氣生凉, 凉風時來, 昏朝非袷衣則不可, 心神爽豁, 可謂秋風病欲蘇也。且金

．．．．．．．．

＊　　鐥: 底本에는 "饍". 문맥을 살펴 수정.

淡還來, 生麻十丹貿來, 計其價則多不足, 又且所持麻雖曰十丹, 而一束之數, 不盈牛掬, 實不如六七丹, 可憎可憎。足瘡如前不瘳, 可悶可悶。

且近日無聊, 因覽癸巳甲午日記, 其間流離病患飢寒艱楚之狀, 不可勝言。然膝下七男妹皆無故生存, 雖有時艱食之歎, 無悲痛傷懷之心; 自入來峽中之後, 糧饌繼用, 又得佳味, 供親養下, 無有闕時, 可以無憂, 而今則每逢佳辰盛饌, 則輒自悲涕*不已, 只因季女先亡故也。甲午春夏, 方阻飢窮困之中, 長與季女作楸子之戲, 消遣無聊之懷, 今不可得, 哀慟尤極尤極。嗟乎吾女! 汝何去我而先亡, 使我有無窮之悲痛耶? 哀哉哀哉!

七月初五日

朴彦方, 丹柰一斗來呈, 飲以秋露一杯。且令四婢子, 芸昨日未畢田而畢, 移芸菉豆田。且北里居朴英豪, 新粟米五升來獻, 飲以秋露一杯, 贈以古刀魚一尾。西隣居巫女, 新黍米二升亦來呈, 飲以燒酒一杯。紙匠監考, 丹柰一帒來納, 無物贈之, 空送可恨。縣吏金應瓊持簡入, 見書, 明日來覲云。雉二首、雞二首照氷而送, 近因苦熱, 母主舌上生粟, 食飲頓減, 又無助味, 方悶之際, 適及於此時, 卽煮白粥, 兼燒雉脚供之, 深喜深喜。非官力, 如此時得嘗雉肉, 極難矣。

且今見朝報, 劉綎陞爲提督, 領兵二萬五千餘名, 不久當來;

....
* 涕: 底本에는 "悌". 문맥을 살펴 수정.

頗貴則叅將, 領兵二千五百名, 六月十二日到遼東白洒; 擺賽領兵二千五百名, 初九日過江事, 義州府尹狀啓云云。厖提督則領兵六千、猹子一千, 今月二十七日到開城府, 今初二日入京云云。天朝諸將, 領大軍而來, 必兒賊久據邊境, 侮予之患孔棘, 必有掃蕩之計矣。然我國糧餉極難, 未知朝廷何以措備? 草萊老生何預國事? 然每念國家大事, 不覺憂憤興歎也。況大讐未報, 宗社垂亡, 民生之苦, 到此尤劇, 身在谷中, 漆室之憂, 不能暫弛于懷也。又況八十老母在堂, 病妻長在呻吟, 國家平定後, 吾家亦安, 未知前頭有何事乎? 寧不爲之預憂也。但若在南邑, 則唐兵往來, 必多擾攘之患, 而來在峽中, 南方之事, 杳莫聞知, 如在他國, 雖有充斥之患、驚動之心, 必後於南人, 是則多幸多幸。

七月初六日

令家內四人, 以品送, 芸彦臣田, 明日欲芸吾家田爾。朝, 玉洞驛婢仲今田幷作人金鶴龍, 早黍三斗五升, 分來納之。東里居蔡億福來謁, 因獻生淸一缸, 量可二升, 朽梨一笥矣。飲以燒酒一杯, 贈以鹽一升、乾銀魚一冬乙音。此人初夏, 兒蜂一桶來獻, 其後得新物, 則輒來呈之, 無以爲報, 一則未安未安。金彦甫, 木米一斗、林檎一笥來獻。

且朝食纔畢, 平康入來, 自縣早發, 未熱前馳來矣。朝食因香婢托病不起, 炊飯亦晚故也。糧米二斗、鹿脯十條、瓜葱等物持來, 終日環坐一堂叙話。崔判官仲雲, 六月豆一斗摘送, 兼致書信矣。

七月初七日

令家內三人芸金光憲豆田, 兼得彥臣品人二, 使之幷芸而未畢。春今早朝, 持糧饌而歸, 遠在五里外, 而往來時必致遲緩, 故因使留宿彥臣家而芸草爾。去夜, 夢見亡女, 覺來, 不覺悲慟之極, 卽起坐, 與家人言說夢中之事, 痛泣不已。因憶其平日遊戲之事, 流離中飢寒辛楚之狀, 至於大病時痛苦不忍之形, 言語悲慘之事, 森然面目, 悲涕不能禁抑, 胸腸如割, 家人則發聲而哭, 至於鷄三呼而不止, 尤極哀痛。自亡逝後, 思欲一見夢中不可得, 今夜入我夢中, 然依俙不能分明, 未知精魂飄散, 不定棲止而然耶? 哀哉哀哉!

少頃又入眠, 夢見趙木川瑩然, 是何兆耶? 遠在南鄉, 未知消息, 今至數年, 亦不知好在與否也。且今日乃佳節也, 官備采花及雉、鷄各二首而來, 卽作湯炙, 又於此處, 以木末煎憑餅, 先奠神主後, 上下分喫。但母主近日口屑*生瘡, 又且前齒動搖者三, 因致舌上相觸, 刺痛不能進食, 極悶極悶。

善兒、鵬姪亦爲蚊蚋所喊, 因成小瘡, 腰下皆然, 亦因以不甘飮食, 可慮可慮。且朴莫同, 丹柰來呈, 朴英豪取泡亦呈, 皆饋酒餅而送。平康午後率麟兒、許鑽, 往圓寂寺, 持糧饌, 欲宿而還矣。

夕, 德奴、小漢自北面還來, 前日販鹽, 牟米二十七斗、眞麥七斗及官儲粟米二石內, 一石載來, 一石則小漢、德奴換豆而分用。小漢則粟米十斗價, 豆二十斗納; 德奴則粟米五斗用, 而豆六斗納矣。且北面居校生權好德致書, 因覓付茄子十三介、鷄兒兩首矣。

....

* 屑: 底本에는 "唇". 문맥을 살펴 수정.

七月初八日

乃先君生辰, 設酒餅湯炙, 行茶禮。平康自圓寂寺始還, 金主簿明世
及金麟來訪, 饋以酒餅。金麟則前日與金主簿着突賭酒, 連背三局,
故今來持燒酒一壺、燒鷄及瓜子來呈, 與之共破。

　　浮石寺僧雪雲來謁, 因呈瓜子五十餘介, 饋以酒餅。安峽地居連
守來謁, 又呈兒雉三首。縣內居趙德孫來謁, 因獻稻租一石、豆十
斗、中兒獐一口、兒雉四首, 各饋以酒食。連守與德孫皆私奴而富居
者也。而連*守則故叅判柳希霖奴, 德孫則判書鄭昌衍奴子也。亂離
後家計盡敗, 而連守則如舊云。

七月初九日

平康早食後還縣, 許鑽亦隨去。德奴與春金伊持兩馬上送, 爲陪舍
弟家屬而來也。德奴則自貿生麻四十餘丹, 因此載去, 京中換木, 爲
木花反同之資矣。吾亦麻十二丹覓付, 使之買木一疋半, 亦欲爲木花
反同之本爲計。

　　又書藍浦、海州、栗田三處兒息處簡, 使之付傳。且兒獐兩脚、
二脊骨、兒雉二首, 盛諸柤器, 沈水照冷, 今午與盛器而幷失, 初疑
爲人所竊, 而適雉一首, 肌肉盡剝 而棄骨浮水, 此必水獺所爲, 里
人等言亦如此, 前日婢輩浴水之時, 深淵中浮沈游戲云, 定是獺也,
雖痛奈何奈何? 欲以此近日供母主前, 而爲獺所偸, 更無滋味可口
之物, 可悶可悶。前者雉兩脚亦失, 疑其人竊, 今亦如此, 前日之失,

* 　　連: 底本에는 "蓮". 당일 앞부분의 기록을 근거로 수정.

亦獺之爲也。

七月初十日

金億守家備酒餅來呈, 乃其父死日, 祭後爲送。又邀隣里人等設酌,
醉後相與唱歌號呶, 常人之事, 可笑可笑。且高漢弼, 瓜子卅餘介,
朴春, 瓜子廿餘介、兒雉一首來獻, 饋酒而送。且昨日所失獐雉盛
器, 今朝浮出深淵, 流下前灘, 拯之則只無一脚, 而其餘皆存, 必沈
水時, 不繫以繩, 自漂入深水中, 始浮而出也。意爲獺之所爲, 而今
不然矣。

夕, 縣問安使至, 見書, 昨日好還云。白米二斗、末醬二斗、鹽三
斗、兒雉三首、燒酒四鐥、席子一葉付送, 席則卽給麟兒妻矣。且令
金淡耕菁田, 而令三婢種之三升。夕, 下雨, 至於大作, 夜過半而不
止。縣人修書付還。

七月十一日

朝, 尙陰而時有洒雨, 因此不芸田。冶匠趙元希承官令, 鑄納農器,
又獻木米三斗, 饋以燒酒, 又贈古刀魚一尾。所種茄子五介始摘。

七月十二日、七月十三日

得品九、家奴婢五, 幷十四名, 芸金光守太田。田在十里外, 故未明
而食, 各裹點心而歸, 畢芸後, 芸仲今太田而未畢。婢子等裹糧, 因
宿彦臣家, 明當畢芸後來歸。

七月十四日

閔時中自縣入來, 見平康書, 時好在, 而兒雉三首付送, 時中又納白清二升五合。且母主近日口瘡, 時未差效, 進食有減, 悶慮悶慮。然今日則不如昨日之甚也。

且聞京奇, 則天朝於我國, 設立經理、鎮守、御史三衙門, 而鎮守衙門則麻提督名貴者, 已到京, 按察御史姓蕭者, 時未到京, 而今明當入京, 經理姓楊者已到遼陽云。

皇勅曰"雜以漢官, 治以漢政"云。唐軍來滿京城, 國用已竭云, 未知國家終何以應之? 憂歎奈何? 布設唐衙門, 建除唐官, 又以唐政治之, 則我國之事, 操縱於唐人之手中, 而我王徒擁虛位, 而未知其終如何? 自此國家又加多事, 而民情之困瘁益甚, 慨歎尤極。

且沈副使惟敬亦爲麻提督所拿, 已到京城云, 此必和議不成故也。以此, 黃思叔亦還京, 而除全羅巡使。備邊司以爲沈使雖拿來, 不可薄待, 姑勿遞而因爲接使云云。

且今日芸昨日未畢田而畢, 移芸彦臣家前粟田畢芸, 訥隱婢稱病先來, 可憎可憎。且仲今田, 金賢卜竝作, 黍六斗分來。彦臣, 馬太二斗來納。全貴實妻, 朽梨數斗來呈, 饋酒贈魚。

七月十五日

乃俗節也, 備餅、實果及炙湯, 行茶禮于神主, 又以木末作餅, 分給婢子等。初更後, 官使入來, 適余一眠而寤, 前廊月入, 清朗如晝, 與家人起坐談話, 而官人始到, 如此惡獸盛行之處, 峽中無人之境, 非官人, 則豈敢不失期會而來耶? 然恐有攬傷之患, 使之後勿如是之事也。煎餅一笥、兒雉二首、西果二介、茄子廿一介持來, 兒雉連續得食, 亦知官之力也。兒獐則今已長大, 故不能捉云云。

七月十六日

官人修答還送。兩婢以酬品事, 歸億守之田芸。且所斤田木麥所種過多, 生苗甚夥, 不能茂長, 而黃短不實云。此處所種木麥, 則爲虫斷食, 亦不實云, 恨歎奈何奈何?

七月十七日

去夜大雨, 達曉不止, 朝起視之, 則前川漲溢, 數日來, 人不可渡矣。朴彥方當午自縣入來, 乃昨日到宿越川家宿, 故入來云云。見平康書, 時無事, 獐肉腸全數照氷而送, 鹽一斗亦來。且德奴之行, 計其程, 則昨昨到京, 今留二日矣。若三四日留京, 則弟家當於廿二三日間入來矣。

七月十八日

令家內婢四、品三人竝七, 芸億守荳豆田畢矣。諸處付種田, 今日始畢除草, 此後更無芸處, 只菁田半日耕, 時未苗長, 故未芸耳。且午後, 僧法蓮來謁, 因獻團扇一杷、海衣數貼。邂逅相見, 甚可喜慰。蓮師元住奉先寺, 而平康恭奉時, 最相厚交。亂後, 余家在林川時, 去乙未秋, 適到靑陽聞之, 送其上佐致書問之, 又一親來訪焉, 因呈紅柿及木通實, 一家共破, 頗見慇懃之意。

其後去年秋, 爲判事之任, 來住鴻山無量寺, 因逆賊之變誣出逆口，拏囚王獄，見原曖昧，不久放釋，因住婆娑城，與其都摠攝義儼同事，今自其處爲來訪焉，可謂有情。因饋水飯，又饋夕飯，終夕與之着突，因留宿，又欲强挽數三日爲計。長鼓山僧玉清及浮石寺首僧法熙與蓮師一時偕來，乃蓮師昨昨來宿浮石寺，因大雨不得渡水，留數日，今始與兩僧偕至。兩僧因獻芒鞋二部、朽梨一器，亦饋水飯而送。

七月十九日

去夜，家人夢見亡女，宛如平日，覺來不覺泣涕。余亦起坐，因說夢中之事，與之相對悲泣不已，至於鷄叫三架後就寢。食後，與蓮師就阽東臺，終日對突，互相勝負，而但蓮之突，雖無妙捷之手，手品甚熟，無一手誤着，乃僧中之傑也。

夕，縣問安人入來，見書，時好在。都事以軍器擲奸事，今明到縣，過行後，念二三日間來覲云云。獐脚、塑飛及獐頭熟烹、燒酒三鐥等物付送。燒酒絶乏，數日不飲，卽與蓮師各飲一杯，取泡又饋蓮師。

七月卄日

朝，與蓮師着突，朝食後，還歸浮石寺，當與平康來覲日偕來云云。且偶見亡女手書諺紙，不勝悲涕之添袖也。想其執筆書紙之時形貌，宛在目中，寧不爲之悲戚？哀哉哀哉！夕，圓寂僧思胤朽梨及芒鞋一部來呈。

七月卄一日

自夜下雨, 至朝不止, 晚後大作。想舍弟之行, 今明必入來, 而雨勢如此, 上下無雨具, 不可冒雨而行, 又且川流必漲, 亦不得易涉, 必有絶糧之患, 深慮不已。平康亦欲明日、明明間來覲, 而阻水, 必不得來矣。

今年自五月晦時下雨, 至於此而終不永晴, 其間雖或有開霽時, 不久還作, 以此田穀不敷, 而今日之雨, 終日大作, 臨夕始暫止。與兒輩步上東臺觀之, 則左右沙渚盡沒, 瀰漫蕩漾而流下, 可謂壯哉! 前雖有漲溢之時, 不如今日之大也。又有大風時起振蕩, 非但木麥致損, 太豆時方發花, 亦必有擺落之患, 人皆以此憂之, 可歎可歎。

七月卄二日

終日陰, 而有時洒雨。天氣甚熱, 必久雨之徵*, 可慮可慮。

七月卄三日

陰而雨, 然不至大作。閔時中、金彦甫自縣入來, 卄日發來, 阻雨, 昨日始來云。見平康書, 秋牟末九升、淸二升、繅車二、木擊二造送。金淡受由而歸, 今日始還, 瓜子數十、朽梨一斗來納。

七月卄四日

晴而日出, 西隣居鄭世當妻持新粟米六升、新豆三升來獻, 無物可

....

贈, 只飲濁醪一杯而送。閔時中, 朽梨一盤來呈。泡太二斗, 令金淡往圓寂寺, 取泡而來。平康今日可來而不來, 必都事今明入縣故也。雖不得親來, 想必送人而人亦不來, 是可怪也。法蓮亦期於今日來見而不來, 亦必平康不來, 故待其來而偕來也。近日無饌物, 供親無味, 可悶可悶。

麟兒持柳器裹褓, 埋於水中, 得魚十五尾, 夕食作湯而供之, 母主和飯而盡進, 深喜可言? 舍弟之行, 今日亦不來, 必因大雨在京不發也, 不然則中路阻水耶? 可慮可慮。

七月廿五日

乃余生辰也。蒸床花餅及兩色湯、雉炙、六色實果等物, 備奠神主前。見平康書, 則今日都事當入縣, 私通已到, 玆未親來, 過後即備家獐馳來, 來時, 當邀崔判官及李兎山云云。兎山乃李景曇而來寓安峽地, 乃余少年友也。先送眞末二斗、石茸一斗、菉豆末一升五合、實楸子一升、柏子五合、榛子五合, 各入紙帒, 皮柏子五升、靑太八升、燒酒五鐥、鷄四首、雉四首、大口四尾、文魚一尾、廣魚四尾、小全鰒一貼、紅蛤及裂鰒各一封入帒, 西果三介、眞果二介、茄子十五介、藥果九十介、蜂果卅介、生蒜十四本等物, 縣人載來, 因爲茶禮之用。

午後, 所斤田居金主簿明世與金別監麟來見, 主簿則備燒酒一壺、烹鷄、川魚、乾鷄、爲看一笥; 麟則生麻一丹、生淸一器, 各來呈, 饋酒食, 終日叙話。韓永連, 新粟米五升、加子十、瓜子十五介來獻。又招家主金彥寶、閔時中及隣里人等, 饋酒餅。

夕, 僧法蓮自浮石寺, 與其寺首僧法熙來謁, 因備粟粘餅一笥、濁酒一盆、朽梨一斗來呈, 亦與終日對話, 饋以酒餅, 又饋夕飯。因使金明世與蓮師着奕, 金也連負三局, 因賭馬太三斗, 臨昏乃散。蓮師則因留宿, 待平康之來。平康, 五合柳笥亦覓送。

七月廿六日

金彦寶子年纔七歲, 而昨朝其父來此時追來, 其父則不知其追來, 無心到此, 終日飲酒, 臨夕還家則不在; 其妻則意爲隨父而去, 亦不推之。必渡水時溺死, 今朝沿流上下搜覓, 則沈於下流深淵, 令游水者拯出。其夫妻呼慟不已, 見之不勝悲痛。彦寶從前多生男子皆不育, 生此兒後亦不更產, 愛之深重, 育於其妻父朴文子家, 不幸又遭此禍, 可哀也哉!

午後, 平康來覲, 都事阻水不來, 自金化因歸鐵原云。白米五斗、鷄三、雉二、獐脚一、甘、艮醬等物持來。終日下雨, 法蓮因留宿。

七月廿七日

平康因留, 朝食後就東家。與蓮師終日着奕。雖不雨, 而終日陰曀, 蒸交兒床花, 共破。

七月廿八日

與蓮師終日着奕。平康今欲還縣, 而水深不易渡涉, 不果。閔時中, 朽梨一盤來呈。

七月卄九日

平康早食後還縣。縣問安人亦早來，持兒獐稍大者一口、兒雉二首
納之，平康臨行，故未及食之，可恨。食後，借騎蓮師馬，巡見所耕
種田，則粟田甚不好，太豆田稍吉，然其終實否，未可知也。又與蓮
師着奕。夕，彥明入來，因大雨久未發來，去卄六日始行，中路又逢
雨水，艱艱渡涉，第四日始到，其妻氏則因此不果率來。德奴則所持
馬足蹇，時留京，若差則因欲下歸湖南，翻賣所持生麻，而木花反同
因爲之云云。

　且見生員書，則去六月間中暑，幾月餘不差，今則向歇，而因在
振村，時未還栗田云云。以此，春金伊持此處簡與送物，歸栗田，則
生員一家不在，故未捧答書而來，可恨。此書則去六月初生及七月
七日付傳光奴家，故彥明持來爾。

　且因彥明聞閑山島諸將留陣處，兒賊不意夜擊，盡爲陷沒，統
制使元均、忠淸水使等皆被殺云，不勝驚歎驚歎。閑山爲湖南藩蔽，
而賊久不犯者，亦爲閑山所遏，今聞被奪，反爲賊據，若因此而直犯
湖南，則誰能禦之? 然正奇時未的知，宣傳官探問事下歸未還云云。

　凡朝廷奇別，因唐將留都，故閟而不發，故雖在京朝官，亦未詳
知云云。蕭御史亦到京，而楊經理、劉提督時未入京，然不久而來
云云。時事如此，未知稅駕之所也，可歎奈何?

八月大【十一日秋分, 二十六日寒露】

八月初一日

終日下雨, 暫時不掇。今年凄風冷雨, 連月不息, 禾穀時未發穗處
多, 將爲失稔云, 深可歎惜。食後就東家, 與蓮師終日對突, 互相勝
負, 消遣無聊。彦明則先還。

八月初二日

蓮師朝食後, 歸圓寂寺。朝前, 縣人入來, 見書, 平康無事還縣云。
鹽一斗、鹽鰒百卅介、腹莊卅四介、松魚卵五片持來, 卽修答還送。
又聞小漢歸麻田, 亦裁簡, 使傳納麻田倅前, 覓救資事也。

　且寢房甚冷, 故招隣人宋守萬, 修掘堗塞, 去釜掛鼎, 使朝夕恒
炊, 不欲空火而取暖也。中鼎一、小釜一, 平康覓送, 使之常用爾。
小釜掛麟兒房。

八月初三日

去夜下雨, 達曙不休, 朝尙陰曀。近因連雨, 有役處多而不能, 使遊
手空食者亦多, 可悶可悶。且家前田新荏子先熟者, 十一束刈來, 鎌
頭荏子只一升。與彦明往川邊濯足, 因觀刈荏。又因彦明聞金子定
拜黃州通判, 赴任未久, 爲方伯見辱, 至於受杖四十餘度, 而又被論
罷云云, 不勝驚歎驚歎。乃因蕭御史出來時, 所坐交倚傾倒事云云,
然未詳其實也。金淡脚上生瘡, 不能任使, 可恨。

八月初四日

金別監麟來見, 因呈軟菁, 飮以秋露兩杯。且平康還縣時, 兒獐皮
十六令付送, 使之熟皮, 皆是今夏所得食也。且彦臣所耕黍田收穫,
則只三斗, 乃前日山猪盡喫, 而所餘只此云, 可恨。夕, 縣問安人入
來, 見書, 卽欲來見其叔, 而都事時未過行, 故不果云。眞油一升付
來矣。卽修答還送。

　且平康去春在京時娶妾, 乃私婢而屢經人者也。去月念時率來,
畜居私家, 率婢一人, 而兩人料, 一月只給各三斗云云。此乃李殷臣
嫡三寸妾之前夫女, 而殷臣導媒云云。且寢房自掘突掛鼎後, 甚是
溫適, 可喜可喜。

八月初五日

驛婢重今粟田收穫事, 送玉春於所斤田。近日無饌, 供親久絶, 悶慮
悶慮。令麟兒裹褓沈水, 得川魚二斗餘尾, 夕時作湯供之。且聞平
康因都事之邀往伊川, 乃與射帿云云, 還時必來覲矣。

八月初六日

蓮師時留圓寂寺, 曾與就訪有約, 故食後與彥明竝轡而往, 溪谷深
邃, 石路崎嶇, 又踰一大嶺, 傾側危斜, 下馬步越, 始抵其寺, 蓮師
歡迎, 因與同宿一房。歸時持泡太三斗, 令僧作泡。

八月初七日

早朝, 寺僧作木末麵饋之, 差晚進泡, 適軟好可口, 故余食三十八串,
彥明則四十串。食已, 卽與蓮師還來。前路谷中, 朽梨、山葡萄、楸
實處處結實, 使之摘取載來。來時寺僧贈余芒鞋三, 彥明四部。

　且觀圓寂爲寺, 乃菴子而稍大, 寺前有鴨脚樹, 高大無比, 僧云
懶翁手杖而植之云云。又聞亂初, 鐵原倅金鐵避亂來居, 曾爲土民
見疾, 故導倭引入欲殺之, 而適金太守知幾先逃, 有一宗親未及走
避屠死云云。且來家聞之, 則平康昨日過玉洞時修書, 使驛奴付傳,
見之, 則初欲來觀, 而都事當過縣, 不得已陪行, 故不得歷謁云云。

　驛奴李上伊, 眞麥二斗來呈, 饋水飯。安峽居百姓金之鶴來謁,
因獻黃太一斗、赤豆一斗, 饋以床花餅。

八月初八日

食後, 蓮師辭歸浮石寺, 欲因以入縣云。蓮師取軟泡, 令圓寂寺首僧
來呈。且平康在伊川, 得松茸十本, 修書付送, 欲用於明日高祖忌祭。

八月初九日

縣問安人來, 傳平康書, 昨與都事偕還, 而都事昨日發向金城之路

云。生松魚大者二尾、乾亡魚一尾付送。且彦明早食後發歸入縣,
因得祭物, 欲還京城爾。秋夕臨近, 故欲趁歸奠墓, 又因爲秋收後,
率妻子還來爲計。秋夕祭物, 此處所儲紅蛤、海衫、大口一尾、文魚
二條、小乾鰒四串、鹽鰒九十介捧來、生松魚半隻、乾亡魚一尾、新
粘黍米七升給送, 其餘飯餠米、木米、實果、鷄兒及不足之物, 使平
康覓送矣。

且聞平康在伊川時, 中赤莫見失云, 可恨, 然皆因帶去及唱迷劣
年少所致。夜未半, 縣人不意再至, 見平康書, 賊將清正今月初三,
七將登陸, 向湖南; 三將率舟師, 向羅州, 水陸竝進, 今日巡察傳令
再度入來, 使列邑太守領軍馳赴鵠原城防守, 明當馳進, 勢不得來
覲而歸, 旣已委身, 奈何云云。見來不勝驚倒, 係之以泣。發軍差吏
四散招呼, 若不在家者, 父母妻子皆捉去矣。舍弟今朝入縣, 因以
上京設計, 而事勢如此, 何以爲耶? 允諧妻子及申子方家屬亦未知
何如, 而想必發來矣。然道路軍馬多梗云, 極可悶慮悶慮。

德奴持馬以木花反同事, 下去兩湖, 而逢此大變, 亦不得易返,
所持馬匹, 深恐見奪於赴戰軍也。賊勢充斥, 直向京城, 則此處亦
不得安坐, 奴馬無一, 尤極悶悶。逢時不淑, 六載干戈, 天未悔禍,
妖氛又起, 吾不知死所, 雖歎奈何奈何?

八月初十日

曉頭, 行高祖忌祭。初欲今早往見平康, 而近隣無馬, 又欲騎牛而
去, 非但老牛足遲, 天雨又作, 不得已修書, 先送春金伊, 知其退行
與否後, 明間欲往見爲計, 然其可必乎? 金淡今日可來而不來, 必彦

明率去上京矣。昨日蔡億卜, 生清二升, 使人來納。

八月十一日

早食後, 借億守童牛, 騎往入縣, 欲見平康未行前, 而行至十餘里,
路逢春金伊還來, 見平康書, 領軍守鴿原城, 當與巡使進退周旋,
必不赴戰所, 而又且不久還來, 故不卽來覲而歸, 不須憂慮云云。

又見彦明書, 今當臨發向京城, 祭物當以此處所持物, 只奠酒果
而已, 又卽率妻子發來云云。官家時方發軍, 事多擾擾, 亦無官人率
去者, 不得已金淡因以帶去云云。余聞平康今已發去云, 故還來時,
巡見近處太豆、木麥田而還。白米三斗, 春金伊持來。

且朔寧居甲士池允福來謁, 因言去月上京, 與德奴相見云, 今月
初二日間下去湖南云云。允卜弟彦卜者, 本居平康地, 役屬平康, 亂
後移居朔寧, 役屬朔寧後, 彼此相詰, 得罪於本官者多, 疑慮不見久
矣, 今爲本道巡使狀啓, 還屬平康後, 又疑重被罪罰, 因來謁, 又獻
米一斗七升、生梨十二介矣。饋酒而送。且閔時中前日以災傷事往
北面, 今始還來, 因呈好梨及朽梨一盤。

八月十二日

朝聞平康昨日不歸, 今日始發云, 深恨昨日不去面見也。閔時中入
縣, 故修書付送, 使傳平康行次處。且北里居鄭仁國來獻菉豆七升,
前日黃茸來納, 而今又如此, 雖曰厚矣, 必有所求, 然時無發言矣。
饋酒而送。全業妻, 新清二升來獻, 饋酒而送。

八月十三日

招鄭世當, 令設壓油機於朴彦方家前松樹。且朴彦方自縣入來, 見平康書, 昨日始發歸, 而但飛報更無來者, 或疑不至長驅如壬辰之勢也云云。凡事, 與公兄事知二三人, 反覆丁寧教喩, 若事急則卽定下人及牛馬, 當奉移深處矣。幸招戶長, 聽其謀計無妨云云。

又令閔時中、朴彦方等爲留此處, 近里閒雜人不赴者六七人率領, 保護一家, 凡使喚等事, 專以此人任之, 以此, 官門伺候置簿減其名, 牌字中列錄其名, 使此面三色掌, 一切不爲使喚, 官門留待矣。但余昨昨聞其已發, 而行到中路還來, 若知昨昨猶在, 則可以馳見, 而終不得見而送, 深可恨歎。松菌十五本、新柏子一斗, 彦邦之來付送。

金彦甫來謁, 因獻生淸二升、粘粟米八升, 饋酒而送。金億守載納軍糧於開京, 今日始還曰 "別無邊報緊急聲" 云, 然處處發軍而去云云。雞一首、東瓜、生梨持獻。夕, 鄭世當, 川魚數十尾來呈。

八月十四日

朝, 縣人載白米十斗、粗米二石來納, 乃平康歸時令掌務輸送矣。生雉三首亦來。明日當用祭需, 可喜。小漢自麻田還縣, 麻田太守所送新稻米二斗、荏一斗、眞末一斗來傳, 而但米五升、末三升縮, 荏子專不來矣, 未知其故也。今使問之於小漢處爾。且金彦春、高漢弼來謁, 彦春則新稻米四升, 漢弼則粘粟米五升來獻, 饋酒而送。

且彦明上京時, 歷入縣, 聞邊報甚急, 平康因巡察傳令方聚軍, 將赴鴿原, 故祭物不持, 只得行糧, 單馬馳歸, 及時率妻子入來云。

鄉民秋夕祭奠, 必不設行, 將至闕奠, 故此處欲設紙牋, 以飯餅、三色實果、二色湯、兩色炙, 先奠祖父母, 次及先君與竹前叔主, 後又及亡女矣。適縣掌務, 生雉三首送來, 隣人鷄一首入納, 故以此備饌矣。夕, 縣掌務又送木末, 而日已昏矣, 未及作末, 故麵則不備, 可恨可恨。

八月十五日

朝食前, 與麟兒行祭後, 餘及生時有功奴婢等無子孫不祭者。曉頭下雨, 朝始晴。賊報若不急, 則彥明上歸, 當以所持物, 必奠於墓下矣。且里中來謁者, 皆饋酒餅而送。又有持餅來獻者。荒村居朴元亨, 清一升來獻, 饋酒而送。

八月十六日

金別監來見, 因呈朽梨大者一笒及靑太, 饋酒三大杯及粟餅而送。全元希、朴英豪亦各獻朽梨大者, 滿盛杻器, 各饋酒而送。夕, 朴文子來謁, 又獻炙鷄一首、清酒一壺, 亦饋酒而送。

八月十七日

送春金伊持牛入縣, 乃牟種受來事也。隣居金億守、全豊等赴鵠原城, 前日平康歸時, 往開京, 未及偕歸, 故今始追去, 修書付傳平康處。但此人等去時, 其老母、妻子、族類等皆來會, 泣送于里外, 人情豈不然乎? 可憐可憐。余則平康去時未及見送, 而今見此人去留難離之狀, 彼此何殊? 悲感之心, 自激于中, 時也奈何奈何?

令伺候人等結漁箭于家後灘, 但前夜雨添, 水盛累防而還壞, 僅能成之, 更待水落後, 防其未防處云云。

且金彥臣去夜來此, 餞金億守, 而因卒得病, 不省人事, 今曉還家臥不起, 而今聞口鼻出血, 人皆曰中矢云。若不救, 則吾家事益無可奈何, 悶慮不已。夕, 閔時中自縣還來, 傳平康書, 見之, 則行到春川地毋津江所修也。曰: "賊兵還營, 時無緊急消息。"但以平康爲本道巡使兼從事, 數月之內, 勢不得還官云, 深慮深慮。然從事則與巡使終始周旋, 必不遠去, 是則多幸。

又見巡察傳令, 自上若進駐前面親征, 則扈衛軍兵不可不預爲措置, 朝廷令巡使親自抄率一道精兵及所食糧餉與軍器諸具, 竝爲措備, 各於境上裝束待令, 徵兵標信下去, 則急急馳赴事云云。賊若還入其穴, 則數月之間, 必無奔遑顚倒之患, 彥明之行, 亦必緩徐, 而南民亦可收拾秋事矣。然兇鋒出沒無常, 安保其必久乎?

八月十八日

春金伊可來而不來, 必受牟種, 以致日晚未及來耶? 未知其故矣。去夜, 漁箭所獲只五介, 而細如小指, 可笑。晝則野鷺立箭頭, 魚落則喙食, 使童奴驅嚇而復還, 可憎奈何奈何? 必編草覆箭上後, 可免其患矣。

八月十九日

去夜下霜, 日氣甚寒, 婢輩所處冷堂, 不堪其苦, 而時未及造家, 可悶可悶。非但此也, 晚耕太豆、木麥, 未及結實, 而逢霜盡枯, 可歎奈何？且令伺候八名刈柴饋點心，又饋酒。然人不盡力，刈之不多，可恨。

春金自縣，種牟一石、眞麥四斗載來，昨日晚發，來宿中路，今始入來云。生雉二首、松茸十本、淸酒一壺持來。因聞生員率一家，昨午到縣，見生員書，十三日自栗田發來，去縣一息程外，其妻有産候，僅得馳至云云。其後未聞無事解産與否，又無使喚人，不得伻問，深慮不已。然擧家未亂前無事入來，是則多幸多幸。夕，李蕆自伊川寓家來訪，彼遭母喪後，今始得見，相與叙話，夜深而就宿。

八月十日

李蕆因此入歸縣內奴家，贈以稻米一斗、甘醬數鉢，聞其不得食云故也。生梨五十介亦贈送。適與兒輩就登東臺俯觀，則秋潭澄澈無碍，而水邊沙渚，羣魚作隊游泳，不可勝數，令春金伊張網，則只得氷魚大者一尾、小魚六尾，乃網破故也，可惜可惜。

八月十一日

落箭所獲川魚，今則二鉢餘，大小竝百二十介。且家人招里婦十四名，饋三時飯及酒麵，會理麻布絲次，費米幾四斗而多未畢理，可恨。夕，生員自縣入來，不相見久矣，今得見之，一家欣慰可言？又聞其妻去十八日，抵縣未久，無事産兒，又得男云，尤極喜幸喜幸。億守赴鵠原而因病還。

八月十二日

生員因留, 食後與兩兒步陟後亭, 因登東臺觀望而還。且落箭川魚
卄五介, 朝食作湯共之。又令伺候人等八名, 伐作籬木, 饋點心。午
後, 與閔時中往見伐木處而還。金彦臣來現, 因呈東瓜二介。初聞
病勢危重, 意爲必死, 而今得向歇, 可喜可喜。然形貌黃瘁, 僅得行
步, 而不能作事矣。金彦寶來謁, 因獻死鷄一首、軟*泡十塊、土蓮卵
少許, 夕食共之, 饋酒而送。

八月卄三日

生員早食後還縣, 又令春金伊載灰出牟田, 乃明日欲耕故也。夕, 聞
越川邊安峽地, 有京人來寓, 令閔時中、金彦寶往問賊奇, 則賊已陷
南原城, 中殿近日將赴關西云。未知實否, 若然則日氣漸寒, 陪老母
率病妻, 又且上下皆無襦衣, 而避入窮山深谷, 必有凍餓之患, 吾不
知死所矣, 徒自付之天而已。六載干戈, 生民盡瘁, 天未悔禍, 兇鋒
又起, 兩湖遺氓, 亦將入塗炭之中, 皇天仁愛下民, 而豈可使朝鮮百
萬蒼生, 盡歸於憔爛而無遺乎? 難諶者天, 浩歎奈何?

八月卄四日

令耕牟田而未畢, 田在朴文子家後。食後, 借騎億守馬, 率閔時中往
觀焉。因坐梨樹下, 驟雨大作, 移入文子家, 文子女婿金彦寶也。彦
寶亦移居其家, 故爲余作點心供之, 又進酒肴。少頃雨霽, 卽還馳

....

* 軟: 底本에는 "鈍". 문맥을 살펴 수정.

來而行, 未抵家雨又作, 走馬入家, 未久雷雨大作, 兼之以雹, 臨夕乃收, 因此牟田未多耕而早罷。

且金別監麟來見, 因呈水梨一笥, 味甘酸而多水, 稍大於凡梨, 饋酒二大杯而送。自今朝得鼻角證, 咳唾無數, 鼻液不絶, 氣頗不平, 非但余也, 一家染及者多, 深恐亦及於老親也。

八月廿五日

又耕昨日未畢牟田而亦未畢。但無灰, 更不得耕, 只種牟九斗矣。且縣戶長以荒村學田監收事入來, 因留宿於閔時中家, 乃時中妹夫故也。饋酒二大杯。今朝, 婢玉春已送于荒村, 而戶長來, 故使之還送矣。

且蔡億福來謁, 因獻軟泡二十餘塊、鷄卵二十餘介, 饋酒而送。乃以病未赴鵠原城, 而官受其病實, 故來謝矣。且生員入來時, 新稻米持來, 而聞吾家時未得嘗新米, 故二斗覓送矣。

自平康歸鵠原後, 縣掌務一番酒三鐥、雉三首後, 今至半月, 而一不更送, 近日則飯膳絶乏, 只以菜物供親, 可悶奈何? 食鹽亦絶, 僅貸一升於隣家用之。

八月廿六日

縣戶長金雲龍歸荒村。閔時中今始入縣, 昨修書因付送。又饋雲龍酒兩大杯, 時中亦飲一杯。且前日所結漁箭, 近日不得一介, 乃不能善築而又毀故也。今日更令築石, 高結箭簾, 而麟兒親見監築。金彦寶來謁, 饋酒三大杯, 又聞時未嘗新稻米云, 故炊新米飯而饋送。

八月卄七日

落箭所獲川魚，大小幷卅餘尾，昨日改築故得之爾。朝時作湯供親，餘及妻孥。午後，縣人入來，見生員書，明當率妻子出來云。掌務送兒雉三首、燒酒四鐥，卽修答還送來人。

　　且麟兒妻產女，而夕日尙高，必申時也。今日日入酉初三刻矣，年丁酉，月庚戌，日乙酉，而時則未知某申時也。四子皆懷脤，而諧與誠皆得男子，謙與諴生女矣。方麟妻未解時，呼痛之聲聞於外，擧家遑遑悶慮之際，三食頃而免身，男女之中，無事易產爲大，深喜可言？一年中兩得男孫，亦已足矣，豈可望又得男乎？只恨謙兒居長，而屢產不育，今又產女而又夭，可歎奈何奈何？三雉適來，可用於產婦藿湯，多幸多幸。

　　且以病未赴鴿原之軍，更令督送，而金彦寶、金億守、蔡億福皆不得免，而彦寶，吾寓家主也，亦不得保護，勢也如何？明日當皆赴令云云。但億福、億守，病未差復，可慮可慮。隣里可信者不在，他日若有避亂之患，則無可倚仗，可悶可悶。

八月卄八日

早朝，落箭所得川魚大小幷八十餘尾，前日不得者，皆因結箭不固故也。且產婦腹痛，終夜不寐，昨夕只服芎歸湯，一服而無材，不得更劑而服，可慮可慮。聞藥干在直洞，故卽使人取芎芎、當歸，臨夕劑服。然氣不平如前，可慮可慮。

　　午後，雷雨大作，移時而止。生員一家擧來，行到中程逢雨，上下盡濕而入來。但麟兒妻方產未久，又且氣不安，故不卽直來于此家，而移居朴彥邦家。臨夕, 余就見兒輩而還。生員無宿處, 來寢此家。

　且見平康在鴒原城去廿日、廿三日所修兩書, 則南原陷沒的實。初則唐將誘賊, 開城門入, 斬殺千餘, 其後衆寡不敵, 至於見陷, 唐兵三千、我兵三千竝六千, 盡爲屠戮云, 不勝驚歎驚歎。然唐兵四萬不久到京, 因以南下, 自上亦隨唐兵後親征, 故此道巡使精抄本道兵扈從, 而平康亦以巡相從事之任, 凡營中諸事, 皆令照管, 勢不得相離云, 悶慮不已。

　高彥伯所率敢死士數百, 尾擊咸陽之賊, 斬殺數百云, 是則差強人意, 可慰可慰。又因還來縣吏曰"去廿三日■簡, 廿四日發來, 行至春川, 聞傳通"云, 賊廿一日已抵公州云云。若然則兩湖已爲荃蹄, 而公山已上, 無防禦之處, 直充京城, 將在不遠, 驚歎罔已。此言實然, 則彥明想必速來而至今不來, 生員聘家亦可入來而今無形影, 是則可怪, 然傳聞未可詳也。

　子方一家消息, 專未聞知, 而平康書中曰"傳聞申相禮還歸益山病臥, 子方亦在藍浦, 以病不得上來, 當於初六間發程"云云, 然則尙留所居處, 而賊鋒若到公山, 則暫不得由直路而來, 尤極悶慮悶慮。

　諗聞完山府伯不能守城之計, 聞龍城之陷, 軍糧軍器, 盡爲衝火而走, 故賊因此充斥云云, 然時未知其實也。湖南已爲賊藪, 則靈巖林妹一家, 未知漂泊何處耶? 又聞賊以海路回來云, 然則乘舟浮海之計, 亦歸虛矣, 悶慮尤極尤極。

八月十九日
荷奴世萬還縣, 修書付送, 乃昨日陪生員一家而來也。落箭所得川魚大小幷百七十餘介, 因昨日雨故多得, 朝時作湯共之。午後, 陰風西來, 黑雲漫天, 雷雹大作, 斯須而止。

麟兒妻產後, 氣頗不平, 食不甘而又不多食, 可慮可慮。芎歸湯一服, 又煎服之。今日乃生女第三日, 洗而作衣衣之。忠兒、義女今始來此, 欲見久矣, 今得相見, 一家喜慰可言?

且海西消息, 專不得聞, 彼此相戀, 其可量耶? 誠兒若聞賊奇, 則想以此極悶, 而余亦聞賊海路回來後, 尤極慮也, 誠家在海邊不遠之地故也。但誠也雖在其妻家, 朝夕無虞, 而別無自己奴馬, 凡出入惟仗其妻家奴馬, 故雖有急難之事, 不得任意使喚, 故至今不得伻人問候; 吾家只有德奴一人, 而使喚處甚多, 自初夏後, 每欲送之, 而終不得遂。今又妖氛再起, 將不得更見而分散, 而此中彼此悶迫情思, 不言可知, 恨歎奈何?

若賊循海而來, 則沿邊必被其毒, 而誠兒妻家必不乘舟避亂, 將入關西, 不然則亦必來避于關東近處, 若然則勢可得相逢之理矣。唯此誠子, 不得合併, 每遭亂離, 相念至此, 深歎不已。彦臣, 桃實一盤來呈。

八月晦日

朝食後, 閔時中來言曰"下流曲潭, 群魚咸聚, 若網獵則多得"云, 卽與兩兒持網步往, 兩網橫張水口, 以一網圍盤石而以長杠搖石, 則大小潛藏魚族, 觸網而翻躍, 又有逃逸者, 又罹於水口張網處, 所獲大小竝三百餘尾。罷還時, 巡川邊賞玩, 則寒流淸澄, 雖深潭, 徹底可觀, 處處楓林, 染丹可愛, 或坐或行, 垂暮抵家。卽令擇其大者百二十餘尾, 使仲女作膾而分喫, 又飲秋露一杯, 久阻之餘, 甚是佳適, 而況且生員一家適來, 與之共之, 尤可喜慰。餘魚則夕飯作湯共之。招閔時中, 又饋餘膾, 而飲之燒酒一杯, 乃與共獵故也。

且今日落箭川魚, 無一介得來, 昨夕有雨意, 必多落而今無一鱗, 必有人先竊而去也。他無可疑者, 惟此箭, 去春朴莫同者結而多得魚, 今爲吾見奪, 想必懷恨而偸去也。又聞其子避役居于安峽地, 今因抄軍又避, 來投其父家, 性甚不順云, 亦或疑此人所爲也。然時未現捉, 不可顯言而咎之也。欲使春金伊乘夜隱于結箭近處窺之, 則必有可得其實, 而只着一單衫單裙, 霜夜觸寒, 必不可堪, 故不忍強送矣。莫同家居箭灘至近, 故人頗疑之。

且夕, 縣戶長全雲龍, 荒村學田監收載來, 半稷平四石九斗, 而四斗則種子計給云云, 因連日雨, 草蕎未及盡打, 積在田畔, 若更打則亦可收一石之穀云云。半稷云者, 乃與粟交種而並收, 故此處人謂之半稷矣。平康在縣時, 使吾一家收用, 而家無監穫者, 令戶長來看爾。饋戶長魚膾, 而又飲酒兩大杯, 載穀來納人, 亦饋酒而送。且今日獵魚網, 則乃生員持來, 而無一罟破處, 故所觸輒罹而無一介逃免者。近日若以此綱獵之, 則川魚可得■■, 吾網則盡破不可更用也。

且令金彦臣持鋤■■, 改造鎌子兩柄於冶匠處。此縣冶匠移居安峽之地, 去此不遠也。鋤一柄, 因日暮未及改鑄, 還持來矣。且此卷自二月初始錄, 七閱月而畢, 乃紙窮, 若更加他紙, 則必卷厚不合, 故雖未終年, 至此而止。

雜記

庚戌年秋別試，十月廿日殿試，允諧以策三下得叅龍榜，一門之慶爲如何哉？家窮不得設慶筵，而其兄爲吾假貸諸處，作慶筵。十一月初三唱榜，第三日設宴於宗廟洞鄭天安家，內外賓咸會，妓工及呈才人各呈所技，至於夜半而罷。兄弟得第，吾門從此庶可興起，其爲喜慶，可勝言哉？

外賓，則延興府院君、朴二相弘耈、吏曹判書李廷龜、京畿監司尹昉、同知具義剛、右尹呂裕吉、承旨柳慶宗、司僕正安昶、前執義金止男曁余父子；四館，則崔挺雲、尹民獻、崔廷元；內廳，則南僉知宅、李長水宅、任叅奉宅、東萊家內及妾、允諧養母及妻、忠立妻今始來謁舅姑、沈書房宅、崔挺雲妻氏、崔正字妻氏及妾。觀光者如堵，而家窄不能容衆，可恨可恨。

王若曰：自古用兵禦敵之策，有二，不過曰戰與守，而考諸往牒，其勝負成敗或不繫於衆寡強弱之勢。田單以卽墨殘卒，復齊七十城，光武以烏合數千，破尋邑百萬衆；諸葛亮仗義出師，而見退於陳倉，唐太宗威振四夷，而不利於安市，其勝敗之不同何歟？符堅渡肥水，大軍自覆，張巡守睢陽，江、淮獲全；岳飛捷郾城，偏師乘勝，呂文煥失襄陽，元兵長驅，其行師守禦之得失，可歷指而詳言歟？

惟我東方，自前朝以來，屢有兵患，而姜邯贊摧破契丹，鄭世雲殲滅紅巾；朴犀開守龜城，而蒙將興歎，宋文冑守竹州，而遺民全活，其時兵盛食足而能致此耶？予以否德，叨承丕緒，值此變亂，剪焉傾覆，■■[夙夜*]含痛，庶幾戮力征繕，以討此賊，而衰替不■[振*]，日就於危急之地，欲戰則兵單，欲守則食乏，計策徒勤，無一

歸宿, 予罔知攸濟。抑擇將而非其才耶? 治兵而失宜歟? 生財之違
其道歟? 保民之乖其方歟? 如欲使干城登庸, 軍政修明, 糧餉充裕,
人心固結, 用之於戰守, 無不如意, 以邃予復讎殲賊之志, 則其道何
由? 其本果何先歟? 子諸生必有商論古今, 明達時務者, 其各悉心
以對, 予將親覽焉。

殿試, 讀卷官, 李山海、李德馨、申點、對讀官, 李海壽、沈友
勝、鄭經世、宋淳、承旨禹俊民, 講經入門儒二百一云云。別試武
科四百七十餘, 謁聖武科一千七十三, 北兵庭試六十餘, 丁酉三月
十七日出榜。

甲科一人: 生員趙守寅, 父廷機。

乙科五人: 察訪趙中立, 父進、幼學尹曙, 父民新、奉事許禰, 父
昉、幼學李必榮, 父士修、進士任守正, 父國老。

丙科十三人: 縣監吳允謙, 父、生員柳㳦, 父夢彪、生員鄭弘翼,
父思愼、幼學申鑑, 父光緒、直長宋錫慶, 父興祚、糸奉元虎智, 父
繼誠、縣監柳希奮, 父自新、幼學閔機, 父汝健、幼梁夢說, 父國傑、
縣金悌男, 父禧、幼朴燁, 父東豪、李久澄, 父銑、梁慶遇, 父大樸。

爽口物多須作疾, 快心事過必爲殃。

丁酉四月初一日, 文臣重試書題, 擬漢丞相諸葛亮請勿自菲薄

....

*　夙夜: 底本에는 없음.《趙守寅及第文科策文筆寫本》에 의거하여 보충.

*　振: 底本에는 없음. 上同.

以塞忠諫之路表, 入門數七十一, 成篇三十三, 而只取五人, 許筠居魁, 李屹次之, 金德謙、車天輅又次之, 舒川倅韓述亦參, 而曾已資窮, 故今陞堂上云云。

謁聖書題, "四月初八日", 入門數二千餘云, "擬漢定遠侯班超謝徵還京師表"。

甲科一人: 幼學尹繼先, 父希定。

乙科一人: 幼尹煌, 父世昌。

丙科六人: 都 姜弘立, 父紳、幼李汝賀, 父、權縉, 父進、林晛, 父克恂、李幼淵, 父養中、金緻, 父睍。

景欽之姪也, 深喜可言? 允諧幾得參, 而以其先爲柝見批封而不得, 幼淵、晛兩人, 不柝批封, 故不計文之工拙得選云, 天也奈何奈何? 四月初四日, 北道正兵來京者取人時, 文科庭試, 竝取儒生, 入門數一千九百七十八云。

書題, "撥唐東川節度副使高崇文謝賜詔征蜀諸軍表", 限巳時。

甲科一人: 生李好義, 父天擎。

乙科三人: 進尹暄, 父斗壽、幼兪昔曾, 父大祿、李民宬, 父光俊。

丙科五人: 幼李志完, 父尙毅、洪命元, 父永弼、司果李廷冕, 父民覺、生柳潚, 父夢彪、進蘇光震, 父誠民。

前日別試, 柳浹登第, 今次庭試, 柳潚亦登, 夢彪兩子, 兩試皆得龍選, 其一家之慶爲如何哉? 洪命元乃允誠之友而居在一洞, 其祖乃余相厚長友也, 其喜尤極。

李廷冕表, 用莊子之語, 自上命削科事議啓, 以大臣議得還許云, 殆也哉! 莊、老之語, 雖曰詭誕, 皆是寓言, 乃文章之祖, 而自古文人詞子, 孰不剽竊? 而用之非欲取法。

　宋高宗在潛邸時, 遇道人徐神翁, 甚禮敬之, 神翁臨別, 獻詩曰:
"牡蠣灘頭一艇橫, 夕陽西去待潮生。與君不負登臨約, 同上金鰲
背上行。"當時不知詩意謂何。後高宗避金狄之難, 將逃于海, 一日
次章安鎮閣舟灘上, 以遲晚潮, 問舟人曰: "此何灘?"曰: "牡蠣灘。"
遙見雲木中有閣巍然, 問居人曰: "此何閣?"曰: "金鰲閣。"高宗乃
登焉, 見神翁大書往年所獻詩在壁間, 墨痕如新。卽此以觀, 人生
一行一止, 與夫禍福得失, 自有定數, 豈偶然哉? 而舉世昧此, 役役
經營, 心勞日拙, 不知冥冥之中, 造物安排如此。金麟、金愛日、許
忠、金明世。

　　樂學歌　王心齋
　　人心本自樂, 自將私欲縛。
　　欲私一萌時, 良知還自覺。
　　一覺便消除, 人心依舊樂。
　　樂是樂此學, 學是學此樂。
　　不樂不是學, 不學不是樂。
　　樂便然後學, 學便然後樂。
　　樂是學, 學是樂。
　　於乎!
　　天下之樂, 何如此學?
　　天下之學, 何如此樂?
　　黃海道海州月谷面桑林大洞居十三代孫文煥騰書後付背。

付記

丁酉二月爲始, 正月則付上卷。

靑草湖邊一故丘, 千年埋骨不埋羞。

丁寧囑付人間▣[婦*], 自古糟糠合到頭。

題羞墓乃朱買臣, 而方孝孺詠。蒼蠅之飛, 不過千步, 自托騏驥之尾, 則能行千里路, 然無損于騏驥, 使蒼蠅▣▣。

疏

先是, 御史劉臺按遼時上疏, 發居▣▣▣直首犯其鋒, 殆赴詔獄, 編伍而去, 先言顯▣▣▣情戀位遺親之罪, 其後聞父之訃, 不奔喪, 故吳、趙二公繼疏被斥。萬曆丁丑十月朔, 編修吳中行、檢討趙用賢上疏, 師相張居正不奔喪之罪, 員外郎艾穆、主事沈▣▣[思孝*])亦共上一疏, 進士鄒元標亦疏, 極斥居正之奸, 因皆被杖謫戍。當吳、趙二翰林疏上待命時, 兩家子弟走入關王廟, 爲父禱命得籤云。一生心事向誰論? 十八灘頭說與君。世事盡從流水去, 功名富貴等浮雲。右, 吳編修。三千法律八千文, 此事如何說與君? 善惡兩含君自作, 一生禍福此中分。右, 趙檢討

己酉九月初吉日, 十二代孫文▣聖熙付。

....

* 婦: 底本에는 磨滅됨. 方孝孺의《遜志齋集·買臣妻墓》에 근거하여 수정.
* 思孝: 底本에는 磨滅됨.《明史·沈思孝列傳》에 근거하여 수정.

瑣尾錄 卷之六

五百里遠程, 躬自負來, 均是子孫, 不憚汗勞, 豈無慕先之誠然歟? 奉手拜讀, 如陪議政公, 而感涕百倍矣。傳寫時, 勿以污紙生毛爲祝。

如此苦熱, 未委侍況何如? 懸慕可言? 老物賴愈, 侍奉依保。但流離諸處▣, 去春來寓平康西村安▣。君邑不遠, 思欲一就以展積▣, 炎極熾, 玆不得出頭, 當竢秋爲計。且中自亂離後, 宗家殘裔流落▣…▣。

丁酉日錄

九月小【十二日霜降, 廿七日立冬】

九月初一日

麟兒妻自產後, 迨未起坐, 氣甚不平, 飲食又減於初日, 可慮可慮。
乳兒亦齒糞累生, 長哭不能飲乳, 日再剔去而復生, 其母亦以此, 恐
其不生, 憂慮不已。因致愆候也。○戶長金雲龍還縣, 修書付傳衙
內。○去夜落箭川魚, 大小幷四十餘尾, 而大者過半, 以今所獲計
之, 則昨夜見偸必矣, 可憎可憎。

九月初二日

麟兒妻, 今夜則氣頗似歇, 終夜安寢, 乳兒初昏齒糞剔拔後, 亦飲乳
如常, 熟寐不哭, 可喜可喜。○落箭川魚大小幷三十五尾獲來, 作片
鹽乾, 欲爲佐飯。○晚後, 令伺候兩人伐木, 沈魚巢四處, 余親往見
之。麟兒張網東臺下, 得魚四十五尾, 夕, 作湯而共之。

○縣房子春世入來, 掌務送栢子一斗、榛子五升、清二▣[升*]、▣米三斗、艮醬三升、兒鷄二首、燒酒二鐥負來, 鹽一升亦來。近▣…▣已久, 官家亦無, 僅得以覓送云云。小漢前日未納▣…▣來。○朝, 金主簿明世來見, 縣掌務生▣…▣乏只此可恨。

○昏, 彦明率妻子, 今始入來。麟兒妻▣…▣寧, 故姑使移宿東家生員寓處。苦待▣…▣聞南妹亦出城門, 因向關西, 而切欲去▣▣來▣…▣高城力止不可, 故悲泣不已云, 人情豈不然乎? 不勝悲▣…▣。彦明聞南原陷沒的實, 而滿城唐我軍兵, 竝爲屠戮, ▣…▣一家及楊總兵接伴使鄭期遠, 皆不得免, 楊總兵亦被刃逢丸, 僅以身免, 載還京城云。全州則因此不爲城守之計, 府尹先出其妻孥, 滿城兵民盡爲逃出, 而方其出走之時, 唐將使唐兵守門使不出, 而我軍刺殺守門唐兵後爭出云, 不勝痛惜。賊入據完城, 先鋒已到礪山之境焚蕩, 或云來抵公州而還下去云云。但唐兵由水路, 六百餘艘, 已泊唐津海口云, 賊若聞之, 則必不肆意直衝京城, 是可慰矣。

○吾一家在南者皆來會, 而但子房家屬至今不來, 一不聞去留消息, 悶慮不已。德奴亦可速還而今無形影, 尤可慮也。必賊聲稍緩, 因爲所欲爲也。

九月初三日

早朝, 彦明妻子移來。○麟兒妻自昨夕, 氣還不平, 飮食亦減, 極悶極悶。○金彦寶、金億守昨日還來, 今始來謁, 前日已赴鴒原, 行到

中程, 聞以贖其軍糧還送云故爾。必在平康在營圖之矣。饋酒而
送。

　○金彦春, 酒肴來呈, 乃伺候人也。○平康書來傳, 乃去月廿六
日所修也。見之, 則時無疾病云, 可喜。但本道巡使領兵千餘, 已下
鴿原山城, 到原州犒軍, 將向興源倉結陣。斥候則分左右, 昨曉已渡
江, 至賊所屯處偵探云。大槩此賊若欲直擣京師, 則必分道, 由鳥、
竹嶺之路, 而兩嶺之外, 時無聲息, 此必焚蕩兩湖, 仍爲窟穴, 或進
或退計也。然驪江以南, 忠州以西之民, 扶老携幼, 奔走號哭, 連絡
渡江, 所見慘惻云, 然唐兵由海路, 已到唐津九十浦云, 極可寬心處
云云。但平康以從事之任, 營中諸事, 皆令照管, 非但退還無期, 勞
苦倍甚云, 極可悶慮。贊劃使李時發將三千兵, 直向賊屯, 移文此
道請援, 故巡察欲渡江以爲聲援云云。

　○平康求得於嶺東守令, 松魚二尾、鹽銀口魚十尾、生鰒五十
介、文魚一尾、大口腹莊五介、大口卵五片覓送。供親飯饌久絕, 適
及於此, 可喜可喜。○落箭魚廿餘尾得來, 作片乾之, 張網又得廿
餘尾, 亦作片。

九月初四日

麟兒妻, 朝則似歇, 而然飲食不甘, 午後則似有熱候, 可慮可慮。○
落箭川魚廿五尾, 作片乾之。○令一家奴婢五名刈粟布乾, 乃彦臣
所獻田也。晚後, 余親往見之, 還時又見荎豆田, 則未及實而逢霜
盡枯, 可惜可惜。彦明與允諸兄弟持網獵魚, 循川上下, 親自張網,
余亦來時入見, 與之共獵, 得二百七十餘尾, 或作膾而■…■湯而共

之。○昏, 縣人入來, 掌務送醋一升、皮木一斗、藿■…■明間, 有往
鵠原城者, 裁書送來云云。

九月初五日

族人趙仁孫持鵠原簡入送縣衙, 使付歸者。○■…■全業去月上番
歸京, 昨夕遞還, 因聞賊結陣于全州■…■時無進退奇別云, 中殿
當初欲出城向西, 擇日已定, 而爲唐將所遏, 尙留不發, 唯侍衛內人
等乘夜潛出東小門, 已過兎山縣入西云云。楊經理初二日當入京,
而城中士庶已出者, 或有還入, 欲出者姑留不出云, 乃楊爺痛禁出
避之故耳。

　　○昏, 全豊持平康書入來, 見書, 則平康今午到縣, 乃賊聲稍緩,
故列邑守令、巡察皆使還官, 若更爲傳令, 各卽聚會云爾, 平康則明
明來覲云。意爲久不可見, 而今聞來縣, 數日之內可得相見, 渾家深
喜可言? ○令一家五奴婢刈粟布乾, 而未畢。

九月初六日

生員令埋土屋而未畢。○僧法蓮來見, 因留宿, 摘山葡萄、月乙羅
及好梨三十餘介來獻。○夕, 趙仁孫自縣還來, 見平康書, 明日當來
覲云云。新魴魚一尾、乾亡魚一尾、文魚一尾、大口五尾、鹽一斗、
燒酒三鐥付送。○令兩婢刈昨日未畢粟而布之。

九月初七日

令伺候人等埋土屋。○金億守妻, 蒸粟粘餅來獻, 全豊妻, 粘粟米

一斗亦來呈, 乃謝赴防鴿原, 先人還家之意。○有人眞茸一笥來獻, 今明乃妻母忌也, 適及於此, 深喜, 饋燒酒而送。

　○與蓮師終日着奕, 互相勝負。午後, 平康來覲, 久濶之餘今得相見, 一家渾喜。白米五斗、鹽四斗、法油一升、石首魚二束、鹽錢魚十五尾、乾項黃魚二尾、生雉四首持來。因聞崔判官應辰家, 出火盡燒, 僅以身脫云, 不祥不祥。

九月初八日

令一家奴婢五及官人三刈木麥布之。○金彦臣母, 粟米一斗來獻, 而舍弟及生員家亦各呈新豆一斗。○近日, 舍弟家屬及生員妻子咸會于此, 群兒作隊遊戲, 追憶亡女, 尤不勝哀痛之懷, 中夜不寐之時, 潛墜悲淚, 哀乎悲哉!

　○昏, 巡使傳通內, 兇賊充斥恩津、尼山、連山、石城之境, 彌漫焚蕩, 已到公州十里之外, 左衛則林川、韓山之地, 時方焚蕩, 烟焰漲天, 留衛軍整齊, 更爲傳令, 卽時馳來事。以此, 平康卽欲還官, 而夜深不果, 明曉馳還爲計。

九月初九日

平康未明而食, 啓明而發歸。今日乃佳節, 故初欲設奠神主後, 因爲老親備呈行果, 爲一日之歡, 而不意馳去, 竟不得遂, 恨嘆奈何? 非但此也, 若赴鴿原, 則將領軍渡江進陣云, 尤可悶慮悶慮。以此筵需, 不使自外備設, 而諸具入內備饌, 唯麵餠自外造納。先奠先君, 次及竹前叔父兩位■…■生員養祖父母與其養父後, 以及亡女後,一家上下共破，餘■…■隣人來謁者。僧法蓮亦在，故又饋之。午後還歸浮石寺，■白米二斗、粘米二升、木米一斗五升、淸二升、眞油一升、藥果二十立、小童桂三升、大口三尾、文魚一尾、生雉二首、鷄兒五首、淸酒六鐥、燒酒六鐥、生卜四十、乾卜四十四、甘醬五升、艮醬二升、獐前後脚各一、弖飛二隻、內外心肉各二、內腸全數、生梨四十、生栗三升、鷄卵二十枚、桔梗正果一升、葡萄正果二升、實栢子二升七合、榛子一升八合、楸子一升五合、西果二、松茸三十本，此乃自外入內之物也。

　○金彥寶，軟泡一筒、淸酒一壺來獻，楡津居百姓韓雲鳳，生淸三升、粟米一斗二升來獻，別饋酒餅而送。全元希，朽梨一盤來呈，亦饋酒餅。○麟兒妻尙未起坐，飮食頓減，症候非輕，每疑不起，悲涕不已，尤極悶慮悶慮。

九月初十日

生員入縣，要見其兄未歸前矣。○令一家五奴婢，前日布粟收束，而積置田畔，竣他日餘暇，打正爲計。晚後，親往見之。○麟兒妻症候如前，而用心不已，極慮極慮。

九月十一日

去夜，急報來傳于縣，使員先速馳來，未到防軍，則令代將領來，故員曉頭發去云。更不得相見而去，不勝悲歎悲歎。催軍縣吏處處督之，而此里前日未赴者亦皆發歸，必兇賊充斥近境矣，憂悶不已。生員今日必可來而不來，其兄晚發而去，故未及來耶？可怪可怪。

○夕, 南妹奴德龍持妹簡入來, 見之, 則昨日妹也切欲來覲, 而方發行之際, 聞賊來犯平澤之境, 還停來計, 伻奴問候, 若差緩則當歸西時歷謁母主云云。賊若犯近, 則生員妻家尙留振縣, 可以馳來, 而至今無形影, 虛實未可詳也。中殿今明當歷宿麻田郡入西云, 亦不知其實然也。妹也今留赤城地, 而去此二日程矣。

○前別監金麟、校生金愛日來見, 乃以本縣募粟有司, 巡里而勸之, 民多不應云云, 然太則皆應給, 而米給者少云云。

九月十二日

南妹奴德龍還歸, 修書付送。又付生鷄一首、松茸十一本、乾文魚四條、川魚食鹽一缸、甘醬二鉢及藥果、桔梗正果少許, 幷覓送, 使妹入西時, 須歷來事, 丁寧言送矣。○令伺候人及家奴婢等收打前日布曬木麥, 則全四石二斗出。初以爲早霜枯損不實, 而適以下霜時過, 此地不爲被傷, 故不至盡枯。人皆曰"近處木麥皆無實, 而此則多出"云云。金別監麟與許忠持酒肴來見田畔, 金彥寶亦與偕來, 終日叙話, 頗慰無聊, 日傾各散還。來時, 生員自縣追來, 與之偕還, 因聞其兄今朝始發而歸云云。

○浮石僧法熙, 芒鞋五部、當歸一束付送, 鞋則各分而着之。○麟兒妻氣候雖不如前日, 而猶未起坐, 尙無快蘇之期, 悶慮悶慮。生員來時, 平康, 外紬一疋付送。因聞宋仁叟三寸宋翔, 昨夕歷宿, 因向安邊云云, 仁叟則率一家向歸江陵云云。○朴元亨, 新木米五升、薇蕨一笥來呈。

九月十三日

朝, 令家奴婢等刈彦臣田粟, 布之。○玉洞驛婢重今田幷作人朴銀宗, 粟平二石二斗載來, 曾已監收, 逢置其家故也。

○夕, 縣掌務, 粗米一石、粟米一石、栢子五斗、眞末二斗、松茸百本、白文席一葉, 令官奴等載送, 乃平康在官時帖給, 使之輸送矣。因聞賊先鋒, 到水原禿城而還去云, 時未知其實也。然邊報斯急, 此地亦不安存, 當爲避入北面之計, 而此面有牛馬人處, 留縣將發牌字, 使輸吾家糧物, 先送于北面云云。然更待京城不守後, 發入爲計。日氣漸寒, 上下衣薄, 必有凍餓之患, 極悶極悶。但咸悅一家消息, 尚未得聞, 德奴亦未知向歸何處, 必爲賊路所梗, 不得入來耶? 尤極悶慮。欲待德奴木花反同後作衣, 而其死生未可知也。所着只兩薄衣外, 更無可着之衣, 可悶奈何? 使喚官奴春金伊, 則減蔡億卜軍糧布, 得襦衣一件着之矣, 此乃平康在時敎之爾。

九月十四日

令伺候人送于兎山縣, 欲聞賊奇及凡唐兵去留與中殿行次過去與否事, 兎山太守前, 生員修書付之。○又令一家奴婢等收李仁方田豆。

○安峽居李進先者, 初夏赴嶺南高彦伯軍, 今始還來, 歷謁曰 "來時, 路逢平康一行, 時無事入歸"云云, 又曰"賊嶺南左右道布滿, 而慶州陷沒後, 渠亦逃還, 而下三道都體察使來到原州, 慶尙左道監兵使亦退入江原之境"云云。進先乃富人私奴連守之子, 而曾已納粟從良矣。饋燒酒一杯而送。○金億守, 新豆一斗來呈。

九月十五日

麟兒妻數日來，氣頗向歇，飲食亦加，但腰下不能運，尚不得起坐矣。然自此猶可永差，深喜深喜。○金億守以事出去還來，呈生梨五十介矣。○全業，太一石納，乃官家應納太豆，各一石捧置，而前日平康歸時，使納于吾家，故先納太，而豆則隨後備納云矣。○生員家，粟十斗、太三斗給送，前日半稷平一石、豆五斗、正租四斗、田米一斗、白米五升、末醬二斗贈之，使饋奴婢等。

○令一家奴婢拔金光憲田豆，未畢。○隣居人，薽楎一笥來獻，甘酸可口。○兎山歸人還來，見兎山書，內殿，今日自朔寧當入本縣，東宮亦陪廟社神位西歸，賊奇則頃者，先鋒來到陽城、振威之境，與頗遊擊相逢，賊着我國人服渾雜，而唐將覺其僞，擊殺殆盡，故賊退陣于稷山，而一枝則向竹山之路云，然未知其詳云云。

九月十六日

連日下霜，朝則氷合，履霜堅氷至信矣。上下衣薄，不可說也。○令伺候人及一家奴婢等打正前日所收李仁方田豆，則平二石四斗，晚後親往見之。乃朴文子家前，故文子殺鷄爲饌，作點心而供之。

○夕，南妹自赤城入來，要謁母主兼叙同生等故也。意外相見，渾家欣慰可言？相與環坐母主房中叙話，夜深乃罷。近因賊奇稍緩，故姑留赤城，因以馳來矣。

九月十七日

南妹留在。○令一家奴婢等拔前日未畢豆，亦未畢。○夕，崔忝奉率

一家四男婦入來, 上下幷廿五人, 牛馬七, 他無可寓之家, 姑令入寓
生員家, 而生員養母則來宿此家矣。饋上下食。此處, 因擾不得炊
飯, 而白米一斗、田米一斗及饌物, 付送生員家, 令炊供矣。適掌務
送酒一壺, 飲景綏, 因聞賊來犯漢江而還退云, 然未知其詳矣。若
然則避亂人必多入來于此, 而時無奔波之奇, 疑或虛傳也。然自京
城外至楊、漣之境, 避亂人連屬不絶, 而皆向關西, 或停行于麻、
赤、楊、漣之間云云, 亦未可詳也。

九月十八日

南妹留在。朝, 邀崔㕦奉對食朝飯, 而亦留。○安峽居連守送兒猫,
乃前日求得故也。○昨日, 崔判官來訪, 終日敍話, 因饋點心而送。
○令一家奴婢三, 拔前日未畢豆而盡之。

　　○荒村居朴春摘薇蕨一筥來呈。又令春金伊摘山葡萄及薇蕨,
贈南妹, 乃欲供翊衛切求故也。○馬太二斗、豆一斗, 送崔㕦奉處。

九月十九日

殺兩鷄作朝飯, 邀饋崔景綏及其長男振雲, 意欲其四男幷邀而饋之,
而家無器具未果, 可恨。又饋夕飯。○令家奴婢等收束彦臣田粟,
積置田畔, 五十三束云。移收木麥, 亦積田中, 乃家前官田也。○午
後, 南妹欲見家後亭, 與之登陟, 生員養母及兒輩皆從焉。良久觀望
而還下。

九月廿日

早朝, 南妹還歸赤城, 臨別與天只, 悲涕不已。八十老親, 更得相逢難期, 人情到此, 寧不悲感? 余兄弟追送十里外而還。他無贐物, 只將赤豆二斗、皮木三斗、鷄一首、西果大者一介、一日糧白米五升、田米五升、馬太一斗贈送, 葡萄正果一鉢亦贈之。去十六日來此, 留三日, 今始還歸, 更使強留數日, 而未知賊奇緩急, 又有其大忌臨迫, 故不得已歸云云。

○昨夕, 閔時中自縣還來。平康去後, 時無還來者, 未知好去與否也。縣人全巨元, 平康在縣臨發, 以探候賊奇事, 送入京城, 昨日始還。然凡奇亦未詳知, 而泛然道聽, 虛實亦未可知。巨元來時, 歷入坡山, 受牛溪簡而來, 牛溪亦致書於余處矣。因聞賊兵到所沙。

○天兵三戰三捷, 斬馘數百, 平安兵使李景濬亦以強弩, 射殺五六百云。然賊勢不衰, 散入陽、安城, 今向山之境云云。但天將不以守京爲意, 故人無固志, 而今聞天兵數千, 數日內上京, 劉摠兵亦領大軍, 不久將至, 有先聲云。倘倖天兵大集, 則賊退可保矣。不然, 大軍不早來, 而賊若臨江, 則江灘, 唯有我軍防守云, 豈不大可憂乎?

○年前此日, 乃亡女得病之日也。偶然追憶, 不勝悲痛之心, 因此病竟不得救, 寧不爲之悲泣? 一家少長咸集, 汝獨先亡, 使我有無窮哀痛之懷抱, 尤不覺哀淚之添袖也。嗚呼悲哉悲哉! ○令伺候人及一家人等, 打正金光憲田, 則赤豆平二石八斗, 乃三日耕田也。種豆十一斗, 而初意所出小不下七八石, 而所穫只此, 可恨奈何? 不好之田, 雉鹿作藪, 爲半損食云云。今年所得豆, 實不及五石, 衆多之口, 必不至歲前而絶矣, 可慮可慮。

○京主人金謹寶自縣入來曰"來路偶聞, 昨日咸悅行次入縣"云云, 然未知的奇, 疑慮不已, 若然則其喜可言可言? 明曉, 欲使麟兒入縣見之爲意。○麟兒妻始起入內, 可喜可喜。

九月十一日

送麟兒入縣, 要見其妹也。○令伺候人等又借隣牛幷六, 輸入籬薪凡四次, 卄四馱矣。○崔判官來訪, 邀崔景綏共坐梨樹下敘話, 彥臣來獻濁酒一壺, 與之共飮。判官先歸, 又與景綏着突, 因饋夕飯。

○縣人來傳子方書, 昨日到縣云。見女息書, 一行無事來此, 而中道因子方母氏患恙, 不得速來云。苦待之餘, 今聞之, 不勝喜怵喜怵。申相禮亦致書矣。因聞許鑽與德奴, 在南陽地, 欲得木花少許而入來云云。然則生存, 早晚必來, 可喜。

○夕, 崔挺雲自伊川入來曰"高彥伯軍官適到伊川, 謂曰'唐兵與我軍合力, 擊賊車峴下, 斬殺九千六百餘, 賊退遁礪山之下'"云云, 若然則一國之慶幸, 爲如何哉? 然時未知虛實矣。

九月卄二日

送人入縣, 致書于子方家。○皮木三斗、白米五升, 送于崔景綏寓所, 赤豆一斗別送崔挺雲妻氏處也, 乃*得源女息也。生員家, 前日皮木五斗, 今日赤豆五斗送之。○伺候人春山, 芝草少許採納, 乃前日給

....

* 也乃: 底本에는 "乃也". 문맥을 살펴 수정.

由, 使之探來矣。

　　○平康歸時, 行到山陽驛修書, 使金化人送之, 今始來傳。見之, 驛婢重今屯田事, 今逢銀溪察訪書者言之, 則曰: "察訪曾已許上大宅, 豈有更推之理乎?" 卽牌字成給, 使傳玉洞驛子秦貴先處矣。卽令彦臣往諭貴先。

九月卄三日

令一家奴婢等收菉豆, 積置田畔, 但早霜無實, 可恨。○金彦甫, 川魚四十餘尾來獻, 卽作片乾之。近日無饌, 可以供親, 可喜可喜。○昨夕, 李察訪賓及其弟賁自伊川來訪, 乃避亂來居伊川縣內矣。因與同宿, 不意相見, 欣慰可言?

九月卄四日

李察訪兄弟留一日, 今朝還歸, 無物可贈, 只以皮木各二斗、赤豆各一斗、白米一斗、甘醬各二鉢、淸蜜一升贈送。○昨夕, 咸悅女息自縣入來, 苦待之餘, 今得相見, 喜慰可言? 但亡女不在, 相與環坐, 悲泣不已。因聞賊退遁, 故平康明明間還官云云。且女息率來奴馬還歸時, 馬太五斗、赤豆二斗、白米一斗、鷄一首, 送于申相禮前, 甘醬三鉢、艮醬二升亦送矣。又致書子方, 使陪相禮, 明日來會于浮石寺, 展話爲期, 因送泡太三斗于浮石寺。○金億守, 豆五斗、太三斗來獻。○朴銀宗打草粟五斗, 朴春打草半稷平一石來納, 乃前日未及打之物也。

　　○崔彖奉率一家移寓所斤田金希家矣。○令一家奴婢六, 收高漢弼田太及朴文子田太，積置田中。○今見振兒，解語呼答，可憐可憐。

九月十五日

女息來宿我房，昏曉，寤則相話，心懷可慰。但振兒近日日寒，連夜放屎，皆致下冷故也。然不知污穢之染衣，愈覺其愛憐，自然慈性根於天，豈其外假乎？○子方牛馬甚多，難於喂養，一雌馬，牽來秣之爾。

　○食後，與生員往浮石寺，歷訪崔景綏，因欲携去，適氣不平，不偕可恨。入寺未久，子方陪相禮入來，相與叙話。余佩酒肴，各飲兩杯，寺僧又供軟泡，適軟好，故各食卄餘串，而相禮十四串矣。因與共宿。縣掌務送酒一壺、雉一首、白米六升、田米一斗、馬太三斗，以此爲糧，乃昨日掌務處覓送事，敎之爾。

九月卄六日

朝食，寺僧又供軟泡。晚後，子方陪相禮還縣。余亦與生員還來時，又入景綏寓家叙話。縣所送酒持來，欲飲景綏，而因景綏氣不平，故不飲，招金麟，饋兩杯而還。

　○聞平康昨日還官，因聞長水一家，避入洪川地，平康往還時，皆入見，覓糧饌贈之云云，兩嫂皆步行云，不祥不祥。○自昨採菁根，僅四石，而欲沈無瓮，可恨。○金彦寶，川魚四十尾，閔時中，百尾來獻。

九月卄七日

令一家奴婢收折所斤田太兩處, 而未畢。麟兒往見而還。○聞洪州居李光輻妻子, 避亂來寓縣內, 令家人修書, 又送赤豆一斗、甘醬一鉢。李公往在壬辰、癸巳之間, 余一家避亂, 寓居其溪堂, 多得救周之惠, 而不久, 李也病死, 其妻子流離至此, 可以報之而力未及焉, 可恨奈何奈何? 李也乃謙兒妻族也。

九月卄八日

令奴婢等收昨日未畢太。○食後, 與彥明巡見魚巢沈處。○崔判官致書佇問, 又送水茄子種, 修答謝之, 報以蔥種。○夕, 平康來覲, 陳鷹亦臂來, 來路, 捉雉兩首納之。

九月卄九日

朝前, 拯魚巢捉魚, 而巢口設筍, 上下張網獵之, 則一瓦盆矣。日未甚寒, 編筍亦疎, 小者盡漏逃去, 不多得, 可恨。○溫陽居李時說妻甥李行避亂來寓金化之地, 因來問其妹去處, 饋朝飯而送。○崔判官、金主簿及崔振雲、金麟來見而歸。○官沈魚巢, 八斗捉得云云。

　○夕, 子方奴子持馬入來, 因聞子方昨日上京時, 致書其妻, 卽使還寓, 侍母病云, 故明欲還歸爲計。其母氏重患瘧疾, 故上京問藥矣。○閔時中, 豆三斗來獻矣。

十月大【十三日小雪, 廿八日大雪】

十月初一日

平康還縣, 生員亦以隨去, 因此還歸栗田村, 監收秋事矣。差晚, 振
母亦歸, 赤豆五斗、皮木五斗、甘醬、生雉一首贈送, 僅留六日, 而以
不得已事還歸, 可歎奈何? 然其舅母病若向歇, 則來十二日平康生
日, 與平康妻子偕來事言送爾。

　　○昨日放鷹, 捉雉三首, 而今亦因留使放, 明日入來事, 平康臨
行, 敎鷹手矣。今日所捉亦三首, 而一首則贈崔景綏。○令春金伊等
及伺候人打收仲今田太及金光守田, 則仲今太, 平一石五斗, 光守
田, 太四石、赤豆六斗, 而五斗則贈送崔景綏處。晚後, 余親往見打
作處, 而景綏亦來。彥明欲觀放鷹, 亦與鵬兒隨來, 麟兒陪去其妹,
往中道而還, 終日相與語田畔。

　　○所斤田居人得秋鷹, 平康捉致送于余處, 僅七寸五分, 而形貌

俊逸, 必是良才, 卽授金億守, 使之馴放。且閔時中張網處, 今得山陳幾尺餘, 而性甚馴狎, 見人不驚, 想必曾爲人所禽, 非一二年, 而今年則放陳於山野矣。亦使億守馴放矣。

十月初二日

安峽連守來謁, 因獻川魚百餘尾, 饋以雉酒, 魚則作片乾之。○昨日, 太打作處, 日暮遠場未及收掃, 故今亦使春金伊等, 往掃散太, 幾一石。余亦往見, 日暮乃返, 夜已深矣。○夕, 全豊自縣臂鷹入來, 平康致書曰"此鷹, 授全豊使放分雉", 而秋連八寸五分矣。○土堅放鷹, 得雉兩首納之。彦明與麟兒步往觀之。

　　○且因平康書, 聞賊盡還其穴, 而兩湖無聚屯處, 故領、左兩相分下兩道, 撫恤居民, 措備糧餉云云。柳獻納夢寅率家屬, 歷宿縣內, 欲留五六日, 上下支供必難, 可慮可慮。○生員與其妻娚崔振雲, 今曉, 自縣得糧饌上歸云云。

十月初三日

自昨天氣和暖, 正如三春。○平康今日備祭需送云, 而不來, 可怪。○生員乳兒, 形貌端姸, 遇目成笑, 可憐可憐。作名曰孝立, 麟兒女則生後於孝立纔十日, 而因其母患病, 保護在他手, 故時未充盛, 然有時開笑, 作名曰後任。

十月初四日

縣吏持祭物入來, 昨日晚發, 行到中路而宿, 今始入來云。栢子五升、榛子三升、淸三升、油一升、石茸一斗、鹽一斗送來, 卽修書還送。但聞韓孝中三昆季, 率家屬來寓縣內云, 待之不可不厚, 可慮可慮。

　　○明日乃祖忌也。令女息輩, 備祭饌。○官沈魚巢, 今日獵之, 得五斗, 而二斗則因平康敎送此。○夕, 女息婢德介入來, 乃女息織紬事爲送。見平康書, 親舊多至, 而無救周之路, 極悶云云。○全業網得山陳臂來, 見之, 九寸餘。

十月初五日

余自昨感寒, 氣不平, 不得參祭, 彦明與麟兒行之。終日不平, 或臥或坐, 飮食頓減, 悶慮悶慮。

十月初六日

早朝, 魚巢獵得數斗而皆大, 非如前日之所捉。其中氷魚, 大如靑魚, 而廿一介, 欲膾食, 無芥子又無酒, 未果, 可恨。皆令作片乾之, 其餘大者炙食。

　　○昨日, 彦明往見廉光弼田打收, 則稷平二石七斗云, 乃驛婢仲今田也。○終日氣不平, 不出門外, 閉戶獨臥, 飮食全廢, 極可悶也。

十月初七日

不平之候, 今夜尤劇, 四支酸痛, 腰背亦痛, 達曉輾轉, 或有攸汗而不至大發, 口苦思飮, 至朝而稍歇, 極悶極悶。終日偃息房中, 閉戶不開。

○昏, 李葳自伊川入來, 夜深敘話, 頗慰無聊, 因使留宿外房。因聞李判決事廷虎令公, 避亂來住楊州地, 棄世云, 不勝哀慟哀慟。令公乃姻族 而少時同處館洞家, 有年, 情意最厚。年前仲夏, 余適自林川往訪其寓恩津地, 携余手, 悲泣不已, 臨別謂余曰: "老病日深, 他日相見, 不可期也, 寧不悲哉?" 泣之尤極, 安知此言, 永隔幽明? 尤極哀悼哀悼。○令伺候人等作籬, 而薪不足, 前面未畢。

十月初八日

李葳入縣, 修書付傳平康處及咸悅女息家, 氷魚擇大十尾, 分送兩處, 皮木二斗, 亦贈李葳。○拯魚巢獵魚, 則兩巢皆空, 不得一鱗, 可笑可笑。○令兩牛載薪輸入。

○昏, 縣問安人入來, 見書, 時好在, 但子方母氏病候加重云, 極可慮也。清酒一壺、生雉一首、藥果、油餅覓送, 卽進母主前。近日, 母主因感寒, 氣不平, 進食頗減, 憂悶憂悶。且聞避亂賓客, 日來求窮, 或有覓鷹, 紛紛不已, 少無相周之路云, 可慮可慮。

○麟兒妻婢銀介夫守伊自鳳山入來, 陪其上典, 避入鳳山地云云, 不持上典書, 必逃來也。

十月初九日

修書還送縣人。○令彦臣入北面, 輸來粟米。○令伺候人前日未到者, 作籬前面, 但薪多不足, 疎漏處多, 可恨。○平康聞余不寧, 使人致問, 然已卽差復, 勿爲置慮事, 卽修答還送。因聞子方昨夕自京還來, 但其母夫人病勢極危, 又有浮氣云, 不可救矣, 極慮不已。生雉二首、清二升、葡萄正果及生梨十餘介、白米三斗付送矣。○去夜夢兆甚煩不吉。

十月初十日

母主氣候, 近因感寒, 尙未快復, 進食減少, 憂悶不已, 余則今始快蘇矣。○圓寂寺首僧來獻繩鞋一、芒鞋三, 乃除例納官鞋也。○全豊臂鷹來見曰"臂馴, 今已三四日"云云。

十月十一日

縣人持簡入來, 見書, 則十二日都事之行當到, 玆未進覲, 過後當於十四日間來覲云云。去七月, 余之生辰, 都事巡到, 使不得來, 今又如此。每使一家之望, 素然無歡, 皆因都事之行, 一則可笑。牛臁半部、肉一塊覓送, 適臨夕食, 卽煮進母主前, 乃韓生員孝中避寓縣內, 謀糧屠牛, 故買送云云。

十月十二日

乃平康生日也, 因都事之行, 不得來覲, 可恨。○去夜下雪, 朝起見之, 則山川盡白, 猶未快晴, 晚後雪與雨, 終日霏霏, 路泥, 人不可行。○縣吏持簡入來, 見書, 則初欲昨夕來宿于此, 因欲迎候都事之行於玉洞, 而不意都事, 昨已到玉洞留宿, 故不得來而陪行還官云云。又送生鮒魚二尾、生銀魚廿五尾、生鰒廿介、生文魚半隻, 適及朝食時, 方魚則共炙而助飯, 饋食來吏, 修答還送。

　○荒村居朴春烹鷄一首、淸酒一將本來呈。○曉頭, 家人夢見亡女, 起坐悲泣不已, 可哀哉可哀哉! 余亦悲涕難禁。○縣吏之來, 申相禮與子方致書問之, 卽修答而付之, 乾川魚卅尾付呈相禮前。

十月十三日

官屯田所出太四石二斗、粟平一石六斗來納, 太一石則給生員家。○彥臣載北面粟米平二石來納。○億守臂馴小連, 數日內可放, 五十把, 素流順不逆矣。

十月十四日

全豊以事入縣, 修書付送。○權座首有年來訪, 酒一壺、鷄一首、鷄卵五介、生梨八介、淸二升、木果一斗入納, 饋酒五大杯而送。○令春金伊等蓋土屋, 又造沈采假家。○安峽居連守來謁, 因呈川魚九十餘尾, 饋酒而送。

○生員妻娚崔挺雲自海州入來, 此處家書, 傳送允諧家云, 而因行忙, 不得相見。但聞其一家皆好在云云。不得聞奇, 今已半年, 欲因此可得聞消息, 而今亦不得, 恨歎奈何?

○且聞昌平倅白惟恒父子被擄於賊云, 乃崔興雲妻父也, 不祥不祥。初聞蘆嶺以下不被其毒, 而今更聞之, 光、羅諸邑盡皆焚蕩, 作爲窟穴, 將爲久住之計云。靈巖林妹家必不得免, 不知漂泊何處, 而想已乘舟入島, 安能久保無患乎? 悶慮無已。○太十七斗, 朴彥邦貸去, 其家太, 時未打收, 而還上方督, 故貸去矣。○金億守小鷹, 臨夕始放, 捉雌雉一首, 俗所謂鳴鈴也。

十月十五日

明日乃曾祖忌也。欲於此處行祭，而家無膳物，以魚肉行奠爲計。
○金彥寶自縣入來，見平康書，明日當欲來觀，而子方與申大興皆來
見云云。生連魚半隻、鹽銀口魚卅尾、生鰒卅介、大口二尾付送。饋
彥寶酒一器，而又贈銀口魚三尾，爲其負來故也。韓生員孝中致書
問之，申大興亦來寓子方家云云。

　　○崔參奉爲送鹽一斗、石首魚一束、民魚半隻、大蛤三介，乃其
子昨日自海西來，故得來爾。卽脩謝，而酬以銀脣五尾。○昏，閔時
中自縣還來，見平康書，明日當來觀，而子方亦與偕來云。但聞子方
母氏逐日痛瘇，少無加減，只飮粥糜，臥起亦不任意，口苦思飮，證
勢危苦，又有浮氣云，悶慮悶慮。

　　○小鷹放得雌雉二首，能飛而善捉，雖小，可敵其大，可喜可
喜。○時中來時，生雉四首、好白米三斗、眞油一升、法油二升、兩色
實果、石茸等物付送。

十月十六日

啓明，與弟及麟兒行祭，飯羹餅麪、三色實果、脯醢、三色湯、五色
肉魚炙，奠杯而已。○全業逢授官太、豆各一石來納，乃平康令，而
太則前日已納，豆，今始納之。

　　○前兔山倅李慶曇希瑞來訪，乃少年相知友也。前以作宰兔山，
罷居安峽地，爲來訪之。因饋晝飯，從容叙舊。因歸崔判官仲雲家，
乃仲雲妹夫也。期以明日更來爾。○小鷹捉雉二首，而一則雄也。
見雄雉不去，而今始捉之，可喜。

十月十七日

早朝, 全豊自縣入來, 見書, 今日與子方偕來云云。白米五斗、生雉二首、乾餘項魚十尾、鹽二斗付送, 而生麻二丹亦送, 而乃義兒請也, 卽給義兒。○李兎山希瑞自崔仲雲家還來, 饋畫飯, 贈雉一首, 還歸安峽。

○午後, 縣吏入來, 見書, 則今日定欲來觀, 而適督運御史柳拱辰, 明日當入縣, 故不果來, 可恨。生鮒魚半隻付送, 卽炙與舍弟喫之, 其味極佳。但子方母氏病勢, 日漸加重, 今則有痢疾之漸云, 其不可救必矣, 深可慮也。子方因此, 亦不果來矣。

○小鷹今亦捉雉一首, 但掠雉落水中, 盡濕, 故更不得放, 抱懷而返, 乃恐其凍也。官鷹所捉雉一首送來, 而小鷹所捉, 卽還給億守, 使之鷹食矣。○振母處, 炙雉一首裹送, 若生變則不可食, 故其母爲送, 使之盡食。

十月十八日

天氣甚寒, 不可忍。○令伺候人及春金伊等五名刈柴, 日寒而短, 不多刈, 伺候人亦多不來, 可恨。○小鷹捉雉二首, 一則還給億守。○崔景綏爲送生銀魚廿尾。

十月十九日

小鷹捉雉二首。○夕, 平康入來, 初以爲御史昨日入縣, 數日內必不得來, 而今聞御史自鐵原因向狼川之地, 故來觀云云, 子方則其母氏病苦, 故不與偕來云云。白米五斗、好酒一壺持來。申相禮明日當欲來見云云。

十月廿日

邀崔判官及崔參奉, 則參奉以忌不來, 可恨。夕, 相禮入來, 供夕飯後設酌。官掌務自外備行果酒饌, 各自酬酢, 夜深而罷。○縣居終孫來獻雞二首、木米二斗, 饋酒食。○小鷹捉雉一首, 以其風雪, 不得更放。○令趙仁孫、鄭世當獵川魚, 得百餘尾, 以其日寒不多得, 可恨。

十月廿一日

申相禮早食後還歸, 生雉一首付贈, 崔判官亦隨而去。但丈者遠來, 適值日寒, 往還必多艱楚, 未安未安。○午後, 小鷹放于前山, 得雉一首後, 更放而逸, 覓之不得, 日已暮矣, 覓鷹之人皆還, 可歎奈何? 捉雉十二而見失, 明日若不得則永失矣。

十月廿二日

平康早食後還縣。○覓鷹事, 令里中人盡送搜山, 朝前不得, 必遠去他境也, 可恨。食後, 又令春金等更去覓之。○冶匠春福, 氷魚大者十餘尾來呈, 六尾送于咸悅女息處, 付平康之歸爾。○失鷹, 終不得之, 可歎可歎。○崔挺雲來見。

十月廿三日

彥明請里中人覓糧調軍十三人來飲, 三果床、三色湯、大行果二、酒六盆饋之。人各太一斗、粟二斗、豆三斗、都已上太十三斗、粟二十六斗、豆三十九斗輸納矣。

　　○億守小鷹, 臨夕來坐前野松樹, 全豊以輸粟事, 出野見之, 來告。卽令億守等, 生雞持往, 呼之, 則二日內捉雉飽食, 故見而不顧, 待其夜深, 明火繫項而捉來, 深可喜也。然極肥難馴, 五六日內, 勢不可放矣。

十月卄四日

金億守還上輸納事, 載入縣, 修書付傳。小鷹, 令春金伊臂之, 而見雉支不顧食, 數日野宿, 捉雉飽食極肥故也。

十月卄五日

去夜大雪, 朝尙不晴, 幾至半尺餘, 若終日不霽, 則已過尺矣。所穫太粟積于田畔, 而近因多事, 未及輸入, 今逢雨雪, 勢不可輸入, 可慮可慮。非但此也, 柴木亦難刈入, 若久不消融, 則上下朝夕炊飯之餘, 又多房舍之爨, 極可悶也。

十月卄六日

雪後, 日氣倍嚴。○北面品官權琇來見, 饋飯而送。

十月卄七日

有時飛雪, 風色甚酷。○朝前, 金億守自縣還來, 見平康書, 時好在, 子方母氏病症小歇云, 可喜。但聞天兵糧餉乏絶, 而大軍亦不久將至, 無以爲支持, 楊經理多發未安之言, 擧朝遑遑罔措云。○國事至此, 憂悶罔極, 未知其終如何也。億守之來, 生文魚半隻、鹽腹四十、鹽銀屑*五十付送, 供親之饌將絶, 而今得, 深喜可言?

○午後, 縣人急來報書, 見之, 則子方母氏曉頭捐世云, 不勝驚悼驚悼。初喪諸事, 平康當之, 而縣殘力薄, 必不如意, 吾家亦無絲毫之措, 勢也如何? 只自痛悼而已。子方本以弱質, 侍病累月, 元氣極敗, 今遭大變, 勢不可支持, 尤極悶慮悶慮。朝聞小歇, 而訃音夕至, 老親之病, 不可恃如此。明日與麟兒入見喪事爲料。

十月卄八日

早朝, 與麟兒發來, 中路歷見崔景綏後馳到縣, 先入衙, 見室內及兩孫女, 室內饋余饅豆、雉脚。小頃往子方寓家, 吊申相禮, 又入見子方及女息, 今日已爲小殮云, 平康治喪矣。臨昏, 乃返衙。適韓生員孝中亦來看喪事, 而適以家忌不入喪家, 在外治事矣。乃與韓公及兩兒同宿。

十月卄九日

朝食後, 往喪次看事, 而治棺後入棺, 則日已夕矣, 事畢則夜已深矣。余與麟先還, 平康因留成殯後隨來。又與韓公同宿。平康妻族崔頊亦以避亂來在伊川, 而適入來, 亦同宿。喪服已令裁造, 而平康所備者, 其妹喪服次布一疋及大小殮布二疋, 其餘喪家自備, 吾

....

* 屑: 底本에는 "唇". 문맥을 살펴 수정.

家亦造子方所着布衣及振母長衣。臨夕，自西村專人付來矣。申大興亦自漣川聞訃，臨夕入來。初喪諸事，平康皆以官備，而但官力殘薄，不能如意，雖歎奈何？然官力可及之事，則盡力爲之爾。

十月晦日

早朝，與兩兒往喪家，看成服，成服後入見子方及振母。但振母形貌極其瘦瘁，而子方亦極憊敗，深可悶慮。晚後還衙朝食，與崔及兩兒對食。○大熊一口，北面人捉來，而但一人被害於熊，卽斃云，不祥不祥。

　○午後，就喪家，與相禮、大興叙話，燒酒一鐥覓去共飲。又入苫次見喪者，臨夕乃返。振母則相見非便，未果，可恨。

十一月小【十三日冬至，廿九日小寒】

十一月初一日

意欲還西村，而平康强使留之，故因在，先送玉春。但自朝洒雪因成雨，必有添濕之患，可恨。○燒熊掌，與兩兒共喫，其味極佳。又飲栢子粥、燒酒一杯，又招振兒食粥肉。○朝食，官備軟泡，因邀相禮、大興對食，而初意欲勸肉相禮，相禮强辭，不進。終日叙話，因又夕食共對，臨昏各散。自朝至夕，雨雪交下不止，玉春必不得歸矣。因雨不得往見喪者。

十一月初二日

朝前，往見相禮、大興，大興今日還歸漣川寓舍，故來別。入內見喪者，又見振母，良久叙話。初意欲還西村，而適風色極嚴，日又晚矣，勢不及歸，故平康强留止之。午後，又往喪家，見喪者及振母而還

衙。聞棺容大，子方衣服及振母衣盡納云云。夕，寧邊問安人入來
于相禮家，未及見之，一家哀慟。

十一月初三日

朝前，往見喪者，又見振母而還。昨日，韓生員孝中兄弟入來，相與
共宿。督運御史柳拱辰入縣，平康乘夜就見，夜深而返。

○朝食後，與麟兒發來，馳到浮石寺。曾與彥明、景綏約會而不
來，卽伻僧于景綏家，使之明日上來事致書，答書曰"當與金麟明朝
上來"云云。滅燈就寢後，彥明入來，乃與閔時中等臂鷹而來，終日
放之，不得一雉，因此日暮而來云。時中、億守、全豊等各持鷹而來。

○朝，相禮爲送蝦醢、卵醢、蝦卵醢及石首魚，乃寧邊所送物
也。平康處亦如是。寧邊判官朴東說，相禮女婿也。○太三斗持來，
令寺僧明日造泡。

十一月初四日

朝食軟泡，與吾兄弟、麟兒及景綏父子、品官金麟共之。晚後，與諸
人共轡發來，來路放鷹於洞口，全豊、閔時中鷹，今始放之，各捉
一雉，小鷹則捉二雉。但驅雉者不力，而夕則一雉不飛，故更不得
捉，可恨。臨昏返家。且雉一首則贈景綏，全豊鷹所捉亦給豊，使
之鷹食。

○麟兒女息後任生中舌，昏始覺之，幾不得救。卽令鍼破後，僅
得還蘇，出聲哭之，殆哉殆哉！○來此聞之，浮石寺僧等取泡一盆、
切餠二筥來獻，全貴實，麵、酒，全業亦酒二壺及看果各來呈云。適

余不在, 不得報之, 可恨。

十一月初五日

蔡億卜所捉秋鷹臂來, 見之, 貌色非凡, 形體雄大, 滿尺餘, 曾未所見, 眞愛玩之物也。然億卜者多有怨言云, 不可留此, 使之納官矣。官聞得鷹, 發牌字捉致, 彼必因吾聞之故也。○金彦寶來謁, 饋熊肉, 又飲酒大一杯, 閔時中亦饋之。

○今日放鷹, 全豊鷹捉二, 小鷹捉四, 時中鷹捉一, 還給, 而全豊所捉亦給一首, 小鷹則春金伊放, 故專納, 而彦明處及生員家各送一首。○後任尙未永差, 不能飲乳, 可悶可悶。

十一月初六日

彦臣等牽三牛馬, 入送北面, 粟米載來事也。○朴彦守放鷹, 捉雉三首來呈。○蔡億卜持鷹來獻, 以閔時中放鷹償之。昨日則聞其怨言, 故使之納官, 而金彦寶等爲來懇請留此, 億卜亦臂來請之故也。以他鷹換之。

○曉頭, 家人爲言夢見亡女之事, 因泣涕不已, 余亦聞來, 不勝悲泣之至。人情久則忘之, 此女之死愈久而愈不忘, 奈何奈何? 徒自悲歎而已。

○小鷹捉雉四首, 二則還給億守。此鷹體雖小, 才品極良, 今日四放四得, 善飛而能捉, 可謂小而效大, 深可愛也。豊鷹捉兩首, 一則還給, 此鷹若入熟則亦善才云云。○令金淡率伺候人四名, 伐薪, 欲爲過冬之爨矣。饋點心。

十一月初七日

朝前, 縣吏武孫持簡入來, 見書, 則今日欲往北面乞粟, 乃以軍糧不足故也, 可嘆可嘆。熊油一斗、熊脯六十條付送, 彦明家, 脯十條、油一升, 生員家, 脯五條、油一升分送。通引萬世之歸, 付修答, 送入縣。○小鷹捉二首, 一則還給億守。豊鷹, 三放不得一, 可恨。無驅雉者, 不得多放云云。

十一月初八日

令金淡入送縣內申咸悅家, 馬太七斗、菉豆五升、沈采一缸、炭半石等物載送矣。○官屯田所出木麥平一石, 土同來納, 乃官令也。○小鷹捉二首, 一則還給億守, 豊鷹捉一。

　　○安岳居婢福是夫銀光去初一日持貢納, 木一疋、木花四斤來納母主前。余適在縣衙, 故追來, 饋以酒食, 待之以厚。但爲痲田所役, 不勝其苦, 而今又痲田妹夫尹進士重三率家屬, 來寓其家, 上下支供極難, 欲使吾家送人云云, 非但勢不可, 家無奴子, 未果。只使平康致書于尹公處, 諭母主之意, 又致簡于安岳倅前, 厚恤其家爾。留一日, 給糧一斗五升、甘醬二升而送還。母主得此意外之物, 深喜深喜。卽使其木, 裁造內着長赤古里, 尤可喜也。○大鷹, 自今日臂馴。

十一月初九日

李子美奴石守自龍仁, 覓鷹事到縣, 因以來此, 官家則無鷹, 故不得不以此處馴放鷹副。素以全豊鷹, 當欲授送, 非情極切, 何敢時方馴放才達與人乎？但此處唯一鷹與人，而只有億卜處所換大鷹，時未入馴，此月內不可放。唯億守小鷹雛放，已與時中鷹相換，今則非吾物也，時無一鷹可放者，近日奉親之事，可慮可慮。然勢也如何如何？

平康頃者往還鴒原時，適子美妻氏率諸子流寓洪川地，幸與相逢，已與面諾，故不得已付送矣。但聞敬輿妻氏移居水原農舍云，其消息得聞極難，可嘆可嘆。牙山李時說必遭奔避之患，未知漂泊何處也？仁川鄭司果宅消息，不得相聞，今至累年，其存其沒杳莫聞知，可歎奈何？

○小鷹捉雉三首，自占二，而一則來獻，豊鷹捉二首，而還給一首，朴彥守鷹所捉一首，亦來呈矣。豊鷹卽去飾，授長水宅奴子，乃其查頓李時曾妻父家奴，授長水宅簡，與石守偕來求之矣。夕雨，終夜霏霏。○金彥臣等載北面粟米入來，適日暮，不得斗量而捧之。

十一月初十日

北粟斗量後，分給婢子料，又分與彥明家二斗、生員家三斗、豆二斗。○粟米平四石三斗、豆五斗載來。自昨日雨後，大風而寒，人不堪出入，故石守等因留不發。又以風，故不得放鷹。○彥明妻氏與鵬兒自初五日，自炊而食。

○昨夕，金淡自縣而來，見申相禮書，發引定於十九日云，平康軍糧求覓事，北三面入歸云云。韓生員孝中妻氏致書于家人處，又送生銀魚三冬乙音矣。欲用於初三日祭禮時，深喜深喜。○自平康入歸北面後，官家消息，絕不得聞矣。

十一月十一日

長水宅奴石守臂鷹還歸, 他無送物, 熊脯五條、木米一斗、生雉一首、石茸四升、川魚食醢少許、生銀魚一冬乙音, 時尹處, 脯三條等物覓送, 敬輿妻氏處, 熊脯五條亦付送。平康則淸三升、栢子一斗、白紙一束覓送云云。

○去夜, 豺咬殺鹿, 適全豊見之, 群豺盡食肉, 留皮少許云, 一豺亦死棄, 必群豺鬪殺云云。○令金淡負太三斗, 送于圓寂寺, 使僧取泡而來。

十一月十二日

崔判官送人問之, 兼致餕餘白餅一笥, 深謝厚意, 前數日亦致餅而問之矣。○億守鷹捉雉一首來納, 朴彦守亦以二雉來獻, 欲用於明日茶禮時。○夕, 生員入來, 苦待之餘, 今忽至焉, 一家咸喜可言? 但德奴不聞去處, 春已亦不來現, 而傳聞在槐山娶妻居云, 痛憎痛憎。德奴若不死, 則必永走不來矣。然許鑽亦偕歸, 早晚必有得聞之路矣。

○且聞靈巖林景欽一家, 不卽乘舟避去, 而聞賊迫近, 然後始登舟, 出海口, 賊船亦自海口趨潮入來, 不得已還下陸後, 不知去處存沒云, 必死矣, 不勝驚痛奈何? 生員入京時, 適見閔參判濂令公聞之云云。

閔之婿乃正字林晛, 而景欽之姪也。晛亦乘舟到海口, 逢賊, 盡被奪掠, 僅以身免, 適得他船, 來泊藍浦地登陸, 已到水原, 今明入京云云。○唐兵自南下往來者, 沿路民家, 掠奪財物, 民不聊生, 晝則逃竄林藪, 夜則來宿, 家財穀物, 皆掘坎埋置, 若不堅藏, 則盡被掘去。生員還來時, 春備糧物及乾民魚二尾、蛤醢等物, 亦皆被奪云云。

十一月十三日

乃至日也。曉頭, 與弟行祀事, 煎豆粥二斗, 上下分喫。夜來下雪, 朝尙陰曀。○結城居平康奴今孫送乾民魚一尾, 室內亦送一尾矣。

　　○晚後, 崔參奉入來, 終日對話, 因與着弈, 饋以酒食, 日暮因宿。金麟亦來訪。○縣房子春世還縣, 而振母處, 造泡卅餘塊付送。

十一月十四日

崔參奉朝前還寓, 饋酒二杯而送, 朝食則全業供之, 故此處不食而歸。○令春金伊, 田畔所積太, 結作爲同載入, 晚後, 余親往見之, 野鼠作窟, 盡爲囓破, 滿藏其穴, 令掘出則數斗餘, 處處皆然, 所損甚多, 可恨奈何? 適日暮, 未及載入。

十一月十五日

朝, 蔡億卜, 雉二首來獻。○太及菉豆載入。○近日, 家人似有瘧漸, 不安之候多, 可慮可慮。

十一月十六日

朝, 縣人入來, 見平康書, 北村無事往還, 亦欲往南面乞粟, 而北村所得幾至百餘石云云。白米五斗、造米十斗、魴魚半隻、松魚一尾、白蝦醢二鉢、乾銀魚十冬乙音、燒酒三鐥, 適及於絶乏, 可喜可喜。彦明及允諧家, 各米一斗、銀魚一冬乙音分送矣。○打昨日輸入黄太六斗、赤豆六斗、菉豆五斗、赤太平一石四斗, 東、西家各送一斗矣。

○生員許烈入見, 前雖不識, 以奴婢推尋事來縣, 因過去于此, 日暮欲借宿故入來, 饋以夕飯, 接宿隣家, 避寓長湍地云, 乃許鑽族也。

十一月十七日

家人氣候, 終夜呻吟, 雖不大痛, 氣頗不安, 深慮深慮。○午後, 縣房子連金伊持書入來, 見之, 則咸悦明明發引還定, 故送人通報云云, 此處所畜兩牛, 發引時, 切欲載糧而去云, 故彦臣家所養牛先送, 此牛則明日吾行時牽去爲計。

○水鐵匠張訥隱同來謁, 赤豆十六斗、坐鐵一事持獻, 饋以酒食, 又贈大口一尾, 以報厚意。○億守小鷹, 昨昨持往荒村, 放之逸去, 朴彦守鷹, 昨日亦見失, 皆時未得云, 可惜可惜。

○夕, 縣吏又至, 見書, 則咸悦家發引, 初欲明明定爲, 而其家上京奴子等時未還來, 故不得已退行云, 故余行亦停。

十一月十八日

自昨昏下雨, 終夜不暫掇, 至於今朝猶作, 若因此而凍, 則兩麥必盡凍死矣, 可嘆可嘆。晚後始晴, 但川流漲溢, 橋梁盡浮而去矣。

十一月十九日

金彦寶臂鷹來見, 此鷹形貌奇俊, 背則盡白, 體雖不大, 僅八寸餘, 然必有良才。有人來賣, 布一疋半換之, 欲馴放云云。○昨雖下雨, 日氣不至甚寒。崔判官致書問之。

十一月廿日

洒雪。金億守聞其小鷹爲伊川人所獲, 早朝進去。

十一月廿一日

億守還來曰"伊川人托稱見失, 不許"云, 可憎可憎。明日入送縣, 令平康送人致書于太守前, 因次知還推切計。

十一月廿二日

時中、億守等入縣, 修書付傳, 億守則爲推失鷹事也。

十一月廿三日

去夜下雪, 朝則朔風甚冽, 日氣極寒, 今冬之寒, 無如今日也。○午後, 縣人入來, 見書, 則咸悅家發引定於廿七云, 余當五日間入縣計。

○平康生雉三首、乾文魚三尾、大口二尾、多士麻二同、眞魚二尾、蘇魚二冬乙音、生梨三十介、生文魚二條、牛肉一塊等物及燒酒三鐥、淸酒三鐥覓送, 近日飯膳乏絶, 今得此物, 供親無虞, 可喜可喜。卽修答還送來人。酒則與彦明共飮數杯。○朝, 全業入縣, 修書付傳。

十一月廿四日

寒氣極酷, 而春金伊病手, 淡伊衣薄, 皆不能刈柴, 使前日伺候人等刈木來納, 而兩人外皆不從, 可憎可憎。○夕, 安孫自縣還來, 聞咸悅家發引定在廿七云, 故明日欲與生員偕入, 而但前日橋梁浮去後, 川水半氷, 人不易渡云, 可慮可慮。女息乾銀魚六冬音覓送, 平康亦送生雉二首, 其母所着靴子亦造送矣。

十一月廿五日

食後, 與生員發來, 川氷未堅, 人不得通行, 崎嶇崖路, 或步或騎, 僅僅而來。行未遠, 馬汰, 氷而跌仆, 余亦墜落, 右脚觸石而酸痛, 然不至重傷。薄暮, 抵浮石寺投宿, 牛則初欲牽來, 而氷路勢不能行, 玆以未遂。咸悅發引時, 欲以此牛駕車, 而因此不得, 想必恃此苦待, 深可悶慮。然勢也, 奈何奈何?

十一月廿六日

早食, 寺僧作泡供之, 非一再也, 而每每如此, 未安未安。適去夜下雪, 嶺路氷崖, 厚雪覆之, 故免躓墜之患, 無事到縣。韓生員孝中亦來。良久敍話後, 就見喪家, 因設致奠, 自官備也, 麵、餅、脯、醢、三色實果而已。喪家專恃吾牛, 而方以爲悶, 韓生員家有牛, 故不得已其牛借去。臨夕還衙, 未久, 平原守自西村還來, 乃昨日往西村爲訪, 而適余來此, 故未得相逢, 只見家人而還, 家人四寸也。亂離後, 今得相見, 欣慰可言? 來寓高陽地云云。因與同宿衙房, 韓生員亦偕焉。許鑽與德奴, 昨夕來此, 德奴則飜同之物, 盡爲見失, 至於馬亦斃於陽智農家云。雖曰痛甚, 奈何奈何? 意爲死也, 而不死生還, 一則多幸多幸。明日發引時人小, 故使德奴陪去至山所而還來矣。

十一月廿七日

啓明而發引, 余則行至十餘里而還, 生員與許鑽到半程而還。平康則直抵鐵原, 護送而還云。余來時歷入女息寓家而來, 與平原守對食朝飯。

　○發引諸事自縣措備, 而力薄不能一一如意, 可嘆奈何? 自此至鐵原, 則此縣人牛, 自鐵原至漣川, 則鐵原當措送云, 而漣川倅適以差員不在官, 其後之事, 極可慮也。童車駕兩牛而行。但余與兩兒啓明就喪家, 則喪轝已駕出里外, 未及載車之時, 深可恨也。皆因下人未及供飯之故也。又與平原守同宿。

十一月廿八日

平康自鐵原還官, 無事發送而來。鐵原倅上下專數供饋, 亦發人牛, 行至漣川縣, 又贈白米三斗、田米五斗、太五斗, 咸悅載送其妻子寓處矣。

　○午後, 官供蒸餠, 因奉一笥, 余親持往見女息, 饋兒輩, 臨夕還衙。申相禮贈余乾銀魚五冬音。又與平原共宿。

十一月廿九日

今欲發還，而<u>平康</u>强請留之，因邀女息，而終日環坐打話。午後，<u>李察訪賓</u>自<u>伊川</u>寓處入來，亦與同宿，爲覓祭需故也。○<u>廣牧</u>贈<u>平康</u>沙器二竹，<u>平康</u>亦送余家沙鉢八立、帖是九介。欲得此物久矣，深喜深喜。○小寒。

十二月【十五日大寒、臘享, 晦日立春】

十二月初一日

早食後, 與生員及許鑽發來, 雨雪終日不晴, 然不至添濕。來時生雉三首、生猪肉少許持來, 馳到西村, 則日未落矣。來此聞之, 則大鷹時未放手, 不得已金業山臂馴次授送。業山熟知鷹馴, 而自請馴放云故爾。

○金億守自伊川還來, 不得推鷹云, 捉鷹者囚次知, 時未納云, 故又還送之。雖不得還推, 若得鷹價, 則捧來事, 太守子弟處, 使生員了簡, 明日欲送爲計。太守子與諧同年故也。

十二月初二日

里中人全業、金彦寶等來謁, 饋以酒餅。金業山亦臂大鷹來謁, 因覓鷹食及燈油而去, 亦饋酒餅。

十二月初三日

朝, 官人入來, 見書, 則巡察關字更令平康爲從事, 待其傳令卽發來云, 故方治行具, 而官人至小, 帶去者極難, 不得已金彦臣欲率去云。明日欲饋田主等酒, 而不可無彦臣, 故姑留, 明明欲入送爲計。但如此極寒, 平康行裝齟齬, 又無毛衣, 跋涉遠路, 必有重冒之患, 極可慮也。○許鑽率金淡往兎山, 兎山倅許旻, 鑽之族, 故欲乞得糧太而歸爾。

十二月初四日

今年獻田人等招聚, 饋酒而報之。三色湯、三果床麵具, 但九人內七人來飮, 二人不來, 又招隣里使喚人等, 亦饋餘酒。○官通引萬世還縣, 修書付送。○金億守自伊川還來, 所失小鷹, 不得已以他鷹徵*送, 稍大於前鷹, 而時方馴放, 又有良才云。然放之後, 可知其良矣。伊川倅因次知督之, 故賣代田而換鷹授送云, 一則未安未安。

○夕, 許鑽還來曰"兎山倅以唐糧未及輸運事拿去, 只見面而空還"云, 可笑。申廠田鴻漸前月見罷, 來寓兎山縣內, 而權生員鶴亦於季秋, 自林川避亂, 寓居于此, 適與許鑽相見, 因致書問余矣。權適會申家云云。

十二月初五日

金彦臣授簡入縣。○彦臣及全業、朴彦守等雉各一首來獻。夕, 鄭

....
*　徵: 底本에는 "懲". 문맥을 살펴 수정.

世當, 雉一首亦獻。此則乃各戶例納, 而憚於入官, 來呈于此爾。一
首分半, 送于東、西家。

十二月初六日

朴莫同自縣還來, 見平康書, 時無巡使傳令, 姑留待之, 明明間與其
妹來覲云。白米三斗、燒酒二鐥、秋牟末付送。○余之下血, 今至半
月而不絶, 可慮可慮。

十二月初七日

允誠自海州入來, 苦待之餘, 今忽見之, 渾家上下喜慰可言? 其妻
子皆無恙云, 尤可喜也。海州居親家奴婢等處, 收貢木二疋、布二
疋捧來, 卽上母主前矣。去春歸時, 皮郞笠十四介持去, 因貿石首魚
十七束持來, 其妻母又送眞荏一斗爾。○安峽人李命中者放鷹, 捉
雉一首來呈, 適誠子入來, 無饍可饋, 卽炙食之, 深喜深喜。一家環
坐房中叙話, 夜深而罷宿。

十二月初八日

夕, 平康與其妹一時入來, 一家四男二女咸會于此, 環坐房中, 相與
做話, 鷄三呼而罷宿。但諸子女皆聚一處 可謂盛會, 喜則喜矣, 但
季女獨先亡矣, 地下若有知識, 遊魂想悲泣於冥冥之中。忽焉念到,
不覺悲淚之添袖也, 哀哉哀哉! 平康來時, 白米三斗、細米三斗、中
米十斗、生雉四首、獐脚二隻、燒酒五鐥、清酒六鐥、法油二升、眞油
一升持來。卽與彦明燒雉, 各飮一杯。朴彦守鷹所捉雉一首來獻。

十二月初九日

平康因留, 崔判官仲雲及崔挺雲、前主簿金明世來見, 相與坐于梨樹下, 敍話而罷。○水鐵匠張內隱同, 雉一首來獻, 饋酒而送。○金業山臂馴大鷹還納。前日業山者自願馴放, 而今至半月, 尙有生氣, 非徒近日不可放, 瘦瘁甚於時放鷹。必業山者不能夜奉, 徒費持去燈油, 自臂其鷹, 痛甚痛甚。卽授全豊, 使之臂馴矣。○圓寂寺僧, 例納官鞋四部來呈, 乃官敎也。

十二月初十日

平康還官, 許鑽亦偕歸。踏鍊紬一疋, 平康持來, 使其母造衣而着之。母主前新褥一件、生麻一丹亦持獻, 前日母主求得故也。

十二月十一日

允誠奴馬還歸海西, 淸九升、乾銀魚五束、文魚半、大口一尾付送。誠兒亦求得於其兄, 栢子一斗、石茸一斗、淸三升亦付送其家矣。糧太亦得於官, 淸則去秋, 人若來獻, 則輒盛一器, 藏之久矣, 今送誠妻, 使之貿用道, 聞其處極貴云, 故爲之收合, 待其來而付之爾。○金億守, 雉一來獻。

○自兵興後今至六年, 兇賊尙據邊境, 唐將絡續出來, 猶有糧餉可繼, 民生亦可保安, 而去秋兩湖焚蕩後, 經理、提督領大軍, 相繼出來, 凡百責辦, 皆出於海西、關東, 兩界之送刷馬、民夫及開城出帖唐將支供, 今又大兵將有南征, 大駕亦將出幸原州、堤川兩邑中, 控援南兵, 分戶曹來住洪川, 預措供御之需, 亦出於此道, 列邑之民, 不安其居, 去者未還, 又出他役, 非但不勝其苦, 勢亦不能堪支, 處處逃散, 十室九空。又且軍糧搜出百端, 孑遺殘氓散而之他, 欲保少須臾, 其勢然矣。竊聞伊川唯一百姓, 一日三役疊至, 督之甚急, 謂其妻曰:"吾一身猶在, 故官役如此, 其勢不能當, 若一死則汝可安矣。"卽令其妻取酒而來, 飲之大醉後, 因結項而死云, 聞來不勝哀慘。人情莫不惡死好生, 而至於忍死不顧, 民生之苦, 於此益可悲矣, 勢也奈何? 只自怨天而已。

十二月十二日

德奴與彦臣持兩馬, 以乾銀魚貿來事, 入歸安邊之地, 守伊及安孫等亦偕歸。正布二疋、七升木半疋付送。德奴等, 咸悅卜馬適來, 養於此, 故借送, 彦臣則官馬持去矣。今日入縣因宿, 求齎糧太而歸爾。布一疋則母主前貸去, 欲以此貿穀助用爲計。使之卄二、三日內還來事, 敎送。

十二月十三日

聞所斤田陷穽大虎捉得云。○縣吏持簡入來, 見書, 則生員奴春已來在原州, 病臥不能來, 使其同謀人, 牽兩馬載木花六十餘斤而送, 故平康令吏持送于此矣。去初秋間, 春已以三陟地奴婢收貢事出去, 至今不來, 意謂逃匿不還, 而今令同伴先送反同之物及兩馬, 可謂忠於上典矣, 嘆賞不已。渠則待其病差入來云云。

十二月十四日

金淡受由歸家。○夜夢李別坐德厚, 宛如平日, 哀哉!

十二月十五日

收拾馬糞, 乃臘享也。○全豊所奉大鷹, 幾爲馴放, 而爲鼻病勢不可放, 可恨。此必前日金業山授去, 非徒不能謹奉, 夜燃松明, 因得此病, 痛憎痛憎。

十二月十六日

早朝, 縣人來傳生雉四首, 蔡億卜、朴彦守亦各獻一首。卽送一首於生員家, 使用明明其養祖母忌祭時爾, 其餘卽令作乾, 欲用於正朝祭爲計。○鄰里人等, 官定松京刈草軍, 朝來, 皆來言欲減之意, 不勝人情, 修書付送官人之歸, 如此等請, 人皆言之, 不得已屢敢了簡于官, 使觀勢可從則從之, 不可則不以吾言强從不可從之事也, 以此書送。然煩撓甚多, 雖父子間, 心甚未安未安。

　　○招金業山言鷹病之故, 使臂去調養, 則多有不順之言, 痛甚痛甚。還授全豊, 近日觀之, 若不可救則放之于山爲計。○咸悅家奴春億自縣入來, 平康覓送銀魚五十束、魴魚半隻、大口卵、鱸魚卵各少許矣。近日無饍, 方悶之際, 得此意外之物, 深喜可言? 分送生員家四束, 彦明家三束, 亦分各五介於婢輩等。

十二月十七日

風氣極寒, 閉戶不出, 堗亦不暖, 適得瓶中燒酒兩杯, 與彦明各飲一杯, 胸懷稍緩。○崔參奉景綏致書邀余, 而無奴馬, 不得赴焉, 可恨。聞其家行祭後, 置酒食云云。○春億還歸縣, 因以上京云, 故生雉一首付送于相禮前, 修答簡亦付之。

○夕, 縣人入來, 中米五斗、田米五斗、生雉二首及沈香色踏鍊染紬長衣次內外與槊具覓送, 平康爲其母造衣備送矣。

十二月十八日

允誠入縣, 昨日其兄送人馬邀去矣。振母爲備素佐飯, 付誠之歸, 使傳咸悅處, 乃其奴春億明日上京故也。○全豊臂馴大鷹, 因鼻證, 曉頭下架, 非徒可惜, 數月之功, 竟歸於虛, 雖嘆奈何? 痛憎金業山之欺也。

十二月十九日

生員養祖母忌也, 生員家行祭, 餕餘滿盤而送, 一家共破。○金彥寶, 雉一首來獻, 乃其鷹所捉也。

十二月卄日

夜, 夢宛見權判書而遠令公, 從容接話, 是何故也? ○前年此日, 自林川始發, 行抵道泉寺入宿, 亡女病證稍歇, 自門外下馬, 步入房中, 飲食稍加, 一家上下咸以爲喜, 行到新昌, 更得前證, 竟不得救, 追思今日, 益自悲痛, 哀泣不已。

十二月卄一日

去夜, 小豹落後村陷穽, 女兒輩聞之, 咸欲見之, 使之載來, 見之則體如一歲駒, 毛禿乃老豹也。

十二月卄二日

早朝, 前寧越倅朴希聖胤子峻歷訪曰"奉親來寓楊州地, 以販鹽事, 適到此縣, 因以來見"云, 乃妻族也。饋以酒, 贈以馬太二斗。今日乃振母生辰也, 家人造松餠共破, 生員亦蒸粟餠來饋。

　　○金彥臣自安邊入來, 布一疋貿銀魚三同而納。初意可貿八九同, 而只貿三同, 計事歸虛, 可嘆奈何? 德奴則布二疋半, 藿七十同換來, 直往京城貿木, 歲前還來云云。皮郎笠一介, 生大口一尾貿來, 欲用於正朝祭爲計。○蔡億卜, 雉二首來獻, 其鷹所捉也。

十二月卄三日

朝, 縣吏入來, 見書, 則平康今差督運差使員, 當於今明巡歷伊川、安峽, 因此來覲云云。中米十斗、淸三升、法油二升、眞油一升、醋二升、鹽二斗付送。○金彥寶, 雉一首來呈, 酬以銀魚一束。

十二月卄四日

趙仁孫, 官納戶雉一首, 來納于此。

十二月卄五日

使金彥臣持銀魚四十冬乙音, 往兎山場市, 換粟而來矣。○夕, 允誠自縣還來, 正朝祭物亦持來。明日, 彦明借生員馬, 定欲上歸, 方待官人, 而官家亦無使喚人, 使此處金彦臣率去云。彦臣適往兎山未還, 金淡、春金伊則薄衣單裙, 不可冒寒遠去, 勢不得親奠墓下, 不勝悲嘆。欲於此處, 備設祭需而遙奠爲計。但前日許鑽之歸, 平康布半疋及實果等物付送, 使備酒果, 奠于墓下云, 此則可慰。

○誠之來, 平康使其奴世萬, 載送田米一石、生雉七首、清酒、燒酒各一將本、眞末五升、木米一斗、甘醬三斗及艮醬等物矣, 布半疋亦送。乃上京時, 使備祭用飯餠之米爾。

○去初四日, 麻提督領大軍, 先下嶺南, 楊經理初八日隨下, 大駕亦於十二日南幸定期, 而邢軍門使不得南下, 故姑停云。今此之擧, 係國家存亡, 而未知天意之如何也? 但聞初四日大將臨發之時, 太白入月云, 此乃兇賊就殲之兆, 一國臣民慶幸之意, 爲如何哉? 佇足而待之。○金億守, 雉一首來獻。

十二月廿六日

金主簿 明世來見, 饋燒酒二杯而送。○夕, 縣通引萬世持簡入來, 見書, 則來晦日來覲云。且送生雉四首、乾餘項魚四尾、清五升矣, 又送鹿皮足襪付送, 乃余所着也。○圓寂寺僧取泡三十六方送來, 乃昨日送太三斗故也。但極小, 爲半偸食矣, 一方僅如小兒拳, 可憎可憎。

十二月廿七日

自曉雨雪終日, 若不消則幾半尺餘。○金彦臣自兎山入來, 銀魚三十束, 只捧豆十一斗而來, 米則無人可爲者, 而豆一斗, 以銀魚三束換之云。事不入計, 可歎奈何? ○浮石寺僧取泡五十餘方送之, 乃前日送太三斗也。比於圓寂僧則多矣。

十二月廿八日

圓寂寺三寶僧思允, 菁根二斗來獻, 適及於欲得而用祭時, 深喜可言? 饋酒餅而送。○夕, 縣人入來, 見書, 則平康送過歲之物也。餅麵各一古里、白米三斗、眞油一升、法油三升、姜正一斗、淸酒十鐥、菁根三斗、蔥四升、沈朵一盆、沈苽三十本、實桔梗六沙鉢、祭用生獐一口、實栢子二升、實榛子一升五合、實楸子三升、生梨四十介, 土物載來, 卽分送東、西家, 又分與奴輩。吾家亦造餅三斗, 又造木末餅三斗八升, 分給一家奴婢等。平康明日來覲云。

十二月廿九日

去夜夢兆極惡, 筆之於書, 則反凶爲吉云。○夕, 平康入來, 相與會坐堂中敍話, 夜過半而就寢。來時, 中米五斗、甘醬三斗、艮醬三升、上淸酒八鐥、中淸酒十一鐥、乾雉四首、生雉十二首、乾獐半半隻持納。雉二首送于崔參奉家, 一首亦送生員家, 爲其祭用也。○屯田太三石, 此面色掌來納, 乃官令也。○乾銀魚六十冬乙音, 令金彦臣貿粟, 則豆十七斗、太五斗換納, 米則無人爲之者云。○金億守, 雉一首來獻, 其鷹所捉, 高漢弼亦納一首。

十二月晦日

平康率來官人等盡還送，爲其過歲於其家，來初二日還來事敎送。
室內亦於初二日來覲云云。○億守，雉一首亦納。

戊戌日録

正月小

正月初一日

未明, 與弟及平康三兄弟行祭, 先奠祖考妣, 次奠先君, 又其次竹前叔父兩位, 後及於亡女矣。但家無人馬, 不得往奠掃於墓下, 是可恨也。祭物則三色肉湯、四色魚肉炙各八九串、脯、醢、五色實果、餅、糆、飯、羹精備而奠之矣。前年今日, 亡女病重, 留在牙山李時說家。追思今日, 諸子女咸會一堂, 戲遊笑語, 而獨無此女, 寧不爲之悲泣? 哀哉哀哉!

〇晚後, 隣里人來謁, 各饋酒而送, 崔判官仲雲、崔參奉景綏及其兩子來訪, 饋以酒食, 終日相話, 臨夕各散。余則過飲醉臥, 至於嘔吐, 可笑。〇金彦臣雉二首來獻。夕, 金麟、許忠來見, 亦饋酒。

正月初二日

金彦寶酒一壺、雉一首來呈。驛子李尙雉二首, 勸農高漢弼雉一首
來獻。各饋酒而送。○崔振雲三兄弟來見, 平康饋饅豆而送。

　　○夕, 平康室內入來, 見京來南妹書靈巖林進士景欽, 被殺於賊
手, 聞之於朴內乘東彦云, 不勝驚痛驚痛。吾妹存沒, 時未得聞, 然
景欽實爲見殺, 則吾妹豈獨免死乎? 尤極痛哭。近日欲使平康送人
於閔參判令公家, 問之於林正字睍處爲計。睍乃景欽姪也, 而同居
一邑矣, 必爲詳聞之理故爾。自今日擧家行素。

　　○申相禮致書問之, 又贈新曆一部來。初二日返魂, 初四日當到
云, 故女息明曉欲往矣, 留不一月, 不意還歸, 雖嘆奈何奈何?

正月初三日

平康以督運差員, 早朝往伊川縣, 明日當還云云。振母亦發歸, 麟兒
陪去, 不勝戚戚之懷, 振兒眼前遊戲, 憐愛方篤, 而今遽還歸, 尤不
能忘懷也。晚後, 日氣稍和, 必好還矣。

　　○今日申時, 雄鷄巡庭啄粟, 不意擧身踊躍, 徊走庭際, 須臾卽
斃, 是何兆也? 深可怪也! ○官鷹所捉雉十首來納。

正月初四日

高漢弼妻來謁, 獻雉一首。家人見之, 饋酒餠而送。○生員妻造切
餠一大筒來呈, 乃明日家人生辰故, 先備供之。又釀粘酒而進, 其甘
如蜜, 一家共破。

　　○夕, 平康自伊川還來。昏, 縣人持物入來, 生雉十三首、大乾

雉三首、生梨四十介、實栢子二升、實楸子一升、淸酒九鐥、藥果
九十立、蜂蝶果二十五立、氷沙果百廿片、生雉食醢四首、餅·糆各一
古里、兩色强正四升、平康爲其母生辰備饌而來矣。

○銀介夫守伊, 明日上京, 故修書付送南高城家, 但負重, 不得
一物送之, 可恨! 不久送人, 故今姑草草。

正月初五日

朝前, 奠茶禮于先君神主, 次及亡女之魂。餘分送崔參奉、崔判官,
又分饋平康率來下人及隣里來謁人等。雉二首送于生員家, 又一首贈
弟家, 使之炙饋兒子輩。○今見都目政, 李長城貴, 拜兔山倅, 可慰。

正月初六日

聞此道都事以逃軍捉囚事到縣, 今過玉洞驛, 向伊川云, 故平康馳
往玉洞待候, 因此還官爾。

○衙奴等持馬入來, 明日室內還縣故也。竊聞南征唐將, 擊倭
一陣云, 時未詳知, 然一國之慶, 爲如何哉? 從此盡蕩其窟, 掃盡妖
氣, 其爲喜幸, 可言可言? 但聞近邑南下精兵, 盡爲逃還, 以此都事
巡到, 不意捉囚, 甚者則誅之, 其餘還發送, 而五名已上, 則守令親
自領去, 交付鴿原城。故此道逃軍十名, 而平康亦領去, 如此雪寒,
不意遠行, 深可慮也。

○子方卜馬來養于此, 今日送奴還持去, 有遠送處云爾。○金億
守雉一首來獻。近日所得雉二十六七首, 而九首則分送於諸處, 其餘
數日內幾盡用之, 今夕計其餘儲, 只有五首, 然無一厭飫之心, 一家

衆多之事可知。○家人自曉氣不平, 終日呻吟, 可慮。

正月初七日

去夜雨雪, 幾半尺餘, 朝始晴。室內還縣, 允誠陪去。○家人去夜發汗, 氣頗稍蘇, 然氣因不能食飮, 可悶可悶。生員亦欲入縣, 而以此姑留, 更觀其母氣候, 明日入歸爲計。○德奴因凍傷其足, 不能行步, 今則母指墜落, 其餘亦皆傷痛, 玆不得來此, 因留縣云云。

正月初八日

家人氣候如前。生員欲入縣, 而待其彦臣之來, 因致日晚, 明日早發而歸爲計。彦臣則雖日晚, 不得已入歸, 故修書先付而送。咸悅女息處木米一斗, 其母覓送。

　○且岔知此處以生雉貿易, 欲賣於京, 來初十日間發程云。故因使進閔參判宅, 問林正字睍所寓處, 探問靈巖林進士家屬存沒去處矣, 修書付送。而閔參判前亦致書, 生雉二首, 林正字處雉一首, 竝覓送。南高城家雉二首亦覓送, 一家書信竝封而使傳。

正月初九日

金彦寶來謁, 饋酒而送。聞朴彦守鷹亦下架云, 可惜其才也。○夕, 縣問安人入來。見書則平康今日欲發原州之行, 而聞其母不寧, 欲知差復後發去云, 故卽修答付還。生員早朝盡知其母平安而歸, 故暫草而送, 生雉二首、魴魚二條、鹽二斗付來。咸悅女息簡亦來。鹽一斗則送于生員家。

○春金伊、金淡等自縣還來, 乃昨日陪室內行次而歸爾。空石五葉持來, 老牛亦牽來, 欲使留養, 爲春耕爾。○且聞南征唐將, 攻拔蔚山賊窟, 斬死百餘級。賊將淸正[*]

正月初十日

聞平康今日始發原州之行云。○昏, 就寢未久, 自安峽之路擧火吹角, 成群而來者, 一里驚惶。或謂"逃軍捕捉之事", 有身犯者則越籬逃匿林藪者。少頃, 尋問余寓而來, 乃宣諭官李貴也。迎入臥房, 問其來意, 則曰"自安峽歷訪楮田前伊川倅, 因致日暮, 曾與李汝實會話于此, 而意爲汝實留此待之, 故不計夜深而尋來"云。相與叙話, 夜過半矣, 使接宿于金億守家。夕食則伊川家已食云, 只饋下人三人爾。因此入縣, 又向京城云。兔山除拜, 未赴任, 而朝廷以宣諭未畢, 故遞云云。巡歷黃海列邑, 募聚義粟幾萬石云云。作刀齊飛, 又炙雉饋之, 不飮酒故也。

正月十一日

早朝, 玉汝入縣。縣吏亦迎候事, 朝前入來曰"先文昨夕到縣, 支應之事, 未及措置, 終夜追來, 今始入來"云云。支應之物, 接置于所斤田待候, 而行次時當造點心云云。先文遲滯人則拘留云云。○去秋耕作粟, 無暇輸入, 積置田畔, 今始令春金伊等, 牽三牛載入, 更積

....

* 且聞……淸: 底本에 이하의 內容이 削除表示되어 있고, 그 위에 "虛傳也"라고 쓰여 있으므로 削除.

于場邊, 當竢數日打收爲計。○且聞生員與其弟誡, 昨日上長鼓寺云, 爲膽書故也。

正月十二日

立春已過, 日晷漸長, 可以日加就暖, 而近日寒冱, 倍於冬節。平康冒寒遠行, 恐致感傷, 悶慮不已。

正月十三日

金五十同, 生雉二首來獻, 饋酒而送, 乃業山之父也。業山者, 前日以大鷹致傷之故, 多發不順之言, 因此捉囚十餘日, 竟乃杖罰, 而其父來言其子之不恭, 爲來獻之, 却之不可, 姑可受之, 心甚不安。然爲其父哀懇, 故不得已也。

○蘇隲以事到縣, 今始來見, 不見久矣, 邂逅相見, 深可慰喜。隲也去秋避亂, 今居京城西江三浦, 以反同謀食云云。余自林川, 去丙申冬發來時, 隲皮郎笠卅介付余送之曰“若時事更亂, 則當擧家避入于某處, 此笠須先爲貿粮留置”云, 故持來。其後久不入來, 余私用十五介, 所餘只十五介, 今還付之, 余所用則布一疋償之。隲又獻沙鉢一、保兒一、酒杯臺具矣。○平康歸原州時, 使掌務送田米一石、中米五斗、祿白米二斗、艮醬二升、粘米七升、乾蕨、苦蕒等物, 來十五日藥飯次也。

正月十四日

令春金伊等三人打收前夕輸入粟, 則彥臣田所作半稷平二石三斗,

草則不打, 金彥寶田所作白粟平一石十一斗, 而弟家及生員處各送
五斗。○隣人埋雉窜於前田, 適見雄雉落陷, 卽送人取來, 欲用於明
日茶禮矣。○蘇隲因留在。○金忠憲沈菜一缸來呈。

正月十五日

早朝, 備藥飯、酒、果、雉炙、雉湯, 奠茶禮于神主前, 次及亡女。且
炊稻飯數斗餘, 分喫奴婢等, 藥飯則實果不得, 只以少許交之, 粘米
亦小, 僅用茶禮時。○蘇隲還縣, 而田米一斗、馬太二斗贈送。近日
欲入安邊, 貿魚物還來, 因以上京, 其時亦來見而歸云。

　　○朝, 縣吏入來, 酒二壺、實栢子一升、實楸子一升持來, 乃爲
祭用而不及, 可恨。○昨日乃亡女生辰, 而家人備餅奠之, 哀慟尤極
尤極。○前日李長城歷宿于此時, 官供未及來, 故上下朝夕之供, 吾
家備呈。而昨昨縣人來時, 使掌務覓送所食之米而田米一斗、白米
二升, 爲我家亂離中窮迫故也, 一則可笑。

正月十六日

朝食後, 佩酒肴, 往訪崔參奉景綏寓家, 從容叙話也, 其三子亦在。
而其家先出酒餅饋余, 次飮吾酒, 而隣居金麟亦持酒而來, 又送馬
金主簿明世處, 請來, 終日談話, 日傾乃還。但聞南征唐將已陷蔚
山淸正陣, 淸正僅以七千餘兵遁走, 結陣于山上, 天兵圍之。十二日
賊飢渴方極, 天乃雨雪, 賴以蹔蘇, 而賊之援兵大至。天將恐其內
外挾攻, 乃解圍, 引兵退駐慶州等地, 而殿後浙江兵二百餘, 爲賊
所擊殺云, 不勝驚愕, 然又聞天兵自中原新出來者, 不知其數, 而皆

汲汲南下云, 是可足慰。兵家勝敗常事, 安知今日少蹶, 他日大捷之
兆耶? 麻爺用兵如神, 又安知以此謾賊而誘之耶? 然京城內外人心,
聞此言, 皆爲驚動云。此言崔景綏次男興雲, 在兎山地其妻家, 因中
殿使者自京下來歷兎山而傳言云云。中殿則留駐遂安郡爾, 然言之
眞僞, 時未的知, 當待平康還官後, 可詳矣。○夕, 守伊自京還來。
奉南妹簡而傳之, 時無事云。

正月十七日

灑雪終夕不晴, 夜則大作, 幾半尺餘。近日飯饍乏絶, 供親無滋味,
只以乾銀魚, 朝夕爲助味, 而今則垂絶, 可悶可悶。

正月十八日

天氣溫和, 積雪消盡, 簷溜如雨。○昨昨, 所斤田人, 來納官屯田太
十二斗, 乃官令也。

正月十九日

浮石寺首僧法熙來謁, 而舍弟處獻甘醬一笥, 爲其避亂來寓, 他無
助者, 哀其窮也。饋飯而送。○令金淡持太三斗, 往安峽地甕匠處,
換瓦盆二坐而來也。○夕, 牙山李時說自其家到縣, 留數日, 今始來
見。年前此時, 因亡女病重, 留在其家, 至於一朔, 今日相見, 追思
亡女, 悲痛尤極。去秋亂初, 擧一家避入原州之地, 聞賊退兵, 卽還
舊土云云。

　　○室內送人馬, 乃前日余欲入縣要見咸悅, 而今聞近日不欲歸

京云, 又且大雪之後, 山路泥濘, 川氷又澌, 跋涉極艱, 故姑停矣。
此處無人馬, 故頃者令室內覓送故爾。縣掌務雉四首覓送。○申相
禮致書問之, 卽修答謝之。

正月廿日

縣來人馬還入送, 因此馬之歸, 振母處赤豆十斗載送。李時說因留。
○婢玉春得胸痛, 而今至四日, 晝夜呼痛極苦, 水醬不入口, 窮村無
藥, 顧無救策, 極可悶慮。○去夜夢見林妹, 宛如平昔, 其存其沒,
杳莫聞知, 悲痛罔已。○金億守雉一首來獻。

正月廿一日

李時說還縣, 使留强之, 而有不得已故忙返。待平康還官, 卽發南
路, 因歷仁川鄭司果宅所寓處而歸家云, 故鄭家亦修書付之, 家人送
雉生乾各一首, 時說母氏前亦雉一、乾銀魚二束, 其三姨妹處, 銀魚
各一束覓付。家無儲物只此, 可嘆奈何? 然此物亦吾家無之, 故貸於
東家付之。○金彥春生雉一首來呈, 爲請減身役事也, 却之不可, 姑
留。待平康還官後致書, 爲可減之事則量施爲意。不勝人情, 每煩至
此, 深可未安。○朴彥邦、金業山、蔡億卜等各獻雉一首。

　○夕, 咸悅入來, 爲其此地有可居處與否, 親來見之, 如不可則
當擧家有移他之志, 而今來見之, 則無可意處云云。衙奴企知亦陪
來, 頃者往探問林妹存沒, 而今始還來。見林正字睍書及閔參判簡,
則林景欽之被害的然, 其女息敬溫亦被虜而去, 哀痛罔已。敬溫則
年纔十歲, 愚稚未離其母之抱, 而今見被掠而去云, 必死矣, 尤極悲

慘。景欽寡妹及其子龜生亦皆被沒云，尹鴻山英賢及崔上舍溁，則一家皆得保全，來月間當上來云，而獨林門被禍至於此極，尤可慘痛。吾妹雖得獨生，夫亡女攄，他無依仗處，其勢必不得獨全，悶慮悶慮。路遠無人，不得送問消息，恨嘆奈何？然聞來月上來云，來則當送舍弟，率來于此，欲與饘粥共之，其可必乎？哀慟哀慟。南妹答書及高城簡亦來，時無事云，是可慰喜。○且聞平康明日間還官云。昏，與子方環坐房中叙話，夜深而就寢。

正月十二日

子方早食後還縣，强請留之，而有不得已故還去云。相禮前雉一首覓送矣。

正月十三日

金億守雉一首來獻。昨日平康當還官云，而時未聞知，若來則彦臣*必來而不來，想到家不卽來現矣，可憎可憎。

正月十四日

朝，金業山雉二首來獻。因言曰"昨日官令其鷹入納，差使來家，捉其父而去，極悶"云，必以此獻雉也。○金彦臣入來曰"昨夕到家，日暮未卽來云"，見平康書，則往還別無他恙，但氷路馬仆墜落者數云，慮有後患也。且聞唐兵不利而退。大槩淸賊道山山城作三重城，而

....

* 臣: 底本에는 "信". 《瑣尾錄》戊戌年 1月 14日 일기에 근거하여 수정.

二城則攻破, 至第三城, 設險極固, 截然有難拔之勢, 故[*]士卒飢寒,
馬亦疲死者, 一日數百餘, 又且倭船百餘隻, 水路而進, 陸路之賊,
亦無數結陣于山上。楊經理大懼, 傳令退陣, 軍中大亂。賊因其亂,
大呼而進, 唐兵殿後爲賊擊殺者, 亦不知其數。楊經理自安東向京
城, 分兵留駐永川、大丘、慶州、安東等地, 軍粮器械, 盡爲其所奪
云云。聞來不勝驚痛, 奈何奈何? 國事更無藉賴處, 而言之痛哭痛
哭, 吾不知死所矣。又聞方其圍城時, 賊兵絶水方困, 而天乃雨雪,
賴而足蘇云, 天亦不助順而佑賊如此, 天乎天乎, 胡寧忍斯?[*] 余實
難諶也。

　　○崔判官來見, 良久叙話, 饌刀齊飛而送。○夕, 全貴實來謁,
負太一石來呈曰"欲減京城刈草軍, 因此賄之", 怒而斥之, 更使勿
來。○年前此日, 自牙山時說家, 亡女病稍歇, 載轎發來之日也。偶
然追憶, 不勝悲痛之心, 淚自盈把。

正月十五日

業山妻雉二首來獻, 一則卽送弟處, 使之炙饌其妻子。吾家衆多之
口, 雖得雉, 每不及於弟兒, 雖曰勢也, 常懷未安之心, 今者幸得意
外之雉, 故因贈之。然此雉乃業山所放鷹, 官令入納, 先捉其父而去,
故欲免奪鷹, 昨日親自來獻二雉, 今又如是。納之不可, 使之還授,
而其妻不授, 棄去, 故用之。○打收彦臣田粟, 則只出三斗, 可恨。

....

[*]　故: 底本에 "圍十二日, 唐我軍死者萬餘, 倭死者僅千餘 相持旣久"가 삭제 표시되어 있으므로
　　삭제.
[*]　斯: 底本에 없음. 일반적인 용례에 근거하여 보충.

雖不好, 不至於此, 而積置田中, 過冬後輸入, 故衆鼠盡喫故爾。

正月十六日

食後, 往訪崔判官, 從容敘話, 日傾乃返。崔家饋余畫飯。屢承枉
見, 一不報之, 今始進謝。○京奴光伊避亂來居遂安地, 因此來謁,
買牛肉來獻。不見此物久矣, 卽令燒之, 夕飯一家共之。餘則作脯,
欲用於亡女小祥。

正月十七日

光奴入縣, 修書付送。○晚後, 大雪大風。麟兒以忠母陪來事, 往所
斤田, 而行未半程, 不堪寒苦, 卽還來矣。午後始晴。○此面勸農,
自縣還來。見書則一衙中, 時皆無事云。獐肉全體, 去兩脚而皆送,
燒酒五鐥幷付來, 卽令作湯, 一家共之。又與舍弟燒酒各飮一杯, 胸
懷太和, 可謂“一杯千金”。○太二斗、粟二斗送于崔參奉家, 聞其乏
粮也。不閥之患, 吾家亦棘, 一未周急, 雖嘆奈何奈何? ○蔡億福[*]
取泡一盆來呈, 饋燒酒而送。

正月十八日

金漢連、金業山各獻雉一首, 無酒空送, 可恨。自朝大風掘地, 寒氣
倍列, 忠母處又不得送奴馬矣。○縣人入來。見書則來初一日亡女
小祥祭物覓送。清三升、法油一升、石茸三升、實栢子一升一合、榛

....
* 福:《瑣尾錄》戊戌年 1月 21日 일기에는 “卜”.

子六合、楸子一升、藥果九十立及中米五斗、田米一石、銀魚三十束、大口二尾、生雉一首載來。咸悅女息亦銀魚五束、大口二尾、白米一斗覓付而來，米則其弟小祥作餅而奠之云云。但官家多事，卽未來觀，當竢五六日畢事後來見云云。又見子方書則來初一日上京，謀得船隻，載運藍浦之穀，旬後還來，欲移寓縣地積山，作農爲計云云。彦明家銀魚二束、田米一斗送。

正月十九日

修書付還縣人。○張豐年雉一首來獻，卽給舍弟。○仲女自去卄四日，氣不平，以爲傷寒，而今至六日，尙未向歇，進退無常，晝夜苦吟，至鷄鳴後稍歇，而晚後還痛，全廢食飮，悶慮悶慮。○明日乃亡女小祥也。追念年前病臥之時，形貌如在眼前，哀慟之心，到此尤極，淚不能禁揮也。幸運循環而不窮，人生一去而不返，寧不爲之悲痛？哀哉哀哉！雖知無益，而慈愛之情，實激于中，自不覺其過也。○忠母今日始還。○浮石寺僧法熙送沈采一盆、甘醬一笥，聞吾家乏絕，而寺人爲送，可謂厚矣。負來僧饋飯而送，容入九升麴一員，覓送熙僧處。○億守雉一來獻。

二月大【初二日驚蟄, 晦日寒食】

二月初一日

曉頭與麟兒, 行亡女小祥祭。雖哭之哀慟, 奈何奈何? 其母逐日以
所食飯羹, 設朝夕上食, 而自今日始撤。情意雖曰無窮, 勢不可繼,
如此亂世, 雖父母喪, 不行者多。故令其母只奠朔望爾, 悲痛之心尤
極尤極。

○早朝, 平康聞其妹患恙, 專人來問。因送生梨十二、乾雉一、
菉豆末一升, 病女欲嘗之故爾。卽修答而送。仲女去夜如前痛之,
而至曉始歇, 頭骨極痛, 必重傷風寒, 因致此也。彌留至此, 極可慮
也。○且聞鐵原府使拿去云, 不知某事也。然當此時, 守令例有意外
之患, 深可慮也。此道方伯亦辭遞, 而鄭叔夏*代任云云。更聞則鐵

....

* 受夏: 底本에는 "厦".《宣祖實錄》에 근거하여 수정.

原之拏, 以助防將領軍到中路, 托病不進故云。

二月初二日

仲女證勢如前, 別無加減, 悶慮悶慮。○打收前日未及打草, 則栗六斗、稷三斗。玉洞驛子李尙伊幷作重今田, 豆十一斗、太九斗分來。豆則早霜, 故爲牟不實, 而李尙不分, 而幷與其邊而送之云云。

　　○崔參奉來見, 先飮酒而後, 點心而送。夕, 生員自縣入來, 因聞平康以鐵原兼官往鐵原云, 允誠則還欲上寺讀書云云。申相禮致書問之, 又送大口一尾。子方則昨昨上京云云。○細米一斗, 平康付送。

二月初三日

病女如前, 可悶可悶。○德奴昨日入來。凍傷足指, 時未永差, 聞其母病重, 欲來不得, 生員令騎卜馬而偕來。○夕, 小漢、守男臂鷹入來。乃於前數日, 平康令持鷹先去緣路, 獵雉納之, 隨後自來故爾。雉七首獻之, 一則與生員家, 一則送申相禮前, 修答謝巨口之惠爾。

二月初四日

仲女證勢, 自昨夕向歇, 極喜可言? 然尙未快蘇, 更觀數日可知矣。○春金伊入送縣, 爲得醋及菩萸、母酒等物, 乃病女欲嘗之故爾。咸悅女息處, 皮木二斗、眞茸少許付送。○光奴自縣還來。平康昨日還官, 家猪烹脚牟、生脚牟付送, 在鐵原時, 釋奠祭餘覓來云云。○小漢等放鷹, 捉雉三首, 來獻。

二月初五日

光奴還歸遂安, 木米一斗、雉一首給送。○守男與驅雉人等還送, 只
留小漢, 使之放鷹, 捉雉兩頭而納之。○夕, 春金伊還來。燒酒三
鐥、白米一斗、淸三升、法油二升、眞油一升、醋一升、熟菖薳三鉢付
送。菖薳則病女欲食, 故覓來。艮醬四升、靑魚三尾送矣, 靑魚則乃
新物, 明日當欲薦神。

二月初六日

仲女去夜安寢, 證勢漸向差歇, 猶未快蘇矣, 余亦自昨感寒, 氣頗不
平, 夜發汗, 朝則蘇矣。○令一家人三及借里人三, 刈夏木, 饋三時
飯。○今日乃去年喪亡女埋葬之日也。偶然追憶, 悲淚難禁, 哀慟
奈何奈何? ○午後, 與彦明往見刈木處, 而中路逢雨雪, 盡沾而馳
還, 可笑。適因雨雪, 役人避雪者多, 時故刈木亦不多, 可恨可恨。

二月初七日

仲女自昨日午後還痛, 達夜呻吟, 痛勢極倍於前日。小漢放鷹, 只得
一雉, 可恨。令兩牛輪昨日刈木, 而只五番而止。○唐兵四名, 自嶺
南敗來, 流離乞食, 向關西, 而昨日自安峽誤入此里, 金彦臣家殺鷄
三首, 來投朴文子家, 使作飯烹鷄而食。安峽太守聞唐、倭未辨人,
發軍追後, 及於文子家率去, 還向安峽, 過此家前。但近處里中人等,
聞唐兵來, 皆跣足走避上山, 若來入人家, 則財物必多見失矣, 可笑
可笑。

二月初八日

小漢還送, 久留於此, 不得捉雉, 故從其願而送之。○仲女今則向差, 有時起坐, 然頭重氣憊, 猶未快蘇矣。

二月初九日

縣吏入來。見書則時好在, 近欲來覲, 而適李汝實自伊川來見, 方與同寢敘話, 不可棄去, 故郎未來云。白米十斗、田米九斗付送矣。郎修答, 饋朝飯而還送。

二月初十日

生員與其妻娚崔振雲兄弟, 歸廣州農舍, 爲春粮載送事也。去時使歷入京城, 拜見南妹, 因修書付送。又以末醬兩斗、乾雉一首贈傳。○驛吏李檄, 令其弟李橡生雉二首付獻, 饋以燒酒。又以銀魚二束, 付送檄處。○今日始打太則朴文子田平一石六斗, 高漢弼田平一石七斗。

○仲女今則漸向差復, 而但飲食不甘, 思臥不起, 可慮可慮。非但此也, 訥隱婢臥痛累日, 香婢亦以脚腫, 今至十餘日, 尙不出入, 其母自去月痛臂至今, 長臥不起。一家無使喚, 可悶可悶。

二月十一日

食後, 與彥明及麟兒, 往陳地起耕處, 使閔時中指示可耕處, 看審後還來。前年所耕處, 厥主還推, 而無田可耕, 而不遠谷中有陳地云, 故往見, 則上下洞可耕處, 幾至十餘日耕矣。雖不好, 無主閑地,切欲耕食，而但先伐草木後，可以入耕，人力必倍，得牛甚難，是可慮也。

二月十二日

仲女今則日向差復，而飲食有加，可喜。但無助食之味，可恨。平康歲時來見還歸後，至今月餘，近日有來覘先聲，而今至不來，思欲見之而不得，可嘆奈何奈何？一日程尚不得源源相見，官人之事，誠可嘆也。○金淡陪生員，往鐵原而還來，無事上去云，可喜。

二月十三日

仲女今始梳髮矣。○無聊中披見《癸巳日錄》，適見亡女破硯涕泣之事，不覺淚下沾襟。日月已久，漸至相忘，而有時追憶，寧不悲慟？哀哉吾女！可憐可惜。○近來日日臨夕倚門，望平康之來而不來，望眼空寒而已。必有官事未畢而然耶。可嘆可嘆。生員之行計程，則今日當到京城，而但一奴三馬，泥濘險路，未知無事入京耶？深慮深慮。

二月十四日

平康今日亦不來，消息亦不得聞，可嘆可嘆。○守伊及彥臣等換牛還來，加給木一疋、布半疋云。觀此牛，雖齒老而體大，若善養則可用四五年云，可喜可喜。在此兩牛一大而極瘦，一少而力弱，皆不任善耕，而今得此牛，雖不至四五年之久，一二年亦可足矣。況麟兒馬，步遲力弱，不任重載，一息之程，頻臥不進，方有難離之嘆，而今換大牛, 深喜可言? ○前兔山李公景曇希瑞歷訪而歸。

二月十五日

崔判官專人送餅果一筥, 今日乃其大忌, 祭餘爲送。兼致問書, 深謝
深謝。希瑞乃崔之妹夫, 而亦爲此祭來參云云。○夕, 縣吏茂孫入
來。見平康書, 近因官事日集, 玆不得發來云。子方亦於近日擧家移
寓楊州地, 而陪相禮念後先往造家, 然後率家屬而去云云。女息在
此, 雖不得同處一家, 音信不絶, 而今若遠去, 則此後更得相見, 其
可必乎? 不勝悲嘆悲嘆。近欲入見兼別相禮而無馬可恨。生雉五
首、生加佐味五尾、生梨十五介付來。加佐味則夕飯卽作湯, 而一家
共之。梨則欲用於寒食祭時爲計。沈說書亦來, 必縣吏以督運御史
陪吏進去, 而來時付送矣。

二月十六日

修答書, 付還縣吏。○令金淡等, 持牛四駄刈蓋草載來。○億守鷹
所捉雉一首來獻。金漢連菁根一斗許來呈。

二月十七日

亦令彥臣等四人, 刈蓋草, 四駄載來, 而彥臣則置之其家不來, 隨後
載來云云。○末醬太今始烹之, 一釜十斗。

二月十八日

夕, 金億守自縣還來。見平康書, 明日當與誠兒來覲, 而億守、彥邦

等京城刈草軍減除云。且見子方書, 來廿四日先上歸墓下, 造家後還來, 率一家上去云云。初欲留此農作, 而多有不便事, 上去亦有不便, 同是不便, 則寧往墓側, 爲情意稍安云云。若留此則雖不得源源相接而音問日可得聞, 而一去則相距四日程, 人不可通, 悲嘆奈何奈何? 相禮亦於廿五日率妾亦歸云云, 其前余欲入見而無馬, 可悶可悶。末醬太十一斗又烹。

二月十九日

平康與誠兒一時入來, 久阻之餘一家相見, 欣慰十分。田米平一石、鹽三斗、大口四尾、鮒魚一尾、甘醬等物持來。○金億守鷹所捉雉一首來獻。○末醬太十斗又烹。

二月廿日

平康今欲還縣, 而因雨不果行, 而留在。○全豊雉一首來獻。○末醬太十斗又烹。○此面官納太平二石十四斗六升納此, 以其在官太充之也。

二月廿一日

平康早食後還縣。○金彦寶雉一首來獻。○末醬太十斗亦烹, 幷前日所烹五十一斗。○晚後, 余亦騎衙馬, 發來到崔參奉家, 邀景綏竝轡偕發。日暖氷釋, 行路泥濘, 僅免顚擠之患, 多幸多幸。夕到縣, 先抵咸悅家, 先訪相禮後, 入見振母叙話。昏, 來衙與景綏同宿。

二月十二日

早食後, 更訪咸悅家, 相禮亦來, 從容叙話。平康先歸, 余與相禮隨後而來, 今日爲餞相禮故也。官備酒肴供之, 韓生員孝中亦來, 相與環坐房中, 各盡酬酌, 臨夕醉飽罷散。相禮先還, 余亦又來, 見女息, 因使夕飯取來, 饋女息及其女等, 夜深乃還。又與景綏、孝中同宿衙房。○且見李殷臣以乞食事來縣。前日相厚之人相見, 欣慰可言? 但流離諸處, 阻飢日迫, 衣冠襤褸, 深可憐惻, 無一毫相助之力, 亦可嘆也。

二月十三日

室內造饅豆, 供早飯後。又就見振母與子方, 子方則明當上歸, 因與相別, 而又進相禮家辭別, 還到衙房。朝食與崔、韓對食, 相禮亦追來見之, 暫與叙話。又與景綏竝轡發來, 行到半程, 又有雨徵, 艱艱馳抵浮石寺, 坐未頃, 雨雪交作, 兼以大風。初欲點心後發來, 而因此留宿, 但持點心粮米三升而留宿, 故寺僧上下備供, 未安未安。

二月十四日

寺僧作泡供之, 與景綏飽食。雖大風不息, 日晴故, 又與景綏發來。景綏則到所斤田相別, 先入其家, 余獨還定山灘, 則日未午矣。來此聞之, 則前日換牛人以其馬不好, 欲退來言, 峻辭折之而送。○縣人持寒食祭物入來。

二月十五日

彥明早食後上京，爲其寒食掃奠先墓故也。但生雉未得，只以鷄兒充送，而適官人持一雉未發前入來，故卽付送矣。祭物則木米一斗、鷄四首、大口四尾、艮醬一升、甘醬五升、栢子五升、榛子四升、淸一升，官無眞油，故以淸代送換用云。飯餅米則前日生員歸時，使其處來米代用，而此處所送米換用事已約，故不送矣。乾雉二首、生梨十四介以其此處所儲亦送。南妹處無送物，只以大口一尾覓送矣。

○前日在縣時，因韓景張聞李長水子美棄妾，來在金化地張彥忱家云。彥忱妻父趙新昌希益妾，乃子美妾之同母兄也。因此隨其兄避亂，而彥忱作宰長連時，亦與其兄同往，人皆勸其改夫，人亦欲爲妾者多，皆不從。至於强勸，則結項欲死。故終守堅節，至今生存，今亦隨其兄來寓彥忱家云，聞來不勝悲憐悲憐。時未知言之虛實，若然則可謂貞矣。使平康徐當送人致書問之。韓之弟來寓金化地，故因人得聞云云。【觀後日所爲，則非貞也。若其時死，則眞僞其誰知之？天下之事如此者多，必蓋棺後可知矣。】

○且去正月初十日，釜山東門外山底，自古深立體廣大石，自動起發，向倭館二疋長許而止。倭等見之，皆驚恐曰：“今此動石之變，自古無之，吾等必盡死矣！天兵今雖佯退，若更擧而來，則必無生理。”或云欲渡海而去，或欲堅守窟穴云云，乃慶尙道傳通，而縣吏隨御史之行，傳書送之。蔚山之賊時方更築山城，日日伐木輸材，爲久據之計，右道之賊出沒無常，草溪、丹城、咸陽、居昌近處，乘夜來襲焚蕩民家，僅得還接之民，流散殆盡，道路絡繹云云。

○德奴昨日自伊川還來。曾聞伊川以豹皮買官云，故此處所得豹皮, 欲納受價, 送德奴, 致書李察訪處, 使之傳告伊川倅前, 則察訪卽入見後, 答書曰"時未得可合皮, 若送之則, 看品後進退"云, 故今朝又令德奴, 持豹皮送于伊川。若得入則可受優價, 而因此買馬, 一家亦可賴之矣。○彦明家, 烹末醬太*十七斗, 余助五斗。

二月卄六日

晚後, 雨雪交下, 終日不晴。彦明之行, 無雨具, 必滯中路, 可慮可慮。近日飯饌乏絶, 供親極難, 亦可悶也。余與兒輩, 夕食只以煎太和醬而分喫矣。○雌鷄産雛十四下巢。○金彦寶來謁, 因雨不卽去而留在, 饋白飯點心。臨夕待雨歇而歸。

二月卄七日

去夜下雪, 朝起視之, 山川盡白, 晚後見睍而還消。如此泥路, 彦明之行, 深可慮也。○縣吏全巨陽爲督運御史陪吏, 今以御史親家傳簡事過去, 而平康之書亦付來。見之則子方去卄五日上京, 相禮則因雨雪路泥, 不發姑留云。沈說所送鮖魚一尾及彦明家半隻, 母主前乾文魚一尾、生鰒二十介持納, 乃巨陽巡歷江陵時, 沈姪付送矣。平康亦新生鰒三十介付送, 欲用於寒食祭禮時爾。○生員家烹末醬太二十四斗, 余助七斗。○官家所送饌物, 每致不足, 有素食之時多, 皆因衆多之故也。

....

* 　太: 底本에는 없음.《瑣尾錄》戊戌年 2月 21日 일기에 근거하여 보충.

二月廿八日

明日乃外祖母忌也, 行素。○縣戶長金雲龍以逃亡官人捉來還歸,
修書付送。○崔參奉末男冲雲來見, 饋點心而送。○令德奴今始編
茅, 欲造家而蓋之。○夕, 縣人來傳平康書。爲送生秀魚中一尾、北
靑魚四尾、鷄兒二首, 以此可備明日寒食祭禮之用, 可喜。近因飯饌
絶乏, 令兩婢採菩薁, 作熟菜而分喫, 又以此爲祭禮時作菜。○令
春金伊等, 伐造家木。

二月廿九日

修書付還縣吏。○玉洞驛人李橡*幷作仲*今田所出粟十一斗分來。前
日與晋貴先同心隱諱, 此田而事覺, 故今始打納。其兄李橌雉一首
亦付送, 饋酒而送, 待之以好。○家畜猫兒, 令德奴持往浮石寺, 付
僧德寶處, 使之留畜, 待秋還送事言送, 前有約故也。欲養鷄雛而
不去猫, 則必有所害爾。○麟兒妻亦欲烹末醬太, 故給十斗, 而令其
婢烹用。

二月晦日

寒食節也。終日大風, 然而不雨, 彦明想已無事行祭矣。此處亦備
魚炙、鷄湯, 奠杯于神主前, 次及亡女。○令春金伊等採葛蔓。

....

* 　橡:《瑣尾錄》戊戌年 2月 2日 일기에는 "尙伊".
* 　仲:《瑣尾錄》戊戌年 2月 2日 일기에는 "重".

三月小【初二日清明, 十七日*穀雨】

三月初一日

令<u>金彦臣</u>等前日所伐造家木, 作筏流下, 而水淺梗於石灘, 不得下, 可嘆可嘆。○前年, 吾家耕作所出, 黍·稷·粟幷平四石十三斗、太八石十三斗五升、豆五石四斗、木麥全四石二斗、菉豆五斗, 已上卄四石十二斗五升。又且官屯田此面近處所出, 半稷平五石五斗、粟平一石六斗、太四石二斗。<u>玉洞驛</u>婢<u>仲今</u>田幷作人所出, 黍·稷·粟幷平七石四斗、太二石五斗、豆一石二升。追前諸處所出合計則四十六石餘, 而官家所送粮及橫得之穀, 皆不在此數, 而至於今春, 頗有困急之患, 皆因去秋逢亂避來者多, 食口衆多故也。若無官助, 吾家極可慮也。今年農作不可少緩, 而必多作後, 可免顚擠之患, 而事多不

....
* 　日:底本에는 없음. 문맥에 따라 보충.

偕, 尤可慮也。

三月初二日

安峽居百姓金之鶴來謁。因獻赤豆一斗, 不飲酒不食肉, 又無贈物
故空送, 可恨。○又令彥臣等浮筏流下, 而一筏又掛淺灘, 不能盡下,
馬槽一介亦作而流下。但計其木則多不足, 空費數日之役, 可憎。彥
臣之不力也。○去夜, 夢見景欽, 宛如平昔, 覺來不勝悲痛。妹也想
已到京, 與彥明相見耶。○昏, 縣吏率人馬入來, 明日家人入縣, 故
平康爲送矣。白米十斗、田米平一石、鹽六斗、大口五尾、淸酒二瓶
付來矣。

三月初三日

家人率仲女入縣, 允誠陪歸。○昨日蜂桶亦持來, 而負來者不謹, 使
蜂家爲半墜落, 産子滿窠, 皆爲棄物, 今年則必不多産, 可惜可憎,
奈何奈何? ○今日乃修造動土, 故令彥臣等五人, 先治造行廊基址
後, 竪柱上樑, 又治造客廳基址。○安生員克仁自安峽來訪, 先饋酒
餠, 次饋晝飯, 從容叙話而歸。安公乃平康司馬同年, 而年前避寓安
峽地, 曾於咸悅累度相見, 故遠來訪之, 深謝厚意。○今日乃俗節,
設餠, 奠神主前。

三月初四日

晚後灑雨, 只令編茅而已。未雨前掛椽。午後雨晴, 故因而蓋草。
○全豊昨日家人入縣時陪行, 今日還來曰"行次無事早入"云云。

三月初五日

去夜, 夢見李承旨剛仲令公宛如平日矣。○造客廳, 只竪柱而已。○德奴自縣還來。見家人書, 時無事云。雉二首、酒一壺持來。彦明書亦自京傳來, 乃率去人先送, 而渠則初六七日間, 與生員偕來, 而聞林妹近日入城云, 切欲見後發來云。但聞彦明妻繼母別世云。○今見朝報, 尹斗壽除左相, 李廷龜拜承旨。李也妻家族屬, 而衰門因此起興, 可賀。

三月初六日

令彦臣等三駄伐木載來。鍊木只掛梁, 而未及掛椽。○全業川魚數鉢來呈, 無物贈饋, 可恨。夕飯作湯而供親, 餘及兒輩, 可喜可喜。○夕, 李蔵自伊川來訪, 因與同宿。

三月初七日

李蔵入縣, 修書付傳。○椽木不足, 故令金淡等持三牛伐來事, 早食後發送。又取柧木而來。因掛椽而未畢。

三月初八日

全貴實麻種二升, 朴文子麻種三升來呈。貴實則豆五斗亦獻, 必有所以, 欲却之, 而强納而歸。○白昌平惟恒致書平康處, 欲以其弟仲說令公胤子, 結婚於吾家, 曾與議定, 擇其宮合, 則五鬼宮合極是不吉云, 故不欲爲之。而今又專人來問, 以其宮合不吉, 勢不可爲答送矣。○退籬, 又造厠間。○蔡億卜蜂桶負送, 卽坐於前來蜂右則, 午後, 兩蜂相戰咬殺, 幾至一升, 可惜可惜。顧無解鬪之計, 待其日暮各入穴處後, 移坐遠處矣。物類不同則至於戰殺如此, 可嘆可嘆。○夕, 縣人入來。見書則時無事云。生雉二首、生餘項魚三尾及十二日祭用栢子五升、榛子三升、眞油五合覓送矣, 修答還送。簟席二部亦造送矣, 一則鋪母主房。

三月初九日

今始蓋屋, 已畢造家之役, 修裝待農後欲爲。然數三年內安居于此, 則是亦多幸, 世亂未已, 兇賊尙在, 其可必乎? 待天而已。○夕, 朴文才自縣還。昨日受吾簡, 欲減刈草軍而入去。今見平康書, 勢難不得減名云, 奈何? 生雉一首付來。金業山鷹見逸已久, 時未得焉云, 必永失, 可惜其才也。○又聞子方則因留此地積山農作, 而相禮來十三日間上京留住云云。然彼家去留屢變不定, 今亦未可必然矣。

三月初十日

耕麻田, 麟兒馬, 前月此里中人, 軍粮載納于京城, 而價布一疋, 未捧其本, 麻田一斗落只, 許上, 故今日亦耕種一斗二升, 吾給亦官納朔紙白楮一束七丈、常紙三束, 借田耕種六升。金億守亦上家前田, 故耕種, 而但麻子不足, 先種七升, 而其餘未種處, 則更得後落種爲計。

○昏, 生員自京還來。彥明則事多未及, 故差後入來云云。但官刷馬持去, 今至半月餘, 極可慮也。○鵬姪鷄産雛十一, 下巢囚籠, 而夕時煙燻, 卽斃二雛, 其餘僅得還蘇矣, 可惜可惜。○麻子所得處, 金明世四升、金麟二升、金愛日一升五合、蔡億卜一升、朴文子三升、全業二升, 朴貴弼二升。金彦臣持鹽覓得九升矣, 平康亦送一斗。

三月十一日

世萬自延安還來, 審見其地平康氷家田畓事也。皆陳荒, 而只二婢子生存云云。○令麟兒妻, 率婢子等, 備設明日祭饌。

三月十二日

曉頭, 與麟兒行祭, 乃高祖忌日也。他無行祭之人, 故不忍虛過, 只以三色湯、炙、餅、粔、飯, 羹薦之, 素物難得。又以魚肉兼設奠之。○世萬入縣時, 春金伊竝送, 雄鷄一、雌鷄二付送于咸悅家爲畜故也。○夕, 縣人來傳平康書, 時好在云。大加佐味十五尾、卵一缸持納, 卽修答還送。鷄卵十六枚亦送于咸悅家, 昨日忘却故也。

三月十三日

余自昨夕感寒, 氣不平, 朝來頭重, 骨節如解, 食不甘。故朝食至於午時始食少許, 必發汗後可見瘳也。○夕, 彦明自京直到縣, 因留宿而來此, 苦待之餘, 欣慰可言? 因聞靈巖林妹因景欽時未永葬, 故不來云云。南妹亦送奴馬, 爲覓末醬也。平康亦送田米五斗、牟米四斗。彦明處亦贈田米五斗、牟米一斗, 乃彦明率來人馬空來故付之。

三月十四日

自昨終日氣不平, 終夜輾轉, 忍冬草屢度煎服後發汗, 朝則似歇。

但頓無思食之念，深頭微痛，憊困極甚，數日內恐不速差也。○朴彦守川魚一鉢來呈，饋酒而送。○耕種菜田。○彦明率來奴成金伊還歸。

三月十五日

今日乃望也。當祭亡女，而其母入縣，自其處設奠云，故此處不行爾。○南妹奴德龍還歸，末醬六斗、赤太二斗、箒二柄、山蔘三十本付送。他無送物，只此可恨。因此入縣，平康亦必覓送矣。○全豊川魚大者四十餘尾來呈。○縣問安人入來，聞余不平故也。獐脚一、夗飛一、項丁一付送，朝飯未食，故卽炙食，余氣今則大勢向蘇，發汗未絶，不可犯風，猶閉窓坐房矣。但麟兒自昨午後，亦如余之前證，不食而痛，終夜苦吟，朝尙未蘇，雖服忍冬茶，發汗猶未添洽，極慮極慮。

○崔參奉與金麟來訪，而因余病未永差，故不出接見，深恨深恨。○造神主，奉安草屋一間。午前早畢，因耕菜田。又掘井中汚物，湯水而修之。一家內之事 幾已措之，明日載輸馬草後，當治農爲意。○夕，生員奴安孫自縣還來。田米七斗、牟米三斗付送，生員家，田米三斗、牟米三斗、馬太五斗覓送云。余證午後如常，故有時出見修井，而麟兒亦向歇，可喜。○官屯田半稷九斗內八斗，金億守來納，年前有官令，而今始納之。朴彦邦十斗內六斗納之。

三月十六日

自夜半下雨，朝則大作，晚後始晴。令作狗籬，圍菜田。○金億守早

種粟五升、粘種粟四升、赤豆一斗來納。○縣問安人入來, 淸三升付
送。余裁手書卽還送, 使知余永差故也。○北里居朴永豪送山芥菜,
無物可饋, 只以鹽一升報之。

三月十七日

朴莫同川魚四十餘尾來獻, 一者乃氷魚, 而幾半尺餘, 又以鹽酬之。
但莫同者, 前年余之所結箭處不問, 先自奪結, 痛甚痛甚。然近日畢
事後, 吾亦其下結箭而毁之爲計。○全貴實山蔘一筐來獻。○令彦
臣荒村嶺底故基, 耕種麻子五升半, 移耕朴文子所獻粟田, 今始耕田
而未畢。

三月十八日

耕昨日未畢田而畢耕, 種半稷六升後, 移耕高漢弼一日耕田而未畢。
麟兒與其兄往見, 臨夕乃還。○崔振雲來訪, 與彦明陟後亭, 良久叙
話而返。○家畜雄鷄體不好, 又不善鳴, 適士同其家所畜雄鷄捉去,
欲納其上典, 卽與相換。鳴長而淸曉, 其體又勝於前鷄, 可喜。○高
漢弼田, 種早粟七升。

三月十九日

全豊川魚五十餘尾來納, 乃結箭所得也。無物可贈, 空送, 可恨可
恨。○又令彦臣等耕昨日未畢田, 而又移耕李仁方田。但春金伊傷
足, 不能種, 故借彦明婢介今而送。高漢弼田種早粟七升。○縣問
安人入來。見書則平康以御史之招, 今朝往伊川, 允誠亦偕歸, 欲見

李時稷故也。生獐一口, 去頭與一脚, 而全體竝送, 生雉一首亦來, 卽修答還送。

三月十日

耕李仁方田畢後, 移耕金億守田, 未畢。李仁方田則種中牟稷九升。〇德奴自縣還來。見書, 一家中皆無事云。〇圓寂寺僧靈元來獻芒鞋三部, 例納官鞋也。浮石首僧法熙來謁, 又獻芒鞋四部。分贈彦明、麟兒各一。饋水飯而送。余以氣不平, 不出見, 自昨深頭微痛, 四支如解, 必更感風寒也。

三月十一日

余氣候向蘇, 然猶未快也。〇令金淡耕昨日未畢田, 而四人種之。介婢則以眼疾不去。今亦未畢耕種, 乃老牛不力故也。〇午, 允誠自伊川入來, 其兄則隨御史而還縣云云。終日苦待而不見, 可嘆奈何? 官人之事例也, 又何恨焉?

三月十二日

又令金淡耕昨日未畢田, 而未久雨作, 不克終而掇還, 可恨。允誠亦以雨不得入縣。〇全豊川魚十七尾來呈, 因辭上番歸京。金彦寶亦以番上京, 辭去。〇一雌鷄將雛十五下巢。

三月十三日

允誠入縣。〇閔時中釣魚廿餘尾來獻, 飲以燒酒。〇朴彦邦自縣還來。見書, 平康則明間與其司馬同年榜, 會于安峽地鄭山灘下, 因以來觀云云。乾餘項魚三尾、生三尾、燒酒四鐥、生雉一首、大口一尾、加佐卵少許付送。謙兒同年則鐵原尹昉、伊川尹晥、安峽柳潭及安峽避亂來居安克仁暨平康矣。李貴與李培達則皆在一縣, 而適不在, 故不參約會云云。○令金淡耕昨日未畢田而畢, 耕種粘粟四升五合、中牟稷三升。與彦明陟後山亭子*望見耕田處, 二子從焉。

三月卄四日

平康前書, 今日來觀云, 而終日倚門苦待而不來, 未知何故也。○自卄一日至今日*彦臣自耕其田, 乃與彦臣牛, 作爲一耦而耕之故也。明日則吾家當耕。○鷄雛爲鳶掠去, 痛惜奈何?

三月卄五日

朴彦守川魚五十餘尾來獻, 無饋食之物, 以甘醬一鉢報之。○令彦臣、金淡等, 耕金光憲田, 吾家老牛一耦, 淡也耕之, 竝兩耦矣, 但天有雨徵, 可慮可慮。三日耕田不可一日盡耕, 故持粮太而送。今日留宿彦臣家, 明日盡耕後還來事敎送, 相距五里外, 往來之間, 事必遲滯故爾。

○縣校生等十五餘人各持壺果, 來慰余處, 金明世、崔挺雲適來參會, 吾三父子與弟彦明皆與焉, 臨夕各散。先呈燒酒一壺、清酒一

....
* 子: 底本에는 "字". 일반적인 용례에 근거하여 수정.

* 今日: 底本에는 없음. 문맥을 살펴 보충.

壺、鷄一首、安酒二筒入內，又令太七斗入之。權有年、金忠世兩鄉所亦呈太五斗、豆二斗，乃爲余避來眷屬甚多，而窘乏故也，一則未安未安。○夕，平康入來，明日當榜會于鄭山灘下故也。白米三斗、中米五斗、乾餘項魚十尾、生七尾、大口五尾、粘米三升、眞油五合持來。臨夕雨作，終宵不掇。

三月廿六日

雨勢朝尙不止，晚後始晴，因此不得耕種。○去夜三更後，窓外聚灰處出火，延燒所廚內架上空石，火光大熾。余適驚覺，開窓視之，則火焰幾燒屋上，卽以手拖下空石，撲滅窓外起火處，又以水灌滅。適因下雨有濕，故厠籬至近，雖觸火焰，不卽延燒，故得及而滅之，不然則幾不救矣，殆哉殆哉！余蒼黃走救之際，誤踏滑泥，足汰而仆，左脾汚泥，滅火後始覺之，可笑可笑。

　　○浮石寺僧等，取泡三十餘塊送之，負來僧饋水飯而送。○冶匠春福造加羅、小時郎、果屎等來納，官令也。前日受鐵而去，無物可酬，飮以酒，贈以大口一尾，以報其功。○朴莫同川魚廿五尾來呈。○平康赴榜會處，因與諸太守同宿不還。

三月廿七日

平康還來，聞鐵原、伊川、安峽四邑太守及避亂來寓近處生員安克仁、柳彪來會，今日則射帿，故因致日晚云，又不得還官矣。夕，與三兒及弟，步陟東臺，因使下人，修治臺上及行路，其下釣磯等處。○令彦臣、金淡等兩耦，耕種金光憲田三日耕，始畢耕種。又移耕全豊田少許, 種粟一斗二升五合矣。

三月廿八日

平康還縣。麟兒亦偕歸, 香婢隨去, 爲仲女陪來事也。○令彥臣等兩耦, 耕全豊四日耕田, 未畢耕種。余食後親往見之。○浮石僧太玄織席二葉來呈, 不受價而去。雖曰厚矣, 心甚未安, 他日當以他物報之爲計。一葉卽獻母主前。

三月廿九日

令彥臣等兩耦, 耕全豊田, 畢耕種。種粟一斗六升五合, 下邊又種水荏一升五合。○全貴實新蕨四丹來獻, 卽煮薦神。又饋酒而送之。○縣房子春世持簡入來, 昨日平康無事還官云。生鰒三十介、加佐卵一缸、醋一升付送, 明日欲與崔參奉、金主簿川遊, 故醋水覓來矣。○趙瑀子玉書, 自京來傳, 而不知付何人而來也。年前亂離, 意必不免, 今見手書, 喜慰可言? 與其伯氏瑩然氏, 來寓豊壤先壟下云云。

四月大【初三日立夏, 十九日小滿】

四月初一日

因雨不得耕種, 又不得川遊, 可恨。○夜, 夢子美宛如平日, 覺來不勝悽惻之心。○晚後日晴, 耕彦明所得金彦寶田, 未畢。○崔仲雲送人致書, 又送餕餘餅果, 深謝深謝。

四月初二日

與崔判官仲雲、崔參奉景綏曁余、舍弟及允諧、金主簿明世、金別監麟、景綏三子、校生四五人, 會于川邊奇絶處, 釣魚採蕨, 作點心, 終日做話。但酒小, 不能極飲, 是一欠也。諸人所釣魚計之, 則三百餘尾, 或作膾或作湯, 上下共之。

適鴻鷹爲鷲所搏, 折翮不能飛, 落于水邊, 浮泳深潭, 春金伊先見, 以石塊投之, 又中翼, 諸人共相投石而獲之, 爛烹而共食, 其味極佳。一支持來, 獻母主前。今日之會曾與爲約, 而昨日有雨, 故今始行之。又與諸公更約後會於十三日, 酒則各出米三升釀于兩處, 而此處則吾家釀之, 所斤田則崔參奉家釀之事, 相約而罷散。

　○令金淡耕昨日未畢田, 畢耕種, 種粟六斗, 乃彦明所得田, 而耕種, 使之除草用之矣。○圓寂寺僧末醬三石來納, 乃官令也。○江婢近日腰下瘢瘡遍生, 今則不能運身, 因臥不起, 介婢亦托病臥之, 非但不能種粟, 朝夕炊飯無人。今夕, 借東家奴炊之, 極可悶也。○鷄雛爲鳶獲去, 可憎奈何?

四月初三日

出糞木花田, 明日欲耕故也。終日大風。○縣問安人持簡入來。清酒六鐥、生餘項魚五尾付送。兩婢今亦不起, 種田無人, 極可慮也。○唐兵十餘名來擾荒村人家, 奪人財物, 亂打居民, 因歸圓寂寺云。恐其來此, 生員一家咸會于此, 閉門固拒之計。但此處人, 皆以軍糧輸運事, 出去未還, 彼衆不能制, 深慮不已。若自圓寂踰嶺向伊川之路, 則其幸可言?

四月初四日

令彦臣、金淡兩耦, 耕全貴實田, 種水荏三升, 眞荏五合, 乃一日半耕田也。但彦臣耕田纔畢, 歸家未至, 聞其父身死云, 不勝驚嘆驚嘆。得胸痛四日而死云, 不祥不祥。無物可贈, 以常楮一束付之。○近日粮米垂絶, 今日則僅可以供之, 以此春金伊持馬送北面, 乃載粮來事也。官米曾已接置於北村, 故謙兒帖送, 使之取用也。○且聞

唐兵自圓寂向歸伊川云，可喜可喜。生員一家恐其來也，舉家避來
于此，而今聞不來，卽還矣。

四月初五日

令金淡耕木花田，而無人種之，可恨。○春金伊還來。田米二十斗
載納，與生員家各分十斗而用之。○全貴實妻新蕨五丹來獻。

四月初六日

借朴彦守，先耕生員木花田後，移耕官屯田，未畢。○種木花三斗五
升，又種眞荏一升。金淡則受由，自耕其田，幷持此處牛而歸。○夕，
訥隱婢自縣還來，乃種田事招來矣。見家人書，來十日定來云云。猪
肉及獐肉少許覓送，明明節日，欲用於茶禮時矣。且聞平康妾，去初
二日還送其家云，乃私婢也，贖身甚難，不得已還送。但懷孕滿月，
若生子而不死，後日之事，極可慮也。厥上典以爲奇貨，而不贖則見
辱必多，甚不幸也。

四月初七日

借趙仁孫，耕昨日未畢田，而畢耕，未及畢種。○生員張網前川，得
魚一鉢，欲用於明日茶禮時矣。○金彦寶來謁。去月以立番事上京，
給價代立，今始還來云。去時，光奴處牌字付送，而卽傳云云。○翌
日，種半稷一斗一升。○朴彦守川魚一鉢來獻，其中二者極大。

四月初八日

借土同, 耕東邊官屯田, 近因彦臣父死, 故借人耕之。金淡亦竝耦而耕之畢而未畢種。○今日乃俗節。造餅, 先奠先君, 次及亡女。縣人持祭酒一壺、餘項魚五尾及來。兩色魚肉湯、魚肉炙、生鰒炙薦之。○土同新蕨、眞菜來獻。

四月初九日

令兩婢種昨日未畢種田, 半稷一斗三升種之。○安峽居富人連守來謁, 因獻生雉二首。連月不見雉久矣, 乃官家無鷹故也。卽以此炙進老親, 深喜深喜。饋以燒酒兩杯而送。如此山蕨芳菲之時, 不得交雉作羹而食, 可嘆奈何奈何?○趙仁孫山菜來獻。

四月初十日

全豊川魚三十餘尾來呈, 乃前川結箭處所獲也。閔時中釣魚五十餘尾來獻, 饋以燒酒一杯, 作片鹽乾。全豊所獻, 沈食醢。又令春金伊等持網獵, 得百四十餘尾, 亦沈食醢。○夕, 家人率仲女還來, 生員與麟兒陪來。去月初三日入縣, 留三十八日而始還。白米五斗、中米十斗、田米十五斗、淸三升、栢子一斗、大口三尾、銀魚二十五束、獐肉少許持來。率來衙奴及官人等卽還入送。靑切餅一笥亦造來, 卽與一家上下分共。

四月十一日

令金淡耕生員家田, 未畢。○崔參奉景綏來見, 因歸安峽, 要見太守矣。

四月十二日

令彥臣、金淡等兩耦，耕生員家陳田，未畢。○景綵自安峽還來。且
昌山君卒逝之奇，始聞於安峽云。昌山乃其妹夫，而成公壽益也。
○令春金伊種瓜內外田。○夕，縣人入來，見書，鹽石首魚十五介、
加佐味五束付送，酒則時未上槽，明曉直送于會處云云。乃明日與
前日所約諸人，亦於川邊獵魚會話，而覓酒於官故也。○蠶始掃下。

四月十三日

平康送酒三壺卽佩，持點心米，與彥明及兩子，偕進前日所會川邊。
余則獨騎馬，而其餘皆步行，無馬故也。鵬姪、忠孫亦偕焉。到川邊
未久，崔判官仲雲入來。最晚後，金明世、金麟及許忠、金愛日等隨
來。各持壺、果、飯米。金、許兩人釣魚而來，常人閔時中、朴彥守、
金億守等亦釣魚來納，或作膾或作湯，盡飲所持酒。上下皆飲，雖不
極醉，亦可微醺。日傾各散。但崔景綵父子，因昌山之訃，不得來會，
人事可嘆可嘆。

　　○今日，令彥臣、金淡等兩耦，耕生員家陳田昨日未畢處，畢耕。
○到家聞之，督運御史柳侯拱辰，自安峽親家過去于此，欲來見，使
人問之，適余不在，故不入而向平康云云。前日歷去時，亦欲入見而
余又不在，不得相見，巧違至此，可嘆。柳也前未相識，而與謙兒相
知最厚，故必欲一見矣。

四月十四日

又令彦臣耕生員家田, 而一耦則全豊借去。○耕家北籬外山脊伐草作田。令春金伊治畝, 掘坎入糞, 欲種西果、眞瓜等, 而無糞不得入坎。

四月十五日

縣問安人入來。見書, 近日當與咸悅偕來云云。生獐前後脚、翅飛、項丁各一、乾銀魚卄束付送矣, 修答而還送。○鷄雛一首, 鵬兒所畜犬噬殺。前日一雛噬而卽死, 棄于路邊, 爲鳶獲去, 一雛又噬, 及其未死, 救而不死, 今又如此, 不勝痛憤。欲殺則不忍, 若留則必盡殺乃已。不得已欲捉送衙內, 使之留畜爲計, 然自知其罪, 遠走不來, 勢不可繫, 尤痛尤痛。

四月十六日

朝頃, 白犬又咬殺鷄雛, 不勝痛憤。令鵬兒繫項打之, 後因繫不放。待其入縣人欲送爾。○食後無聊, 與彦明步行, 觀兩兒釣魚于前川。因循川邊上下, 而濯足淸流, 日傾乃返。兩兒釣得川魚八十餘尾, 作片鹽乾。

四月十七日

曉頭, 雷雨大作, 至朝而止。○令春金伊掘三十餘坎, 入糞種西果。○彦臣巡見種粟諸田, 則消枯不生處多云, 可嘆可嘆。更觀近日, 補種爲計。非但吾田, 而里人之田亦皆如此, 皆欲補種云云。○午後, 安峽太守來見, 乃造船材木斫伐看審事。已與平康約會於此,故歷訪矣。良久敍話，平康入來，日已夕矣，不得往見伐木處。因與平康同宿，明日往見爲期爾。允誠亦與其兄偕來。

　　○平康來時，白米二斗、鹽一石、甘藿一同、銀魚五十束、加佐味十束、豆十斗、乾餘項魚四尾、鹽鰒六十介、松魚一尾半隻、醋一升持來，生雉二首亦來。安峽訥魚一尾、川魚一鉢亦贈入，夕飯作湯而共之。加佐味一束、銀魚四束，各贈舍弟家及生員處，又分與奴婢等。

四月十八日

令彥臣、金淡等兩耦，耕李期壽太田，未畢耕種，乃七日耕也。前日，棺木帖給而得之。○食後，平康與安峽竝轡，往見造船伐木處後還來。共登東臺，俯觀訥魚五六游泳潭中，從容叙話。余與舍弟及三兒皆從，因饋攤飯，日傾，安峽先歸，余與諸兒，亦斯須坐玩而返。安峽歸路，得大鱉覓送，聞余所嗜，故得而付之。○新甫口一部，平康持來。

四月十九日

又令兩耦耕種期壽田，未畢。○食後，平康還縣，期於卄九日忌祭來參云云。○安峽太守處，捧行下得瓦器兩事，送人推來於陶幕。

四月卄日

又令兩耦，耕種昨日未畢田，而亦未畢。○麟兒張網前川，得魚一鉢餘，作片乾之。○縣問安人入來。見書，無事還縣云。北面捉大鹿而來, 鹿肉覓送, 久阻之餘, 得此佳味, 卽與一家共之。○誡兒與其弟欲上寺, 而姑止之, 乃此處無安棲處故爾。借生員奴馬, 入送縣, 爲覓中太故也。

四月卄一日

因朝雨, 不克耕種, 只令春金伊種瓜北籬外三十餘坎。○此面色掌, 自縣來, 鹿頭爛烹付送矣。○夕, 李都事台壽來訪。亂離後, 今得相見, 不勝欣慰欣慰。乃正老氏同母弟, 而同居一洞, 相知最厚者也。因說正老、應春兩家之禍, 不勝悲嘆, 因以泣下。正老, 李順壽氏也, 應春, 李雍而天老妹夫也。皆亂離時, 其妻子或被害於壬辰之賊, 或染死於癸、甲之病矣。天老, 台壽字而今居漣川農舍, 而此里西家土同妻, 其婢子也, 適以事過去, 故爲來見之矣。因饋夕飯而送, 宿其婢家。○去夜, 夢見子美與崔景善, 宛如平昔, 覺來不勝悽惋。

四月卄二日

李天老留在婢*家, 食後來見。從容敍舊, 因饋晝飯。日傾還寓, 夕又來見之, 夜深乃返。○金別監麟來見, 因納太十斗, 乃與金主簿明世等收合送之, 聞余窮困而多食口故也。飲酒一大碗而送。○夕, 安孫自縣還來。平康送太卄五斗, 十斗則分送于生員家。擇其新太而送云, 故欲爲種子, 而然陳太亦雜云, 可恨。

　　○令金淡將一耦, 耕昨日未畢田。麟兒午後往見, 來時, 巡見諸粟田則高漢弼、朴文才兩田，種早粟而稀種云，欲補種而節晚，當種太豆於稀苗間云云，然廣問老農後處之爲計。木花田亦稀苗間云，可嘆奈何？

四月十三日

邀李都事饋朝飯，又饋晝飯。○又令一耦，耕昨日未畢田，而畢耕種，種太十四斗、豆六斗。以兩耦耕三日，一耦耕二日，乃五日而畢，來秋若好，則收實必優矣。晚後，親往見耕田處，因上所斤田，巡見仲今田可種與否，路遠不可耕種，故許金賢福使之竝作。而還歸時，歷見造船處，與金主簿、崔別監良久敍話。兩邑曳木軍多集，呼哪之聲滿谷，如此農時，民甚苦之，可嘆可嘆。

四月十四日

令彥臣、金淡兩耦，耕彥春田，種小太二斗八升，早畢而移耕彥臣田少許。○仲今田竝作人等金賢福、廉光弼來，授種太而去。

四月十五日

因朝雨，不得耕田。晚後晴，令三婢，種赤太於高漢弼田稀苗處，七升種之矣。○海州誠兒妻家奴，持馬入來，乃誠兒率去事也。其妻子皆無事，而但聖兒患痁，時未離却云，可慮可慮。誠兒妻母，粘米二斗、麴三員，誠妻則白米二斗送來矣。○夕，縣吏持祭物入來。見書則平康初欲來參，而來覲未久，今又來則如此農時，下人甚苦云，故不來，而只送祭物爾。中朴桂八十三葉、乾柿四串、實栢子一升、

楸子一升、淸三升、法油一升、石茸八升、眞末二升、粘白米五升、鹿
脚三帖、大口三尾、白米三斗、中米七斗、田米廾斗、甘醬三斗。

四月廾六日

令兩耦, 耕彦臣田, 而午後雨大作, 終日不止, 玆不得畢耕種。○咸
悅奴德守等持馬入來, 乃販藿事, 將向海西, 而歷入于此, 因雨不得
發歸, 留宿。見子方書, 一家皆無事云。近日冗費甚煩, 一日上下所
食, 至於三斗, 而耕田時未畢。生員家太豆田亦不得耕種, 觀其雨
勢, 必霖也。數日內若不開霽, 則時已晚矣, 極可慮也。

四月廾七日

或雨或晴, 終日陰曀, 因此掇役。○夕, 縣人入來。乃祭用菜物及生
雉二首持來。○令彦臣持破鋤及鎌等物, 改造于造船處。

四月廾八日

彦臣改造鐵物持來, 新鋤三、舊鋤三、果屎一、斧子一及咸悅家鋤
三柄、新菜刀一, 乃官令也。○明日大忌, 故一家上下, 咸備祭饌, 而
終日齋居。

四月廾九日

先考諱日也。與弟及三子, 啓明而行祭。餕餘, 招近里男婦, 饋酒餠。
生員妻娚崔挺雲適來, 饋酒三大杯而送。○朝後, 誠兒入縣, 近當
西歸, 要見其兄妹故爾。德奴亦隨去, 乃端午臨近, 弟與兒輩皆有

故不得上去, 故令德奴覓祭物於縣, 因以上歸, 行祭先墓矣。南妹處修書付送, 又得川魚作乾四十餘尾及當歸菜二束送之矣。又修信書, 寄送靈巖林妹處, 使林正字晛, 因便傳送。閔參判澮令公前亦修書狀, 使傳林晛處矣。南北迥絶, 林妹逢亂後, 彼此消息一未得聞, 故爲一寄書, 但未知得達與否。

○咸悅女息處亦修書付送, 子方處亦修答簡, 又傳鋤三柄、馬鐵一部、改造斫刀及夾鐵、菜刀等物付送。女息欲得木米云, 故皮木一斗亦送矣。○浮石首僧法熙來謁, 因獻芒鞋二部。弟與兩兒處各呈二部。饋酒食而送。○令一家四奴婢, 始芸李仁方田, 未畢。

○夕, 縣人入來。見書, 巡使來月十一日到縣, 留一日, 而官儲蕩竭, 而所率甚多, 支待極難云, 悶慮悶慮。咸悅書亦到, 明明當上京云云。且見朝報, 劉提督綖不久當到, 而先軍道路絡繹云云。茂朱入據之賊, 我軍剿滅云云。又見縣史全巨陽陪御史到三陟告目內, 慶尙左道兵使賊勢回答曰"蔚山城隍堂、島山窟穴, 內城改築, 外城土加築, 其餘諸處依前雄據, 賊船自日本出來, 不知其數, 或向右道梁山狐浦到泊, 金井山結幕, 逐日伐木作柵"云云。○鷄雛十七首下巢。

四月晦日

令兩耦耕前日未畢田, 而又移耕趙連田, 未畢。但種婢只二人, 而必未及種, 可恨。養蠶甚蕃息, 又摘桑, 兼人不得暇。耕種未畢, 而早耕茂草, 亦不及鋤芸, 可悶可悶。○彦臣田種豆三斗二升五合。午後親往巡見。臨暮, 令彦世摘桑而還。

五月小【初四日芒種, 十九日夏至】

五月初一日

令彥臣耕眞荏田。令金淡耕昨日未畢田, 而畢耕後, 移金彥寶田, 未畢。種趙連田黑太一斗二升、赤太一斗三升、細太二斗三升。○春金伊率兩婢, 摘桑而來, 自此後逐日分三奴婢摘桑矣。昨日申守咸所獻蜂桶産兒蜂。

五月初二日

令春金伊、莫非種昨日未畢田太後, 移種眞荏。○金淡率兩婢, 又摘桑而來。○夕, 允誠自縣還來。始知平康妻昨日鷄鳴丑時産男, 不勝欣喜欣喜。此乃長孫, 而能承先祀, 雖有支孫, 豈有加於此兒乎? 終夜喜而不寐。産婦別無他恙, 而兒體充實完好云, 尤可喜也。○四條戊戌木、丁巳土、乙酉水、丁丑水, 五月節初四日入, 故以四月觀之。作兒名曰"承業", 乃承先業, 而承承不絶之義。

五月初三日

誠兒明日欲發歸, 治行裝, 但有雨徵, 未可必也。○前日彦臣所耕荏
田, 今始畢, 種眞荏一升七合。○誠兒來時, 平康乾餘項魚十五尾、
生五尾、卵一鉢半付送。東西各贈一尾, 允誠家亦送三尾、淸二升。
○且聞巡使之行, 進定於初六日, 因留一日, 初八日發向鐵原云。但
八日乃平康妻弟婚期也, 事多忽擾, 未及措備云, 深可慮也。

五月初四日

允誠因雨未得發行。雖不大作, 或灑或晴, 玆不得啓程。○才人等作
草支架, 捉雉二首來獻, 無物無酒, 不得饋贈, 只以白米二升報之。
○令一家奴婢五人, 持牛馬摘桑, 滿載而還。蠶極蕃盛, 時未三眠
者, 內房外廊, 結架爲層, 上下皆滿。雖日日滿馱摘來, 翌日則未及,
而飢時多, 將不可勝摘。又且早耕粟田, 茂草極盛, 勢未及芸。太田
雖已畢耕, 而豆田時未畢耕, 何暇及於墾陳乎? 節序已晚, 事多未
及, 冗費又煩, 粮資垂竭, 悶不可說。

　○夕, 世萬入來, 見書, 兒體完實, 號哭聲雄大云。必吾家千里
駒也, 深喜可言? 豆一石、白米一斗、粘粟米一斗覓送。豆則欲種陳
田, 米則明日節日作餅而用之云爾。○申守咸蜂桶, 又産兒蜂, 結西
籬外, 令朴彦邦捉之, 坐於前桶下, 三升餘爾。

五月初五日

節日故備酒餅, 奠神主前。鄰里人各獻俗餅, 又有來謁者, 各饋酒餅
而送。午後, 崔振雲兄弟來訪, 亦饋酒餅。端陽佳節, 里中雖兒童,
無一人結秋千爲戲者, 可謂朴矣。

五月初六日

早食後, 允誠始發西歸, 初意欲爲過夏, 而人馬入來, 不得已發去。
臨別, 不勝惻惻之心, 出門竚立, 遙望歸程, 則白衣出沒林木之間,
至於隔山, 然後不得見。良久竚望, 揮泣返室, 終日忽忽如有所失。
人生幾許, 父子不得同居, 年年往來, 長在別離中? 一別後, 消息難
傳, 必得見後, 始聞彼此吉凶, 時耶命耶? 烏悒不已!
　　○令一家五人, 芸李仁方粟田前日未畢處, 畢芸後, 移芸朴文才
田, 未畢。○申守咸蜂桶, 又產兒蜂, 結束籬外梨樹, 令守伊捉之,
而木皮甲盡上結隊, 而還潰散飛, 越後山一馬場許林木下凝結, 僅
得還捉, 坐于彥明房外窓下, 幾失而還得, 可喜。守伊不知捉蜂之理,
誤以皮甲內處掃坐, 故皮內滑而足汰潰散, 然如此則不久還逃云。

五月初七日

令彥臣、金淡兩耦, 耕金彥寶田, 種豆未畢。又令三婢子, 芸朴文才
粟田, 畢芸。食後, 余親巡見。但彥臣等不能力耕, 一日耕田, 兩耦
耕之而未畢, 可憎可憎。○夕, 此面色掌, 自縣持監司稱念入來, 聞
昨日入縣, 今日留在, 而以閔參判瀧、朴僉知春茂稱念, 白米五斗、
太一石、粟米十斗、大口五尾、銀魚卄束等物題送, 卽修答而送。縣

掌務亦送獐脚一隻。近日粮饌垂絶, 而得此意外之物, 深喜深喜。但崔海城君滉, 亦在稱念中, 前未相知, 顧無稱念之理, 必誤耶。可怪。

○昨日所捉兒蜂, 不安其穴, 散出滿家, 或入房穿裳, 上下多逢其毒螫, 或還入桶內而卽還出, 如是者累矣, 至於昏後盡入。問於知養蜂者, 則皆曰"必逃去, 而令塞其穴, 使留數日後, 還拔其塞, 庶有可留"云, 故卽塞之, 然不久還逃云云。○午後, 蔡億福所獻蜂桶產兒蜂, 令結梨樹上, 掃坐北籬下。

五月初八日

又令彦臣等兩耦, 耕昨日未畢田, 畢耕種, 種豆五斗六升。乃三日耕云, 而然不過二日耕也。介非等三人, 芸金億守粟田而未畢。○聞巡察今日出向鐵原云。平康妻弟亦於今日成婚, 而爲橫城太守再室也。○近日鼻角、時令極盛, 上下皆痛, 而至於彦明末女愼兒及婢玉春, 痛之極苦, 今至五六日, 尙未向歇, 悶慮悶慮。麟兒妻痛耳孔甚苦, 而頭痛兼發, 自昨臥不能起, 深慮不已。○鷄雛九首下巢, 皆再育也。

五月初九日

令金淡、春金及兩婢子, 持二牛, 摘桑而來, 內外臥蠶皆三眠而起, 時方大食。安峽、平康兩邑近處人等, 逐日摘桑者滿山搜林, 故桑葉稀貴, 不得滿載而來。終日飢蠶, 今夜再食後, 明日則亦必飢矣。不量一家之力, 至於過多, 使一家奴婢, 專力於養蠶, 而不顧耕芸之事。農節已晚, 陳地起墾, 勢不暇及, 粟田草盛, 亦不及時除去, 將爲汚萊, 不可說也。況且上下方患時令, 臥痛者亦多, 而其中彦明婢介今極痛, 終日終夜呼痛極苦, 尤極悶慮悶慮。○前日申守咸蜂桶, 第三所産兒蜂, 今日逃去, 可惜可惜。雖塞其穴, 不欲留在, 勢不可遏。

五月初十日

又令兩馱、四奴婢, 摘桑而來。但借隣人趙仁孫送摘, 而其隣惡少漢卜稱名者, 怒其仁孫指示吾家婢子, 摘其自摘之桑, 與之相鬪, 以鎌子斫破面上, 目幾眇而幸免, 眉端裂破寸許, 流血滿面, 不勝痛甚。欲捉送縣吏之歸, 而私門縛送不可, 故姑停其計, 使歸吏告于平康, 使之捉去治罪矣。

　○夕, 縣吏閔得昆持簡入來。見書, 巡使無事過去, 其妻弟婚亦好行, 但兩客之待, 官儲蕩掃云, 可慮可慮。獐脚一、兒猪一、葦魚九尾、清酒三鐥付送。久阻之餘, 卽與弟飲一杯。○弟婢介今痛頭胸極苦, 全廢粥糜, 多發雜言, 證勢甚危。唯一婢病勢如此, 極可悶慮悶慮。後任母痛耳如前, 尤可悶也。○一家內外, 臥癵滿室, 無容膝處。與弟兩兒, 終日坐臥東臺, 余見兩兒釣魚幾一鉢, 至於忠兒釣得七尾, 可喜。

五月十一日

麟妻耳孔, 自潰出汁, 因此向歇, 介今亦向差, 可喜。○終日與弟兩兒, 坐臥東臺上。因令兩兒或釣或網, 得幾一鉢, 欲作膾而食, 女息輩逞逞於養蠶, 無人秉刀者, 未果, 可恨可恨。○今日又令三奴持兩牛, 摘桑滿載而來。○德奴自京還來于縣, 因留累日, 至今不來, 必避摘桑之役也。可憎可憎。

五月十二日
又令三奴持三牛摘桑, 一牛載來, 二牛使明日, 摘來爾。今亦往東臺偃息終日。○德奴入來。見南妹書, 無事保存。仲素氏亦致書, 兼寄茶葉一封, 乃唐將所贈云。林正字晛書亦至, 靈巖林妹消息, 時未得聞云云。

五月十三日
又令彦臣、德奴持兩牛摘桑而來。昨日所送金淡等兩牛, 午後載來。○夕, 平康來覲。燒酒一壺持來, 卽與彦明各飲一杯, 久鬱之餘, 呑下未竟, 胸懷爽豁。夕, 雷雨大作, 移時而止。鵬兒因雨移種瓢苗。

五月十四日
又令金淡、春金持一牛, 摘桑而來, 未滿一馱, 明日則必飢矣。○昨昨趙仁孫刀傷漢卜者, 平康來此聞之, 卽令捕盜將捉來, 送于縣囚禁, 將欲重治其罪。○近日粮絶, 而平康帖給造船餘粮田米十斗, 使分給二斗于生員家矣。

五月十五日
又令彦臣、德奴持一牛摘桑而來, 自晚後蠶食絶, 終日飢, 可惜。爲半上薪, 而若不飢, 則今日幾必上薪矣。○今日乃曾祖忌也。備饌設奠, 餅、糆、三色湯炙及二色實果、飯、羹而已。余膝上生小腫, 不能屈伸, 未能親奠, 令弟獨參行之爾。○家中內外, 蠶糞滿庭滿廊, 穢不敢近, 而又無容坐處, 終日偃息於東臺。○蔡億福蜂桶, 又産兒蜂捉之, 而還逃永失, 可惜。

五月十六日

氣不平, 終日坐臥新亭。○蠶幾畢上薪, 而餘者僅一網石云, 明日內畢熟矣。

五月十七日

不平之氣如前, 而左膝生小腫, 不能屈伸, 可悶可悶。○通引萬世入來。見書, 時好在, 而漢卜卽時不杖而放釋, 今與萬世偕還, 來謝而去。○吳克一來見, 曾是不意, 欣慰十分, 但未冠時見之, 而不見久矣, 初見不識面, 先問姓名後始知, 可嘆可嘆。因與語舊說今, 夜深而罷宿。但宗孫猶此一人而已, 宗家高曾以下神主, 皆寄寓於海州克一家矣。

○近日, 國家軍粮乏竭, 京朝官粮料不給, 而嶺南唐兵絕食, 調粮甚急, 而此縣輸運嶺南軍粮事, 調發馬夫, 又發京城刈草軍, 民間搔擾, 傳賣田畓者多數。有老翁老嫗來門, 欲賣己耕種田, 得布端以給田結價, 而家無一尺布, 不得買之, 觀其哀懇, 慘不忍見。國事至此, 臨民之官, 雖知如此, 無可奈何, 只增浩嘆而已。

五月十八日

吳克一發向京城, 欲使强留, 因此處人上京者偕歸。無以贈物, 只馬太二斗、碎米五升, 以補行資矣。聞上京後, 還歸海州云, 故允誠處修書付送, 又修南妹書而付送。

　　○昏, 蠶薪下衆鼠爭鬪, 女息明燈擧薪而觀之, 大鼠五六頭奔走而出。蠶繭盡破, 積之如丘, 蠶之未及作繭者, 亦盡唶噬而腐杇, 腥醜滿床, 不勝痛憤。卽移薪他處, 然已爲偸去噬破者, 幾三分之一。今年廢農, 專事桑蠶, 而終爲惡鼠所毀, 返歸虛地, 可嘆奈何? 去春, 欲養鷄雛, 所畜猫出送于浮石寺, 故衆鼠無所忌憚, 至於恣行如此, 可謂"一利之興, 一害之伏"也。顧無制捕之術, 徒增痛骨而已。○令金淡耕官屯田種豆二斗, 乃半日耕也。又令二婢, 芸前日未畢田, 而亦未畢。

五月十九日

崔參奉父子來見, 乃往白川其妹夫昌山君成公之喪, 而歷訪矣。家無一杯, 不得飮送, 恨嘆恨嘆。○晚後, 與弟及兩兒, 往造船所, 船已畢造, 而今日曳下水中, 故往觀之。余先還時, 巡見耕田處而返。○縣問安人入來。見書, 牛溪病重云, 驚慮驚慮。白米五斗、田米十斗、鹽九斗、大口二尾、乾秀魚一尾、卵一片、鹽葦魚五尾覓送。粮饌垂乏, 而適及矣。

五月廿日

令德奴及春金等, 持三牛送造船所, 收木枇及長木載來, 欲用於解繭時。○今日盡摘繭, 斗之則家人十七斗、後任母十三斗、仲女八斗, 竝三十八斗矣。爲衆鼠所竊幾三分之一, 不然則可摘五十餘斗, 可憎可憎。○金億守川魚一鉢餘來獻, 乃去夜明炬射得云。卽沈食醢, 欲於來廿五日母主生辰用之爲計, 深喜深喜。

○令金淡耕昨日未畢田, 而種菉豆四升五合、黑豆二升。先令兩婢芸前日未畢田, 而畢後, 移種爾。○近日久不雨, 東瓜苗不得移種而蔓長, 可恨可恨。○今日乃竹前叔母忌也, 行祭而余適氣不平, 膝上生瘡, 不能屈伸, 不得參祭, 而令生員代行。

五月廿一日

令五奴婢, 芸木花田而未畢, 半日耕也。木花稀種, 荏亦稀, 可恨可恨。如此稀苗之田, 五人芸之而不畢, 乃不盡力也, 可憎可憎。○令彦臣貸小豆於所知處, 十斗出來, 明日欲耕種爾。

五月廿二日

乃妻父忌也, 未知時尹家行祭否也。自曉頭, 大雨大作, 終朝而止。因此不克耕芸, 時未初除草田過半, 草盛苗稀, 旬日內勢不能勝芸, 極可悶也。○令德奴移種東瓜苗, 三處各二莖。

○昨日, 平康因村人之來付書, 見之則公家事至可憂慮, 令人髮白而忘餐也。夕, 官人又至。見書, 沈姪自江陵昨日入來, 今日則因雨不得來, 明日當進云, 千萬意外, 喜慰可言? 爲母主壽辰及來云云。平康方魚一尾、古刀魚卅尾、卵十五片、蕈一鉢覓送, 魚物則自杆城覓來云云。飯饌方乏, 悶悶之際, 得此意外之物, 深喜可言。

五月十三日

德奴持生員馬, 與安孫入縣, 爲得貿魚資。因以入歸安邊生員家奴處, 貿魚而來, 欲換牟爾。○家人自數日來, 逐夜微戰而痛頭, 今則未夕而得, 終夜苦痛, 嘔吐不已, 似是婦瘧, 深可悶慮。余亦左手背上生小腫, 濃白如太豆大, 而赤暈所射爲浮, 正如瓜子大, 垂手則如拔而痛, 因此深頭微痛, 極可悶也。

○因昨日大雨, 川流小漲, 安峽造船曳下, 余亦扶病登東臺觀之。○夕, 沈姪入來相見, 欣慰十分, 千里嶺外, 爲天只壽辰而來謁, 相與環坐母主房中做話。爲造祆赤古里、足襪及黑鞋獻之, 又以甘藿十二同、古刀魚十五尾、大口五尾、文魚一尾、北魚一尾、鹽鰒五十介來獻。吾家則甘藿十四同、古刀魚十五尾、大口五尾、文魚一尾、鹽鰒百介、足襪一事。彦明家則甘藿五同、古刀魚十尾納之。生員家甘藿四同、古刀魚五尾, 允誠處甘藿一同贈之, 在縣時, 咸悅家及平康處甘藿各三同贈送云云。如此苦熱, 嶺路極險, 千里遠訪, 雖曰至親, 非情意之極厚, 何能至此? 深謝深謝。母主喜其來, 而感其獻物之多也。○五奴婢芸官屯田, 畢。

五月廿四日

朝大雨, 斯須而止。晚後, 令四奴婢芸高漢弥田, 畢芸。○午後, 平康入來, 爲明日母主壽辰, 備物而來。白米二斗、中米五斗、田米十斗、餅米一斗、粘米三升、粘粟米一斗、糯木米一斗、菉豆末三升、清二升、眞油三升、法油一升、實栢子一升五合、楸子一升、大口三尾、文魚半隻、鷄三首、中生鮒魚十一介、蒸兒獐二頭、燒酒五鐥及三色菜物持納。兒獐則與一家卽共破, 因飮燒酒一杯。

五月廿五日
天只壽辰, 故爲備糆、餅、酒、果獻杯。餘及隣里來謁者。兒獐二口,
自縣送來。○余左手背浮大暈赤, 恐其重傷, 招李殷臣鍼破, 鹽水再
度引洗, 別無刺痛, 而漸漸浮赤, 而及於手指, 可慮可慮。○刈牟載
入, 乃四馱也, 未及打收。

五月廿六日
平康早食後還縣, 李殷臣偕歸。○家人去夜氣不平, 終夜輾轉, 朝尙
未蘇, 終日臥不起, 飮食不甘, 必是唐瘧也。元氣極弱而敗, 又得此
疾, 悶慮悶慮。○鷄雛十九, 曾已下巢囚籠。昨日因擾忘却, 不給水
粟, 盡爲飢渴而斃, 只爲三首生存, 而皆垂翅將死, 可惜可惜。○余
手浮處如前, 而但更無加浮, 赤暈稍減矣。

　○彦明家摘繭八斗, 唯一婢子摘桑, 故量力而所養至小, 不爲鼠
損, 不爲飢害, 專意養之, 故小而得多。吾家則所養過多, 逐日摘桑,
四五人持牛馬二三馱, 滿載而來, 猶有飢日尙多, 因此所損頗多。又
爲衆鼠所害, 鷄雛所啄, 迷劣婢子亦多踏傷, 終至於所得至略。又廢
農務, 初除草至今未畢, 皆因不量力所致, 恨嘆奈何奈何? ○打牟,
箕正三十五斗, 因雨猶未畢打。弟家四斗, 允諧家五斗分給。

五月廿七日
令里中人卄餘, 欲因衆力畢除草, 而早飯纔畢, 大雨大作, 因此皆散。

天亦不助耶? 可嘆可嘆。〇家人雖不痛之日, 不能食飲, 長臥困憊,
可慮可慮。〇送人借茄子苗於崔仲雲處, 種後圃, 乃廿五條, 而十條
則紫水茄子云。此處所種盡死不生, 故借於人。

五月廿八日

借里中人及一家奴婢等竝廿五名, 先芸金光憲田後, 移芸全豊田畢,
後又芸官屯田, 幷七日耕, 已畢除草矣。天雖陰曀, 終日不雨, 故畢
芸, 此乃初除草也。但未及芸者荏田爾。用粮七斗餘。〇余手漸加
向差, 但瘡處未合口爾。家人則證勢雖不繁, 而逐日臨昏, 氣不平,
終夜輾轉, 終日憊困, 頓無思食之念, 元氣日漸漸敗, 極可悶慮悶
慮。〇夕, 縣問安人入來, 生鮒魚十七尾、蕈二鉢覓送。

五月廿九日

竹前叔父忌日也。備糆、餅、飯、羹設奠。余手膝瘡處未差, 故令生
員行祭。自曉雨作, 至朝未止, 昨日若不芸草, 則不可說也。午後,
驟雨大作, 至於再, 斯須而止。川流漲溢, 人不得渡, 越邊芸草人等,
適因舟楫乃涉, 不然必宿川邊矣。

六月大【初五日小暑, 十七日初伏, 廿日大暑, 廿七日中伏】

六月初一日

家人證勢如前。自曉雷鳴, 下雨一陣而止, 或雨或晴, 或大作, 或微灑, 或日出, 或陰曀, 必是霖雨。若久不開霽, 則農事不可說也。山峽中無水畓, 而只有田穀, 待旱而食, 若久雨則不好云矣。吾家荏田, 時未初除草, 昨日送婢芸之, 則豐草極盛, 荏苗爲衆莠所害不茂云, 可惜可惜。

○此縣所造船隻, 前日曳下, 泊于東臺前, 而今晚, 全業要有事, 招金淡, 使之過涉, 不知制船之理, 妄自解纜, 流入水中, 因流下前灘, 狂流激湍, 力不能制, 而船尾誤觸巖石, 折破數處。全業不勝悶迫, 强邀船匠, 使之補造, 必有留養手功, 全業之老妄可知。舟中之人, 自分必死, 號哭之聲遠聞, 一則可笑。

六月初二日

或雨或晴，終日陰曀。○此面色掌，自縣還來。見書，兒獐三口、兒
雉二首、母鷄一首、石茸五升付送。

六月初三日

家人證勢，稍似向歇，但飲食不甘，永未差復矣。○夕，縣問安人入
來。見書，欲奉其母，入寓縣衙，不欲使念慮家事而調養，則幾有差
復之理云。但近日霖雨至此，川流又漲，跋涉遠路，暑熱蒸鬱，則恐
致傷和之患也，卽以此意修答而送。兒獐四口、白紙一束、常紙二束
付來。近日連得兒獐蒸食，若非官力，何以得續耶？○母主近日進食
不甘，頓減前日，而今朝，連三度水痢注下，氣候憊困，尤厭食飲，悶
慮悶慮。○令一家五奴婢，芸荏田畢。

六月初四日

母主痢證已差，但進食不甘矣。家人則如前，逐夜痛之，悶慮悶慮。
○近日淫霖不止，雖或有晴時，終日陰曀，廢芸已久，草盛苗稀，可
慮可慮。○設鼠穽，逐日捕得，而今夜則兩鼠俱斃於穽中，可快哉快
哉！少洩作耗乏之憤矣。

六月初五日

始見新瓜，卽薦神，家人病中欲嘗，故求得於隣家一枚。吾家所種，
雖蔓長發花，而時未結實爾。○家人證候如前。

六月初六日

大雨終日不止，因此不得除草。

六月初七日

兩婢昨日以取品事，往彦臣家，因大雨而不果來，今日雨勢，終日亦不止。前川極漲，沙渚盡沒，數日內勢不可還來。非但不得芸草於彼家，此處使喚亦切，可悶可悶。○近日阻水，自縣往來人絕，久未聞彼此消息，而此處粮饌垂絕，悶慮悶慮。

六月初八日

此面色掌自縣來，傳衙內書。見之則平康今為夫馬差員，當領往嶺南云。如此霖雨，遠赴七八日程，期限又迫，若不及焉，則必被辱矣，深可慮也。田米八斗、兒獐二口、內具付送。○兩婢芸草取品事，往彦臣家，因雨不果，留三日，今始還來，乃阻水故也。今適官人來時，用舟渡來，故幷與偕來。○家人氣候，今日則稍減，而食飲亦加，可喜。然進退無常，不可恃也。

六月初九日

大雨自曉如注，午後始歇。沈說奴千卜前日以逃婢推尋事，往安峽，阻水久不還，而今日逶迤他路始來。來抵越邊，不得渡水，因宿水邊人家，今朝艱得舟渡矣。

六月初十日

雨勢今始收晴, 然終日陰曀。無聊與弟哲、說姪, 登後亭觀漲, 因循東臺上。又下川邊, 濯足而還。今日始芸木花田, 乃再除草也。○縣吏還縣, 修書付送。平康嶺南之行, 時未知何日也, 悶慮悶慮。德奴與安孫入歸安邊, 而今可還來, 而亦必阻水也。○家人終日氣不平, 夜亦如是, 至曉稍歇, 不可說也。

六月十一日

快晴, 一家上下澣衣。木花田今始畢芸。○此面人入縣云, 故修書付送。○令彦臣往收仲今田, 牟十四斗、眞麥三斗分來。因久雨腐朽盡落云, 雖然必不至此, 而見欺丁寧矣, 奈何奈何?

六月十二日

令允誠率一家人牛, 往看刈眞麥。載來打收, 則七斗。去秋所種二斗, 而今之所收至此, 可笑可笑。牟則前日所收幷合二石十七斗, 去秋所種九斗矣, 此則優矣。○縣問安吏入來。見書, 平康昨日發向嶺南云, 如此炎程, 何以遠行, 極可慮也。兒獐二口、瓜子十八介、白米三斗付送。沈說明日欲行, 而方乏饌物, 卽蒸而夕飯饋之。

六月十三日

沈說發歸, 入縣覓粮, 因而上京爲計。去月卄三來此, 因霖雨今始發去, 乃留二十日矣。如此亂世, 居住各邊, 此別後, 更得相見, 其可必乎? 臨別, 不勝悵然, 與弟及兩兒, 步陟東臺, 送之而還。此處

所儲豹皮二令, 付送于光奴處, 使之賣送矣, 前日無可信者, 故今始
送之。

六月十四日

自曉下雨, 終日不止, 僅晴三日而還雨, 不可說也。○此面人蔡億卜
入縣還來, 平康修書付送。見之則今日定欲南行, 而元闕時未到付,
方裝束待之, 若朝至則夕發, 夕至則朝發爲計云云。沈說昨日入縣,
未發前, 可得相見矣。白米一斗、木米一斗覓送矣。且聞德奴自安邊
昨昨夕還來云, 何不昨日卽來于此, 而留連耶? 可憎可憎。

六月十五日

自昨夜達曉, 下雨滂沱, 少無止息, 至於今日, 終夕不掇。川流極漲,
農夫捲鋤不芸, 今已久矣。田穀草盛苗稀, 將爲不稔之歲, 可嘆奈
何奈何? ○今日, 流頭俗節。家無粘米, 使平康覓送, 而昨日書來,
明日將氷塊粘米爲送云, 而終日待之不來, 必因雨不來耶。今日則
雖欲來而水漲, 勢不可飛渡。適得粘米數升, 以冷水作水丹, 殺鷄蒸
之, 行茶禮于神主前。非但此也, 前日崔判官來, 求氷塊爲送事, 丁
寧爲約, 而今朝專人來求, 不得覓送, 可嘆奈何?

六月十六日

晴。午, 縣吏入來。見書, 昨昨發來, 因阻水今始渡水云, 平康則昨
昨發行云, 而沈說亦其日上歸云, 然昨日大雨, 必中路滯留矣。中米
三斗、田米五斗、粘米三升、實楸子一升五合、兒獐二口、兒雉三首、

松魚一尾、苽廿二、中朴桂一封付送, 桂則爲其病母造送矣。生員奴安孫則與之偕來, 而德奴稱病不來, 可憎可憎。但牛溪先生卒逝之訃, 昨昨始聞云, 不勝哀慟。余願欲一拜候, 而流離困迫之餘, 無暇進訪, 竟未得遂, 而至於此極, 尤極哀慟哀慟。

○夕, 縣人又來, 兒獐二口持來, 家人所服益胃升陽湯五貼劑來。且高城南妹家書, 亦自京來, 方患草瘧云, 可慮可慮。安岳居婢福是身貢九升木一疋, 南妹家奴, 適往其處捧來, 深喜深喜。○允誠書亦自南妹家來傳, 乃去月廿二日所修, 而高城孽息得只, 以收貢事, 往瓮津, 還時歷捧而送。時無事, 而但聖兒患痁, 久未離却云, 可慮。

六月十七日

縣吏歸時, 修答書付送衙內。閔時中草網簑衣一件、豆一斗來獻, 無端入之, 不知其故也。○令一家奴婢及生員家兩婢竝七名, 芸億守田, 畢後, 移芸朴文才田, 又畢後, 移芸高漢弼田, 未畢。晚後, 親往見之, 因巡見諸田, 則久雨之餘, 禾苗或稀種, 多不實, 大槩今年農事不好, 可嘆可嘆。

○初伏也。東風終日吹, 涼氣砭肌, 正如八九月。若連日不休, 則農事不可說也。○且聞崔參奉家近日窘甚云, 無以爲助, 恨嘆奈何? 蒸獐一體、長腰四升, 因便付送, 又致書問之, 彼還答書而謝之。

六月十八日

家人氣候, 尙無永蘇之期, 別無痛處, 困憊日甚, 又無思食之念, 輾

轉呻吟，似瘧非瘧，而元氣日漸漸敗，極可悶慮悶慮。○隣嫗有田
在家前川邊，而將爲陳荒，余欲耕種木麥，故招嫗問之，則許耕，先
給布半疋、木種二斗借之，今日以一耦飜土，待其草腐，再耕而種木
爲計。三日耕田，而但不好云，然取其在近爾。又令四奴婢芸高漢
弼田畢。

六月十九日

令一家三奴婢末之荏田畢。又令彦臣以一耦飜耕木麥田昨日未畢處，
又未畢。晚後，往見而還。

六月廿日

又令彦臣及鄰人朴彦守等，兩耦飜耕昨日未畢木田。○德奴及春金
持兩馬入送縣，爲粮載來事也。而掌務先令官人載送，中路巧違，
未逢而入來，兩馬則必空往還，可恨可恨。中米十二斗、田米十斗載
來，兒獐二口、雉一首、眞油一升、淸二升亦送矣。東西家各稻米五
升、田米五升式分送。李殷臣處亦送中米五升，乃殷臣求得故也。

六月廿一日

德奴等還來，木種平一石及生員所得五斗，竝廿斗載來。掌務瓜
四十介亦付送。德奴來時，路逢李薖，自北道還來，爲付乾魚兩尾
而送。○子方奴還歸，白米一斗覓送。但聞子方近日氣甚不平云，可
慮可慮。且聞平康今夏襃貶居下等，而乃因國馬多斃事云云，後更
聞則虛事，而伊川太守誤傳云。

六月卄二日

家人證候比前稍歇, 而食飮不甘, 困憊如前矣。

六月卄三日

李殷臣自縣來見, 家人所服異功元劑來。縣掌務兒獐二口、兒雉二首付來。○夕, 靈巖林妹奴希進持簡入來。見之則慘不忍見, 見之未竟, 哀淚自墜, 不祥不祥。詳聞景欽被殺之由、敬溫被攎之事, 尤極哀慘。時未永葬, 來秋待其林正字晛下去後永葬云。乾魚數束、魚卵數片覓送, 母主前亦如右。且聞景欽死後, 林家孼屬及隣里人等, 凌侮侵責者多, 不勝痛憤痛憤。一家內使喚婢四名及外居奴婢等竝十二名被攎, 家財牛馬盡蕩云云。妹則以佩刀刎項, 流血滿身, 因此得免云。

六月卄*四日

李殷臣還縣。林妹奴希進亦還歸, 修書付送。妹也欲得油、淸及實果, 而適謙也出去, 故室內使掌務淸二升、栢子三升、榛子三升覓送。此處亦無送物, 所儲淸二升、栢子三升竝付而送。油則官家亦乏, 貴如金, 故不得覓送。生員奴安孫, 持馬亦送栗田, 故麟兒欲買笠子, 得末醬八斗, 載送于光奴處, 使之買送矣。○夕, 縣問安人入來, 見掌務告目, 床花餠一笥、燒酒三鐥、中朴桂二十三葉付送。但平康發行後, 時未聞一行如何, 可慮可慮。

....

* 卄: 底本에는 "十". 앞뒤 기사에 근거하여 수정.

○且安峽前日造船餘材十三條, 發東面軍六七十餘名, 奪取作筏, 順流而下。此處人等出於不意, 里中人皆不在, 故只十餘人禁止不得, 來告於此。余與弟出, 坐東臺見之, 則衆寡不敵, 勢不能還奪。麟兒持杖入水中, 數三人杖之, 皆散走。使此邊人收泊水渚, 但其時多發不恭之言, 不勝痛憤。其人等皆還歸, 竣其此處人散去後, 潛來奪去, 尤極痛甚。竊聞朝廷又令四邑造船, 而安峽則無船材, 故竣隙發衆奪去, 若還來之時, 更與强止相詰, 則必生大變, 而受辱之事多矣, 其爲頑悍可知。○令一家三人芸全豊田, 未畢。

六月卄五日

又令一家四人, 芸昨日未畢田而畢。○縣問安人入來, 平康去後, 時未聞奇, 可慮可慮。兒獐二口、兒雉一首、瓜子四十介持來。

六月卄六日

曉頭, 介非逃走, 不勝痛甚, 令彦臣推尋事嚴敎。初欲送人, 追尋於要路處, 而今日則恐其追之, 潛隱草莽間, 必不發去, 雖見必不捉來, 故不送。只令彦臣推之, 若不捉來, 則當囚其母妻嚴督事敎之。平日彦臣交好, 必知去處, 雖不知之, 若見之則恐其被侵, 必捉來故也。然豈有還捉之理乎? 此婢本性, 迷劣懶頑, 近日督令芸草, 必厭而亡去也。逃亡非至一二, 今已四番矣, 尤極痛甚。

○令一家三人芸金光憲田, 未畢。○送麟兒于崔景綏處, 問其逃婢去向及還捉與否, 推占則曰"今日必隱于草中, 然數三日內, 或有人捉來, 或自來矣, 若不然則九十月間必得"云云, 豈其然乎? 然欲驗他日虛實也。蒸獐一口付送。

六月廿七日

中伏也。朝, 彦臣推介非率來, 昨日上後山, 伏叢林中, 彦臣尋見而來現矣。欲重杖而初與彦臣約曰"自現則不治其罪"云, 不可失信, 故不杖矣。疑其彦臣必知去向, 嚴督推來, 不然則必不還來矣。

　　○令一家五人, 芸昨日未畢光憲田, 而畢爾。○日氣極熱, 人不堪苦。且近者四五日內, 家人氣候漸向差復, 但未永蘇, 飲食不甘矣。今午, 適飲冷水, 因以痰盛, 嘔吐不已, 至於胸膈窒塞, 不能言語。僅得鷄黃、童便治之後, 還下而稍歇, 然此後氣還不平。

六月廿八日

令彦臣、金淡兩耦, 耕木麥田, 四人種之, 未畢。午後, 余與兩兒步往見之。還時, 入水沐浴, 洗去塵垢, 身輕可快哉。○近日粮饌將絕, 而東西家亦極窘, 平康亦遠去未還, 他無求得處, 極悶極悶。德奴所貿薑, 令賣於北里, 則無人以正穀換者, 薑一同, 豆一斗五升或捧來, 三同, 四斗五升換納矣。前日亦賣於安峽地, 捧豆六斗而納之, 竝十斗五升矣。又以早粟納入八斗云。○全豊新稷米三升來獻, 卽薦新。

六月廿九日

又令兩耦, 耕昨日未畢木田, 而四人種之, 交菁種種之, 畢耕而未畢種。○家人氣候向歇, 但進退無常, 未可必也。升陽湯七貼煎服後,

異功丸自今日始服。○夕, 縣三公兄持簡入來。見之則平康今朝還
縣, 而到忠州夫馬交付後還來, 一路上下無事還到, 但痔疾甚重, 不
卽來覲云。公兄則以安峽人等船材奪去, 故往而安峽事過去矣。兒
雉五首、淸酒四鐥、秋牟末五升持來。如此苦熱, 遠路無事往來, 深
喜可言?

六月晦日

令兩耦耕生員木麥田, 朝前畢耕, 而令兩婢, 朝前種昨日未畢種, 而
畢種。前後木麥所落十五斗。○全貴實茌子三十餘介來呈, 饋酒而
送。○縣問安人, 修答書還送。○夕, 此縣公兄等自安峽還來。見
安峽倅書, 頗有漸愧悔恨之意, 然已無及矣, 捉致首倡人等, 當重治
云, 官奴凌辱者卽杖三十度云云。此縣人居于安峽地者, 前日船材
流下時偕來, 多發不恭之言, 故公兄等結縛捉去矣。

○昏, 金億守自縣還來, 見書, 白米三斗、田米十斗, 來初三日祭
用實果、石茸、瓜子三十介等物付送。且聞唐兵二萬八千, 自中原新
到京城, 粮餉已絶, 無以爲繼, 主上與宰臣徒爲涕泣, 而顧無措備之
路, 將無以支保云, 不勝痛泣, 奈何奈何? 令諸處避亂士夫及生進
儒生等, 各收米上納事目, 已到云云, 然豈可以此繼用於新穀前耶?
必有渙散之患, 可嘆可嘆。京朝官則自春後, 不給料, 故無得食之
路, 飢餓不自聊生者多云, 尤極哀慟哀慟。

七月大【初六日立秋, 初七日末伏, 廿一日處暑】

七月初一日

令一家人等刈麻掘基, 明日欲埋之。

七月初二日

朝埋麻, 與里中人等竝力爲之, 但生員家麻, 有延燒處, 可恨。○<u>全</u><u>貴實</u>妻蒸床花餅來呈。夕, 縣問安人亦來。見書則<u>平康</u>還來後, 氣不平, 今夜則達曙苦痛云, 深慮不已。床花餅一笥、兒雉三首付送, 卽與上下共之。明日乃祖母忌也。以行祭事設饌, 但無物可備, 只欲以糆、餅、飯、羹奠之爾。○<u>浮石</u>持任<u>法熙</u>送芒鞋六部, 無物饋送, 可恨。

七月初三日

啓明, 與弟及兩兒行祭。終日灑雨。○生麻今盡剝皮, 六十五束, 而不用者居多。一家費力倍入, 而所得至此, 可嘆可嘆。○冶匠春福, 生苽十介及鉅子來獻, 饋酒餅而送。浮石僧雪雲、元敏等來謁, 又獻生苽二十餘介、芒鞋三部, 饋酒餅而送。一家所着者多, 昨日所得幷八九部, 而卽時分與, 無一餘存。

○夕, 安峽倅專人致書于生員處, 以其前日船材流下時, 相鬪未安之意, 卽修答不然之意而送。○金億守自縣還來。前日其弟景伊以船材流下時, 言多不恭, 爲此縣公兄等捉去囚禁, 而億守與其母逐日哀懇, 故將此意修書于平康處, 卽不杖而釋之, 今夕始還, 來謝矣。見平康書, 時未快蘇云, 深慮深慮。

七月初四日

生員以要見安峽太守事, 早朝往而來還。○令一家四奴婢, 芸官屯田, 未畢, 再除草也。○夕, 此面委官、書員來謁, 因呈酒一盆、生淸三升, 無物可酬, 以秋扇一柄、白筆一柄贈之。

七月初五日

粮饌垂絶, 不得已德奴持馬送縣, 覓粮事也。○浮石僧法熙來謁, 饋酒而送。○晚後大雨, 終日不霽, 前川漲流, 倍於前日。

七月初六日

雨勢終夜不息, 朝尙如此, 必爲霖也。近日若不開霽, 則太豆田除草過時，可悶可悶。非但此也，粮饌已竭，德奴阻水，必不速還，他無得食之路，飢餒之患將迫，不可說也。

七月初七日

末伏也。以俗節，備酒、切肉、蒸鷄奠茶禮。德奴以雨不來，絶粮不得食，僅辦夕飯，下輩太粥饋之，可恨。○兩婢昨日以覓麻事，往彥臣家，因阻水不還，只令春金伊、莫非芸屯田，未畢。○夜初更，縣人持簡入來，問之則晩發逶迤而來，故如是夜深云。見書則平康，今則證候少歇，尙未快蘇云。家獐熟設七十五串、燒酒四鐥、眞油一升、兒雉四首及坐飛等物付送。

七月初八日

下雨，不得除草。修答還送縣人。朝食前，炙家獐，與弟及兩兒、鵬姪、忠孫等共破，飮燒酒各二杯。○朝食粮絶，不得已彥臣處官納田稅米一斗六升取來用之。德奴今若不來，則不可說也。○今日乃先考生辰也。蒸床花餠、酒、果及平康所送兒雉，或炙或湯，奠茶禮，後及亡女後共破。○午，大雨大作，移時而止。前川又漲，德奴因此亦不來。

七月初九日

德奴昨日不來。朝粮絶，無以爲計，聞全業牟還上四斗時未納官云，故不得已取來，用於朝飯。○趙仁孫新稷米三升來獻。絶粮之餘，得此三升米，如得三石，卽以此供朝食。○晩後，此面委官、書員等，

畢踏審後, 還縣而歷謁, 招入見之, 因言吾家所作田庫, 使之斟酌爲
之。且委官等常紙四卷、芒鞋二部、稷米二斗來納, 受之不可, 還給
則强請納之, 不得已受之, 必聞吾家絶粮, 而以所得之物獻之, 未安
未安。以此可供明日之需矣。德奴今亦不來, 必阻水, 可慮可慮。

七月初十日

朴文才來謁, 因獻新稷三斗, 聞余乏粮故也。飲以燒酒一杯, 又贈甘
藿一束, 以報其厚。○夜雨始晴, 朝日又出, 炎熱又熾, 不堪其苦。
與弟步出前川, 新流清澈, 擧身浴之, 洗去塵垢, 心骨清爽, 可謂"身
輕可試雲間鳳"也, 快哉快哉。

○夕, 德奴還來, 田米十二斗、稻米三斗五升、豆三斗付送。官人
又來, 家獐及兒雉五首、燒酒四鐥亦來, 卽令來人熟設共破。但聞
平康尙未永差, 神色極甚疲瘁, 食飮頓減云。初以爲遠往還, 久冒
暑濕, 因致勞傷, 休則不久還蘇, 而證勢至今未差, 委頓床褥云, 極
可悶慮。余欲入見, 而雨水如此, 未果, 更待晴日入見爲計。

○生員奴安孫亦自栗田還來, 而歷入京, 捧南妹書而來。見之
則時無事云, 深喜深喜。光奴自是亦來, 前送末醬及破笠, 買麟兒草
笠而來, 加給渠銀錢半云云。鹽眞魚二尾、網巾所飾裾丹亦買送矣。
○子方上京未還云, 如此苦暑, 病軀必傷, 可慮可慮。

七月十一日

令一家奴婢等及品人竝十三人, 芸李期壽太豆田, 未畢。○晚後步
出, 與弟巡見木麥田。還時極熱, 流汗如漿, 入前川浴身。因見里人

等漚麻而來。○去夜，東里居蔡億卜家，大虎入馬廐，攪噬兒駒而去，億卜者持杖明炬而追之，還奪而來，已而虎又來，吞抱兒雞而去云，可畏哉。吾家婢子等不畏虎，每夜門外明炬，環坐紡績，禁止不聽，必有後悔，可憎可憎。

七月十二日

又令一家奴婢及品人竝八人，芸昨日未畢田，而亦未畢。○崔參奉胤子挺雲來見，饋燒酒一杯而送。

七月十三日

又令八人芸昨日未畢田，乃六日耕也。食後，余率德奴騎馬，巡見諸田後，因往奴婢等芸草處，午前已盡畢芸，只五六畝未盡，而皆臥宿川邊樹陰下。觀其芸處，昨日猶可畢，而每稱草盛，不能盡力。今日亦云“若不衆力幷擧，則亦未畢芸”，故借品人竝八人送之，而偃息不芸，每每如此，不料余之往見，尙踵前習，惰慢極矣。不勝痛憤，卽令曳髮兩婢，以所執鞭，直杖脛各四十餘度後，使之移芸生員家豆田。蓋計其入人數，則二十九名，費粮六七斗，不計一家之窘，每言食少，而出野則游息不力，尤極痛憎痛憎。因此往所斤田，未及崔參奉家，川邊巖上，下馬而坐，使奴邀崔參奉則其父子步來，而金麟亦隨後來，相與坐于巖上，良久敍阻。崔家作刀齊非饋之，日傾乃返。

七月十四日

令一家人芸金彦春太田，而未畢。○崔參奉致書問之，因求淸蜜，而家適乏盡未副，恨嘆恨嘆。○隨後覓送事修答矣。○自數日來，後任始學步，移足數武，可憐可憐。

七月十五日

朝，麟兒欲見其兄入縣爾。○今日則乃俗節，一家奴婢等，不役而游手。夕，令金淡耕家前菁田而種之。○夕，縣問安人入來。見書則證候今則向歇，尚未永蘇，玆不得出入。○御史今日當入縣云云。咸悅一家近因窘甚，他無得食之路，不得已就食於鳳山地居奴家，來念日當發向云，不勝傷嘆，勢也奈何奈何？

　　○官人來時，中米二斗、唐米一斗、眞末一斗、鹽一斗、薏苡二升、淸二升、瓜卅介付送矣。○今見李參議廷龜致書于平康處，時事日益艱危，楊經理被劾，今將還歸，天朝議論大變，主戰兩閣老竝被臺彈，南北兵大不相和，以此何能做事云。我朝所恃只在此，而將相不和至於此極，兇賊猖然之心未已，國事未知畢竟如何，不勝驚嘆驚嘆。皇天不佑，使百萬蒼生日就憔滅，尚未悔禍，尤可浩嘆，奈何奈何？吾不知死所矣。

七月十六日

令一家四奴婢，芸昨昨未畢田而畢後，移芸趙連太田亦未畢。○前日造船匠自京還來來謁。又欲造此縣船隻爾。

七月十七日

縣人今始受答而歸。○德奴今始還來。見平康書，證勢今則向差，近當來覲云。然聞之來人，大勢雖歇，而尙未快蘇云，雖欲來見，當更使調理永差後來見事，言送爲計。牟米五斗、田米三斗、油七合、石首魚二束、牟末四升付送。且聞咸悅一家來廿日定爲啓行，歷宿于此云，可嘆可嘆。○令一家人芸昨日未畢太田，畢後，移芸彦臣豆田，未畢。

七月十八日

令一家人及生員奴婢竝七人，芸彦臣未畢田後，移芸金彦寶豆田，亦未畢。○今日乃彦明生辰也。窮乏不能設饌而饋之，只贈五升米，作松餅而共破，可嘆可嘆。

七月十九日

雨，不克除草。明日咸悅行次當發來，而雨勢若不晴，則必不來矣。昨昨平康書曰“明日當載粮送”而不來，未知何故也。前來粮，散給婢子等料，而又分東西家，連日五六人除草時用之，所餘只可明朝食云。若未及送來，而咸悅行次入來，則不可說也。自月初一家斷食點心，只供母主前，猶且粮饌屢絶，官家亦竭云，新穀前繼用極難，尤可悶也。

七月廿日

令一家婢子等芸前日未畢太田後，移芸菉豆田，畢。○南面居校生沈思任白米五升付送，及於乏時，深謝厚意。○今日咸悅一家行次當發來，而終日待之不來，未知其故也。官人亦可送之，而無形影，可怪可怪。○官船今始流下，送于京江，朝廷令也。

七月十一日

處暑也。近日夜氣生凉，神思漸向蘇爽。○生員家所種早粟，爲山猪過半啗食，痛憎奈何奈何？朝前，縣人入來，白米三斗、田米七斗、牟米五斗、兒雉四首、瓜子卅介、菁、葱等物持來。卽分與東西家及婢子等料，但書狀不來，未知其故也。此人必術前雇工也，自外受物而不捧書簡而來也。因聞咸悅一家昨日來宿縣衙云，必出宿而今日發來也。

○昨日夕酉時初，雄鷄長鳴者再，是何祥也？○仲今田竝作朴仁宗中黍一斗五升分來。○夕，閔時中自縣還來言曰"咸悅行次昨日來宿縣衙，因留，明日當發來"云。因聞唐兵三十餘名，自鐵原地來在朔寧地，去此不遠，只隔一嶺，到處作亂，奪人牛馬財物，少有不從其言，焚毀人家，打傷人物云，深恐越來也。然昨日來宿，而至今無形影，必向安峽、兔山之路矣。

七月十二日

令一家人芸彦明豆田，畢後，移芸官屯田，未畢。○午後，麟兒來曰"咸悅行次今日發來，而點心後先來"云。夕，咸悅一家入來，此家則無可寓處，使之接于隣家，只振母及咸悅來宿。夕食則此處備饋上廳，而奴婢則自行次出粮而食，窮乏不得上下皆饋，可嘆可嘆。

七月卄三日

咸悅一家因留在。午後, 平康亦來覲, 久病之餘, 今始蘇復故來矣。終日與舍弟、咸悅及三兒會話。夕, 李資自安峽來訪, 資也乃妻四寸, 而李玉汝之兄也, 亦與同宿。○平康來時, 白米二斗、田米三斗、細米三斗、豆一斗、兒雉四首、兒獐等物持來矣。○全貴實、蔡億卜等, 生清各一升來獻。○令一家奴婢, 芸昨日未畢田而畢, 自今日已盡除草。

七月卄四日

早朝, 咸悅一家發歸。臨別, 振母悲戚不已, 女子有行, 遠父母兄弟, 奈何奈何? 不勝泣下沾襟。令彥臣持牛載卜, 送于中路而還, 德奴則今日陪行, 至半程而還來矣。李資亦還歸。○咸悅之行, 因一家阻飢, 不得已就食於鳳山居奴家, 明春還來云。但時事極難, 若風塵再起, 則必從此入歸關西, 吾家亦不保在此, 則彼此消息, 得聞甚難, 況敢望更得相見乎? 尤極悲嘆悲嘆。○崔判官來見而歸。金明世、金麟等來謁平康, 而金麟則兒鷄二首來呈。

七月卄五日

乃余初度也。平康備酒饌而來, 欲與兩崔叙話, 而崔參奉則痛齒不來, 崔判官來見, 因與設酌, 官供家獐, 極飽而罷散, 隣里來謁者饋酒餅而送。朝前, 木田居校生權好德來訪, 燒酒一壺、兒鷄一首來呈, 饋酒餅而送。浮石僧法熙爪子五十餘介來獻, 亦饋酒餅而送。○夕, 聞賊鋒已到永川云, 不勝驚嘆驚嘆。去年此時亦發, 今其時矣。雖劉、馬二提督南下, 賊勢熾張, 若不能遏, 則衝斥之患, 必及於此, 悶慮悶慮, 然時未知正奇矣。德奴以賣牛事, 今欲送京, 而聞此奇姑停, 更聞正奇後欲送。

七月廿六日

早朝, 平康還縣。德奴持牛以覓太事入送, 彥明婢介今亦覓粮事偕歸, 皆與平康有約也。○咸悅之行, 今到新溪, 而彥臣至此還來。但一路行色如何, 深慮不已。○晚後, 與彥明及兩兒、鵬姪往直洞, 巡見所耕田穀後, 因張網獵魚, 得百十餘尾。日傾乃返。

七月廿七日

晚後, 獨往存光野, 巡見吾家所作粟田後還來。適崔挺雲來見, 相與坐于東臺, 從容叙話, 因饋燒酒兩杯而送。○張網前川, 夕收之, 則得魚五十餘尾, 但爲鼈所破者多, 可惜可惜。○彥臣陪咸悅, 行到新溪地而還。一行皆無事歸程, 但此牛足蹇而來, 可悶可悶。

七月廿八日

與弟及生員、鵬姪、忠孫等, 持魚網, 往所斤田下流川邊。邀崔參奉父子, 終日叙話, 因獵魚得少許, 作湯共喫, 飲以燒酒各二三杯, 而獨崔參奉則飲五杯。諸兒不能飲者, 裹點心分啗而療飢。日傾乃還。忠兒則隨參奉而歸所斤田其外祖母家。但涉川時, 所着芒鞋一隻, 見失於流水中, 可惜可惜。

七月卄九日

竊聞兇賊到永川, 奪軍粮而還陣云. 南下大軍乏粮, 將爲潰散, 告急
之文到縣. 方伯亦親往竹嶺下督運, 此縣亦卄餘䭾調發, 刈草軍亦
將發送, 兩役一時疊出, 前去者時未還來, 民間騷擾遑遑悶迫之狀,
慘不忍見, 勢也奈何? 如此時永川軍粮, 又奪於賊手, 可嘆可嘆.

○彦臣其家所耕田結甚多, 刷馬及刈草軍一時竝發, 窮不能備
價, 自身欲往嶺南運粮, 而來告哀懇, 不得已許送. 春金伊赤身, 而
日氣漸寒, 吾家無造衣給着之勢, 渠欲捧刈草軍價, 而往京立役云,
亦不得已許送. 一家使喚兩人皆出去, 當於八月晦間還來. 秋事多
端, 只有金淡一人, 不能獨任, 不可說也. 春金伊所捧之價布五疋
云, 若盡捧則可以此爲禦冬矣. ○午, 德奴還來曰"昨日晚發, 牛遲,
中路止宿, 今始來"云. 太十斗、田米十斗、中米三斗、眞末一斗、鹽一
斗、淸一升、兒雉三首付送矣. 彦明家婢介今處, 皮牟三斗、牟米二
斗、田米一斗亦付送. 近日可以此好過矣.

七月晦日

招趙仁孫改修麟兒所宿房堗, 以其火不入而堗冷故也. ○夕, 閔時中
自縣還來. 見書, 以運粮遲緩, 方伯被責於朝廷, 其責當及於守令,
督運方急, 前去者未還, 又發夫馬, 民間騷擾, 皆懷逃散之心, 守令
雖有仁慈悶惻之心, 勢然至此, 奈何奈何? 又見朝報, 星州留住大
軍粮絶, 今已三日, 將爲退散之患, 朝廷急發御史調運, 而未知已及
耶. 國事如此, 深可憂慮. 且付獐肉少許持來. 金淡受由而去, 今
始還現.

八月小【初六日白露, 廿一日秋分】

八月初一日

木碓幷杵, 令船匠造來。前日雖半升米, 三人舂於隣家, 今得此物,
雖一人亦可舂於家內, 可喜可喜。

八月初二日

刈高漢弼田粟布乾, 爲半未熟, 故爲半未刈。廿七束載來, 先打則
粟五斗出, 爲其乏粮故也。午後, 往見而還。○夕, 官人來傳平康書。
糖米二斗、眞瓜九介、茄子十五介、兒雉三首付送。

八月初三日

以賣牛買馬事, 牽老牛, 德奴上京。秋夕祭物, 令平康付送, 龍仁妻
父母墓祭, 吾家亦當行之, 故祭物亦令覓送。飯、餅、果則所畜鷄兒

十首捉送, 使之貿米而用之。高城宅及任參奉宅鷄兒各一首送之, 無物可送故也。海州允誠處亦裁書送于光奴家, 使因便傳送矣, 龍仁長水宅亦修簡付送, 家無可送之物, 只傳空書, 可嘆奈何? ○龍仁祭物大口二尾、乾鷄三支、石首魚三尾、白米一斗、木米一斗、淸一升、生鷄二首付送, 此外無物可送, 可恨可恨。○結魚箭前灘。食後, 與弟及兩兒步往觀之, 因獵魚而還。今則不如去年, 而堅實不踈, 必多得矣。

八月初四日

落箭川魚, 朝往見之則有人夜中盡偸而去, 無一介遺置, 必其隣人所爲, 痛甚痛甚。終日役四人, 三時供食而結, 初日則人皆曰多入, 而竟乃見竊, 尤極痛憤痛憤。

八月初五日

此縣從馬人陪咸悅次, 往鳳山, 今日始還。見咸悅書及女息書, 一行上下皆無事, 第九日始到云, 深可慰喜。四隣場市不遠, 可以資食, 居奴亦足食, 猶可聊賴, 不如此處全無何依也云, 尤可喜也。○生員妻, 前日歸寧其父母所寓處, 而今日始還, 生員亦往見而來。○高漢弼田所布粟, 今日打之則十七斗出, 彦明家二斗送, 又分給婢子等料各一斗。

八月初六日

刈朴文才田半稷布曬。午後, 雨作終日, 久旱之餘, 得此一犁之雨,太豆幾盡不實, 而庶可蘇矣。〇夕, 徜奴㐫知載糧入來, 因聞平康昨昨以牛溪會葬事, 往坡山云。中米五斗、田米十斗、兒雉二首、西果一介持來。

八月初七日

去夜, 錦鱗魚一尾落箭, 幾一尺餘, 大如蘆魚, 屠切則幾滿盤。朝食作湯, 一家共之。氷魚一尾、無鱗魚一尾亦落, 其大亦半尺, 必因昨夕下雨故也, 多幸多幸。〇香婢項腫幾至一月, 尙未融潰, 恐其重傷, 今日㐫知歸時, 偕與入縣, 見李殷臣而問藥治之爲計。

八月初八日

生員以秋夕拜墓事, 今日發去, 但單奴疲馬險路, 何以得歸耶? 深慮深慮。〇落箭前川魚, 僅一貼, 送生員家, 使作湯饋送矣。〇且聞木田居蔡座首仁元有色馬, 每被種子馬之患, 切欲換牛云。故麟兒以其牛欲換, 今日送金淡, 問其定換與否爾。〇縣掌務專人送瓜子十五介、茄子九介、西果、眞瓜等物及兒雉二首, 乃明明日高祖忌祭用次也。

八月初九日

落箭川魚, 大者十餘尾、中鼈一介及中錦鱗魚一尾半尺餘, 欲用於明日祭需矣。〇金賢福來謁。因獻西果、眞瓜各一, 饋燒酒而送, 仲今田幷作人也。〇夕, 李察訪賓氏, 自伊川寓處來訪。〇金淡還來, 不欲換牛云。

八月初十日

乃高祖忌也。與弟及麟兒, 曉頭行祀事。○李察訪朝後入縣, 要見謙兒, 欲乞秋夕祭需云。○晚後, 縣人入來。見平康書, 昨日自坡山還來, 而牛溪永葬退行於來十九日云。香婢項腫則李殷臣鍼破, 惡汁流出後, 漸向差歇云, 可喜。○昨夕及今曉, 落箭川魚, 有人盡偸而去, 無一介遺置云, 痛甚痛甚, 必近處人所爲也。潛竣欲捉而不得, 尤可痛哉。

八月十一日

縣人捉逃亡官奴婢等於安峽地。還歸時, 修書付傳李殷臣處, 粘黍一斗覓付送。前見其書, 秋夕祭用之物未備, 極悶云。故他無可送之物, 只以此庶補一助。

八月十二日

落箭川魚五六介, 而中鼈一介亦得來。朝食作湯, 與弟共之, 麟兒不食。○前日布乾朴文才田半稷, 今始打收則全二石出, 半日耕也。草則未打。

八月十三日

前日高漢弼田粟未及熟者, 今始收打則五斗五升出, 并前日所收, 全一石七斗五升出, 一日耕而當初稀苗故也。余親往見之, 因令摘楸子而還。○造船木工, 造酒槽而送來。前日伐木逢受, 使之造送故也。

八月十四日

縣人持秋夕茶禮所用新稻米一斗、唐米一斗、鷄二首、大口三尾、茄子十五介、眞瓜六介、新栢子一斗、實榛子五合、實楸子一升入來。昏, 全業以事入縣而還來, 平康亦送新稻米一斗五升、燒酒一壺矣。○昏, 招朴彦守, 取母蜂二桶, 淸蜜九升、蠟六兩二錢矣。

八月十五日

去夜, 落箭川魚, 欲用於茶禮時, 而盡偸無遺, 不勝痛甚痛甚。○酒、餠、實果、脯、炙, 奠茶禮後, 一家共之, 乃俗節也。近隣人皆獻祭餘粟餠。

八月十六日

自曉下雨。落箭川魚, 今夜亦偸去, 無一介留置, 逐日如是, 尤極痛憤, 奈何奈何? ○晚後, 金彦臣母披髮奔來, 泣訴曰"去月, 官納收米未納事, 色掌嚴督, 拽髮亂打, 不勝其苦"云。乃於前月中, 因阻水, 人不得通縣, 兩日絶粮, 上下僅辦粥食, 而一日朝食頓絶, 無以爲措, 適聞彦臣家收米, 時未納官云, 不得已取來用之。卽致書謙處, 又且來覲時, 面言減錄事, 書名而付之, 猶恐忘却, 其後又使允諧, 又書其名而送, 今至月餘, 別無督納之令, 意謂已減。而前數日, 彦臣母來言曰: "其收米事色掌督納之, 何以爲耶?"余曰: "更致書問之, 後若更督, 則吾當備納之, 勿疑勿疑。"其日, 適有入縣人, 因修書此意, 則答曰"當依減, 而但似涉不公, 心甚未安"云云。吾亦方以爲不安, 而今果如此, 其爲慚愧無顔, 可勝言哉? 若以其時爲言不可, 則當以所送粮備納, 而終不言不可之意, 含黙已久, 竟至於此, 追恨奈何? 大慨留此數年, 察觀此地人心, 謙也方在茌邑, 頗有頑悍之事, 而時聞罵詬之言, 若一朝遞去, 則必遭慢辱不少。欲於明春間未遞前, 陪老親, 吾當先移他處爲計, 然時事如此, 恐不可必也。謙也性本過於寬緩, 又且善忘, 雖教下吏, 下吏本不畏懼不從令, 致有此患。吾已知其弊, 而不忍一朝之艱食, 强使減不可之事, 終乃失信於老嫗, 逢辱極多, 悔嘆奈何奈何? 自今後, 庶可知戒, 而不爲苟且之事也。今日婢玉春入縣, 故其未納收米一斗六升備送, 使之納官, 永絶後患也。玉春聞其女香婢腫處加重, 而切欲入見, 故令金淡騎牛入送矣。

八月十七日

夕, 金淡還來。見書, 其收米則已減, 而加米不納, 故抄督云, 送米還送, 而又加田米五斗付送, 一斗則送于彥明家云。秋牟種一石、眞麥五斗亦送, 乃種子次也。○且聞香婢腫處, 濃汁不絶, 而他處加浮, 證勢非輕云, 深可憂也。又聞李知事妾女, 昨日始率來, 而因牛溪永葬退於十九日, 故時未相見云。○且聞所斤田太多數偸折而去云, 必近處人所爲, 痛憎痛憎。

八月十八日

孝立初度也。生員妻子備酒餠而來。列戲具於孝立前, 觀其先執之物矣。○崔冲雲來見而歸。

八月十九日

近者無饌物, 朝夕, 只以菁莖供老親, 可悶可悶。

八月卄日

彦臣、彦邦等載軍粮往嶺南, 今日始還。還時歷入縣, 捧簡而來, 兒雉二首付送。○自昨, 或灑雨或晴, 連日不止。○昏, 生員入來, 誤聞余不安之奇, 不意率德奴馳來。德奴持去牛隻放賣, 銀七兩捧之, 因買馬, 亦用七兩, 而觀其馬, 則禾八九善行, 但後足有病, 然不至重也。若善養善使, 則可支四五年矣。見南高城簡及妹書, 皆好在云云。生員以臂腫, 不得往竹山拜墓云。光奴家所在豹皮一令, 銀二兩三錢捧之, 而一令時未賣之云。

八月卄一日

金彦春來獻東瓜一介。敬伊亦獻一介及粘粟一斗, 乃金億守弟也。○落箭川魚, 去夜盡偸而去, 又破編簾, 使不得更捉, 必憎我者所爲。痛憎, 奈何奈何?

八月卄二日

德奴持馬入縣, 因以率其母及香婢上京, 使調治香婢病處。聞廣州墓下居文億善治瘡腫, 而今尙生存。德奴秋夕墓祭時, 以余言言之則答曰"若送之, 則當盡力治療"云, 故送之。淸兩升、木一端付送, 使備藥價爾。但聞香婢證勢危重云, 恐不能上京也。

八月廿三日

連二夜寒露下降, 朝氣甚冷, 上下皆衣薄, 禦冬無策, 可悶可悶。或云淸霜, 若因此眞霜連下, 則木麥恐不及熟也。○去夜無寐, 萬念塡胸, 忽憶亡女, 平日遊戲之事, 形容森然, 不覺淚下沾濕。起坐潛泣, 至於鷄三鳴而乃已。且欲一見依俙夢寐之中, 而亦不可爲, 尤極悲慟。

八月廿四日

新房修造溫堗, 而未畢。○夕, 衙奴世萬載粮入來。白米一斗、中米五斗、田米十斗、牟米三斗、大口五尾、兒雉二首付送矣。咸悅亦昨日自京還來, 亦致書曰"近日還西時當歷見"云云。申相禮亦致書問之, 深謝深謝。

八月廿五日

晚後無聊, 扶杖徐步前野, 審見木麥, 則雖連遭淸霜, 不至傷損, 下層皆實。苗末或有未及成實處, 若退五六日, 則諸穀未有不及實之患也。

八月廿六日

聞平康明明間來覲云。今欲修裝新房, 木工不來, 可恨。

八月廿七日

耕朴番田, 種秋牟四斗, 半日耕也。移耕趙仁孫田, 而種牟十斗。朝後, 與舍弟及兩兒, 就見耕牟處。而因網魚得卄餘尾, 生員亦釣得九尾。○夕, 咸悅自縣入來, 因往鳳山, 歷宿于此矣。李汝實亦與偕來, 相與環坐中堂做叙, 夜深而罷寢。且見平康書, 今日與咸悅偕來, 而昨夕巡使道發軍傳令, 到付卽時, 發牌字抄軍, 明明間親領到原州巡察留駐處, 交付後還來, 而事勢忽迫, 及期馳赴, 故未得來覲云。前日聞兩大將自嶺南來京, 聽令邢軍門後, 卽還下去云, 而想必不久征滅凶賊故也。一國成敗在此一擧, 天必悔禍, 而救我生靈矣。

八月卄八日

咸悅早朝發向鳳山, 強使留止一日, 而家有不得已事, 忙未得留云。行色忽遽, 雖得相見, 如未見也, 悵嘆奈何? 修書付傳女息處。李汝實亦欲偕與咸悅還歸伊川, 而強使挽留, 欲叙阻意。○昨日, 後任初度。

八月卄九日

汝實亦留。且聞平康曉頭領軍發去云。○晚後, 與汝實及舍弟、兩兒等, 步往前川深潭, 玩賞良久。還時見木麥田, 則皆盡爲實, 今雖下霜, 更無可慮可慮。

九月大【初八日寒露, 廿三日霜降】

九月初一日

早朝, 汝實還歸伊川, 家無所儲, 不得贈送, 可嘆奈何? ○木工修裝新房畢後, 又造織機。○金億守所養善陳鷹子, 今方馴放, 而以嶺南軍粮輸運事, 不得已放賣爲資, 今日臂去, 可惜可惜。

九月初二日

春金伊去月初, 以刈草軍代立事上京, 畢役後今始還來。來時歷入縣, 載粮而來, 中米五斗、田米十斗、燒酒二饍、松魚一尾、大口一尾及來八日忌祭所用新白米一斗、淸一升、油六合、新栢子一斗、榛子二升、石茸五升、木麥一斗。○耕金彦寶田, 種眞麥四斗。

九月初三日

去夜, 夢見崔木川景善, 宛如平日, 覺來不勝悲憐。○刈李仁方田及金億守田粟布乾。午後, 與弟及兩兒, 步往見之, 因網魚而還。

九月初四日

官造船流下事, 諸寺僧軍曳下, 而水落灘淺, 寸寸曳下, 而第三日始到東臺下。此以下則險灘多, 若强曳而下, 則船底必穿, 深可慮也云云。然方伯之令甚急, 勢不可止云云。浮石僧法熙、長鼓僧義賢來謁, 饋晝飯而送, 乃曳船事到此。○金彦寶氷魚十二尾來獻, 大者幾半尺餘, 饋燒酒兩杯而送。近日無饌, 供親可悶, 而得此大魚, 可供數日, 深喜可言?

九月初五日

麟兒網魚前川, 得百餘尾, 夕飯作湯而共之。擇大者卄餘尾, 作片乾之。○此面色掌來時, 掌務付送米一斗、清一升、油五合等耳。

九月初六日

傳聞平康今差運粮差使員, 故不卽還官, 留春川府, 待運粮軍人到彼後, 竣事而還云, 然則當還於念後矣。○浮石寺僧取泡來呈, 乃前日送太取送故也。明明妻母忌祭, 當行於吾家, 而欲用爾。○自初夏爲養鷄雛, 所畜猫子送于浮石寺, 其後家中衆鼠鬧亂, 所儲無完物, 不勝痛憤。設穽上下房中, 逐日落陷, 或四或三惑二, 至於此而計其數, 則五十六首。近日則不落, 必盡死而餘存者無幾矣。○閔時中自縣還來。衙內付送沈蟹、牛脯矣。

九月初七日

縣掌務送雉一首、鷄一首、中鮒魚八尾, 明日祭時欲用煎、藥果四升及設饌。○近因無暇, 前日所布粟至今未束, 而有雨徵, 可慮可慮。

九月初八日

曉頭行祭。余則兩脚生瘡, 不能屈伸, 麟兒亦適得霍亂證, 終夜嘔吐, 玆不得參祭。生員獨與仲女行之。○自曉下雨又風, 不得收束布禾, 可恨奈何? ○後任左臂中節生腫, 大如鷄卵色赤。累日痛之, 今夜則終宵哭不絶聲, 其母抱負達曉。朝乃火鍼, 稍歇, 然白汁猶未快出。

九月初九日

乃佳節也。備酒餠, 殺兩鷄爲饌, 奠神主, 又及亡女。晚後, 縣掌務送酒六饍、餠米一斗三升作末、粘米二升作末、雉一首、淸一升、油五合。官奴及兩官婢持來作餠入云, 來物納後, 卽令還送。○夕, 德奴入來, 聞香婢病勢如前。留京一日, 卽載去于廣州土塘山所下治病, 乃其地居文億者善治瘡腫, 故送于其處, 使之鍼破服藥爾。歸時木一疋半、淸兩升付送, 以爲藥價矣。

　○平康昨夕冒雨還官。見書則今又差運粮員, 當往豊基, 而若退行四五日, 則來觀後發去, 其前促歸, 則勢未及來云。方伯差役不均, 安峽、平康兩縣則再度差送, 伊川、鐵原則一不差送, 乃宰相子

弟也。豈無獨賢之嘆乎？深可恨也。且聞德奴馬爲唐兵刷馬所捉，
載卜行到陽智縣，中夜潛逃還來，故如是遲滯云。○令金淡、春金
伊張鷹網兩處結鷄。○後兒臂腫，今則向歇，可喜。○且聞平康頃
者擬持平副望而不得云。若然則不久遷動，吾家事，極可慮也。

九月初十日

令一家人刈直洞水荏，打收則鎌頭實十斗。午後親往見之。○金億
守臂鷹還來，平康中路相逢，乃減一駄，使之還去，馴放此鷹，以供
老親云。

九月十一日

令一家奴婢五名，刈全豊田粟，布乾未畢。晚後，余親往監刈。○趙
仁孫、朴彥守摘山葡萄，各一筐來獻。

九月十二日

去夜，大虎窺犬，銀介房外門，或推或囓，銀介覺其虎來，發聲嗾
逐，則走去之聲振地。然群犬皆入家內不出，故不得攬去，必逐夜
來窺矣。○令一家奴婢等，先收束前日所布兩田粟後，刈昨日未畢
粟。○李仁方田二百二十束，金億守田粘粟百五十三束、半稷八十
束。○末之田水荏刈擺，則四斗三升，而一斗贈彥明家。○夕，縣人
入來。見平康書，則明日當來覲後，往嶺南云云。白米二斗、中米三
斗、田米十斗、淸三升、栢子一斗、眞末一斗、鹽二斗、斗麴三員載送。
○直洞田水荏更打則三斗，末之水荏一斗。

九月十三日

令一家奴婢刈布金光憲田粟，使麟兒往見。○夕，平康入來，不見
今已數月，皆因官事。雖得相見，明日還官，卽又發向嶺南之行，不
勝悵恨悵恨。燒酒四鐥、白米一斗、生雉二首、葡萄正果一缸持來。

九月十四日

平康朝後還官。崔判官來見，饋朝食而送。金明世、金麟來見，饋
燒酒而送。○令一家人刈布官屯田兩處粟。夕，陰而灑雨。

九月十五日

自曉頭雷雨大作，至於朝而始晴。前日所布粟未及束而逢雨，可恨可
恨。○令趙仁孫等沈魚巢六處。

九月十六日

令一家奴婢刈布木麥，未畢。午後，與弟步往見之。○夕，權生員鶴
自兎山所寓來訪。余避亂往在林川時，權也亦在其地，數年同住不
遠，每相尋訪，相厚最切，而去年秋，再逢亂離，避來于兎山，今忽
相見，喜慰可言？相與敘阻，夜深就寢。但家無酒肴，無以爲慰，深
可恨也。○因春已之來，見平康書，今日始發嶺南之行云云。

九月十七日

刈布昨日未畢木麥。○權景鳴因事留在。食後，與弟及兩兒，邀權
就東臺，良久坐玩而還，權也稱賞不已。生員養母炊夕飯饋權，乃

其四寸甥也。○彦臣赤豆三斗來獻，聞其乏也。

九月十八日

權景鳴亦留，持木三疋，欲貿淸蜜，爲過冬之資，而送奴北面未還故
爾。○收束金光憲及全豊田粟，光憲田則二百六十五束，全豊田則
三百七十八束矣。午後往見而還。夕飯，生員養母又炊饋權公。

九月十九日

權景鳴還歸兔山。○昏，取蜜三桶，乃今年所産也。淸一斗七升，全
給德奴，使之貿木花。○存光野、官屯田兩處，收打則一處半稷全一
石十二斗，一處稷全一石十四斗，而彦明家八斗，生員家二斗給之。

九月廿日

德奴以木花反同事出歸，欲向忠淸中道云，淸一斗七升、木半疋，給
以爲資。但節晚恐不得如意也。與守伊爲同謀而歸。○家人自念後，
氣候不平。雖不大痛，夜則輾轉呻吟，食飮頓減，今至十餘日，尙未
快蘇，可慮可慮。

九月廿一日

昨日收豆未畢，而今日則灑雨，故不得畢收。彦臣、金淡皆受由而
歸，秋事日急，而家無可使壯奴，事多遲滯。而前日所布木麥尙未收
束，今又逢雨，數日內勢不可收束，可恨可恨。籬薪時未刈取，日氣
漸至寒凍，尤可慮也。

九月卄二日

眞霜始降, 屋瓦皆白, 而溝水氷合, 寒氣凜冽。○夕, 縣人持粮入來,
白米五斗、稷米五斗、租一石、春古刀魚三十尾載來。古刀魚則經夏
之物, 腐臭有蛆, 然素食久矣, 煮而食之, 甘如良肉, 不知其味之變,
可嘆可嘆。○令一家奴婢等收拔彦寶田豆及彦臣田豆, 未及打之,
積于田中。

九月卄三日

縣吏全仁己入來, 以其仲今田監收事招之, 指送田庫所在處。又使生
員率彦臣親往, 審見田之多小、穀之實不實後, 面授仁己而監打爾。
○前日所布木麥, 今始收積田中六處。後移拔官屯田豆, 未畢。

九月卄四日*

收打金彦寶田及彦臣田, 則赤豆平三石四斗。食後, 與彦明及兩兒,
親往監打。○縣人持鹽二斗入來, 乃爲沈藏也。

九月卄五日

有蒙白女, 騎卜哭過此家前, 而余適往木花田見之。有總角男兒來
謁曰"小人乃故閔參判起文孽孫也, 父閔達前年身死, 奉母避亂, 入
住三陟地, 今歸海西, 粮饌已乏, 路次乞食"云。聞來不勝惻然, 贈
米醬而送。○生員打收豆田, 則平二石六斗, 而彦明田, 只出六斗云,

....

* 日:底本에는 없음. 앞뒤 기사에 근거하여 보충.

可恨。

九月卄六日
室內欲來覲, 而無率來人, 故早朝麟兒入歸。○伐薪作籬前面, 其
餘處未及圍之, 且薪不足故也。東風終日吹, 必雨徵。太豆田多未
收穫, 而前日所積李仁方田粟, 積之平廣, 因致雨漏, 腐朽生苗。明
日欲打, 而若雨則不可爲也, 將爲棄物, 極可嘆恨。

九月卄七日
自曉下雨, 晚後始晴。陰而風, 因此不克事。○鷹網所張處結鷄, 有
人偸去, 痛哉痛哉。○昏, 縣人入來, 乃室內因雨不得發而明日定來
云。白米五斗、糆·餠各一笥、大口二尾、生雉二首、石茸三斗、眞油
一升、實栢子一升、淸酒十饍先送矣。○億守陳鷹, 今日始放, 得雄
雉二首。

九月卄八日
令一家三人打收李仁方田粟, 則白粟全五石一斗出。晚後, 與彥明
步往見之, 乃朴文才家前也, 文才殺鷄炊飯而供之, 臨昏乃返。○室
內率三子女入來。見承業則雄壯而肥碩, 如過周之兒, 寓目則發聲
孩笑, 深可愛憐。田米一石持來, 爲粮次也。

九月卄九日
室內率來下人等皆還送, 當留五六日故也。○全仁己, 仲今田所出牟

稷十三斗、白粟二斗、粘粟二斗三升、菉豆七斗五升先載來。但金賢
福田粟三百餘束，皆以爲可出三石，而只送一石，餘若不自用，則必
多見偸，可憎可憎。

九月晦日

自曉下雨，朝始晴。然陰而風，日氣甚和，故令塗新家壁，又塗房堗。
○有鴈一隻，飛落前川，游泳不去，麟兒射之，中貫而獲之，多幸多
幸。○億守陳鷹，捉雉二首，一則還給。

十月小【初八日立冬, 廿三日小雪】

十月初一日

令一家六人, 收折彦春田太及趙連田太, 而未及作同。

十月初二日

令一家人昨日所收太作同, 積于田中, 竣後日輸入次。午後親往見
之, 又使移拔屯田豆畢。

十月初三日

令十一人收折李期壽田太及豆, 因日暮未及作同。余親往監收。○
億守鷹捉雉二首, 納之。

十月初四日

縣人持祭物入來, 木末一斗、實栢子一升、楸子一升、淸三升、大口二尾、亡魚一尾、生蔥三束持來。○令彦臣等昨日所收太作同七, 而先輸入三同。○明日, 祖考忌也, 設饌。

十月初五日

啓明, 與弟及麟兒行祀, 生員則膝上生小腫, 不得屈伸, 故不參。自曉頭下雨而風, 明日室內欲還歸, 而雨勢若不晴, 則不可行也。○隣人朴彦方軍粮負去嶺南, 而今始還。因聞平康行到提川地, 路中相逢, 一行上下無事向去云云。○億守鷹捉雉一首納之, 昨日所捉云。○晚後雖晴, 而西風終日大吹, 玆不得事事。○億守鷹捉二雉, 而一納, 一爲鷹食。夕, 衙奴企知率人馬入來, 乃明日陪室內還縣事也。太十斗、白米三斗、鹽五斗、魴魚一尾、錢魚十尾、銀唇七尾、生鰒五十介、大口卵古之等物載來, 魚物則嶺東覓來云云。

十月初六日

風而灑雪, 食後晴, 室內發還, 麟兒陪去, 中道而還。○逃軍全豊掩捕事, 縣吏曉來, 圍立豊家, 而預知盡走, 故不得捕, 而其叔全貴實捉去云云。一人逋亡, 一家父母妻子, 皆不得保。如此隆寒, 流散他鄉, 竄伏林藪, 甚可矜憐。平日相知最厚者, 尤可慨嘆。其父負軍粮往嶺南, 時未還。

十月初七日

打李期壽田豆, 適日氣風寒, 未盡打收, 只平一石十斗出, 其餘積之場中而返, 余往見之。○且路逢崔振雲, 謂曰"今見蔡座首世蕃云, 其子彥俊, 今爲宦寺承傳色也, 致書于其父曰'劉提督率唐兵二萬、我軍一萬, 入擊順天之賊, 時方圍城, 董都督討滅晋州之賊, 刷我國人百餘名, 痲提督時方圍蔚山道山之賊, 舟師將亦率水軍入擊, 四路幷進'"云。其成敗時未的知, 天若悔禍, 必有得捷, 日夜祝天而已。此言非傳傳之聞, 必不虛也。夕, 麟兒自縣還來。

十月初八日

打前野官屯田豆, 則平一石二斗出, 而二斗贈彥明家。彥明率春金伊, 朝往荒村, 監打屯田太也。○鷹網自九月初九張之, 至於今而不得, 今則兩處結鷄皆死。近因多事, 連三日不見, 必飢死也。失鷄五首, 徒勞而已, 可嘆可嘆。今日始令捲網而來。

十月初九日

彥明還來, 太平二石七斗載來, 而五斗贈彥明, 乃學田所出, 而使余取用故也。○令春金伊等編草, 防塞魚巢一處, 擇其多入先防矣。○朴文才自縣還來。見平康書, 昨昨夕還縣, 一路無事往還, 而明明來覲云, 深喜深喜。

十月初十日

借牛竝一家牛四駄, 輸入李期壽田太。又打前日未及打之豆, 則平一石五斗出, 竝前所出平三石矣。初意以爲可出小不下七八石, 而沙田, 方發穗之際値旱, 故只此云, 可嘆奈何奈何? 今年豆所出僅七石, 而不過歲前之用, 明春之事深可慮也。若不此時謀得而儲之, 則種子亦不可得也。

十月十一日

早朝, 縣人持粮入來。見書, 今日當率妾來覲云云。白米十斗、田米十斗、鹽五斗、大口五尾、魴魚一尾付送。各分送東西家少許。○驛婢重今田幷作, 張豊年半稷十三斗五升、木麥十三斗五升、金麟赤豆十二斗八升來納。

　　○夕, 平康率妾入來。觀其平康妾, 則雖不知其心之如何, 而其動止容辭, 必不愚劣也, 可慰可慰。白米三斗、田米五斗持來。其妾則大文魚一尾、魴魚一尾、生鰒及錢魚、甘鱐等物來獻。魚物則乃其父李知事時住杆城, 故前日覓送云。○金主簿明世雉一首、西果一介、鷄卵十五枚來呈。

　　○咸悅家奴春億自鳳山入來。見子方書及女息書, 時皆無事, 但子方妹氏閔主簿宅棄世云, 振兒患瘧甚苦, 今至累月, 尙未離却云, 極可慮也。女息木花五斤、眞魚二尾、石首魚一束覓送。

十月十二日

平康生辰也, 爲設酒饌來呈。官人來此, 熟正行果、糆、餠等物納之, 各巡杯而罷。李殷臣亦來參。○麟兒妻痛耳極苦, 累日不差, 極可慮也。○埋土屋, 又埋沈菜矣。○今日遠近來謁者多, 家無釀甕,不得釀酒, 不得饋送, 深可恨嘆恨嘆。

十月十三日

平康因留。晚後, 崔判官、金主薄來見, 作刀齊非饋之, 又飲以酒。崔振雲兄弟亦來見而歸, 仲雲切欲得鹽, 以四升贈送。○夕, 南下軍此邑荒村居百姓朴春還來曰"麻提督率諸軍, 入攻蔚山陣, 而城堅不易擊, 再三進退, 終不得入, 畢竟我軍先潰散而各還, 故渠亦還來, 但唐兵則時未退散"云云。言之虛實, 時未的知, 若然則今番亦不可掃滅, 浩嘆奈何? ○塗墁新垗。

十月十四日

平康因雨留在。廉光弼幷作白太一石一斗、常太八斗、豆五斗九升來納。

十月十五日

平康率妾還縣, 乃留三日而歸。○金土同田菉豆打之, 則七斗出。彥明家牛稷十四斗給送。○昏, 德奴入來。見南妹書, 時好在云。高城簡亦來, 但聞南征諸將退陣云。其間曲折, 雖未詳知, 然若退則必有難攻之事也。天心時未回耶? 可嘆。○億守鷹, 逐雉越峴, 未及見去向, 適日暮未得覓來矣。

十月十六日

乃曾祖諱日也, 舍弟率麟兒行祭。余適腰間三處生小腫, 觸處刺痛,

故未參, 可恨。金彦寶來謁, 因獻赤豆兩斗, 饋以酒餅, 又饋朝食而
送。○且因德奴聞香婢項腫, 時未合口, 濃汁不絕, 而又生二腫於他
處云。證勢非輕, 必不救矣。

　　○德奴反同木花來納, 量斤則四十五斤矣。所持淸蜜一斗七升,
而牙山官除役納之, 官升容大, 以一斗七升之淸, 一斗一升量入, 而
除役人處, 淸一升價米三斗式捧之。溫陽場市換木花, 各以一斗之
米, 斤半式捧之云云。母主前五斤獻之, 彦明處亦贈五斤, 麟兒妻五
斤, 生員家三斤亦給之, 幷十八斤, 所餘卄七斤矣。

　　○光奴家所在銀一兩二戔, 換中木三疋送來, 而遺在一戔云。
欲以此木加給換牛上耳。○億守鷹昨日見失, 令春金伊、淡伊等幷
力搜覓, 而終日不得, 可惜可惜。今日欲打木麥, 而因此不果, 尤可
恨也。

十月十七日

自朝下雨, 雖不大作, 終日不晴, 簷溜不斷。因此不得覓鷹。○夕,
生員奴安孫自縣還來。平康無事還縣, 獐肉及木瓢二介覓送, 母主
前亦送淸二升、木瓢一介, 母主得之深喜矣, 可慰可慰。

十月十八日

雨勢終夜不止, 朝尙如此。鷹則更無覓處, 永失丁寧, 可惜可惜。魚
巢待其極寒捉之, 而不寒而雨如此, 必水漲而巢沒, 魚之入樓者,
盡皆流散云。非但此也, 南征士卒逢此寒雨, 因以極寒而凍, 則事
不成矣。天之不助, 一至於此, 恨嘆奈何奈何? 晚後, 雨始晴。○夕,

金業山自縣臂鷹入來, 乃平康覓送, 使業山除雜役馴放, 捉雉入納于此矣。觀此鷹, 體小僅七寸, 然形貌俊逸, 必良才云云。鷹食乏絶云, 故捉鷄給送。

十月十九日

雨餘天氣不寒, 正如二月節。但遠水極漲, 今朝始流下, 橋梁幾沒云云。○申咸悅家奴捧簡, 今始還歸。祭需平康覓送, 乃來卄七小祥也。此處葡萄正果、生山參十一丹、水荏四斗及些少之物幷入一袋封送。鷄兒二首亦送振兒處, 聞振兒患痁, 不能食, 而喪家不得肉食云, 故初意欲得雉送之, 而失鷹後, 得雉極難, 故以鷄代送。

十月卄日

前日億守所失陳鷹, 偶罹鄰人朴錦成鷹網。自朝至夕, 人不知覺, 日暮始得而來。尾羽盡, 折, 兩翼爲網繩所傷, 將爲棄物, 深可惜也。鷹食次鷄一首捉給。放鷹捉雉之期尙遠, 兩鷹所食, 皆來取於吾家, 所畜鷄將爲盡食, 可嘆可嘆。

十月卄一日

令彦臣等伐薪作籬東邊。夕灑雨, 至於夜而大作, 入曉而止。

十月卄二日

打木麥而未畢。余自朝氣不平, 必犯寒也。

十月卄三日

余自昨氣不安, 終夜輾轉, 深頭微痛, 四肢如解, 飲食不甘。終日臥房, 或有微汗而不至大發, 感寒必重, 可悶可悶。○打木麥畢, 全五石出。○仲今幷作人玉洞驛子李尙, 半稷全一石、太七斗載來。○金業山鷹食次, 鷄一首捉給。晚後, 雨作終日, 至於達曉不止。○木麥五斗贈弟家。

十月卄四日

終夜發汗, 夕則向差矣。○令德奴造沈菜假家。

十月卄五日

縣人載粮入來, 白米五斗、田米十斗、淸四升、油一升、燒酒三鐥、方魚二尾、生亡魚一尾、松魚一尾、廣魚三尾、黃魚一尾來納。山猪頭烹亦送, 乃李殷臣往北面來時, 猛虎捉食, 適逢奪來, 故覓送云云。但日久味變云, 然卽割而食之, 又呑燒酒一杯, 久阻之餘, 不知味之變也。卽修答而送。○朴春造切餅一笥來獻, 饋酒而送。○金彦臣、金淡等受由往嶺南, 運粮事也。○彦明所作田粟打之, 則全一石出, 前日豆六斗出。今年所出只此, 可嘆可嘆。

十月卄六日

生員妻子前者歸寧, 今日始還。○食後無聊, 與弟登後亭, 觀望而返。近日日暖如春, 每陰而灑雨。因此不得打太, 積于田畔, 日月已久, 鷄鼠所損甚多, 又有雨水所漬, 腐朽處亦多, 可恨。

十月卄七日

金淡自縣還來, 前日受由, 欲受價赴嶺南運粮軍, 而皆已發去, 未及故空還。見平康書, 御史、都事先文一時到縣, 下人不足, 迎候支應事, 多未及處, 可悶云云。白米一斗付送。○鷹網所張處引鷄, 爲狐狸所害, 斷首而去, 可恨。

十月卄八日

雨後, 大風大作, 捲我新房蓋茅, 可嘆可嘆。○億守陳鷹不食久矣, 今日放于林藪, 可惜可惜。

十月卄九日

作木末、豆餠, 分給作農一家奴婢等。○終夜大風, 日氣甚寒, 令拯出魚巢捉魚, 則兩處僅四五體, 必曾入者因雨水, 盡還散去故也。

十一月【初九日大雪, 二十五日冬至】

十一月初一日

昨夕, 縣吏以問安事入來。見書, 時無事云, 但求鷹者日不下三四, 無以爲應, 極悶云云。生雉二首付送矣。余自昨朝, 氣不平, 飲食不甘, 終日臥房不出, 悶慮悶慮。○去夜, 足白犬自斃, 不祥不祥。去丙申年, 在林川時, 取隣犬之雛爲畜, 今至三年, 不意斃死。但腰下不能運用, 必爲人所打折腰也, 痛甚痛甚。

○今日乃閔時中子初周年也, 設餠酒來獻, 無物可償, 只以大口一尾贈之。近者風日甚冽, 無柴埃冷, 可悶。○令一家三奴子各持牛馬, 以刈蓋草而來。新屋前日爲狂風所捲盡, 故欲編而蓋之。

十一月初二日

前川魚巢, 昨日麟兒親往見之, 大小魚隊成群滿入, 今朝令獵之, 則無一介入存。人皆曰"水渚氷合, 則魚盡還出"云, 或疑去夜人必張網魚穴, 驅出而捉去云, 深可慨惜。○平康爲作細糆, 滿盛行擔, 專人負送。卽修答而送。

十一月初三日

金淡與趙仁孫換手, 以事入縣。因此仁孫服役於吾家。○編茅蓋屋, 乃前日爲狂風所捲故也。

十一月初四日

德奴自縣還來, 平康送猪脯一貼。

十一月初五日

打李期壽田太未畢。先出平六石二斗, 而一石則給生員家, 爲養馬次也。

十一月初六日

打昨日未畢太, 始畢, 出平二石十斗。與昨日所出幷平八石十二斗, 而三斗則贈弟家, 又分給一家奴婢等, 各二三升式。○自數日來, 寒氣極冽, 西北風又大吹, 人不堪苦。而柴木又絶, 無暇刈來, 房堗甚冷, 可悶可悶。

十一月初七日

鶴守自縣還來。平康生餘項魚十尾付之, 夕時, 作湯共之。久阻之餘, 其味甚佳。〇麟兒往所斤田, 乃重今田太監打事也。因留數日後還矣。

十一月初八日

天寒極洌, 西風大吹, 近日之寒, 到今陪極。

十一月初九日

縣問安人入來。見書, 室內患瘧極苦云, 深可慮也。生銀魚三冬乙音、乾餘項魚十五尾、鹽卜三十介、淸酒四鐥、大口卵四部付送。卽令暖酒, 與弟共飮, 胸次太和, 以却嚴寒矣。〇麟兒還來。仲今田打收, 則朴銀宗幷太二石·豆六斗、金賢卜幷太十三斗、廉光弼幷太十三斗出云。五斗令送于崔參奉家矣。

十一月初十日

前野官屯田蒿草打收, 則半稷十四斗出, 而六斗送于東家, 東家近日乏糧云故也。又未畢打草一駄遺在云。〇此面居百姓全義亨者來謁, 因獻眞茸一串、淸蜜數升, 要有請事也。受茸而却淸, 初欲幷却, 而懇求入納, 故不得已受微物, 以答其情。

十一月十一日

生員奴春已入縣, 修書付送。〇家人自月初逐日微痛, 似是婦瘧, 而雖不至甚痛, 日日食後臥痛, 至於夕時向歇。因此飮食不甘, 羸瘁日甚, 悶慮悶慮。

○夕, 南高城妹家奴德龍, 與安孫入來持馬, 爲覓救資而來也。
見高城書則一家皆無事。又送童牛及疲馬一疋, 使我喂養而送, 其
家牛馬數多, 無太無草, 難於爲養故也。但吾家亦有兩牛、一馬, 又
添兩牛馬, 亦極難養, 然重違妹請, 姑受留養爲計。因聞香婢腫處,
時未合口, 惡汁流出不絶, 又生一腫, 大如鷄卵, 色赤而刺痛, 猶未
濃潰, 證勢非輕云, 可慮可慮。

十一月十二日

朝後, 前川氷下魚隊, 凝結氷外不氷處, 先張兩網扣氷而驅之, 群魚
驚奔觸網, 所得幾二百餘尾, 漏網者爲半, 乃隣居朴彦守所指示也。
夕時, 作湯而共之, 又作片鹽乾, 欲送南妹家爲意。四十尾又贈生
員家。

十一月十三日

縣問安人入來。見書, 室內瘧證得免云, 可喜。今月粮載送, 造米五
斗、田米十斗、稷米二斗八升、租十斗、生雉二首。但聞官儲蕩竭, 逐
月送粮, 至於如此之多, 必有人言, 他日恐被汚名, 必由吾家而起,
極可慮也。然他無得食之路, 每每至此, 常懷未安之心。雖嘆奈何
奈何?

○且見朝報, 朝家不靜, 風浪又起, 更相攻擊, 兇賊尙據邊境,
天兵方與對壘, 戰伐不已, 民生轉輸之苦極矣。而■猶不念此, 自中
又起不靜之端, 時耶命耶? 浩嘆不已。

十一月十四日

南妹奴德龍自縣還來。平康覓送太五斗、栢子一斗、石茸一斗、末醬三斗、淸二升。官儲蕩竭, 不得優上云云。時無放鷹, 不得雉首而送, 可恨奈何?

十一月十五日

縣問安人來, 傳平康書。今日都事來宿玉洞, 當陪行而來, 因此來覲云云。○南妹奴明日當歸, 故黃太五斗、菉豆一斗、木米一斗五升、斗升麴一員、甘醬四鉢、小川魚五十尾付送。○德奴入縣, 因此往通川, 欲貿魚物而來。正木一疋半給送, 使之貿魚也。○夕, 縣問安人入來, 中朴桂三十立造送, 爲其病母之食也。

十一月十六日

無聊, 與弟及兩兒, 步往冶匠錬造鐵器處, 觀之後, 余獨先返。○蔡億卜造泡來呈, 饋飯而送。○縣問安人入來。見書, 都事今日出去, 御史明明當到, 因此未得來覲云。牛肉數條、臟、部化各少許覓送, 爲其母近患寒熱往來證, 不能食飮, 故求得於鐵原村家屠牛處送之矣。久阻之餘, 卽炙食兩串, 又供母主前。

十一月十七日

兩牛輸入金億守田粘粟, 打收則全一石十六斗出。三斗送于生員家, 一斗五升送於弟家。又打牟稷十三斗出, 兩日耕所出只此, 可恨可恨。○金業山臂鷹來現, 明間當放云云, 捉鷄給送。

十一月十八日

春金伊受由而去。○御史柳侯拱辰歷去于此，伻人問之，因曰晚未得來訪云云。直向平康而路遠故也。○金業山鷹今日始放，而不得雉，可恨。○金彥臣等前月往慶尙道，今夕始還，乃運粮事也。

十一月十九日

業山鷹今日始放，得一雉，亦非自捉，爲犬所噬而得之云云。

十一月卄日

業山鷹今亦放之，得一雉納之。○夕，縣問安人入來。爲造藥飯送之，爲其母病中欲嘗也。因聞都事自伊川北面，訪其族前沔川倅李瑗後，還到此縣云。近日別星疊至，非但彼此奔走，支待耗費不貲，深可慮也。平康因此不得趁時來覲云云。且聞官中所養兩鷹，一日具失云，可惜可惜。此皆下人不畏，不謹馴熟，每致見逸。雖失與死，而別無責罰故也，可恨。

十一月卄一日

家人自去月晦時，氣不平，初似瘧證，而實非瘧也。逐日微寒而暫痛，雖非大痛，而元氣憊敗，食飮全廢，若生他疾，則不可說，悶慮悶慮。

十一月卄二日

自數日來，寒凜極嚴，閉房不出。但衣溥婢輩，朝夕供饌，其苦不堪，不忍見不忍見。○夕, 平康來覲, 久阻之餘, 一家環坐房中, 夜深叙話。白米五斗、中米一斗、清五升、清酒一壺及其母所嘗中朴桂、栢子餅、母酒等物持來。○業山鷹捉雉一首來呈。

十一月廿三日

平康因留。金明世、金麟等來現。○鄰居朴彦守鑿氷叉魚, 得大者一尾、小者七八來呈, 大者幾尺餘。家人病中, 卽令作湯而食之。東村居百姓玄義亨乾眞茸一串來呈, 其味極佳, 欲用於祭時, 深喜深喜。○春金伊受由而去始還。寒氣極嚴, 不得放鷹。

十一月廿四日

平康還縣, 日氣極寒, 何以入歸, 可慮可慮。○安峽居私奴仲石者, 前者朴彦守所張鷹網, 滿尺秋連適掛, 仲石先見偸去。彦守推之不還, 使我推用。故令平康致書安峽倅前推之, 則昨日以八寸小鷹來獻, 其大鷹則曾已放賣云。故初欲却之, 而是亦公物, 受之。還授彦守使之馴放而分雉。

○昨昨夜, 崔參奉寓家出火, 僅得撲滅, 爲半燒之, 只不延及寢房云。如此苦寒又遭此患, 參奉尙未還來, 其家艱困可勝言哉? 生員與其弟步往訪之, 因送白米五升、甘醬一鉢矣。吾家亦窘, 不得一一周急, 可嘆奈何? 前日太五斗亦送爾。○業山鷹不得雉。明日冬至茶禮, 無饌可用, 深恨。

十一月廿五日

冬至也, 以豆粥、切肉、魚炙、濁醪行茶禮。德奴若及來, 則意欲今
日行時祀, 而不得, 可恨。令德奴貿魚物而來故也。○金淡受由而
歸。○金賢福幷作太載來, 改斗則十五斗。

十一月廿六日

早朝, 麟兒偶出川邊, 適見水獺入巖穴, 張網燻火而出, 以所杖木打
而獲之, 多幸多幸。○金億守入縣, 修書付送, 乃授鷹來事也。○
金彦臣持南妹家馬, 載軍粮往高城, 因使受馬價, 貿魚物而還矣。○
直洞居百姓, 其鷹所捉雉一首來獻。○崔參奉昨夕還來。彼先使人
致書問之, 卽修答而謝之。

十一月廿七日

金業山鷹, 昨日所捉雉一首來獻。近日不得放之, 故今始來呈云云。
○家人自數日來, 證勢稍減, 飲食差加, 可喜可喜。自十四日, 連服
益胃升陽湯四貼。

十一月廿八日

自數日來, 余亦重感風寒, 今則鼻液淋灘不絶, 深頭又痛, 咳唾不
已, 可悶可悶。○夕, 億守自縣臂鷹還來。今見此鷹, 尾羽爲半折
破, 形體雖九寸, 而不滿處多, 恐不久生病也, 然姑令臂馴矣。石首
魚四束、生文魚六條付送, 欲用於時祀。

十一月廿九日

業山鷹捉一雉納之，去一脚爲鷹食云。○夕，德奴始還，所貿魚物大
不滿意。木一疋半換乾銀魚四同，而通川則適不産，故得貿於高城
地云。通川倅所送生文魚三條、生大口一尾、乾二尾、乾文魚一尾、
乾銀魚廿束、生鰒六十介、熟鰒十介。此乃平康致書求之，而魚物不
産，故只此云云。

十一月晦日

生員妻娚崔挺雲來見，饋酒餅而送。自南鄕始還，詳言南方之事，
歷歷可聽，疑其非的也。

十二月大【初十日小寒, 廿日臘, 廿五日大寒】

十二月初一日

十二月初二日

李時曾昨日入來相見, 一家欣慰可言? 以咸鏡道奴婢推尋事入去,
今以還來云。相與叙話, 夜深就宿。○業山鷹捉二雉, 欲用於時祀
時爾。

十二月初三日

時曾因留。○趙仁孫自縣還來。租十六斗、鹽一斗、正布一疋付送。
○且夕, 縣吏入來。乃明日時祭所用實果三色、細糆一笥、淸四升、
法油二升、乾餘項魚三尾、肉燭一雙、大獐一口去毛全體、內具付送,
欲用明日祭時, 深喜。一家上下備設祭物。但下雪之餘, 日氣極寒,

衣薄婢輩忍寒任使, 可憐可憐。

○且聞李長城率妾來縣, 因欲使其妾同寓于平康妾所居處, 乃與其妾切族間故爾。玉汝因往淮陽, 還歸時歷訪事, 致書矣。○且聞淸賊焚其所窟, 擧軍渡海, 麻提督入處其窟而已, 自上率百官稱賀軍門云云。順天賊亦出去時, 陳游擊與我舟船, 幷力相戰大捷, 賊遁還渡海而去云云。其間曲折, 雖未詳聞, 出於朝報中, 必不虛也。一國之慶, 爲如何哉? 但兇賊詐謀難測, 無端出去, 必有以也。他日安保其必不再來也? 但聞統制使李舜臣逢丸致死云, 國家之不幸可言可言? 不祥不祥。

十二月初四日

鷄三鳴, 與弟及麟兒行祭。先奠先君, 次奠竹前季父兩位, 因及亡女。寒氣極冽, 艱得行之。四色肉湯、五色魚肉炙、脯、醢、糆、餅, 盤床諸具行之矣。祭後, 邀崔參奉父子, 饋以餕餘, 又招近隣人等, 饋以酒餅。晚後下雪, 幾至三四寸。彥臣必雪塞楸嶺, 不易還來, 極可慮也。○時曾留二日, 今朝還縣, 因此欲去爾。無物可贈, 强正太二斗、木米二斗、雉一首分送于■嫂前, 又以祭餘魚肉炙十餘串裹贈。

十二月初五日、初六日

縣問安人入來。見書, 兇賊已盡渡海, 故自上稱賀, 告宗廟, 大赦云云。且沈陽德說以覓鷹事, 專人送之。因見來書, 一家好在云, 深喜深喜。魴魚一尾、生文魚一尾、生鰒五十介。母主前亦送魴魚一尾,而但一尾中路見失, 稱云不納, 以小小乾文魚一尾代送。故母主前所送魴魚, 分半用之, 生鰒亦不納, 未知其故也。陽德奴托病, 留縣不來, 而因縣人之來付送, 可憎可憎。卽修答還送。平康亦得生訥魚一尾、沈鰱魚半隻、野雀五介、栢子餠少許亦付送矣。但陽德所求鷹連, 不得覓送, 來使空還, 慨嘆奈何? 彦明及生員家, 亦送方魚一尾分用。

十二月初七日

金業山雉一首來呈曰"小鷹昨日退食, 今又所食遲下, 必有證, 數三日坐架, 觀其證勢如何"云云。○平康今日當來觀云而不來, 未知其故也。○允誠連日兒輩夢見云, 必近日入來耶? 前年來觀, 亦在初六日云, 一家苦待苦待。○億守鷹今夕始放, 而性甚不順, 幾爲見逸, 而僅得還捉, 可嘆可嘆。自今坐架, 待其肥後, 放賣良策云云, 使渠任意爲之事言送。家無知鷹馴放者, 欲借他人之力, 而事不入計, 每每如此, 良可嘆也。

十二月初八日

崔振雲兄弟來見, 適無饋物, 不得饋送, 可恨可恨。

十二月初九日

德奴上京, 載乾銀魚四同, 欲賣於畿內場市, 歲前還來矣。南妹家致書, 又送生雉一首。光奴處亦送黃太一斗。○前日大雪, 必塞楸嶺, 而彦臣必不速返。渠之來往遲速不關, 而南妹家馬持去, 以此深慮不已。○仲今田幷作人朴仁宗, 太二石載來, 改量則二石三斗。官納屯田粟五斗、稷五斗來納, 乃官令也。奴春山矣云云。○金業山鷹, 今日始放, 捉一雉來納。夕, 生員奴安孫入來, 前日以收貢事往安邊, 而今始還。歸時, 米一斗付送, 而貿乾銀魚十束來納。

十二月初十日

崔參奉送人邀之, 食後與生員往, 乃其妻氏生辰, 而因設酌, 近隣閑雜人咸會, 醉飽而返。

十二月十一日

李兎山景曇致書問之, 又稱念其家奴居于此縣者囚禁限受答矣, 卽修答而送。李也來寓安峽地。

十二月十二日

金彦臣輸軍粮往高城, 今始還來, 持布三端, 貿乾銀魚二同、藿四同而來納, 乃魚物極貴, 不能多捧云云。乾大口二尾加捧而納矣。初意可貿七八同, 而托稱物貴, 所換至此, 其間事雖不詳知, 豈至於此極乎? 凡吾家事每不入計, 前日德奴之事亦如此, 恨嘆奈何? 然欲以此換豆而用之爲計。母主前銀魚三束、藿一注之獻之, 舍弟家亦如此數而給之。

○夕, 平康入來。因李長城留縣發致, 久未來覲, 昨日還歸, 故今始來云云。白米三斗、中米三斗、眞油一升、生雉二首、牛肉及內腸各色少許持來。久阻之餘, 卽供老親, 餘及妻孥。但家人近日還得前證, 食飲頓減, 終夜呻吟, 可慮。

十二月十三日

<u>平康</u>因留。夕, <u>吳忠一</u>兄弟入來, 曾是不意, 喜慰可言? 奉母今住<u>楊口</u>地, 而昨日來縣, 因此而來見云云。爲覓救資, 而何以應之? 可慮可慮。

十二月十四日

<u>平康</u>今欲還縣, 而昨夕不意使關追至, <u>安峽</u>倅見罷, 因使封庫差員, 故早食後, 馳往<u>安峽</u>, 封庫後還來。夜已深矣, 明炬而來。<u>吳忠一</u>兄弟因留。

十二月十五日

<u>平康</u>還縣, <u>吳忠一</u>亦隨去。家無贈物, 只以黃太一斗、生麻六束, 付送于母前。意望不止此, 而必生憤怒, 勢也如何? 可嘆可嘆。

十二月十六日

生員奴<u>安孫</u>自縣還來。見朝報則兇賊已盡渡海, 但<u>唐</u>舟師及我國舟師追擊, 多數斬馘, 而統制使<u>李舜臣</u>逢丸致死, 守令及僉使、萬戶致死者, 至於十餘, 而軍卒死者, 想必多矣, 可嘆可嘆。<u>唐</u>將<u>鄧摠</u>兵<u>子龍</u>亦逢丸致死云。<u>李舜臣</u>則贈右議政矣。自亂初爲<u>湖南</u>堡障, 而今者死於賊丸, 可惜可惜。兇賊作窟七年, 今始還歸, 不得斬一將, 而我之將士死者, 前後不知其幾, 其爲痛憤, 可勝言哉? 朝廷方且無賊

爲幸，告廟陳賀，無所不已，南朝無人之嘆，不獨於宋見之矣。○世
子誕生元子云，一國之慶爲如何哉？亦告宗廟大赦云云。

十二月十七日

此面百姓入縣還來時，平康今月粮田米一石載送。○趙連田太打之，
則赤太平一石、水晶太九斗、小太三斗五升出。而五斗贈弟家，前日
其家太養牛，故今始償之。金業山雉一首捉獻，卽給生員處，明明行
祭故也。

十二月十八日

玉洞驛子李橡菉豆二斗來獻。饋酒，又贈藿少許。○鐵原居前權官
朴成柱來見。適以事來于金億守家，因此入謁云云。

十二月十九日

直洞居百姓等捉熊屠食，皮及膽來獻，乃畏其官家知覺，則被罪而
還徵故也。肉與脂少許亦呈。家無酒不得饋，只以飯白米兩升、新
造箭四介給送。欲炊食而饋之，則辭以怱忙，故以米贈之，又以矢
賞之。○又打趙連小太，則平二石三斗出。

　　○夕，縣問安人入來。見書，伊川來寓李察訪賓喪妻，而昨日送
人馬，求喪需而去云。賓之妻氏，多年宿疾，不省人事者久矣，今者
之逝不足怪，而但其子弟窮迫之餘，又遭大變，奔走呼哭云，深可悲
憐。○平康適得魴魚一尾、大口卵古之、松魚卵少許及牛頭爛烹半
隻付送，酒一壺亦來。卽與弟割肉啗之，又飮一杯酒，快哉快哉。

十二月廿日

昨夜, 夢見林景欽宛如平日, 覺來面目依然, 悲愴之懷, 自不能已已。說與妻子, 因自墜淚, 哀哉哀哉。前因沈說簡, 聞林晛陪吾妹事下去靈巖云, 想已發來耶。但兇賊已盡渡海云, 三年前必不上來也。○金彦臣明日上京故來辭。以熊皮付送光奴處, 使之賣送, 銀魚一同亦付, 使換木而來也。麟兒所獲獺皮, 亦送于光奴賣送事教之, 又成牌字而付之。

十二月廿一日

前者, 此里人等十餘, 獵猪于後山, 借我弓矢而去, 討得大猪, 隱諱分食, 無一點來獻。至於金淡偕去分食, 諱之極閟, 尤可痛憎痛憎。然知而不知, 置之度外, 而渠先覺吾知之, 多費發明之辭, 可笑。○昨日, 熊皮付脂, 令春金伊以利刀削而煎之, 則幾四五升。

十二月廿二日

去夜下雨, 達曙不止, 積雪盡消, 暖如二三月。若因此不雪而凍, 則兩麥必盡枯死, 可慮可慮。○金億守所授鷹子, 鐵原居品官欲買去, 故奉五升布兩疋、木一疋而給送。與其不放而坐架, 不若賣之, 故雖不多得而姑令放賣。但木則麤短, 可恨。○生員以讀書事上浮石寺, 余則明日亦欲上去, 曾與崔參奉及金明世等作泡留話矣。生員發去未遠, 以其馬足蹇還來, 可恨。

十二月廿三日

下雪。已與兩崔、兩金約會於浮石, 故與弟冒雪而行。但生員以馬
蹇不偕, 可嘆。彥明則因此上京矣, 祭物則自官備送, 而此處只各色
佐飯少許, 銀魚食醢▣冬音持去。

　　○風雪終日不止。歸時歷招崔參奉及兩金, 而余則先上浮石。
崎嶇雪路, 艱得而入坐, 食頃, 崔參奉與其兩子及兩金隨後入來, 相
與會坐于丈室, 寺僧以濁醪飲之, 乃前日兩金送米, 預釀于寺中矣。
各飲數杯而罷。

　　平康聞余來遊于寺, 亦送雉一首、生卜廿介, 又令衙中備肴兩笥,
一則烹牛內腸, 一則各色切肉。而平康妾亦備切肉一笥而送。生卜
則贈彥明, 以爲▣[祭*]用矣。官中無酒故不得覓送, 而只肴饌備送,
又▣▣*于伊川倅前, 致書乞酒, 明日當來云云。夕, 寺僧作泡供之,
泡味酸堅不軟, 不可食, 必取之已久也。然飢腸已甚, 故食廿餘串
矣, 相與共宿于東上室。

十二月廿四日

早朝, 寺僧作糆先供。晚後, 作泡而供之, 此則軟而味佳, 食二十六
串。寺僧又進濁醪, 前日伊川送人得酒二鐥而來, 遠路送人, 所得
只此, 可知伊川之手慳也。各飲一杯而盡傾, 可笑。沈蟹廿甲亦送
之, 故此則持來, 以爲供親也。彥明先發歸縣, 崔景綏與金明世共

　　.........

* 　　祭: 底本에는 磨滅됨. 문맥을 살펴 보충.
* 　　▣▣: 문맥상 "送人"인 듯함.

戲手談, 良久而罷。寺僧又進濁醪及鹽泡, 醉飽而散, 共轡而還。崔與兩金先入其家, 余則只率一奴馳到, 則日已昏矣。來時, 前送家猫抱來, 乃家中無猫, 故衆鼠作耗故也。去春, 爲其養鷄, 此猫送于浮石, 今始還推來。

十二月卄五日
家人自昨咋, 氣還不平, 悶慮悶慮。○金彥臣還來曰"上京行到漣川地, 因雨雪路險, 驅牛不進, 故不得入京而還來, 中路適逢京商人, 所持熊皮捧中木四疋而納之", 必不至此。是亦空*得之物, 雖使光奴賣之, 必不准價而納矣, 姑置而受之。但持去銀魚不售而還納, 歲後必價微不可賣矣。近邑曾以御史軍粮所貿銀魚, 多數散于民間, 亦不得販于此處, 勢將空棄, 可恨可恨。

十二月卄六日
寒氣倍嚴。夕, 家人氣甚不平, 至夜尤劇, 兩鬢刺痛, 右脇亦痛, 呼吸之時, 輒相拘攣, 不能堪忍, 胸膈煩悶, 嘔吐不已, 明燈達夜。至於啓明時稍歇, 昏沈瞑目, 全廢食飮, 罔知所措。專人送縣, 報于平康, 使之馳來也。自冬初, 或臥或起, 元氣大敗, 至昨夕而危苦至此, 罔極罔極。

....
*　空:底本에는 "公". 문맥을 살펴 수정.

十二月卄七日

家人證候, 朝則稍向蘇歇。頭痛、脇痛雖不如昨夜, 而尙未永瘳。昏倦倍甚, 終日閉目不開。食飮極厭, 終夕所飮, 只粥水半器而已, 悶慮悶慮。

十二月卄八日

家人證候, 去夜如昨, 朝則似歇, 食飮之厭如前。○金業山雉一首來呈, 托稱不能捉, 而卄餘日今始呈一雉, 可憎奈何奈何? ○去夜, 夢見林景欽, 一月之內, 再入夢中, 悲哉。○午後, 平康馳來, 聞其母病重故也。因聞彦明去念六日發去, 祭物一一備送云云。金彦臣日守除名, 官案充定, 張豊年奉足物故本云, 差帖持來, 可喜。累年使喚, 情意厚, 故雖事勢甚難, 强請除之。○平康來時, 中米卄斗、田米五斗、栢子三斗、榛子一斗、法油三升、眞油二升、麴三員、生雉七首、淸五升、酒一壺等物持納。

十二月卄九日

家人證候漸向差復, 深喜深喜。自縣造糆、餅及乾文魚一尾、乾鱗魚一尾、大口卵二片來納。乃歲除已迫, 因病患, 正朝早飯之具, 無意措備, 故平康使之備來矣。

十二月晦日

家人證候益加差歇, 粥糜連飮, 昏倦亦減, 但未如常矣。○自縣生雉四首、乾銀魚卄冬音來納。明日大名日, 因病患, 上下無興心。今則證勢向蘇, 以此一家之喜, 可言可言? 崔判官致書問之。

　　○生員奴春已自京昨日入來。問德奴不來之由, 則曰"聞之於光奴家, 德奴初入京時, 所持銀魚多數見奪於唐兵, 又不售於京市, 因直下畿內場市, 時未還到"云云, 德奴之事, 每每如此, 雖嘆奈何? 家無使喚, 只仗此奴, 是誰之過?

今年仲今田所出, 黍·稷·粟幷全二石十六斗四升、菉豆七斗五升、木麥十三斗五升、豆平一石九斗一升、太平六石四斗五升, 都已上十一石十一斗。○太平十七石十一斗、豆七石九斗、木麥全五石、菉豆八斗、水荏十八斗、粘粟全一石十六斗、半稷全八石八斗五升、粟全十一石一斗、都已上五十二石十一斗五升■■, 今年吾家所作與仲今田所出幷計則■…■[*]。

○李子美妾, 前日聞, 雖遭亂離, 守節不嫁, 深以爲■…■其後來京聞之, 居在舊洞近處, 送香婢問之, 渠亦來見, 意其終身不變其志。又其後數年前, 誤嫁于光奴處, 數日後光奴始覺之, 吾家亦聞之, 使光奴卽令黜送。其後光奴又改娶他人, 則親自來家, 妬罵不已, 人之無恥至於此。若其時便死, 則不知其終之如何也, 人必始終後, 可知眞僞矣。自此後遂絶不通, 亦不知改嫁在何處也。

安岳居婢福是一所生奴仲伊, 此奴則與億貴以其父銀光陳告價給; 二所生奴天壽, 身死稱云, 死生亦諱之, 他日推尋次; 三所生奴億貴, 爲申廐田杖殺云; 四所生奴河水; 五所生奴千貴, 爲今年生, 而皆諱不言所生。外邊奴婢而甲辰年河水備貢來時聞而已。

文川居遺漏奴婢, 癸卯年世鳳所告, 而皆丙子年和會分衿■…■所生, 而其時不知所在, 故不分, 皆是遺漏也。

奴春同一所生婢彦之, 年四十餘, 文川郡居營吏蔡弘男買得使

....

[*] ■…■: 문맥상 "六十四石二斗五升"인 듯함.

■…■, 而逃走云云。鳳鶴放賣云。其父書同, 牙山宅處中分衿而

■…■生則不知; 二所生奴貴仁, 年三十二, 鳳鶴時方家內使喚云云; 三所生婢鳳介, 年三十, 其兄彦之亡去時率去, 向平安道云。

婢莫今一所生婢論今, 年三十四, 鳳鶴賣于文川人, 文川人又賣于北靑居姜允朴, 皆逃亡, 而論今則今居定平地云, 累年使喚; 二所生奴論斤, 年三十二, 乙巳正月捉來, 爲人雇工, 居于交河; 三所生婢鳳春, 年二十五, 前佐郎尹宏妾今蘭買得時, 方使喚家內, 而尹也今在水原地, 鳳鶴放之云云。尹之妾, 文川官婢云云。

婢寶杯一所生奴世鳳, 年三十六, 癸卯四月來現。長興古邑下道乭亭字居奴婢此則衿得。

婢武崇一所生奴千壽年, 此則允謙登科別給; 二所生奴千萬年; 三所生奴訥叱金年。

康津智力面栗村居奴士今, 士今則允謙登科別給, 一所生奴丁男; 二所生婢。

《誓海文》

豺虎叢中, 旣持二年之節, 蛟龍窟上, 又*乘八月之槎, 捐軀是甘, 稽首自誓。伏念某遭時板蕩, 許國驅馳, 雖險阻艱難, 備嘗之矣, 然州里蠻貊, 可行乎哉? 賴有忠*赤之不渝, 可質上蒼而無愧, 四千里行役, 何敢一毫憚勞? 三十年工夫, 正宜今日得力。顧*王事之靡鹽, 抑臣職之當然, 直掛風颿,* 遙指日域。苟可安社利國, 死且不辭, 如使辱命失身, 生亦何益?* 伏願靈聖, 俯鑑*忱誠。幸斯言之不誣, 天有知也, 倘一念之或怠, 神其殛之。【右誓海文, 乃黃思叔奉使日本時, 舟行到良古耶, 逢風幾覆, 作文投之。】

李泌
天覆吾地載吾, 天地生吾有意無, 不然絕粒升天衢, 不然鳴珮遊帝都, 安能不貴復不去, 空作昂藏一丈夫。*

綠楊深鎖誰家院? 佳人急走行方便。揭起綺羅裙, 露出花心現, 衝破綠苔痕, 浸地珍珠濺。

....

* 又:《秋浦集·誓海文》에는 "更".
* 忠:《秋浦集·誓海文》에는 "衷".
* 顧:《秋浦集·誓海文》에는 "固".
* 颿:《秋浦集·誓海文》에는 "帆".
* 益:《秋浦集·誓海文》에는 "補".
* 俯鑑:《秋浦集·誓海文》에는 "鑑此".
* 綠楊……珠濺: 底本에 이 문장에 해당하는 시가 삭제 표시되어 있음.

右題妓生揭裙趨地小遺者。

辛丑年, 備邊司還上田米一石, 三家分用後, 時未還納。其後考本冊, 則皆加出三斗五升, 黍則獨出於南宅, 不知何緣而如此也。修撰吳允謙名字, 小米八斗四升五合。前郡守南尙文名字, 小米八斗四升五合、黍十一斗。幼學吳希哲, 小米八斗四升五合、太五斗五升。

此太則獨受之■…■。當初吾弟名受出, 三家各分五斗而用之, 謙兒全不■…■, 他日若督納, 則以此編納爲可。

長夜如年客裡身, 短衾消盡枕邊春, 晴江寂寞無心月, 鄕夢流連得意人。幾度覺來渾不見, 卻纔眠去又相親, 空餘恍惚非眞會, 贏得相思淚滿巾。

憶別依依出畫欄, 誰知復見此生難, 湘湖月缺波痕冷, 巫峽雲消山色寒。繡架寂寥針線斷, 妝奩零落粉脂乾, 燈殘酒醒猿啼絕, 空向西窓淚眼漫。

己亥日錄

正月

正月初一日

啓明行茶禮, 但家人去夜更患前證, 達曉呻吟, 昏倦倍前, 不能開目, 不飲粥糜, 極悶極悶。前數日漸向差歇, 渾家欣喜, 而今日又如此, 尤極悶慮悶慮。以此隣里來謁者, 自外還送, 不饋酒食而送矣。○今年太歲乃己亥, 而余之還甲也。人生幾許, 前程不遠, 不勝悲嘆, 況且家人病勢危苦, 生死難知, 四十餘年偕老夫妻, 一朝如此, 尤極悲嘆悲嘆。○安峽人連守來謁, 生梨十介來獻。

正月初二日

家人證候, 自曉始向蘇歇, 朝則開眼言語, 粥水幾半器飲之, 渾喜可言? 然往來無常, 是可悶慮悶慮。以此, 平康早朝還縣, 處置官事, 呈辭後明明還來, 以爲久住之計。又送李殷臣于京, 問病證, 貿藥材而來亦計。○金明世、金麟、金愛日等來見, 饋酒而送。夕, 崔振雲四兄弟亦來訪, 又問病而歸。浮石寺僧法熙等四人來謁, 亦饋酒而送。

正月初三日

家人證候, 別無加減而如昨, 但進退無常, ■…■差復乎? ○平康■…■人問安, 又■…■送時所服也, 今日處置官事, 明朝馳來云云, 卽修■…■。○朝, 李察訪賓自伊川寓所來訪, 因留宿。

正月初四日

去夜下雪數寸。家人證候, 自曉還爲不平, 口逆■…■重, 粥飮罕進, 元氣日漸柴敗, 未知厥終如何, 悶慮可■[言*]? ○平康未午馳來, 處置官事, 呈病狀後來云。白米■■、中米五斗、粘米二斗、眞末二斗、麴一同、大口五尾、文魚一尾、生卜五十介淸五升、法油三升、海蔘三升、鹽連魚一尾等物持來, 魚物則乃通川倅所送也。

正月初五日

乃家人初度也, 因病患, 使平康不備饌需而來也。證候則別無加減, 而但口逆之證不減, 飮食厭之, 可悶可悶。○金彦臣, 送于海州允誠家, 而大口二尾、淸二升、栢子一斗、銀魚五束、葡萄正果小許付送, 正果則誠兒平日欲食, 而其母自秋爲儲待之, 今因歸人送之。○

………

*　言: 底本에는 磨滅됨. 문맥을 살펴 보충.

李察訪還歸伊川, 無物可贈, 家人爲付栢子三升、甘醬二鉢、木米三升, 平康亦帖米、太甘醬等物而付之, 使送奴, 受之於縣爾.

○昏, 彦明還來, 中路聞家人危重馳來, 墓祭無事行之云. 德奴亦與偕來, 正木一疋半先備納之, 又貿米接置於光奴家, 後日上京亦備二疋半納之云. ■■去時, 以六疋爲期, 而今來又以四疋爲言, 後日未■…■准數備來, 亦不可期, 此奴之事, 每每如此, 深可憎也.

正月初六日

家人證候, 雖不永差, 別無加痛, 但稍有昏倦之氣, 不如昨日之平常云云, 自昨作飯而食, 不過數三匙矣. ○縣時任鄕所權銖、崔壽永來見而歸. ○且因彦明聞香婢腫尙未差復, 又生他處, 濃汁至今不絶, 治瘡醫者, 以其價少, 不能盡力, 又不給藥而塗之, 其母子艱食, 飢餓日迫云云.

正月初七日

去夜, 家人昏倦之氣又作, 達夜閉目不言, 然不至甚重, 自曉稍歇, 晚後向平, 觀其證勢, 似是氣瘝, 而或五六日一作, 不恒其通, 未可詳知. 但元氣甚弱, 飮食不甘, 悶慮悶慮. ○李兎山景曇歷訪, 自裹點心而來食, 乃要見崔判官而歸耳.

正月初八日

家人證候如昨, 終夜安寢, 然發作無常, 是可慮也. ○平康還縣, 乃使闕疊到, 唐將宴需之物, 多數分定, 爲此入縣磨鍊載送于京, 因其母向歇而歸。○官鷹雉二捉納。

正月初九日

金業山鷹, 雉一捉來, 官鷹亦捉二雉送之。○朝後, 崔判官、李兎山
竝轡來見, 兎山因此還歸, 而判官則良久敍話, 饋水飯而歸。○家
人證候如昨, 而別無更痛, 但不能起坐, 飮食不甘云。若■…■但
進退無常, 是可悶慮悶慮。○■…■半部、好酒八鐥付送, 酒則卽與
弟各呑一碗。○昏, ■奴莫山自京還下來, 買水銀及砂糖一員持來。
家人病後, 久不梳髮, 虱不堪搔, 爲此送人買水銀而來, 夜卽塗之
髮渚, 虱皆流下而死。往還只五日, 可謂善步。

正月初十日

家人證候如昨, 飮食稍加, 有時起坐良久, 可喜可喜。○靑魚三尾,
昨日莫山持來, 而婢輩不藏, 爲犬含去盡食, 痛憎。爲病人買來, 朝
則欲薦神而不得, 尤極痛甚。○載轎彦春田太打正, 則平二石十斗
出, 而五斗則贈弟家, 二斗給生員家。○金億守所授鷹, 捉二雉而納
之, 此鷹乃縣北面人, 逃去安峽地, 捉而馴放, 故發差奪來, 以授億
守, 使之馴放矣, 僅八寸而年久山陳也。

正月十一日

家人證候不如昨, 而暫有昏倦之氣。縣問安人入來, 卽修答而送。
○德奴上京, 與生員奴春已偕去。吾家鷄卄四首、弟家鷄卄首載送,
使之賣之, 又給木三疋與換鷄木, 竝貿三升而來。金知亦上京, 故

竝力買賣事敎送, 但此奴迷劣而頑, 必不如意也。

○昨日適日暖, 群蜂出遊, 而一桶之蜂皆其不出入, 開見則已盡
餓死, 積于桶間, ■[去*]秋取蜜時, 桶中橋木墮落, 蜂家亦皆墮下,
因盡貪食而飢死, 可惜可惜。取蠟則五兩五錢, 五桶之蜂, 一桶盡
死, 只餘四桶矣。

○昏, 李殷臣自京還來, 貿藥事也。升陽湯所入, 內醫院庫直處
貿來, 而命藥則內醫■互相不同, 不得已前日所服升陽湯爲定云。
內醫則許浚*、李公沂*云云。靑魚三尾貿來, 故卽薦神, 烹牛頭亦持
來, 三升長衣次二疋亦貿來, 乃平康所敎也。

正月十二日

家人自昨日午後, 沈困之候如前, 而終夜不平, 至於朝而尙未快蘇,
飮食亦不如前, 可悶可悶。○李殷臣還縣, 藥則隨後劑送云云。○
金業山鷹賣來, 捧正木二疋, 留之無益, 故不得已賣之。○崔參奉
來饋酒而送, 聞來卄五日間, 還出去云云, 雉一首贈送。○夕, 縣問
安人入來, 平康明日來覲云, 細麵一笥覓送。

正月十三日

家人證候向歇, 觀其證勢, 去月念六日痛之, 今月初一日痛之, 初六
日又痛, 十一日又痛, 每逐五日而痛之, 似瘧證而實非瘧也。然痛勢

....
* 　去: 底本에는 磨滅됨. 문맥을 살펴 보충.
* 　浚: 底本에는 "俊". 역사적 사실에 근거하여 수정.
* 　沂: 底本에는 "器". 역사적 사실에 근거하여 수정.

稍减於前矣，但元氣柴敗，飲食不甘，是可悶慮悶慮。○億守所授山陳，去夜下架，來此僅五六日，而不意見棄，想必鷹主奪■■，憤其見奪，故令傷之，因致於死也。不然則來此不久，只一日放之，■■雉而生證，數日之內下架，何至遽忽也？痛憎奈何奈何？

　　○金主簿明世來見。○縣吏全應已持漣川倅簡來，生栗四升來納，前日平康送人求得，而今日始還矣。○夕，平康來覲，訥魚大一尾、山猪一脚持來，魚則伊川倅所送，而猪脚則木田居武人金丸射而獵之來獻云。○余自數日來傷寒，氣不平。

正月十四日

家人證候如前，而自午後右臂刺痛，乃前日所痛，而長着吐袖，近日脫之，故觸冷而致然。余亦雖發汗，重感風寒，咳唾不已，飲食不甘，悶慮悶慮。○玉洞驛子晉貴先、李橡等來謁，各獻雉首，乃要有所請而不得施，又無酒而饋送，可恨。○今日亡女初度也，設餠奠之，又麟兒生日，奠後共破。

正月十五日

家人自昨臂痛，達夜不已，朝尙未差，因此氣亦不平，飲食亦減，極悶極悶。以此，平康欲還縣，而臨發還停矣。余亦時未快蘇，雖屢得發汗，還犯風寒，以至日久不差，亦可悶也。○乃俗節也，作藥飯小許、切肉、湯炙等物，行茶禮，又及亡女，又作粟粘飯，饋奴婢等。

正月十六日

家人元證似減, 而臂痛轉劇, 終夜呼痛▣亦有進退之時, 以此飲食甚厭, 可慮可慮。余亦終日閉戶不出, 時未快蘇。平康亦感風寒, 時未發汗, 飲食專減。麟兒妻乳腫刺痛, 久不見差, 一家病患如此, 極可悶也。○縣掌務白米五斗、艮醬二升、醋二升、生雉一首付送, 乃官令也。

○昏, 允誠自海州妻家聞其母病苦, 晝夜馳來, 第四日始到, 其一家妻子時皆無事云云。姜參奉, 粘米二斗覓送, 其地居親家奴婢, 收貢正木三疋捧來, 卽呈母主前矣。

正月十七日

家人臂痛如前, 極悶。余亦時未永差, 平康亦未發汗, 可慮可慮。○昨見使關, 平康爲定一道唐兵西下刷馬差使員, 限已過矣, 勢未及焉, 必生大事, 非但此也, 其母病勢危重, 渠之感冒亦未差復, 雖得重罰, 不可往矣, 以此更呈辭狀馳送, 若不改差, 則生事丁寧, 見罷足矣, 恐被重罪, 極可悶慮悶慮。○昨日, 南面居校生沈思任來謁, 因獻白米二斗、生栗數升, 饋飯而謝之, 聞家人病中欲食生栗故也。

正月十八日

家人證候別無更作, 而但臂痛如前, 雖不如▣…▣痛而尙未快差, 可悶可悶。○平康早食後還縣, 此▣▣處飲食不安, 又且久不發汗, 强勸入送, 使之調理。○夕, 大雪半尺餘, 今冬之雪, 無如今日也。

正月十九日

家人臂痛如前矣。大雪之餘, 不得刈柴, 可悶。余之感寒之證, 去夜發汗後, 稍減於前, 而猶未快蘇矣。

正月二十日

家人臂痛稍減, 有時起坐, 飲食亦加, 可喜, 然猶未快差矣。余則向歇, 但雪後寒凜極冽, 衣薄下輩, 不堪其苦, 而爨柴亦絶, 房堗亦冷, 可悶可悶。○衙奴仑知自京昨昨到縣, 今始來此, 乃前日與德奴上京, 木疋、鷄兒等物載去, 換三升而來也。正木三疋、鴉青三升二疋、鷄兒廿三首、 鴉青三升一而牛青三升二疋換來, 麟兒所捉水獺皮, 亦換牛青三升一疋牛而來, 計其所送之物而准價, 則多不足, 所換三升亦未極好, 可歎奈何奈何?

　　○平康, 秀魚一尾覓送, 乃貿於京, 爲其母欲嘗故也。切餅一笥亦備送, 而雉一首、燈油二升亦來矣。○允誠率來奴馬還歸, 甘藿一注之、乾文魚一尾、栢子五升付送, 而平康亦送栢子一斗、石茸一斗。且聞誠妻孕胎, 來月當産, 而欲得甘藿, 家儲適乏, 所送只略, 可恨奈何?

正月二十一日

寒氣極冽, 且家人證候如昨, 別無加減, 因此永差矣。○仑知還縣。

正月二十二日

家人臂痛無加減, 漸向差復, 飲食有加, 可喜可喜。大雪之餘, 今又大雪幾尺餘，寒威極冽。

正月二十三日

家人證候如昨。縣問安人入來，雉二首、猪脯廿條付來，飯饌乏絕，方以爲悶，今得此物，可供數日之饌。○高城輸運軍糧價，赤豆十二斗，彦臣收納，乃布一疋價也，而前日未及收合，故今始來納。

正月二十四日

家人證候如前矣，益胃升陽湯加枳殻、貝母、括蔞仁、杏仁、倍升柴十貼連服，頗有其效。○忠立始學《史略》初卷，前日已讀《童蒙先習》而誦之。

正月二十五日

縣問安人入來，粥白米一斗、牛肉少許付來，見書，平康感冒尚未永蘇云，可慮。巡使來月初當巡到，而今則已到春川府云云。平康呈辭狀，時未還。

正月二十六日

生員以做工事上浮石寺，允誠亦欲偕去，而因無馬未果，待此馬還後，明當上去爲計，聞庭試定於來月廿一日云，故與其弟上寺，欲收拾舊業爾。

正月二十七日

允誠傷寒, 不得上寺。家人元證已得差復, 已臂痛雖不快差, 大概向歇矣。

正月二十八日

誠兒上寺。○圓寂僧取泡來呈, 乃前日送太三斗, 而半則其時取來, 又半則留置, 使之今日取送, 爲明明亡女大祥欲用爾。○夕, 縣問安人入來, 見書, 差員已改差, 而但方伯以平康不勤職事爲言, 以不關事, 捉致下吏至於三, 而重杖幾死云, 想必平日不快於心, 而又有所聞矣, 他日必有慢辱之患, 欲色斯而擧, 更呈辭狀, 期於必遂, 而但以吾一家狼狽爲念云, 可歎奈何? 然不須一家顧念, 爲後日之悔, 速快去就事, 答書而送。○白米五斗、中米五斗、田米五斗、石茸一斗、生獐半體肉具、三色實果、雉一首、中桂卅五葉覓送, 乃初一日亡女大祥祭需也, 欲以肉爲饌。

正月二十九日

明日乃亡女大祥也, 爲備祭物, 素物未得, 以雉獐爲湯炙而用之。○崔判官致書問之, 又送大口卵二部、多士麻四條, 修答謝之。

二月小【十二日驚蟄, 廿七日春分】

二月初一日

乃亡女大祥也, 啓明與麟兒行奠, 日月不奄, 兩期已至, 哀慟之心轉劇, 追念平日之事, 病臥之時, 臨沒之言, 與家人相對痛哭, 不覺過情也。吾夫妻在世時, 每於此日, 雖以所食飯, 猶可祭之, 若死後則無與爲托, 言念至此, 悲慟尤極, 哀哉哀哉。

　　○崔參奉致書問之, 靑魚兩尾、石花一貼付惠, 修答謝之。○夕, 縣問安人入來, 酒三鐥、切餠一笥付送, 餠則其母欲作湯而食, 故爲造而送。卽修答付還。○且聞平康又呈辭狀云云。

二月初二日、二月初三日、二月初四日

家人證候, 前數日因亡女大祥, 追念悲慟, 因致愆和, 自昨向蘇, 但飮食似減於前矣。臂痛雖不快差, 大勢已歇, 有時執匙而食, 自此可

見永差矣。○今當仲春, 寒凜倍於冬, 雪滿四山, 時未消融[*], 風緒極
冽, 不可出入也。今日金明世等, 餞別崔參奉, 而昨日致書邀我, 家
無酒肴, 不得卒備, 玆未赴矣。明日當欲送人于官, 覓酒後, 與崔判
官偕進而錢爲計, 聞崔參奉來十日還鄉云故也。

○生員奴春已自京還來, 聞德奴往富平後, 未知去向云, 來期
已過, 至今不來, 不知其故也。唐兵自南上來, 充滿都城, 道路往來
者, 塡塞不絶, 路傍居人, 不得安接, 逃散野處, 京路四街, 刷馬執
奪, 人不通行云。德奴所持馬, 慮或見奪於刷■, 不得速返, 又恐蹇
足重傷, 不能行步而然也, 痛憎痛憎。○衙奴世萬以問安事入來, 見
書, 方伯已巡到金化入鐵原, 而呈辭狀, 又給由云云。牛臛及千葉、
靈通各小許、生雉三首、母酒等物覓送矣。

二月初五日

世奴還縣, 金淡偕送, 爲覓酒肴, 欲錢崔參奉之行。○夕, 咸悅在鳳
山, 聞家人病重, 專人伻問, 見書, 則其一家皆好在, 而來月初當擧
家上歸, 姑寓其先壟下, 作農爲計云云。不聞消息, 今將半年, 今忽
得聞安否, 深喜可言? 又聞子方歲前往平壤時, 亡奴莫丁田畓, 方賣
於其族人處, 捧牛一隻、木廿疋, 而牛則體雖小, 品好, 木則麤惡, 故
還退, 使之改備云, 卽當送人推來, 而家無可信使喚者, 可悶可悶。
又聞咸悅一家所寓處, 與大路不遠, 西下天兵充塞道路, 恐被來擾,
姑移信川地, 因以上去云云, 來人傳說矣。

* 融: 底本에는 "隆". 문맥을 살펴 수정.

二月初六日

鳳山來人，入送縣。○生員妻子歸寧于所斤田，乃其父母來旬間出去故也。

二月初七日

朝食後，與弟佩壺，往錢于崔參奉寓家，適崔判官來會，崔參奉兩子亦與焉，金麟亦持酒肴來見，從容敍話，日傾乃返。○夕，縣問安人入來，見書，平康昨昨以方伯巡到鐵原，以其兼官往迎，昨日還官，但業兒患痰證甚重云，深可慮也。猪一脚、酒五鐥、雉一首，覓送，卽修答還送。

二月初八日

麟兒妻乳腫，累日刺痛，今已成濃，鍼破後濃汁多出，庶可差歇，深喜深喜。○直洞磨造匠，木燭臺一雙、香合二介造來，但拙甚可恨。

二月初九日

此里人等，以運糧納于京倉，今始還來，唐兵滿城，我國人不能接足，商販路絕，都城人不勝其苦云，又聞德奴前月已爲下去云，未知去向何處也，痛憎痛憎。

二月初十日

咸悅來使，昨夕自縣還來，今早發去，修答付送。雉一首送于相禮前，山猪肉一塊及石茸、眞茸各小許，栢子四升，送于振母家，肉則使饋振兒爾。遠路音信久絕，方以憂慮，而今承專伻致問，深喜深喜。方伯過去後，欲送官人，推來莫丁田畓所賣之物亦計。

二月十一日、二月十二日

近日寒氣，甚於深冬，衣薄下輩，苦於任使，可悶。○南面居喪人前萬戶金彥實來見而歸，聞方伯明日入縣，故金億守以能射人入歸，修書寄送平康處。○崔參奉一家出歸，生員妻子還來，同寓峽中，已閱三秋，■…■，健羨健羨。

二月十三日

借牛竝五隻，輸入末之兩田粟，再度十駄，未畢，翌日三駄盡載來。○午，平康來覲，昨日來宿浮石寺，與其兩弟同宿而來，兩兒亦罷栖下來。平康則明日方伯當到縣，而玉洞驛晝停，故爲待候事而來也。酒一壺、雉二首持來。

二月十四日

朝食前，平康馳往玉洞驛，待候方伯之來，方伯所率至簡，故饌用之餘，生雉一首、乾大口一尾、生大口半隻、生加佐味二尾、猪脯四條，專人先送，見此處饌絕故也。○先打全豊田粟百五十五束，全二石三斗出，十五斗贈弟家，五斗給生員家。

二月十五日

來廿一日乃廷試也。諧、誠明日當欲上歸，而聞唐兵滿城云，想必退行, 而使其兄審問方伯之行, 今日當通示而終日待之, 竟無形影, 未知其故也, 或慮其忘却也。

二月十六日

朝, 生員與其弟誠入縣, 廷試若不退行, 則明日得糧上京爲計。但去夜大雪幾半尺, 而又且大風, 道路必泥濘, 行色艱楚, 甚可慮也。中路若聞退行之奇, 則還來云云。

○夕, 金億守自縣還來, 見平康書, 方伯今日出去, 廷試則或云退行, 而時未聞的奇云。平康以刷馬差員, 明間當上京, 而列邑刷馬, 勢未必一齊聚會, 生事丁寧, 深可悶慮。平山正以覓鷹事, 昨昨倒懸, 今明間來見于此云云, 但官家無鷹, 勢不可副, 可嘆奈何奈何? 生大口二尾、生加佐味十尾、方魚半隻、生紅蛤一鉢、獐脚二、淸酒七鐥付送, 供親之饌方絶, 極悶之餘, 得此意外, 可喜。

二月十七日

昨聞平山正今日來見云, 故終日待之, 不來, 必自縣還歸也。十年阻闊, 思欲一見, 又有所言而不得, 可嘆。

二月十八日

金淡以軍糧輸運事, 受由入縣, 修書付送, 未知平康今日已向京城耶? ○夕, 平山正入來, 意爲不見而還去, 今忽得見, 欣慰可言? 因聞交河吾家奴子田畓及居址甚好, 可以移居云, 故欲於秋來, 移接切計, 因宿, 饋上下朝夕飯。且聞生員與其弟昨日上京, 行到鐵原地, 聞廷試退行, 卽還來, 今日到浮石, 因留接做業云云。平康則今午發去向京云。平山正切欲得鷹, 故官家只有兩鷹, 而不得已一鷹贈送, 彼亦以得鷹爲喜, 吾亦深喜于副望也。

○前兎山李景曇, 專人致書曰"來念後, 女息婚嫁婚需, 求得於平康處, 覓送切切"云, 而平康適上京不在, 官勢不得副, 恨嘆奈何奈何? 卽修答還送。

二月十九日

平山正早朝還向交河, 家無一物, 不得贈表, 家人只栢子四升、石茸小許覓付其小家, 前日最相親厚故也。自去秋親舊求鷹者多, 贈送者絶無, 而春來只畜兩鷹, 無此, 不得供親, 其不可許人明矣。然平山, 年高之人, 爲此遠來窮峽中, 其在平日, 其大人廣川厚庇吾家, 無異親子, 多蒙其惠, 不可負焉, 玆以捨其不可捨之物, 贈之。

○春金伊自縣, 昨日到浮石, 今始入來, 見生員書, 近日做功, 臨時下來云。鹽二斗、雉一首, 自縣付送於春金之來。

二月卄日

平康上京時, 令官鷹, 來放于此, 捉雉納之, 故昨日下來中路, 放之見失, 至今不得云, 必永失矣, 可惜。只有一鷹, 而又有良才, 若不得則供親無路, 尤可悶也。○家人昨日始搔*頭髮, 出房外, 謁母主前。

....

*　搔: 底本에는 "擇". 문맥을 살펴 수정.

二月卄一日

縣吏來曰"明日有問安人上京者"云, 故修書付寄于平康處。但聞督運御史, 昨昨入縣, 以平康不見而上京之故發怒, 捉致座首權銖、別監崔壽永、戶吏等, 各杖刑問一次云, 不許朝家刷馬之急, 致怒於不在官迎候一微事, 而重杖無罪之人, 可嘆可嘆。非但此也, 所帶書吏、所由等, 先責人情等物, 多數懲去云, 御史姓文, 而名則未知某人也。若率所由而來, 則必兼臺諫, 而巡行列邑督之也, 不戢下人, 到處懲責人情, 不賞先自墮落風憲之任, 何暇責他人之事乎? 其姓文則名必弘道也。

二月卄二日

西鄰居全業舉家欲亡去, 而先使其子全豊及女婿朴彥守等, 潛移家產, 先率妻子而走, 獨全業與其妻姑留, 然不久隨去云云。非但此也, 近處居人, 皆欲移去者多云, 吾一家獨在窮峽中, 勢甚不安, 可嘆奈何奈何? ○聞前日所失官鷹, 昨昨還得云, 可喜可喜。

二月卄三日

彥明奴春希自靈巖入來, 千萬意外, 得見林妹書, 滿紙皆是悲痛之辭, 哀嘆奈何? 且聞前日被擄去賊中婢守非, 前年臘月還出來謂曰"敬溫去年四月得病, 死於賊中"云, 尤極哀痛。然生入日本而污身, 寧死於我國地界, 一則幸矣。林進士妹李西房宅, 與其子龜生被虜, 曾已渡海云, 不祥不祥。但聞林妹被侵於進士蘗四寸林克成, 不能聊生云, 痛甚痛甚。

二月卅四日

晚後, 雨雪交作, 終日不晴, 春泥濘淖, 汲水亦難云。

二月卅五日、二月卅六日

雨雪後, 連日風而寒凜, 甚於窮冬, 人不堪忍。○縣吏得文入來, 欲送平壤者也。近聞西下唐兵滿路, ■[掠*]奪人財, 無所不至云, 往還之時, 必遭其患, 姑令停止, 更聞盡歸後欲送, 故卽令還去。但平康上京後, 未聞消息, 憂慮不已, 又修書付送, 使之傳送于歸京人。

　　○晚後, 家人氣, 還不寧, 至於昏時, 慮其寒疾, 煎服忍冬草, 厚覆衣衾欲發汗, 而雖得微汗, 氣甚煩熱, 胸膈上有物如彈丸隔塞, 因此煩悶, 呼吸短促, 又以鷄子黃服之, 未久口逆, 還爲嘔吐, 氣稍平定。然達夜轉輾, 至曉就寢, 朝後蘇歇飮粥, 然尙未快差矣。

二月卅七日

因家人病, 送馬于生員處招來, 晚後漸向差歇。然食飮不甘, 必因大痛之餘, 無適口之滋味爾。○夕, 生員聞其母不寧, 自寺下來, 誠則無馬不得偕來。然證候向歇, 故更觀後日, 送馬招來爲計。

二月卅八日

家人證候, 別無加痛, 而漸向差復矣。○此里中人, 以運糧事皆上京, 故使生員, 修書付傳于平康處。

………

* 　掠: 底本에는 磨滅됨. 문맥을 살펴 보충.

二月卄九日

打收全豊田粟，合二石十五斗，前日先打竝合四石十八斗，而草則時未打。○夕，李蕡來訪，自伊川寓家，陪其兄妻喪柩送于鐵原境，因自歷訪云矣。

三月大【十三日清明, 十一日寒食, 廿七日春分】

三月初一日

李賷還向伊川, 以粟兩斗、木麥一斗贈送。年前李察訪賓來見時, 魚網結送爲約, 網絲持去, 而因李賷之來, 盡結付送, 深喜深喜。但未懸吐爾。○打收金光憲田粟, 全二石十五斗。

　○家畜雌猫, 自入春後, 呼雄晝夜奔走四隣, 而四隣亦無雄猫, 以此數日呼之不已, 自昨昨不知去處, 必爲虎攬去, 可惜可惜。自此猫還來後, 家中衆鼠寂無闑亂之患, 今則無之, 必衆鼠相賀而作耗矣。

三月初二日

縣人入來, 雉二首、法油一升、中桂廿立付送。但平康上京後, 時無回還者, 傳聞則無事入京, 而唐兵擾攘, 不能居京, 避于龍山近處云云。○始煮末醬太廿斗, 介非典授。

三月初三日

三三佳節, 而只以酒、餅、雉炙, 又以大口爲肴, 奠于神主前, 他無備得之物, 可嘆可嘆。○夕, 縣房子入來, 爲其節日, 造切餅一笥負送。又見平康書, 乃廿五所裁也。唐兵滿城, 侵暴多端, 所持物盡爲掠奪, 下人多被打傷, 平康亦恐被辱, 潛隱不出云, 未知畢竟如何? 憂慮不已。

○咸悅奴春億昨日到縣, 見子方書及女息書, 上下時無事云。但避唐兵, 自鳳山去月初移寓信川郡內, 而又多非便事, 又移他處, 待其唐兵盡歸後, 還寓鳳山舊居, 過夏後上京計料云云。振兒學字五十餘字云, 思欲見之, 不可得, 可嘆可嘆。

三月初四日

江婢授末醬太廿斗而煮之。○寒食節已近, 而平康上京未還, 祭物不得備送。非但此也, 唐兵滿城, 時未盡歸, 墓山正在路傍, 往來之間, 若遭其患, 其勢不得設饌奠墓, 故欲於此處遙奠, 而祭需無一物得備之路, 極可悶也。無已則雖以菜物薦誠而已, 時事至於此極, 雖嘆奈何奈何?

三月初五日

縣掌務承官令, 載糧而送, 白米五斗、中米十斗、田米五斗來納, 雉一首亦來。○平康書自京昨日到縣, 今始見之, 侵暴於唐兵, 勢將不

支, 旬月之內, 亦不能竣事, 歸期時未定云, 極可慮也。且聞德奴所
持馬, 爲唐兵被奪, 又逢打傷, 幾死僅甦云。若爲唐兵所奪, 則當隨
後推尋, 則遠近間蹇馬必棄而歸, 猶可得來矣。此必販鹽時足蹇而
致斃, 托以唐兵見奪, 又不卽來謁平康, 而偃臥其母家, 痛甚莫此。
去年一馬死於其手, 僅以賣牛換銀七兩, 全給而買此蹇馬, 今又見
失, 無一毫補家, 而顧無使喚, 只仗此奴而任之, 每每如此, 所損甚
多, 尤極痛憎, 悔之何追, 猶不卽來現, 將自此永逃不來耶?

三月初六日

生員奴安孫入縣, 修書使傳于上京人, 傳平康處。前日再度致書, 使
室內傳送, 而今見平康書, 一不得見, 必忘棄不送矣, 以此, 此書則
送于平康妾家, 使之勿忘而上送。○牌字成, 送于縣掌吏處, 寒食
祭物, 使依前例一一措備, 來初八日內覓送, 欲於此處設奠爲計, 官
家亦無饌物云, 故送泡太于浮石, 使造泡而來, 欲以素物爲奠, 可嘆
奈何?

　　○訥隱婢授末醬太卄斗煮之, 三婢所授竝合三石矣。○此道督
運御史柳候拱辰, 自安峽寓家, 將向平康, 而過去時入訪, 乃家豚厚
交友也, 深謝深謝。

三月初七日

鄰居軍士全業以立番事上京始還, 來謁曰"去初二日進謁平康, 則謂
曰'吾亦數三日後當還官, 而朝已修書付先歸者, 故今不更爲, 此意
傳達。"云云。近日朝報數丈付送, 想必已竣事而還來矣。但陳御史

效在京卒逝云, 以此, 唐將等遲留, 未卽發還云, 然時未的知矣。

三月初八日

去夜, 夢見亡女, 余適在不知某家, 手持藥果, 分給諸息, 而亡女立于廊下, 膏髮梳編而未塗粉, 着察色赤古里及半靑赤麻, 仰面擧手求食, 而余謂曰: "汝亦在此乎?" 卽以大桂一葉授之, 卽奉而以炙串貫■食, 遽然覺來, 言語形貌完然平日, 森然面目, 不覺淚下沾襟。仲女與兩子妻, 明燈針縫, 時未就寢, 家人亦起坐未宿, 余說與夢見事, 與家人相對涕泣不已。自亡逝後今已兩周, 一不入夢, 思欲一見於夢寐之中, 而不可得, 今夜入我夢中, 使我追思平昔遊戲之事, 摧腸苦悲, 不能自已也。大祥前每欲一見其墳, 而因無奴馬, 不得遂焉, 遊魂尋我而入夢耶? 嗚呼悲哉悲哉!

○夕, 縣掌務寒食祭物備送, 飯餅米三斗、木米一斗、粘米三升、淸一升、眞油五合、乾雉二首、大口三尾、鷄二首、三色實果各一升五合皆去皮、石茸一斗、艮醬三升、淸酒五鐥, 各色菜物載納, 官鷹亦臂來, 欲於此處, 放而得雉, 用之爲計。且聞平康還來時, 中路逢使關, 則隨後起送, 夫馬因使次知交付云, 故不得已還上去云, 深可慮也。然時未知其詳矣。○令金淡、春金伊持網獵魚於前川, 得百餘尾, 可以此爲祭用炙矣, 可喜。

三月初九日、三月初十日

鷹手捉雉三首納之, 令設饌, 一家終日紛擾無暇。○夕, 縣通引萬世自京陪平康還來, 平康到大灘邊, 修簡先送, 見書, 則今日當到縣,姑留數日後來覲，先使問安云。牛心一部覓送，明日祭，可以此爲炙，深喜深喜。

三月十一日

寒食節日也。鷄初鳴行祭，先奠祖考妣，次奠先君，次奠竹前叔主兩位，後及亡女，然後撤器具，移東家而行奠。但無饌物，只以麵餅、飯羹、三色實果、兩毛肉湯、一色素湯、三色魚肉炙、一色素炙，凡盤排菜物爲奠矣。明日乃高祖忌也，余兄弟當行祭，故行素爾。○朝食後，誠兒入縣，聞廷試定於來十七日云，故先入縣，得馬於其兄，欲上京，而人馬得之極難，未可必也。生員則明日隨入亦計。

　　○平康昨日無事到縣，使人問安，見書，則德奴實非托辭，初見奪馬，隨到平山，乘夜盜出，返爲被捉，重被歐打，幾死復甦云云。渠不卽還來，而遲留至此，終見此患，是誰之咎？但更得買馬甚難，吾家事可悶，奈何奈何？且聞光奴家所置虎皮換木七疋云，欲以此加得而買之爲計。○行祭後招近隣人，饋酒餅。○皮木簟，有人來賣，以粟一斗二升換，而布房中，無藉席故也。

三月十二日

啓明，與弟及麟兒、鵬姪行高祖忌祭，麵餅、飯羹、三色實果、三色湯水、三色素炙，奠之。○生員朝食後入縣，乃聞廷試奇而欲觀光，得糧於其兄，因以上京爲計。但馬塞，恐不得上歸也。彦明奴春希今始發歸靈巖而入縣，亦欲得糧而歸，林妹處無送物，只以肉燭一雙覓付，又修答書而傳之。母主亦以栢子一斗、清一升覓送。

○且聞平康在京時, 寒食祭雖不行於墓所, 而得布一疋、大口一尾, 覓給墓直奴等, 使之買酒及肴, 只焚香奠杯而已。事勢至此, 不得已行於此處, 而墓前不欲虛過故也。

三月十三日

全豊, 雉一首來獻, 望日居百姓全業石, 雉一首、菁根兩斗、眞茸等物來獻, 乃要有請事故也, 不關事, 當待平康來觀, 言之爲計。○眞菁根二百本及大菁卄五本種之, 欲爲取種。

三月十四日

借騎隣人馬, 往見崔判官寓家, 從容敍話, 崔家饋余水飯, 日傾乃返。○彦臣牽牛入歸北面, 赤豆載來事也。前月持木一疋, 換魚接置于北村人家矣。

三月十五日

生員奴春已前月中, 以貿魚事往嶺東, 昨日到縣, 今始入來, 見平康書, 近因御史先文到縣, 而玆未來觀。且聞京畿方伯爲唐兵被打, 不省人事, 都事則避匿不知去處, 而前日刷馬交付畢, 到付時未出給, 兵曹則督現到付, 因禁京吏, 將出大事, 文御史亦因前日不見而上京事大怒, 到處詆毀, 亦必有處置云, 可嘆奈何? 生雉三首、加佐味二束、大口三尾持來, 此二物則乃通川鄕吏朴世業, 覓付春已來時矣。朴吏、平康相知, 故在前因便連續覓送, 可謂厚矣。○生員與其弟誠去三日得馬上京云, 計程則今日當到京城, 但唐兵尙未盡歸云, 可慮可慮。

三月十六日

金億守以還上受出事入縣, 修答付送。○昏, 德奴自京入來, 路逢生員兄弟, 因率往楊州邑前, 所騎馬恐爲唐兵所奪, 還授德奴而送, 步入京城云。德奴則當初唐兵奪馬時, 重被杖打, 病臥其母處, 今始入來云。反同木二疋半納之。

三月十七日

寓家西北邊, 伐松枝作籬, 日尙早, 故又令結魚箭於後川, 乃去年所結處也。○夕, 縣吏閔得文與咸悅奴春億偕來, 乃欲送平壤者也。得文謂曰"遠路, 不可獨行"云, 故欲與德奴竝送, 而德奴昨日入來, 托病不起, 更留數日調理, 來念後欲送, 故得文還送, 使之廿一日還來矣。以此意, 平康處修答而送。因聞文御史昨日入縣, 當留三日云。

三月十八日

春億還鳳山, 修書付送。○子地梨樹, 有鵲結巢, 伐其枝而毀之, 彥謂子地鵲巢, 有害於家故爾。○昨日結箭所落川魚廿五尾, 而又有朔寧鄉吏逃役來居鄰西者, 捉魚四十餘尾來獻, 以水醬一鉢酬之。前日一度來獻, 報■■米一升, 故今又如是, 必感意故也。前川結箭, 而■…■田種麻子, 家前億守田四升落, 全業田五升落, ■■田二升五合落, 竝一斗一升五合落種。

○夕, 春已自縣還來, 見平康書, 御史時留在, 昨日邀入見之, 極致款厚云, 何前日發怒之甚, 而今者相遇之款也? 必有人言也, 可笑。雉一首、天門冬、乾正果少許付來。

三月十九日

母主感寒, 因患鼻角證, 喘痰極重, 今已三日, 進食頓減, 極悶極悶。○重今田竝作人等, 來授種粟而去。但時未知察訪, 今年又使耕食也。然姑使耕種, 以竣後日, 悶其許否也。○令德奴、金淡耕圃, 落各色菜種, 又使伐蕀作藩。

三月卄日

母主氣候今則向蘇, 但未快差矣。○昨夕, 安岳居婢福是第二子天壽來謁曰"爲申鴻漸所侵, 不勝其苦, 將不能保存, 欲陪母主, 與一家歸寓其家"云, 事勢不可不從其言, 饋朝夕飯而送。其母則去年病死云。木九尺、加佐味一束, 來獻母主前。

三月卄一日

母主氣候尙未快差, 悶慮悶慮。○柳御史自東嶺辭狀後還家, 而歷去時, 使人問之。又聞文御史拜弘文修撰, 昨昨還京云云。○午後, 下雨, 至於夜而不晴, 最宜於兩麥及麻田、菜田, 可喜。夕, 春已自縣還來, 平康明日當來覲云。雉一、餘項魚六、生葱、苜蓿、細米一斗, 淸二升等物覓送。彦明奴介今以覓救資事, 亦入縣而還。田米一斗、牟二斗得來。

○今見廷試榜, 則入選者十人, 而生員不得參, 時不來耶? 命乃塞耶? 可嘆奈何奈何? 但允誠無馬而往, 何以下來耶? 深慮深慮。○李再榮、李安訥、李景益、李亨遠、睦長欽、尹讓、柳悾、林㤠、李善復、白大珩, 善復乃李慶千子也, 深可喜慰。慶千, 乃李長水贅妻娚, 而似同一家故爾。其祖父年過八十, 而流寓關西, 其喜賀可言可言? 李再榮以孽產論削。

三月十二日

母主氣候向歇, 而尙未快蘇, 可悶可悶。○落箭川魚, 爲獺盡食, 只得十餘尾。意謂夜雨添波, 必多落, 而所得只此, 可嘆。金彦寶, 川魚三十餘尾來獻。○夕, 平康來覲, 不見今已數月, 相見, 喜慰可言? 白米五斗、中米五斗、鹽五斗、雉二首來納。鹽則柳御史拱辰所贈吾家, 而一石內負重, 只持五斗而來, 此則可以沈醬, 可喜。

三月十三日

母主氣候如前, 悶慮悶慮。○此里近處人, 自京下來, 生員適見而修書付送, 見之, 則唐兵尙滿京都, 留京一日, 極甚艱苦, 卽欲還來, 而無奴馬, 命使春已持馬送于柯亭子*云。前日衙奴艃知、世萬等持馬上京, 還來時必騎而來矣, 以此, 春已不送矣。

○廷試書題, "唐山人李泌謝命作蓬萊院表", 限巳時, 而時刻極

....

* 　柯亭子: 底本에는 "稼亭字". 앞의 용례에 근거하여 수정. 이하 모든 "稼亭字"은 "柯亭子"로 고치며 교감기를 달지 않음.

迫，成篇者不多云。○諧、諴必未及製矣。○鷹手捉雉二首來獻。○
崔判官來見平康，而余亦出見，饋以水飯，金麟亦來參。○結箭處，
水獺去夜又來，破毀而盡食落魚，痛甚痛甚。令金淡作機穽，而期
於必捕。

三月廿四日

母主氣候如前，食飲頓減於前，極悶極悶。近日時令盛行，彥明兩兒
及東家兒輩不食而痛，後任亦痛之，深慮深慮。○平康還縣，余與
彥明及麟兒登後亭觀望後，因下川邊濯足，又上白鼻巖，良久望遠，
溪柳揚綠，山花吐蕚，入眼春光，正好銜杯，而家無一滴，辜負三春，
恨嘆奈何奈何？

　　○縣吏閔得文及德奴偕送鳳山，乃因往平壤賣田事也。修書付
送于咸悅家，無物可送，只以乾山蔘、桔篔少許付送。

三月廿五日

母主氣候如前，尙未快蘇，極悶極悶。○落箭川魚，幾三四鉢，自設
穽後，水獺不來故也。○彥臣入送縣，爲覓耳牟種。○煎花奠薦後，
上下共之，但得油極難，僅得以薦神。○全豊田粟草打之，則九斗
出，時未盡打。

三月廿六日

生員允諧昨昨與諴兒到縣，留一日，今始入來，諴則尙留縣衙云云。
彥臣，耳牟種八斗持來。○母主氣候，今則向歇，但未永蘇矣。且因

生員, 聞入城唐兵, 橫恣無忌, 小不如意, 不計兩班、常人, 亂打叱
辱, 掠奪財産, 人不保存云, 可嘆可嘆。

三月十七日

母主氣候, 大勢已歇, 進食稍加, 自此猶可永差, 深喜深喜。○耕趙
仁孫田, 種耳牟三斗、水荏三升, 乃一日耕也。晚後, 與彦明及麟兒
步往見之, 日傾乃返。

三月十八日

耕彦春田, 乃一日耕也。種晚粟三升五合。○落箭川魚一鉢, 全業,
四十餘尾來呈, 朔寧逃吏亦呈大魚十五尾。

三月十九日

耕趙連田, 未及畢耕種。食後, 與弟及兩兒往見, 因就上巖窟觀之,
其深不可測, 而有川涓涓而出, 窟側又有古刹基址, 或云"此窟出於
伊川地"云云。午後還來。○夕, 縣問安人入來, 見書, 近當來覲云。
新曆一部、大口一尾、乾餘項魚三尾付送。今見新曆, 寒食去十二日
也。不見我國曆前, 皆謂十一日, 而行祭於十一日, 乃誤也, 可笑。
只見唐曆, 唐曆則不書寒食故也。又見朝報, 順和君遊宴江上殺人,
發於臺論, 此非宴遊之時, 年前杖殺吏曹書吏, 僅纔究竟, 今又殺
人, 其不畏而不悛可知。

　　○廷試居魁李再榮, 府啓, 以賤倡鶴今之子削去, 至有不定其父
之說解停, 四舘亦論罷矣。武科居首權升慶亦庶孽云, 又因京來人

聞之罷榜云，時未的知矣。

三月晦日

耕昨日未畢田而畢耕，未畢種。夕，余往見。○家人率女兒輩，始出就東家，因上東臺，觀花而返。但畏其風，以長衣蒙頭面，僅出眼而觀之，可笑。然久病之餘，始得出入，亦可慰矣。

四月小【十四日立夏, 廿九日小滿】

四月初一日

種昨日未畢種而畢種, 稷一斗五升落, 二日耕也。○平康, 其母所服八物元劑送, 自昨日始服。○東臺越邊岸上, 有可種荏子, 故令兩人伐木而治之, 欲爲他日起耕而種之。○咸悅奴子等五人持馬入來, 乃往嶺東貿魚事也。歷入于此, 見子方書, 自載寧還寓鳳山奴家, 時無事云。平康亡奴莫丁田畓已爲放賣, 木卄疋、鴉靑二疋、鴉靑新件天益一及雌大牛一捧之, 牛則時留養其處, 其餘物, 今來奴處付送, 深喜可言? 若非咸悅親往, 則必爲人所欺矣, 咸悅適以事往彼, 因得而賣之, 皆爲其族類買之云云, 在平時則其價不至此云云。但官人與德奴爲此進去, 而中路巧遞不逢云, 然其牛則必牽來矣。田畓賣數, 咸悅書送。

○阿次島田半日耕, 雌牛一首。○家前麻田, 木九疋。○岾上稷田半日耕, 木九疋。○又田一日耕, 鴉靑二疋, 以木六疋准計, 此田甚惡, 故價微云。○畓七斗落只, 木二疋、鴉靑襦天益新件一, 以木五疋計之。○又田半一日耕, 陳無願買者云。○又田二庫, 則莫丁在時, 已爲放賣云。○又畓二斗落只, 則當初賣時不爲擧論, 故不賣, 當更問莫丁兄云矣。○安峽居連守, 生雉一首、生葱等來獻, 以大口一尾酬之。

四月初二日

崔仲雲使人邀余兄弟, 晚後竝轡而進, 中路逢酒雨, 入家後雨大作, 崔家作花煎先饋, 次饋水飯, 從容敍話, 日傾雨尙不霽, 着雨具而返。平康率妻妾已先到家, 乃冒雨入來, 入來時, 持白米五斗、中米十斗、田米五斗、大口三尾、加佐味二束、乾餘項魚四尾、法油二升、栢子五升納之, 乃其妻子近日留糧也。燒酒五鐥亦來。

四月初三日

兩鷹捉雉五首而納之, 皆品官鷹, 而來時借來。○晚後, 家人率諸女息, 往見鬱方淵, 良久玩賞而還, 此淵在家前不遠之地也。山花滿發, 綠柳成行, 澄潭暎帶, 白石從橫, 奇絶處也。但無酒看空往還, 可笑。

四月初四日

家人近日又痛左臂, 雖未大痛, 而累日不差, 可慮可慮。○落箭川魚數鉢, 而其中錦鱗二尾, 而一則幾半尺餘矣。○晚後, 率諸兒與彦明上直洞洞口, 迎崔判官, 觀放鷹, 捉兩雉, 採軟菜, 作湯燒雉, 造點心共之。日傾, 平康與允誠先返, 余則與弟及兩兒挽崔更留, 又觀放鷹, 得兩雉, 一則贈崔, 臨夕乃還。○耕官屯田, 種半稷二升七合。

四月初五日

平康往安峽楮田, 訪柳御史而還。○耕朴彦守川邊田, ■⋯■種半稷及水荏後, 移耕土同田未畢, 一日耕也。午後, 余往見而還。○婢玉春自京還來, 其女香婢瘡處尚未見差, 久留土塘墓下, 得食爲難, 爲覓糧資, 而與生員奴安孫偕來。前聞罷榜, 而虛傳矣。

四月初六日

平康率妻妾還縣, 麟兒陪去。○全貴實, 新蕨五束, 金業山, 當歸草三束來獻, 爲其新物也。無物可饋, 各給稻米一升以報之。○平康行到半程, 放鷹捉兩雉而送。

四月初七日

縣問安人入來, 祭用中桂造送, 菉豆末二升亦來, 明日乃節日, 而又且亡女禫日, 故備饌欲奠爾。

四月初八日

啓明, 生員與允誠行祭, 三年已過, 禫祀亦畢, 自此朔望始停, 言念至此, 尤極悲痛, 不覺淚下沾襟, 哀哉哀哉! ○去夜, 落箭川魚, 曉頭有人盡偸而去, 必鄰里人所爲, 痛甚奈何奈何? ○前日, 圓寂寺

僧, 官末醬三石來納, 官令也。七斗則贈弟家, 吾家婢等所煮末醬,
時未就乾矣。

四月初九日

去夜夢見李子美, 宛如平昔, 覺來追念舊事, 不勝悲悼悲悼。○彦
臣, 朝自縣還來, 見平康書, 明明間往嶺東云。加左味十束、卵二
鉢、生文魚半隻付送, 種太一石則受出接置而來云云。○前日未畢
耕土同田畢, 耕種, 種粘粟四升, 俗所謂念珠粘也。午後, 與彦明往
見而還。○蠶始生, 掃下。

四月初十日

家人痛臂, 尙未向差, 長臥不起, 不可說也。○耕土同陳田畢, 種蛇
粟二升五合, 一日耕也。午後, 余往見。○縣吏閔得文, 前日與德奴
往平壤, 還來時中路馬病, 不與偕來, 今始入來, 因修書付還縣。

　　○申守咸所贈母蜂産兒蜂, 付東籬邊梨樹上, 令億守捉之, 未
盡上蓋, 驚散而走, 又付於東臺邊老槎, 僅得捉而坐之, 幾失而還
得, 可喜。量數幾五六升云云。○望日居百姓全業石, 木頭采及高
非采來獻, 金業山及德卜妻, 新蕨、當歸草亦來獻, 夕時作湯炙而
共之。

四月十一日

耕砂石久陳處, 種眞荏及粘黍而未畢, 晚時往見。○金主簿明世來
見, 以武勇衛上京立番, 昨昨下來云云。○咸悅奴蒙崇自鳳山入來,

見子方書, 時好在云, 相禮又致書問之。又送白筆一柄, 適及於欲得之時, 深謝深謝。

四月十二日

耕南籬外, 種土蓮及萵采。鷄雛十三下巢。○金彦希, 川魚極大者十五尾來獻, 以藿一注之報之。○朔寧逃吏來接西隣, 而其家行祭餘物酒餅及饌物備盤來呈, 酬以黃太六升, 此吏自往年避役來居者也。

　　○平康送甘藿五同、大口二尾、生鰒六十介。○夕, 麟兒自縣還來, 聞其兄今日發向嶺東云云。曾差鹽盆之任, 因欲見楓岳故爾。自通川巡至江陵而還來云。沈陽德處亦修書付送。

四月十三日

年前所收幾盡用之, 只餘半稷數石, 此外更無得路, 衆多之口, 前頭之事, 不可說也。

四月十四日

耕前日未畢陳田, 種瓜花粟、粘黍及眞荏等各少許, 乃竝一日耕也。砂石久陳之地起墾, 或云宜於黍、粟、荏故種之, 以余觀之, 耕不入深, 又未起土處多, 必不好矣, 然姑舍二日之力而試之。○縣掌務送牟米二斗、生雉三首矣。

四月十五日

耕家前彦邦田, 種眞荏一升五合, 乃半日耕也。○麟兒釣魚五十四

尾, 作片乾之。○夕, 咸悅奴子等貿魚還來, 歷宿, 明向鳳山, 修書
付送。○蔡億卜, 當歸草、山蕨等采送, 未及於咸悅奴之歸, 可恨可
恨。彦邦田間, 種靑太三升, 粘糖亦種之。

四月十六日、四月十七日

誠兒自昨曉, 得霍亂證, 終日終夜痛頭, 嘔吐不已, 悶慮悶慮。余亦
感傷, 雖不臥痛, 氣頗不平。○令德奴牽雌牛, 入送縣, 種太載來事
也。誠兒痛餘口苦, 欲嘗生梨, 故亦爲此而送之。○令一家三奴婢
種趙仁孫麥田, 靑太二斗九升, 未畢, 後日種常太六升。

四月十八日

朝雨, 晚後始晴, 因此不耕, 休牛力。○申守咸蜂桶又産一蜂, 付前
付梨樹上, 令金業山捉之, 而半上還散, 又還付之, 捉給生員家, 使
養。○夕, 德奴還來, 載種太及掌務所送一雉、采物納之。○近日
時令極盛, 東家生員妻子及此處皆痛之, 余亦不寧, 尙未快差, 可
悶可悶。

四月十九日

生員借吾家牛, 耕其田未畢耕處, 亦有一日耕地。力不足不能耕, 使
余耕之, 故明日吾欲耕之。○朴番麥田, 種黃太一斗四升。

四月卄日

家人痛臂, 尙未向差, 去夜達曙呼痛, 食飮專減, 長臥不起, 憂悶可

言？○招牛醫，治牛足蹇處，熊脂、松脂及蠟交雜，以鋤柄，灼成穴處。○耕生員不耕彥邦田，未畢。先種早黍二升、晚黍一升。○申守咸蜂桶又產兒蜂，付前付梨樹上，令朴彥邦捉而坐之，僅三升餘，第三產也。

四月十一日

耕昨日未畢彥邦田，種晚半稷八升，乃一日半耕也。但白沙之地，若逢旱乾，則必不好矣，慮其勞而無功也。

○夕，金淡自京還來，見南妹書，時好在。但聞靈巖林妹之訃，不勝驚慟。前月春希之來，見手書，謂曰"今得上氣證，夜則達曉不能寐，呼吸短促，欲得清蘇"云，而意以為遭變後多用心慮，致有此疾，豈意未經數月，遽至此極耶？道路極遠，家無一馬一奴，勢不可赴哭，哀慟奈何？其處亦無同生親屬，只有婢僕侍側，孰能殮襲而殯之？尤極痛哭。吾同腹七男妹，次弟及沈妹，皆年未三十而早死，金妹，亂後甲午年病逝，今者林妹，又逝於千里外，只有吾兄弟及南妹，而老母在堂，先亡者過半，況且吾以腹長，年已過六十，前路不遠，觀居此世，有幾何年？每以老母為致慮也，母主若聞林妹之喪，則必哀慟廢食，以致傷和，故諱以不告矣。此月初七日棄世，而專人告訃於林正字晛處，使之即下來看喪云云。南北隔遠，病不得醫藥，沒不得親殮，言念至此，摧痛尤極尤極。

四月十二日

雌牛及蹇牛，試令金淡耕其田，欲知可耕與否，則雖不多耕，猶可耕不堅之地云云。

四月廿三日

縣人來傳衙信, 生雉一首、乾石首魚三尾付送。平康去後, 時未聞消息, 可慮可慮。○家畜鷄雛三首, 一時幷失, 不知其故, 可怪。

四月廿四日

聞林妹之訃, 第四日也。早朝, 率弟及三子, 會哭於東家, 因帶布帶, 此處則恐哭聲聞於母主故也。

四月廿五日

麟兒借耕金彦寶田, 而未畢耕種。○申守咸蜂桶又産一蜂, 付梨樹上, 捉而坐之, 第四次也, 量三升。○去夜, 金淡及隣人四五人, 明炬射魚前川, 或一鉢、或一帖來獻, 因素還給。觀射魚之理, 一人舉火, 諸人挾炬而行, 以木弓、木矢射之, 善射者多獲。然或折腰傷破, 無全體可食。

四月廿六日

耕昨日未畢田, 又種晚稷二升五合, 一日耕也。又移耕前年種荏田, 種晚粟二升, 乃半日耕也。

四月廿七日

隣人敬伊妻父, 石茸一斗來獻, 欲用於明明忌祭, 深喜深喜。但無物可贈, 可恨。○洪參奉邁送奴馬, 換太豆而去, 洪也致書問之, 故亦修答謝之, 又送栢子三升。來奴乃其大人參判令公眼前使喚者也, 今見追思昔日, 難堪悲懷也。

○隣人朴彦邦上京還來, 見南妹書, 時好在云。唐將已盡西下, 獨萬經理世德留鎭, 諸軍亦皆罷還, 京城留在者稀少云云。又見林正字睨書, 靈巖林妹, 此月初五日以病棄世, 而襄葬無人, 故渠當月晦間下去云云。吾兄弟中一人, 禮當會葬, 而家無一馬, 半月之程, 勢不得往, 此間悲痛之懷, 不可言不可言。初聞初七日棄世云, 而今見睨書, 乃五日也, 前聞誤矣。

○縣人持祭物入來, 見掌務件記, 白米一斗五升、粘米三升、木米一斗作末、栢子一升、楸子一升、榛子四合皆實、淸二升、眞油五合、大口二尾、乾雉一首、生雉二首、加佐味一束、甘醬一斗、艮醬二升、甘藿三注之、多士麻四條、石茸一斗、各色采物、中朴桂八十六立付送矣。○彦臣與其母, 當歸草各二, 金彦寶一束, 金業山山蕨二束來獻。送泡太一斗五升於圓寂寺, 取泡而來, 乃明明祭用也。

四月卄八日

女息輩率諸婢, 造備祭饌。縣掌務爲送生餘杭魚十尾、乾六尾, 乃明日祭用也。○李殷臣來見, 因留宿, 前日爲邀故爾。○趙佐郎翊, 唧命往咸鏡道, 還時歷入縣, 爲欲見平康, 平康適不在, 無聊中, 致書問之, 卽修答謝之。趙也乃李察訪賓之女婿, 而平康司馬壯元也, 曾有相知厚分。○金彦寶, 獵川魚來納, 幾三四鉢, 爲祭用也。

四月十九日

啓明, 與弟率三子及鵬姪行祭, 三色實果、二色餅及麵、脯醢、兩色正果、五色素湯、兩色魚肉湯、三色魚肉炙、飯床諸具, 飯羹行之。餕餘招近隣人等, 饋酒餅而送, 又送餅及魚肉炙於崔判官家。○晚後, 李殷臣還縣, 贈以末醬一斗。○生員往玉洞驛, 爲要見趙佐郎, 聞趙也向伊川之路云。

　○生員, 夕見趙還來曰"趙也不知其妻父李察訪, 已爲出去, 故要欲見之而來, 今聞不在, 還歸平康投宿後, 明向鐵原, 因以上京"云。○近日旱氣太甚, 兩麥不實, 先種之穀, 皆不生苗, 而太則待雨後耕之, 故人皆不耕矣。若來初不雨, 則兩麥枯黃, 皆棄不收云云。吾家朴番田先種太, 爲雉鳩盡啄而食, 無一苗云, 可嘆。

閏四月小【十五日芒種】

閏四月初一日

耕<u>金彥寶</u>田, 種赤豆未畢, 午後, 余親往見之。還時巡見已付種田, 則或已發苗, 或未生處。但<u>趙仁孫</u>田所種太, 雉鳩爲半啄食, 補種後, 可無失收矣。

閏四月初二日

耕昨日未畢<u>彥寶</u>田, 亦未畢。○令<u>介婢</u>補種<u>趙仁孫</u>田太二升。○<u>崔判官</u>來見, 饋水飯, 從容敍話, 日傾乃歸。

閏四月初三日

耕<u>彥寶</u>田, 午前畢, 落豆九斗四升, 午後, 余往見而返。但因旱不耕太田, 而雖先耕豆田, 必不生苗, 雖生必稀種而不實云, 可慮可慮。

兩麥則雖已發穗, 而萎黃不實, 可嘆可嘆。○平康去後, 今至卄餘日, 而未聞奇別, 可慮可慮。近日糧饌垂絶, 長以太豆補用, 前頭之事, 不可說也。

閏四月初四日

縣人入來, 見平康書, 行到杆城, 去卄日修書付送, 時無事巡歷, 當於今月旬間還縣, 而還時因遊楓岳云云。○令兩婢芸水荏田, 但旱氣太甚, 夜則寒, 而晝則西南風終日吹不絶, 黃塵蔽日, 山谷中田穀則猶可待雨而望矣, 畿甸水畓, 必多未付種而過時, 今年農事, 亦可知其不實, 民生極可慮也。

閏四月初五日

曉頭洒雨, 晩後還晴, 恒風連吹, 旱日極曝, 農事極可慮也。家人所養蠶, 已過三眠, 女兒等蠶, 則方三眠而未起, 自此後日日摘桑, 人與牛無暇, 粟田時未初除草, 太田則專未耕種, 只豆田二日耕後亦未盡耕, 糧資已竭, 不可說也。

閏四月初六日

耕存光野蔡億福田, 種豆未畢。○兩奴持牛, 早食後裹點心遠去, 摘桑載來。

閏四月初七日

耕昨日未畢蔡田, 畢耕種, 種豆四斗, 乃二日耕也。○前日聞安峽地, 小菴構在山腰巖下, 精洒可觀云, 故切欲往見, 而其下居富人連守聞吾欲見, 設泡邀之, 與弟及麟兒偕往, 適無馬, 余獨騎牛, 弟與麟則步行, 乃去此五里, 不遠故也。行抵菴前, 則有松偃蓋巖上, 而其下可坐因休脚力, 環坐斯須, 老衲數三指來迎。極目遠望, 則千山環拱, 撲地閭閻, 歷歷可數, 其巖高可百丈, 悸余心而不可近邊。連守亦出迎。入方丈, 作飯供泡, 軟好可食, 余食三十四串, 極飽而還, 出坐松下, 僧輩又炙十餘串追供, 又呈芒鞋一部, 亦精好可着, 因與諸人步下, 寸寸休力至平地, 而騎牛返家, 日已傾矣。

閏四月初八日

令三人持兩牛, 採桑載來, 自今蠶皆三眠而起, 一駄之桑不足, 故送兩駄, 始令兩婢芸草。○近日糧絶, 以太豆、木末, 交雜而饋下輩, 可嘆可嘆。○自朝洒雨, 旋則曝乾, 麻麥枯黃, 今年之事, 可慮可慮。

閏四月初九日

又令三人持兩牛, 早食後裹點心, 採桑載來。家人所養蠶一間次, 今始上薪。○又令兩婢芸草。○午後, 縣吏入來, 持鹿前脚一、乫非一隻納之, 乃掌務所送, 則割乫非半隻, 送于崔判官家, 兼致書問之。但平康時未聞還官之奇云, 然計其往還程, 則尙不出數三日內也。○生員與其弟釣魚, 得四十餘尾而來, 卽作片鹽乾。

閏四月初十日

自昨午後, 或雨或晴, 終夜不止, 至於今朝, 有時大作, 午後始晴,雖不洽足，久旱之餘，得此一犁之雨，田穀庶可得蘇矣。○送三奴兩婢，摘桑一駄而來，因雨不得多摘，可恨。家人蠶一浮，今始畢上薪。

○縣問安人入來，見平康書，昨日無事還官，而自通川巡歷諸邑，行到江陵，周覽所過奇勝地，還時入金剛內外山，遊觀而返云。在江陵時見沈說，故說姪亦致書，兼送大口三尾、生卜四十介矣。平康亦所得大口十五尾、生卜百介、甘藿三同、小造藿三同、古刀魚卄尾、沈黃魚十尾、松魚三尾、乾文魚三尾、方魚半隻、乾洪魚一尾及中米五斗、田米五斗、鹽一斗載送。久阻之餘，咸與一家，夕飯共炙而食。

閏四月十一日

三奴持兩牛，今又摘桑而來。○婢玉春入縣，爲得上京糧也，修書付送。○耕朴彥守田種太，未畢，乃三日耕也。

閏四月十二日

耕種昨日未畢田，亦未畢。○今亦持兩牛，三人摘桑而來，未滿其載，痛憎痛憎，乃行廊兩婢養蠶亦多，故分半私占，尤可痛哉！○玉春自縣還來，見平康書，曰"嶺東魚藿甚貴，稅馬貿來，必無餘剩，返有其損，不可爲也"云，故欲停其計。○南妹雌牛，夕生雄犢。

閏四月十三日

縣吏自伊川還去時，歷納伊川倅所贈訥魚一尾、錦鱗一尾，乃平康致書乞之也。錦鱗則還送衙內。○耕昨日未畢田，畢耕種，黃太四斗、小太八斗落種。

　　○夕, 李暄來見, 乃妻四寸原城君孫, 而鳳林守之子也, 來贅縣
居座首權銖家者也。暄是宗室內外巨族, 而今爲極微極賤之人女
婿, 其爲人物可知。峽中本無兩班, 而銖則尤劣於此居品官云云, 可
嘆可嘆。因留宿, 家人邀入內見之。○金淡路逢大龜, 捉來獻之,
朝食作湯, 與弟兩兒共之。

閏四月十四日

李暄朝食後還歸。○晚後, 申守咸蜂桶前年所産兒蜂, 始産一蜂,
付東籬底, 令金淡捉而坐北籬下, 幾五六升。○麟兒婢莫非摘桑事
上山, 爲蛇所觸, 而傷足載來, 卽令鍼破矣。但足背極浮, 不能運步,
近日多事時, 不可任使, 可悶可悶。

閏四月十五日

家人所養蠶已盡上薪, 女息等蠶, 則今始上薪, 數日內畢盡熟矣。但
一家上下, 收拾熟蠶, 時不知蜂桶産蜂, 已飛越東籬外而遠去, 麟兒
兄弟追之不及, 可嘆可惜。然亦不知某蜂所出也。○彦臣持牛入縣,
爲覓種豆事也。

　　○夕, 昨日所産蜂桶, 出入甚罕, 怪而去甲見之, 則朝之亡走者,
乃是蜂也, 可惜可惜。○生員與麟兒釣魚前川, 得百餘尾, 沈食醢,
○莫非亦受鍼, 毒水流出。

閏四月十六日

蠶自昨日上薪，今已畢上，昨日摘來桑葉，滿載而來，無所用，分與德奴妻及銀介等，乃兩人亦養蠶，時未熟矣。○生員與麟兒釣魚，又得百餘尾，沈食醢。

閏四月十七日

朝，彥臣還來，見書，今日當來覲云。太十斗、豆十六斗載來，弟家，豆太各一斗贈之，彥臣亦受太二斗而去，乃還上也。蔡億卜以田價，又給太二斗。○彥臣持網獵魚，得一鉢餘來獻，夕，作湯而共之。○平康來覲，因嶺東之行，不見今已數月，相與諸兒，環坐堂中敍話，因說與嶺東奇勝，楓岳清趣，亹亹不已，夜已深矣。持中米五斗、田米四斗、鹿脯一貼來納。

閏四月十八日

平康因留。○耕存光野蔡億卜田，種豆二斗八升，乃一日耕，而前日未畢耕處也。○鐵原倅白米五斗覓送，前日有約，故平康送人取來。○崔參奉胤子挺雲來見，饋朝飯而送。金明世、金麟亦來見。全元希，川魚八十餘尾來獻。○金麟以仲今田牟代上所種豆一斗五升受去，乃半日耕，而前日崔參奉在時所耕牟田也。○朴番牟田，前日種代上太，而鳩雉盡爲啄食，故又種雜太一斗。然日旱如此，又必不生也。

閏四月十九日

平康環縣，麟兒亦從去。○耕全豐田，種常太二斗三升畢後，移耕官

屯田, 種太一斗, 豐則一日耕, 而屯田則半半日耕也。晚後, 親往見
之。朴番牟田尾不耕處使耕, 種豆四升。

　〇今年養蠶摘繭, 家人則十三斗, 後任母則十六斗, 女息則五斗
五升, 正任則二斗, 余亦爲欲結魚網, 養而摘繭, 則僅二斗, 幷三十八
斗五升, 舍弟妻亦摘四斗, 東家所摘則生員養母七斗, 蒙任三斗、忠
母八斗, 幷十八斗, 東西家及一家所摘繭六十斗矣。閭閻晚養者, 今
方大食, 而無桑葉不得多摘, 故頗有飢而棄者云, 乃桑木爲野火盡
燒故爾, 吾一家則多幸。

閏四月卄日

令一家五人, 芸趙連稷田, 未畢。晚後, 余與弟步往見之, 逢驟雨,
走入樹陰而避之。〇生員釣魚得六十餘尾, 作片鹽乾。〇夕, 安孫自
縣環來, 林正字眱書, 自京來傳, 見之, 則亡妹葬期, 定於來月初七
日, 而渠亦明明當下去云, 謂"余兄弟中, 猶可偕去會葬乎"云, 渠何
知此間事情乎? 家無一馬一奴, 如此遠路, 其可發去乎? 雖情禮不
可不去, 而事勢如此, 悲痛奈何奈何?

閏四月卄一日

曉頭下雨, 朝後還晴, 僅濕苗根而止。然久旱之餘, 今得此雨, 太豆
則易生矣。〇移瓢子及東瓜苗, 但未久日出, 必不盛長而枯矣。

閏四月卄二日

縣問安人入來, 見書, 南廷芝伯馨子爲覓喪需事到縣, 官無所贈之

物, 悶慮云云。南也乃平康所與交者, 而去春亡逝, 情意極可悲憐, 官儲掃如, 何以應之? 亦可慮也。乾餘項魚卄尾、卵一鉢付來, 分與東、西家, 而朝食供饌。○令一家四人芸趙連未畢田而畢後, 移芸土同粘粟田, 未畢。

閏四月卄三日

令三人芸土同未畢田, 而亦未畢。晚後, 與彦明往見, 因巡見諸田, 則草盛苗稀, 勢未及除, 可悶可悶。

閏四月卄四日

麟兒借金彦寶田, 耕種太豆而未畢, 一日耕也。○麟兒釣魚得四十餘尾, 大者八九尾, 生員亦如此。○近日糧乏, 母主及吾兄弟外, 子女與婢僕等, 逐日夕時以太粥共之, 猶難繼用, 極可悶慮。非但吾家, 東、西家亦甚窘迫遑遑, 欲以木賣用, 而猶不得售, 尤可悶也。

閏四月卄五日

耕昨日未畢田, 畢耕種, 種黃太二斗、赤豆一斗八升, 午後, 移耕彦明所借彦寶田, 種豆六升, 半半日耕也。

閏四月卄六日

耕李仁方田, 種豆二斗。○金賢福者以仲今田所種菉豆七升受去, 種太則家無所儲, 不得給送。○今日, 與金主簿明世等約話於川邊, 因獵魚, 而適吾行在明明, 多有事, 故不得會參, 而渠等獵魚, 得訥魚極大者幾尺半, 氷魚大者十五餘尾付送, **深謝深謝**。夕飯, 作湯而共之, 氷魚則沈鹽持去, 欲爲祭用矣。生員兄弟, 又釣得百餘尾而來矣。

　○縣吏持祭物入來, 木米作末一斗、栢子一斗、鹿脯十條、乾餘項魚十尾、白米二斗、中米二斗、石茸一斗納之, 鹽一斗亦來, 此則家用也。卽修答還送。新魚網一件亦付送, 使之飾網懸吐而來, 鉛吐百八十一介持去。

閏四月卄七日
令四人芸土同粘粟田, 畢後, 移芸陳粟田, 未畢。

閏四月卄八日
令四人芸昨日未畢田, 畢後, 移芸彦春田, 亦未畢。○南妹奴德龍自縣還來, 見平康書, 末醬七斗、太三斗、栢子五升、石茸一斗、白紙一束、常紙二束, 覓付德龍之歸云。近日親舊乞簡雲集, 無以爲應, 皆空送, 必有嗔怒者多, 極悶云云。且國馬三疋故失, 雖徵民馬而上送, 例必見罷, 坐而待罷云云。若遞去, 則吾家勢必飢餓, 不久顚擠, 憂慮奈何? 然官儲蕩竭, 無以爲策, 苦心煎慮, 不如一罷而無憂矣。

　○明日當上京, 故治行裝, 但蹇牛, 中路恐必顚仆也, 末醬三十斗, 分載兩牛而去, 切欲沈之, 爲來秋上京之用爾。木十六疋亦持去, 亦欲買馬爲計。○夕, 世萬自縣, 持馬行糧等物入來, 明日率去次也。妻外祖益陽君墓祭, 亦當行之, 而臨發不得如意, 只以些少之物持去, 推移欲用爲計。

閏四月十九日

早, 發行, 到朔寧地, 秣馬點心, 又抵鐵原地狄郎村投宿, 主家乃平康人亂後來居者也。來時, 路逢生員奴春已之還, 寄語而送。因聞崔挺雲率妻還鄉, 路逢唐人, 攔路作亂, 僅避而去云。

五月【廿三日初伏, 十七日小暑, 初一日夏至】

五月初一日

啟明而發行, 到漣川縣前川邊朝飯, 又發抵大灘邊, 秣馬點心, 到柯亭子, 聞洪參奉邁出去, 不宿而又進盆淡村洪彦規家, 適彦規在家, 因宿, 而洪家饋余夕飯, 從容話舊。彦規本居栢子亭洞, 而相知有厚, 故邂逅相見, 欣慰可言? 家世舊莊, 盡爲煨燼, 田畓亦皆荒茂不治矣。彦規避亂住關西, 今春始還云云。○今日路逢平康人, 下去者多。

五月初二日

自曉雷鳴, 有雨懲, 而朝則不雨, 早發到泉川村, 乃路傍有泉湧出爲泉, 極冷而清烈, 村之得名以此矣。因朝飯泉邊, 又發到樓院前川, 秣馬點心, 刈馬草載來。但春金伊腹痛不能行步, 棄所宿家, 使之調來, 而追到點心處, 然尙未差復矣。日傾, 余先入城, 到南妹家相見, 欣慰可言? 從容敍舊, 夕飯後, 到光奴家宿。但德奴隨後來時, 路逢唐兵, 簑衣見奪, 可恨可恨。

五月初三日

申咸悅以拜墓事, 自鳳山到京, 過去時入訪, 因見女息書, 時好在云, 可慰。○大口二尾、餘項魚一尾、乾魚四十尾、淸一升、木米五升送于南妹, 乾川魚五十尾送于箕城君, 乾川魚二十尾、大口一尾、栢子一升送于南僉使嫂家, 大口一尾、栢子二升、餘項魚一尾給光奴。○婢玉春奉祭物, 與春金伊載牛先歸山所。○終日在光奴家。欲賣牛價微, 欲買馬價高, 皆不得售, 可恨。崔振雲亦以買馬事來此, 適得相見敍話, 因分夕食而喫之。

○夕, 往見南妹而還。○斗麴五員半捧銀七錢, 淸二升捧銀二錢、中文魚兩尾捧銀二錢半, 幷一兩一錢半, 欲以此爲用, 此等物前聞價高, 而今之所售至此, 皆不入計, 可嘆可嘆。

五月初四日

往土塘山所, 而歷見南妹家, 唐人等多會, 方屠羊備饌, 爲燕飲計矣。又訪箕城君, 從用敍話, 箕城强挽, 而造點心饋余, 日已過午矣。來時又入任參奉家, 慶隆母氏適往任白川家, 就見, 則白川以拜墓事出去, 其胤子慶遠在家迎入敍舊, 日傾馳來, 渡江抵山所, 先詣墓前虛拜, 又見亡女墓, 不覺哀慟之心, 痛哭而返。令玉春及墓直等造設祭物, 因宿卜龍家。

五月初五日

朝食前進墓下，先奠祖考妣，次及先考，次及竹前叔父兩位，次及亡弟，後及於亡女。祭物則麵餅、三色實果、三色魚肉湯、三色魚肉炙、脯醢、飯羹等物，白米二斗作餅，白米九升炊飯，木末八升，作麵而用之。五次設奠，日暖而氣甚困憊，流汗浹背，罷後，來奴子等所居後亭，偃臥良久，因食朝飯，又飲酒餅。適許鑽及德▣來會。日傾發來，還渡漢水，歷入南妹家，適花寧都正及崔生員起南來此，不相見久矣，邂逅相見，欣慰可言？良久敍話。

但唐人卄餘來會于此，設酌作戲，亦一奇觀。此家好，故如此來會者無虛日云云。妹家饋余夕飯。臨夕，返光奴家，明日當送春金伊於平康，故明燈修書。來此聞之，則咸悅歷入于此，適余未及來，故不得相見，可恨。又聞蹇牛昨日放賣，捧銀七兩云。○昨日，在箕城家時，見政目，金子定拜禮曹佐郎矣。

五月初六日

早朝，令春金牽雌牛還下送，鳳山來物及余持來空器，盡付而送之。○聞咸悅氣不平，今日不得發還，早食後，馳往龍山倉東門外所寓奴家訪見，閔主簿宇慶亦來，相與敍話，又就林正字晛所寓西門外家，問靈巖林妹喪事，正字則去月卄七日以永葬事下去云，正字母氏在焉。閔參奉友顏，適寓隣家，邀余入見，相與敍舊，參判令公今日移家，故擾擾又無相接處，不得相見云云。正字母氏饋余水飯。又就李判官貴家訪之，判官則不在，入見其妾，而還來咸悅家，良久敍話，咸悅饋余水飯。日傾，辭別出來，門外又逢金奉事伯蘊，還入坐敍話, 臨夕乃返。又歷入見南僉使嫂之母女而還。

　　○今日往還時, 行穿唐人開市處, 又逢唐將出外, 前後擁衛而去, 又登龍山之路高丘, 望見露渡江邊, 唐兵習陣罷還, 各持兵器, 塞路而來, 連亘十餘里, 亦一壯觀。○送玉春於申直長家, 致家人贐物及書, 又借醬瓮, 則以無答之。○湖叟贈余黃筆一柄。

五月初七日

送人西江, 貿鹽及醬瓮而來。中木一疋, 中瓷二坐、麤木二疋, 鹽十七斗捧之, 改斗則十三斗矣。又令光奴造女息銀環二介, 一則含珠三錢, 一則禿環二錢, 幷五錢, 而鍊琢之時, 減五分矣。價則沈方魚一尾、芒鞋五介、銀子五分給之云。又塞破器, 磨女息等小鏡二圓, 給價銀子八分矣。余則進南妹家, 終日偃息松月軒, 因與湖叟賭碁數局爲戲, 又登東山, 望見訓鍊院唐將習陣, 亦一壯觀, 然遠不能詳也。且僧都摠攝義儼來謁湖叟, 余亦見之, 聞名久矣, 今得相見, 如舊相識。今陞嘉善, 着金貫子, 點心後先歸。妹家饋余夕飯, 臨昏乃返, 借《三國志》十二卷持來。

五月初八日

早朝, 招南履祥及率光奴, 往南大門外關王廟觀之, 天將所構也。青瓦盖之, 丹艧輝暎, 左右夾室, 時未畢造, 入廟門, 瞻仰塑像, 着金冠紅袍, 面丹而鬚長, 裊裊垂過腹下, 英風凜凜, 萬古如昨, 青龍偃月刀挿卓下, 及廟門外, 左右侍立者各二人, 而或持長劒, 或捧金甕, 儼然如生, 乃關平、關興、周倉等云。五色幡幢, 各書姓名日月,垂旒, 左右卓上, 香火不絶, 又有木桶, 竹牲竹片四介, 乃唐人擲竹片抽牲, 爲取卜之具, 右邊高足床上, 置卜册及硯具。又有木牌五六介, 或書七言詩句, 或題四字詩句, 皆贊詠關王者也。皆忘不記憶, 偶有記得曰"萬古英風昭上國, 新開廟貌鎭藩邦", 皆唐人筆而刻之。又有門額作銘而付之, 篆字也。又大書"孤忠大節"四字付之。唐人焚香奠拜者, 來往不絶云云。還時, 歷入金伯蘊寓家, 則適出不在, 又入南大門內東邊, 有唐人卜命訣疑處, 初欲問之, 而無價未果, 來穿市中, 左右廛肆, 目炫不可詳也。欲買凉冠, 而體小不入吾頭, 故亦未果焉。返家則日已高矣。

○沈醬二瓮, 而一瓮泡滓一盆、末醬十五斗、鹽五斗二升入, 一瓮則泡滓一盆、末醬十二斗五升、鹽四斗入, 而但未滿, 可入二三斗云, 後日加送入沈事, 鹽一斗五升, 給光奴妻而敎之矣。

○午後, 往館洞, 先見洪司評遇敍話, 又進洪參議仁憲令公家敍話。但工曹公事來議事, 正郎崔光弼來坐, 因此不得從容。又訪李同知廷龜令公家, 適金生員命男、辛都事宗遠來會, 相與敍舊, 但日暮忙還, 未得穩展, 可恨。其家饋余等梨花酒, 昏乃返。且見子美家香樹, 盡伐而無餘, 數百年家庭寶樹, 一朝掃盡, 可惜可惜。李同知令公謂余曰"我國人及唐人, 日日伐削而去, 枝幹殆盡, 不久盡伐, 故我不得已伐來, 欲以爲用"云云。

五月初九日
食後, 就墨寺洞訪申直長純一, 適不在, 其妻氏邀余入見, 待直長久不來, 故還來東學洞, 見任參奉宅, 又訪任白川兌, 從容敍話。又來南妹家, 終日偃息, 因與湖叟賭碁爲戲。又就訪箕城君後, 還抵南妹家, 夕食後乃返。但平康棄妾眞玉, 抱女息來謁, 觀其女, 已步解語, 形貌端雅, 深可愛憐。燒酒及看來呈, 適李殷臣來見, 與之共破, 無贈物, 以木牛疋報之。竊聞眞玉者改夫云, 未詳其實, 然不可獨居事言之。初意只欲見其女, 而不欲見眞玉, 今乃抱女來謁, 泣涕不已, 其心之眞僞, 雖不可知, 情理亦可憐惻。昏, 使世萬騎馬而送。

○今日出去時所把扇子, 爲唐人所奪, 如此炎天還歸時, 更無所把, 方悶之際, 箕城君適聞之, 唐扇一把贈之, 湖叟亦贈洒金扇一柄矣。○眞玉女, 前年四月廿八日生, 而名之曰愛任云云。

○近日朝著不靜, 領相李元翼以議論不合, 至於十四度呈辭曰"與時流角立, 不可因居首相", 以此, 玉堂箚字, 極詆元翼與柳成龍相爲護庇, 而耳目之官, 瞻前顧後, 噤默不言, 因此兩司時方辭避, 遞代後, 當先加罪成龍, 而次及元翼云云, 左相李恒福, 亦與成龍同事無異, 辭箚呈上云。三公如此, 國事可知, 浩嘆奈何?○大匙三、小匙二, 給價造來, 匠人居于土塘里, 昨日送德奴取來。

五月初十日

晚後發來, 到高陽地大川邊點心後, 來抵交河村平山正家, 乃亡奴婢等所居處也。余亦來秋欲來寓, 故曾與平山正爲約, 而今始來見, 但亡奴田畓及家代, 近處人等皆稱買得云, 自占耕食者多, 必爭辨後, 勢可還推, 可嘆可嘆。適雲林守及任慶衍先到, 與他少年等擲從政圖爲戲。兩公皆是妻五寸, 而相見欣慰可言? 因與平山同宿。

五月十一日

爲平山所挽因留, 又邀竹林守相見, 雲林、慶衍亦來會, 兩人皆居在近隣故也。但晚後洒雨不止, 久旱之餘, 得此好雨, 甚可喜也。但余雨具爲唐人所奪, 而今在路中, 極可慮也。

五月十二日

雨或時大作, 而東風大吹, 必大雨之徵也。然不可久留, 待其小晴發來, 平山贈余糧米五升, 乃慮其中路滯雨也。路歷光山守兄弟所寓, 而初不知其家, 故過去後始知, 不可更還, 故只使人問之, 爲言其故而來。過坡州, 歷牛溪家, 入訪牛溪胤子成進士, 前未相見, 聞之久矣, 相見如舊。因虛拜牛溪神位前, 平生欽仰, 一未相見而至此, 今日之來, 不勝悲愴。成公强使留宿, 而日尙高, 故辭別而來, 到積城縣前私奴莫金家。但終日洒雨而風, 着世萬破簣, 雨漏添濕, 可恨。去夜, 主家飢蚤所侵, 達夜爬搔, 不能安寢。

五月十三日

啓明而發, 渡縣前神直浦淺灘, 行到長湍*地白蓮驛前人家, 朝飯後又發馳來, 渡朔寧郡前舟津淺灘, 久旱水淺, 故兩江之水, 皆僅過膝而已。歷郡前十餘里, 而投宿百姓韓允弼家, 今亦洒雨而風, 雖不大作, 終日不止, 觀其雨勢, 必霖雨也。

....

* 湍: 底本에는 "端". 일반적인 지명용례에 근거하여 수정.

五月十四日

朝雨尙未晴, 故因宿處朝飯後, 雨收風定發來, 踰三四險嶺, 到安峽
地, 秣馬點心, 去家僅半息程也. 偃息川邊樹陰下, 日傾發來到家,
則日尙早矣. 一家上下欣迎, 先拜母主前後, 弟及兒輩做話. 明日乃
曾祖忌也, 一家備祭饌.

五月十五日

啓明, 弟與諧行祭, 余則路困氣不平, 不參. 自朝雨下, 有時大作.
○到家聞之, 收牟之數, 趙仁孫田, 全三石十斗, 朴番田, 全一石十
斗, 竝五石矣, 黍粟田已盡初除草矣. 但觀一路禾穀, 則雖久旱之餘,
畓則不吉, 而田則處處皆茂盛, 而到此則不吉, 黍粟僅二三寸, 苗稀
處多, 可恨奈何?

　○海州允誠妻家奴論金, 持馬入來, 乃其家送奴馬請去也. 聞
誠妻無事解産, 今又得男云, 可喜可喜. 誠兒曾已入縣不來, 故論金
昨已歸縣云. 世萬獨還縣, 修書付送.

　○夕, 允誠自縣還來, 平康則明明間來覲云云. 白米三斗、鹽二
斗、租十九斗載送, 租則乃咸悅家物也. 年前還上出用而未納, 故使
之留置積山奴家, 而今始取來載送矣. ○允誠妻父, 石首魚六束、乾
民魚一尾、弘魚一尾、蘇魚二束、鹽石首魚三束付送, 平康處亦送五
束、民魚一尾、蘇魚二束矣.

五月十六日

令四奴婢芸趙連田, 乃二除草也, 未畢. ○夕, 平康來覲, 燒酒四

鐥、蒸兒獐五口持來，卽與共之。白米一斗、木米五升、芹采及新瓜
三十餘介亦持來。京中瓜子已出，而此處始見，故卽薦神。吾家所
種瓜子，爲旱所瘁，今始蔓長，而瓢子、東瓜苗亦如此，而近因雨始
茂矣。

五月十七日

近日霖雨不止，雖或有晴時，又有大作時。○夕，縣人持祭物及燒
酒、蒸兒獐等物來納，酒與肉卽時共破，因與弟及兒輩會話，夜深
就寢。

五月十八日

平康因留，但大雨大作，前川漲溢，數日內勢不可渡，因此允誠亦未
發歸。

五月十九日

晚後雨勢暫歇，水勢亦減，平康亦以不得已事還縣，故水淺處乘轎渡
涉，午後發去，欲宿浮石寺而明日入縣爲計云云。允誠亦不得啓行。

五月廿日

乃竹前叔母忌也。行祭，余則路困，令生員、麟兒參祭。近因雨不得
除草，可悶可悶。令一家人刈眞麥，積置田畔，適因雨歇而刈之，恐
久雨則不得刈而腐朽也。

五月廿一日

雨勢雖歇而陰曀, 頗有大雨之徵, 遠路不可輕發, 故誠兒亦不發去。
○令三奴婢芸前日未畢稷田, 畢。

五月廿二日

允誠還歸海州, 因雨來奴馬久留, 今始發去, 適自昨日雨晴故也。此
別之後, 更得相見, 期在冬春, 臨去不勝悲惻, 然勢也如何? 吾家窮
不能率其妻子而同居, 可嘆可嘆。來秋監試, 名楮不得付送, 以木一
疋贈之, 使之買用。○昨日打收眞麥, 十五斗出, 東西家各送一斗。

五月廿三日

縣問安人入來, 兒雉及蒸兒獐付送。○初伏。

五月廿四日

平康歸時爲言, 明日當送人馬, 奉母入縣云, 而因家事多, 未及耳,
故借生員奴入送, 使之勿送事通之。

五月廿五日

乃母主壽辰, 故生員養母爲造松餅先送, 而吾家亦造餅, 先奠茶禮
於神主後共破。適崔判官, 牛臟一片覓送, 用於茶禮, 致書謝之。午
後, 縣人亦入來, 平康亦造床花及蒸兒獐二、兒雉五、兩色實果付
送, 布一疋亦送, 呈上母主, 母主亦欣喜不已, 欲作單被云云。卽修
答還送, 送物亦與共破。○德奴昨日受由, 與守伊作伴, 爲謀食事出

去。○允誠今日當入家。

五月卄六日

生員聞其妻父一家近日還鄉之奇, 入縣, 因此欲往見南村矣, 余亦修書付送崔參奉前, 此處窮乏, 不能贐行, 可嘆奈何?

五月卄七日、五月卄八日

金麟來見。○全貴實妻造床花一笥來呈, 東、西家亦以小笥盛納, 無物可酬, 只饋炊飯而送。

五月卄九日

乃竹前叔主忌日也, 行祭, 余適氣不平, 令麟兒參奠。○午後, 與彦明步往存光野, 巡觀太豆田而還。

五月晦日

生員見其妻父一家後, 來宿縣衙, 今始還來, 兒獐二口、兒雉五首亦持來。但近日糧絶, 而弟家尤極窘迫, 不得相救, 悶不可言。以此, 春金伊送縣, 聞積山之穀數石餘在云, 故使平康明日空馬之來, 載送矣。

六月大【初二日大暑, 初三日中伏, 十七日立秋, 廿三末伏】

六月初一日

春金伊還來, 白米一斗、田米三斗覓送。○夕, 大雨滂沱, 斯須而止, 終夜或作或止, 若雨勢不止, 川流漲溢, 則明日人馬必不送來矣。○頃者, 余自京還時, 鬢梳忘却, 棄置於平山正家, 平山若不親見, 而爲下輩所得, 則永失矣。多年囊中所藏、朝夕梳鬢之物, 一朝見失, 甚可惜哉! 適有上京人, 卽令光奴買, 則有一木梳買送, 而乃唐梳也。稍大而不合於心, 奈何奈何?

六月初二日

平康送人馬入來, 乃明日奉其母歸縣矣。租十九斗、牟一石、牟米三斗、燒酒四鐥、烹猪頭一介付送, 牟則除出五斗, 分送東、西家。昏, 大雨大作, 移時而止, 若如此不晴, 則明日之行, 未可必也。兒獐一首亦來。

六月初三日

家人率任兒及忠孫, 晚後發去, 生員陪歸, 雖時未下雨, 頗有雨徵, 恐中路逢大雨也。臨夕雨大作, 計程則勢未及五六里而逢雨, 乘轎行遲故也。

六月初四日

自昨夕大雨, 終日達夜不輟, 川流極漲, 家人昨日不歸, 則終不得入縣矣, 多幸多幸。家人在此, 近因窮乏, 大病之餘, 只食朝夕飯數合外, 終日忍飢, 又且治家, 多用心慮, 恐生他疾, 使平康奉入縣衙, 使之數月留調, 強勸入送。忠兒亦欲入歸, 涕泣不已故率去。

六月初五日

大雨, 終日不止, 前川兩岸盡沒, 人不通涉。

六月初六日

或洒或晴, 終日陰曀, 縣吏因事來此, 而當欲透路入歸云, 故修書付送。但久廢除草, 又不耕種木麥, 節已晚矣, 深可悶也。○耳牟打收, 則卄二斗。

六月初七日

去夜, 達曉下雨, 朝尙不晴, 因此不耕木麥田。晚後始晴。○近日飢腸太甚, 有時兩眼昏迷, 合目良久而定, 乃因繼糧無策, 不得點心故也。欲以責太而療飢, 一升之太煮之, 則衆多之口, 一時散盡, 不可逐日責之, 而太亦垂乏, 每日夕時作末爲粥, 上下分喫, 不可繼用, 是亦悶也。以此家人勸送入縣, 使之留養矣。六十之年, 前程幾許, 長在飢餒之中, 此生可惜可惜。慈氏亦因弟家窮乏, 所供之飯, 每每分與弟之兒輩, 所進至小, 想多空腸時, 而三時外更無進供之物, 尤極悶嘆。昨昨, 隣人適捕兒獐, 後脚及內腸來呈, 數日作湯供母主前, 可喜可喜。自夕時無可供之味, 家中掃盡無餘, 采物亦不得用, 況望魚肉乎? 鹽醬亦垂絕, 尤可悶也。

六月初八日

生員自縣還來, 僅得渡水而來云。乾方魚半隻、加佐味五束、兒獐一口、兒雉一首付送。○令一家五人芸金彦寶豆田, 未畢。

六月初九日

金賢福, 木種三斗受去。○芸昨日未畢田, 畢。

六月初十日

彦臣托病不起, 因此不耕木田, 非但節晚, 虛費不貲, 可嘆可嘆。若早知病臥, 則金淡不令出去, 而借牛載灰, 送于耕田處後, 始知病不能執耒, 遠地往來之間, 日當午矣, 無人執耒者, 不得耕種, 痛憎痛憎。不得已一家人芸蔡億福豆田, 未畢。

六月十一日

耕木麥田，未畢。輪棺板十一立於船所，此縣所造船隻，今始流下，故載送棺板矣。栢子板六立、松木板五立，又送農器，彥明亦付送末醬十斗矣。彥臣亦以其事，上船而歸，故令看守到江，後使光奴給車價，載入其家矣。

六月十二日

今亦耕昨日未畢，而億守牛性不順，兩牛爭鬪，玆不得耕而空還，連日虛費不貲，恨嘆奈何？只令芸前日未畢豆田。○彥臣等今始發船，下直而歸，工吏朴彥弘令領去矣。○崔振雲來見其妹，余亦往見，良久環坐東臺上敍話，而夕飯，吾家饋之。

　　○近日糧絕，明日耕田時饋糧，他無得路，不得已刈未熟早黍取之，則一斗暖釜，舂而用之，欲用於明日。

六月十三日

耕前日未畢田，種木麥幷七斗九升。○夕，安孫自縣還來，牟米五斗、太五斗、兒雉四首、猪肉二片、瓜子三十介、鹽一斗、醬一斗付送。太米各一斗送于弟家。官中亦掃如此，後更無繼送之路云。

六月十四日

耕官屯田，種木麥二斗。○夕，縣房子持明日茶禮物及氷塊入來，眞末一斗五升、粘米五升、豆二斗、田米三斗、眞麥一斗、兒雉七首、中兒獐半體、淸一升、艮醬一升、燒酒五鐥付送。

○且聞龙知得買好馬, 上京還來, 未久不意斃死, 可惜可惜。當
初買時, 給牛大小幷三而得之, 未經一月而斃云。

六月十五日
晚後, 備煎餅、水丹, 兒雉炙、獐肉湯, 行茶禮, 次及亡女。○春金
伊、金淡等受由出, 只令一家兩婢芸草。

六月十六日
里人入縣, 修書付傳。○夕, 婢玉春, 與生員奴春已自京入來, 見高
城南妹書, 時好在云。但光奴買雌馬而送, 非但行步遲鈍, 腰下受
病, 上下山時, 腰曳而行, 不能任載云。如此病馬, 何以買送耶? 必價
微故也。銀四兩三錢半給之, 而乃南妹家馬云, 後日還送退之爲計。
馬價極高, 雖病馬如此云。計木則十三疋。

六月十七日、六月十八日
因里人等漚麻, 余亦先刈全業田麻, 埋之, 乃八束, 而日暮未及出之。
但一家使喚人皆出去, 德奴膝上生腫, 不能運行, 借人使之, 多有未
及之事, 可嘆可嘆。

六月十九日、六月卄日
春金、淡伊等還來, 因令刈麻, 吾一家上下別埋一處爲意。○昨日所
埋麻剝皮, 則三丹半, 而皆長大, 過半不用於織布矣。
　　○夕, 縣問安人入來, 兒雉七首、鮒魚十三介、瓜子卅介付送。

但見平康書, 奴世萬及其妾家兩婢, 皆食毑知死馬肉, 生毒危苦, 勢不可救, 不祥不祥。常人之情, 雖目見其毒, 而不忍一時之慾, 輒食生毒死者, 比比有之, 可知人慾難禦也如是。若推類而觀之, 則名利之慾, 雖在士君子, 不能超脫, 而自陷於危機, 覆轍相尋, 不自知止, 其慾之大小不同, 而死則一也, 可嘆奈何奈何? 今見朝報, 朝著間一番風浪又起, 自相攻擊, 於此亦可知矣。

六月卄一日、六月卄二日

漚麻剝皮, 則朴番田麻二丹四束, 億守田麻三丹三束, 而一丹卽獻母主前, 贈弟四束, 又給生員妻五束。

六月卄三日

前數日, 彥臣義子, 夜宿家內, 爲虎攬傷, 右脚重浮, 然不至於死云。適人早覺, 高聲叫逐, 故棄去云, 可畏也哉!

六月卄四日

全貴實, 瓜子卅餘介, 宋守萬, 瓜子十五餘介, 彥臣妻, 亦卄餘介來獻, 無物可酬其誠, 可嘆。○近日暑熱極熾, 人不堪苦, 余亦親就川邊, 連日沐浴, 濯洗汗垢, 心神凉快。然出水則還熱, 願登高爽凉亭高臥, 斯須以滌煩熱也。

　○夕, 忠兒自縣還來, 中米三斗、田米五斗、兒獐一口、兒雉四首、瓜子二十介、茄子十介付送。糧饌已絶而及來, 可喜。因聞世萬今則庶有生路, 而兒奴又生毒云云。

六月卄五日

崔判官致書問之, 又送水茄子八介, 蝦醢少許, 卽修答謝之。○午後, 余獨騎馬, 巡見諸田黍粟及太豆, 則僅不棄之而已, 太豆則稍優於前年, 但土同田中粟已發穗向熟, 而山猪擇其穗大者, 爲半食之, 可嘆可嘆。木麥田雖發苗而苗稀, 前年則種之過多, 今年則過稀, 皆因一家人迷劣, 不知農理, 而又不盡力故也, 可憎奈何奈何?

六月卄六日

億守漚麻, 故送德奴于所斤田張豊年所種麻刈來, 乃二丹而幷埋之。然皆長大, 不合作布云云。取皮則十二束矣。

六月卄七日

隣人朴文才昨日入縣, 今朝還來, 家人書付傳, 見之, 則衙內皆好在, 世萬等亦皆向差云。太三斗、鹽一斗、兒雉二首、兒獐一脚付送矣。○金淡受由而去, 今始還縣。

六月卄八日

春金伊亦受由入縣, 修書付傳衙內。○彥臣上京, 今始還來, 見南高城書及妹簡, 時好在云。又見光奴白是, 彥臣持去棺板十一葉及農器, 皆納置其家, 而輸入時車價, 木半疋、米五升加給云云。

　○億守猫, 兒鷄含去, 痛哉痛哉! 午後, 與弟步往見鬱方淵邊早粟, 已黃入熟, 而群鳥爲半含折而去, 痛憤奈何奈何? ○後廊下, 大蛇出而走, 坐窓外, 幾爲逸去, 僅得打殺。

六月卄九日

此面委官等來謁, 因獻田米四斗, 受之不可, 却之再三, 强請納而歸。一斗卽給弟家, 未安未安。然糧垂絶, 而得此意外之物, 可延近日之命。

六月晦日

縣問安人持糧入來, 牟米五斗、太五斗、豆三斗、租五斗、兒雉三首、燒酒五鐥、土蓮竹三丹、菁根三束付送。牟米及太各五升, 分給兩婢, 來月料, 隨所得加給爲計。東家租一斗, 弟家太五升亦送。○夕, 麟兒自縣還來, 新魚網持來, 乃前日縣吏處送之, 使之懸吐而送矣。

七月小【初二日處暑, 十七日白露】

七月初一日

明明日祭物覓來事, 早朝修書, 送<u>金淡</u>入縣。○晚後, 余獨騎馬, 巡見所耕黍、粟、太豆田而還, 早粟今已半熟, 旬前庶可收用, 晚穀亦已發穗矣。○縣吏持祭物入來, 眞末一斗、木米五升、白米五升、甘醬一斗、艮醬一升、茄子十五、瓜子廿介等物付送矣。<u>平康</u>慮其此處無人可送, 故令官人先送, 而<u>金淡</u>則夕空還矣。栢子、石茸, 前日已來爾。○自今日除草, 已盡畢矣。

七月初二日

令女息輩備祭饌, 家無儲物, 又無可買處, 草草具備, 可恨。

七月初三日

乃祖母忌也。曉頭令弟與兩兒行祭, 余適感傷, 終夜痛頭, 又且上唇*有浮, 恐其重傷, 不能參行。○耕菁田, 種之。

七月初四日

生員入縣, 因此上京, 欲觀別試。婢玉春亦偕歸。○前日光奴買送馬, 初以爲不可任載, 今欲還送退價, 而近日善養, 稍勝於初來, 今朝盛土八斗載之, 上下山峴, 又渡石川, 別無顚跌之患。弟與麟兒亦騎而越峴, 則又無跌足之處, 雖非有力之馬, 不任多載, 而七八斗猶可任載云。故日月已久, 還退亦不可, 姑留之, 待其上肥, 來月間上送還賣爲計。

七月初五日

蔡億卜來謁, 因獻眞瓜大者三介, 欲用於初八日茶禮時, 可喜。家無還酬之物, 只飮秋露一杯, 因使蜂桶上加覆他器而續之。凡盛蜂之桶, 桶上例加他器後蜜多云, 故續之。七桶之內, 三桶, 今年所産故不多, 其餘舊蜂四桶去蓋, 則蜜皆盛滿, 而只申守咸所呈蜂桶未滿, 乃今年多産兒蜂故也, 此則以小木器覆之。

七月初六日

德奴持馬入縣, 爲覓明明行茶禮之物。○自數日來, 秋氣甚高, 雖挾

....
* 　唇: 底本에는 "唇". 문맥을 살펴 수정.

襦衣, 猶覺不溫。前頭尙多可爲之事, 而家無手足, 末由用計, 中夜思量, 百念塡胸, 耿耿不寐, 人生, 可嘆可嘆, 皆因計拙所致。然老母、妻子皆仰賴一身, 而今秋雖不出去, 明春農前, 勢不可留此, 趁今秋冬豫爲謀聚後, 庶可聊賴於明年, 而坐經時月, 無可奈何, 只待臨時, 任其飢寒, 尤可恨嘆。

七月初七日

乃佳節也, 酒果行奠禮。○夕, 德奴與春金還來, 見一家書, 時無事, 而生員昨已上歸云。租十斗、太五斗、耳牟米三斗、兒雉八首、中獐半體、西瓜二、眞瓜七付送。○東臺前彦邦田黍打■, 前後幷十二斗出。鬱方淵邊瓜花粟二斗收用, 乃有陳處, 前春耕也。

七月初八日

乃先君生辰也。蒸交兒、床花、湯、炙、實果等, 行茶禮。

七月初九日

始令介婢刈先熟眞荏, 鎌頭實三升五合。

七月初十日

東風連吹, 凜如深秋, 雖挾襦衣, 猶覺不溫。但孝立自數日來下痢無數, 頓廢食飮, 至於今日, 絶乳不飮, 飮則輒吐, 合目長臥, 困頓不起, 乳兒之病, 不可藥餌, 極可憂悶憂悶。

　○彦明婢介今, 去夜夢中見生員挾冊, 自東家來此, 而中路所着笠子, 風飄飛去上天, 而欲捉不得云。此乃去笠着帽之兆, 今必登第, 可賀。丁酉春, 其兄上京觀試之時, 余夢見脫笠來謁, 終得其效, 今者愚婢無心之夢如此, 必有其應, 可喜。非但此也, 人人皆獻吉夢, 又且人事已盡, 必不虛也。明明乃初試日也。<u>允誠</u>亦必來京矣。

七月十一日

縣問安人入來, 見書, 家人向蘇云、可喜。兒雉四首、西果三介、土蓮竹三丹付送, 卽修答而還。○<u>孝立</u>病證, 痢則似減, 危頓之勢如前, 極慮極慮。夕, 雨作。

七月十二日

<u>孝兒</u>今則向歇, 飲乳不吐, 又食兒雉肉, 開目起坐, 深喜深喜。○今日乃別試入場日期也。兩兒入試, 未知何以爲也。終日陰而不作雨, 京中未知亦如此也, 置念不忘。

七月十三日

衙奴<u>金知</u>持馬入來, 余欲明日入去故也。○荏子刈取, 積束于田中, 鎌頭實五升七合, 前日刈積荏擺實, 則一斗二升。○<u>金知</u>來時, 新稻米三升、兒雉二首持納, 米則薦神。

七月十四日

早食後發來, 日未夕到縣, 見諸兒, 又見<u>業兒</u>, 非如前日, 而肥碩奇藯, 吾家千里駒, 他日可占遠大之期, 不勝喜慰。官供茶啖, 但官儲蕩掃, 更無下手之策云, 可嘆可嘆。

七月十五日
留徜。乃俗節也, 官供行果酒餠, 終日與諸兒會話。○夕, 京房子自
京下來, 見生員書, 初場則與誠兒無事出入, 而三所合爲二所, 渠則
入一所成均館, 而二所則私家云。

七月十六日
留徜。幸生員得參初試, 則殿試明紙, 艱得之, 故此處以其白紙▣
貼, 明日當送生員處。

七月十七日
晚後發來, 行到所斤田, 則金主簿明世及金麟、許忠, 權好古等, 各
持壺果, 待迎家前松亭下, 良久敍話, 日傾乃返。來時, 中米一斗、
租四斗、兒獐半件、兒雉三首付送, 而米五升、租一斗、燒酒四鐥、兒
雉一首、家猪烹一脚, 則送弟家, 乃明日弟生辰, 故謙兒覓送。○在
徜時, 聞謙兒妻妾, 皆有脹云。

七月十八日
徜奴世萬還縣, 修書付之, 昨日率來者。○刈收粘黍則五▣。

七月十九日
打收土同田蛇粟, 則十七斗, 而弟家二斗, 生員家一斗送之。

七月卄日

麟兒率一家人四名, 往所斤田, 看打廉光弼幷作仲今田半稷, 全一石四斗分來, 而七斗卽送于弟家, 使之舂米, 上京時爲糧也。又給兩婢今月料各一斗半。

七月卄一日

縣問安人入來, 聞藍草多不足, 所染紬次爲半未畢, 爲求得於此處人家所在, 而不得而歸, 可恨。

七月卄二日

諧、誠兩兒初試中不中消息, 尙未得聞, 而今日乃殿試日也, 未知何以爲也, 念念不已。○昨日, 結魚箭後川上流, 而去夜所落, 僅卄餘介。

七月卄三日

近日久不下雨, 凄風連吹, 濃露亦不下濕, 晚穀多未結實, 尤害於木麥及菁菜田云, 可恨。

七月卄四日

朝, 此面百姓自縣還來, 平康修書付傳, 乃生員在京所修書亦來。見之, 則兩所儒生幾四五千, 故趁未考課, 當於去卄一日間出榜云, 乃卄日因縣吏下來而付書也。兩所策題及渠之所製策中頭及立論等書送。見之, 則措意分明, 猶可得中, 而但場中得失未可必也。殿試退定於廿六日云。誠書亦來，但久留京中，艱苦莫甚云，可慮可慮。且聞倭賊刷還我國人十餘，因言前日所送講和使，至今不來，汝國若不卽送，則明年二月擧兵復來云。因刷還人，聞秀吉旣死，其子嗣位，年纔八歲，與秀吉同姓者攝政，威權震於賊中，淸正以下皆俯伏聽命。其兵雖已渡海，而尙未罷散，日日鍊習，爲明年二月大擧入寇之計無疑云，極可慮也。前日講和使，我國送于中朝，則中朝盡殺云云。且聞式年當退行於明春，而時未定云。若退行，則誠兒欲來見後還西云云。

○夕，平康來覲，乃明日余之初度也。爲此備持燒酒六鐥、淸酒二壺、西瓜四、眞瓜六、茄子三十、白米一斗、中米三斗、木米一斗、粘米五升、中兒獐一體、兒雉七首、栢子一斗、赤豆二斗持來。因與環坐叙話，議定母主行次於來月初九矣。若幸生員登第，則當於此處，設行慶筵，勢可退行。

七月廿五日

使女息輩，爲設茶禮之物，三色餅、湯、炙及實果等物，先奠神主，次及亡女。隣里來謁者，各饋酒餅而送。又邀崔判官，備供行果，各巡杯而罷，從容叙話，日夕乃歸。安峽老人連守來謁，又獻好梨及西果，饋燒酒兩杯、餅及炙而送。隣里人等聞余生辰，朴文才造餅一笥，金彦寶、全業各粘黍米一斗，金億守新淸一升，其餘或山果，或黃茸等物，各各來呈，幷以酒餅酬謝。

○夕，縣吏持簡入來，因聞生員兄弟，皆得初試，而適有李殷臣家奴，得聞而來傳，今明豐金伊來時，傳書榜目及生員修簡送之云云。殿試退定於廿六日云, 允誠亦參云, 尤極欣慰。然時未見榜及生員書, 恐其虛報也。

七月廿六日

平康早食後還縣, 但行未遠洒雨, 然不至大作, 必不沾衣也。

七月廿七日

春巳入縣, 修書付傳。以木花反同捧來事, 因歸安邊, 吾則無馬, 不得偕送。今年木花必不得用, 上下將凍, 可嘆奈何?

七月廿八日

終夕待縣人之至而不來, 豐金時未還耶? 兩兒得中的奇, 時未聞知, 可慮可慮。○午後, 余獨騎馬, 巡見諸田所作粟、稷, 不如他人之物, 而又且所耕至略, 過冬極難, 憂悶奈何奈何?

七月廿九日

早朝, 全業, 酒餅及實果等物來呈, 乃其家行祭餘物云云。

八月大【初四日秋分, 十九日寒露】

八月初一日

縣問安人來到, 見書, 允誠昨夕入來, 乃入殿試, 翌日發來云。生員
則殿試之日, 臨夕下雨, 因未及畢書, 而爲軍士所奪, 不得書呈云。
一家上下之望, 盡歸虛地, 可嘆奈何? 時不來耶? 誠則書呈, 而但行
文非其所長, 豈可望乎? 殿策題, "用人", 而上試官李山海云。初試
則生員以論次下, 誠則賦次下得參云, 策則舉場皆失志, 得中者少
云。論題, "楊龜山應蔡京薦", 賦題, "大功出儒生, 乃虞允文采石捷
金亮事"云。二所論題, "宋高宗喜讀《春秋》", 賦題, "草堂舉賢, 乃
鄧禹在草堂, 光武訪之, 禹薦嚴光事"云。一所上試官李廷龜, 二所
上試官李忠元云云。

　○且今日乃釋奠日也, 得家猪前脚一及中米二斗付送。來初九日
母主行次已定, 而人馬三匹已爲抄發, 家人則亦於六日還來云, 誠兒

亦欲自此還西云云。但聞平康妾落胎云，可惜可惜。縣人，卽修答還送。沈說書亦來，見之則觀試後卽還其家，來冬上來，謁母主前，而今則以其秋事忙返云矣。生員則因往仁川，謁其鄭叔母後，歸粟田云云。

八月初二日

朝，春金受由歸縣，修書付送。○朝食時，昨來猪脚作湯，則群兒久阻之餘，咸萃爭食，或啼或笑，滿堂喧鬨，一則可笑。但母主本不食家猪肉，故不進，可恨。○夕，此面色掌，自縣持簡入來。見之，則初九日行次諸具，已令措備，但糧饌極難，不得已軍糧一石先貸出用爲計云。家猪頭熟烹及脚半部付送。

○始令麟兒率人，伐草結鷹網處，人言前寅、戌日伐草，後寅、戌結網云，故今日乃寅日，故先人卜基，今年則期欲捉之，爲買馬之資矣。

八月初三日

朝前，昨來猪頭臠切，一家咸萃分喫。○夕，縣吏又來，見書，家人自數日來，氣不平，更調數日，當於初六日發還云。烹猪肉又送，新白米一斗亦來矣。但母主本不進家猪肉，而近日飯饌久絶，長以菜物供之，老親之口，豈合乎？以此食飲頓減，極可悶也。

八月初四日

廣州墓下居奴成金入來，乃初九日出去時率去事，前日招來故也。但不持其牛而來, 托稱放賣云, 可憎可憎。○麟兒往金賢福幷作仲今田粟打來, 全一石八斗出, 而草則未及打云。弟家分送四斗, 使之爲上京糧次矣。

八月初五日

家人明當欲來, 故送德奴入縣, 彦明亦偕送其奴。

八月初六日

夕, 家人入來, 誠兒陪來, 而麟兒往中路亦迎還。○九日行次時糧饌, 平康覓送白米四斗、田米五斗、太三斗、獐脯十五條、藿三注之、乾魚二尾、生雉三首、甘醬一斗、艮醬二升。彦明家, 中米三斗、田米五斗、甘醬一斗、木盤三介、食鼎一、白紙一束、常紙一束亦送。

八月初七日

江婢自昨昨痛頭極苦, 至今小無歇息, 專不食飮, 可慮可慮。○全業、朴彦邦上京, 修書先送南妹家, 使喻母主上去之意。金彦寶來謁, 因獻淸二升, 閔時中亦呈生雉一首。

八月初八日

金明世、金麟、金愛日等持酒樏來餞, 乃余兄弟奉母明日上京故也。南村居百姓崔億守, 新米三斗來呈, 饋酒三杯而送。○平康入來, 燒酒五鐥、淸酒一盆、粘粟米三斗、西果三介、淸二升、藥果九十立、中朴桂八十立、祭用榛子五升、生栗五升、大口二尾、乾雉四首、生雉五首、鷄兒五首、乾餘項魚二尾等持納。吾家亦造粘粟餠, 爲行路之費。

○鐵原居百姓牽老雄馬來, 換吾家牝馬而去。吾家馬步行極遲鈍, 又不能任載, 方以爲悶, 欲換他馬有日, 此人聞之, 來換而去, 甚可喜也。

八月初九日

奉親早食後發來, 到末之山下, 母主乘小轎越嶺, 乃嶺路陜而險側, 人不得幷行故也。余亦步踰, 抵山下梨樹亭下, 秣馬點心後, 行到鐵原地馬山村, 平康百姓亂後, 移居于此, 因投入止宿。家主名巨乙後未而年老, 老除已久, 因本官徭役, 多蒙官主恩惠, 來言謝意, 饋以藥果、餠等, 飮以燒酒一杯。上下安宿。

八月初十日

未明, 作白粥早飯供親, 余等飮燒酒。家主亦烹鷄獻酒, 亦饋燒酒以酬之。日未出而發行, 到鐵原地權化院前川邊, 朝飯。路逢韓生員孝仲, 立馬斯須, 作話而別, 因韓聞別試及第居魁者乃曺倬, 而得選者十六云。韓亦入咸鏡道, 欲率妻子還來, 而今日當入宿平康縣云, 故吾一行無事向歸事, 使言于平康矣。朝飯未畢, 崔判官應震亦自平康出來, 向楊州地, 以掃墓事也。意外相見, 環坐川邊, 作話而先歸。行到楊州地亐音代故判書金添慶奴守伊家, 入宿。

八月十一日

未明, 作白粥供早飯, 發來, 到柯亭子人家, 作朝飯。洪參奉邁、金內禁順傑來見，乃流寓此地者也。洪公作飯饋余。發來，未及泉川村二三里，雷雨大作，自北隨風而驟至，母主僅以簑衣被覆，不至添濕，其餘上下皆盡添濕，而愼兒輩衣服盡濕，戰齒哭泣，一則可笑。馳到泉川村故兵使申恪奴世同家，投宿。世同者自前往來時，彥明與平康入宿其家，故待之極厚，余亦饋以酒餅報之。但驟雨不至久作，故所濕衣服，卽曬布而乾之。

八月十二日

未明，供白粥早飯後，發來，到長壽院前川邊朝飯。但去夜所宿主家房，爲群蚤所侵，不能安寢，搔爬不已，至朝飯處披衾，擺去蚤之在衾中者。○初欲奉母來寓南高城家，而妹也送人于朝飯處，報曰"母主所入房，已得修理，而唐兵奪入"云，故不得已欲直往土塘，而妹也又送人土門外，使之入城止宿後，明日往去云，故入京投宿妹家。金都事止男聞母主到京，夕，來謁，從容叙話，飮以燒酒二杯，夜深而罷去。余兄弟寢于行廊房。

八月十三日

早飯後，彥明奉母主率妻子先歸土塘，余則以事留在，當欲買祭物次，明日出去爲計。南妹家朝食後，來光奴家。午後，金子定來見，良久做話，因饋夕飯而歸。

○朝，入接唐兵，奪吾馬騎去，德奴隨後推來，以此一馱不得輸去。善兒亦因以留在，明日余行時，率去爲計。○欲放吾馬，而近日馬價還賤，不得售，可恨。然過秋夕，更欲留數日放之計。

八月十四日

率來人馬, 待開門還下送, 只留一馬, 吾去時騎去爲計。以此, 使先歸人等各出糧米五升, 以贈留在人。○朝食後, 來見南妹, 因爲仲泰氏所挽, 圍碁數局後, 率愼兒馳到土塘母主所寓處, 乃三寸奴者斤福家也。僅能容膝, 不可久居, 令彦明速爲造家矣。生員亦以行祭事, 自栗田入來。彦明妻氏率墓直婢等, 備祭饌。余與弟及生員宿隣家。

八月十五日

自曉頭, 風雨大作, 勢不得行祭於墓下, 至晚朝後始晴, 因上塚前, 行奠。先奠祖考妣, 次及先君, 次及竹前叔父兩位, 次及亡弟後, 又及於亡女後, 又及香妹、英孫、遲姪, 日已傾矣。環坐墓下飮福。吳德一、許鑽亦來參祭, 罷後來見造家處。光進、卜龍等進酒饌, 亦飮數杯。來到母主所寓處, 亦宿昨日所宿家。○鄭貴元父子來謁, 因呈生栗數升。

八月十六日

食後, 辭母主前, 與生員發來, 到沙平院, 適逢唐將賈郎中南下, 下馬立路傍, 而接伴使韓僉知述, 知見余顏, 亦下馬, 斯須立話。而來入城, 先訪任參奉宅, 又入見任白川父子, 後到光奴家, 則平康妻子亦已到矣。因見平康書, 西村一家皆無事云。但江婢病勢危重, 不可救云, 不祥不祥。此婢雖迷劣, 自小生長家內, 專使朝夕炊飯之任, 今若死於他鄉, 則非但渠身可憐, 吾一家尤無可爲之事, 極可憂悶憂悶。

　　○夕食後, 來見南妹, 但高城自昨昨, 氣不平, 專不食飲, 困頓不起, 極可慮也。因此, 來訪金都事子定, 與之同宿, 前有約矣。適子定兄命男及姪女夫崔永津亦來, 相與做話, 夜深而就寢。

八月十七日

朝前, 與子定相別, 來訪箕城君, 箕城君以風病鍼灸, 呈辭在家, 相與叙舊, 饋余朝食。晚後來見南妹, 而仲素氏時未向蘇, 方困睡, 故不得見而還。午後, 平康妻子發去, 當欲投宿土塘, 因謁母主前云。

　　○令光奴以好木一疋, 換木花十四斤而來, 改衡則十五斤半矣。生員養母, 中木一疋, 十二斤捧之, 而改衡則十二斤十兩矣。○金子定自京營庫坐起後歷來, 尹進士民獻亦來見, 從容叙話, 日傾散去。○夕, 婢玉春自土塘入來, 奉見母主書, 有相離之嘆, 不勝悲泣。

八月十八日

昨日, 室內行次, 婢子等誤持吾行入帒糧米而去, 故待開門, 送德奴於土塘推來。晚食後, 與生員發來, 到楊州綠楊驛前川邊, 秣馬晝飯, 投泉川村故判書尹毅中奴家, 止宿。

八月十九日

啓明而發, 到柯亭子朝飯。金受禧、金順傑等來見, 順傑則贈余生粟三升。良久叙話而來, 到漣川縣前, 秣馬晝飯後, 投鐵原地兩胎項村校生李仁俊家, 止宿。午後, 路逢洪參奉邁還家, 立馬暫話而散。自昨始下霜。

八月十日

未明而發, 到朔寧東面名不知百姓家, 朝飯後發來, 三踰險嶺, 兩渡大川, 山路崎嶇, 瘦馬頻顚, 僅得到家, 日已落矣。適申咸悅奴春億自鳳山入來, 見子方書及女息簡, 則頃者, 子方傷寒, 振兒患痢, 今僅向蘇, 而來九月晦前, 擧家定欲還京云。但聞其家, 今年不作農業, 頗有困窮之患, 深可慮也。

　○麟兒往荒村學田, 看穫而來。半穫, 全三石七斗分來, 草則未打, 亦可出十餘斗云。○來時, 一路農事見之, 則諸穀時方收穫, 而晚太、大麥, 未及實, 而連三日逢霜, 盡皆枯乾, 可惜可惜。早種太豆, 多結而實。○在京時, 聞江婢病勢危重, 意必死矣, 今來見之, 則自昨始起, 乃兩日瘧云。

八月廿一日

春億入縣, 修書付平康處。昨日來時, 平康妾奴豊金自所宿處, 直歸縣衙。○夕, 春金自縣還來, 牟種廿九斗、眞麥種三斗、生雉兩首持來, 自衙內蒸粘餠一笥、細米一斗亦付送。○今年東瓜所摘大小幷三十餘介, 茄子亦多, 而苽則不實。

八月廿二日

平康, 種牟戴送, 前日春金來時, 負重不能持來故也。白米一斗亦送矣。午後無聊, 獨步巡見前後野余所耕太豆田而返, 太豆, 早種, 故霜前已實, 今雖逢霜, 不至於不用。

八月十三日

去夜下雨, 至曉始晴。令彥臣借金彥寶田, 耕秋牟矣。明年雖舉家出去, 若耕牟於此, 則可以取用, 而時事多艱, 出去之期, 亦未可必, 故以爲遠慮之計爾。○蔡億卜, 訥魚大一尾來獻, 贈稻米一升。

八月十四日

耕昨未畢牟田而畢, 耕種, 種牟卄七斗。○金彥寶, 錦鱗魚一尾來呈, 半尺餘矣。夕, 平康來覲, 以此魚炙而共之。白米二斗、細米三斗持來, 雉一首、燒酒一壺亦來, 卽飲一杯。但彥明不在, 把杯忽思不得與之共飲, 悲嘆奈何奈何? 今得雉首, 亦不得供親, 對案不得下咽。因事勢之迫, 不得與老母、一弟共居, 先送窮寞之地, 居處飲食, 必有不如意之患, 憂悶奈何?

八月卄五日

晚後, 平康還縣。○打收水荏, 則十斗出, 而時未畢打。計其去年所收, 爲半不及, 可嘆可嘆。○光奴令其家人馬, 貿鹽四十餘斗, 入送于此, 使之貿穀, 爲明年取用之計云矣。鹽眞魚二尾來獻。

八月卄六日

送安孫入縣, 爲覓馬太事也。○結鷹網兩處, 沈魚巢六處。又令收束趙連田稷三百七十束, 積于田中, 乃前日刈布者也。余步往見之,臨昏乃返。

八月廿七日

玉洞驛婢仲今田木麥打收事, 麟兒率德奴, 早朝進去。○晚後, 與生員步往末之後山, 望見婢子等收束木麥及麟兒田粟。回頭四望, 秋山正好, 錦繡成堆, 正好銜杯, 而隣無可話之友, 又無一滴之酒, 雖嘆奈何? 然登高爽豁, 聊瀉塵襟, 亦足一快。

　　○夕, 安孫自縣還來, 白米二斗、馬太五斗、淸五升、法油三升、染草四束付送。淸與油各一升送于生員家, 淸一升給麟兒妻矣。○光奴家人還京, 修書付送, 使傳于土塘母主前。乾雉四支亦裹送。

八月廿八日

衙奴岾知入來, 見平康書, 萬經理差官入縣, 人蔘百斤卜定, 辦出無路, 必有後患云, 極可慮也。非但此縣, 列邑皆如此, 而責出甚急, 此必是經理私人情, 用於中朝矣。聖天子憂恤東民, 極矣, 而經理任天子分憂之責, 不恤孑遺之民至此, 痛甚奈何奈何? ○昨日, 後任生日, 故平康爲造油餠一笥付送矣。

八月廿九日

岾知還縣, 修答付送。○去夜, 鷹網, 狡兎觸罹, 咬破網子, 幾爲逸去, 適爲人所獲, 炙而食之, 其味正如雉肉, 所謂"魚網之設, 鴻則罹之"。夕, 春金往見張網處, 則引鷄斷繫繩而無去處, 若不逸去, 則必爲人偸去, 可憎可憎。○麟兒還來, 李橡幷作仲今田所出木麥, 全二石五斗、粟十斗、太平一石八斗。

八月晦日

午後，步往見刈粟布田處。但早粟久未刈，爲半擺落，水荏亦盡落，空殼居多，皆因人力不暇故也，恨嘆奈何奈何？

九月大【初四日霜降, 十九日立冬】

九月初一日

前日所失引鷄, 今日得於山中, 非人所偸, 而乃斷繩逸去也。數夜之
中, 不爲狐狸所嗒, 今還得之, 可謂幸矣。

九月初二日

令一家人等收束三處粟後, 移拔趙仁孫田太。晚後, 騎牛往見。但
人蔘未及採納事, 民間搔擾, 至於捉致妻孥, 囚禁滿獄, 尙未充數,
必逢彼之怒辱, 極可慮也。○平康因金彦寶之還, 修書付來, 雉二
首、白米一斗付送矣。○夕, 浮石僧法熙, 芒鞋二部來呈, 饋夕飯而
宿。乃前日造次生麻受去故也。

九月初三日

收拔趙仁孫田太後, 移役彦守田太, 未及收積。去夜雨後, 日氣甚寒
而風, 臨夕役人, 不堪其冷, 玆不得盡力。

九月初四日

德奴受由上京, 乃自己反同事也。母主前修書付送, 雉一首、木米一
斗亦付送。南妹前, 葡萄正果一缸, 沈送, 使之分送于母主前矣。容
入淸二升。○室內率去奴世萬來縣, 一路上下皆無事到家云。世萬
來時, 歷入土塘母主所寓, 奉簡來傳。見之, 則時皆無恙, 深喜可
言? 但聞造家時未定, 而欲於者斤福家過冬後, 來春日長時欲造云。
是皆因乏糧不得饋役人故也。母主糧饌, 亦乏絶云, 悶慮不已。

　　○平山正送人馬, 乃去春貿換紬、淸事, 木端四疋置此, 使我貿
易, 故爲取去而來矣。但兩物, 今年因京商來貿者多, 其價極高, 時
未得貿, 勢將空還, 深可恨也。○令一家奴婢, 收折全豐田太, 適大
風而寒, 人皆戰齒, 僅得畢收矣。

九月初五日

平山正奴因留置得淸蜜二斗, 乃二疋所貿也。一疋則留置, 當欲後日
買送矣。無盛器, 官人將本, 借入而送, 亦使後日來時還持來矣。○
生員得聞日瘧苦痛, 極慮極慮。

　　○夕, 鐵原馬山村居百姓金巨乙後未來謁, 因呈生雉二首, 乃前
日奉母主上京時投宿主人, 而役屬平康者也。以其子有貞, 今抄新安
驛刈草軍, 故欲請減矣。饋夕飯, 留宿而送。○鷹網引鷄, 又見逸去。

九月初六日

平山正奴今日始歸, 家無贈送之物, 石茸五升、雉一首付送, 糧四
升、馬太五升亦給矣。○麟兒以仲今田收穫事, 往所斤田村。○夕,
縣問安人來傳書簡。見之, 則都事昨已過去, 唐官尙留在, 而人蔘
七十斤充給, 其餘未准之數, 時方責充, 極悶云云。以此, 來九日欲
行時祀, 而凡物未及措備, 故退行事傳報矣。白米五斗, 姑先送來。

九月初七日

親率一家人等往打金彦寶田赤豆, 平四石二斗出, 乃二日耕也。若好
則可出七八石, 而今年甚不好, 故只此, 可歎可歎。

九月初八日

夕, 縣問安人入來, 見書, 唐官昨已出去, 未充人蔘, 隨後追送于所
到處爲計, 而時未得焉, 欲以面皮圖減云云。○白米五斗、田米七
斗、淸五升、紅柿四十餘介, 乃結城來物也。雉鷄各二首、芋栗一斗、
淸酒五鐥付來。且聞仚知近日上京云, 故修書付傳于土塘矣。時祀
則十五日更卜事, 通之。○麟兒往見仲今田太豆收穫矣。太則十三
斗, 豆則平一石云云。時未輸來, 接置并作人張豐年家。

九月初九日

乃佳節也, 備酒餠、脯果、湯炙, 奠茶禮。適金別監麟持酒一將本、
鷄一首、麵一笥來納, 因饋酒餠, 良久敍話而歸。金之并作仲今田所
出豆十斗亦持來。○生員痛瘧三次, 今日始得離却, 可喜可喜。以

其節日, 故奴婢等不役田功。

九月初十日

打收李仁方田豆, 平一石九斗出, 乃一日耕也。余親往見之, 場在朴文才家前, 故文才爲余殺雞作晝食而供之。○夕, 徜奴世萬及咸悅奴春億入來, 見平康書, 來十三日間來覲云。嶺東貿來魚物, 新方魚二尾、鹽銀口魚三十尾、生鰒百介、乾亡魚一尾、大口四尾付送, 欲用於時祀時矣。世萬則因此, 往延安農所, 收貢事也。春億則前春, 分給之穀收納後, 今始還鳳山矣。平康爲送木米二斗、淸五升、葡萄正果五升、榛栢子各一斗、黃蠟一圓、石茸一斗覓送, 而相禮前, 亦送淸二升、方魚半隻云矣。壽鶴妹, 乾雉一、大口一, 亦送于女息處云云。

九月十一日

春億、世萬, 曉頭發去, 而咸悅家此處覓送之物, 則赤豆二斗、葡萄正果二升、芋栗、眞菁各一斗、眞茸、乾栗各少許入俗。又作察色長衣, 送于女息處, 雞一首又送于振兒處, 皆付春億矣。

　　○安峽居老人連守來謁, 因獻西果一、生梨十介, 欲用於時祀, 深喜可言? 饋酒三杯, 又贈生方魚一條而送。○打蔡億卜田赤豆, 平十二石七斗出, 乃二日耕而落種六斗, 早耕多實, 故至於優出, 可以此過冬, 而猶可及於明春, 可喜可喜。但日寒而人小, 僅得畢打, 斗入石則夜已深矣。

九月十二日

安孫自縣還來，見書，黃腸木敬差官，明明間到縣，兹不得來覲云云。○夕，招全貴實取蜜，七桶之蜂，皆手取，或實或不實，故清五斗六升，蠟則一斤十三兩矣。但取畢則夜已過半，而方纔就寢，未及入眠，婢輩因寒，燒木火燠，燠後有穴，通于上下房內，延燒入豆之石，若不早覺，則幾不可救。余奔入，以袖搏滅，暫時擧家驚動之心可言？痛憎痛憎。

○且聞岦知明日上京，平康，白米二斗、方魚半尾、生雉一首，覓送于母主前云。德奴可來而不來，未知其故也。○鐵原居老人金巨乙後未又來謁，獻稻米二斗、生鷄一首，受之未安，再三却之，則終乃棄之而歸，乃刈草軍欲減事也。然前日平康處通之，則已減云矣。

○鷹網張處引鷄，去夜狐狸盡食，可惜可惜。竊聞崔判官則捉大鷹云，吾則連失引鷄，只得一兎外，幾至什餘日而不得，雖曰人力之不勤，乃余之無事慮也。人皆曰"精備酒壺，祭山神則可得"云，故明日欲令春金等奠之。○全業來獻西果一介。

九月十三日

早朝，令春金等祭山神，酒一餅、餅一笥、烹鷄一首備給矣。○縣人持祭物入來，白米五斗、田米三斗、稷米二斗、栢子一斗、榛子五升、粘米四升、甘醬一斗、艮醬二升、眞油一升、生雉二首、乾餘項魚三尾、生六尾、鷄兒三首、西果二介、土蓮一斗付送矣。平康則因黃腸木敬差官明間入縣、故不得來矣。

九月十四日

朝, <u>麟兒</u>率<u>春金</u>等往獵魚巢, 得百餘尾, 以爲祭用, 可喜可喜。女息率婢子等, 備設祭饌。四色魚肉湯、三色魚肉炙、四色實果及麵餅、佐飯、盤床諸具。但醢物, 得之無由, 不得備供, 可嘆奈何? ○張網處引鷄, 又爲虎狼吞食, 而折破網竹, 可恨。

九月十五日

曉頭, 率兩兒行祭, <u>竝奠竹前</u>叔父後, 次及亡女。但弟奉母主先出去, 不與共行, 餕餘雖陳, 不得供母主前, 把杯又不與弟共飮, 思慕之餘, 不忍下咽, 悵嘆而已。招鄰里人等, 饋酒餅而送。○打收屯田粟, 全二石出。

九月十六日

昨日, <u>全彦希</u>捉鷹, 今日<u>億守</u>又得, 雖非大鷹, 里中人皆得捉, 而吾則張網幾月餘, 而徒爲失鷄而已, 可嘆奈何? <u>彦臣</u>, 前數日, 亦網得大鷹放賣矣。

九月十七日

打收<u>朴彦守</u>田皇太, 平六石十二斗。余親往見之。○<u>德奴</u>自京還來, 奉見母主書及弟書, 一家時皆無事云, 可喜可喜。<u>任參奉</u>宅奴持馬入來, 爲覓救資矣。

九月十八日

任奴因留。○打收昨日未畢太, 而亦未畢。

九月十九日

縣吏茂孫, 木花數同來納, 前日以木三疋授之, 而今始貿納。量衡則六十四斤, 而在縣時除出十斤先用云, 然則幷七十四斤矣。雉二首付來。卽修答送之。○任奴咸石入縣, 因此還京云。皇太三斗、小太二斗、豆二斗、雉一首、生淸一升覔送。

○連日打收朴彦守田, 小太十五石一斗, 幷前日打皇太廿一石十三斗, 而三日耕, 落種皇太四斗, 小太八斗矣。今年所出, 無過於此田。○夕, 縣問安人入來, 見書, 北村獵得熊, 熊掌爛烹三足、淸酒五鐥付送。但余往見打太時, 跌足, 右足背重傷極浮, 不能行步, 僅得還家, 勢不可速差, 極悶極悶。

九月廿日

傷足重浮, 有時酸痛, 必鍼破後, 可見差歇。因縣人之還, 致書請李殷臣, 欲鍼矣。朝前, 炙熊掌, 與兩兒共食, 其味極佳, 名不虛得。一足藏置, 以待子定之來。○官屯田所出太, 平一石五斗, 贈生員家, 以爲養馬。

○南妹奴德龍持馬, 自京下來, 歷入縣而來此, 見妹書, 送正木四疋, 爲貿太豆, 接置于此, 爲明春之用云。又一疋欲換淸蜜, 而節已晩矣, 必不得貿也。然使之求市於有蜂處爾。

九月卄一日

造碓家, 修治碓臼, 逐日春粟於隣家, 故不得已改治。○沈生員綖來訪, 避寓朔寧地, 而距此不遠。綖乃故沈禮山仁禔之長胤, 而沈豐德筍之孫, 余之六寸孫也。在先世相厚之親也。相見深可欣慰。與兩兒環坐堂中, 談話先世事, 夜已深矣。因燒雉饋之, 留宿。

九月卄二日

沈綖早食後還歸。○李殷臣入來, 乃余傷足鍼破事也。平康則明日來覲云, 而雉兩首付來。令李鍼破傷處二穴, 指間四穴, 因卽還歸。饋點心及酒三椀而送, 欲投宿于浮石寺而歸云。○菁根二十五斗, 分兩處埋之, 又埋眞菁根七斗, 欲爲明春之用矣。

○余早出於堂待客, 因致感傷, 氣頗不平, 若發汗則可見差復矣。竝知自京還縣, 奉母主簡而來, 見之則時平安矣, 深喜深喜。弟則往竹山, 時未還云云。

九月卄三日

余氣, 去夜發汗, 則稍似蘇歇, 而然尙未快差, 傷足亦漸向差矣。○麟兒借金彦甫田耕種赤豆打收, 則十六斗出矣。午後下雨, 必因此凍寒, 上下衣薄, 極可慮也。

○夕, 平康率妾, 冒雨而來, 中路逢雨, 無雨具, 衣服盡濕。相與環坐房中叙話, 夜已過半矣。白米五斗、中米十斗、田米十斗、魴魚一尾半、亡魚一尾、甘艮醬等物持來, 而妾則中朴桂、甘饍, 造來而納之, 熊脯三貼亦來。

九月卄四日

官鷹所捉雉三首, 納之。

九月卄五日

埋土屋。○李暄來謁, 因持酒壺來飲, 邀入內堂共之, 饋夕飯。○此縣品官等來會于此, 持壺果獻杯, 余與生員出待, 夜深而罷散。蔡仁元、金麟、權有年、權鉌、金忠恕等及校生六七人咸會, 而李暄亦參之。因所坐處窮狹, 校生等不得入參。

　　○平康令掌務, 造細麵一笥而來, 清五升、石茸一斗亦來矣。○官鷹, 今日所捉雉三首納之, 北村人秋連來獻, 八寸半。

九月卄六日

打收菉豆十九斗, 官屯田木麥十八斗出。○送太三斗于浮石, 取泡而來, 夕時作軟泡, 與一家共之。○夕, 李判官岑來訪, 避居于安邊地, 而乃家人同姓孼親也, 觀象監判官。饋上下之食, 而留宿。官鷹所捉雉一首來納, 李岑, 生梨卅介來納。

九月卄七日

南妹奴德龍還歸, 皇太二斗、雉一首、熊掌一足覓送。母主前, 木米一斗、生梨十五介、雉一首、方魚半隻、赤豆一斗亦付上。德龍所貿豆四十四斗、太十八斗、清九升, 接置于此, 豆六斗、太五斗持去, 乃木五疋所賣之物也。一疋或十七斗、或十八斗式捧之, 太則卄六斗捧之云。修書付送。

○官鷹所捉二雉，億守鷹亦捉一首而納之。○億守造餅一笥獻之，吾家亦煎山蔘油餅共之。李岑因留亦參之。○夕，李時尹入來，相見不勝欣慰。相與環坐房中叙話，夜深而罷宿。二嫂亦皆好在云，可慰。○打收全豊田木麥，則全四石一斗出。

九月廿八日

麟兒往看仲今田打收，則半稷全一石九斗出，廉光弼幷作也。○夕，平康人馬入來，明日欲還矣。白米五斗、中米五斗、田米五斗持來，乃官令也。官鷹所捉雉四首來納。○李岑發向兎山，奴婢推尋後，還歸安邊云。

九月廿九日

平康率妾還縣，乃留五日也。○麟兒又往看仲今田打收，則粘粟十六斗，金賢福幷作也。○鷹網引鷄，又爲狐狸所吞，可惜奈何？○官鷹所捉雉二首納之，作乾三首。

九月晦日

早朝，張網獵魚巢兩處，得百三十餘介，日暖不入，故所得至於極略，可恨。○伊川居高鳳鳴捧箕城君簡，覓鷹事來呈，饋夕飯，裁書指送平康處。前月余上京時，有面約，而鳳鳴乃箕城妾弟之夫云云。○打收東臺前朴彦方田粟，全一石四斗出，乃一日半耕也。

十月小【初四日小雪, 廿日大雪】

十月初一日

有一兩班來, 買此處鷹, 捧木花五十五斤, 忠淸道公州居云。卽給麟兒妻二十一斤。○麟兒往看仲今田打收, 木麥全一石一斗、菉豆二斗載來, 金賢卜幷也。○朴彦邦自京還來, 見南妹書, 時好在, 而所送淸、雉依受, 卽傳母主前云云。

十月初二日

金億守自縣還來, 見平康書, 箕城君求鷹之簡, 昨日到縣, 適無未副云。因聞金都事子定遭同生妻之喪, 不得赴約, 過去麻、朔之郡事, 致書云云。生獐全體去一脚付送, 卽令內腸炙食, 久阻之餘, 其味極佳。但母主遠在, 不得供之, 對案不勝恨歎。

十月初三日

蔡億卜自縣還來, 田米六斗付送。而夕, 祭物又來, 白米三斗、田米五斗、眞油七合、法油二升、石茸二斗、眞茸二升、栢子三升、榛子三升、甘醬一斗、艮醬二升、淸酒六鐥、土卵六升覓送矣。修書付還。明明乃祖忌, 而此處當行祭故爾。

十月初四日

女息備祭饌, 四色實果、四色素湯及素炙、雉獐炙、熊脯、乾雉與麵餅, 盤床所入等物。○蓋碙家。

十月初五日

余非徒傷足未差, 感冒氣不平, 不得參祭, 令生員、麟兒設奠, 後招近鄰人等, 饋酒餅。○縣木工朴元昨日入來, 令造藏蜜木閣, 乃受官令而來。伐柳木作二閣, 皆容受三斗半餘。

十月初六日

木工朴元畢事還歸, 給黃太二斗而送。○金主簿明世來見, 饋酒一大杯而送, 乃前日上番, 今始還來。

十月初七日

時尹奴石守入縣, 修書付送。○令烹末醬太十斗, 常用醬將絶, 故欲以此煮用之計。○昨日, 安峽居百姓李方雌馬與吾老馬相換, 加給鴉靑新件天益, 乃亡奴莫丁平壤田畓所賣物也。此馬雖曰雌馬, 可任滿卜致遠行, 而未亦不至老衰, 故加給而換之。欲於十二三日間, 令德奴、金彥臣等載蜜入送咸興府爲計。

十月初八日

聞崔判官率妻, 明明往平壤, 食後就見叙別。平壤庶尹, 乃崔妻之三寸姪元彧也。崔家饋余晝飯, 日傾乃返。○近日日暖如春, 趂此未寒前, 欲打收太粟, 而金淡、春金等皆受由不在家, 無使喚, 玆不得遂, 深恐下雪氷凍, 冬前不得打也。○金億守弟景伊, 木米一斗來獻。

十月初九日

曉頭下雨, 朝則雖晴而陰, 遠山皆白, 必高峰下雪矣。日氣不至甚寒, 必不久更作風雪。○金淡受由, 今始還縣。

十月初十日

生員奴自縣還來, 見書, 明間當馳來云。白米一斗五升、雉一首、銀口魚六尾、結城來紅枾十三、生梨五、細麵一笥付送。且聞盆知上京時, 母主前, 白米一斗、木米一斗、雉一首覓送云, 可喜可喜。○生員奴春已, 木花反同, 今始還來。因聞彥明竹山畓所出十三石推之, 乃金都事之力也。且見崔參奉書, 春已奉來。

十月十一日

埋沈采瓮, 因使輸入太三同。○夕, 平康先送田米十斗、造餅次白米一斗、粘米五升、眞油一升半、法油二升、淸一瓶、西果一、生梨八、三色實果、生雉三、鷄二、甘艮醬、采物，因使官人來此，作餠而入之，乃明日平康生日也。渠則因官事明曉發來云云。

十月十二日

平康食前入來，而鷄鳴時明炬發來云云。白米十五斗、家猪熟全體、雉二持來，卽與一家割而食之，其味極佳，乃別養故也。細麵亦來，自外，造餠入之，行茶禮于神主前，後與一家上下，共之。近隣來謁者，亦皆饋酒餠。金主簿明世亦持壺果來見，亦饋酒食而送。全貴實，細麵一笥來獻，饋酒餠而送。○借三牛輸入全豊田太六同。金億守，雉一來呈。○平山正送奴馬入來，乃前日所置木貿淸事，再來。

十月十三日

自曉頭下雨，終日不晴，因此，平康不得還官。

十月十四日

陰而風，有時洒雨。平康因官事冒雨而去，時尹因雨不得偕去。○洪生員範送奴致書，求種蜂，卽修書付之。又給一桶，使之負去，曾與有約故爾。洪也本居於蒙洞，而有相知之分，去夏上京時，投宿其家，乃楊州益淡村。

十月十五日

終夜大風，日氣極寒，時尹欲歸，而强使留止。明日乃曾祖忌也，女息率婢子等, 設祭饌。○安峽居老人連守, 氷魚極大者二尾、雉一首來獻, 家無酒, 只饋餠而送, 有請事也。○春已自縣還來, 咸興通判處裁書付送, 馬鐵二部亦來。

十月十六日

生員與麟兒行祭, 余則感寒不參。李時尹早食後入縣, 因此還京爾。哀其窮迫, 無物可贈, 只以余常着察紬中赤莫, 解以衣之。其母前, 皇太三斗、赤豆二斗、木米二斗、生雉一首、家猪前脚一付送。敬興妻氏亦送雉一、木米一斗, 生員亦贈木花六斤、足襪一, 仲女脫襦赤古里, 送于時尹次女處, 此餘平康當備給矣。○土塘母主前修平安書, 付時尹之行, 使之歷傳, 雉一首及祭餘實果少許、乾雉三隻亦付送。

十月十七日

德奴載蜜, 與彦臣入歸咸興。咸興通判鄭孝誠處, 平康致書使之貿納, 而依例擇布給送矣。前聞咸興府所納清一升、正布一疋准給云, 故家養蜜六斗載送, 黃蠟一斤亦付送, 使貿直領次細布而來。但吾家凡事, 每不入量, 恐不得遂也。若得計而來, 則可以此, 爲明春生活之計矣。

十月十八日

陰而洒雪。春金伊自縣還來, 見平康書, 時尹留在。時尹亦致書問安, 而明日還京云矣。清酒六鐥、生餘杭魚十五尾、乾廿尾、生雉二首、生栗二百介負送。○朔寧百姓鄭光臣避居于近處, 有年矣, 今朝, 濁酒一將本、細麵一笥來獻。夫妻持來, 饋酒, 贈乾餘項魚一尾。

十月十九日

去夜下雪, 朝則山川盡白, 寒氣甚冽。○縣問安人持書入來。見書, 時尹今日發歸云。如此極寒, 何忍堪行? 慮慮不忘。獐前後脚、加乙飛一隻付來。

十月廿日

寒威極嚴, 人不堪苦。金彥寶明日上番, 故來辭, 修平書付之, 使傳光奴家, 因送于土塘母主前。木米一斗、乾餘項魚二尾亦付送。○金億守, 雉二首來獻。

十月廿一日

陰而下雪。家人近日感冒重傷, 今則加重, 呻吟不絕, 飲食亦廢, 極可悶慮悶慮。○金淡受由上京, 爲貿沙器反賣事也。修書付傳土塘, 而獐肉一片、鹽川魚卅尾亦付送, 使受答來。

十月廿二日

雪寒倍嚴。春金痛胸不起, 家無柴木, 朝夕之爨, 衣薄婢僕不堪其苦, 不可說也。○借生員奴馬入送縣, 爲覓糧物, 而曾有送人馬故爾。

十月廿三日

安孫還來, 白米十斗、田米十斗、生雉二首、生餘杭魚四尾、野雀六首、獐一脚、切餅一笥付送, 爲其母病中欲嘗故造送。○見平康書, 近日求鷹乞簡雲集, 應答不勝極悶云。又曰"已呈辭狀"云。問安官人亦來。

十月廿四日

自曉下雪。修答書, 付送官人之還。○家人自昨向蘇, 食飲稍加, 然痛歇無常, 不可必永差也。○德奴等發去今已八日, 計程則今明可到咸興, 而但去後連日下雪, 不知行路如何, 可慮可慮。

　　○去夜, 夢見李子美、洪應權、崔景善, 宛如平昔, 覺來不勝悽感。家人父親, 亦入夢中, 是何兆耶? ○去夜, 彦明鷄兒二首見失, 必狸猫與黃鼠吞去, 可惜可惜。

十月廿五日、十月廿六日

家人尙未永差, 有時臥吟, 食飲不如常, 右臂又痛, 可慮可慮。○近日日寒, 春金病臥, 無刈柴者, 可悶。

十月廿七日

余亦自昨感寒, 有不安之候, 可悶。春金伊自念後, 每托痛胸, 臥而不起, 意爲尋常寒疾, 而今日則倍加痛頭, 病勢非輕, 極可慮也。

十月卄八日

春金伊之病, 如前劇痛, 恐不能救也。自曉下雨, 日暖如春, 屋雪盡消, 簷鈴終日不斷, 道路泥滑, 人不能行, 非但京中消息, 至今未聞, 縣衙奇別, 久未得聞, 悶慮悶慮。○去曉, 彦明鷄兒又爲驚散, 麟兒卽起, 明燈見之, 則一鷄死於架下, 必狸咬殺, 而未及含去也。卽令塞其有穴處, 張網架前, 又令死鷄作乾, 欲送于彦明處。○修書付此面色掌, 使傳于縣衙。

十月卄九日

家人數日來向歇, 然尙未快差矣。○夕, 縣問安人入來。見書, 香婢母子自土塘, 與世萬等偕來于縣衙, 因雨雪路泥, 不卽來此云。見弟書及母主簡, 近日乏糧云, 不可說也。鳳山女息簡亦自京來傳, 擧家時好在, 而尙滯鳳山云, 其母前, 襦赤古里次及木花四斤付送矣。且聞崔參奉到鐵原云, 二十六日行醮禮於成家, 今明當欲來見其女于此處云, 迎逢圍繞人吏等抄送云云。○生雉三首、鹽銀口魚十尾、生銀魚卅尾、卵醬一缸覓送矣。

十一月大【初六日冬至, 二十一日小寒】

十一月初一日

金彥寶自京還來, 前日去時修書付傳于土塘, 今來奉答二來傳。見弟書, 近日絶糧, 長以粥飮供親, 高城南妹聞其奇, 少致米饌, 僅以此度日云, 不勝驚嘆。且聞母主則發怒, 不答書于余處云。又聞母主右脇刺痛, 不能運行云, 尤可悶慮。卽欲使雌牛載太豆送之, 而春金病臥, 金淡上京不還, 家無使喚者, 欲待德奴之還, 則時日遲延, 當在此月望後, 極悶極悶。數月之糧, 前日已備, 而必與弟家共用, 故不久絶乏矣。南妹書及任參奉宅書亦來矣。○縣吏受答還縣。春金今則向歇, 可喜。

十一月初二日

春金還痛, 終夜苦吟, 可慮可慮。

十一月初三日

自曉下雪, 幾半尺。○金淡自京始還。○縣房子春世入來, 見書, 近日載糧送于土塘, 當使余修書付送云, 而余欲來旬間上覲定計, 故不爲爾。雉二首、常紙兩束亦持來。

十一月初四日

雪後, 寒氣倍冽, 爨柴亦絶, 衣薄婢僕, 苦不可言。穀草又絶, 聞僧法熙打草積田中, 送金淡載一馱來。

十一月初五日

春世還縣, 修答付送, 使明日內還上京之意。

十一月初六日

乃冬至也, 行茶禮于神主前, 又煮豆粥, 上下共之。土塘, 想必無豆, 不能供粥, 恨嘆不已。德奴等去後, 大雪屢降, 嶺路堅塞, 人不通行云, 此月內, 勢不能還來, 而吾亦旬間上覲定計, 家無使喚, 多有悶迫事, 寢食不安, 尤可恨也。○夕, 崔參奉父子自鐵原地, 歷入縣而來此, 相見欣慰十分。其末子冲雲入丈後, 因來見其女息爾。

十一月初七日

崔參奉父子因留, 朝夕上下, 吾家饋之。參奉昨日過飲, 氣不平, 臥房不起調之。贈馬太三斗。○香婢母子自縣還來, 見平康書, 以吾如此苦寒, 不可上京事, 强止之, 爲伻縣吏問之, 今不可中止事, 修答還送。雉二首、方魚半隻付送, 昨日切餅一笥又送, 爲其母欲嘗爾。唐官所贈, 晉巾亦送, 方欲得之, 可喜可喜。

十一月初八日

崔參奉父子發向鐵原, 因以上歸爾。家無贈物, 只以雉首, 聊表微誠, 可嘆可嘆。

十一月初九日

彦明鷄兒, 前日爲狸所咬而死, 作乾鷄掛架, 忘却未入, 經兩夜, 竟爲狸鼠所食無餘, 可恨可恨。

十一月初十日

麟兒耕作太打收, 則全一石一斗, 爲雨雪浸潤, 若取乾則未滿一石矣。○崔判官前月中, 率妻往箕城, 而行到遂安, 聞庶尹罷遞而空還云, 一則可笑。庶尹元彧, 乃其妻三寸姪, 而欲就食於其處, 竟不得達而返, 一則可憐可憐。朝, 致書求雉, 而家無所儲, 未副, 恨嘆奈何?

十一月十一日

朝, 縣人馬入來, 見書, 衙奴屳知自其處, 直送于漣川, 待吾之行, 而吾則明日率金淡持牛而去, 移載屳知馬後, 此牛則還送事相約爾。母主前所送物, 則屳知載持而去。今來白米十斗、田米十斗、雉五首、乾魚五尾、甘醬一斗、艮醬二升、淸二升, 乃吾行資也。令春已、安孫等治行具。○夕, 平康爲送陪奴豊金, 清酒八錯付送, 毛褥亦造送, 乃爲路中之用。

十一月十二日

未明而食, 旣明而發, 踰末攴*嶺, 嶺底乃鐵原地也。百姓高莫斤家秣馬晝飯, 行到馬山村百姓巨乙後末家, 入宿, 乃平康軍士移居者也。終日風雪, 冒寒而入, 則家主卽接宿溫房, 殺鷄爲羞, 饋余朝夕飯, 至於裹點心而送, 前日減刈草軍, 故感德而謝之。

十一月十三日

啓明而發, 行到半程秣馬時, 夼知追至, 因與偕來, 欲入宿李都事台壽家, 聞其不在, 投漣川縣, 入宿官奴傑伊家, 投名太守, 則太守卽邀余陪軒叙話, 雖前未相識, 而乃八寸親也, 相見如舊相識, 又且平康及第同年, 而生員亦有厚知之分。因出見金氏族譜來派指示, 但日暮怱忙, 未及究見, 深可恨嘆。饋余朝夕飯。

十一月十四日

日出而發, 令金淡牽牛還送, 所載之物, 兩馬分載, 載卜極重, 人亦重負而行。但鵬兒所畜犬項白牽來, 而五里外隨金淡而還去, 令淡驅之, 則其犬驚走林藪, 呼之不來, 竟不知所在, 移時尋之不得, 若不隨金淡而還, 則終爲惡虎所食, 可惜奈何? 行到大川越邊, 秣馬

....

*　　攴: 이전의 일기에는 "之"로 되어 있음.

點心。但終日太風，有時洒雪，人不堪苦。抵楊州地益淡村洪生員範彥規家，入宿。彥規饋余朝夕飯。

十一月十五日

早發而來，但終日大風大雪，有時下雨，風雪入懷，不堪其苦。行到議政府場石橋邊秣馬，但雪中無坐處，入橋下暫憩，蹲坐而食點心數三匙，無水不得飲，哽不下咽。冒雪又發，日昏，入東大門。余則先入見南妹，意外相見，欣慰可言？饋余夕飯，良久叙話，夜深返光奴家宿。但行到樓院前路，逢弟奴春希、吾奴漢世入歸平康，還率來，卽使先歸土塘，告吾來意。因聞母主平安，可喜可喜。贈妹雉二首、木米一斗，高城見雉，深喜不已。

十一月十六日

朝前，南履祥來見，乃高城妾子也。朝後發來，氷渡漢水抵土塘，則弟之兒女等，聞余來，出門歡迎。入謁母主，一家上下皆欣喜可言？各叙彼此情懷，余所持物，皆斗量納之。白米八斗五升、田米八斗，豆九斗四升、黃太三斗七升、馬太二斗五升、生雉六首、乾餘項魚四尾、乾雉四支、獐脯三條、鹽銀口魚五尾、粘粟餅及山蔘等物。木花六斤，生員養母五斤亦獻之。畚知則還入京，明日當向平康矣。夜深就南妹奴鄭孫家宿，四鄰唐兵三人，各占一家而留處。然此唐兵來居後，別無侵擾之患，雖他唐兵來，不使暴亂，故雖有小弊，而不受掠奪之患。以此，母主居止亦安，是則多幸多幸。

十一月十七日

安孫向歸栗田, 余所帶來官人馬因留, 乃余還歸時率去故也。終日陪話母主前, 環坐房中。日氣極寒。夕宿鄭家。

十一月十八日

因留土塘, 無聊, 與弟步就鄭貴元家叙話, 因使貴元與唐兵着突, 觀之良久罷還。夕宿鄭奴家。

十一月十九日

因留土塘。去夜, 大風雨雪, 朝則風息雪晴。弟家造饅豆而食之。○近察母主氣候, 脚痛永差, 而腰背間有時酸痛, 不至甚云。但顔色羸瘁, 殊不如舊, 進食亦不如在平康時, 極可憂悶。余欲留侍歲前, 而非徒寢處無所, 朝夕之供, 繼用甚難, 以此明日入京, 因欲還歸爾。○奴漢世昨昨率其母來現, 造粘粟餅一笥來獻, 饋飯而送。因令來廿一日入來, 欲率去故爾。在林川時, 先上來後, 不知去處久矣, 今始來現曰"今則還入舊居"云云。

十一月廿日

朝食後, 辭母主, 別弟一家發來, 適南風終夜吹不止, 日暖如春, 路氷盡消。氷渡漢水入城, 歷見南妹, 適韓生員孝中來拜高城, 邂逅相見, 欣慰可言? 移時叙話, 韓則先歸。余食夕飯後, 來見箕城君暫話, 又歷見金都事止男寓家, 金之女聖媛出見, 近因傷寒, 羸瘁已甚, 見之不勝悲愴之心。乃去月初, 自湖西率一家上來矣。臨昏, 來

光奴家宿, 來此聞之, 則仚知昨昨還歸平康云。余持來鷄兒賣之,
則捧銀三戔云。大鷄五首可捧三戔半而只此, 必爲所欺, 可憎奈何
奈何? ○光奴女婿孝男持往唐兵處, 放之云。○高城贈余唐毛冠。

十一月廿一日

光奴以興販事, 往江華, 故令其兄應伊買笠, 則價高不得買。麟兒網
巾, 銀二戔、米二升加給, 飾丹, 米二升, 枕隅次紅段, 豆一斗五升,
女息長衣緣次緞紫色紬二次, 銀一戔相換云。

　　○金都事子定營庫仕罷後, 歷來相訪, 叙話而歸, 饋酒一杯。○
平康京主人來謁, 因言衙奴仚知還歸時, 樓院前逢唐兵, 被奪所持
物云。○許鑽適以事到京, 聞余來, 卽來見, 因與同宿。安孫今日可
來而不來, 不知其故也。因此明日不得發還。○夕, 往見任參奉宅及
任白川父子。

十一月廿二日

笠子欲買, 而非但價高, 又無合意笠, 故不得買之。以白米一斗二
升、粟米二升, 換篩一介, 又以白米三升、粟米五升, 換沙鉢三、貼是
四、保兒二。

　　○曉頭, 彦明自土塘入來, 乃余今日發歸, 故及來見之。奴漢世
亦來, 乃欲率去事也。朝食後與弟往弔金參奉業男, 前日喪室獨居
爾。因進金都事止男家相訪, 又見聖媛, 今雖向歇, 尙未快差矣。又
就館洞, 訪李僉知彦祐, 乃李子美妻父, 而慶千之嚴親也。在平時
連家相厚之分, 而亂初避入關西, 今始還京, 年過八十, 故爲老職堂

上。其長胤慶千則今爲王子師傅, 而適不在, 故不得相見。還時又入見洪參議仁憲令公, 良久叙阻。洪邁適來, 又與相叙, 日傾罷還。又入南妹家, 彦明亦先來。與仲素氏圍碁數局, 因食夕飯, 辭還光奴家, 又與彦明、許鑽等同宿。夕, 安孫入來曰"其馬足蹇, 不得牽來, 棄於栗田"云, 卽使明日還歸, 鍼治見差後入來事, 敎之。聞其處馬太極貴, 不得喂養云, 故行齎餘太五升給送。

十一月卄三日
啓明而食, 與弟相別, 騎載卜馬, 率春希、漢世及官人出自東小門, 行到楊州綠楊驛前, 秣馬晝飯。馳到益淡村來時所宿洪彦規家, 無所宿處, 入寢土屋, 有溫堗而極暖, 適臨夕大雪。主家饋余夕飯, 因與彦規叙話土屋中, 夜深罷寢。

十一月卄四日
朝起視之, 雪深幾半尺, 因此不得早發, 晚食後發來, 行抵半途秣馬。雖裹點心, 而雪中無器, 不得溫水, 不食而發, 到漣川縣前日所宿家, 聞太守子弟等避寓云, 故不得已入他家接宿, 送人太守處, 則帖上下食, 又乞米兩升, 乃所持糧至此而絶故爾。因聞太守姪子, 前數日在衙, 不意身死, 故太守不得出待云云。且前日上歸時, 項白犬到此走去, 意爲永失, 而今來聞之, 則此犬尙在所宿主家, 家主使之牽去, 令春希捉來, 不得, 因棄之而歸, 乃無面知人, 故驚走爾。家主贈唐針。

十一月廿五日

日出而發行，抵鐵原地秣馬，到前日所宿馬山村巨乙後未家。家主遇之極厚，無可酬之物，贈唐針四介。昨日，路逢朴彥邦上京，見家書。

十一月廿六日

主家自其米炊供朝食，未明而發，行抵末支嶺下百姓高馬斤家，秣馬，馬斤者炊點心供之，乃前日上歸時秣馬處，而乃平康隔嶺地故也。又發踰嶺，乃雪深，故別無路氷滑汰顛仆之患，無事到家，日未夕矣。一家上下歡迎。今此一行，雖遭極寒，上下皆無事還來，多幸多幸。計其往來留京日數，則凡十五日。

　○來家聞之，則德奴去望日還來，所持清蜜，納于咸興，咸興通判令監官量斗而納之，六斗之清，只五斗三升斗納，而價布令進奴等自擇而去，然價布之數，自亂後減三疋，而一斗只七疋式減定云，故所得布三十七疋，而皆是三升布，極麤惡不用，一疋皆三四處斷續，而尺短皆未卅尺，以此布換木端，則雖加給三疋，不得售一疋木云。如此極寒，非徒人馬往還勞苦，至於終年契闊之計，盡歸虛地，反不如在此相換於京商，恨嘆奈何？欲以此爲明年上京生活之路，而盡失其本，他無可爲之策，是亦命也，只自浩嘆而已。通判贈送多士麻二同、鹽銀魚十冬音、生鰒五十介矣。此亦非通判之咎，乃余誤聞厚售之言也，前日聞一升之清，好布一疋式準給云故爾。減定後，商人絶不入售云云。

十一月廿七日

率來官人, 修書還送于縣。○鄰里人等聞余來, 皆來謁, 或饋酒而送。○夕, 縣問安人入來, 以爲余必今明入來故也。燒酒五鐥、生雉四首、獐肉子付送。來家聞之, 則前日, 平康, 白米一斛、田米一斛、淸三升載送, 近日欲辭還, 故以爲卒歲之用爾。○平康呈辭, 今至四次, 而不得遞, 今又送辭狀, 而官家諸事及重記, 已爲修正, 待其回報, 而卽發爲計云。○聞崔參奉見差後, 曾已還京云, 而巧違不得相逢, 可恨。

十一月廿八日

德奴持馬, 入送縣衙, 聞送人馬云故爾。

十一月廿九日

德奴還來, 白米十斗、田米十斗、法油二升、雉三首載來。臨遞故爲備去後之糧, 自此後永斷此縣之物矣。甘醬三斗亦來。

十一月晦日

崔判官來訪, 因叙阻懷, 饋以刀齊非, 日傾乃返。

十二月大【初六日大寒, 八日臘, 廿二日立春】

十二月初一日

德奴以魚物貿易事, 明日入歸高原之地, 故正木一疋、次木一疋半、馬太三斗、糧米一斗五升給送, 使一馬之卜分半, 自其物糶賣爲業事, 敎之。但此奴之事, 每不入計, 必不如意, 然別無在家所爲事, 成敗間, 姑使爲之。○夕, 衙奴豊金入來, 見書, 辭狀持去人時未還來云。切餠一笥、淸四升、雉六首持來。雉則欲備彦明木價, 而送雉數已足矣。

十二月初二日

德奴與生員奴春已發歸, 嶺北貿魚事也。

十二月初三日

<u>彦明</u>奴<u>春希</u>托病不歸, 因留待差發去云。

十二月初四日

<u>春金伊</u>、<u>金淡</u>等還來, 見書, 辭狀回報曰"商量啓聞次姑留題送", 故今日當來覲云云, <u>金淡</u>亦除日守之名, 還定保人云, 可喜可喜。雉二首、獐一口覓送矣。○夕, <u>平康</u>入來, 一家環坐房中叙話, 夜深而就寢。

十二月初五日

<u>平康</u>因留。白米二斗、眞荏二斗, 昨日持來。兩鷹所捉雉六首來納, 燒雉四首, 與一家共破。乃<u>平康</u>遞去後, 不可得食, 故咸會一堂, 各食兩支。○<u>春希</u>還歸。

十二月初六日

<u>平康</u>因留。<u>崔判官</u>來訪, 饋以刀齊非, 爲來見<u>平康</u>矣。近處人等皆來呈所志, 要有所爲者多, 而以其遞官, 不可開印行公事爲言而送之。○兩鷹所捉雉四首來納, 皆作乾雉, 欲用於祭時矣。○<u>朴文才</u>, 煎餅一笥來呈。

○聞<u>春希</u>蹟末支嶺, 嶺下百姓<u>高莫斤</u>家投入, 病不能行, 留在云, 明日使<u>彦臣</u>往見問病來告矣。但負去貿木、雉十一首、母主前二首、獐脚一隻, <u>南妹</u>家一首及<u>彦明</u>所養鷄兒九首持去, 而不知何以處之也。若留累日, 則生鷄必不久生, 可慮可慮。○打<u>土同</u>田粘粟, 全

一石十斗。

十二月初七日

早朝, 平康發還入縣, 明明當向鐵原, 留其妾于其地, 渠則向歸結城矣。臨別心事茫然, 終夜耿耿, 從此縣路永斷, 不勝悲嘆悲嘆。誠兒、振母皆在遠地, 消息不通者久矣, 老母、一弟亦歸京鄉, 謙兒又作遠別, 只與兩兒妻子, 因居窮峽之中, 自此聲聞, 亦必難傳, 此間懷抱, 如何可言? 憂愁煎苦, 不能已已。

　　○陳鷹留置此處, 使金業山馴放, 分雉爲用之計, 山陳則平康持去矣。○打彦春田白粟, 全二石六斗出, 二斗則送生員家。

十二月初八日

送春金伊于縣, 見平康出去後, 來報矣。

十二月初九日

業山鷹昨日所捉雉二首, 來納。○朴彦邦自縣來曰"進賜今日當發向鐵原"云, 然時未知其詳, 必待春金之來後可知。去夜雨雪, 自午後, 家人氣不平, 又痛右臂, 終夜呻吟, 可悶。

十二月初十日

家人稍似向歇。春金今日不來, 不知其故也。竊聞平康昨日已發去, 而其妾則今日啓行云云。○木麥一石, 衆鼠盡食, 所餘改斗, 則只八斗, 而十二斗無之, 痛憎奈何? 因無猫之故, 卽移置于所坐廊右。

求猫甚切, 而此處畜猫處稀少, 雖有兒猫, 必捧布端, 而不然則不給云。

十二月十一日

金業山鷹所捉雉二首, 來呈, 一則贈東家。○春金自縣還來, 見書, 平康尚留在, 其妾面上生小腫, 因致浮痛, 恐其重傷, 不卽棄歸, 更觀今明發去云, 深可慮也。獐肉及大口古之醢、生鰒小許付送矣。昨昨發行之說, 虛矣。

十二月十二日

平康發去之奇, 時未聞知, 想發去則必致書而歸矣。但其妾面上生腫云, 而亦不知今如何也, 可慮可慮。○近者陰霾, 不見天日久矣, 和暖如春, 屋雪盡消, 簷鈴如雨, 行路泥濘, 未知平康如此泥路, 何以堪行? 深慮不已。

　　○生員奴安孫昨日始還, 前日因馬蹇不與偕來矣。見土塘書及鳳山女息書, 皆無事云, 深喜可言? 女息書則去月十八日裁送于光奴家, 今始來傳矣。

十二月十三日

李暄與其兄明及其孼三寸綾林令偕來訪之, 明乃原城君嫡孫, 而綾林令婢妾子也。適以事來于其弟暄家, 因來見之, 亂離後, 始得相見。饋以上下朝夕飯, 因宿。

十二月十四日

早朝, 李明等辭歸。○縣吏全彦弘來謁, 因言平康去十一日向歸鐵原*, 而狀啓則初五日已上云。十二日, 鐵原倅, 來縣封庫, 平康妾則昨日發去云。但狀啓之辭, 時未詳知爲何如也, 今明必發向結城之路矣。

　　○夕, 縣人來傳鐵原府使所送白米十斗、田米十斗、太一石、甘醬五斗、淸三升載納, 而掌務亦送燒酒三鐥矣。卽修答付送。○生員借放業山鷹, 得兩雉。

十二月十五日

豊金伊自鐵原入來, 乃昨日伊川倅往見平康之行, 因使送人馬, 覔去糧資, 爲其妾繼食之計, 故卽命送之, 而因歷去于此矣。因聞平康, 今朝發向坡山之路云。鐵原倅則平康妾留寓處, 白米三斗、田米三斗及沈菜、醬等物覔給云云。若月致如此, 則可以助食矣。又竊聞之, 平康新太守, 乃李左相德馨大人除授云, 然時未的知矣。

十二月十六日、十二月十七日

金億守小鷹爲犬所害, 可惜可惜。有人持木五端行賣, 而愛而不放, 竟至於此, 可笑。

....

* 　　鐵原: 底本에는 "原鐵". 일반적인 지명 용례에 근거하여 수정.

十二月十八日

豊金伊自伊川還來, 伊川倅贈送皮粟十斗、太五斗、田米五斗、豆二
斗、甘醬二斗、生雉二首于平康妾家, 可以此補用, 可喜可喜。此處
亦送兩雉、二鷄矣。

十二月十九日、十二月廿日

德奴至今不還, 而金億守明日上京, 故漢世負祭物亦欲偕送, 爲備
祭物。而令業山放鷹捉雉, 麟兒親往見之, 只得兩雉。○閔時中自
縣還來, 傳書方伯狀啓之辭來見, 則其辭略, 平康縣監亦重得痰證,
久廢職務, 事多積滯, 斯速罷黜事, 再三呈狀爲去乙, 以偶然之疾,
調理行公亦題送爲有如乎, 又呈所志內, 病勢日重, 痰塊凝結, 以是
成腫, 刺痛甚苦, 寒熱乍變, 亦似腫證, 證勢甚急, 數日以後, 專不
省事, 痛楚終夕, 明燈達曉, 當此公務緊急、民役稠擾之時, 久委下
吏, 貽弊不貲, 參量公私, 急速罷黜, 亦所志爲白去乎, 將前後之狀,
參以所聞, 則果是實病爲白去等, 今如多事之日, 久曠官事, 極爲虛
疎, 同縣監乙良, 斯速罷黜, 因本慈詳勤幹之人, 以各別擇差, 數三
日間催送事狀啓。其本李民聖、李潔、申純一入望, 而李民聖授點云,
乃李德馨嚴親, 今在通津農所云云。

十二月廿一日[*]

漢奴明日欲上送, 將祭物眼同計, 裹之。生雉二首、鷄兒一首、食醢

....

* 　十二月廿一日: 底本에는 "廿日"이 중복되었으므로 삭제.

三鉢、大口一、乾餘項魚二、乾雉一、乾加佐味四、木米一斗、粟粘米五升、油次眞荏三升備送, 乃祖父母及先君祭物, 而飯餅米則曾已措在土塘, 竹前叔父兩位及亡女祭物, 則不在此數。母主前, 粘粟米一斗、木米一斗、生雉二首、乾雉一首送上, 南妹家亦送一雉, 泥峴亡弟墓, 東家亦備送矣。但金億守以其凍路, 牽牛不可行云, 漢奴之送, 無人可伴, 可慮可慮。雖欲多送, 而他無可得之物, 又且負重奈何? 皆因平康遞去故也。德奴亦不來, 必直路上京矣。

十二月卄二日

自曉頭下雪, 朝則大作, 終日不止, 雪深幾尺餘。今年之雪, 十月後不雨時不多, 而今日之雪, 亦近年所無。○平康發行, 今已八日, 計程則今明可到結城矣。

十二月卄三日

德奴乘昏入來曰"魚物至貴, 不得貿, 只換稻米載來"云, 觀其所爲, 則無望有剩而不失其本, 幸矣。又托足凍, 歲前不得上京矣。

十二月卄四日

彦臣今日上京云, 故未明, 漢奴持祭物送之, 則亦以前嶺雪塞, 人不通行, 故不歸, 漢奴亦不得獨歸還來。歲日已迫, 此處更無上去者, 勢不得獨往, 極可悶也。

十二月廿五日

金業山, 雉一首捉送, 托稱連日雨雪, 不得放云。

十二月廿六日

漢世今日始歸, 渠不獨去, 不得已使德奴載馬, 送至漣川大路, 令其負去而還矣。以其負重, 粘粟米一斗棄置而去, 後日德奴之歸, 欲送爲計。○業山, 雉一首來納。

十二月廿七日

德奴率漢世, 行到道郎村, 指送大路而還。

十二月廿八日

荒村半稷, 令守伊持牛載來, 分給一家婢料, 則一斗縮。

十二月廿九日

金業山, 雉二首來納, 因鷹翎濕, 不得多放云。

十二月晦日

麟兒往見放鷹處, 捉三雉, 而一爲鷹食, 持二來呈。又以一首送于生員家, 以爲祭用爾。○豊金自鐵原入來, 見平康書, 乃到京還來人處付送矣。見書, 則去十八日到京, 九日進土塘, 覲親後發去云。新太守乃李惟善, 而當除拜之時, 道承旨以其相避擬望, 至於受點, 物議非之, 而自上特命赴任云云。

○明日乃大名日也。未知漢奴負祭物無事到京也。此處無饌物，只以些少之物，備行茶禮爲計。今年吾家耕作田所出數，太大小黑赤幷平三十石十一斗，豆平十八石三斗，菉豆平一石四斗，木麥全五石，黍、稷、粟幷十四石五斗五升，眞荏九斗，水荏十三斗，已上太、豆、菉豆、木麥、黍、稷、粟幷六十九石三斗五升，又眞荏、水荏幷全一石二斗。驛婢仲今田所出數，太平二石六斗八升，豆平一石十斗，菉豆二斗，木麥全三石六斗，黍、稷、粟幷全十一石六斗五升，已上太、豆、菉豆、木麥、黍、稷、粟幷十八石十一斗，兩處所出，都已上八十七石十四斗五升。自縣所送之糧，不在此數，而一家上下食口衆多，故耕作所出幾九十石，而又有橫得之物，猶患不給之嘆，他日謙兒遞去之後，農作必不得如意，又無所得之糧，必有支保之難，吾家事勢，不可說不可說。

庚子日錄

正月小【初七日雨水, 十二日驚蟄】

正月初一日

啓明, 謁現神主, 因奠茶禮。隣里人來謁者, 皆饋酒以送。但朝日, 香婢與春已妻相妬, 捉致杖之。曾與春已交嫁, 相離已久, 春之妻每相妬鬩, 而春奴惑愛其妻, 多有可笑事, 每誘尋常, 今則香婢先自犯妬, 多有過甚事, 故重治警之。

正月初二日

謙兒妻子書信, 自縣來傳, 乃縣人曾往結城, 今始還來, 去月初八日所裁書也。謙則時未入家矣。石花一缸亦付送。○縣衙前等, 雉二首亦覓送, 乃歲饌也。

正月初三日

金主簿明世及金麟來見，饋以湯餅及酒，從容敍話而歸。浮石首僧法熙等來謁，飲以兩大杯酒。

正月初四日

聞謙兒率去下人，去晦日還來，而書札必付送，至今不傳，縣吏全應慶兄弟來金億守家，留連累日，或有過門而一不來謁，此縣下吏之頑甚可知。○明日乃家人初度，麟兒妻煎油餅。

正月初五日

蔡億福、朴貴弼來謁，因呈各雉一首，饋酒兩大杯而送。金業山今始來謁，鷹所捉雉二首來獻，先饋兩大杯酒，後又饋湯餅一鉢。○晚後，就訪崔判官，從容敍話。崔家饋余餅及湯。日傾乃返。

正月初六日

諧與誠往謁崔判官而還。○夕，南妹奴德龍入來，乃去秋所貿太豆及淸載去事也。但不奉土塘書簡而來，是可恨。然時皆無事，而漢奴亦好在云云。

正月初七日

南妹奴德龍還京，粘粟一斗、雉一首覓送，馬太五升亦給。土塘書簡則明明生員上去，故不修而付之。德龍則渠宅太十八斗、淸九升、木盤三立、木朴一介載去，乃去秋換木接置之物。

正月初八日

聞新太守, 昨日到任云。

正月初九日

生員率德奴, 今日定欲上京, 而去夜, 寒風緊吹, 路氷緊凍, 勢難越嶺云。故因玆停行, 更待數三日, 解凍後發去爲計。○朝, 北里居趙光年自縣來, 傳結城之簡。乃官人陪去者, 還來已久, 今始傳送, 痛甚奈何? 今見謙兒書, 自鐵原發行第九日, 始到結城, 一路上下皆無事, 妻、兒亦好在云, 慰喜可言? 乃去臘念五日所裁書也。業兒解識其父面, 卽時來抱云, 可憐可憐。乾民魚一尾、石花醢一缸、食醢少許覓送矣。金業山鷹所捉雉五首, 來獻, 乃二日所捉云。送京三首、東家一首, 爲諸兒路饌, 又一首作乾, 欲用於望日茶禮時矣。○壽鶴妹奴豐金持馬入來, 爲載前日接置米豆事也。

正月十日

豐金還歸。○近日路氷未釋, 牛馬難行, 而然上京事急, 不得已明日生員定欲發歸, 治行裝。

正月十一日

生員率德奴上歸, 而德奴馬則載其反同米, 雌牛處載赤豆十五斗及鷄兒十一首送之, 爲換三升事也。凡事指授生員, 使光奴買賣爾。母主前, 雉三首、菉豆一斗、粘粟米一斗、粘粟餅一笥付送。雌牛則土塘奴光進處, 雄牛相換事, 牽送。

正月十二日

業山鷹所捉雉一首, 其父五十同持納, 饋酒兩大杯而送。○夕, 閔時中自縣還來, 言其新太守初政, 每事皆因舊, 當時別無吏民之患, 而衙供只兩分, 喪妻後只畜婢妾, 而奴婢則各五名云矣。○忠兒自其父上京後, 始來學《史略》第二卷。

正月十三日、正月十四日

業山鷹所捉雉二首, 來獻。高漢斤, 炭一石來納, 乃去冬二石納之, 而一石未收, 恐其新官推督, 故來納矣。

正月十五日

乃俗節也, 爲造藥飯, 行茶禮, 兩雉作湯炙奠之。家無粘米、實果, 僅得些少, 只奠神主而已。又造粘粟飯, 分饋一家婢輩。○生員之行計程, 則昨已到京矣。

正月十六日

縣吏全應瓊還歸時, 修答付送李殷臣處, 又贈菉豆一斗送之, 乃求得故也。夕, 全業自縣還來, 又見李殷臣答書, 縣禮吏又傳書, 今年科擧定日送來。見之, 則生、進初試二月初九日, 文、武科初試三月初六日, 生、進覆試八月初八日, 放榜同月廿四日, 文、武科覆試, 九月初十日, 殿試同月廿五日, 放榜十月初三日, 此道都會, 文科楊口, 武科春川, 監試襄陽云云, 監試日期已迫, 未知允誠已得名楮耶? 何以圖得? 以此深慮不已。

正月十七日

<u>洪範</u>因過去人, 致書問之, 求得農器及木朴, 修答付送。

正月十八日

<u>業山</u>鷹所捉雉一首, 來納, 但聞鷹致傷云, 可慮可慮。使之坐架待差後放之事, 言送。

正月十九日、正月廿日

<u>彦臣</u>來言"明日番糧載持上京"云, 故修平書, 付傳<u>土塘</u>, 而一雉覓付, 使之傳送。<u>德奴</u>昨與今日, 可來而不來, 未知其故也。<u>金彦寶</u>亦來謁, 饋酒一大杯而送。○連日陰霾, 有時下雨洒雪, 獨居峽中, 京城消息, 杳莫聞知, 正如盲聾, 而朝夕飯饌已絶, 只以鹽醬啄食, 鹽醬又將絶矣, 無可奈何。鷹亦傷病坐架, 不得放之, 可嘆可嘆。

正月廿一日

<u>德奴</u>還來, 見生員書, 一路無事到京。<u>土塘</u>母主書及弟書亦來, 上下皆平安云, 深喜可言? 母主爲奉歲時, 强正一笥付送, 卽與一家共之。<u>德奴</u>持去鷄兒十首, 靑布二疋貿來, 但鷄一首無之云。若不中路見偸, 則<u>德奴</u>自用矣, 可憎可憎。食器則價高不得買之云。且牽去雌牛, 與<u>土塘</u>居奴光進雄牛相換, 加給赤豆四斗云。但此牛齒雖六歲, 而體小, 恐不能作耦而耕也, 又且觸人, 而兒童則不能牽行云, 是可恨也。豆五斗, 捧鹽六斗五升持來, 改斗則只五斗四升矣。

○且聞<u>倭</u>奇, 來春夏間, 定必來犯云, 故人皆預爲避亂之計云,

爲老親, 極可悶也。非但此也, 兩湖間, 土賊亦熾, 至於白晝場市中, 公然掠人財物, 官不能禁捕云, 其縱恣無忌可知, 尤可慮也。

正月廿二日、正月廿三日

德奴, 鬻同木四疋納之, 二疋則還給, 使之更爲鬻同矣。但所授木二疋半, 再度往來, 糧太亦多, 而所納麤木四疋, 除馬價, 剩餘不過一疋, 不如在此稅馬而用之。然德奴之妻, 謀食無路, 故姑爲之使爾。

正月廿四日

縣通引萬世適以事到此, 因來現, 爲陳新太守政績及所爲之事, 因修書付送于李直長處。○金億守入縣, 路見鷹連捉雉, 因設網捕得而來。見之乃山陳, 而有係足皮及懸鈴不掇, 必見逸之鷹也。欲得繫足皮割給。

正月廿五日、正月廿六

縣吏全應瓊以事到此, 因來謁。近日京城消息, 全未聞知, 母主安否何如? 極爲憂悶憂悶。

正月廿七日

金業山子, 雉一首來納, 竊聞業山上京後, 托稱鷹有傷病坐架, 而連日潛放云, 故昨日令麟兒往見, 則其子臂鷹出去不在, 其祖父曰"無食故今始出放"云, 乃托辭也, 可憎可憎。今日令臂來, 使全豊放之, 得一雉, 麟兒亦往見之。

正月廿八日

又令全豊放鷹, 捉二雉, 一則給全豊, 以酬數日之勞。○夕, 謙兒妾
來謁, 自鐵原寓家入來, 欲使久留而送爲意。仚知明明往結城云, 故
修書付送。

正月廿九日

明日乃亡女忌也, 仲女率諸婢備饌, 家人則自昨氣不平, 臥而不起。
○又令全豊放鷹, 獲二雉, 一則給隨從人。金業山自京還來, 卽還授
鷹而送, 使之坐養, 數日後放之。

二月小【初八日春分, 卄二日寒食, 卄三日清明】

二月初一日

乃亡女忌日也, 曉頭, 令麟兒行祭。追想形容, 森然面目, 吾夫妻相對悲涕不已。此乃三年後初期也, 哀哉哀哉。○金彦臣前日上京時, 修土塘書付送, 而中路忘却, 還持來, 痛憎痛憎。雉則授光奴, 使之傳送云云。

○銀介夫守伊自畿南入來, 來時歷宿栗田及土塘, 奉簡而來, 見母親書及弟簡, 時皆平安云, 深慰可言? 但見生員書, 則馬足至今未差, 不得出入, 而數月內, 勢不永差, 極悶云云。湖南土賊極熾云, 不可說也。○崔仲雲來訪, 從容敍話, 饋酒、麵而送。○彦世自昨, 左膝酸痛, 不能行步, 樵牧無人, 可悶。

二月初二日

豊金伊來獻大口一尾、卵一片, 自嶺東貿來也。

二月初三日

德奴上京, 以其反同木, 貿雉鷄而歸。赤豆四斗、馬太三斗付送。余
望後上歸, 故先送母鷄六首、黃蠟一斤亦送, 此則買以換家人食器
事也。土塘母主前, 豆一斗、雉一首、山蔘餅一笥亦付送, 寒食祭用
木米一斗二升、泡太一斗、麴半員亦先送。生員奴春已亦持馬而歸,
修書付送栗田。

二月初四日、二月初五日

欲刈夏木, 彥臣、金淡不來, 痛憎奈何? 以此不能成事。終日大風,
夕, 下雨。○今冬種蜂三桶, 凍餓而死, 可惜可惜。

二月初六日

令四人刈夏木, 但近處無刈處, 五里外刈積, 輸入之時, 一日不過
二三度, 而童奴勢不能逐日載入, 可恨。

二月初七日、二月初八日

聞業山所放鷹有鼻證云, 此乃不惜亂放之故, 終必棄之, 可惜可惜。
○明日乃監試初場也。允誠何以爲也? 慮慮不已。

二月初九日

麟兒往見金賢福并仲今田, 白粟十九斗, 未打草。

二月初十日

打全豊田太, 平七石出, 而守伊一斗五升, 彦臣一斗給之。

二月十一日

今日乃監試, 生員試日也。陳鷹鼻鳴不已, 故艾灸*云。

二月十二日

平康妾之母忌也。適來于此, 故設祭行之。○金主簿明世來訪。○
洒雪又風, 日氣甚寒, 正如深冬。德奴過期不來, 未知其故也。余
欲趁寒食上歸, 而奴馬至今不來, 悶慮悶慮。聞李提督南下, 深恐被
捉於刷馬也。

二月十三日

安峽居富人金之鶴求得墨丁, 欲用於水陸齋時, 常用墨小片許之, 飲
以酒, 則辭以齋戒不飲, 可笑。

二月十四日

令守伊打趙仁孫田靑太, 平一石十三斗出, 而除出五斗, 分給奴婢

....

*　　灸: 底本에는 "炙". 문맥을 살펴 수정.

等。又送一斗于生員家, 使煮食諸兒。○夕, 德奴入來, 因笠子漆未乾, 留滯數日, 趁未還來云。奉見母主書, 時無事安在, 而彦明則往陽智農舍, 時未還來云。所持反同木, 當初二疋爲本, 而今之所納亦以二疋, 無一尺之剩餘, 徒費往來糧太而已。自今後更勿使渠爲不利之事也, 痛甚痛甚。又聞去年所沈醬瓮, 一坐容入十五斗、非之一盆, 而光奴更不聽吾敎, 先自放賣, 只奉銀子一兩四戔云。計其木疋, 則不過四五疋矣, 尤可痛甚。笠子買價, 銀子四戔、中木二疋, 所着破笠計銀三戔而給之, 都計則銀子一兩一戔, 而今來笠子不好, 光奴所爲, 每每如此, 痛憤痛憤。德奴持送母鷄六首, 只奉銀子三戔云。初聞鷄兒極貴, 可爲四戔半餘, 而又減其數, 痛甚痛甚。

二月十五日

金之鶴, 早稷種一斗覓送, 前日來時, 求之故爾。

二月十六日

得四人打趙連田稷, 未及打草, 雨作, 僅得收藏而還, 全三石七斗先出, 草則未打, 全一石。

二月十七日

明日欲上京, 故治行裝。但家無一物, 而鷹亦有病, 不放已久, 未得雉首而去, 入京當以隨便貿用爲計。但載卜而騎, 僅備行糧而往, 雖有太豆, 亦不得載去, 他無所貿之物, 可悶可悶。

二月十八日

曉頭食, 未明發行, 到朔寧地秣馬。但東風大吹, 因此午後雨作, 冒雨到兩胎項村鐵原校生李仁俊家, 投宿。若不雨, 則可以過去, 而未果。

二月十九日

終夜大風洒雨, 或洒雪, 不得已宿處朝飯後發來, 日已晚矣。行到袈裟野, 行路泥淖, 屢遭顛陷, 僅得經過, 渡大灘邊秣馬, 投宿柯亭子村。適逢金內禁順傑, 借馬草, 而因與良久做話, 因聞金都事子定明獄之奇。

二月卄日

啓明發行, 到泉川村世同家朝飯, 發來, 未久雨作, 終日風雨不止, 到樓院前秣馬, 僅得入城, 而日昏矣。奴輩無簑, 衣服盡濕*, 余亦衣濕, 又且日暮, 不得入見南妹, 直到光奴家。適允諧以廷試觀光事, 昨昨來京云。因聞子定今日無事見放云。昨日廷試題"惜寸陰箴", 而入格十九人, 申橈居魁, 直赴殿試, 其餘十八人, 皆給分云云。光奴則在江華, 時未還矣。

二月卄一日

去夜風雪, 達曉不輟, 至於朝, 則雨雪交作, 幾至半尺, 道路泥濘,

....

* 濕: 底本에는 "添". 문맥을 살펴 수정.

人不堪行, 可悶可悶。○米五升、大口二尾、銀一戔、牛肉一塊貿來, 欲用於明日墓祭。午後, 與允諧發來, 到土塘, 日將夕矣, 入拜慈氏前, 一家上下皆依舊, 喜慰可言? 明日祭用, 無他魚肉, 只以三色湯、三色炙及脯矣。舍弟妻子備設。○昨日來路, 適逢金陽鳳於樓院前, 立馬良久做話, 聞渠今拜山陰倅云, 以掃墓事往楊州地矣。

二月十二日

乃寒食日也。自朝下雪, 山川盡白, 上墓之事, 極可悶慮。晚後始晴, 上山與弟及生員行奠, 許鑽亦來參, 飮福後罷來。守伊自龍山江來到, 因聞申咸悅來京, 因往山所行祭後還去云。聞其移居延安地, 而未詳其的矣。留土塘。

二月十三日

德奴送富平麟兒妻家奴子處, 所授牛牽來事也。意欲入見申子方, 而馬適足蹇, 未果, 只修書送人問之矣。○雲山令來見, 饋水飯而送。○昨日祭時, 墓直奴等, 皆以唐將南下時陪去不在, 使喚不足, 可恨奈何? 留土塘。

二月十四日

到京聞之, 今次監試儒生, 入門不均, 一所則千三百餘, 而二所則僅三百, 故進士試, 翌日罷榜云云。○今來, 欲耕治屯田畓, 而日氣甚寒, 水氷未解, 玆令墓奴等待暖爲事, 敎之。留土塘, 與許鑽同宿。

二月廿五日

終日下雨不止。德奴今日期來而不來，必因雨故也。○慈氏送木牛
正於京市，貿烹肉一塊，饋之。肉價極重，正如一拳，可惜可惜。○
適青溪寺僧玄淨以事到鄰，招與話之，頗慰無聊，因與同宿。留土
塘。明日欲入京，因以還歸，雨勢如此，可悶。

二月廿六日

朝洒雨不止，晚後晴。辭母主前，別弟、姪入京，歷訪南妹家，與仲
素終夕敍話，因與着突數局。夕食後，來路入見金子定，適柳監司永
吉令公到此，亦少時相知人也，良久敍舊，罷去後，又與子定伯氏金
參奉業男敍話。子定飲以好酒。夜深，罷還光奴家，已撞人定鍾矣。
光奴自江都亦入來。○申子方還歸時，修書送置光奴家。見之，則
今月自鳳山移寓延安朴判官東說所寓處，而一家上下皆無事云云。

二月廿七日

聞別試來月廿七日定之，而規矩則六百，而初場論、賦，終場策文，
分三所各取二百，講經，三經自願，四書抽牲云云。○朝，慈氏送人
問之，因持足巾布，換魴魚二條，贈送吾家矣。聞其無饌，故爲買送
之。○德奴今始還來，所授雌牛産兩犢，而去年所産則養牛者奪留
不給，只母子牽來矣。

　　○母主來月初，當欲入來，寓居南妹家，故糧米四斗五升、赤豆
八斗、田米二斗措備，預送于南妹家。夕，彥明自土塘來見，因與同
宿。南履祥亦來見。○家人食器買來，本鐵一斤，銀子四戔加給。

二月十八日

早朝, 往見朴參判弘老令公, 從容敍話而返。因聞江原監司李廷馨、都事趙維韓除拜, 而前監司、都事, 則濫率家眷, 被駁云云。又見朝報, 李師傅慶千, 今被重駁, 可嘆奈何奈何? 慶千, 則李子美妻娚, 而曾爲王子師傅者也。

○賣醬瓮二坐, 各捧銀一兩四戔, 而幷二兩八戔矣。○令光奴復換木十二疋, 而每一疋給銀二錢二分餘, 而或二錢餘, 銀一錢五分換白米二斗二升, 又一錢三分換田米二斗八升, 皆送于南妹家, 使之留置, 待母主入來, 爲糧次也。

○麟兒雌犢牽去爲難, 又且家無奴子, 四五牛馬蒭秣極難, 故令賣之, 捧銀二兩六錢五分, 堅封着署, 還授光奴, 待後日敎授後處置事言之。光奴買方魚一尾獻之, 前日守伊自己鹽貿事, 往江西, 吾亦給米一斗, 使換鹽, 則三斗五升捧來, 而改斗則只二斗五升矣。晚後, 往大井洞, 訪李參判廷龜令公, 又邀義城君, 相與從容敍舊。又歷訪箕城君後, 還來南仲素氏家, 則子定兄弟及彦明聚會, 待余之來矣。仲素買酒饋之, 各飮數杯, 終日敍話, 臨夕各散。妹氏饋余兄弟水飯。乘昏辭別, 與弟來宿光奴家。

二月十九日

因與弟相別, 出東大門, 入見關王鑄像, 時未畢役, 匠人方鍊削。殿廟則只立柱而已。土木大興, 瘡痍之民, 不堪其苦, 可嘆可嘆。馳到楊州綠楊前, 秣馬, 又到益淡村私奴者斤同家, 投宿。但來路, 馬右足致蹇, 不能行步, 可悶。初擬可到柯亭子, 而因此不能遠行。

三月大【初十日穀雨，廿五日立夏】

三月初一日

早發，但馬之蹇足不差，僅僅而行，或遇泥濘艱險處，則輒下馬步行，艱到大灘，舟渡水邊，造朝飯而食，日將午矣。東風連吹，時有洒雨，僅經袈裟野，或步或騎，專不進前，僅得過漣川縣，欲入狄郎村，而大雨隨後而來，不得已馳入兩胎項來時所宿李仁俊家，因宿焉。雨勢不止，明日之行，可慮可慮。甘藿一編，贈主家。

三月初二日

風殘雨下，四面陰曀，望見遠山，則正如玉峰聳出，必去夜之雨，高山則下雪也。雨勢朝尚不晴，今日之行，待其雨晴，則勢不可入家矣。行資只計日而裹，到此具絕，馬足如前重蹇，極可悶慮。

○晚後，雲收霧捲，晴日始出，因於宿處朝飯發來，渡山井水秣馬, 到加土乙峴底, 日已落矣。勢不可越嶺, 投宿定虜衛白貴希家。 適逢朴安世於路次, 乃避寓于此里不遠地, 因鷹獵還家矣, 邂逅相 值, 立馬敍舊。朴公乃朴二相忠元之孫、判書啓賢之子而黃判書霖 之婿也。其長子承宗, 前爲承旨, 次子承黃, 今爲殷山倅矣。鑄字洞 舊家, 相住不遠, 故相知有舊矣。

○白貴希乃此縣座首權銖四寸妻娚, 銖之妻父, 則甲士白番佐 云。於此可知權銖之迷賤, 而李暄乃原城君之親孫, 入贅於銖家, 傷嘆不已。暄也, 雖曰悖戾不惜, 門閥先自賤身, 其爲無知, 亦可 想矣。

三月初三日

啓明而發, 馳到寓家, 日已高矣。馬蹇自昨午後稍歇, 今日則又歇於 昨日, 無事還家, 可喜。一家上下皆依舊矣。○今日乃佳節也, 造餅 行茶禮于神主前。生員一家亦來會。但麟兒同婿趙鑥[*], 去正月在海 西豐川地病逝, 訃音自富平德奴來時, 李謹誠傳報, 後壬母聞之, 悲 痛不已, 可哀也。

○一家不食魚肉, 久矣, 余持來方魚, 作片炙之, 夕飯共之, 兒 輩爭加食之, 可憐可憐。○來此聞之, 業山所授鷹, 今則永差, 可以 馴放, 而恐其還發, 更待十餘日坐養, 放之爲計, 但鷹食乏絶云。此 處鵬姪所畜犬, 棄去留此, 故捉給, 使之爲食。

* 鑥: 底本에는 "鑗".《牛溪集·宗簿寺主簿趙君墓誌銘》에 근거하여 수정.

三月初四日

夕, 允謙自結城到京, 留一日, 今始入來。意外得見, 喜慰可言? 因
言仲女婚事已定云, 乃故尼山倅金可幾胤子德民也。金公居于忠淸
報恩地, 而去丁酉之亂, 避入山中, 合家被戮於賊鋒, 德民一身獨
全。曾與金尼山相知有厚, 而德民又與兒輩, 最相交厚, 不問彼此
賢否, 已知其實, 故只問可否, 定期於今月廿二日云。但日期已迫,
凡百所爲, 措備無路, 極可悶慮。

三月初五日

全貴實, 菁根數斗來呈, 饋酒而送。○耕田種麻, 兩處七升, 籬內則
種各色菜種。

三月初六日

下雨, 終日不止。浮石寺僧雪雲來謁, 因獻芒鞋六部, 乃其寺首僧合
送也。饋晝飯而送。

三月初七日

李直長殷臣自縣來見, 因留宿, 聞其謙兒之來矣。○太三斗換耳牟
五斗, 欲耕種矣。

三月初八日

德奴持謙兒馬, 往通川郡, 爲貿婚時所用魚物兼乞魚物於郡守前矣。
吾馬足蹇, 故借送爾。○李殷臣還歸, 臨時來看婚事事, 言送。○令

全豊耕耳牟田, 種五斗, 乃官田也。

　　○崔判官仲雲來見, 從容叙話, 饋水飯而送。金明世、金麟、金愛日亦來見而歸, 皆聞謙兒之來也。婚期日迫, 几物廣求未得, 將不成貌樣, 可嘆奈何?

三月初九日

子方奴春億等自延安入來, 見子方書及女息書, 去月旬後自鳳山移來, 而一家上下皆無事, 但窮困日迫, 將無以支保云, 可歎奈何? 此處所儲穀, 貿布而去云。吾家亦贈租二石、稷一石, 生員家租一石、稷一石矣。白紙一束、墨一丁亦付送。○金彦寶、朴彦邦等以南下軍抄定, 今日辭歸, 無以爲贈, 以長箭五介給之, 又饋酒而送。

三月初十日

送奋知于京, 修書土塘書及南妹家書付送, 乃婚時所用之物貿來, 又覓婦裝事也。但日期已迫, 恐未及來也。○金郎之使夕至, 欲知擇日而先送人矣。見書, 則初六日, 自其家發來, 十日間到京云。

三月十一日

金郎之使, 今早還歸, 令平康修答付送。○北面居校生權好德兄弟持酒來訪謙兒, 因獻馬太四斗, 可謂厚矣。○彦臣、金淡等自縣載咸悅家穀四石入來, 租平三石、稷一石矣。縣吏等雉一首、餘項魚四尾付獻。○夕, 世萬自伊川還來, 伊倅送雉乾、生各一, 又送人馬, 邀謙兒矣。

三月十二日

謙兒往伊川。○乃高祖忌也, 曉頭, 與麟兒行祭。

三月十三日

打前日未及打稷草, 七斗出。○生員奴春已、安孫入來。

三月十四日

縣校生姜伯齡聞謙兒來, 持白米一斗、雉一首、方魚半隻來謁, 饋酒飯而送。○謙兒自伊川還來, 伊倅所贈眞末四斗、淸二升、眞油三升、栢子二斗、榛子一斗、生雉二、乾雉三、家猪一口、還上田米一石, 以李察訪奴富貴名字受來, 來秋還償次, 可以此補用於婚時, 可喜。

　　○伊縣吏亦獻淸二升、雉一矣。○昨見生員書, 自栗田來京, 因馬蹇不得入來, 觀別試後入來云。又見母主書及弟書, 時皆無事, 而母主則望時入京云云。○金淡, 同炬一柄束呈, 婚時所用事, 前日敎之故爾。

三月十五日

曉頭, 雌馬産雌駒。○前左相李公德馨, 昨日覲親受由來縣云云。婚時所用器具, 因此不得, 可悶。

三月十六日

始耕朴番田, 種早半稷二升, 半半日耕也。○東臺杜鵑花滿發, 家人率女息等, 步往見之, 因陟後峴, 不息而上, 觀望而還。年前此時,

不能起居, 至於如厠之時, 尙不得任意, 而今則步陟不難, 子女輩皆
欣喜不已。

○夕, 縣衙前等, 家鹿後脚一部、堯飛一隻、蜂家一部、田米三
斗、生雉三首收合, 令解由色閔得昆載送, 得昆亦別獻大米一斗、乾
雉兩首。可以此用於婚時, 深喜深喜。來吏饋酒食而送。○彦臣採
山蔘、桔梗等來獻, 全元希, 桔梗亦採呈。

三月十七日

送人馬於鐵原、伊川, 爲覓婚資也。鐵伯曾已出給, 使之取去矣。○
此縣太守, 專人致問, 又送白米五斗、眞末二斗、太五斗、淸四升、榛·
栢子各五升、楸實四斗、石茸三斗、木米二斗, 乃聞吾家有婚事故送
之。自太守到任, 今至三朔, 一不問之, 謙兒來此亦過半月, 又不問
之, 今始送物而專伻問之, 此必其胤子李相勸使之問也。

○夕, 德奴自嶺東, 趁期無事還來。通川所送松魚二尾、文魚生·
乾各一、大口七、加佐味十束、銀魚廿冬音、生鰒百介、海蔘四升、藿
三同、鹽五斗、卵醢五升、腹藏醢十五介, 歙谷所送生鰒五十介、加
佐味廿束、大口二、卵醢五升持去。木一疋換大口十七、生文魚一。
通川郡吏朴世業亦送松魚一尾、大口五尾、方魚二尾。以此物足用
於婚時, 可喜。○京居人丁鸞來獻石首魚二束, 文魚一尾。

三月十八日

安孫上京, 修書付送母主前, 松魚一尾、卵醢少許覓上。○縣首吏全
雲龍、閔忠孫、全巨陽等來謁允謙, 因獻白米一斗、生雉三首、卵醢

三升, 出一壺酒飮送, 今皆營吏者也。○岔知自京還來, 新婦首飾未得而來, 可恨。衣服覓來事, 光奴則往江都, 直來于此云云。見生員書, 母主時未入城云。婚時所用之物貿來, 紫色緋緞遮首, 銀五錢, 單衾次布一疋, 銀四錢, 分之銀四錢半, 去核木花二斤, 銀二錢、匙筯銀一錢、沙器六介銀四分, 幷銀兩六錢九分, 此乃麟兒賣犢之銀而貸用矣。全鰒大五、中五, 光奴貿送。

○岔知歷入鐵原, 鐵伯所送之物載來, 白米三斗、木米二斗、眞末二斗、眞油二升、小全卜十介、生栗五升、脯五條、楸子四升矣。世萬亦自伊川入來, 前日所受還上米八斗, 家猪一口屠殺去毛, 載來爾。

○允誠書, 自海州來傳光奴家, 生員取送。見之, 則其家雖無事, 但唯一奴論金伊病死, 其妻家所畜兩牛、一馬, 不意被盜, 徭役煩重, 家計蕩敗, 無以收拾, 將有流離之患, 而今者別試到頭, 家無人馬, 不得上來云, 何至於此乎? 不勝慨嘆。吾家窮迫, 流寓他鄉, 亦無定居, 使此子尙留妻家, 將無以保存, 憂悶奈何奈何? 監試則以賦次中得叅, 而終見罷榜, 亦可嘆也。見失一牛, 則誠之物也云。

三月十九日

自曉下雨如注, 至午始霽, 前川漲溢, 人不通涉, 若更添則來二日婚用諸具, 勢難收聚。光奴持婦裝, 亦必未及來, 新郎之行, 亦必艱苦, 極可悶也。李殷臣亦不來, 必阻水矣。

三月卄日

李殷臣率熟手, 朝前入來。昨日, 僅得涉川, 到朴文才家, 夜深故因投宿而來云。始令造果。○縣內居百姓黃應星來謁，因獻木米一斗。○遮日帳、沙器、鋪陳等，時未得，而伊川倅前有約於今日，而至今不送，必忘却耶？可悶可悶。而此送春已於安峽，求借矣。

三月卄一日

安峽人李進善來獻木米二斗、雉三首，饋三杯酒而送。○春已得遮日帳載來，面席、方席則無之云。浮石寺僧造泡而來，前日送太矣。伊川官人持鋪陳帳等入來。朝，送人而中路相逢偕來。

○光奴自京入來，草綠上赤古里二襲持來，乃黃參判愼家物也。紅裳則未得來，可恨。然以此為上衣，而下裳則藍段為用矣。外方之事，每如此，可嘆奈何？今見生員書，母主尚未入城，而明今當入來云云。但聞申庶田鴻漸以病，在鳳山永逝云，不勝驚慟。上有偏母，而其兩弟已皆先逝，渠亦無後而壽且不永，企齋絕祀，尤極悲痛。申也，於余五寸親，而平日極厚者也。

○前日平康往伊川時，借人送遂安，求婚資，其人今始還來，得眞末三斗、乾雉一首、猪脯十條，來傳矣。○因光奴聞之，金郎昨日當到鐵原云云。○夕，岾知、豊金伊自鐵原，持婦裝及鋪陳等物，入來。恐其不及，朝送德奴，而中路巧違未逢，故德奴則直往歸鐵城云云。金郎則今日先來宿末之嶺底人家，而鐵伯則明日早來金郎所宿處，圍繞而來云云。

三月卄二日

凡諸具僅得收合陳設，納采負人先到，三果床，饋酒而送。鐵伯與

新郎, 臨夕, 來止朴文才家改服, 又令此里人等騎馬七人奉炬先導,
爲鐵伯之故, 迎逢人吹角而來, 皆無事行禮。余與謙兒出待鐵伯。
昨邀崔判官, 則適以忌不來矣。只與主客三人設酌, 而鐵伯不能飲,
故各行禮而罷。午後頗有雨徵, 深以爲悶, 而行禮前, 幸不下雨, 多
幸多幸。昏乃雨, 終夜不止。今見鐵伯, 方面廣額, 諄諄長者, 他日
必爲國器, 嘆服不已。當初定婚後, 凡事茫然, 措備無策, 求借諸
處, 人亦扶之, 雖不得盛擧, 終乃無弊行之, 可謂幸矣。

隣里大小三十餘人, 咸會改服處, 迎繞而來。此人等皆饋酒、
麵、兩色湯、切肉及果, 而但酒小, 只出三盆而飮之, 可恨。鐵原下人
十餘, 皆三果床酒、麵饋之, 新郎帶來人七名, 亦饋六七賜行果酒、
麵、三色湯, 至醉而止。金郎則曾所詳知, 不須更言, 但觀其辭色,
則見其妻, 深有喜悅之意矣。但聞率妻, 即欲南歸, 吾夫妻終夜悲
泣。雖牢拒不許, 而若强之, 則勢不可遏, 悲歎悲歎。

三月卄三日

崔判官來見, 供小行果, 暫設一杯而歸, 藥果少許裹贈。晚後又設
一宴, 一家內外咸會中堂, 邀金郎叙面, 皆不飲酒, 故只巡杯而罷。
夕, 兩兒與金郎登東臺, 賞玩而還, 余亦偕焉。○考點借來諸具, 無
一物見失破汚之患, 至於沙器則一介亦不失焉, 多幸多幸。○李殷
臣還縣, 而熟手海福亦歸, 無贈物, 只以足襪次一事給送。

三月卄四日

光奴還京, 持來婦衣付送, 乃黃參判家物也。吾家所在布十六疋給

送, 使之換木, 又給强正太一斗, 使自用之。土塘平書及生員處, 皆裁書付之。母主前, 藥果五十立、乾雉四支亦呈上。南高城宅《三國志》十二卷亦付之, 使傳矣。

○平康率妾, 還歸鐵原, 欲因以向結城, 而金郎之行, 亦定於來七日, 使之直來于鐵原, 欲與同歸, 而行至龍、振之地界, 其妾則直送結城, 渠則率其妹入報恩後還來事, 已與爲約矣。卜重, 不得已雌牛載去, 留此廿餘日而歸。各以謀食, 諸子流散, 不得合幷, 長在別離中, 懷抱如何? 悲嘆奈何奈何?

○浮石首僧法熙來謁平康而未及矣, 因呈芒鞋三部, 饋果、酒而送。○座首沈士任來謁平康而未及, 中路相逢, 馬上暫話, 因來見余, 又納粘米一斗、雉一首, 乃南村居者也。北面居前別監崔壽永、校生韓益信亦要謁平康, 未及, 只見余, 而又納贐物。崔則木米一斗, 韓則田米一斗、强正太二斗, 各饋水飯而送。適無酒空返, 可嘆可嘆。

三月十五日

耕彦邦田, 種眞荏, ○明明, 金郎定欲發歸, 而見女息治行裝, 悲泣不已。女息率去奴婢所着芒鞋買來事, 送太二斗於浮石寺, 換四部給之。

三月十六日

聞金郎今日生辰, 故家人爲造切餠、甘酒而饋之, 乃不飮酒故也。帶來奴子等亦造木餠, 白酒飮之。○明日, 行計已定, 不得已雌卜産駒

未久，給送爲意。○夕，豐金自鐵原，前日持去牛牽來。見平康書，
府伯處還上田米一石受出，爲上京糧，而此處則不須齎送云。但渠
之騎卜，皆瘦疲不任載卜，而他無得馬處，不得已方求稅馬，而若不
得焉，則勢不得率其妹往報恩云，可嘆奈何？○金業山，雉一首來
獻，乃行饌也。

三月廿七日

金郎率妻發行，一家上下咸萃悲痛，而家人則發聲慟哭，人情豈不然
乎？長在膝下，愛憐特甚，而一朝奪去，遠別千里外，彼此消息，亦
難得聞，此中懷抱，如何可言？非但此也，家人長在病中，一家之事
皆托，而爲耳目手足，今作遠別，爲此尤極悶也。

　德奴持馬陪去，婢香春、訥介亦帶歸，訥婢則永屬使喚，而香婢
則來秋還送矣。行糧則白米二斗五升、馬太八斗、碎豆四斗，奴婢糧
則使鐵府所受還上，計程齎去矣。余亦借馬，追至半程點心處還來。
臨別相對悲泣，淚沾兩袖，女息先騎馬發去，余良久佇立瞻望，行塵
竟爲丘壠所隔，不見形而後，回馬首而返。來時，入見業山家陳鷹，
又見牟田則甚不好，可嘆可嘆。經夏之資專爲此，而至於此極，恨嘆
奈何？

三月廿八日

曉來睡覺，女息猶疑在此，怳聞音聲，與家人相對泣涕。事勢如此，
雖知其不可，而情愛之溺，不覺過於中也。○婢玉春昨昨誤落廊下，
觸傷脛脊，浮痛極甚，可慮可慮。

三月卄九日

令金淡耕蔡億福田, 種牟稷, 未畢。三婢種之。○婚時用餘牛肉一塊照氷, 久而不破, 作脯五條, 掛架乾之, 而爲鳶所掠而去, 可憎可惜。南風終日吹, 頗有雨懲, 明日耕田事, 不可諧*也。

三月晦日

自曉下雨, 終日不晴, 達夜不止, 女息之行, 今日到何地而留滯耶? 深慮不已。自女息出去後, 家人觸物思念, 終日涕泣, 至於夜而睡覺則必泣, 以此飲食頓減於前, 深恐生病也。仲女, 性質柔順, 雖在膝下多年, 小無慍逆之色, 自季女永逝後, 愛憐特甚, 家事專屬其身, 而一朝遽奪而去, 其間情事, 不言可想。但至於過中, 不可說也。

---

*　諧: 底本에는 "偕". 문맥을 살펴 수정.

四月小【初十日小滿, 廿五日芒種】

四月初一日

家人去夜, 夢見仲女, 起而悲泣, 自曉氣甚不平, 時有頭痛, 慮其傷寒, 服忍冬茶發汗, 而未見向歇, 悶慮悶慮。

四月初二日

家人自昨夕, 頭痛稍減, 而朝則大歇。但元氣困憊, 尙未快蘇, 而食飮不如舊, 家無可口滋味, 可悶。○女息到鐵原, 裁書付送, 見平康書及金郎簡, 則因平康行裝未及治, 留一日, 廿九日始發向京路, 當投宿漣川, 翌日又宿盆淡村, 後入京云。然昨昨下雨, 必不發行, 計程則今日可到京城矣。若早知留於鐵府, 則何不於此挽留數日, 直送于京耶? 深悔不已。行糧則所受還上田米一石, 留糧計除, 七斗齎去, 其餘五斗則逢受德奴, 接置宋玉珍家云。但金郎童奴病臥,不能帶去, 不得已棄置主家而歸, 卜馬亦病不能運行云, 是可慮也。此簡乃鐵伯送于末之嶺下居匠人戶主高莫斤處, 使之傳送于此, 受答來告云, 故即修答付來人, 又饋晝食而送。

　　○鄰居冶匠春卜, 雉一首來獻, 家人病餘口苦, 不得滋味, 方以爲悶, 而意外來納, 深喜深喜。即酬以黑太一斗報之, 渠欲不受, 強之後受去。家人亦即炙一脚而食之。○且聞鐵伯竭力厚待平康, 刷馬一、䭾馬一出給, 使之到京後還送云, 深謝鐵伯之厚意也。

四月初三日

令品人耕昨日未畢田, 畢耕種, 移耕官屯田。○茂林守奴子持簡入來, 乃以近里人處, 年前賣木, 今始載去事也。因此人聞女息行次, 昨昨始渡大灘而去, 當宿泉川村云, 昨日始可入京矣。但聞再昨之雨, 川漲艱渡云, 是可慮也。即修答還送, 饋之刀齊非。○種蜂産兒蜂, 付梨樹, 麟兒捉而坐之。

四月初四日

令品人耕官屯田, 畢後, 移耕文才田, 未畢, 皆種半稷。○浮石僧雪雲來謁, 因呈芒鞋一部, 又僧太玄所織席一葉來納, 乃前日織次及價豆二斗, 送之, 舍弟物也。但聞其草朽斷不用, 故自其物織送云。○昨日寅時, 無足鼎自鳴, 良久而止。

四月初五日

耕文才田, 畢耕種。○孝立自昨痛頭, 至今不差, 可慮可慮。

四月初六日

令彥臣耕鬱方淵邊處前起耕陳田, 種粘粟, 未畢。

四月初七日

耕昨日未畢田, 畢耕種, 種粘粟二升。昨夕, 招金淡來耕爲計, 而失
期不來, 不得已晚後, 招趙光年耕之, 故有可耕處, 而未及耕, 痛甚
痛甚。曾有耕牛之品, 而終乃見欺, 尤極痛憤痛憤。○前日産兒蜂
桶又産, 付前付樹上, 捉而坐之。

四月初八日

乃俗節也, 行茶禮。○生員奴安孫自京入來, 見生員書, 今別試以論
次下、策次上, 得叅云, 可喜。來十一日講經, 十七日殿試云。李時
尹亦叅云, 尤可喜也。但聞允誠不來云, 必是無奴馬故也, 恨歎奈
何? 又見平康及金郎書, 一行上下, 初二日無事到京, 留二日, 初五日
始發向南, 而平康則不得率其妹還放云, 可恨可恨。又見母主書, 去
月卄日入京, 寓南妹家, 時平安云, 深喜可言? 女息、金郎皆進謁而
歸云。且尹同知泗妻氏乃金郎四寸妹也, 强邀女息, 不得已往見云。
○休牛不耕。

四月初九日

乃仲女生辰也。歸程計之, 則初五日發京, 今日當到其家。但終日下
雨, 未知已入耶? 深慮不已。○以雨不耕。

四月初十日

生員奴安孫上京, 端午祭物付送, 恐臨時無上去者, 故今因此奴之
歸, 覓送矣。木米一斗、大口四尾、海蔘六十介、加佐味一束、乾雉
二首、粘栗米四升、栢子二升五合、榛子二升五合、文魚二條、正木半
疋, 乃臨時貿湯炙次也。三升麴一圓, 釀酒次也。○母主前, 赤豆二
斗、菉豆一斗、木米五升、眞末七升覓上, 大口一尾又送, 舍弟處修
平書, 各處送之。

四月十一日

令兩耦耕末之村驛田, 種半稷, 未畢, 乃三日耕也。五人種之, 節已
晚矣, 初不欲耕之, 而種粟處只略, 因麟兒强勸而耕。

四月十二日

耕昨日未畢處, 畢耕種, 種粟九升五合, 三人種之。○蜂桶又産一
蜂, 乃連三次生之, 適余往耕田處未還, 令億守捉而坐之, 皆坐於
母蜂之左右。

四月十三日

業山來徵鷹食, 不得已黑太一斗給送, 使買雉而食之。前月家畜大
狗捉給, 今又徵去, 若此不已, 不可支也。捉雉之時所得百分之一,
至於過度放之, 因此得鼻疾坐架後, 每來徵食, 可憎可憎。竊聞潛
放於鐵原地, 一日捉九雉, 翌日捉十二, 兩日得廿一首, 每日所捉小
不下五六雉, 而此處來獻, 或間日一首, 或過三四日則一二首矣。此

鷹才品極高, 故欲使陳, 而其食勢不可當。然鼻證尙未永差云, 其生死未可必也。○生員家第三產蜂, 今午逃去, 可惜可惜。

四月十四日

耕土同田未畢, 種晚黍。食後, 余親往見之, 因進崔仲雲家相訪, 良久叙話, 饋余水飯, 日傾乃返。夕, 子方奴春億自縣還來, 今欲歸延安矣。○因崔仲雲聞鐵原倅陞堂上, 淮陽、三陟、平海、楊口、高城、麟蹄等六官皆見罷, 御史狀啓云。

四月十五日

耕昨日未畢田, 畢耕種, 種晚黍及粘黍, 乃一日半耕也。○麟兒張網, 得魚卅餘尾, 夕食, 作湯而食, 乃阻之餘, 其味甚佳。又得中龜而來, 乃彦世所捉也。

四月十六日

昨得龜作湯, 與麟兒共之, 忠立則不食, 可笑。○全豊借兩牛, 耕吾家黍粟田, 畢耕種, 而酬品後, 欲耕太豆田矣。

四月十七日

兩牛, 金彦寶妻借耕, 彦寶南下之時, 懇請面許, 故不得已借之。○麟兒或釣或網, 得魚四十餘尾, 令沈食醢, 欲用於大忌祭時矣。○子方奴春億昨日還歸延安, 修書付之。

四月十八日

今日乃殿試云。生員若入講經, 則觀殿試後下來矣, 若不講經, 則去
五六日間可以入來, 而不來, 必無事講經矣。然安孫去後, 未聞消
息, 深慮深慮。○全貴實借牛耕之。

四月十九日

昨日, 朴根, 雉一首來獻, 因懇借牛耕田, 不得已許之。

四月廿日

終日下雨, 不得耕田。○夕, 生員自京, 冒雨入來, 因聞講經無事入
格, 去十七日殿試入觀後, 不待出榜而還來云云。殿策出而僅及成
篇云, 只待天而已。然一家無一好夢, 可慮可慮。德奴亦自報恩到
京, 偕與生員一時入來。見女息書及金郎書, 一行上下皆無事到家
云, 深喜深喜。但自此後, 彼此消息, 勢難得聞, 悵嘆奈何奈何? 且
平康書亦自結城, 坔知持來于京, 生員來時付送。見之, 則亦無事入
家, 其妻去三月初七日卯時生男, 而形體, 狀大端好云, 極可欣喜。
連得兩男, 一家之慶, 豈有加於此乎? 喜不自勝也。其兒名, 以弘業
命之云, 極當極當。但聞瓶無儲粟, 將有飢餒之患云, 是可慮也。今
日生員入來, 結城、報恩之奇亦得聞, 喜慰可言? 又見母主書及南妹
書, 時平安云, 尤可喜也。但安孫持去祭物, 馬臥水中盡濕, 而至於
木米、眞末等物, 不可用云, 可慮可慮。○且聞三司, 時方論斥兵判
洪汝諄之黨, 而時未允許云, 朝家風浪又起, 未知何時寧靜乎? 可
嘆可嘆。

四月十一日

西籬底坐蜂, 始産兒蜂, 即捉而坐之。○午後, 耕官屯田, 種太, 未畢。朝則陰而洒雨, 故待其快晴後始役。○生員今別試講經所逢處, 乃《詩傳·鄭風·籜兮篇》、《中庸》十二章君子之道造端乎夫婦, 而《中庸》則全不讀之, 僅得入格云。若得第, 則今必聞奇, 而終日佇待, 竟歸於虛, 可嘆可嘆。弘業, 年庚子土, 月庚辰金, 日庚戌金, 時己卯。

四月十二日

又令全乭金耕昨日未畢田, 畢耕種, 種太四斗四升, 乃一日半耕也。

四月十三日

又令乭金耕末之村金彥寶田, 種太二斗八升, 乃一日耕也。○夕, 南妹家奴德龍自京入來, 乃去秋所貿太豆載去事也。見母主書及妹書, 時平安矣, 深喜可言? 但聞今別試居魁者, 李時禎云, 不知何如人也。允諧年年見屈, 時不來耶? 家運不幸耶? 浩歎奈何奈何? 又見弟書, 雖免他恙, 絕糧方在飢餒中云, 深慮不已。各在南北, 遠莫一助, 徒增夜夜不忘而已。但畿甸, 雨水適中, 付種已畢, 或時方再除草云, 若年豊人足, 則秋來吾家雖出去, 資食之路必饒, 深喜深喜。

四月十四日

德龍還京, 其宅豆廿一斗載去, 修答書付送。弟處末醬二斗、豆一斗, 妹前末醬二斗付送, 母主前川魚食醢一缸, 容入三鉢餘覓呈,爲半用於端午祭, 其餘用於朝夕饋事, 告之矣。南履祥處, 黑太一斗亦覓送矣。○又令憃金耕家前金彦寶田, 種白豆, 未畢, 乃三日耕也。

四月廿五日

又令憃金耕昨日未畢田, 亦未畢耕種。

四月廿六日

又令憃金耕昨日未畢田, 亦未畢耕種。憃金連次六日耕, 乃酬品也。○別試及第者十六人云。

四月廿七日

憃金以品, 借兩牛去, 使之連二日耕之。○朝食纔竟, 西籬下坐蜂産兒, 付梨樹, 捉而坐之, 未久又産。一日連産兩蜂, 皆付梨樹, 捉而坐之。但蜂桶小而笮狹, 必不宜於盛蜂, 然不得桶, 而坐如此不可坐之桶, 慮其不久也。兩蜂各幾四五升許矣。

　○婢銀介夫守伊前月晦時, 與生員奴春已往三陟, 爲麟兒妻家婢子捉來收貢事入送, 而今夕還來。來時歷入江陵沈陽德家, 沈姪答書來傳。見之, 則一家妻子皆好在云, 深喜深喜。藿二同、大口四尾、乾潮魚四尾覓送。麟兒婢子則乳下有兒, 又有不能步兒, 故不得捉來, 只捧身貢布三疋而來矣。○令忠母造藥果五升, 乃明明祭用也。

四月十八日

明日乃先君諱辰也，令兩兒妻備饌。又使彥臣持魚網，獵川魚，捉數沙鉢而來，欲以此爲湯炙矣。魚肉他無得處，只以此爲需，而素物亦以時産菜物爲湯炙。素湯、四色肉湯、兩色肉炙、兩色素炙、六色魚肉佐飯及脯醢盤床諸具隨所得，以備奠矣。但母主遠在京城，弟亦不在，以此爲恨嘆。○全蟊金連二日借耕，乃以品也。

四月十九日

啓明，率兩兒行祭，朝後招近隣人等，饋酒餅而送。○朝前，昨昨所産蜂桶又産，捉而坐於西房窓外籬底，僅三升許，乃一桶四産也。坐之未久，第三産蜂逃去，越後峴而走，因桶不好故也，可惜可惜。一得一失，亦是數也，奈何奈何？○金業山臂鷹來謁，饋酒餅還，使臂去陳之，捉給東家狗，使爲鷹食，若好陳則當以厚賞言送。○今日餕餘餅果及切肉等物，入盛兩筒，送于崔判官處，修答還謝。

五月小【十二日夏至, 十七日小暑】

五月初一日

今欲耕前日未畢耕田, 昨與彥臣爲約來耕, 而失期不來, 可憎可憎。不得已晩後, 始借全豊而耕之。○崔判官致書問之, 又送新古刀魚及石首魚各一, 修答謝之。

五月初二日

後壬母自昨朝, 始微痛腹, 至於夜則大痛達曉, 以爲犯寒而痛, 凡事不爲預備, 至朝始明, 而生男, 未及蒿席, 而無事免身, 又得好男兒, 欣喜不自勝, 日出寅正三刻也, 始明而産, 必寅時初也。生庚子土, 月壬午木, 日甲辰火, 時丙寅。吾四子妻皆懷脈, 而允誠妻, 前年先産男兒, 今年三月, 允謙妻又産得男, 今五月, 允誠又産男兒, 只允諧妻未免, 而亦在今月內矣。

○令趙光年耕前日未畢彦寶田, 畢耕種, 前後所落白細豆四斗三升、赤豆四斗七升, 并九斗落種, 乃三日耕餘也。○再昨所出兒蜂, 坐於西房窓外, 而昨日方欲逃去, 早覺之, 即塞其穴, 今朝始開, 則盡出付於西籬桃樹上, 又捉而坐於前日逃去蜂桶。家適無桶, 不得已坐之, 蜂類數小僅二升餘, 故不計走不走而坐, 不好桶, 必不久而還逃去也。○彦世昨日刈草於川邊, 因得中鼈來獻, 夕食作湯, 與兩兒共之, 其味甚佳。

五月初三日

兩牛, 生員家借耕。○生員送奴馬于官, 還上田米一石、太五斗受來, 糧絶故也。

五月初四日

前日所生新蜂兩桶, 不見出入, 開蓋見之, 昨已逃去, 吾昨夕往東臺, 其時必走矣。一蜂所産四桶, 而只一桶在坐, 其餘三蜂盡逃, 可惜奈何奈何? ○麟兒令彦臣耕金彦寶陳田, 久陳之餘, 牛亦疲困不力, 故不多耕矣。○麟兒持魚網, 獵得九十餘尾, 明日茶禮, 欲爲湯炙矣。婢子無暇, 故吾親自剖腹而洗之。

○今年吾家, 因無摘桑之人, 不爲養蠶, 而只後壬母數席次養之, 今已盡上薪, 婢銀介及德奴妻多養, 亦幾上薪矣。德奴自報恩入來, 翌日始爲摘桑之役, 逐日不息, 曉出夕返, 不知其勞, 若以上典之事, 則必憚而多怨矣。○近日久不聞京家消息, 母主安否如何? 悶慮不已。

○今日乃新生兒, 第三日也, 洗濯之, 始着新衣, 命名曰"昌業",
乃繼允謙兩兒之名而作之, 望其昌盛先業之意也。吾門衰薄, 自先
世同姓之傳不多, 吾兄弟中, 吾有四男, 而皆各有子, 其數亦至八男,
又且夫妻皆年少, 必不至此矣, 數多中, 豈無一子昌振衰門者乎?
長祝長祝。弟哲有二子, 而皆幼。

五月初五日

乃端陽節也, 家無饌物, 只以切肉及川魚、湯炙, 行茶禮, 奠杯墓山,
則前送奠物, 使弟設行矣。但弟家窮甚, 未知何以爲耶? 深慮不已。

海州吳氏直派

檢校軍器監, 姓諱吳仁裕。

子, 內庫府使 諱周裔。

子, 秘書監 諱民政。

配, 蔡氏, 員外郎諱椿之女。

子, 檢校尙書左僕射行太子詹事諱札。

配, 崔氏, 員外郎諱執圭之女。

子, 追封中正大夫典客令行東大悲院錄事諱昇。

配, 慶州金氏, 侍郎諱信祐之女。

子, 內侍豊儲倉丞諱孝沖。

配, 李氏, 都濟廡判官諱密之女。

子, 中直大夫司僕卿諱土廉。

配, 金氏, 郎將諱允富之女。

子, 宣略將軍龍驤侍衛司左領護軍諱希保。【墓前有石、莎臺石, 無碣。】

配, 原平徐氏。【墓在竹山縣西北雙嶺山東枝, 名於里峴, 距官門一息程許, 與護軍上下墳。庚寅三月以代書, 埋置神主。】

子, 成均進士諱重老。【墓在竹山縣西北九峯山麓, 地名大外, 距官門一息程許, 與護軍墓, 東西相距五里許。墓有短碣, 陰有世系記。】

配, 密陽朴氏。【諱疑問之女, 墓與進士同山異域, 有短碣。】

子, 北平館提檢禦侮將軍行龍驤衛副司果諱繼善。【字長卿*, 墓竹山縣西北九峯山麓, 地名大外, 與進士墓相距數十步許。墓前有碣, 碣陰有世系記, 左贊成申光漢撰。有石人、望柱石。】

配, 全州李氏。【初室, 宗室古丁正之女, 無子早世。】

配, 安東權氏。【繼室, 僉判諱孟禧之女, 無子早世。墓俱在廣州界土塘里。】

配, 全州李氏。【三室, 宗室楊津正諱信之女, 益安大君五代孫。墓在竹山, 與提檢同域。】

子, 中直大夫行司詹寺主簿諱玉貞。【字貞之, 墓前有碣, 石物俱備。墓在漢江南五里許大路傍, 未及良才驛四五里許, 廣州界, 地名土塘。宣陵西邊火巢外, 與果川界相連。五男墓, 皆在墓下。】

配, 延安金氏。【參議諱訢之女, 與主簿同域。】

....

* 字長卿: 底本에는 磨滅됨.《海州吳氏大同譜》에 근거하여 보충.

始吾年少蒙暗時, 先君即世, 諸叔父亦皆早歿, 祖宗世系直派, 杳莫聞知, 亦無可問之處, 常以爲恨。中年竊聞先世族圖, 在同姓吳公安國氏家, 躬造訪問, 則果有之。安國氏以其老病不出見, 其子蠶出待, 請出圖本而見之, 有一障子, 大如一間壁許。

上書始祖檢校軍器監姓諱, 其下引畫而分派, 書內外子孫、世系、職諱, 無不備載, 乃同宗孫工曺典書諱光廷, 親自草創, 未及整頓而違世, 其子成均直學諱先敬, 因其元本, 以圖寫之, 以終未遂之先志也。跋尾亦在。余奉玩三復, 不勝景慕之至, 始知先世來派, 切欲借來, 以爲傳寫, 而安國氏以其見失爲慮, 不肯許之, 乃曾因借人累失而僅獲之故爾。不得已只傳書直派, 而其餘內外子支, 未暇錄焉。思欲與弟持一册子, 更就盡錄, 而不久安國氏捐世, 人事多端, 遷延未果, 遂遭壬辰之變, 擧國奔波, 都城蕩覆灰燼之餘, 靡有孑遺, 意其此圖必不保存, 以其時未即傳寫爲平生一大恨。

去年秋, 舍弟希哲寓在土塘村先壠下, 幸逢安國氏弟憲國氏子璞居水原地者, 問其族圖有無, 則曰當初埋土獲全, 出藏其家云。余聞來庶有得見之路, 喜不自勝。今年春初, 二男允諧適以事往廣州農村, 去水原不遠, 故令其就見傳書, 而果即使人取圖而來, 一一依本傳錄。只因埋地之久, 頗有朽破難識處, 僅能辨別而書之云。因使允諧, 廣求高祖進士以下子孫支派、內外世系, 無使遺落, 一一載錄, 成爲一册, 而又恐不廣, 令余四男各書一本, 爲子孫永久傳覽也。又考玄祖護軍以下墳墓所在州縣、道里遠近、石物有無、山名村號, 俱錄位下, 欲使後世子孫知墓山所在, 而幸有尋見之路也。司僕卿以上墳墓, 終不知在何處, 何勝惜哉!

嗚呼! 吾吳氏遠世, 未知出自何代, 直學跋尾亦不言遠世來派,
直以軍器監爲始, 意爲軍器監, 羅末麗初之人, 於余十三代祖也。
其後內外子孫, 世爲巨閥, 連婚大家世族, 或出於王后妃子, 而但同
姓不敷, 見錄不多, 至於入我朝, 尤不繁衍, 吾玄祖護軍之後, 傳至
高曾及祖, 爲世門閥, 而子孫鮮少, 或無後, 僅承宗姓, 而唯以蔭仕,
或宰百里, 無文武出身爲大官振起門業者。唯吾曾祖提檢以文雅,
爲世所稱, 連捷生、進, 累對昕庭, 所著詞賦, 傳播人口, 而終不得
售, 豈命蹇而數奇耶? 其他宗族, 亦未聞知, 雖或有聞, 亦不知出自
何祖也。

吾祖父主簿玉貞生五男, 而三男皆無後, 第二男縣監諱景醇, 生
四子, 亦多不蕃, 吾宗祀傳在其孫克一, 而因亂流寓海州地, 去丁酉,
謁聖武科出身。吾先君亦生三男, 吾居長列, 次弟早世無後, 季弟希
哲生二子, 皆幼, 吾生四子, 而長男允謙, 曾以備邊司薦, 出宰平康
縣, 去丁酉春, 晚得文科, 其下三子皆志學, 而時未就。然各生男子,
數已至八, 又且年少, 必不止此, 昌振衰門, 深有望於吾子孫也。此
餘支派, 具載譜中, 不須更錄。

且世謂侍中延寵, 爲吳氏始祖, 至於曾祖提檢墓碣陰記, 亦書
爲延寵之後, 今見圖本, 則侍中乃大悲院錄事諱昇之孫, 知白州事孝
純之子, 而無後, 只有一女, 判書成紀而已。又見《麗史》列傳, 亦曰
"延寵, 海州人, 無後", 然則無後之說必不虛, 而提檢墓碣爲延寵後
之言, 果自何出耶? 撰碣乃申企齋筆, 而企齋爲一代文章之宗, 久掌
文翰之任, 必詳見《麗史》矣, 爲後之書, 甚可怪, 而吾諸伯父亦未之
察也。今於日錄, 偶因圖本, 傳寫直派, 而仍記所聞, 以爲後考也。

萬曆庚子仲夏端陽日, 在平康西村寓家, 書之。

五月初六日

朴文才持濁酒一將本來獻, 每每置意如此, 可謂厚矣。饋兩杯酒。

五月初七日

令德奴坎東瓜及茄子種處, 入糞, 待雨移苗爲計。

五月初八日

因昨夕之雨, 移種朴苗十七處, 又培土瓜子種。

五月初九日

金淡, 中鼈捉獻, 夕飯作湯, 與兒輩共之。

五月初十日

送德奴於鐵原, 持太三斗, 欲貿鹽事也。明日乃出塲日也。又送黃太一斗, 使貿古刀魚而來, 無饌故也。○令一家婢及品人竝七名芸蔡億卜田, 乃初除草也。畢芸。○臨夕, 蔡億卜蜂桶産兒蜂, 僅數升餘, 捉而坐於母蜂右。

五月十一日

朝, 崔判官致書, 送祭餘餅果, 即修答謝之, 與妻孥共之。○水鐵匠農器, 今始造送, 乃所謂"宴後鳴長鼓"也。耕田纔畢, 雖得農器, 今無可用, 而必待明春而用之。

五月十二日

令一家婢及品人幷五名, 始芸官屯田, 畢。○德奴換鹽還來, 太三斗
只換鹽三斗, 又一斗換古刀魚三尾。前日還上田米, 金郎歸時糧用餘
四斗五升, 接置主家, 而今使取來, 則其時, 金郎一奴病臥落後, 而
差後歸時行糧二斗五升持去, 又留食, 故只餘一斗五升取來矣。

五月十三日

令一家婢及品幷三名芸朴文才田, 未畢。○麟兒昨日, 與其兄持網
獵魚, 得七十餘尾, 卽沈鹽, 欲送母主前矣。生員所捉之魚, 欲用於
明日祭矣, 明日乃其養父忌日也。

五月十四日

生員家行祭後, 餕餘物, 備盤而送, 一家共之。○朝後, 去月卄一日
所産兒蜂出, 而坐於西梨樹上, 僅一升半餘。怪而見其桶, 則爲半
留在, 是必不安而分而爲二也。捉而坐于其左, 然必不久在也。○
後壬母率婢等, 備明日祭物。

五月十五日

啓明, 率兩兒行祭, 未知克一記憶而設奠耶? ○令品人全豊耕栗同
田, 種荳豆, 二婢子種之, 種荳豆七升。

五月十六日、五月十七日

自昨夕洒雨, 今日則終夕, 或雨或止, 觀其雨勢, 必爲霖也。明日, 德奴欲送京, 及於廿五日母主生辰, 而雨勢如此, 不可出送, 極可悶也。○東爪及水茄子苗, 移種。

五月十八日

雨, 午後始晴。○金彦寶、朴彦邦等, 去三月南下, 戍蔚山鎮, 滿一月而代還, 今日來謁, 饋酒而慰之。

五月十九日

朝雨, 晚後始晴, 然或陰或洒, 黑雲走北, 必不永晴也。令兩婢芸前日未畢處。○明日乃竹田叔母忌也, 後壬母率婢, 備祭饌。但令造泡, 而鹽水不好, 終至消隆, 不用, 勢不及更造, 饌物不具, 可嘆奈何?

○東籬下坐蜂, 又産兒蜂, 付于梨樹上, 捉而坐母蜂之左, 僅四五升許, 乃第二産也。前産蜂, 久不見出入, 怪而開蓄見之, 則已走矣, 可惜可惜。三蜂所産九桶, 而走者四桶, 一桶分而爲二, 有若無, 其餘四桶, 今雖尚在, 安保其不走也? 余坐窓前, 坐蜂極盛, 日日遊外還入, 而桶窄不容, 凝結桶口者亦多, 尚不出兒, 可怪。

五月廿日

啓明, 率麟兒行祭。自昨夕終曉下雨, 終日或晴或雨。

五月卄一日

終夜雨不小止, 朝尙如此, 前川漲流, 兩岸皆沒, 人不得渡。吾家黍粟及荏田未及初除草, 逢此霖雨, 若久不霽, 則勢不勝芸, 將爲棄物, 可歎可歎。非但此也, 秋牟已熟, 近日可以收刈, 而雨勢如此, 不好之牟, 亦將朽折, 而吾家全靠此牟, 若不速晴, 則極可悶也。況田在越川, 雨雖收霽, 川不可越, 尤可慮也。○夜夢林妹及景欽, 宛如平日, 覺來, 形貌森然, 不勝悲感悲感。○去十五日, 鷄雛十一下巢。

五月卄二日

雨勢如昨而午後暫晴, 然陰雲四合, 小無永霽之懲, 可悶可悶。臨昏, 光奴之子及其奴持兩馬, 自京入來, 此處有前秋所貿太豆及末醬, 故載去事也。子方、邦良兩家書及允誠書皆來。曾因來人送于光奴家, 故今始來傳。披見, 則三家皆好在, 深可慰喜。但母主書簡, 不奉而來, 未知安否, 痛甚痛甚。只見光奴白是, 則會賢坊宅阿只食肉生毒而死云, 未知誰也。驚痛不已。必愼兒、龜兒中一也。不惟其父母之慟, 想母主必多傷懷, 以此尤極悲痛。去十九日發京, 中路阻水, 僅僅登山而來云云。但不聞結城消息, 是可恨也。

五月卄三日、五月卄四日

光奴家人等, 今日發去, 母主前修書付送, 藥果一笥亦送, 乃去月忌祭時用餘爲儲, 久無人往, 今始送矣。結城、報恩及延安、海州四子女處, 亦修信寄送, 使光奴因便傳送矣。光奴妻處, 菉豆五升付送。

五月卄五日

今日乃母主初度也。初欲及於此日歸覲, 而非但一奴單馬, 勢不可發行, 往來糧資措備極難, 又且霖雨連旬, 峽水漲阻, 通涉亦難, 玆不得遂意, 亦不得送奴, 終日恨歎奈何奈何? ○今日, 令一家人及品人欲收牟, 而自曉下雨不止, 待晴晚後, 只送一家奴婢四名, 刈取載來矣。久雨爲半朽折, 若遲數日, 不可收拾云, 可惜可惜。

五月卄六日

又令一家奴婢等, 刈牟載來, 麟兒往見, 逢驟雨, 盡濕而來。昨日所刈幷六駄, 載來矣, 因場濕不能打收。

五月卄七日

令三奴婢芸黍田, 未畢。去夜達曉下雨, 朝始晴, 午後驟雨暫時而止, 因此不能打牟。

五月卄八日

終夜雨不小止, 朝尙如此, 前川倍漲於前日矣。明日, 竹前洞叔父忌日也, 後壬母率婢子等備饌。

五月卄九日

啓明, 與麟兒行祭。雨勢猶未開晴, 兩田尙不得初除草, 將爲入陳, 可嘆可嘆。○晚朝, 生員妻無事解産, 而又得男子, 極喜極喜。日出寅正三刻, 辰初乃生, 然因陰霾不見天日, 或慮卯末而未詳也。○年庚子，月癸未，日辛未，時壬辰，廿七日六月節，故以六月觀之矣。其父命名曰"勤立"，乃從前命戲，而因爲名焉。○午後，晴，扶杖登東臺，觀漲而返。

六月大【初九日初伏, 十三日大暑, 十九日中伏, 卄九日末伏, 十八日立秋】

六月初一日

朝食前, 申守咸蜂桶始産兒蜂, 付西籬外梨樹上, 捉而坐之, 蜂數多至六七升餘。久雨之餘, 今日始晴, 故出矣。○令一家兩婢及品人三芸土同黍田, 今始初除草, 而草盛苗稀, 又有抽穗者, 乃早黍故也。僅畢云。

　　○午後, 守咸蜂又出兒蜂, 付西邊籬外眞木上, 麟兒出去, 家無奴子, 方悶之際, 適守伊在家, 捉而坐之, 又幾六升。但所在空桶, 體小雨濕, 皆不合適, 大桶多穴不用, 棄之久矣, 不得巳用之, 慮其不久走也。○朴彦邦, 新瓜三介來獻, 雖晚節, 初見之物, 故即薦神。吾家所種, 時未結實。

六月初二日

打牟先出，全三石五斗，而又一馱次未及輸來，積田中矣。去秋所耕種卄七斗，而田薄不好，故所出至此。久雨之餘，意其腐折難收，而間其偸晴，僅得收打，多幸多幸。

六月初三日

或雨或晴，終日陰曀，以此不得芸草。但介婢脚上生腫，不能行步，只恃此婢除草，而勢不可易瘳，可悶可悶。

六月初四日

自曉下雨，終日不止。○生員奴春已自三陟收貢，昨夕還來。三陟前太守金公權送熟鰒五百介、乾紅蛤一斗、松魚六尾、全卜一貼付送，而松魚則腐破生蟲，棄之云云，乃因謙兒之簡也。得此意外之物，欲用祭時，深喜深喜。

六月初五日

因昨日雨，前川漲溢，不得通涉，玆未芸草矣。○前日所出一蜂，不見出入，怪而開蓋見之，則已走矣。今年蜂出，至於十一，而走者六蜂，只餘五桶，尚存亦不知其長久也，可惜可惜。

六月初六日、六月初七日

終夜雨，朝尚不晴，有時大作。自去月十六日爲始，至於今卄餘日，無一日開霽之時，今年田穀，必不實矣。然畿甸水畓必有可望也。○

前日牟田所積牟, 因雨不得輸來, 今聞山猪盡爲散破, 餘存者皆抽芽腐朽, 不可用云, 可歎可歎。

○晚後, 大雨如注, 前川極漲, 兩岸皆沒, 川邊田穀, 盡入水中, 吾家所種粘栗及眞荏田亦盡沈沒, 可惜可惜。余往東臺觀漲, 則可謂壯矣。此地故老皆曰"近古所無"云。家人亦乘轎往東家觀之, 臨夕乃返。雨勢小無晴徵, 南風連吹, 黑雲走北, 此月內必不見天日矣。久未刈柴, 朝夕之爨, 亦極艱楚, 可悶可悶。

六月初八日
終夜終日, 雨勢如前不止。生員家, 近因雨, 雖有木端, 不得換栗, 窮困甚迫, 日日來取於吾家, 吾家所收牟亦將垂絶, 兩家將不久而皆飢, 可歎奈何奈何?

六月初九日
雨勢今日則晴, 然載陰載陽, 有時驟雨大作, 斯須而止。初伏。

六月初十日
終日晴, 然天氣極熱。觀風雲之候, 非永晴之徵也。

六月十一日
自曉下雨, 晚後如注, 終日大作, 小無暫息, 前川亦漲, 然不如前日之極也, 前則暴而今則緩故也。○吾家作田, 皆在越邊, 而雨勢如此, 將不勝芸, 可悶可悶。耳牟田亦在越邊, 亦將棄之, 可惜可惜。

六月十二日

晴, 雲出北而向南, 近日必不雨也。去月十六日始雨, 至於今日乃廿五日而止, 其間凡百農事, 皆因雨不得趁時除草, 而德奴亦不得上送, 母主安否, 數月不聞, 極悶極悶。

六月十三日

早朝, 令一家奴婢等裹糧, 送越邊粟田芸草, 而水深不得渡, 還來, 可恨奈何?

六月十四日

令品人及一家婢子等九名芸末之村粟田, 又使德奴載牟而來, 則盡腐不可用矣, 可惜可惜。又刈耳牟田而未畢。今日則前川僅能涉, 而女子則不可渡矣。

六月十五日

乃俗節也, 作水丹, 奠茶禮于神主, 家無粘米, 僅得三升而用之。東家咸會共之。○前日所積田中牟, 今日載來打之, 則五斗出, 爲牟腐朽不可食, 不然則可出十餘斗矣。

六月十六日

令品人及一家婢子等幷八名芸存光野粟田, 乃再芸也。

六月十七日、六月十八日

芸蔡億卜粟田，未畢。秉鋤者，六人也。天氣極熱，流汗不禁，就水浴之，甚快甚快。○打耳牟則全二石二斗出。

六月十九日

中伏也。德奴載芒鞋上京，正木五疋，於浮石寺貿芒鞋四百八十五介，載去。母主前，粘粟米一斗五升、木米一斗、赤豆二斗、全鰒三串、熟鰒百介、鹽醢川魚六十尾付上。糧米則使德奴，木二疋換米納之矣。弟家亦送豆一斗。報恩金書房家亦修書，送于尹同知宅，使之傳送矣。

六月卄日

令一家婢子及品人幷六名芸朴文才田，畢後，移芸太田少許。○生員持網獵魚，得一鉢餘，作湯共之，久阻之餘，其味極佳。

六月卄一日

近者日氣極熱，夜不能寢，終日夜赤身，而因感暑風，鬢頭自昨微痛，至今不差，可慮可慮。○爪子，今始結實，先摘卅餘介。

六月卄二日

德奴，今日計程，則入京矣。夕，咸悅奴德龍自延安入來，見女息書及子方書，一家上下皆好在云，深喜深喜。平涼笠十介、石首魚二束付送，笠則爲其賣用爾。德龍本居此縣北面地，而去四月以使喚次捉去, 今以受由而來矣。○近日, 余氣不平, 右齒微痛, 因以右頰耳本及頭上, 有時刺通, 可慮可慮。

六月卄三日

耕木麥田, 乃半日餘耕, 而三婢種之, 落三斗七升。

六月卄四日、六月卄五日

芸末之村太田, 畢。○生員昨日持網獵魚, 得百卄餘尾, 即沈食醢, 欲爲初三日祭用。○氣候, 今則向蘇。

六月卄六日

聞太守居土云, 必因恃勢驕傲, 縱恣無忌, 不顧農月, 大興土木, 桀搆自居衙室, 至於兩入大樑, 而前後行廊一時咸造, 民受其苦故也。又竊聞之, 其子來覲時, 方伯馳來謁之, 亦有蔑待之言, 方伯乃李公延馨矣。又聞太守逢土後, 多有不安之心, 欲棄歸, 而今則官儲蕩盡, 故欲於奉糶後云云, 其可必乎? 但其子德馨方在大臣之列, 而其父被辱, 必不使久居其官也。

六月卄七日

德奴等自京還來, 奉見母主書及弟妹書, 時皆平安, 深可慰喜。但見弟書, 其子龜兒去五月初八日, 生肉毒而死云, 不勝悲慟。埋于亡女之墳左云。母主前, 木二疋, 換米四斗一升、田米三斗五升納之云矣。但載去芒鞋, 換木十疋, 而二疋則計母主糧次, 其餘八疋持來,而其中三疋最不好矣。

　　○前日換布木二疋亦持來, 而銀子則六錢內, 三錢則買名紙三丈而來, 其餘三錢則在光奴家矣。母主, 稻米一斗、眞魚一尾覓送, 使之作飯而食之, 知此處無稻米, 而又無飯饌故也。光奴亦送眞魚三尾矣。○報恩女息書亦來, 見金郎書及女息書, 時好在云。平康亦以見妹事, 去月望時到彼, 因滯雨尙留十餘日, 今明還歸, 而但霖雨不止, 未可必云。平康書亦來矣, 意外見之, 而又聞金郎家事, 安和整理云, 極可慰喜。還結則當送世萬問安云云。

六月十八日

令一家奴婢及品人七名, 芸豆田, 未畢, 乃三日耕也。○彦明, 疏章二度覓送, 見之, 則乃幼學鄭承閔及李海疏也, 爲洪汝諄黨, 而歷詆李山海父子及朝臣十餘人, 極言奸邪誤國之事, 李海則拿囚受刑, 累次取服遠竄。乃洪黨*尹宖製給, 使之上疏, 故宖亦被竄云。洪汝諄黨*及李山海父子之黨*, 或罷削黜門外, 今爲執政者, 皆西邊人云云。朝家不靜, 風浪又起, 危邦不入, 古人所戒, 當此時, 廢棄鄉村, 姑所願也。適謙兒叙命不下, 多幸多幸。鄭、李皆是畿甸鄉曲之人, 朝著彼此間是非曲折、人物陞黜、往來言語, 從何得以詳知乎? 此必自中代述, 使之上也, 又且善作, 非幼學無識者所爲也。其後聞之, 李海疏, 尹宖代述, 鄭承閔疏, 洪汝諄代作云云。

....

*　　黨: 底本에는 "儻". 문맥을 살펴 수정.

*　　黨: 上同.

*　　黨: 上同.

六月廿九日

末伏也。芸昨日未畢田。

六月晦日

令一家奴婢刈早黍，未及輸入。甚不好，又爲山猪踐破，所存不多，可歎。近日窮乏，專恃此黍而如此，前無可仰之資，極悶極悶。

七月小【十三日處暑, 卄九日白露】

七月初一日

昨日所刈早黍, 輸來打之, 則只出八斗矣。乃二日耕田, 而人力倍入, 所出只略, 可歎奈何? ○夕, 金彦臣自京還來曰"去月二十七日, 中殿昇遐"云, 前未聞疾病之危重, 而遽至於此, 未知何故也。驚慟不已。

七月初二日

明日乃祖妣忌也, 令後壬母率婢子等設饌。○余氣不平, 悶慮。

七月初三日

曉頭, 生員行祭, 余則中暑, 因得暑痢, 終夜痛頭, 不得衆奠。麟兒亦以手瘡, 不得與祭。○龍山居尹監司承勳奴子文戒福以船卜事, 來泊安峽縣前, 而又以木疋換豆于此里, 招來饋酒食, 使載吾家卜物事言送, 吾家歸時, 不得載去之物, 欲先船卜而送矣。

　　○夕, 平康奴世萬自結城入來, 乃問安事也。見謙書, 一家上下皆無事好在云, 慰喜可言? 去月初五日, 自報恩還家云。其處農事最吉, 而若結實, 則秋事可望云。但渠家所種不多云, 可恨。其妾時未解産, 亦可慮也。石首魚二束、兩色醢少許覓送矣。○麟兒雌牛, 昨日生雌犢。

七月初四日

金業山來徵鷹食, 借全貴實犬而給之, 以牛品酬之。○世萬入縣, 前在此縣時, 官婢交嫁, 至於生雛, 故欲入見之, 還時受答而去云。○南妹奴德龍自京入來, 爲前秋貿豆載去事也。見母主書, 時平安云, 深喜可言? 但聞京中士大夫, 皆着白笠, 而白笠造價極高, 不易得云。吾父子所着, 顧無得造之路, 可悶可悶。姑着假白, 徐當欲爲。

七月初五日、七月初六日

南妹奴德龍還京, 其家豆廿二斗載去, 川魚食醢一缸付送母主前, 德龍行糧馬太亦給送。○今日, 船卜載送之物錄之, 酒槽一諸具幷、麵本機幷, 小釜一、無足鼎二、祭床二、泡磨石上下二隻、農器甫口二、
𥐻一坐、鐵一, 生員家有足鼎二、蓋具等物, 載送船所, 船價, 黃太六斗, 生員家豆一斗給之。吾一家, 來九月內, 定欲上歸, 故日用最切不能陸輸之物, 先送矣。

七月初七日

節日也, 家無備奠之物, 只以切肉、獐肉湯, 奠杯而已。昨日, <u>金淡</u>得獐肉一塊來獻, 故用之。○今日, 亦令<u>德奴</u>, 末醬四十斗載送船卜, 而適船已發, 下幾十餘里, 僅得追及, 量斗而載船, 船價則每十斗, 二斗式捧之, 故四十斗之價, 八斗給之, 又馬太二十斗載去, 欲幷載船, 而船人以其重載爲難, 竟不納載, 故還載來, 幾夜三更矣。船人又以船價不足爲言, 故加給太三斗矣。

七月初八日

乃先考初度也, 造煎餅、切肉、以熟鰒作湯、食醢、茄子等物, 薦奠而已。○<u>朴文才</u>, 林檎來獻, 新物故即薦之。○自昨日始着白笠, 以所着斜笠, 裹以白木線而着之, 待其價微, 上京後造新而着爲計。聞京中白笠價, 銀子五錢云云。

七月初九日

埋麻。吾家兩田只七束, 而生員家麻三束, 幷十束埋之。○夕, 此面委官、書員以踏災審傷事到此, 宿<u>金億守</u>家, 因來謁, 又獻濁酒一盆、燒酒一壺、生鷄二首。

七月初十日

招委官、書員等, 饋燒酒數杯, 又贈<u>唐</u>扇一柄、黃毛筆一柄、眞墨一笏, 請減吾家所耕結卜矣。委官則<u>全巨源</u>, 書員, <u>崔判官</u>奴螆金伊矣。○夕, <u>世萬</u>自縣還來, 欲授簡而歸縣, 因入<u>嶺東</u>貿藿, 直還<u>結城</u>

云, 故隨後修書, 送于李直長家, 使之取去事, 敎送矣。○朝, 出埋麻, 盡熟, 可喜。剝皮則只四丹, 而皆麤惡, 不合作布云矣。

七月十一日

鄰居全業以事上京, 修平書, 送于母主前, 又裁牌字, 傳于光奴處, 使推船卜而載入其家矣。○世萬入縣。

七月十二日、七月十三日

德奴受由入安邊, 爲貿甘藿等物。余亦木一疋付之, 使之貿來矣。守伊及世萬作伴而歸, 又裁結城書付送, 使傳世萬, 世萬自此, 直歸結城故爾。德奴出去後, 家無使喚, 故又授正木四疋, 歷入浮石寺換芒鞋, 後日取來次, 相約而歸。

七月十四日

自曉頭下雨, 至朝後大作, 終日不止, 前川極漲, 人不得渡。

七月十五日

晴, 近日, 兒孫輩患咳唾之證, 終夜終日, 少無休息, 至於襁褓兒勤立、昌業亦患此證, 所食盡還嘔吐, 今將月餘, 尙無向歇。非但吾家, 閭里之兒, 皆患之, 是乃時令也。迷劣愚氓, 至要巫祈禱, 一則可笑。

七月十六日

生員奴春已率栗田人馬入來。前聞生員妻母病勢極重, 生前, 母女

欲相見, 故舉家來十九日發歸爾。但來時入宿京家, 不入問母主安
否而來, 痛甚痛甚。生員之行已迫, 行糧未備, 持木端諸處換米, 尙
未及措, 吾家亦近日絶糧, 長以粥飲及木末作刀齊非而度日, 故不助
一升之米, 恨嘆奈何? 因聞以國恤, 畿民之役極苦, 民不能堪云, 可
嘆可嘆。山陵, 時未定兆云。○延安振母書亦自光奴家傳來, 見之,
則一家時皆無事云, 可喜可喜。

七月十七日、七月十八日

雨。生員一家, 明日定欲上歸, 治行裝, 然雨勢終日不止, 必不可發
也。僅得備糧, 而若更滯數日, 則所齎亦將盡用, 可慮可慮。

七月十九日

雨不晴, 前川漲, 人不得渡, 生員之行, 因此不發。

七月卄日

雖雨晴, 前川猶漲不得渡, 又且不宜出行, 故生員之行姑停。

七月卄一日

夜雨, 朝則止。生員舉家, 晚後發歸, 獨滯峽中, 諸兒四散, 心懷尤
惡。獨陟後亭, 瞻望行塵而還, 此中懷抱, 如何可言可言? ○忠兒以
其臀上生小腫, 不能騎馬, 不得偕歸, 來月初, 吾當上歸, 其時率去
爲計。吾牛亦給送, 忠母載卜騎去。○朝, 金別監麟來訪, 乃聞生員
之歸爾。因贈糧米及生麻五束、西果、眞瓜等物, 又呈吾家西果一

介, 新見之物, 即薦之。○麟兒陪行, 到末之嶺上而還。

七月卄二日

生員一家, 昨日投宿鐵原地白岳村, 率去人金淡、彦邦還來言之。見
生員書, 一行時無事云, 今日可到漣川, 而但頗有雨徵, 有時微洒,
又因全業自京還來曰"漣川以上, 大雨連日, 川漲路泥, 艱得還家"
云, 是可慮也。全業曰"前受牌字, 即傳光奴, 即一時輸入船卜之物"
云, 但不見光奴白是, 未詳的知。又不奉母主書簡而來, 未知平安之
奇, 極可憂悶。業曰"光奴不即奉簡置家, 而來時與同伴偕發, 不可
落後, 忙促不得奉來"云。

七月卄三日

自昨夕下雨, 達曉不止, 朝則大作, 少無開霽之徵, 生員之行, 必滯
於中路, 而所齎行糧, 僅支到京, 而雨勢如此, 累日滯雨, 則上下衆
多, 不久罄竭, 必遭飢餒之患, 極可悶慮。

七月卄四日

今雖日晴, 生員之行阻水, 必不得發行, 未知滯留於何處, 而齎糧必
竭, 何以爲度, 極慮極慮。若至漣川縣, 則必有得食之路矣。漣川
倅辛宗遠乃一洞相知之分, 必不恝然矣。○晚後, 往東臺觀水, 則
差未及前者之水一尺餘而已。

　○吾家亦近日糧絶, 適朴番田粟有先熟處, 日日取折, 交踏而收
實, 則僅七八斗, 以此朝夕或粥或飯而爲度。然此物亦將盡矣, 此後

他無得食之策, 雖嘆奈何奈何? 食鹽亦絶, 求貸於有處而用之, 以此雖有菜物, 亦不作饌而食, 此中艱楚, 不可言不可言。

○去望時, 忠母爲辦燒酒、蒸鷄、切肉等物來呈, 明日乃余初度也。其前擧家出去, 故爲先備獻, 足襪亦造獻。但渠家窮甚出去, 行糧亦難得備, 此物從何得而備來耶? 爲親之誠雖至, 而於余之心, 豈無未安乎? 可憐可憐。其燒酒, 至今留儲, 或有氣不平虛膓之時, 以此爲餠飢之資矣。忠兒臀腫則曾已潰裂出汁, 已向差矣。後兒則痰喘極重, 終日達夜咳嗽不已, 食飮全廢, 可矜可矜。

七月卄五日
乃余初度也, 只以糖末五升作餠, 酒果行茶禮而已。家無可備之物, 可歎可歎。朝, 朴文才持泡塊及眞瓜、苟子來獻, 饋燒酒兩杯而送, 聞余初度也。金彦寶亦來謁, 饋酒餠而送。彦寶幼稚子, 去丁酉年今日, 追其父而來此, 溺死于前川, 故文才、彦寶等乃知今日吾生辰也。文才乃彦寶之妻父也。

七月卄六日
金億守前日入縣, 因阻水, 今日乃還, 李殷臣答簡來傳。又來時歷宿浮石寺, 則前送貿鞋木四疋, 其寺僧等還付億守而送之, 未知其故也。竊聞貿鞋商人多集其寺云, 必欲賤售而然也。然德奴來後, 可知其詳矣。余欲上京時, 貿鞋而去, 以爲留京糧及諸費之具, 而今失此計, 他無可爲之策, 可悶可悶。

七月卄七日

自生員舉家上歸後, 心懷尤極無聊, 每日步陟後峰, 四顧騁望, 聊瀉
我憂而已。近日窘甚, 朝則粟飯, 夕則太粥, 和以木末, 艱艱度日,
誠與忠兒頗厭之, 有時不食, 可歎奈何? 然此物亦將垂絶, 必先種
處貸用後, 可免矣。○德奴亦北歸, 至今不還, 必阻水矣。夕, 德奴
入來, 阻水, 中路留滯云。所授木端, 奉多士麻十同而來云。世萬
則直上云。

七月卄八日

全貴實, 半稷十六斗來納, 乃去春耕牛價也。去春耕田時, 吾家兩
牛, 連三日耕田, 約曰"秋來, 豆則十五斗, 米則十斗備納", 而聞吾家
近日窘甚, 故先備納之。一斗春, 米四升式爲準, 欲以此上京時爲
糧矣。

七月卄九日

生員之行, 雖中路雨滯數三日, 而想今日到振家矣。○縣吏全仁已來
謁, 問其來事, 則曰"受官令, 來刈漆木"云, 饋酒而送, 適隣人來獻
酒一壺爾。

八月大【十五日秋分, 三十日寒露】

八月初一日

業山來徵鷹食, 銀介所畜犬捉給, 從前所給犬竝六也。○忠兒臀腫
又發, 終夜日刺痛, 今始遣出白汁, 向歇。前日永未差復, 而大羅不
已, 因此復發。後兒咳喘, 到此尤劇, 至於大小便亦不忍止, 食飲專
廢, 疲瘁日甚, 面目皆浮, 極可憂慮。其母邀巫祈禱, 一則可笑。昌
兒亦患此證, 尤可矜也。

　○金主簿明世持燒酒一壺、西果、眞瓜各一來訪, 金愛日亦來,
即與共破, 從容叙話而歸。因聞崔判官婢子爲虎所噬, 僅免云。前
日末之嶺下居人家, 惡虎追犬入家, 夫妻被傷幾死, 所斤田居金別
監麟家亦入, 攬犢而去, 咬犬處, 家家有之。獨無此里, 然將來安保
其必無也? 可畏也哉!

八月初二日

聞崔判官內助不安已久, 伻人致書問之, 還答謝之。

八月初三日

自曉下雨, 終日不止。上京之行, 已近, 凡具, 時未措一事, 可悶可
悶。昨日, 德奴持木端, 貿柳器於安峽白丁家, 不得, 空還矣。欲貿
芒鞋、柳器等物, 上京賣之, 留本取末爲用之計, 而皆不得售, 尤可
悶也。

八月初四日、八月初五日

下雨, 晚後始晴。近日, 余患痰喘, 咳唾不已, 因此氣不平, 食飲亦
減, 可慮。後兒之證, 亦未向歇, 晝夜咳唾, 有時嘔吐, 不可說也。

八月初六日

里中人等合酒肴, 會川邊, 因邀巫擊鼓祀神, 爲關虎患云。歌舞作
遊, 終日爲戲, 吾家婢子等亦往叅焉。酒一盆、餅一笥亦來獻, 一家
共之。此乃年年初秋一度例爲之事, 而或云耕芸已畢, 洗鋤之事也。

八月初七日

鐵原倅致書問之, 又送白粒兩斗, 深謝厚意。近來糧絶, 艱艱支度,
而稻米則全無, 僅以三四升, 爲欲用於初十日祭及秋夕節日之需, 而
後兒患喘, 全不食飲, 小小除出, 作粥而飲之, 他無係用之策, 方以
爲悶, 而適承此際, 感荷尤極。○安孫等今可來矣而不來, 未知其

故也。慮其崔家遭禍也。

八月初八日

去夜, 夢見允誠, 想欲來覲, 而無奴馬未能耶? 已得奴馬發來耶? 年前此時, 離此而去, 今已期年, 彼此思念之切, 入我夢中, 悲歎不已。明明定欲上京, 而諸具時未收拾, 可悶可悶。

八月初九日

明日乃高祖忌也, 令後任母率婢子等備饌。○金彦寶來謁曰“昨日往所斤田, 則金主簿明世云‘因鐵原人聞崔參奉與內助, 一時具歿’”云, 不勝驚慟驚慟。參奉宅則曾已病勢危苦, 必不免矣, 至於參奉, 則別無病痛之奇, 而遽聞凶報, 人之生死, 不可以有病無病爲期也。參奉以飲酒過度, 數三日內先逝, 其內氏則亦隨而捐世云。然傳聞不可的知, 當待春已之來矣。春已之來, 過期不來, 必有大故也。

八月初十日

啓明, 率麟兒行祭, 他無備物, 只以三色山果、三色湯炙、麵餅、盤床諸具, 僅以此薦誠而已。宗孫克一以其遠祖, 必不知諱日, 況望行祭乎? 以此, 自亂離後, 吾家獨當行之。但貧窮日甚, 恐不能支承也。

○春已、安孫持馬入來, 見生員書, 歸時, 到鐵原地, 滯雨二日, 路中艱關之狀, 不可言不可言。其妻父母俱沒之言, 不虛, 可勝慟哉! 其妻父偶因患腹痛, 因成血便, 第十四日而逝, 乃去七月十四日也。其妻母則前證轉苦，亦於廿六日棄世，數日之內，連遭大變，其子女之摧痛，不言可想。生員妻則行到楊州樓院前，聞其父之訃，又到振威長好院前，又聞其母之喪，皆未及見，其爲慘慟爲如何哉？余亦聞來，不覺淚下。崔參奉非徒連姻親厚，自少相知有舊，尤極悲慟。來九月初九日，永葬云。又見母主書，時平安，而南妹與弟亦皆好在云，喜慰可言？山陵，初欲擇兆於宣陵火巢外，距土塘不遠，若用於其地，則吾先壟亦入火巢內，極爲憂悶，而今則定於抱川地，時方付役云云。

○且聞允謙入選弘文錄，而金子定亦叅云，可慰。然謙兒不得叙用，今年則不可復職矣。申子方今拜刑曹正郎，而自延安今已來京云。振母書亦來，因聞振兒生腫背上，今則向歇云云。生員家，新米一斗、西果二介覓送，生員養母亦送新米一斗矣。欲用於秋夕祭，可喜可喜。○又聞以國恤，百祀皆廢，故士大夫家亦不得祀享，以此，秋夕墓祭皆停云。故吾亦欲於此處行茶禮爲計。

八月十一日、八月十二日

食後無聊中，騎馬巡見所耕田，則黍稷最不好，而太豆稍吉，但小實幾不如前年。因往金業山家，見鷹，則羽毛盡落而好陳，可喜可喜。還時歷全貴實家前，而貴實出迎，邀入其堂，斯須坐話而來。來時，濯足冷川，因此終夜咳唾，胷喘不已，可悶可悶。○德奴持木一疋，貿染草四十冬乙音而來。

八月十三日

朝, 大雨如注, 雷電幷作, 霹靂三聲, 搖動屋宇, 遠近必有震處。但明明定欲上歸, 而雨勢如此, 深恐水漲而不能行也。忠兒臀上小腫又數三處, 前瘡又未盡差, 今行, 勢不可率去, 可慮可慮。

八月十四日

明日, 行祭次, 後壬母率婢子等備饌, 他無措備之物, 只以殺鷄爲需, 采物而已, 恨嘆奈何奈何?

八月十五日

曉頭, 率麟兒行祭, 先祖考妣, 次先君, 次竹前叔父, 後及亡女, 日已晚矣。因國恤, 百祀皆廢, 而士大夫家亦不得享先, 故墓所不可顯然奠掃, 因於神主, 暫設茶禮而已。○因治行裝, 晚後發來, 越加土乙峴, 抵朔寧北面百姓金守赤家, 入宿。守赤饋余夕飯, 又獻酒果, 寢以溫房。其隣居嚴玉江來謁, 又呈酒果, 以其節日故也。玉江者, 乃此面多年災傷書員, 而沈生員綖之婢夫也。曾聞余來寓, 故致之厚意矣。○朝, 金億守欲買去春所生雌駒, 懇切, 捧正木六疋外, 紬一疋而放之。

八月十六日

啓明而發, 到山井水邊, 而水深不能渡, 回來上流波華亭灘過涉, 逶迤險迮, 屢越危峴, 抵朔寧昇良村百姓申守聃家前, 朝飯, 日已午矣。守聃兄弟來謁, 獻酒果。又發踰鯨嶺, 嶺底居百姓家入宿。適其家盡毀改造，立柱未蓋，無可宿處，寢于無壁房，圍以蒿席而宿之。牛馬露處，深恐惡虎，而終夜不寐，可謂苦矣。此則鐵原地也。路險牛遲，一日之程，兩日猶未及到，去此狄良村十餘里矣。

八月十七日

未明，西北天際，雲晴雷鳴，將有大雨之徵，方悶之際，斯須下雨而止。若久作則此家雨漏，不可留矣。日出而發，到漣川縣前川邊，朝飯，投楊州地亐音代里入宿。

八月十八日

早發到大灘，則過涉船沈于水中，令奴子等拯出，水漏處塞之，先載卜物渡之，次後牛馬，兩度往來，日已高矣。竊聞月初過涉時，船主誤足墜水而溺死，故其後不用船渡而沈船，今日余始船渡，而前則往來行人皆涉淺灘云。行到柯亭子前川，秣馬朝飯。適逢�知入歸平康地，因聞昨昨豊金伊自結城來京，即還下，而結城一家無事云云。此行，德奴燧鐵不持，故必入人家後作飯，而雖日晚，不得川邊作飯，每日朝則至於午後，作食，上下皆飢困，今乃幸逢路邊朝飯人火不滅，故取而作之，不至太晚矣。夕，到泉川村投宿。

八月十九日

早發，到樓院前川邊朝飯。昨日柯亭子前，適見故方判官孽子，偶然言語間，問其居，則乃結城埃項村云。又聞方之姪女，乃李忠義大受之子，往來其家頻數云。故平康處修書付之，使傳李子，又傳平康處, 到朝飯地修付矣。方之妾乃漣川倅辛宗遠孽妹, 而今以往謁而來云。方亦館洞居, 相知之人, 而其孽息, 年纔十五六而總角, 今夜同宿一房爾。

○夕, 馳入東大門, 先至南妹家, 進謁母主, 雖無他恙, 而顏色羸瘁, 頓殊前日, 不勝憂念之至。弟亦適到, 相見欣慰十分。高城則眼昏耳聾, 亦非向日之健矣。妹家饋余夕飯, 夜深, 來宿光奴家。海州允誠書、結城允謙書及報恩金女書咸至, 披見則皆好在云, 可慰可慰。但見誠兒書, 其妻家窮甚, 無奴馬, 不得來覲, 悲嘆奈何?

八月廿日

春已等發向栗田, 修書付傳生員處。○送人申子方處, 則子方即馳來見之, 弟亦來到, 相與良久叙話, 而子方昨昨政, 自刑曹移拜漢城庶尹云矣。光奴外房借入接湖南人羅大用來見, 乃武人也。今拜固城縣令, 而本居羅州地云云。

○昏, 往見申子方, 適閔主簿宇慶來到, 相與做話, 夜深乃返。今日因觀市事, 奴子無暇, 未得進謁母主。彥明則午前先歸。○馬草未及刈來, 牛馬皆飢, 僅以一升米, 換草而秣。

八月廿一日

未明, 進謁母主前, 彥明亦留宿不去, 故從容侍話母主, 而南妹亦來坐, 饋余朝食。以觀市事, 食後返光奴家, 光奴不在。凡市事無可信任者, 德奴迷劣, 不知東西, 只憑光奴子德已而兒童也, 必不善為, 可嘆奈何?

○且母主前無可獻之物，只將皇太一斗、粘粟米一斗、生清二升獻之。薍葰數斗摘來，而中路濃潰，爲半不用，可惜可惜。○麟兒老雄牛放賣，捧銀七兩三錢，欲以此買馬，若不得則當換木積置，待其價歇而買之爲計。且載來染草、木朴、木盤等物，皆麤薄不用，故貿銀於市，則只以此爲咎，每一介只捧銀二分，而染草則多有腐黑，故四十冬乙音，捧麤木一疋，銀一錢五分。皆是德奴當初不能擇好而貿，使不得善售，只不失其本而已，可歎可歎。染草則一疋所貿，木朴及盤木二疋所貿，而盤則體小一竹，朴則有齒廿五介矣。

八月卄二日

朝，林進士奴良伊來謁，自靈巖去春上來，而其父遂伊，前月身死云，可憐可憐。使良奴今日買馬事，敎送。○婢福只來謁，生落地一串來呈。○晚後，步進謁母主，因與仲素圍碁數局而罷還。申子方來見，而歸龍山奴家云云。○固城倅羅大用今日出歸，因來見。○彦明亦入來，因與同宿。平康妾奴豊金因足腫不能歸，故聞余入來，來現，修答寄送。

八月卄三日

未明，出送德奴於龍山，貿鹽而來。今日，沈醬兩瓮，各入十八斗，鹽各六斗三升入之，婢福只及仍邑介來助。初意沈醬之餘，欲贈彦明及南妹，而末醬爲船人所盜，至於四斗餘，僅得盈瓮，無一升之餘，不得遂焉，可嘆可嘆。

○奴漢世來現，白米一斗、生栗一斗獻之。使來月望前入來事，教送。○彥明還出土塘, 余亦明曉出見爲計。

八月十四日

未明, 往土塘見弟之妻子, 又與弟坐栗木下, 終日敘話。又進先墓下虛拜後, 因見吾家畓付種處, 稍實而時未熟矣。還越來, 適許鑽出來, 鄭貴元亦來見, 又與敘話。夕食後發還, 抵漢濱, 適唐將等船遊, 溯流上楮島, 入奉*恩寺, 過涉船盡爲領去, 留渡船只數隻, 故艱得渡江, 馳入城門, 日已暮。進謁母主前, 到光奴家, 則夜已深矣。但南妹家, 初欲借入, 而仲素托以出居, 頗有難色, 可悶。然妹氏則許諾丁寧曰"進賜固無出去之理, 不聽其言, 修治入寓"云云。

　○春已自栗田入來, 見生員書, 雖好在, 而栗田家, 唐兵屢入作羅, 故奉其養母, 入歸陽智爲計云云。其妻父母永葬, 諸事未及, 當退行云云。

八月十五日

早朝, 往見朴大諫弘老, 其兄南陽府伯弘壽, 月初棄世云, 哀悼哀悼。良久敘話而還。○晚後, 往見任參奉宅, 因進謁母主前還來。夕食後, 往見戶曹判書李廷龜敘話, 夜深乃返。銀子欲買牛馬中, 而無任買者, 未果, 封署, 奉受光奴妻, 而待光奴出來後欲買爾。銀七兩三錢, 三襲而封之。

....

* 　奉: 底本에는 "報". 통칭하는 절 명칭에 의거하여 수정함.

八月卄六日

未明, 往龍山見申庶尹子方叙話, 因食朝飯。晚後還來時, 歷見金郎
婢家, 則決不可入寓矣。還到光奴家, 令德奴送報恩金郎家, 書于
尹同知宅, 又送海州允誠處, 書于朴佐郎汝龍所寓處, 使之隨便傳
送矣。

　　○午後, 往見任參奉宅, 又進謁母主前, 終日陪話, 夕食後還寓。
○母主糧次白米四斗, 賣銀而送, 婢仍邑介糧次, 木半疋亦給送矣。
○木半疋, 貿鹽眞魚十一尾持來, 爲飯饌之計。彦明亦贈余蟹醢十
餘介, 又得新栗數斗。

八月卄七日

早食後發來, 歷謁母主, 因馳來, 到長壽院前, 秣馬晝點。又發投益
淡村, 入宿私奴者斤同家。

八月卄八日

啓明而發, 到大灘邊, 適伊川倅尹晥*以道路修治差員上京, 而水邊
下坐, 余亦下馬入見, 良久叙話。曾一相見於任參奉免夫家, 有舊相
知之, 故邀余見之。聞余來月內出去, 欲贈行資, 敎陪吏, 即告勿使
遺忘也。又相辭而發, 水渡大灘, 到亏音代村朝飯。又到鐵原地狄
郎村, 入宿朴順卜家, 乃平康人也。

....

*　　晥: 底本에는 "睆". 무술년 3월 23일 일기에 근거하여 수정.

八月卄九日

未明而發, 到山井水邊朝飯後, 發來, 屢越險嶺到家, 日已昏矣。一家之人, 以爲明日入來, 而不意見之, 上下歡迎。○今日來路, 聞去卄三四日間雨雹, 自兎山、安峽而來, 向鐵原地, 隨大風而過, 大者如手拳, 小者如鷄卵、彈丸, 屋瓦盡破碎, 雁鴨、烏鵲飛鳥之類, 逢打而死, 所過之地, 禾穀亦盡擺落而無遺, 如此災變近古所無。路逢朔寧村人, 言曰"渠亦出野, 適逢其雹, 僅得入家, 然打傷其足, 又其里人, 翌日上山, 得死雉六首, 乃爲雹所打而死也, 其餘小鳥叢林間死者, 甚多"云云, 余亦過路見經雹之處, 太豆田如軍馬之經, 而田畝之中, 有大小穴, 正如蜂窠, 乃落雹之故爾, 可歎奈何?

八月晦日

隣里人皆來謁。來此見之, 晚穀時未盡熟, 吾一家時無收穫處, 僅得貸食而過, 可悶可悶。今朝, 令所持稻米作飯, 饋以兒息輩, 又食蟹醢、眞魚等物, 兒輩甘食而盡之, 可憐可憐。

九月大【十五日霜降】

九月初一日

近者糧絶, 不得已吾家所作田粟, 擇其先熟處, 刈而布之。又拔菉豆, 而積之田中。

九月初二日

午後, 雨雹, 斯須而止, 不至傷穀。

九月初三日

明日, 德奴以木花反同事上歸, 故修書。又令德奴打前日所刈粘粟, 又令婢介非等收拔生員家所作菉豆, 積于田中。

九月初四日

德奴受由上歸，以木花反同事也。吾亦多士麻七同付送，使之換木花也。母主前裁書付上，弟處亦致書。又送甘醬一缸、造醬太一斗，前日上京時，見其無醬，故覓送。報恩、延安兩女息處，各修書，送于光奴家，使之傳送。振威生員家亦致書問之，德奴當過去故也。○昨日所打粘粟十斗出，草則未打。

九月初五日

李殷臣因金彥寶之還，致書問之，又送甘藿數束。即答書，付春金之歸，又以粘粟一斗報之。○竊聞，新山陵非徒路遠，多有不吉之兆，故其時相地官等皆拿囚，當改卜他處云。工役已半，而來廿日發引，廿七日下玄宮，若然則前功盡棄，可歎奈何？但廣州土塘村吾先壠外支山麓，當初亦卜兆，而改卜於抱川地，抱川地若不用，則想必更審於土塘也，恐慮不已。余今上京時，往見土塘卜兆之處，乃下三道往來大路傍山麓平地，雖今代塞路不行，而繼世之後，誰能禁之？況江水漲溢，則年年浸入於其下，此必相地之人不知也。帝王之墓，豈如是賤露耶？此乃嶺南人李蒙臣以善相地理，招來，而其人獨排衆議，稱善卜之，摠護使率提調等來見，以爲不可而止云云。然傳聞不可信也。

九月初六日

崔判官來訪，從容敘話，日傾乃返，饋水飯而送。○令彥世打土同田代上豆，則八斗出。又令兩婢刈木麥而布之。

九月初七日

明日乃妻母忌也, 當行祭於吾家, 而令後壬母率婢子等備饌。○欲
造樂果, 先取蜜一桶, 則淸一斗五升, 乃盡取也。不實故所取至此
云。但終年勤苦, 作室爲食, 而一朝盡奪其食, 將不久盡死, 此非仁
者所堪忍爲, 而敢爲之, 勢不得已, 悲嘆奈何奈何?

九月初八日

啓明, 與麟兒行祭後, 招近里人等, 饋酒餅而送。○令一家人及品人
竝五名, 刈兩田粟布之, 未畢。

九月初九日

乃佳節也, 備酒餅、切肉、實果, 行茶禮。湯炙之次, 得備無路, 只
此薦之, 恨*歎奈何奈何? ○令一家婢子等刈蔡億福田粟布之, 未
畢。無糧無人, 不得一時刈布, 可恨。

○昨昨, 金業山來謁, 欲得養鷹之價, 正木一疋給之, 意猶不足,
常人之欲心無窮, 可憎可憎。去冬及初春放鷹所捉, 日不下五六首,
多則至於八九首, 或十餘首, 而吾家所送, 或數日一首, 而計其數月
所獻, 不過廿五六首, 自占者不知其幾, 以至多放, 終致傷病, 幾不
得救而幸免。其上番價, 亦以此鷹所捉備償, 雖不給陳價, 猶可感
矣。況且自初夏, 逐月捉犬給食, 至於七口, 而其間無犬之時, 買雉
給送。又以鷄兒連續捉送, 又計雉鷄, 已過十餘首, 只自作食坐養

....

* 　恨: 底本에는 "感". 문맥을 살펴 수정.

之功而已。一疋之木, 豈其不足哉? 觀其此人之心, 非徒迷頑, 暴戾無狀, 其子亦每日徵食之時, 多發不恭之言, 尤極痛憎。當初吾自失計, 授鷹此人, 終乃受侮不少, 是誰咎哉? ○昏, 近隣人等會飲於東家, 因獻酒一壺、餠一笥、烹鷄一首, 乃佳節故也。

九月初十日、九月十一日

打收官屯田粟, 前後所出十七斗, 而未打草。刈蔡億卜田粟布之。○金別監麟來見, 無酒不饋而送, 可恨。

九月十二日

令一家婢等及品人幷七名, 刈驛田粟布之。○蜂一桶爲半出, 而移入金億守蜂桶, 未知其故也。此里養蜂人等, 前次未見入秋後移入他蜂桶也云, 可怪可怪。

　　○此邑人出陵赴役者, 皆還來曰"新陵不好, 故當改卜他處, 而停役放送"云。功役幾畢, 而移卜他山, 則前功盡棄, 民生之苦, 極可慮也。

九月十三日

昨日, 移去蜂桶, 今朝開見, 則盡食其蜜而逃去矣。所餘僅一升餘, 可憎可憎。○令一家婢及品人幷五名, 拔家前金彦寶田豆, 未畢。

九月十四日

又令四名拔昨日未畢豆, 而亦未畢。又收束朴文才田布粟。

九月十五日

自昨夕下雨, 終夜不掇, 朝尙不晴。兩田布粟, 時未收束, 而雨勢如此。太豆亦未盡拔, 家無長奴, 趁未打收, 出去日期將迫, 凡事皆不入計, 憂悶之懷, 達夜不寐, 只自浩歎而已。

〇夕, 取蜜二桶, 皆不實, 故只一斗九升矣。蠟則二斤, 欲以此貿穀, 爲過冬之計, 而所取只略, 可歎奈何? 但黜其蜂, 而盡取其食, 將不久皆死, 此非仁者所*忍爲, 而敢爲之, 雖曰養蜂人之常事, 吾亦從常人之事, 而敢忍爲之, 人欲之難遏如此, 徒自恨歎而已。

九月十六日、九月十七日、九月十八日

朝, 有獐爲項繩所掛, 折木而走前野, 爲吾家所畜項白犬所咬而獲之。結項繩者乃隣居人也, 屠割而與之分半, 即作食而炙食, 久阻之餘, 其味甚佳。皮則吾亦占之。〇打金彦寶田豆, 平一石十三斗出, 而家無所用, 先打之, 其餘皆積在田中。又令一家婢子等, 收拔麟兒所作田豆, 亦積在田中。

九月十九日

打收蔡億福幷作粟, 全一石二斗出, 而草則未打, 乃二日耕田也。

九月卄日

末之村驛田粟, 收束積于田中, 乃三百卄七束云。麟兒往見之。〇

....
* 所: 底本에는 "所不". 문맥을 살펴 삭제.

夕, 漢世自京入來, 見母主書, 則漢奴發來日, 出歸土塘云矣。又見
延安振母書及報恩安息書來傳, 皆好在云, 深慰深慰。但聞平康在
結城, 失火盡燒云, 不勝驚慮。南妹傳聞而言之, 時未的知矣。申子
方則拜利川府使云, 深喜深喜。漢奴, 白米一斗、生栗一斗來獻矣。
今見金郎書, 則其地失稔, 木花、棗實全未收實, 生事甚困云。又見
女息書, 多有悲楚之事, 不覺淚下, 其母終夜不寐, 言之悲泣矣。○
金業山陣鷹, 今始臂來, 作白飯饋送, 捉鷄食鷹。近日臂馴, 令億守
欲放, 乃鷹食極難故也。億守亦願欲馴放爾。

九月卄一日

折官屯田太, 積田中。○全業以番上歸, 修書付送于光奴家, 使達母
主前及生員家。又藥果三十餘立及獐脯五條, 入藏小筍, 裹裸堅封
付之, 傳上母主前矣。

九月卄二日

打收家前金彦寶田豆, 前後幷平十二石三斗內, 赤豆四石三斗。○
金業山所授陳鷹, 自還來日, 不嗜食, 而至於夕, 則全不顧食, 以生
鷄捉食, 則亦不貪食, 不知其故, 問之知鷹者, 亦皆不知。但業山者,
本性頑悍不順, 在前多有不恭之言, 其子亦肖毒, 而其意今年亦欲馴
放爲利, 一朝奪來, 慮其故使致傷也。然人性豈至於此極乎? 此鷹
本是貪食, 而今來非徒不貪, 結鷄脚於架上, 終不顧食, 若不病則豈
如是乎? 觀其形色, 則全無病鷹之體, 尤可怪哉! 姑觀數日, 若眞
有病, 則當即還送業山爲計。且聞業山者, 揚言於里中人等曰"某人

中若此鷹馴放, 則吾當爲大隻而辱之"云, 以此疑其致傷也。

○夕, 蜂一桶又取, 則只五升, 而蠟則十二兩矣。今年, 六桶盡取, 而蜜則僅五斗, 乃不實故也。若有實則小不下十餘斗云, 可惜可惜。欲以此上京後, 爲過冬之糧, 而今失此計, 恨歎奈何? 欲待德奴之還, 入送北面, 又欲貿三四斗, 而但節晚, 恐不得遂也。

九月卄三日
麟兒親自上山, 結鷹網, 欲望萬一之幸也。

九月卄四日、九月卄五日
夕, 鷹尙不食, 招億守, 使之明燈而飼之, 然不貪食矣。○自八月後, 日日再三步登後峰, 觀望秋事, 消遣無聊。

九月卄六日
令一家奴婢等拔生員所作田豆, 積在田中, 待安孫入來打收矣。生員雖不親來, 安孫想必入送, 而至今不來, 必有故也。其妻父母永葬, 退行耶? 接寓處, 時未定而然耶? 日日望之而不來, 可怪可怪。入秋後, 歸心日促, 而事未收拾, 留滯至此, 日氣漸寒, 上下衣薄, 行裝齟齬, 若值極寒, 則勢不得上歸。中夜不寐, 萬念塡胸, 白髮日添, 人生幾何, 長在憂愁中, 苦楚生涯, 只自悵歎而已。老母在京, 子女亦各在遠地, 消息不得聞知, 而獨居峽中, 長對粟飯、藜羹, 豈無憂念之懷乎?

九月廿七日

令漢奴打木麥, 則全一石五斗出。晚後, 與麟兒步往見之。○縣通
引萬世以事到此, 因來謁, 聞解由色閔得坤上京還下來云, 而未知解
由出否也。○德奴至今不來, 可悶可悶。○昨昨, 吾家盡取蜜蜂桶,
移入東家生員未取蜂桶中, 兩蜂相戰相殺, 移時而定, 此必無食而
就有食處求活矣, 可憐可憐。此處又有一桶蜂, 昨日出去, 今日還來
入空桶中, 夕, 盡還出去, 其餘蜂桶相聚空桶, 日漸就盡, 尤可慘惻。
○打黃太則五斗出, 乃代上所種也。

九月廿八日

因朝雨, 不得打穀。令漢奴伐盛蜜閣木, 載來, 則體小不合於用, 可
恨。此處有造閣者, 欲給價造之, 而推托無暇, 終不肯許, 乃索高價
矣, 可憎奈何? ○此鷹, 今聞在前不嗜鷄肉云, 其然耶? 殺鷄飼之,
今至四首, 而欲買狗不得, 可悶可悶。

九月廿九日

陳鷹自昨日, 麟兒親奉馴之, 近日欲放爲計。

九月晦日

朝, 招億守, 使懸鈴陳鷹, 連二夜奉之, 頗有馴熟之氣。但家無放鷹
者, 可恨。○令漢奴、彥世等打朴文才田粟, 乃麟兒所作也, 全一石
六斗出。

十月大【初一日立冬, 十六日小雪】

十月初一日

令漢奴及品人二名打官屯田太, 則平八石四斗出, 乃一日半耕也。
稍好故所出如此, 可喜。○全業今日還來曰"安孫明當入來"云。

十月初二日

生員奴安孫自振縣入來, 見生員書及母主書、弟妹簡, 始知安否, 深
喜可言? 生員妻父母永葬, 則去月十六日爲之, 而過此後入來, 故如
是遲緩云。還上米貿納次, 鹽十斗載來矣。彦明送稻米一斗。振威
崔棘人振雲亦修答謝之, 又送稻米一斗、粟五升矣。前日余修書致
慰, 而方在草土中, 故不卽修答, 而今則襄事已畢, 故修狀答謝。申
子方書亦來傳曰"今爲利川府使, 而未赴任前, 因唐將支供事, 往在
西路"云。利川雖曰殘破, 去京師不遠, 女息之來, 庶有相見之路,

又有相助之力, 深喜可言? 又聞生員養母, 去晦間先入陽智, 爲過冬之計, 而生員妻子造家後隨入云云。但聞平康失火, 趁未上京, 舍弟又以秋收事, 下歸竹山地, 而吾一家所寓處, 必未凍前修治後可入, 而無人監督者, 又無人馬, 不即出去, 彼此事勢, 多有乖張, 極可悶慮悶慮。

○且報恩女息書, 因自光奴家來傳, 見之, 則身雖好在, 但今年農事不吉, 所收不多, 其家事大敗, 終未收拾。又且金郎經變之後, 心氣大傷, 喜怒無常, 況且吾女性度, 過於和緩, 與彼性相反, 頗有不相適之意, 今見女息書, 雖不顯言, 悲傷之意, 溢於言表, 不覺淚下。吾夫妻終夜不寐, 悵歎不已, 是亦命也, 奈何奈何? ■…■。○忠母買醢付送, 久阻之餘, 可以此加食矣。蒙兒亦覓送乾栗六十介, 貫絲而來, 其味極甘美。

十月初三日

金億守造盛蜜閣二隻, 納之, 乃欲還上載納于縣, 而借牛故也。然數日勞力, 故即給足襪次白木一端, 以酬其意矣。○金彦寶來謁, 余之所着紬行纏贈之, 乃渠之田三處耕作, 多數收用, 而無以報之, 以此薄物, 姑酬其厚。○打菉豆, 則七斗五升出。

十月初四日

明乃先祖諱日也, 當行奠禮, 故令後壬母率婢等設饌。○打收金彦寶田豆, 平一石九斗出, 乃麟兒所作也。

十月初五日

啓明, 與麟兒行祭。但家無饌物, 又無得備之路, 只以麪餠、四色素湯、六色素炙, 又以栗作生乾兩色實果, 飯床諸具, 薦誠而已。○生員奴安孫以鹽木, 貿米還上, 僅備十六斗載入, 而耗則未準, 故以菉豆二斗代送, 因致書李直長處, 使諗告太守前, 勿退納之矣。又還上太五斗, 本吾家所儲太, 以大斗量給六斗七升而送。此里中人等, 皆載還上入縣, 故安孫亦隨而歸。○陳鷹連日夜奉之, 故今明猶可放之, 而無放者, 可嘆可嘆。○朝祭後, 招近里人等, 饋酒而送。

十月初六日

安孫入縣, 還上無弊入納, 耗則太守不奉菉豆, 故庫直處, 以菉豆換米納之云云。○陳鷹, 今始長繩引食, 數日內可放。

十月初七日

鷹子入馴, 今日欲放而無可放之人, 姑待金億守還, 億守昨已出去未還矣。安峽地居進守欲買此鷹, 問其價之多小而去。

十月初八日

送安孫于鐵原府使前致簡, 問其還上代納與否矣。兩邑還上米, 則措備無策, 姑將代納之意, 先稟於鐵伯, 待德奴而至今不來, 故送安孫爾。○昏, 德奴入來。

十月初九日

令漢奴招品人四名, 打驛田半稷, 則全三石十斗出, 而余親往見之。
金彥臣造點心獻之, 金彥寶亦造新麵及雉脚炙上之。日暮後還家。
○陳鷹今已馴熟, 今日欲放, 而安峽居進守持價來謁, 切欲賣之, 初
不欲許之, 更思則雖入馴可放, 而家無知鷹者, 每借他人力, 放而分
雉, 則所得不多。況且此鷹曾經鼻疾, 若放之而前證復發, 則更不
可救, 若或見逸, 則返失其本, 人亦多勸賣之, 故從其願賣之, 奉中
回捧六疋, 內外新件白木襦、中赤莫一, 價折正木二疋而給送, 又約
後日雉十首捉獻矣。此鷹今已再陳, 而今年則極善陳, 前後無一介
舊羽, 其色如銀, 人皆欲買, 而以價高爲嫌, 進守知其良才, 故買去
矣。麟兒十餘日晝夜, 親自不寐臂馴, 今日使億守放之爲約, 而不見
一雉而給送, 如失所寶, 恨歎奈何?

　○安孫昨往鐵原, 今午還來, 見鐵伯簡, 則其還上米, 曾以耗穀
充數, 已爲減下, 交去公案, 勿以爲念云, 不勝喜謝之至。殘敗之邑,
一石之米全減, 不有厚意, 其可能及乎? 尤感尤感。又送白米一斗
矣。伊川之米, 若得代納, 則今日所打粟, 可以爲上京之糧矣。欲使
人于伊倅前問之, 而無可送者, 可悶可悶。

　○德奴昨夕入來, 所付反同次還持來, 不得售賣云, 不勝痛憎痛
憎。自己之物, 盡數換木花, 而上典所付之物還持來, 尤極痛憤。況
且過期而來, 使吾家事皆敗不得遂, 即欲重杖警之, 若怒杖則必至
於重傷, 然後少懲其慢, 而前頭使喚處多, 故姑忍而恕之。來時入振
村, 奉忠母書, 見之, 則生員奉其養母, 已入歸陽智農村。但聞入歸
後, 無得食之路, 生活極難云, 可歎奈何?

今則唐兵盡歸，路傍別無暴亂之患，猶可姑寓栗田過冬，而生員養母固欲入居，今遭狼狽，是誰怨哉？生員妻子則隨後入歸云。又奉土塘母主書，時無事，而彥明已往陽智打作，而未還云。但吾一家所寓家舍，無人監修者，日氣漸寒，若至凍極，則不可修塗破壁，又不可作籬埋土屋。

又聞光奴家入大疫，其婢子方臥痛之云，吾一家雖上歸，依接處無之，悶歎。欲因留于此，過冬後上歸，而此處無數月之糧，亦無得食之策。彼此事勢如此，進退惟谷，終夜不寐，萬念塡胸，種種之髮，一夜盡白，人生幾何，只自浩歎而已。

十月初十日

木田居前別監金忠恕來謁，因呈木米一斗、豆一斗，貧窮之人，不計路遠，持物來贐，可爲厚矣。饋酒飯而送。

十月十一日

送德奴于北面，爲貿淸蜜也。正木四疋，前日鷹價所捧新衣付送，又給中木二疋，乃換紬次也。又以皮郎笠七介，使換水荏及眞茸、石茸等物，隨其所有，觀勢貿之事，敎送。但聞其處已盡賣之，有儲者極少，而雖有之，價極高，正木一疋不過六七升云，今此之去，貿來與否未可必也。皆是德奴遲緩之故，痛憎痛憎。

十月十二日

打生員家豆，則平二石，菉豆，平一石四斗出，而一斗則馬鐵價給之，又二斗則前日還上耗數代納, 故亦還償, 其餘皆留置于此矣。

十月十三日

金彦臣, 氷魚六尾來獻, 朝食作湯共之, 其味極佳, 乃久阻之餘也。
○有人來言曰"進守買去鷹, 自去翌日吐食有證, 故不放坐架"云。此
必托辭, 不欲獻雉故也。豈有無病之鷹, 一日之間, 不放而得傷乎?
可知其詐矣。當竢後聞。

十月十四日

打蔡億卜田草, 則三斗分。

十月十五日

明日乃曾祖忌也, 聞每年吳忠一家設行, 故今則吾家不行爾。忠兒明
日上歸, 故治行裝。初欲吾家歸時率去, 而非徒奴馬不足, 若吾家不
幸, 不得上歸, 則不可久留于此, 而天寒極酷, 則尤不可上歸, 故因
安孫馬之歸, 與漢奴幷率去矣。○夕, 下雪, 至夜深乃止, 幾三寸餘。

十月十六日

雪晴日和, 故忠兒發送, 心甚悲憐。諸處簡修付。安孫馬則其宅太
九斗五升、菉豆一斗、淸一斗一升入木閣, 蠟一圓六兩四錢及糧太載
卜, 忠兒騎去, 漢世則母主前豆二斗、粘粟餠一笥及彦明家豆五升負
去。塗窓紙十丈亦送于彦明處, 使之塗寓家窓。又使漢世晦時即還
入來事, 敎送, 乃吾家歸時率去故也。漢奴處亦給豆五升、木盤一

介, 負重不能負去, 故只此.

十月十七日

昨日午後, 大風, 然不至極寒, 今日則晴和, 忠兒之歸必好, 可慰可慰. 但長宿余之被下, 而今夜則無, 不勝悲歎, 終夜不忘不忘.

　〇晚後, 余往見崔判官, 聞渠明日出歸鐵原故也. 饋余夕飯. 日已昏暮, 而騎牛率童奴, 甚畏惡虎, 加鞭馳來, 流汗添背. 適婢銀介夫守伊來迎中路, 故心始安矣. 德奴還來, 所持木端不得貿淸, 乃節晚而有處無之, 雖或少儲者, 價極高, 不得貿之, 而只所持新衣計木二疋, 而捧淸一斗四升, 皮郞笠一介, 眞茸一串換來爾.

　德奴來時入縣, 則李直長殷臣致書問之, 又送大米五升、古刀魚一尾、獐肉一片. 渠亦客托, 從何得而送耶? 一則未安未安. 李之子得男, 頃在禮山, 聞平康失火, 往結村而見之, 平康因裁書付送, 則得男傳于其父處, 故其父因付德奴之來. 今始得見, 則乃去月廿九日所修也. 出火之由, 則婢莫終私備松明, 每夜作事, 而適睡着, 火燃所寢蒿席而起, 其幕至近於其上典寢房, 故火先及之, 其夜適大風大作, 火烈風猛, 其妻子各抱兒子, 赤身冒火, 不得一物而出, 其奴婢等六家, 一時焦土, 不祥不祥. 但上下皆免焦傷, 而秋穀時未收入云, 是則多幸多幸. 以此趁未上來, 而當先送世萬云, 近日必入來矣. 衣服盡燒, 從何以備着耶? 吾家亦所着之外, 無餘衣, 不得送之, 尤可恨也. 出火之日, 去八月二十日, 而隣里共相救助, 僅得支過云云. 〇且聞李殷臣今得其子送人馬, 故當於念後出去, 而忽忙不及來見云, 可恨可恨.

十月十八日

金察訪業男因買鷹人, 致書問之, 乃金都事子定之兄也。今拜景陽察訪云云。○因官人入縣, 修答寄送李直長處, 謝之。

十月十九日

忠兒發歸後, 三日則溫和, 而今日則甚寒, 極慮極慮。計程則今日當到京城, 而明明入振村矣。○傳聞新陵, 擇兆於交河, 而時未定。

十月廿日

連日甚寒, 忠兒之行, 未知何以歸耶? 深慮深慮。吾家行期, 定於來月初生, 而日候漸漸極冽, 家人前痛之臂, 因寒還痛, 定歸與否, 時未可必, 悶極悶極。明明間, 使德奴先卜載送, 還來後可定行期矣。

十月廿一日

李殷臣因來人, 送稻米五升, 謂曰"明日, 舉家上歸"云, 不勝悵然。但恨不一來見而去也。即修答而送之。○後壬母造饅豆而供之, 明日乃外祖忌也, 忘却誤食, 可笑可笑。

十月廿二日

終日修三兒處書簡, 乃明明德奴上京, 故欲付傳海州、報恩、利川幷三處。

十月卄三日

夕, 光奴家人德實持馬入來, 乃吾家陪行事也。非但日候甚寒, 一奴
馬之來, 勢不得帶去, 故只使其家太豆還載去事, 敎之, 而吾家屬姑
留過冬之計。

十月卄四日

德奴今欲發送, 而德實之卜物, 時未收聚, 故姑令明日偕送矣。又修
結城之簡, 付送于夳知處, 使之持去。○三馱載送之物, 馬則淸五
斗四升, 入盛兩木閣, 又小閣盛七升, 乃上京後祭用, 而其餘則貿穀,
爲明年之資。兩牛則豆十八斗、太十八斗、末醬三斗及他餘封送之物,
分載而送, 母主前, 木米一斗、淸一升、菉豆五升。結城失火盡燒,
故吾之單裙新造不着者, 送于平康處, 家人脫所着察色長赤古里,
送于壬母處。又報恩女息所着襦赤古里, 棄置而歸, 今始裹褙而送。
又以正木二疋換紬於京市并送事, 光奴處牌字付送, 又以木牛疋換
鹽而來事, 付德奴而送。足襪次獐皮, 又送于報恩矣。末醬一斗亦
送于舍弟處。

　　○令德奴修治鼎竈及掘堗去灰, 爲過冬之事。○春金自縣入來,
聞李殷臣今日上歸云云。

十月卄五日

德奴等今日欲發送, 而自曉洒雨, 遲延日晚, 不得發去。

十月廿六日

德奴等載三牛馬, 與光奴家人及金彦臣一時發歸, 而婢玉春率其女孫晚春, 亦上歸。爲母主獨處, 故送此婢陪宿, 乃吾家屬, 不得上歸故也。但聞雌牛行到嶺底, 負重不能行云, 可慮可慮。若終不能勝載, 則當於宿處除卜而去事, 因還來人言送矣。大風終日不息, 可慮可慮。

十月廿七日、十月廿八日

終日下雪, 若不消融, 則幾半尺餘。

十月廿九日

德奴等發去日計之, 則今日可到京城, 而但慮昨日雨雪, 不能行也。風以極寒, 童奴不能刈柴, 炊爨之時, 艱得以用之, 況望暖堗乎? 夜寒, 衾薄不能寐, 生涯可歎。

十月晦日

近日寒凛極列, 而今日尤酷。又且囊橐垂竭, 每日朝飯夕粥, 又無飯饌, 長以煎醬、沈菁, 和粟飯而吞下, 只以療飢而已, 敢望腹飽乎? 此間苦楚, 不可言不可言。

十一月小【初一日大雪, 十六日冬至】

十一月初一日、十一月初二日、十一月初三日

新陵軍發遣事, 官差連日呼督於閭里, 民皆備糧奔走, 如此苦寒, 極可憫惻。時未聞定兆於何地也。

十一月初四日

朝前, 金彦臣牽兩牛, 自京還來, 一路無事入京。適平康自結村來京, 修書付來, 見之, 則以其國葬已近, 雖散官, 必拜哭於發引時, 故上來, 而因欲來覲, 聞其此處百姓等, 鑄鐵立碑云, 嫌於往來, 即未來覲云云。又見南妹書, 母主時尙平安云, 可喜可喜。且聞結村因隣里之救, 已成六間草屋, 其妻子亦皆造衣着之云云。粘米二斗、蟹醢、石花醢及錢魚、生石花付送。

　　○冶匠春卜妻作餅一笥及沈采一器、氷魚四尾, 來獻。意外得

此, 即與上下共之。饋以酒又贈足襪次鍊木二尺、稻米一升, 以答厚意。

十一月初五日
今則日候溫和, 頗有雨雪之徵。朴彦邦*以陵軍上京, 修書付送于平康處。

十一月初六日
下雪, 幾三四寸。

十一月初七日
朴彦邦等行到中程, 聞新陵穿壙, 有水氣不可用, 而時方更擇於他處, 故因罷役云, 即還來, 前付平康書還入矣, 可恨。○德奴今日可來而不來, 必不得買馬故爾。雪後, 風日極冽。

十一月初八日、十一月初九日
謙兒率德奴等, 乘昏入來, 不意相見, 喜慰可言? 相與環坐房中做話, 至曉, 鷄鳴二架後就寢。麟兒馬買來, 銀子五兩八錢給之云。母主書及弟簡亦來, 時皆平安云, 深喜深喜。海州誠兒書二度亦持來, 乃十月十三日、四日所修也。一書則乃子方妻子來時付送矣。但聖彦、時彦兩孫患赤痢, 幾死僅蘇云, 深慮不已。振兒母亦自延安到

....
* 邦: 底本에는 "方". 底本의 다른 부분에 표기한 것을 따라 수정.

京, 留一日, 已赴利川, 而修書付來, 又造足襪, 送于余及其母處矣。
但傳聞報恩女息氣不安云, 雖未的知, 不勝憂慮憂慮。平康叙用已
下, 而只解由未出, 故不得除官云, 可恨。縣吏閔得坤者, 已受解由
色, 不能致力, 趁未出之, 可憎奈何? 母主, 大口一尾覓送, 聞此處
不得肉食已久, 故下送矣。

十一月初十日

送德奴于鐵原, 持木三端, 換米於明日塲市事也。謙兒修書, 寄送于
鐵伯前矣, 又給木半疋, 換方魚事也, 又給豆三斗, 換篩子事也。○
夕, 李葳以收貢, 來于平康縣內居奴婢處, 聞余家尙滯, 來見。曾是
不意, 欣慰十分, 叙話, 夜已深矣。

十一月十一日

李葳早食後, 還歸伊川, 因以還家云矣。

十一月十二日

縣吏全巨陽來謁, 因獻白米一斗、生雉二首。又閔得坤、黃應星來
謁, 得坤則白米二斗、雉一首, 應星則生銀魚二束, 縣衙前等收合白
米二斗、乾餘項魚十尾來呈。各饋飯而送。○縣太守聞謙兒來此,
爲送白米五斗、太五斗、豆五斗、栢子一斗、榛子一斗、淸三升、乾餘
項魚十尾。

　○夕, 德奴自鐵原還來, 木二疋則奉稻米各六斗, 豆三斗則乾銀
魚九束, 又木半疋, 方魚大一尾換來。鐵伯又送白米三斗、麴七員、

雉一首、銀魚六束, 專伻問之, 乃聞謙兒之來也。又與謙兒還時, 期於中路相見矣。○金淡, 鷄一首來呈。

十一月十三日

官奴崔莫同送雉一首, 縣吏萬生來謁, 又獻雉二首, 聞謙兒之來也。饋飯而送。○崔判官來訪, 爲見謙兒也。日傾乃還, 饋夕飯。

十一月十四日

金別監麟持酒肴來見, 爲見謙兒也。饋藥飯及酒而送。

十一月十五日

金億守、金彦寶各造泡來呈, 安峽居老人連守三父子來謁, 各獻雉一首及葱芽, 饋酒而送。朴文才木米一斗, 鄭光臣雉一首, 金彦臣太豆各一斗來呈。

○夕, 安岳居婢福時末子千貴來謁曰"去秋, 信川倅李昌復, 發軍盡捕其同生及妻子, 枷杻堅囚其獄, 將欲盡殺, 其兄弟, 僅得逃免, 來京告訴于土塘母主前, 母主付書指送于此"云。開見母主書及弟簡, 則時皆平安矣。又使我救此奴之患, 吾無勢力, 無可救濟之路。然不可恝視, 將修書, 送于海州允誠處, 使允誠親持此簡, 往見信川而言之爲計。然聽從與否, 未可必也。備木一疋來獻。李昌復乃故申牛峰兄之女婿, 申兄之妻氏, 今在信川之衙。曾聞故牧使朴誼之子, 與申家相訟, 申家不勝, 故憤怒至此云云。曾在平時, 福時之夫銀光處, 其兩子許與, 而申家殺其一子, 故朴牧使家呈訟得決後, 又呈殺人之罪, 而因年久無驗, 不勝云云。

十一月十六日

平康發向京路, 留六日而歸, 悲悵奈何? 出去後, 登後峰, 望見歸路, 直至不見而還下。正木二疋換外紬一疋, 送于報恩女息處。又修書送于利川衙, 母主前, 生雉二首、乾餘項魚三尾付送。今日日候溫和, 正如二月, 而平康入京前如此, 則可無凍寒之患矣, 默禱默禱。德奴亦使帶去, 中路還送爾。

　　○今日乃冬至也, 備茶禮之物, 行奠于神主前。適因平康之來, 獻雉者十餘首, 以此, 備饌而奠之。

十一月十七日

家人自昨朝, 平康纔出去未遠, 氣不平, 重覆衣衾, 欲發汗, 而午後氣甚萎薾, 因發熱, 心神昏困, 不能收拾, 以冷水少飲, 又食雪塊, 嘔吐數三, 因此少定。然終夜輾轉, 至於曉而稍歇, 朝則大勢尤減, 然深頭微痛, 元氣困薾, 飲食甚厭, 深可悶慮。此必連數日, 開窓看事, 重犯風寒也。

十一月十八日

家人大勢皆歇, 而但不能起坐, 飲食亦減, 可慮可慮。○昨朝, 京商人丁蘭欲謁平康而來, 則已歸, 故所持牛肉大一塊入納, 饋飯而送。牛肉不得食已久, 家人亦以此連食, 可喜可喜。○德奴今日可來而不來, 必因率去也。○自今日始煮末醬太十斗。

十一月十九日

家人證勢如昨, 亦不能起坐飲食矣。又煮末醬八斗。○夕, 德奴入來曰"昨之日宿朔寧地金水積家, 昨昨日投入鐵原地兩胎項校生李仁俊家, 則鐵伯已到苦待矣, 同寢一房, 終夜叙話, 昨日晚食後發歸。鐵伯贈糧白米四斗、田米三斗、太五斗、甘醬五升、艮醬一升、雉一首, 又令載馬而送至宿處", 但晚發, 故恐未及柯亭子也。若不及, 則今日必不入京矣。德奴發送後, 來宿朔寧地昇良村, 今始入來云。平康所得糧白米二斗、甘醬五升付來, 馬鐵一部亦覓送。○因聞新陵擇兆於健*元陵內, 而時未聞發引永葬日期云。

十一月廿日

近者日候甚溫。計程, 則平康昨日, 可到京城, 想必免凍寒之苦, 可慰可慰。○家人別無痛處, 而但氣憊, 不能食飲, 可慮可慮。

十一月廿一日

終日洒雨。

十一月廿二日

大風。

....

*　　健:底本에는 "建". 일반적인 용례에 근거하여 수정.

十一月廿三日

大風終日、終夜不息, 極寒。

十一月廿四日

大風如昨, 而寒冱倍冽, 人不堪苦, 閉戶擁爐, 不出。

十一月廿五日、十一月廿六日

晚後無聊, 扶杖步登東臺, 觀前川, 氷合甚堅, 雖牛馬可渡無陷, 閭里樵童步氷上流, 因登巖崖, 伐木積束于氷上, 推轉而下, 功力甚易, 雖一人之力, 挽一車之薪, 輕便如流。移時觀望而還。

十一月廿七日、十一月廿八日

德奴與守伊發歸嶺東, 爲貿魚物換穀事也。通川倅前, 平康寄書, 求給糧太矣。德奴則正木三疋付送, 又給行糧米二斗、馬太三斗。守伊則持麟兒馬而歸, 麟兒正木二疋付給, 糧太亦半折而給送, 乃與守伊各分半駄故爾。德奴亦自持木一疋而去云。守伊乃婢銀介之夫也。若日好不爲雪塞, 而魚物速貿, 則必於來月初旬前, 還到矣。○家人自數日來, 氣候如常, 食飲亦如舊, 可喜。

十一月廿九日

平康上去後, 未知好去與否, 深念不已。○德奴以雪塞還來。

十二月大【初二日小寒，十四日臘，十八日大寒】

十二月初一日、十二月初二日

鐵伯專人致書，贈送甘醬一斗，必因謙兒聞吾家乏絕故爾。深謝厚意。又傳謙兒之書，乃因光奴家人德實以事到鐵府時，修付矣。披見，則子方仲女患大疫夭折云，不勝驚慟驚慟。振兒及小女，時方好行云，時未知厥終如何，極慮不已。其女年歲十七，而方議氷伐而未偕矣。曾聞形貌，穎悟端妙云，尤可惜哉！即修謝付送鐵來人，又修京書付送，而因鐵伯來初五日上京，修書送之，則當傳平康處云故爾。角帶亦付送，使傳于平康處。來使，饋飯而送。○且聞母主平安云，深喜深喜。

十二月初三日、十二月初四日

德奴與守伊以貿鹽事，往延安，付正木一疋而送。○夕，生員自京入來, 不意相見, 欣慰十分, 相與環坐房中, 各叙久意, 鷄三呼而就寢。聞去月初, 率其妻子入寓陽智農村, 而上下時皆無事云。見平康書, 今明解由當出云云。母主書亦來, 時平安云, 深喜深喜。生員造粘餠而來, 即炙而共食, 白米三斗亦持來矣。

十二月初五日

終日下雪, 不止。

十二月初六日

自昨至今, 雪亦不止。

十二月初七日

下雪幾半尺, 風且寒。

十二月初八日、十二月初九日、十二月初十日

金主簿明世持酒肴來訪, 聞生員之來故也。因曰"昨夜, 惡虎入金麟家, 咬殺雌牛, 爲人所逐, 不能攬去, 又入渠家, 含去乳犢, 追而奪來"云云。

十二月十一日

送春已于金麟處, 買牛肉數塊, 乃豆二斗價也, 只小可恨。然割半送于母主前, 明日, 生員上歸故爾。○金彦臣造餠一笥及牛肉一片來獻。

十二月十二日

早食後, 生員發去, 只留七日而歸。無紙, 只修母主前書, 而他不及焉。又送昨來彦臣餅于母主前, 乃二十三片也。近日, 日候極寒, 生員何以堪行? 極慮極慮。然欲及於來十九日其養祖母忌日, 故不得挽留也。

○坡州益陽君墓祭, 則次於妻母家, 而子孫皆在外, 只任參奉宅獨留京, 故生員來時, 致書于家人處, 欲收合而行之, 故今付生員之歸, 白米一斗、木米五升、生鷄一首、乾雉一首、牛脯三條、乾餘項魚三尾、紅蛤一升、清蜜一升三合、栢子三升, 此餘物使任宅, 收合諸同生而備送矣。又聞來正月廿一日, 益陽君忌祭亦到次云, 此亦不可獨行, 臨時亦收合而行之無妨。

○吾先祖忌祭、墓祭, 自亂離後, 吾家獨當備行, 而今則時勢稍定, 故使應行子孫輪次行之事, 使生員書輪次記, 付送于吳克一・忠一等, 自正朝爲始輪行, 但應行子孫皆在外方, 必不肯來京備行, 可慮可慮。

十二月十三日

近日, 日候極寒, 生員之行, 極可慮也。○去夜, 有物侵鷄, 衆鷄驚散, 有含去之聲, 即明燈見之, 則四鷄無去處, 而朝來皆還集。必黃鼠、狸猫所爲也。今日則移坐於內架, 張網於前後, 則更無來侵之患矣。○德奴至今不來, 可怪。

十二月十四日

朝, 德奴妻織布於土屋, 設火於前, 而以事出外, 斯須之間, 火出,
盡燒其內, 僅得搏滅, 所織爲半燒破, 此乃平日不愼火之故也。若
大風則必有延及之患, 可憎可憎。○崔判官致書問之, 又贈大口一
尾、卵一片, 修答而謝之, 饋酒來使。此物乃其家奴子居北邑者, 持
來云云。

十二月十五日

亡奴莫丁死日也, 設飯而祭之, 平日有勞於吾家故也。○朝後, 與麟
兒上浮石寺, 則崔判官及金明世、金麟、許忠先至, 待吾之行矣。夕
時, 作泡共之, 兩金各持酒肴, 泡後共飮。昏, 寺僧供齋於佛前, 鳴
鼓擊鐸, 搖身動足, 滿堂喧闐, 與諸公出而觀之, 就寢於東上室, 相
與交足叙話, 夜已過半矣。曾與兩金爲約, 而邀崔作話爾。

十二月十六日

早, 寺僧供麵, 又進白酒。又出法堂, 觀諸僧會食, 乃昨夕齋飯也。
晚後, 寺僧又供軟泡, 因進白酒, 極飽而罷。因與諸公竝轡下山, 到
家則日已傾矣。○在寺時, 見平康書, 乃初西面百姓上京還時修付,
而因送於寺僧, 使傳於吾家也。披見, 則乃初九日所修, 而時無事留
京, 解由已出, 而時未付職云。因聞重振大疫已向差, 而報恩女息亦
好在。但金郎得手腫, 幾危而僅得差歇, 今則出外尋友云, 深可慮
也。○德奴, 昏, 入來曰"延安則無鹽, 故往海州東面貿來"云。付送
足襪次鍊木, 捧細蝦四鉢而來, 僅三鉢矣。

十二月十七日、十二月十八日

昨昨上寺時, 見洞口亂草積置于田中, 今日送三牛馬載來, 乃寺僧之物, 而三十餘束也。近日, 馬草垂絶, 他無得路, 深以爲悶, 而今得慮外之草, 可秣十餘日, 可喜。

十二月十九日

去夜, 夢兆極凶, 覺來心魂驚愕, 終不能定, 達朝不寐。土塘安否如何? 極慮不已。○佇人于崔判官處, 得雌雉一首, 前有約也。

十二月廿日

德奴以販鹽事, 往鐵原, 明日乃場市故也。又付正木一疋換米, 豆三斗貿魚物事也。大歲已近, 凡祭用之物, 卒歲之資, 得之無路, 而吾亦歲前, 定欲上覲, 獻親之物, 亦無得之, 恨歎奈何? ○家人造行纏, 給白丁, 換行擔一、中笥一。

十二月廿一日

縣吏武孫來謁, 因聞謙兒再叅持平望而不得, 今拜文學云。京房子再昨自京下來, 言之云, 必不虛也。○直洞居百姓高漢弼家, 去夜出火盡燒云云。崔判官鷹, 昨日見逸云。

十二月廿二日

去夜, 夢見李子美、林景欽, 宛如平昔。覺來追思平日相愛之意, 不勝悲慘悲慘。

十二月廿三日

德奴還來, 木疋換中米四斗、豆三斗, 銀魚七束, 則給豆二斗、方魚一條、豆一斗, 而大口則無之云云。魚物極貴, 必是歲時臨迫故也。渠之買鹽, 則荒租十斗、粘正租四斗、粗米一斗先納。○金億守, 雉一首來獻, 欲用於正朝祭, 深喜深喜。

十二月廿四日

明日定欲上京, 故治行裝。○送人進守處, 覓一雉, 有約故也。

十二月廿五日

曉頭臨發, 德奴痛吟不能起, 非托也, 乃實病, 不得已還停, 極悶極悶。若數日內不差, 則非但不及於歲前, 凡正朝祭物, 皆自此備去, 而若不及則不可設也, 尤悶尤悶。

　　○朝, 南村居前萬戶金憲寶來見, 因獻粘米八升, 其婿姜伯齡又送白米一斗, 深謝厚意, 饋朝飯而送。金主簿亦因金萬戶, 付送一雉。○未明, 後壬母四寸甥李▣, 逃奴守伊捕捉次入來, 守伊穿後籬而走去也, 可憎可憎。守伊乃銀介之夫也。且聞金奉事璥, 去初生棄世云, 不勝哀悼哀悼。金乃後壬母三寸叔母夫, 而曾與相知最厚者也, 尤極悲痛。避寓於延安地爾。

十二月廿六日

德奴病勢小無歇, 因此不得發行。正朝已迫, 明若不歸, 則祭物不得送, 極悶極悶。不得已因守伊上典之行, 吾亦率彥奴, 載寢褓而騎, 糧太則又付守之馬, 明日上歸定計。婢銀介亦歸, 故雖無德奴, 可倚此人而歸矣。

十二月廿七日

余自曉, 氣甚不平, 必犯寒故也。以此勢不得上京, 麟兒代欲上歸, 故凡吾行具竝付而送。但日候自昨極寒, 又且大風, 終日不止, 捲我新屋蓋草, 飛散四處, 塵埃漲天, 想麟兒之歸, 何以堪行? 極慮不已。凡祭物及行糧外, 他物不得持去, 母主前, 木米一斗僅付而送矣。

○晚後, 隣人趙仁孫以陵軍上京, 今始還來, 謙兒書及利川、報恩兩女息書、海州誠書, 四度幷來, 見之, 則皆好在云, 深喜深喜。金郎書亦來, 以爲吾家已得上來, 故爲送奴子問安矣。利川振兒則好行大疫, 今則步行云, 尤極喜賀不已。且聞守鶴妹, 去十九日上來云。但聞文學, 連差祭執事, 達夜不接目者四日, 以此氣甚不平, 又且眼疾甚重, 不能開目, 故呈病退家調理云。且見去十四日政目, 則謙兒一日內, 連入弘文修撰副望、持平首望而不得, 終乃叅文學首擬而得受矣, 豈意吾家子弟, 得叅清選乎? 終夜喜不能寐。但聞謙兒交結南人者多, 故時議不可使授銓筆, 塞之者多云, 是亦命也, 安知不爲福也?

○今見文學書, 去廿一日中殿梓宮發引, 到陵所, 夜半, 火出侍女房, 不即撲滅, 竟至延爇靈幄殿, 梓宮僅得奉移他處云。此前古所無之大變也, 聞來不勝驚愕。但凡儀物皆得救出, 翌日因前時刻下玄宮, 諸事終無欠缺云, 是則不幸中之幸也。方失火荒遑之際, 東宮只率內官數人, 奔出靈幄越邊望火, 扶杖立哭, 官僚皆得追至,此夜驚慘之狀, 不可盡述云。

　　○且見誠兒書, 率聖兒上寺讀書, 聖兒則讀盡《千字》, 今則書字于沙板云。信川倅李昌復答簡亦捧送, 見之, 則安岳奴恩光事, 渠則冬至陪箋上京時, 其氷母迫脅下, 多數發送, 捉囚恩光及其子孫, 滿獄囚禁, 渠還下去, 即時放送, 元不干與其事, 而以此, 其氷母大怒, 欲徒步上京, 呈法司云云。婦人之性, 豈如是囂惡乎? 可歎可歎。

十二月卅八日

朝前, 金彥寶率去人自京還來, 文學書及報恩、利川兩女息書幷至。見報恩女息書, 則不覺淚下。專人問安, 而吾家時留于此, 故空還, 慨歎奈何? 爲送生雉三首、乾棗二斗、木瓜正果一缸付來。利川則片牋紙二束亦送, 文學則乾民魚一尾、粘米一斗、生靑魚四尾送矣。又曰"若得甘旨, 則連續送于土塘, 而利川以事亦上來, 又送米饌"云云。○且聞文學妾女子, 初冬夭去云。生纔四個月而夭折, 如此人生, 不如不生, 可哀也。

十二月卅九日

德奴之病, 轉加痛之, 小無向歇, 昌兒自昨昨之夕, 亦痛之, 終夜哭之, 不飮乳, 疑其疫疾, 極悶極悶。大歲已迫, 家無奴子, 不得刈木, 朝夕炊飯, 不能繼之, 尤悶也。自曉下雪, 麟兒之行, 未知如何, 悶慮不已。

　　○夕, 申牛峰宅專人入送, 披見來書, 則爲言安岳奴事也。至於八丈紙萬端之辭, 皆先世不知之事, 不可盡悉, 置之度外, 不須强究。婦人之性, 何如是囂惡至此極耶? 來奴饋飯。

十二月晦日

牛峰宅奴子, 修答還送, 因付允誠處書, 使信川俾傳送于海州矣。免
紅丸五十丸付送, 使誠之子女未疫者服之。此藥, 前日報恩女息覓
送, 乃金郎爲其前女劑之, 而女息求得用餘百五十丸送來, 使分服
此處未疫者也。○去夜大雪, 幾半尺餘。柴木乏絶, 日寒如此, 德奴
尙不能起, 極悶極悶。斫馬草時, 每借鄰人, 趁不能切, 尤可悶也。

　○昌兒之痛如昨, 而觀面上有出現者, 必是疫也。然時未知的然
也。以此, 雖大名日, 而凡作饌之事, 皆置不爲, 作餅次作末而不爲,
茶禮之具, 玆不得備之矣。閉窓終日, 袖手默坐, 雖有酒雉, 不得飮
食, 可歎奈何奈何? ○麟兒今日可到土塘, 而日寒如此, 未知好去與
否, 不能食息忘也。

　今年作農所出, 黍、稷、粟幷全七石十八斗, 豆, 平十二石十一斗,
太, 平八石十一斗, 綠豆, 七斗七升, 已上廿九石十二斗七升, 所作
至略, 所出如此, 今年艱困之狀, 不可言。

辛丑日錄

正月大【初三日立春, 十八日雨水】

正月初一日

昌兒自曉哭之不止, 朝尙如此, 晚後始止。昨日所現, 別無漸大, 面
上及身, 紅粟遍出, 必非大瘢, 而疑其紅疫也。以此今日雖大名日,
神主前不得奠茶禮。一家上下, 亦不備饌而食, 只以饅頭次木末,
作刀齊飛而食之。隣里等知其如此, 各持酒餠來獻, 奉餠幾滿一古
里, 酒則數壺。然來謁者, 皆不飮饋酒, 只以入疫言送, 可歎奈何?

正月初二日

昌兒證勢更觀, 則紅粟備身, 先現者有消處, 必是紅疫無疑矣。以
此鄰里人等, 皆不得祭於其墓, 雖不入其家, 恐懼不敢行香故也。一
則可笑。○昨昨, 家畜雌鷄自斃, 可恠。

正月初三日

近日日候極寒, 而柴木已絶, 房堗甚冷, 家人觸冷, 胷膈微痛, 可慮可慮。日寒如此, 百物具盡, 袖手獨坐, 百計無策, 咄咄生涯, 可歎, 奈何奈何? ○麟兒上去後, 未聞奇別, 想明間當還發來矣。

正月初四日

去夜, 尾白犬爲虎攬去。○曾在林川時, 丙申春, 兒狗得之, 因牽來于此。今至六年, 屢爲虎所逐而僅免, 今不得免, 可惜可惜。此犬能逐走獐而乃獲, 又且性順不偸。朝夕除飯, 每親飼之, 余甚愛惜。今爲惡獸所食, 傷歎不已。

正月初五日

今日乃家人初度, 而家內入疫, 故寂寞空送, 可歎。昌兒滿身已當消散, 又無痛色, 戲笑如常, 可喜。但其母自昨感冒, 久不見差, 可慮。○惡虎自咬犬去後, 逐夜往來門外, 或時蹲坐門前, 有痕跡, 必窺廐中有牛故也。雖門關堅牢, 深可畏也。○金彦寶自京還來, 奉文學書來呈, 見之則乃初二日所修也。麟兒則去晦日, 自城外直進土塘, 故時未相見, 而只見銀介等云。祭物恐其未及來, 自其處所得二雌鷄及佐飯等物覓送, 而母主時平安云, 深喜深喜。民魚一尾, 覓送于彦寶來矣。

正月初六日

後壬母自初三日氣不平, 至今不差, 悶慮悶慮。○金彦寶今亦來謁,

文學歲前連≪持平、獻納、修撰望而皆不得云。今日日候甚和，故蜂
桶衆蜂皆出遊，始知不凍死，可喜。

正月初七日、正月初八日

浮石僧法熙來謁，饋酒餅而送。○令德奴持泡太二斗，送于浮石寺，
取泡而來，家內入疫，故不得取於此爾。○浮石寺僧等，聞吾家乏
醬，收合十餘鉢付送。

正月初九日

招近隣人等饋酒，乃歲時來謁者，因疫不饋故爾。

正月初十日

全豊等以官役，明日上京，故修諸處書付送。報恩、利川亦書送。○
允誠至今不來，可恠也。

正月十一日

夕，允誠入來。因漢奴出他，待其來而還來，故如此久留京中，再進
土塘云。且見謙兒書，今都目政，移授弘文修撰，而體察使李德馨，
以其從事啓請，來十三日將赴嶺南云。不勝驚慮驚慮。非但渠身遠
離，吾家上歸時，凡事專賴此力，而今不可得，尤極悶嘆。文學五品
而修撰六品，故所受祿俸，亦減一石云■■，可笑。
　　○母主爲造白餅一笥及魚肉、魚炙、佐飯等物覓送。彥明烈酒一
壺亦送，李殷臣乾銀魚五束亦送矣。修撰粘米二斗亦送。○且見都

目政, 余叅繕工監役副望不得, 而首擬呂順元得授矣。是亦命也, 如何? 今因子之力, 六十始▣▣叅仕望, 雖不得焉, 亦一幸也。以余曾不蔭才, 而只監役雖無取才, 可擬, 故仕路極窄, 不得他擬云。○光奴載蜜, 已歸江都云。若得此價, 則過春之事, 可無虞矣, 深喜不已。

正月十二日、正月十三日

官奴春金伊亡去, 去路來此, 留數日, 當歷去土塘云。修書付傳, 又送雉首上母主前矣。此人前日吾家使喚時, 莫非交嫁故爾。○利川衙奴德守入來, 乃女息專人致書問之, 子方爲送白米五斗、燒酒一壺、大口三尾。振母則靑魚一冬乙音、石首二束、油餅一笥、强正及實果一笥、油一升、木花四斤覓送, 聞其母作衣無絮故爲送。振母則乃吾女息也, 不足爲謝, 深感子方之厚也。

正月十四日

利川奴德守入歸北面, 乃其宅奴子捉去事也。出去時, 歷此奉簡而歸事言送。○德奴自昨昨還痛, 與其妻幷痛甚劇, 悶慮不已。非但一家之行迫近, 無使喚者, 深恐傳及他人也。○昨日馬草已絶, 求貸鄰人, 而皆不許, 可歎奈何?

正月十五日

昨夕下雨, 因作大雪, 終夜不時, 朝起見之, 雪深幾爲尺餘。今冬之雪, 未有如今日大也。兩奴病臥, 只一童奴, 不能掃雪。適隣人彦邦、鄭麟來此, 使掃前塲, 因饋藥飯。○今日俗節, 欲行茶禮, 而家人以其入疫時未送神爲難, 故只薦藥飯而已, 可歎可歎。○修撰未知昨昨已發向嶺南耶? 不勝悲歎。

正月十六日、正月十七日
子方奴德守自北面還來, 明日欲歸, 故明灯修書。

正月十八日
德守還歸, 末醬五斗給送, 修簡付之。又修生員處書付送, 使振母傳于陽智生員家, 乃相去只一日程云故爾。末醬則聞申相禮來京無醬, 欲得去, 故前在太曾已煮造, 故覓送矣。○朝益淡村往來時, 投宿主人者斤同, 適以事來近處, 故來謁饋酒而送。家無贈物, 只飮一杯酒而送, 可恨。

正月十九日、正月廿日日
明日, 欲令德奴等載太豆, 先送于中路, 故斗量太豆結卜。

正月廿一日
德奴及漢世、彦世等, 載太豆兩馬、一牛出送, 使接置于兩胎項李仁俊家。因載書付之, 又送大口一尾于仁俊處。兩馬各豆廿三斗, 牛則太廿五斗載去, 一馱赤豆矣。木朴新三口一、白盤二介、足盤一介、折足一、破盤一介幷送。木屐二雙, 皆藏太豆石中而送, 乃取便近於京, 而吾等上歸後, 即送人馬載去爲計。但聞泥路凍滑云, 恐牛馬之足, 滑■不能行也。○安峽人進守來獻二雉, 乃前日吾鷹買去時, 當捉納十雉爲約, 其後托鷹病不放云。今始來呈曰"鷹病, 今則差復馴放, 故來獻"云。饋酒而送。

正月廿二日

全豐昨夕自京還來, 奉修撰書來納, 見之則乃十六日所裁書也。十七日體察啓行, 當陪去, 而累日入直, 昨夕始還直出家。凡行具專未措之, 極悶云。聞來不勝悲歎不已, 且見政事, 鐵原府使尹昉今拜承旨上歸, 吾家之行, 尤無所賴, 尤可悶也。允誠以名楮覓去事, 專人上送, 其書亦來, 時無事云。但疫疾近處方熾, 而時未入家, 以此爲憂云。名楮則曾因姜南平之奴下去時付送, 而必不及相見也。○此里中人等, 爲鄕徒會飮, 因獻酒肴, 卽與妻孥共破。

正月廿三日

德奴等夜深而來, 所載之物, 接置李仁俊家, 而往來時路泥氷滑, 艱行而來云。鐵原新府使乃朴東彦云, 乃中殿娚也。

正月廿四日、正月廿五日

聞前日大雪之後, 縣內人等率犬, 逐獐咬得而多者三四十餘口, 小不下十餘口, 故鐵原塲市, 木一疋換五口云。縣人有積置未及屠割者多。官奴守男則三四日所捉, 至於三十餘口。又有女人率犬, 逐得三日之內十五口捉之云。故今日全業入縣, 因付半疋木, 換獐而來, 若給二口, 則換來事言送。○金彦臣前日持去木換太, 來納十五斗爲約, 而先納十三斗矣。○朴彦邦木價未收, 赤豆一斗五升納, 乃米一斗一升本也。

正月廿六日

修撰之行，若十七日定發，則今已十餘日矣。必踰鳥嶺而已到嶺南
之半爾。王事靡鹽，不可顧家，而以私情計之，則悶迫之事多，遙念
不已。○食後，往見崔仲雲，以答前日之來訪也。饋余夕飯，饌有
雉獐，雉則其鷹所捉，獐則縣內人等所送云。乃前日之雪所得，而官
家所納七八十餘口云。又曰"官人等所捉者甚多，必有覓送于君家者，
而今聞不得"云，可謂薄矣云云。

正月廿七日

全業自縣還來，前送木端，不得貿獐而來。只衙前等一口覓送，又兵
吏李新得，兩脚亦覓付送矣。此木短麤，故不給二獐，故還持來云。
即煮獐肉，饋酒而送。

正月廿八日

朝，崔仲雲使人致書問之，因送雉首及獐後脚一隻、甘醬一鉢，即修
答謝之。又以乾棗兩升報之，醬則聞余家乏絕故也。

正月廿九日

前者修撰致書曰"曾見伊川倅，若送人則當覓救資"云，故今朝送德奴
矣。○全業今又入縣，改給好木半疋，使貿生獐，兼許騎牛，使之騎
去載來。渠願得騎牛，則當盡力貿來云故爾。○彦臣前日換木太未

收二斗及皮郎笠一介又捧二斗來納。○且聞崔判官送人于縣內，得
生獐五口載來云云。

正月晦日

德奴不來，必昨日不及呈書矣。

二月小【初三日驚蟄, 十八日春分】

二月初一日

乃亡女忌日也。家內入疫, 時未送神, 故前日致書於修撰處, 使婢玉春設奠於墓下。適修撰直去, 又慮不及行之患。前者利川衙奴還歸時, 又使振母設行事, 丁寧言送, 兩處必不虛過也。然吾家不得行, 終日思念, 悲愴之懷, 不能已已。○自歲後, 家人雖別無痛處, 元氣不安, 擁衾長臥, 起坐時小, 食飲頓減於前, 悶慮悶慮。

　　○德奴入來, 利川所送田米二斗、太三斗、甘醬一斗、雉鷄各一, 可謂細手。然欲以此爲上京奴粮、馬太爾。且聞昨日盡聚一縣軍士, 捧雉七石、生獐六口, 逐月如此, 民甚苦之。一石之雉, 容入四五十首云云。

二月初二日

全業貿生獐二口而來, 欲作脯爲祭用。○進守來納一首雉。

二月初三日

昨昨下雨後, 氷雪消融, 川流極漲。明明令德奴等載先卜送京, 而路
泥川漲, 可慮可慮。○買來生獐作脯, 大小幷五貼七條。

二月初四日

家人證候, 久未向歇, 行期不遠, 其前恐未易差也。○令冶匠春卜,
改造斧子, 又淬硏刀、鎌子等物, 又以加羅換多葛三部, 贈手功豆一
斗。○洪彦規處所送蜂桶, 盡爲凍死, 可惜可惜。

二月初五日

家人自昨稍似向歇, 可喜。終往來無常, 是可慮也。

二月初六日

明日德奴等載先卜上送, 故今日結束卜物。德奴馬則兩婢豆八斗、彦
世豆一斗六升、末醬八斗及婢玉春豆二斗五升, 幷爲一馱。牛則雜日
用■物幷爲一馱, 彦世牽去。允誠馬則其家豆二十二斗, 幷爲一馱,
漢世牽去。上卜淸七升入閣及爐口一、盖無鼎一盖一、箕二、毛獐皮
三浮、有足木床一、鋤三柄、斧子一, 其餘小小物等裹而送。

二月初七日

朝食後, 德奴等發歸, 麟兒馬足蹇, 故不得已雌牛減卜載送, 除出豆四斗矣。三牛馬、三奴粮太并給, 太則四斗八升, 粥則作末三斗, 粮田米二斗、碎豆二斗、馬草價豆一升給送, 及計其往時四日, 留京一日, 來時三日, 并八日爲準。

二月初八日

朴彦邦自京還下來, 奉鶴妹書及利川、報恩兩女息書并來, 披見則皆好在, 深喜可言。金郎書亦至, 乃去月初十日所裁也。修撰則已爲發歸, 歸時, 子方出見於中路云云。○光奴載去清蜜, 已納江華府, 時未知捧價幾許也。光奴則已還京云。且聞晚春今已行大疫, 無事云, 可喜。但聞吾家所入宿■■處云。吾家上歸, 則無去住家, 是可悶也。

二月初九日、二月初十日

德奴等計程, 則今日可至京城, 而但聞道路泥濘極艱云。重卜載去, 未知無事到京與否, 深慮不已。初欲載種蜂而送, 聞路泥水多, 恐有中路顚覆添濕之患, 未果。今則衆蜂出入負黃, 日漸向暖, 勢不可輸出, 因換彦臣養之, 待後載去爲計。

　　○生員奴安孫持馬入來, 爲陪吾家行次也。利川女息書亦至, 皆無事云, 深喜。女息粮米二斗、大口一尾、方魚二條、清酒二壺覓送。鶴妹生秀魚一尾付送。土塘弟簡亦來, 時陪母主好在云, 極喜極喜。力魚一條、生文魚二條覓送, 乃江陵沈說所送之物云云。吾家行次, 擇日於來十五日及廿二日云。十五日則急迫, 又且上京奴馬未還, 當於廿二日定行爲計。

　　○且聞新太守乃任慶遠而署經已畢云。任也乃妻四寸兌之胤子也。兌今爲開城都事, 相厚之親, 深喜不已。舊官則四日發去云云。又聞生員其兄行到竹山之日, 出見同宿云。進守雉一首, 付送於人來。

二月十一日

蔡億卜赤豆二斗來納, 乃皮郎笠價也。又以蒸橡實一袋來獻, 饋酒而送。○馬草將絶, 送安孫於連守處, 求得七束載來。

二月十二日

終日大風大雪。德奴等今日當發來, 而雨雪如此, 必不能發也。

二月十三日

大雪終夜, 至於朝而不止。去冬之雪, 無愈於今日也。近者日候溫和, 泥路向乾, 而今因雨雪, 泥濘必倍於前。吾家行次, 適當此時, 必未免顚陷之患, 極可悶慮悶慮。○且見利川女息書, 去初一日其弟忌祭備行云, 可喜可喜。

二月十四日、二月十五日

崔判官昨日致書邀之, 早食後進去, 金明世、金麟、金愛日隨後入來。今日其家大忌也。行祭後, 邀余等叙話, 先供行果、糆餠等物,各巡杯罷後, 又饋水飯。從容打話, 日傾各散。又贈余餅果一笥持來, 兒輩共破。○因聞前太守李民聖昨日發去云。多有醜言, 去後之言, 雖不足信, 然恃勢驕恣, 無所忌憚。以余見聞, 亦多不能無疑之事, 人言之來, 必有以也。

縣百姓亂離後, 移居他官者, 括出刷還, 而不來者或徵正木一疋, 或徵紬半疋, 至於侵及鄰族。托稱唐兵面皮及赴防軍價布, 而無置處, 皆先使衙奴, 乘夜潛輸。非但此也, 衙內立馬四疋, 逐月二三度, 使奴載去。大虎、小豹, 百姓等偶得捕獲納官, 可以此獻使道, 而謂其非陷穽所獲, 因自用之, 令陷穽監考等, 徵木貿皮納之。如此等事, 不可盡述, 姑記所聞。又因官奴春金伊, 以衙丘從, 長在衙廐, 細知其事, 故來言之, 必不虛也。他官移居百姓, 幾四五百云。然則每一名, 木一疋、紬半疋, 則小不下五六同也。又以此木多貿木盤、木朴及柳器等物, 載去云云。

二月十六日

麟兒馬前足退蹄暫蹇, 上京時恐重蹇而不能行, 故與朔寧人鄭光臣馬相換, 加給去年所產雌犢。此馬禾則十二三, 而曾知其有力, 故換之。○昏, 德奴等入來, 載去之物, 無事到京, 而母主亦平安, 深喜深喜。但朴校理不在京, 故不得捧簡, 而只捧鐵原室內書來矣。申相禮亦答書, 而又送大口一尾矣。

○且修撰書, 宋奴捧來, 見之則巡到咸昌所修也, 時無事云。宋奴則在聞慶縣時捉來, 即令上去, 故來現矣。此奴去丙申秋, 在林川時逃去, 隱接聞慶家安縣內粉介母家。今因修撰之欲稱念, 故來現矣。持木一疋、乾柿八串、粘米五升納之。六年亡去，不修貢膳，而今以微小之物來納，痛甚痛甚。然容忍姑舍之，適及於上京無人之際，是則可喜。因聞莫丁所生兩女皆死，而宋奴交嫁，姑生兩子云云。○生員家豆、太、荣豆改斗，接置億守家。

二月十七日
明日先送安孫，故末醬十三斗及日用之物，載送其宅。豆三斗、太二斗竝送矣。又修書付之。○且見弟書，黃海、忠淸兩道，今年監試儒生，賓攻作亂，不得出榜云。兩處皆是子婿所觀之處，而若然則十年所望，皆歸虛地，可歎可歎。然時未的知矣。

二月十八日
安孫上歸，載先卜而去。又令宋奴送，至踰嶺而還。○昨日令德奴持木貿米於諸處，不售空還，可悶可悶。適守伊貿鹽十五斗不賣，留置于此，故姑先貸用，換米爲粮。今又令德奴，載賣於山站等。聞近因雨路泥，商鹽不來村間，無鹽之嘆方極云，故載送矣。○崔判官有孽男，欲行醮禮，懇求木鷹，故金郎持來木鷹送之矣。

　　○夕，德奴販鹽，米六斗、皮粟三斗捧納，鹽米代斗云云。餘鹽明日使賣於安峽地矣。鐵原府使以封庫事到縣，白米一斗、豆二斗覓送矣。衙前等告目內，新太守來十一日發行，廿四日出官云。然則必相値於路中矣。

二月十九日

浮石僧去熙、太玄來謁, 因獻芒鞋, 前日送豆貿來也。饋飯而送。○
隣人億守、億只兄弟造泡*來獻, 又呈馬太各一斗。全貴實造煎餅來
獻, 又呈馬太一斗、菁根數斗。朴文才妻造餅來獻, 閔時中豆一斗、
沉菜一器來獻。○德奴販鹽, 換米二斗、皮粟六斗五升, 以此可以爲
行粮, 而但馬太不足, 可悶可悶。○全業妻煎餅一笥、全豊妻沉菜
及粘粟米五升來獻。

　　○夕, 氏知、豊金等持馬入來, 爲陪行次事也。且見修撰書, 乃
今日初六日, 巡到大丘府監司營所修, 因啓本陪持人付送也。一行
時無事, 而因向永川、慶州, 又下東萊、蔚山及沿邊諸鎭, 出入諸邑,
審見形便。因歷全羅左道統制使結陣處, 設水戰節次後, 還到星州,
則當於三月初旬間, 而又欲因公到, 向湖西省親之計料云。但列邑
焚蕩之餘, 千里人烟斷絶, 邊方尤甚。當此時, 以管、葛之才, 亦無
用武之地云云, 誠可寒心。生員書亦至, 以觀試事, 到京已入初場云
云。○金彦寶、朴彦邦, 各造泡來獻。朴彦守雉一首來獻。

二月廿日

崔仲雲來訪, 聞余明明上歸, 故來別。又持甘悬醬贈之, 聞余家乏
絶故爾。○安峽人進先來謁, 因獻二雉、新葱數束。無酒只饋煎餅
而送。○後兒自望時患痢, 日夜不絶, 或多或小, 不知席數。非但此
也, 婢莫非自昨痛頭, 以爲感寒, 而自午後痛之甚劇。江婢亦還痛前

瘧, 明明欲定啓程, 而病患如此, 極悶極悶。

　　○所畜種蜂三坐, 今不能輸去, 故分換此處人而歸。金億守、金彦臣及家主億只等, 億守、彦臣則夕皆移去, 相約曰"來夏産蜂時, 先産一桶外, 其餘雖二三桶, 渠自占畜, 來秋取蜜時, 當送人取去事", 丁寧言約矣。但此處人心太頑, 慮其見欺也。

二月卄一日

莫非終夜苦痛, 至鷄鳴時, 向歇, 必是瘧證也, 更觀今日可知也。○金主簿明世、金別監麟、權奉事欽、校生金愛日等, 各持壺果來見。兩金亦持馬太各二斗來贈, 深謝厚意。○金淡、金業山來謁, 因獻雉各一首, 饋酒而送。○安峽人進先, 昨日來謁獻雉, 今又送馬太十斗, 深喜深喜。馬太未得, 方欲賣木, 而適及此時, 尤喜尤喜。○明日定發, 故治行具。○全豊、進守各獻一雉, 進守則馬太二斗亦呈。億守烹雉納之。○家內所用不關之物, 皆分與隣里人。

二月卄二日

晚後始發, 隣里平日所厚者, 咸會送別。所斤田鄉徒人及此里鄉徒人, 抄發年少壯健人十餘名, 擧轎踰末之嶺。乃此嶺路峽, 故曾請兩鄉徒行首處, 家人病不能險路, 乘馬故爾。越嶺抵高莫斤家, 點心秣馬, 莫斤炊飯供點心。又借隣里牛, 或騎或載卜而來。金彦臣則自己牛載卜, 當欲數三日陪行云云。其處率來人皆辭歸。午後發來, 到鐵原地白岳村百姓安稀壽家止宿。適稀壽與余年甲, 而其妻亦與家人同甲也。蒸餠獻之, 又供濁酒, 又獻粘米三升, 無物可贈, 以唐針及襟紐兩次酬之。朔寧人金仁守, 適以事到此地, 因來謁又獻生鷄一首, 乃金億守四寸也, 曾所相知故爾。夕, 陰而下雪。

二月廿三日

雪深數尺而晴, 因於宿處, 朝飯而發。朴彦邦則陪行到此而辭歸。行到半程, 秣馬點心。又發來未遠, 逢平康新太守任慶遠, 路邊下馬叙話, 適任免夫妻氏亦陪來, 故家人雖得相見, 忽遽不能盡展所懷, 不勝依然而別。乃慶遠三寸叔妻而寡居, 窮不能聊生, 故陪去爲養也。以此不能▣行, 日暮抵兩胎項李仁俊家止宿, 仁俊獻一雉。因負重, 德奴負來屏風, 接置仁俊家。

二月廿四日

因宿處, 朝飯而發行, 到袈裟野, 泥濘陷淖處多。僅免顚陷, 而到大灘越邊, 而秣馬點心。但朝發時, 婢江春及介非等痛足, 故先發送, 則誤入他路, 向澄波渡之路, 幾半息程, 艱得問路, 推尋大路而來。又爲路人所欺, 又向永平之路, 適逢兩班之行, 問路則此非向京大路。因率來指送, 故追及於點心處矣。今日到益淡村, 明日當入京城, 人馬具困不能行, 故抵柯亭子止宿。此處居兩班金受禧及金世禎兩公來見, 又乞馬草數束。

二月廿五日

啓明而發, 到泉川村朝飯。今日欲入京, 而適下雨故不得行, 因於此處留宿。上下衆多, 行資將絶, 可悶可悶。計程齎粮, 而意外留滯故爾。明日若雨不晴，則不可說也。

二月廿六日

朝食後發來，到樓院，秣馬點心。生員來迎，因聞今東堂，以策次上得叅云，深喜深喜。又發入京，則日已夕矣。家人則寓光奴家，余則宿于隣家，舍弟希哲亦京迎之，與之共宿。

二月廿七日

南妹來見家人。適南履祥，自海西還京，來時奉允誠書而納之。見之則渠則時無事，但家內入疫，四男女皆好行，而又且其妻去十四日已時産兒，又男子，而七日內又行大疫云，深喜深喜。自此後，紙窮斷筆，又到京城，非流離時故也。

與曺徵士書【退溪】

二月三日，滉再拜。頃者銓曺薦遺逸之士，聖上樂得賢才而任使之，特命叙六品之官，此實吾東方所罕有之盛舉也。滉私竊以爲不仕無義，君臣之大倫，烏可廢也？而士或難於進用者，徒以科舉溷人，雜進之路則又其每下者，此欲潔其身之士所不得不藏蹤晦迹，逃遯而不屑就也。今者舉於山林，非科目之溷，超授六品，非雜進之汚。故同時之舉，有若成君某已赴兎山，有若李君某已赴高靈。是二君者，皆昔之辭宦，高臥若將終身之人。向也不起而今也起，是豈其志之有變哉？其必曰：“是舉也，非尋常之比，吾今之事，上可以成聖朝之美，下可以展一己之蘊，故黽勉就之耳。”繼而吾子有典牲主簿之除, 人皆謂"曺君之志, 卽二君之志。今二君旣出, 曺君其亦何辭", 旣而吾子竟不至焉, 何耶? 以爲人不知也, 則拔尤於幽隱, 不可謂不可也。以爲時不可也, 則主聖而治隆, 不可謂非時也。杜門端坐, 修身養志之日久, 而其得之之鉅, 而積之之厚, 施之於世, 將無往不利。又安有吾斯之未能信如漆彫開不願仕乎? 此滉所以不能豁然於吾子之不起, 而願竊有請焉者也。雖然滉豈深疑於吾子之所爲哉? 吾子之所爲, 其亦有說矣, 而非所究於率然之頃也。請姑陳滉私抱之一二, 可乎?

滉生長嶺南, 家於禮安, 而往來南中, 亦嘗聞高栖之所, 或在三嘉, 或在金海。兩地皆滉所會經由, 而未嘗一造衡門, 幸接英眄, 此滉實自無躬修之志, 怠於嚮德之罪。追而思之, 甚愧無狀也。滉資稟朴野, 又無師友之導。少時讀古人書, 徒心慕之欣欣。然顧以身多疾病, 親舊若*勸以放意遨適, 庶可以已疾。復緣貧親老, 强使之由科第取利祿。滉當彼時, 實無見識, 輒爲人言所動, 一向措身於誕妄之地, 偶名薦書, 塵土汩沒, 日未有暇, 他尙何說哉?

其後病益深, 又自度無所有爲於世, 然後始乃回頭駐脚, 蓋*取古聖賢之書而讀之, 則向也凡吾之學問、趨向、處身、行己, 率皆大謬於古之人。於是惕然覺悟, 欲追而改途易轍, 而收桑楡之景, 則志慮衰晚, 精神頹弊, 疾病又從而纏繞, 雖欲自强, 將無以用其力矣。雖然豈得以遂已哉? 則乞身避位, 抱負墳典, 而來投於故山之

....
* 若:《退溪集·與曺楗仲》에는 "或".
* 蓋:《退溪集·與曺楗仲》에는 "益".

中, 將以日求其所未至。庶幾賴天之靈, 萬有一得於銖累寸積之餘蘄, 不至虛過一生, 此滉十年以來之志願也。而■■[聖恩*]含垢, 虛名迫人, 自癸卯至壬子, 凡三退去, 而三召還矣。以老病■■[之積*]神, 加不專之工程, 如是而欲望其有, 不亦難乎? 是以雖吾身■■[或出*]或處或遠或近, 而自循吾學之所至, 則猶夫人也。以是逾不自快, 屑屑往來, 無補公私, 懸臥都中, 日月逾邁, 思歸一念, 如水滔滔。

於是而逖聞高義, 向風起懦不自禁也。夫榮利之途, 世近同馳, 得之則以爲快樂, 不得則以爲感嗟者, 衆皆然也。不知賢者之於山林, 有何事可以自樹於此, 而能忘彼者耶? 其必有所事者矣, 其必有得之者矣, 其必有所守而安之者矣, 其必有所樂於胷中而人不與知者矣。若然則如滉之有意於此, 而倀倀然久無眞得者, 安得不跂渴而思一言之辱及耶? 千里神交, 古人所同, 亦何必傾盖而後若舊耶? 且輕於干進, 而屢躓於末路, 鄙人之自困也。重於一出而可全於素節, 賢者之遠識也。二者相去之間, 何止於百千萬里哉? 伏惟弘量, 舍其前過而哀其晚懇, 不斥而外之, 則又鄙人所大幸也。不宣。嘉靖三十二年癸丑春日, 拜上曹徵君案下。

答李僉知書【南溟】

平生景仰, 有同星斗於天, 曠世難逢, 長似卷中人。忽蒙賜諭勤

....

* 　聖恩: 底本에는 磨滅됨.《退溪集·與曹楗仲》에 근거하여 보충.

* 　之積: 底本에는 磨滅됨. 上同.

* 　或出: 底本에는 磨滅됨. 上同.

懇, 拔藥弘多, 曾是朝暮之遇也。植之愚蒙, 寧有所蔪耶? 只以構取虛名, 厚誣一世, 以誤聖明, 盜人之物, 猶謂之盜, 況盜天之物乎? 用是蹢躅無地, 日竢天誅。天譴果至, 忽於去年冬, 腰脊刺痛, 月餘右脚輒蹇, 已不得齒行人列。雖欲蹈履平地上, 寧可得耶? 於是人皆知吾之所短, 而謀亦不能藏吾之所短於人矣。堪可笑歟。第公有燃犀之明, 而植有戴盆之歎, 猶無路承敎於獨立之地。更有眊病, 眹不視物者久矣。明公寧有拔靈散以開眼耶? 伏惟鑑察。遙借紙面, 詎能稍展蕉葉乎?

正郎鄭榮國、幼學蔡謙吉等, 相繼上疏, 指斥朝紳。因此朝廷紛挐, 領相李元翼、右相李憲國上劄辭職, 時己亥十一月十六日也。

其劄曰: "伏以生民辭散, 邦本已搖, 賊虜猖然, 變故叵測, 國勢危薎, 朝不慮夕。朝廷爲四方之表, 朝廷亂則萬事去, 所謂'皮不存而毛不傳'。是知正朝廷, 在備賊保民之先也。國家不幸, 數十年來, 奉分之義息 立黨之風成, 用人論事之際, 唯以同己異己爲取舍。其有不立黨而爲公議者, 亦被指點而區別。滿朝士大夫毋論賢不肖, 盡入名色之中, 是非不分, 邪正不辨, 進退不常, 任用不專, 國事日以敗, 國脉日以斷, 世道至此, 良可痛心。

昨年橫議齊發, 肆行傾軋, 一時士類, 斥逐殆盡。自此朝綱益紊, 人各攘臂, 異論日起, 轉相分裂, 以致今日之大亂, 尙何言哉? 自上責時流以不靖, 時流不靖之罪, 在於前日之斥逐士類, 而不在於今日論斥洪汝諄、任國老等也。汝諄、國老之爲人, 見棄於輿論久矣。其論斥實非一二人之私見。此人得志, 則他日國家, 必受其害。

臺閣失職，庶官言之；朝廷失道，草野言之，而倘理有裨乎治道，則誠衰世之大幸也。而俗漸遠漓，人情險巇，公正之論罕聞，詭怵之說雜進。外托疏遠之公言，內濟黨附之私計，倘人主不察而容之，則朝廷必不靖矣。縉紳間相攻，必外人先啟其端，此是極可惡之情態。而邇間所爲，又大可駭。鄭榮國倡之於前，蔡謙吉和之於後，一之已甚，而乃至於再。其所論辭意，偏黨傾側，無非爲其黨之失志者，百計扶植，以必勝爲期，以必勝爲期，以幸寵爲心。似此景象，大非吉兆。

國家雖衰替，上有君父，下有臣工。彼不知誰何者，乃敢接踵而起，大言揚揚，視朝廷如無人，聖朝之羞辱極矣，而使人人疑貳，袖手却立，皆不以職事爲意。試觀今日之勢，不至於亡人之國則不已也。一布衣、一小官，能以一言震撼百僚，而臣等俱以庸劣，居百僚之首，自顧茫然，無力量可以鎮定百僚。今日之事，罪在臣等。伏乞聖明，斥免臣等，改授賢德，以肅清朝著，以寧靖一世，不勝幸甚。”

答曰：“省劄。久未見卿等，今見劄辭，恍然如對面親聞之至論極言也。劄中之辭，雖《伊訓》、《說命》，何以加此？足見忠愛憂國之誠，無任感嘆。夫以予之昏劣殘病，加以衰耗日深，豈但形骸已聾盲哉？今國事日益潰裂，其勢必亡而後已。如予者早合速退，而不能得焉，此予所以日夜痛悶麼迫，舉一足而猶不能忘，自懷耿耿，臨食而忘餐，入夜而不寐者也。

所陳，正中時病，第所謂‘橫議肆行，士類斥逐’者，未知指何事也。抑無乃柳成龍之事乎？成龍之事，言者之所以爲說誠過矣。予亦未嘗不以爲非也。雖然亦似有未必不是者，或存乎其中，則恐未可如是爲言也。所謂斥逐，未知被斥者爲某，逐之者爲誰。此係朝廷擧措，大臣有何畏首畏尾，豈宜引而不發？苟有如此，其論啓而斥逐者，當直指而數其罪，加以流放竄殛之典，以正朝廷，是固大臣之職也。切願聞之。

夫是非者，非一人之私見，亦非人君强制而勒束之者。三司所論之臣，即今布在滿朝，屈指可計，亦似未必盡爲欺君，而自陷於逐賢士之歸者乎？朝廷之是非，予何能知之？至於蔡謙吉之疏，予近日無暇披閱，時未知其疏中之辭。然必非經天緯地之文、旋乾轉坤之策。千鈞之弩，不爲鼫鼠所發，大臣至於以此而辭職，則亦恐未免或近於自輕矣。劄辭當書紳留意，宜勿辭。"

傳于政院曰："今見大臣劄子鄭榮國、蔡謙吉之言。蔡謙吉之疏，予近因唐將接待，目不暇開，身亦不平，未知疏中之事，而大臣何以先知於未下之前，而爲此劄子耶？政院啓曰：'蔡謙吉上疏未下之前，大臣上劄之事，臣等亦未知之矣。'"

傳曰："政院在樞要之地，凡出納之際，所當十分愼密，以恪謹惟允之意。而今次蔡謙吉之疏，予於近日，四體若解，一息如線，時未見疏辭。所謂謙吉之名，乃於上劄始知之。夫君上未見之疏，大臣先知之，至於上劄爭卞。未啓下之疏，固無出於朝報之理，此必政院經自宣露，或私相暗通，事體極爲駭愕，欲重究而姑恕之。後勿如是，自取罪耳。"【右二條，當在批卷之前。】

領右相啓曰: "臣等伏聞下政院之敎, 下勝未安。凡人進疏, 非秘密則自然傳播外間, 無不聞之, 安有政院暗通之理, 又安有暗通而後知之理乎? 當初榮國之疏, 辭意偏黨, 臣等欲言者有日矣。而謙吉之疏, 又繼而至。士習之不正至此, 故臣等不待批下, 而與榮國竝擧辨論, 以冀聖上明知不止之習, 而痛絶之也。

茲又伏覩劄批之旨, 尤無任悚惕之至。臣等所謂士類者, 非指柳成龍一人也。成龍之所爲, 旣未必盡是, 其時所謂士類, 亦未必盡善。第奉公理職, 視他爲優, 而橫議齊發, 無故盡斥, 自此朝廷大亂, 不成國體。臣等因論今日之事, 而及於前日當時之事, 聖鑑之所已悉, 臣等豈敢畏首畏尾而不發哉? 同朝之士, 有兄弟之義, 倘非邪正異路理容, 則固當同寅協恭, 以濟國事。各立私黨, 日以傾軋爲事, 大非國家之福也。浮躁之習, 自有鎭而靜之之道, 聖明之下, 安有流放竄殛之典以正之哉? 清朝廷、正士習, 是大臣之責, 決非如臣等庸劣者之所可堪。故請解重負, 以遜賢路, 豈爲一謙吉之疏而乞免哉? 臣等身爲大臣, 受國厚恩, 區區之意, 欲使朝廷寧靖, 世道清泰, 苟有所懷, 不敢不達, 言雖俚, 意實無他。惶恐敢禀。"

答曰: "卿等之意, 至矣盡矣。予又有一言, 茲敢煩焉。今日國事危如綴旒, 殆若引髮, 城中之生靈盡矣, 楊外之賊窺矣。推髮染齒之徒, 朝夕必至, 長驅之勢, 如疾風之掃落葉, 未知諸卿以何策禦之, 以何兵守之? 欲陳而氣先塞, 欲語而聲自咽。直欲縮地, 則顧乏長房之術, 無穴可入。嗚呼! 尙忍言哉? 夫是非之天, 根於人性之所固有, 誠不可無也。雖然所貴乎是非者, 眞是眞非之謂耳。豈末世所謂是非者, 或發於形氣之私, 或作於意見之偏, 俱曰予聖之謂乎?

自古未有國不保而家獨全者。與其推鋒於朝著，曷若訓兵於邊鎮？與其蓄憾而分黨，曷若修城而據險？與其按劒而相視，曷若枕戈而待變？與其營營於唯務辭說之爭，以爲一時定霸之私計，曷若汲汲於早▣兵農之制作，爲永世垂範之宏規？又必速退負罪昏劣，衰老殘病，喪神失性，顚妄悖謬之君。大擧政令，聳動四方，然後百事可做。不然，雖周、召、伊、傅論道廟堂，盖亦無益。誠以辟不辟，自然萬事潰裂，雖欲收給，不可得也。予之前後縷縷者，爲國家也，爲宗社也。《書》稱'股肱舟楫'，《史》此'柱石喬嶽'，李克曰：'國亂思良相'，杜甫曰：'安危在大臣'，甚有望於卿等焉。”

十二月十二日。大司諫閔夢龍啓曰：“近者，年少喜事之徒，如南以恭、金藎國等，朋比擅弄，以致朝著不靖。大司憲柳永慶、執義宋應洵、持平柳希奮、司諫宋馹、獻納南暐、正言曹倬等，身在言地，曾無一言糾正其罪，其不職之失大矣。請命竝遞，宗薄正南以恭、司僕正金藎國，身在郎官，要執權柄，交結浮薄之徒，肆行傾軋之兇，致令朝著，日益壞亂，輿情莫不痛憤。請命罷職。”

答曰：“竝依啓。”

廿五日。領相李元翼時弊剳字，入啓。剳中有請對之語云云。

答曰：“予固願見。今日乘輿已駕，明日又未知將往何處？姑竢數日。”

廿六日。領相引見，極陳數百言。

大司諫閔夢龍啓曰：“南以恭、金藎國等，擅弄紛挐，使朝著不靖，輿論莫不痛憤，而有言責者，皆容護不言，故循例請遞矣。臺諫既遞則▣…▣”

黃海道海州月谷面桑林中洞居十代孫鳳善贍*書後付背。

....
* 贍：底本에는 "騰". 문맥을 살펴 수정.

쇄미록 8 교감·표점본 2

2018년 12월 19일 초판 1쇄 발행
2022년 6월 30일 초판 3쇄 발행

지은이	오희문
교감·표점	유영봉·전형윤·장성덕·강지혜·김유빈·안성은
기획	최영창(국립진주박물관장)
교정	김미경·서윤희(국립진주박물관)
북디자인	김진운
발행	국립진주박물관
	경상남도 진주시 남강로 626-35
	055-742-5952
출판	(주)사회평론아카데미
	서울특별시 마포구 월드컵북로6길 56
	02-326-1545
ISBN	979-11-88108-98-5 04810 / 979-11-88108-90-9(세트)